재벌집 막내아들

1

KB073720

재벌집 막내아들

산경
현대 판타지
소설

테라코타

작가의 말

소설 《재벌집 막내아들》은 웹소설이라는 형식을 빌린 장르 소설입니다. 이번에는 종이책이라는 형식을 빌렸지만, 그 내용은 여전히 장르 소설입니다. 저의 주관적인 생각이지만, 장르 소설이 추구하는 바는 재미가 전부입니다.

부디, 독자 여러분께서 이 책을 읽으며 재미를 느끼셨다면 더 바랄 나위 없겠습니다.

감사합니다.

즐겁게 읽어주시기 바랍니다.

순양가(家) 가계도

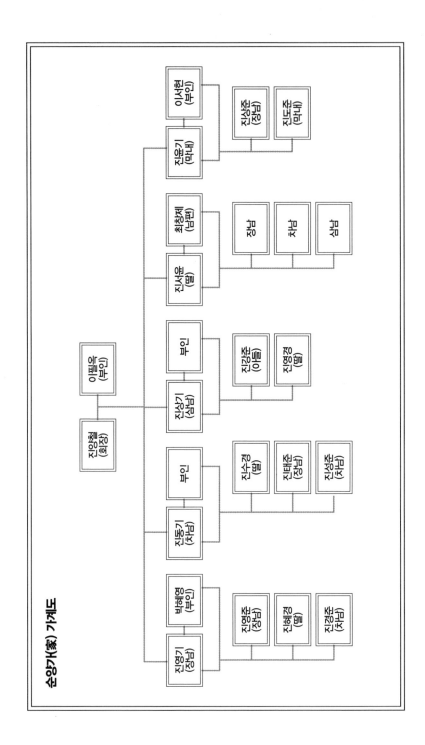

진도준 (전생 윤현우) 순양그룹 창업주의 막내 손자이자, 순양그룹 미래전략기획본부에서 총수 일가의 온갖 구린 일을 뒤처리하다가 살해당한 윤현우가 환생한 인물. 전생에 자신을 죽인 진씨 일가를 무릎 꿇리고 순양그룹을 차지하는 것이 이번 생의 목표이다. 자신을 능력자가 아닌 '미래를 조금 아는' 평범한 사람이라 생각하기에 목표를 위해 단 하루, 한 시간도 헛되이 보내지 않는다.

진양철 순양그룹의 창업주이자 총수. 적을 무릎 꿇리고 새로운 영토를 정복하는 왕처럼 순양그룹을 키워 왔다. 사람들은 그를 정경유착의 상징, 편법과 탈법을 일삼는 재벌, 하청업체 쥐어짜서 부를 쌓아 올린 악덕 기업주라고 손가락질하면서도 국가 권력 기관을 줄 세울 정도로 큰 힘과 돈을 가졌기에 두려워한다. 자신의 성정을 쏙 빼닮은 막내 손자 진도준에게만큼은 인자한 할아버지의 모습을 보인다.

이필옥 진양철의 아내. 순양예술재단 이사장으로 한국보다는 유럽에서 미술품을 사 모으며 귀족처럼 살고 있다. 유럽에 머무는 또 하나의 이유는 남편 진양철을 증오하여 같은 공기를 마시는 것조차 싫기 때문이다. 남편 대신 아들들에게 집착하여 막내아들을 변하게 만든 막내며느리와 손자들을 매우 혐오한다.

진영기 진양철의 장남. 순양의 창업자 장남으로 태어나 특권의식이 매우 강하다. '망한 다스 손'이라 불릴 만큼 경영자로서 능력이 부족하지만, 본인은 창업자의 장남이니 당연히 그룹을 물려받아야 한다고 여긴다. 그룹의 벽돌 한 장마저 자신의 것으로 생각할 만큼 욕심이 크며 그룹의 주인이 되는 데 방해가 되는 것은 무엇이든 제거할 준비가 되어 있다.

박혜영 진영기의 부인. 순양그룹보다 아래에 있지만 그 이름을 모르는 사람이 없는 재벌가 출신으로 과시욕과 욕망을 마음껏 분출하며 사는 사람이다.

진영준 진영기의 장남. 여자, 술, 갑질… 망나니 재벌 3세가 할 수 있는 사고는 모두 치고 다닌다. 할아버지가 세상을 떠나면 순양그룹은 아버지 것이 되고, 결국 장손인 자신이 모든 걸 물려받을 거로 생각한다. 회장의 장손 앞이라 고개 숙이고 반발하지 못하는 사람들을 보며 자신의 장점이 '사람 관리'라고 착각한다.

홍소영 진영준의 부인. 국내 언론사 중 가장 발행 부수가 많은 한성일보의 장녀다. 순양의 안주인이 되기 위해 장손 진영준과 정략 결혼한다. 진영준의 문란한 여자 문제를 모두 알고 있지만 신경 쓰지 않고, 남편을 회장으로 만든 후 자식도 회장으로 만들겠다는 목표에만 집중한다.

진경준 진영기의 차남. 한때 진영준 못지않은 망나니였지만 유학을 마치고 철이 들었는지 순양물산 호주 법인에서 순양전자의 1호 스마트폰을 알리기 위해 열심히 뛰어다니고 있다. 성질을 죽일 줄도 알고 필요한 것을 얻기 위해서 자존심도 버릴 줄 안다.

진동기 진양철의 차남. 합리적이고 차분하며 신중한 성격의 소유자로 장남에 비해 사업 실적이 뛰어나고 계열사 사장과 임원들에게 평판도 좋다. 그래서 그룹을 이끌어 나갈 사람은 자신밖에 없으며, 자신만이 '회장의 그릇'이라고 자부한다. 무능한 형이 장남이라는 이유로 더 많이 물려받고 더 높은 위치에 있는 것에 늘 불만을 품고 있다.

진태준 진동기의 장남. 큰 사고 안 치고 평범하게 자라 아버지 진동기가 이끄는 순양건설과 준공업 계열 경영지원본부장으로 일하고 있다. 역량이 뛰어나진 않지만 착실하고 성실한 편이라 그룹 내에서 평판이 나쁘지 않다.

진서윤 진양철의 유일한 딸. 딸이라는 한계, 출가외인이라는 한계 때문에 후계 구도에서 일찌감치 떨어져 나갔지만, 호시탐탐 기회를 노린다. 남편을 정계로 진출시켜 정치권력으로 순양의 후계자들을 하나씩 제거한 후 회장 자리에 앉겠다는 야심을 품고 있다.

최창제 진서윤의 남편. 순양가의 사위라는 후광, 남편을 정계로 진출시키려는 아내의 노력으로 승승장구하며 대선까지 꿈꾼다. 하지만 욕심보다 능력이 부족하며 순양의 후광이 없으면 할 수 있는 게 많지 않다.

진상기 진양철의 삼남. 어차피 아버지에게 인정받지 못할 바엔 일찌감치 맏형 진영기와 한배를 타는 것이 유리하다고 판단하여 그 옆에 붙어 있다. '진영기의 따까리'로 불리며 둘째 형 진동기에게는 없는 동생 취급을 받는다.

진윤기 진양철의 막내아들이며 진도준의 아버지. 공부 잘하고 성실하여 아버지에게 가장 큰 기대를 받았다. 하지만 영국 유학 중 연극과 영화에 빠져 눈 밖에 나버리고, 반대를 무릅쓰고 영화배우와 결혼까지 하는 바람에 집안에서 철저히 배제되었다. 사실 진양철의 아들 중 경영자 자질이 가장 충만한 사람이다.

이서현 진윤기의 아내이며 진도준의 어머니. 단 한 편의 영화로 스타 반열에 올랐다가 진윤기의 열렬한 구애를 받아들여 결혼한다. 재벌가 시집 식구들의 괄시와 구박을 받지만 남편에 대한 사랑으로 이를 모두 감내하며, 자식을 위해서라면 두려운 시아버지 진양철 앞에서도 할 말은 하는 강단 있는 모습을 보이기도 한다.

진상준 진윤기의 장남이며 진도준의 형. 아버지를 닮아 예술 분야에 관심이 많다. 진양철 회장에게 미움을 받기에 주눅 들고, 뛰어난 동생 진도준 때문에 기죽어 지내지만 엇나가지 않고 자신의 길을 개척해 나간다.

서민영 진도준의 법대 동기이자 여자친구. 집안사람들만 모여도 법원 하나쯤은 구성하고도 남을 정도의 법조인 집안의 딸로 일찌감치 진양철 회장이 진도준의 짝으로 점찍어 놓은 인물이다. 법대 졸업 전 사시 합격을 목표이자 의무로 여기며 공부에 열중하며, '직진 서민영'이라고 불릴 만큼 하고자 하는 일에 거침없이 달려들고 기어이 해내는 근성을 지녔다.

이학재 순양그룹 비서실장. 그룹의 비밀과 전체 현황을 가장 잘 파악하고 있어 진양철 회장이 장남보다 더 장남처럼 대할 정도로 신뢰를 아끼지 않는 오른팔이다. 어떤 사안이든 그가 거부하면 진 회장도 거부할 만큼 큰 영향력을 가졌기에 순양 일가 사람들은 물론 그룹 임원들까지 그를 두려워하고 불편해한다.

오세현 진도준의 사업 파트너. 친구 진윤기의 부탁으로 어린 진도준을 만나 인연을 맺은 후 투자, 기업 인수 합병의 전면에 나설 수 없는 진도준의 대리인 역할을 해 준다. 세계적인 자산운용사의 대표라고 하기에는 좀 허술해 보일 정도로 동네 아저씨처럼 굴지만, 현명하고, 경험 많고, 전 세계 어딜 가든 꿀리지 않는 경력을 보유하고 있다.

레이첼 진도준이 미국에 만든 투자회사 미라클 인베스트먼트 창립 멤버. 뛰어난 투자 감각으로 미국 법인을 총괄한다. 진도준을 보스로서 존중하면서도 큰누나처럼 조언을 아끼지 않는다.

김윤석 순양그룹 전략실 대리. 전략실 소속이지만 그룹 전략을 짜는 인재들이 모인 진짜 전략실이 아니라 3세들 뒷수발을 담당하는 파트 소속으로 진도준을 수행한다. 성격이 우직하고 매우 성실하다. 문제만 일으키는 다른 재벌 3세들과 다르게 열심히 살아가는 진도준을 존경한다.

우병준 순양시큐리티 상무. 모시는 사람의 가장 깊숙한 곳에 감춰진 추악한 비밀을 알아도 혼자만 알고 죽을 정도의 인물이기에 진양철 회장이 진도준에게 특별히 지정해 준 사람이다. 좀처럼 감정을 드러내지 않으며 잘 벼린 칼처럼 쓸모 있고 무서운 사람이다.

장도형 순양금융 계열사 임원. 40대에 임원이 되어 순양그룹 초고속 승진의 상징이다. 서구식 시스템을 선호하지만 순양에서는 통하지 않는다는 걸 알고, 현재를 있는 그대로 받아들이며 자신만의 방법으로 실적을 쌓아 왔다.

주병해 순양그룹 창업공신. 모종의 사건으로 진양철 회장과 등지고 시골에서 유유자
적한 삶을 살고 있다. 머리가 비상하고 추진력이 뛰어나 순양에 계속 남아 있
었다면 회장 자리에 앉았을 수도 있다는 평가를 받는다.

조대호 순양그룹 임원. 순양자동차 사장을 거쳐 진도준이 만든 HW자동차로 옮겨 가
자동차 개발을 이끈다.

백준혁 장남 진영기의 비서실장. 진영기의 마음을 빨리 읽어 내는 눈치와 실행력으로
그의 오른팔 역할을 하고 있다.

주영일 순양그룹과 재계 유일한 경쟁자인 대현그룹의 회장.

재벌집 막내아들

차례

— 1장 —

윤현우

"윤 실장님, 무슨 통화를 그렇게 오래하세요?"

책상 위의 서류에 머리를 묻고 수화기를 내려놓자마자 앞에서 날카로운 여성의 목소리가 들렸다. 목소리의 주인공이 누군지는 알지만, 나는 최대한 천천히 고개를 들었다. 마치 피곤에 절어 기운이 없는 것처럼. 저 목소리의 주인공이 직접 등장했다는 건 또 사고가 터졌다는 의미다.

"실장님, 피곤한 척 그만하시고 빨리 3번 라인으로 전화하세요. 급히 찾으신다고요."

'역시…. 3번은 몇째 아들이더라?'

"응, 알았어. 금방 전화할게."

"빨리요. 급하신 모양이에요."

찬바람이 도는 싸늘한 목소리만 남기고 그녀는 빠른 걸음으로 돌아나갔다. 그녀가 나가자마자 급히 수화기를 들고 핫라인 3번을 눌렀다. 연결음이 끝나자 급하다고 한 것치고는 심드렁한 목소리가 흘러나왔다.

"논현동에 차 세워 놓은 거 있는데, 정리 좀 해줘요."

그러곤 전화를 끊는다.

'이 싸가지 밥 말아 먹은 새끼.'

다시 수화기를 들었다.

"최 대리, 지금 빨리 논현동 가서 차 어디 있는지 알아봐."

"네."

최 대리는 그 넓은 논현동에서 차를 어떻게 찾을지 물어보지도 않고 전화를 끊는다. 당연하다. 이미 경찰과 구경꾼이 벌떼처럼 모여들었을 테니까.

부회장의 아들이자 회장의 손자인 이 개자식이 무슨 짓을 했는지는 뻔하다. 약을 빨았든, 낮술을 처먹었든 해롱해롱한 상태로 운전대를 잡았을 것이다. 그리고 도로변의 가게로 돌진했거나 가로수 혹은 가로등을 들이박았을 게 뻔하다. 물론 차를 내버려 둔 채 도망친 다음 내게 전화했겠지.

이런 일이 한두 번이 아니니, 최 대리도 척하면 삼천리다. 사람을 치고 뺑소니친 게 아니기만 빌어야 한다. 나는 재빨리 문자를 돌렸다.

[순양그룹 윤현우입니다. 조금 전 발생한 논현동 사고는 별일 아닙니다. 잘 부탁합니다.]

각 언론사 사회부 기자들은 이 문자의 의미가 무엇인지 정확히 안다. 사고의 경중에 따라 주머니를 채울 돈다발의 두께만 다를 뿐, 그들이 목돈을 만지는 것은 예정된 일이다. 그리고 고급 외제 차의 뺑소니 사실은 논현동에서 직접 목격한 일반인들의 SNS에서만 잠시 화제가 될 뿐 곧 사라질 것이고, 언론에는 단 한 줄도 나지 않을 것이다.

30분쯤 지나자 최 대리의 문자가 도착했다.

[가구점을 들이박았습니다. 수리비와 가구 손해 배상으로 7000 요구하네요. 집행 바랍니다.]

'원수 같은 개자식!'

들이박은 이유가 뭔지는 모르지만, 욱하는 지랄 같은 성질 때문에 부장급 연봉이 날아갔다.

'젠장, 신경 끄자. 어차피 내 돈도 아닌데, 뭐.'

정신없는 하루도 다 끝나 간다. 오늘은 제시간에 퇴근하려나? 아내의 생일인데 이것으로 끝났으면 좋겠다. 와이프에게 안겨 줄 선물이라도 잔뜩 사서 일찍 들어가야 가뜩이나 나쁜 관계가 더 심해지지 않을 텐데 말이다. 하지만 내 바람대로 될 리가 없다. 기다렸다는 듯이 전화벨이 울렸다. 나는 목소리를 가다듬고 수화기를 들었다. 이번엔 회장의 비서실장이다.

"윤 실장, 사모님 쇼핑하신다니까 가서 거들어."

"실장님, 백화점에서 수행할 텐데 굳이 저까지…."

"야! 뭔 말이 많아! 우리 백화점이 아니니까 그러는 거지. L백화점 가신다잖아."

또? 어떻게 회장 사모라는 사람이 그룹 백화점보다 경쟁 백화점을 더 좋아하는지 미칠 노릇이다.

"아, 네. 죄송합니다."

"L백화점에 새로 입점한 이탈리아 브랜드가 있어. 거기 둘러보신다니까, 미리 가서 대기해. 일반인 접근 확실하게 막고."

"네, 실장님. 차질 없이 진행하겠습니다."

수화기를 던져 버리고 싶다. 쇼핑백이나 들어 주는 머슴이 되려고 대학교 다닌 것도 아니고, 개망나니 철부지 아들놈의 뒤처리나 하려고 스펙 쌓은 것도 아니다. 하지만 이런 어처구니없는 업무를 거부할 용기도 없고 자존심도 없다.

나는 솟구치는 화를 가라앉히며 백화점으로 달려갔다. 사모님이 도착하시기 전에 먼저 가서 대기해야 하기 때문이다.

백화점 VIP 주차장으로 두 대의 승용차가 들어왔다. 일흔이 넘은 나이에도 돈과 의학의 힘, 그리고 본인의 엄청난 노력으로 깨끗한 피부와 날씬한 몸매를 유지하고 있는 회장 부인이 차에서 내렸다. 그녀는 몸에 쫙 달라붙는 원피스와 부츠 차림이다. 몸을 가꾸는 데 돈을 투자하는 건 남에게 과시하기 위함이니, 이 순간이 그녀는 자랑스러울 것이다. 그러나 같은 나이대의 노인들은 부러워할지 모르지만 젊은 사람의 눈에는 기괴할 뿐이다.

"어머, 윤 실장! 일찍 왔네?"

나는 아무 말 없이 머리만 조금 숙였다. 회장 부인의 환한 미소가 잠시 후면 짜증으로 바뀔 것이라는 걸 무수한 경험으로 알고 있기 때문이다. 오늘 입점한 이탈리아 브랜드의 44사이즈 옷이 조금이라도 몸에 긴다면 백화점을 발칵 뒤집어 놓을 성질머리의 노인네다.

세 명의 남자 경호원과 여비서가 앞장서서 들어가는 회장 부인의 뒤를 따르는데, 못 보던 얼굴이 있어서 여비서의 곁에 붙어 슬쩍 물었다.

"처음 보는 친구도 있는데… 누구야?"

"쉿."

그녀는 고개를 짧게 흔들며 눈을 찡긋했다.

"아하."

아이고! 색정광 마녀 같은 할매, 그새 남자가 또 바뀌었다. 일흔이 넘었는데 성욕이 왕성한 걸 보면 회장 핏줄들이 색을 밝히는 건 외가 쪽을 닮은 게 분명하다.

대기 중이던 VIP 전용 엘리베이터를 타고 매장으로 곧바로 올라간 회장 사모가 미간을 찌푸리며 짜증을 냈다.

"이것들이 일반인 출입을 그대로 놔뒀다 이거지? 내가 오는 걸 알면서도?"

저 말은 나한테 하는 소리다.

'젠장, 방금 연락 받고 뛰어왔는데, 정리할 시간이 어디 있다고.'

"금방 처리하겠습니다, 죄송합니다."

내가 달려 나가자 수행원들 역시 매장 직원을 닦달하기 시작했다. 매장 매니저를 호출한 나는 소리부터 질렀다.

"오늘 저분 오신다는 소식 못 들었어? 당신 제정신이야?"

"그런데 누구신지…?"

매장 매니저는 잔뜩 겁먹은 표정이었다. 정장 차림의 건장한 사내들이 매장을 둘러싸고 척 봐도 돈지랄할 것 같은 할머니가 도도한 모습으로 매장을 향해 걸어오니 그럴 만도 하다.

"나 그룹 전략본부 윤 실장이야. 저분은 우리 백화점 최고의 VVIP, 순양그룹 회장 사모님이고. 일반인 출입 막으라는 지시를 내 손으로 직접 내렸는데 몰랐다고 우기는 거야, 지금?"

이 방법은 늘 통한다. VIP에 대한 실수 한 번으로 매니저라는 직책이 날아가고 경력은 끝장난다. 평범한 일반 고객 백 명이 쓰는 돈을 단 하루 만에 쓰는 엄청난 큰손은 매장 매니저의 인생을 좌지우지할 수도 있다.

매장 매니저는 앞뒤 따지지 않고 머리부터 숙였다. 매니저는 내가 순양그룹 사람일 거라고는 꿈에도 생각 못 하고, L그룹 고위직이라 믿을 것이다.

"죄송합니다, 실장님. 곧바로 조치하겠습니다."

결국, 동원할 수 있는 매장 직원을 총동원해 출입을 통제하고 나서야 우리의 사모님은 만족스러운 미소를 지으며 매장으로 들어섰다.

지금부터 나는 좀 쉴 수 있다. 하지만 사모님의 여비서는 이제 모든 감각을 초인 수준으로 끌어올려야 한다. 옷에 머무르는 사모님의 손길과 눈길, 시간을 보고 의중을 정확히 파악해서 대령해야 하기 때문이다.

10여 분 만에 그녀의 손에는 딱 세 벌의 옷이 들려 있었다.

"어떻게 생각해? 괜찮아?"

"컬러가 강렬해서…."

"너 말고."

매장 매니저의 품평을 단칼에 잘라 버린 사모님은 새로 채용한 남자에게 시선을 돌렸다.

"미스터 김?"

김씨 성을 가진 잘생긴 놈은 잔잔한 미소와 함께 이렇게 지껄였다.

"제가 뭘 아나요? 사모님께서 걸치면 그냥 패션이죠."

'뭐, 걸치면 패션? 일흔 넘은 노인네가 강렬한 색깔 옷을 걸치면 그게 패션이냐? 주책이지.'

기가 차서 콧방귀가 나올 뻔한 걸 겨우 참고 있는데, 사모님은 젊은 남자의 칭찬에 한껏 기분이 좋아졌는지 배시시 웃고 있다. 젊으나 늙으나 잘생긴 남자의 칭찬은 여성의 미소를 만드는 원동력인가 보다.

"한번 입어 보시죠. 잘 어울릴 것 같은데요?"

"그럴까?"

사모님은 젊은 놈의 권유에 옷을 들고 피팅룸으로 들어갔다.

"미스터 김, 잠깐 도와줄래? 지퍼가 뻑뻑해."

나는 잘못 들은 줄 알았다.

'옷 갈아입는데 남자를 불러? 여비서가 아니라?'

추측이 확신으로 바뀌는 순간이다. 미스터 김은 경호원이 아니라 사모님이 새롭게 장만한 장난감이다!

장난감 미스터 김은 싱긋 웃으며 피팅룸으로 들어갔다. 그리고 피팅룸에서 사모님의 애교 가득한 목소리가 새어 나왔다.

"아잉, 그만해. 간지럽단 말이야."

매장 직원들이 킥킥대기 시작했고, 여비서는 부끄러움에 볼이 빨갛게 달아올랐다. 나 역시 쪽팔려 죽을 것 같았다.

'젠장, 와이프 생일날 저런 할망구나 지키고 서 있어야 한다니!'

▲ ▲ ▲

순양그룹, 연 매출이 400조에 육박하며 영업이익만 30조가 넘는 회사다. 주식시장에 상장한 계열사의 시가총액 합계 역시 국가 예산을 훌쩍 넘는 440조 7000억이며, 유가증권시장에서 순양그룹이 차지하는 비중도 27퍼센트 수준이다.

자동차와 전자를 필두로 통신, 중공업, 화학, 유통, 패션, 식품 등 모든 산업 분야에 그룹의 손길이 미치지 않은 곳이 없다. 심지어 편의점과 떡볶이와 김밥을 파는 분식집에 이르는 골목 상권까지 장악해 나가는 현시점에서, 한국 경제와 순양그룹은 공동 운명체라는 우려의 목소리가 나온 지 오래다.

이런 순양그룹이지만 그 출발은 금, 은세공 기술을 배우던 가난뱅이 두 형제로부터 시작됐다.

1920년대 초, 일제 강점기에 태어난 진순철, 진양철 두 형제는 일본인이 운영하는 금은방에서 세공 기술을 배우며 식구들을 먹여 살렸다. 손재주가 뛰어난 형 진순철과 눈치 빠르고 셈이 빠른 진양철은 그야말로 환상의 콤비였다. 형 진순철은 정교한 세공이 가능할 때쯤 미량의 금가루를 빼돌렸고, 동생 진양철은 그 금가루를 팔아먹는 루트를 개발했다. 그렇게 모은 돈으로 농사지을 땅을 알아보던 중에 해방을 맞이했다.

만약 두 사람이 해방 전에 땅을 샀다면 평범한 농사꾼으로 한평생을 살았을 것이고, 아마도 오늘의 순양그룹도 없었을 것이다. 하지만 해방과 동시에 시작한 적산(敵産) 불하(拂下)의 소식을 접한 동생 진양철은 자작농의 꿈을 버렸다.

미군정 및 대한민국 정부는 해방 후 일본인들이 남기고 떠난 적산을 민간에 적당히 불하하였는데, 대표적인 게 적산가옥이다. 일본인들이 살던 집이라면 당연히 넓은 땅, 고급 가옥이었기에 인기가 많았다. 하지만 진양철은 집이 아니라 창고를 불하받았다. 바로 '조선미곡창고'였다. 쌀농사 짓는 일이 아니라 쌀 보관하는 일을 시작한 것이다.

무려 150만 석의 쌀을 보관할 수 있는 조선미곡창고를 불하받았을 때 쌀의 재고량에 대한 정확한 기록이 없었다. 해방되자 조선인들이 창고를 습격하여 쌀을 가져갔고, 도망치던 일본인들도 그동안 쌀을 몰래 팔아먹은 사실을 들키지 않기 위해 재고 장부를 다 태워 버렸기 때문이다.

진양철이 노린 것은 바로 그 쌀이었다. 형제는 대한민국 정부가 쌀의 정확한 양을 파악하기 전에 재빨리 팔아 치웠고 엄청난 돈을 거머쥐었다. 그 돈으로 적산가옥과 기업을 다시 사들였고 그것이 바로 순양그룹의 모태가 되었다.

그 후로도 이문에 밝고 판단력이 빠른 동생 진양철은 미 정부의 원조금을 싼 이자로 정부로부터 빌렸고, 구호물자인 설탕을 독식하다시피 했다. 형은 불하받은 기계 회사를 기반으로 중공업의 기초를 다질 기술력을 축적하기 시작했다. 두 형제의 환상적인 콤비 플레이로 순양그룹은 급격히 성장했다.

하지만 권력은 부자지간에도 나누지 않듯이 형제가 사이좋게 돈을 나눌 리 만무했다. 기술자와 장사꾼이 기업이라는 재산을 놓고 싸웠을 때 승패는 이미 결정된 것이나 다름없었다. 순양그룹의 모든 회계를 도맡아 하던 진양철은 형 진순철이 운영하던 회사의 결산을 조작했고, 진순철은 군부 정권의 부정 축재자 척결 대상이 되어 감옥으로 끌려갔다.

그 후, 동생 진양철이 순양그룹의 회장으로 취임하며 형제의 난은 끝났다. 진순철은 억울한 원한을 풀지도 못한 채 감옥에서 세상을 떠났고, 그의 자식들은 지금 어떻게 사는지 모를 만큼 잊힌 사람들이 되었다.

진양철 회장은 순양그룹을 한국의 대표 기업으로 성장시키고, 78세를 일기로 세상을 떠나며 4남 1녀의 자식과 열두 명의 손주를 남겼다.

현재의 순양그룹 회장은 진양철의 장남 진영기(76세)이며, 부회장은 진영기의 장남 진영준(50세)이다.

나는 바로 부회장 진영준을 보필하는 '미래전략기획본부'의 일곱 명의 실장 중 한 명이다. 나름 꽤 중요한 업무를 맡고 있는데, 사실 그 중요한 일이란 회장 일가의 온갖 지저분한 일을 조용히 처리하는 소위 뒷간 청소, 똥 치우는 일이다.

하지만 무시하지 마시라. 비록 지금은 머슴과 다를 바 없지만 7만 순양직원 모두가 나의 위치와 업무를 부러워한다. 그들은 나보다 더 낮은 등급의 머슴, 아니 노예다. 그들은 노예로 살다 언젠가는 퇴직이라는 이름으로 쫓겨날 테지만 적어도 나는 머슴에서 집사로 승격할 기회라도 있다. 그리고 나는 꼭 집사가 될 것이다!

나는 지방대학 출신이지만, 순양그룹이 주관한 공모전에서 인력 운용 방안에 관한 프레젠테이션으로 눈길을 끌어 입사했다. 순양그룹의 합격 통지서를 받은 다음 날 아버지는 친척들을 불러 조촐하게나마 잔치를 벌였다.

지방에서 태어나 지방대학을 다닌 탓에 당연히 지방 사업장으로 배치받을 줄 알았는데… 세상에나! 거대한 순양그룹의 컨트롤 타워라고 일컬어지는 미래전략기획본부로 발령이 났다. 이때 아버지는 없는 살림에 또 한 번 잔치를 벌였다.

"역시 순양그룹이야. 지방 촌놈이라도 인재를 딱 알아보잖아. 너희들도 알지? 미래전략 어쩌고 하는 곳은 바로 천하의 인재들만 모이는 곳이라고. 서울대 아니면 명함도 못 내미는 곳 아냐? 허허."

감격스러운 표정을 숨기지 못한 아버지는 거나하게 취해 친척들을 향해 자랑을 멈추지 않았다.

하지만 출근 첫날 왜 지방대 출신의 내가 컨트롤 타워에 들어왔는지

알아 버렸다. 컨트롤 타워에도 청소부는 필요한 법. 학벌 좋은 놈들은
자존심이 상해 버틸 수 없는 업무, 하지만 그런 일이라도 감지덕지할 놈
들만 골라 뽑아 배치한 곳이 바로 미래전략기획본부 총무실이었다.

내게 떨어진 첫 업무는 바로….

"야! 잔디랑 잡초 구분도 못 해? 그리고 민들레는 꼭 뽑아. 그놈들은
순식간에 퍼진다고!"

내게 호통을 치며 지시하는 사람은 과장도, 실장도, 부장도 아닌 바로
회장 저택의 정원사였다. 정원수를 다듬는 정원사는 총무팀 신입사원
세 명에게 계속해서 잔소리를 퍼부어댔고, 나는 정장 차림에 구두를 신
고 땀을 뻘뻘 흘리며 잡초를 뽑아야 했다.

결국, 입사 동기인 지방대 출신 두 명은 반년을 버티지 못하고 사표
를 던졌다. 하지만 난 이를 악물었다. 몸으로 때우는 일을 벗어나 머리
로 때우는 일을 맡을 때까지 고3 수험생보다 더 열심히 공부하고 잡역
부 역할도 마다하지 않았다.

화려한 스펙을 자랑하는 유학파 놈들이 지껄이는 영어를 완벽히 알
아듣고 산더미처럼 쌓인 사업 기획서가 한눈에 들어올 때쯤 나도 머리
를 쓰는 업무를 시작했다. 그제야 주변 사람들의 시선이 달라졌다. 항상
깔보던 표정 속에 경계의 눈빛을 담기 시작했다. 잘난 자신들에게는 없
는 나만의 무기를 알아챈 것이다.

내 집처럼 드나들던 곳이 바로 회장 일가의 집이다. 로열패밀리 중
내 이름 윤현우를 모르는 사람이 없었고, 그들이 아쉬울 때 항상 찾는
이름이 바로 나였다. 또한 나만큼 로열패밀리의 감춰진 진면목을 아는
이는 드물었다.

입사 8년 만에 실장이라는 타이틀을 차지했고, 입사 12년이 지난 지
금, 부회장이 포장마차에서 닭똥집에 소주 한잔 걸치고 싶을 때 옆자리

에 앉을 수 있는 몇 안 되는 측근이 되었다. 내 나이 마흔, 앞으로 10년 안에 머슴에서 집사로 탈바꿈하겠다는 내 목표가 그리 허황된 꿈은 아니다.

그리고… 마침내 내가 집사 후보에 올랐다는 사실을 깨닫는 순간이 왔다.

"윤 실장, 출장 좀 다녀와야겠다. 갑작스럽지만 준비 좀 해."

"네, 부회장님. 그런데 제가 내용을 몰라서 말입니다. 죄송합니다."

"몰도바."

비자금 문제다. 아직 내 손으로 직접 돈을 만진 적은 없지만, 서류로 드러난 숫자는 훤히 꿰고 있었다.

"아, 알겠습니다."

"검찰에서 해외 유출 자금 내사 들어갈 거야. 일주일 뒤부터 시작한다는 정보 들어왔어. 계좌 트고 전액 인출해서 자네 계좌로 옮겨."

"제가 말입니까?"

믿기지 않았다. 조용히 서류만 전달하는 게 아니라 천문학적인 돈에 내 손을 담그라고 하다니. 몰도바에 묻어 둔 돈은 천문학적인 단위다. 내가 기억하는 숫자만 7억 달러에 육박한다. 7000억 원이 넘는 돈이다.

'이 돈을 내 명의로?'

"내가 마누라는 못 믿어도 현우 넌 믿잖아. 그 자금, 잠시 맡을 사람은 너뿐이야."

부회장은 나를 빤히 바라보다 빙긋 웃었다.

"왜, 그 돈 들고 튀려고? 자네 명의로 바꾸고 쬐그만한 유럽 어디 구석에 짱박히면 귀족 행세하며 살 수 있으니까?"

"그럴 리가요. 농담이 과하십니다."

"아무튼 인출한 다음 푹 쉬다가 내가 지시할 테니 그때 버진아일랜드

내 계좌로 옮겨. 검찰 수사는 사라진 자금으로 종결 치기로 했으니까."

"알겠습니다. 그럼 다녀오겠습니다."

"참, 아무한테도 말하지 마. 가족들한테도 그냥 출장이라고만 해. 몰도바라는 소리는 꺼내면 안 되는 거 알지?"

"물론입니다."

부회장실에서 나오자 비서가 서류봉투를 하나 전해 준다.

"출장에 필요한 건 그 속에 다 있어요."

서류봉투를 받아들고 당당한 걸음으로 회사를 나섰다. 난 이제 곧 머슴이 아니라 집사가 될 것이다. 그리고 다음 날, 대한항공 일등석에 올라타 몰도바로 향했다.

▲ ▲ ▲

오스트리아 빈을 경유해서 열여섯 시간의 비행을 끝내고 몰도바의 키시너우 국제공항에 도착했을 때 생각지도 못했던 일이 일어났다.

"실장님. 고생하셨습니다. 피곤하시죠?"

갑자기 등장한 두 사내, 비서실 직원이다. 터질 듯한 흰 셔츠 밑에 감춰진 근육, 날카롭고 싸늘한 눈빛에 마음속에서 불안감이 스멀스멀 올라왔다.

'이놈들이 왜 몰도바에서 날 기다리는 걸까?'

순간, 다리에 힘이 쫙 빠지며 휘청거렸다. 부회장의 말은 모두 사실이다, 딱 하나만 제외하고. 부회장은 검찰 수사는 사라진 자금으로 종결짓는다고 했지만 '해외 자금은 순양그룹 미래전략기획본부 윤현우 실장이 인출한 뒤 사라졌다. 그 자금은 그룹 오너 일가가 회삿돈을 빼돌린 것이 아니라 그룹 차원에서 몰도바 인프라 구축 사업에 투자할 예정이었던 자금이었고… 블라블라블라….' 이것이 바로 검찰의 발표가 될 것이다. 그리고 세간의 관심이 사라지면 신문 하단에 아주 작은 기사 하나가 뜰 것이다.

'전 순양그룹 윤현우 실장, 마약 과다 복용으로 사망. 프랑스 남부 해안가에서 발견한 신원 미확인 사체는 윤현우 씨로 밝혀졌다. 블라블라블라⋯.'

결국, 마중 나온 두 사내는 심장에 칼을 꽂든, 몰도바에서 사들인 총으로 머리를 날리든 나를 죽이고 말 것이다.

'어떻게 이럴 수가! 무려 13년이다. 13년을 개같이 일하며 충성을 다했는데 이렇게 버려지다니! 그것도 죽음으로⋯.'

부회장인 장남 진영준이 회장에 오르면 최소한 본부장 이상의 타이틀을 거머쥐리라 기대했다. 운 좋으면 계열사 부사장이 될지도 모른다는 달콤한 꿈까지 꾸었다. 하지만 머슴이 집사가 되는 건 결국 꿈으로 끝났다.

집사가 되는 것도 집안과 출신 성분이 받쳐 줘야 했다. 머슴은 영원한 머슴이다. 조선 시대를 끝으로 신분제가 사라진 평등한 세상이 되었다고는 하지만 월급쟁이는 아니다. 이젠 핏줄이 아닌 학벌과 인맥이라는 새로운 신분제로 바뀌었을 뿐이다.

'젠장. 머슴도 일류 대학 출신이어야 하는 더러운 세상. 참 좋같다.'

두 사내의 살벌한 눈길을 받으며 호텔에 짐을 풀었다.

"실장님, 내일 아침 은행 문 열 때까지 푹 주무시죠."

비행기에서 한숨도 못 잤다. 드디어 집사 신분으로 승격했다는 감격을 만끽하고 꽃길로 펼쳐질 미래를 상상하느라 잠을 이룰 수가 없었다.

호텔 침대에 누워 있는 지금도 역시 잠들지 못하고 있다. 내일 아침이면 치열하게 살았던 이 인생도 끝이라고 생각하니 공포가 밀려왔다. 서너 시간을 누워 눈을 감고 있었지만, 결국 침대에서 일어났다.

깊은 밤이다. 함께 투숙한 비서실 직원, 아니 해결사들도 깊이 잠들었을 것이다. 살아나려면 도망치는 게 상책이다. 나는 지갑과 여권만 챙겨들고 호텔 방 문을 열었다. 발소리를 죽이고 엘리베이터 쪽으로 살금살금 걸어가는데 익숙한 한국어가 들렸다.

"실장님, 어디 가십니까?"

또다시 현기증이 일었다. 이놈들은 절대 날 혼자 두지 않을 것이다.

"아, 바에서 술 한잔하려고요. 시차 때문인지 영 잠이 안 오네."

"그러시죠. 저희도 한잔해야겠습니다. 같이 가시죠. 술친구 해드릴 테니까요."

"괜찮습니다, 쉬세요. 금방 돌아올 겁니다."

내가 별일 아니라는 듯 태연하게 웃는 순간 놈의 입꼬리가 올라갔다.

"이봐요. 아저씨. 이미 눈치 깠을 텐데? 여기까지 와서 같잖은 연극 때려치우지. 머리 좋다고 소문났던데. 알잖아, 내일이 바로 당신 제삿날인 거?"

'이렇게 노골적으로 나올 줄이야…'

내 죽음이 틀림없는 사실이라도 저놈 입에서 나오는 소릴 들으니 심장이 멈출 것 같았다.

"도망갈 생각 말고 방에서 푹 자. 마사지 아가씨 불러줄 테니까 마사지나 받고 마지막으로 실컷 즐기라고. 남자 인생 뭐 있어."

노골적으로 나오니 나 역시 노골적으로 말했다.

"이봐. 얘기 좀 하지? 당신들에게도 좋은 일이 될 거야."

"왜? 여기 은행 돈 찾아서 나눠 가지자고?"

'이런 씨발, 내 생각을 다 읽고 있다니.'

"아니, 당신들 다 가져. 내가 찾아서 전부 준다. 1조 원이 넘어. 당신들 인생이 바뀌는 거야."

"크하하. 이거 참, 점쟁이가 따로 없군."

"뭐? 무슨 말이야?"

"회장님이 그러시더라고. 당신이 분명 이 말 할 거라고."

'회장? 날 희생양으로 고른 게 부회장이 아니라 회장이라고?'

회장이 임신시킨 여자들 데리고 낙태 수술을 위해 병원까지 들락거린 게 바로 나다. 이른바 나가요 아가씨에게 따귀까지 맞아 가며 정리한게 바로 나란 말이다. 그렇게 지가 싼 똥 치워줬는데, 그 공으로라도 살려줘야 마땅한 거 아닌가?

사내가 멍한 내 표정을 보며 말했다.

"아저씨, 1조 원? 그거 가지고 뭐해?"

"당신, 1조 원이면 자가용 비행기 타고 다닌다고. 차고에 수억 원짜리 스포츠카를 일렬로 세워 놓고 요일별로 탈 수 있는 돈이야."

화려한 생활을 누릴 수 있다고 설득해도 그의 대답은 마찬가지였다.

"이래서 머리 좋은 놈은 마지막에 헛다리 짚는 거야. 잘 들어 아저씨. 내 연봉이 2억이야. 회사에서 벤츠도 한 대 줬어. 물론 40평짜리 아파트도 줬고. 내 나이 이제 서른셋이야. 이 정도면 남부럽지 않은 인생이라고. 내가 뭘 더 바랄 것 같아?"

"이… 이 멍청한 새끼."

"우리가 좀 멍청하긴 해. 하지만 삼키지 못할 떡을 넘볼 만큼 멍청하지는 않아."

"야 이 개새끼들아, 내가 회장님 돈을 넘봤어? 도대체 내가 뭘 잘못했어? 이건 그냥 불쌍한 심부름꾼이나 죽이는 거라고."

호텔 복도가 떠나가라 소리쳤지만 공허한 메아리일 뿐이었다.

"소리 지르지 마! 우리도 알아. 그래서 어쩌라고? 우리도 머슴일 뿐이야. 새경 받는 만큼 밥값은 해야지. 그만해!"

"회장님하고 통화 한 번만 하자."

"꿈 깨, 실장급이 어디 감히."

"그럼 당신들이 통화해. 시킨 일 끝나면 나 잠수 탄다고. 남미나 동유럽 구석탱이에 짱박혀 죽을 때까지 나타나지 않을 거야. 제발 한 번만 도와주라."

"거참 사내새끼가 구질구질하게. 그만하지."

놈들은 깊은 밤에 떠드는 게 귀찮은지 쐐기를 박았다.

"딴생각하지 말고 처자. 부모님 생각도 해야지."

'부모님'이라는 단어가 비수가 되어 심장에 박혀 엘리베이터 앞에서 주저앉아 버렸다. 저놈들은 인질을 잡고 있다, 그것도 확실한 인질을.

아내와는 딱히 좋은 부부 관계가 아니다. 그녀는 순양그룹 핵심 부서에서 일하는, 장래가 촉망되는 내 명함에 반해 결혼했다. 그러나 얼마 지나지 않아 내 업무의 본모습을 알게 된 후 노골적으로 경멸의 눈길을 보내기 시작했다. 아이가 없는 이유 역시 이것과 무관하지 않다.

비록 부부라는 이름으로 공식적인 자리에서는 웃으며 함께했지만, 그것이 전부였다. 집에서는 남이나 다름없이 각자의 의무만 다할 뿐이었다. 나는 아내에게 월급을 가져다주고 식사와 빨래, 청소를 제공받았다. 우리 둘 다 마음에 이혼이라는 단어를 담아 둔 채 차마 꺼내지는 못하고 만지작거리고 있었다.

그런 아내보다 부모님이 훨씬 더 확실한 인질이다. 몰도바에서 내가 모든 걸 뒤집어쓰고 죽지 않으면 부모님이 죽는다. 교통사고, 화재 아니면 행방불명…. 더는 선택지가 없다.

사내는 맥 빠진 내 모습을 보며 피식 웃었다.

"거봐. 내 말대로 마사지 걸이나 불러서 마지막으로 즐겼으면 좋았잖아? 긴말 않는다. 방으로 돌아가."

다음 날, 시체 같은 내 모습을 보며 두 사내가 인상을 찌푸렸다.

"어이, 기운 내라고. 1조 원 부자가 몰골이 그게 뭐냐?"

이젠 되받아칠 기운도 없다. 나는 그들이 시키는 대로 은행으로 들어 섰다. 가능하면 CCTV에 선명하게 잡히도록 얼굴을 이리저리 돌리고 전자 계좌의 상징인 얇은 마스터 카드를 들고 나왔다.

"고생했다. 당신 공로… 아니 목숨값은 후하게 쳐주신다고 했어. 가 족 걱정은 마. 부모님께는 후한 보상금을 줄 거고 부인은 미국으로 가서 별 탈 없이 살 수 있도록 조치해 주실 거다."

끝까지 헛소리다. 비리를 저지른 직원 가족에게 그런 특혜를 주는 일 은 없다. 퇴직금은 당연히 주지 않을 것이고, 오히려 재산 압류 소송을 걸어 땡전 한 푼 남기지 않을 놈들이다. 남에게 절대 인심 쓰지 않는 것 이 재벌이라는 놈들의 특징이다. 열심히 일하다 재해를 입은 근로자에 게 단돈 100만 원 주는 것도 아까워서 난리 치는 모습을 한두 번 본 게 아니다.

양쪽에서 나를 에워싼 두 놈이 이끄는 대로 한적한 호숫가로 이동 했다.

'이곳이 바로 내 무덤인가? 아니면 눈이 시리도록 푸른 저 호수 바닥 이 내 무덤일까?'

한동안 호수를 바라보다 등을 돌리니 한 놈의 손에 들린 권총이 보였 다. 모든 걸 포기했으니 담담하고 의연하게 죽음을 받아들일 수 있을 줄 알았는데, 권총을 보는 순간 생명에 대한 마지막 본능이 꿈틀거렸다. 나 도 모르게 그놈 발아래 무릎을 꿇고 매달렸다.

"제발, 부탁이야. 살려줘. 제발!"

"당신 혹시 〈원티드〉라는 영화 봤어?"

"어차피 난 한국으로 돌아가지도 못하잖아. 이곳, 아니 남미나 아프리카 오지에서 평생 죽은 듯이 살게. 넌 날 죽었다고 보고만 하면 되잖아."

무릎 꿇고 앉아 빌고 또 빌었지만, 저 빌어먹을 새끼는 계속 딴소리다.

"안젤리나 졸리가 섹시하게 나왔던… 그 영화 주인공은 사람을 죽일 때 꼭 이 말을 하더라고. 아이 엠 쏘리."

"야! 내가 죽을죄를 지은 것도 아니잖아. 그냥 행방불명이면 충분하잖아!"

"그래서 나도 꼭 한 번 써먹고 싶었어."

빌어먹을 새끼는 총구를 내 머리에 겨누었다.

젠장, 죽기 전 마지막 듣는 말이 이딴 영화 대사가 될 줄은 상상도 못 했다.

"I Am Sorry."

탕!

—— 2장 ——

진도준

"으헉!"

또 같은 꿈이다. 딱 석 달 전에 있었던 일이 매일 밤 꿈에서 되풀이된다. 하루도 빠짐없이 두려웠던 죽음의 순간을 생생하게 떠올리며 잠에서 깨어난다.

'하아… 와신상담도 아니고 이게 무슨 꼴인지.'

이 꿈을 평생 되풀이하지 않기만 바랄 뿐이다.

6시 10분 전, 6시에 맞춰 놓은 알람이 울리기 전 일어나 내 침실에 딸린 욕실에서 빠르게 샤워를 끝냈다. 내가 교복으로 갈아입고 침실을 나설 때까지 맞은편 침실에서 처자는 형이라는 놈은 일어날 기미도 보이지 않았다.

30여 개 계단을 내려와 거실에 들어서니 시원한 콩나물국 냄새가 가득했다. 주방에서는 일하는 아주머니가 부지런히 아침을 준비 중이었다. 콩나물국은 아침 메뉴에서 빠지지 않는다. 아버지라는 작자가 하루도 빠짐없이 술을 퍼마시기 때문이다.

현관문을 열고 나서자 새파란 잔디가 초여름 햇살을 받아 반짝이고 있다. 정원에 떨어져 있는 신문 세 부를 주워 들고 조용히 2층 침실로 돌아왔다. 경제지 하나와 종합 일간지 두 부를 천천히 읽어 내려갔다. 신문 1면은 최루탄과 화염병이 난무하는 데모 사진이 큼지막하게 박혀 있었다.

1987년 6월 26일, 오늘도 데모는 계속 이어질 것이다. 29일, 제5공화국의 대통령이 항복 선언을 할 때까지….

광고까지 전부 꼼꼼히 읽고 신문을 고이 접었다.

"도준아."

내가 일어난 걸 알았는지 일하는 아주머니가 우유와 커피 한 잔을 쟁반에 받쳐 들고 방문을 두드렸다. 석 달째 듣고 있는 나의 이름, 진도준… 아직 익숙하지 않다.

"안 가져오셔도 돼요. 내려가서 마시면 되는데."

"이그, 우유 때문에 그러는 거 아니잖아. 커피도 가져왔어. 부모님 보시면 난리 날 테니까 얼른 마셔."

"고맙습니다, 아주머니."

커피를 홀짝거리는 내 모습을 아주머니는 기특한 듯 지그시 바라봤다. 아주머니는 갑자기 변해 버린 날 무척이나 좋아한다. 툭하면 식탁에서 떼쓰고, 집안일하는 어른들을 막 대하는 예의라고는 눈곱만큼도 없는 철딱서니 없는 열 살짜리 부잣집 막내가 180도 변했다. 어른에게 항상 존댓말을 쓰며 늘 고맙다는 말을 입에 달고 산다. 반찬 투정은커녕 주는 대로 한 그릇 뚝딱 해치우고 방 청소도 직접 하는가 하면 틈틈이 집 안 청소도 도와준다. 열 살짜리 꼬마의 의젓함이 어찌 예뻐 보이지 않을까?

"참, 오늘 회장님 생신인 거 알지? 저녁은 회장님 댁에서 먹을 테니까 그리 알고 있어."

"네. 기억해요."

아주머니는 싹 비운 커피잔과 우유 잔이 담긴 쟁반을 든 채 내 머리를 한 번 쓰다듬고는 접어 놓은 신문까지 잊지 않고 챙겨서 나갔다.

드디어 오늘이다. 진도준이라는 열 살짜리 어린애가 된 뒤 딱 3개월 만에 순양그룹의 창업주 진양철을 만난다. 전생에서는 단 한 번도 만난 적 없었지만, 오늘은 숱한 전설을 남긴 그를 직원이 아닌 막내 손자 신분으로 만나 한 식탁에서 밥을 먹게 되었다.

66세의 할아버지와 10세의 손자!

몰도바 한적한 호숫가에서 머리에 총알을 박은 채 죽음을 맞이한 내가, 나를 죽이라고 지시한 집안의 열 살짜리 막내 손자로 환생한 것은 어떤 의미일까? 신은 내게 복수의 기회를 준 것일까? 아니면 같은 피를 나눈 가족이니 용서하라는 뜻일까?

이상하리만치 조용한 아침 식탁이었다. 평소 쉴새 없이 조잘대던 열두 살짜리 나의 형 진상준은 오늘따라 입도 뻥긋하지 않고 밥만 꾸역꾸역 밀어 넣었다. 술이 덜 깬 아버지 역시 콩나물국 국물만 조금씩 떠먹을 뿐이었다.

그리고… 오! 어머니, 전생에 봤던 그 어떤 여인보다 아름다운 어머니! 공교롭게도 〈로미오와 줄리엣〉의 올리비아 핫세와 동갑인 어머니는 한국의 올리비아 핫세로 불리며 혜성같이 등장한 스타였다. 1970년대 초, 단 한 편의 영화로 스타 반열에 오르며 트로이카 여배우 시대의 스타트를 끊었지만, 그녀의 팬이었던 한 남자의 열렬한 구애를 받아들여 결혼에 골인한 후 스크린에서 모습을 감추었다. 이 행운의 주인공이 바로 나의 아버지이자 순양그룹 창업주 진양철 회장의 5남 진윤기다.

두 사람은 세기의 결혼 주인공이었다. 이 당시 순양그룹은 계열사 확장을 시작하며 그룹의 초석을 다지는 단계였고, 특히 순양전자가 출범하여 본격적인 일본 따라잡기를 시작하는 시기였다.

어머니는 뛰어난 미모를 자랑하는 스타였지만 순양그룹 입장에서는 광고모델 그 이상도 이하도 아닌 평범한 집안의 여자였다. 몇 번 만나 즐기는 연애는 가능하지만 집안사람으로 받아들이는 것은 언감생심이다. 당연히 진 회장은 불같이 노했고 아들을 족보에서 빼버리겠다고 길길이 뛰었지만, 배 속에 들어 있는 생명의 씨앗 때문에 어쩔 수 없었다.

여기까지는 업무상 회장 일가를 속속들이 파악해야 했던 과거에 언론 기사를 통해 알게 된 내용이다. 그리고 경험으로 아는 내용도 있다. 이 가족은 집안에서 철저히 배제되었다. 미래전략기획본부 시절 나는 단 한 번도 이 가족의 일로 시간을 쪼갠 적이 없다. 그룹 차원에서 이 가족을 관리하지 않은 것이다.

이들은 그저 죽은 듯 바짝 엎드려 지냈다. 내가 이 부부를 대단하게 생각한 점이 바로 이것이다. 창업주인 아버지의 미움을 한몸에 받고, 창업주가 죽은 후 장남이 그 자리를 승계할 때 막내인 내 아버지는 정말 쥐꼬리만큼 지분을 상속받았다. 다른 형제들이 순양그룹의 지분을 조금이라도 더 차지하기 위해 똥 밭의 개처럼 싸웠지만, 이 부부는 그 싸움에서 멀찍이 떨어져 자신들의 삶을 지켜나갔다. 물론 한국 최고의 재벌이니 쥐꼬리라고 해도 일반인은 상상할 수 없는 거액이었기에 가능한 일이었는지도 모른다. 하지만 한 가지 확실한 것은 이 부부는 욕심이 그리 크지 않다는 사실이다.

"도준아."

"네?"

"왜 그렇게 놀라?"

아직 30대 중반인 어머니의 미모는 대단하다. 그런 아름다운 얼굴을 가까이서 보니 여전히 쑥스럽다. 언제쯤 익숙해질까?

"아, 아니에요."

"풋! 이거, 우리 도준이가 너무 어른스러워져서 엄마가 더 놀란다니까."

석 달 전, 죽음에서 깨어났을 때(이보다 더 나은 표현을 아직 찾지 못했다)

30년 전의 과거로 돌아온 것도 모자라 내가 순양그룹 창업주의 막내 손자라는 사실을 알게 된 후 또다시 죽을 만큼 놀랐다.

시간이 지나며 익숙해지긴 했지만 단지 생물학적 부모인 두 사람을 친근하게 대하는 건 아직 어려웠다. 아버지의 나이가 지금 서른여덟이니 전생의 나보다 두 살이나 어리다. 차마 아빠, 엄마라고 부를 수는 없어 가까스로 아버지, 어머니라고 부르고 있다. 열 살짜리 아들이 갑자기 변해 버려 깍듯한 존칭과 존댓말을 쓰니 어색하고 놀랍기도 할 것이다.

"난 안 갈 거야! 진짜야, 안 갈 거라고!"

숟가락을 소리 나게 내려놓으며 칭얼거리는 형이라는 놈의 주둥이가 댓 발이나 나왔다. 요놈은 또 왜 심통인가 생각하니 대충 짐작이 갔다. 할아버지가 무서운 거다. 부모님도 그걸 알기에 표정을 굳히면서도 야단을 치지 못하는 것 같다. 하긴… 다른 재벌과 정략결혼을 해야 할 아들이 한낱 여배우와 결혼하겠다고 할 때 마지못해 허락한 원인이 바로 요놈이다. 회장이 어찌 고운 눈으로 바라보겠는가?

형 놈의 심정은 이해하지만, 밥상머리 예절이 이따위라는 건 봐줄 수 없다. 난 요놈의 부모도 아니고 그 심정을 이해할 만한 같은 또래도 아니다. 그리고 요놈의 버릇을 고쳐 놔야 할 가장 큰 이유는 바로 창업주 할아버지가 요놈 때문에 나까지 괄시하면 안 되기 때문이다.

"상준아, 아빠가 약속할게. 밥만 먹고 빨리 돌아올 거야, 괜찮지?"

아버지는 부드러운 말로, 어머니는 미안한 표정으로 큰아들을 달랬지만 요 꼬맹이는 한동안 더 칭얼거렸다. 만약 등교할 시간이 아니었다면 내가 먼저 폭발했을 것이다.

'이 새끼, 너 학교 다녀와서 보자.'

운전기사가 모는 고급 세단 뒷좌석에서 나의 철없는 형은 단 한마디도 하지 않고 침울하게 앉아 있었다.

우리 형제가 다닌 국민학교(초등학교로 바뀌었지만)는 이른바 좀 사는 정도 수준의 부자와 순양그룹 같은 재벌가, 그리고 명문가라 불리는 고위 관료, 법조인의 자식이 득실대는 명문 사립학교였다. 미래의 회장, 사장들과 미래의 국회의원, 장관들이 동문이며 동창이다. 이들과의 친분이 어느 정도 깊은가에 따라 미래가 바뀔 수도 있다는 생각에 나는 최대한 튀지 않고 사교성을 발휘했다.

이 당시만 하더라도 '잘난 척하지 말라', '튀지 말라'는 의식을 교사와 학생들이 공유하고 있어, 스쿨버스 대신 자가용을 타고 통학하는 아이들은 일부러 교문에서 멀리 떨어진 곳에 내려 걸어왔다. 하지만 이 학교의 어린 꼬맹이들도 곧 깨달을 것이다. 자신들은 태어날 때부터 돈과 권력을 물려받는 축복을 타고난 존재라는 것을 말이다. 그 사실을 깨닫는 순간부터 타인 위에서 군림하려 할 것이다.

'재수 없는 놈들!'

아무튼, 오늘은 학교 끝나기만을 기다렸다. 순양그룹 창업자와 내가 모시던 놈들의 젊고, 어린 시절의 모습이 무척이나 궁금했기 때문이다.

학교가 파하고 집으로 돌아온 나는 버르장머리를 고쳐야 할 놈부터 마주했다.

"야! 누가 맘대로 들어오라고 했어? 나가!"

투덜이 형의 방에는 오락실에서나 볼 수 있는 큼지막한 게임기가 세 대나 떡하니 한쪽을 차지하고 있었고, 침대 위에는 소형 게임기의 전설인 닌텐도의 패미컴이 뒹굴고 있었다. 형 놈은 커다란 게임기 앞에 앉아 열심히 버튼을 누르며 뒤를 돌아보지도 않고 소리쳤다.

'요놈의 자식, 잘됐다.'

완벽한 기회다. 나는 아무 말 없이 그놈의 뒤로 다가가 앉아 있던 의자를 걷어찼다.

"야! 너…!"

"아가리 닥쳐. 이 새끼야!"

바닥에 나가떨어진 놈의 명치를 지그시 한번 밟아 주니 입도 벙긋하지 못한 채 바둥거렸다. 나는 형의 머리채를 잡고 욕실로 끌고 들어갔다.

"도준아! 너 손이 왜 이래?"

벌겋게 부어오른 내 손을 보고 놀란 어머니는 얼음찜질을 해주고 연고를 발라주며 눈물까지 글썽였다.

"괜찮아요. 샤워기 틀면서 실수해서… 뜨거운 물이 조금 튀었어요."

"이게 튄 거니? 아휴, 화상 입은 거면 어떡해?"

결국, 주치의까지 급히 불러 별일 아니라는 진단을 받고서야 어머니는 한시름 놓은 것 같았다.

내 손이 문제없다면 겁먹은 표정으로 날 바라보고 있는 형 상준도 화상을 입지 않았다는 뜻이다. 하긴 옷 입은 몸에 끼쳐 봤자 사우나 열탕 정도 온도의 샤워기 물로 겁을 줬으니 나보다 훨씬 경미할 것이다. 하지만 곱게 자란 열두 살짜리에게는 공포였을 것이다. 지금껏 그 누구도 자신을 그렇게 함부로 대한 적이 없었을 테고, 물리적인 폭력을 견뎌낼 만큼 정신이 여물지도 않았을 테니 말이다. 물론 두 번, 세 번 갈수록 약발이 약해져서 대들기도 하겠지만, 어린애 하나 굴복시키는 것쯤 식은 죽먹기 아닌가.

한바탕 소란이 지나가고 우리 가족은 할아버지 집으로 향했다.

"여보, 당신이 직접 운전하게?"

어머니는 운전석 쪽 문을 여는 아버지를 향해 말했다.

"응, 술 안 마실 테니까 걱정하지 마. 내가 평창동에서 술 마시는 거 봤어?"

평창동, 내가 부모님 집보다 더 자주 들락거린 곳이다. 진양철 창업주가 죽고 장남 진영기 회장이 차지한 평창동 저택은 입사 후 첫 업무였던 잡초를 뽑은 곳이기도 하다. 그때는 정말 하찮은 머슴이었는데 지금은 주인의 핏줄이다. 마치 자수성가해 고향 집으로 돌아가는 기분이다.

뒷좌석에 앉은 나와 형은 평창동에 도착할 때까지 얌전히 있었다. 나야 감회가 새로워서 그랬고, 형은 내 눈치를 보느라 입도 벙긋하지 않았다. 두 아들의 침묵에 부모님의 표정은 더욱 어두워졌다. 도대체 이들 가족에게 평창동은 어떤 의미일까?

▲ ▲ ▲

대지면적 1100평.

네 채의 건물.

지상 2층, 지하 2층.

주차대수 50대.

담장 둘레 380미터의 거대한 성.

이곳이 바로 순양그룹의 창업주이자 총수인 진양철 회장의 저택이다. 높은 담과 빼곡한 조경수는 외부의 눈길을 차단한 철옹성을 연상케했다.

거대한 대문 옆 작은 초소에 대기 중이던 두 명의 경비원이 거수경례까지 붙이며 문을 열자 승용차는 미끄러지듯 집 안으로 들어갔다. 내가 열심히 잡초를 뽑았던 너른 정원이 눈에 들어왔다. 그곳엔 이미 많은 손님들이 나와 초여름 날씨를 즐기며 담소를 나누고 있었다.

우리 가족은 차에서 내려 초록의 정원과 잘 어울리는 하얀색 중앙 본관으로 걸어갔다. 손님들 중 몇몇이 우리 가족에게 가벼운 묵례를 보였지만, 대부분은 힐끗 본 뒤 무시하듯 고개를 돌렸다. 그들을 살펴보며 누구인지 최대한 기억을 더듬어 보았지만 한 세대 전의 인물들이고, 내 기억의 얼굴은 지금으로부터 30년 후의 모습이라 아는 이가 거의 없었다. 저들 중 누가 총수의 최측근인지 알아내야 하는 숙제를 떠안은 기분이었다.

활짝 열어 놓은 현관을 통해 거실로 들어서는 순간 심장이 심하게 쿵쾅거렸다. 회장의 미움을 한몸에 받는 우리 가족에게 어떤 일이 생길까? 정원의 손님들처럼 제대로 눈길 주는 이가 한 명도 없는 건 아닐까? 꿔다놓은 보릿자루처럼 완벽한 외부인 취급을 받는 건 아닐까?

거실 소파에는 이미 여덟 명이 앉아 있었다. 굶주린 늑대와 여우, 바로 나의 큰아버지들과 고모, 큰어머니들과 고모부다. 순양이라는 먹음직스러운 고깃덩이를 차지하기 위해 자신들의 아버지가 죽기만을 기다리는 탐욕의 화신들이다.

장남 진영기.

차남 진동기.

삼남 진상기.

그리고 유일한 딸인 진서윤.

이들의 날카로운 눈길을 피하는 막내아들이자 나의 아버지인 진윤기.

어색한 침묵이 조금 흐르고 어머니가 입을 열었다.

"안녕하셨어요, 저희 왔어요."

어머니가 허리를 90도까지 숙여 인사할 때 날카롭고 신경질적인 목소리가 들렸다.

"아직 분 바르던 시절 버릇 남았어? 스타야? 왜 항상 마지막에 나타나?"

이 목소리의 주인공은 바로 백화점 피팅룸에서 젊은 놈팽이와 놀아나던 진영기의 부인이다. 물론 지금은 40대라 아직 봐줄 만했지만 내 눈에는 30년 뒤의 모습이 어른거려 어쩔 수 없이 웃음이 터져 나왔다.

"풋, 킥킥."

당황한 아버지가 잡고 있던 내 손에 급히 힘을 주었지만, 이미 늦어 버렸다.

"웃어? 지금 웃은 거야?"

진영기의 부인이 눈을 치뜨며 표독스러운 표정으로 소파에서 벌떡 일어났다.

"안녕하세요, 큰어머니."

나는 웃음을 거두고 머리를 숙여 인사했다.

"너 방금 웃었지? 어디서 감히, 어른 말씀하시는데….."

"그만하지? 애한테 지금 뭐 하는 짓이야?"

큰아버지 진영기가 아내를 나무랐지만, 오히려 화를 더 돋울 뿐이었다. 씩씩거리는 모양새로 봐서는 내 머리라도 쥐어박을 것 같았다.

'이거, 첫 대면치고 영 엉망인 걸.'

"내 집에서 누가 큰 소리를 내는 거냐? 어디서 배운 버르장머리야!"

모두의 시선이 소리 나는 곳을 향했다. 2층 계단 위에 서 있는 노인, 바로 순양그룹의 지배자이며 내 할아버지인 진양철 회장이었다.

철면(鐵面).

자기주장대로 꼭 하고야 마는 강철 같은 정신력이 얼굴에 드러난다고 해서 붙은 별명이다. 친형을 쫓아내고 회사를 독식한 냉정함이 드러난다고 해서 철면이라 말하는 이도 있었다. 별명이 뭐든 어차피 나는 겪어 보지 못한 사람이다.

왕의 등장에 왕자들과 공주는 얼어붙었다. 자식들마저 두려움에 떨게 하는 사람이다. 물론 그 두려움의 원천은 그가 가진 돈이다. 그 돈을 물려받지 못했을 때 펼쳐질 미래, 다른 형제가 가져갈 자신의 몫, 재벌가 신분을 유지할 수 없을 때의 두려움, 이 모든 것들이 뒤엉켜 아버지를 두려워하는 것이다.

진 회장은 천천히 계단을 내려와 거실 한가운데 섰다. 나는 마른침을 꿀꺽 삼켰다. 황제는 우리 가족에게 어떤 반응을 보일까? 곁눈질로 부모님을 힐끔 보니 두 분은 이미 극도로 긴장한 기색이 역력했다. 부모님이 진 회장을 향해 허리를 숙여 인사했지만 차디찬 눈길만 돌아왔다. 그의 시선이 형 상준에게 향했을 때는 마치 벌레를 보는 듯한 눈빛으로 변했다.

이제 내 차례다. 나는 또 한 마리의 벌레로 취급할까? 아니면…?

"아이고, 내 새끼. 이게 얼마 만이냐. 자주 놀러 오라는 할애비 말, 어디로 흘려들은 게냐?"

철면이 사라지고 인자한 보통의 할아버지 표정이다. 잔뜩 긴장했던 나는 그 반응에 놀라 입이 벌어졌다.

'이게 어찌 된 일이지? 내 부모는 자식 취급도 안 하더니 왜 내게는 이렇게 자상하지? 도대체 어떻게 반응해야 하나?'

막내아들 부부는 그룹의 관리 대상이 아니었기에 나는, 나와 회장의 관계를 전혀 몰라 혼란스러웠다. 하지만 고민하고 판단할 새도 없이 회장이 나를 번쩍 안아 올렸다.

"자, 내가 우리 강아지한테 줄 게 있는데 궁금하지 않니?"

'젠장, 이게 어떻게 굴러가는 시추에이션이야?'

회장이 날 데리고 간 곳은 2층의 조그만 방이었다. 물론 이 집의 규모에 비해 작은 방일 뿐 웬만한 소형 아파트 평수와 맞먹는 크기다.

그 방 한가운데는 조랑말 하나가 놓여 있었다. 물론 살아 있는 말은 아니다. 받침대가 있고 받침대 위의 기둥에 박혀 있는 말은, 어찌 보면 로데오 경기의 연습용 장비처럼 보였다. 아마도 스위치를 누르면 저 조랑말이 흔들릴 것이다. 이 추측을 뒷받침하듯 받침대에서 빠져나온 전선도 보였다. 방안에는 조랑말뿐만 아니라 장난감이 가득 차 있었다. 이 방은 손주들을 위한 놀이방이 틀림없다.

"어떠냐? 네가 말한 그 말, 이 할애비가 딱 준비해 뒀지. 마음에 드느냐?"

진 회장은 나를 내려놓으며 말했다.

아직 확실하지는 않지만, 이 영감은 날 좋아하는 것 같다. 비록 내친 자식이지만 노친네에게 막내아들은 아픈 손가락이다. 강철 같은 사람에게도 부모의 마음은 있어 내 아버지에게 미안한 것이다. 그 좁쌀만 한 미안한 마음을 내게 쏟는 게 아닐까 짐작해 본다.

자식을 내친 원인 제공자를 사랑할 아량은 없으니 형 상준에게 쏟는 건 불가능하다. 게다가 나는 막내 손자 아닌가. 내게 잘해 주는 것으로 스스로 면죄부를 주는 것은 아닐까?

중요한 순간이다. 회장이 내게 가진 애정의 크기가 어느 정도일까? 그 크기를 가늠해야 한다. 그 크기에 맞춰 어리광도 부려야 하고 필요한 만큼 내 존재감을 드러내야 한다. 일단 첫 번째 테스트! 나는 플라스틱 말을 쓰다듬으며 진 회장을 향해 잔잔한 미소를 지었다, 어울리진 않지만.

"전 진짜가 좋아요, 할아버지."

"뭐라?"

"플라스틱 말보다는 진짜 말이 좋고요. 저기 있는 장난감 자동차보다는 씽씽 달리는 진짜 차가 좋아요. 배도 목욕탕에서 가지고 노는 게 아니라 바다 위를 떠다니는 진짜 배를 갖고 싶고요."

조금 놀랐을 거다. 아니, 아주 많이 놀란 모양이다. 진 회장의 표정이 단단히 굳어졌다. 화났을 때 오히려 웃고, 놀랐을 때 그 감정을 드러내지 않는 사람, 철면은 감정을 잘 숨긴다.

"진짜라… 우리 도준이는 진짜가 무슨 뜻인지 아니?"

어떤 대답을 해야 할까? 아니, 어떤 대답을 원할까? 망설이지 말고 대답해야 한다. 즉흥적인 것처럼, 어린애답게.

"네."

"뭘까? 그게?"

"할아버지 거요."

진 회장이 놀란 표정을 지었다. 이번만큼은 감정을 숨길 수 없나 보다.

"할아버지가 만드는 자동차, 배, 텔레비전은 모두 진짜잖아요. 전 그런 것들이 좋아요."

어른은 아이의 말을 성인의 언어로 번역해서 듣는다. 내가 처음 내뱉은 진심, 진 회장은 이 말을 어떤 의미로 받아들일까?

놀란 얼굴이 다시 딱딱하게 변했다.

"흠, 도준아."

"네, 할아버지."

"네가 말한 진짜를 가지려면 아주아주 힘든 일을 많이 해야 한단다. 죽을 만큼 무서운 일도 많이 겪을 수 있어. 하지만 가짜를 좋아하면 이런 일이 없을 거야. 그냥 즐겁고 재미있지."

죽을 만큼? 내가 죽음을 마주했을 때, 무섭기도 했지만 억울함이 더컸다. 순양그룹이라는 진짜배기를 갖기 위해서는 그 정도는 감수해야하지 않겠는가?

내 속을 모르는 진 회장은 충고 같은 말을 계속 늘어놓았다.

"진짜 말을 타고, 차를 운전하고, 배를 타고 거친 바다로 나가려면 그만한 훈련과 배움이 필요하단다."

"학교에서 말씀인가요?"

"학교? 그래, 지금은 그렇구나."

"그럼 제가 몇 등 하면 진짜 말을 가질 수 있어요?"

"뭐라? 으허허."

진 회장은 기분 좋은 웃음을 터트렸다. 내 말이 '좋은 실적을 내면 보너스를 얼마나 받을 수 있느냐'로 들렸음이 틀림없다.

"말은 굉장히 비싼 동물이니까, 어디 보자… 좋다! 1년 동안 전 과목 '수'를 받으면 내년 네 생일 선물로 사주마, 어떠냐?"

역시 뻔한 대답이 돌아왔다. 하긴 열 살짜리 어린애에게 바라는 건 열심히 공부하는 것뿐이다.

조금은 과장됐지만, 나는 살짝 어처구니없는 표정을 지었다.

"왜? 자신 없나 보구나. 허허."

내 표정이 귀여운지 진 회장은 인자한 웃음을 보였다.

"아뇨, 너무 쉬워서요. 학교 졸업 때까지 한 번이라도 '수'를 받지 못하면 안 된다고 말씀하실 줄 알았거든요. 1년이면 진짜 쉬워요."

활짝 웃는 내 모습에 진 회장은 또다시 놀란 표정을 지었다.

내가 이 몸에 들어오기 전의 진도준은 조용하고 평범한 아이였다는 걸 알고 있다. 머리도, 체력도, 성품도 어디서나 흔히 볼 수 있는 평범한 아이였다. 그랬던 아이가 확 달라졌으니, 오랜만에 보는 막내 손자의 변화에 진 회장이 놀랄 만도 하다.

"그래? 이 할애비가 기대하마. 우리 도준이가 '올 수'를 받는지 말이다. 하하."

인자한 미소를 가득 머금은 채 진회장이 내게 손을 내밀었다.

"자, 내려가자. 저녁 먹고 사촌들이랑 놀아야지."

나는 진 회장의 손을 힘주어 잡았다.

아래층 다이닝룸으로 내려갔을 때 수많은 시선이 내게 꽂혔다. 그들은 거대한 세 개의 식탁에 나눠 앉아 있었다.

척 봐도 알 수 있는 양복쟁이들은 계열사 사장을 비롯한 그룹의 핵심 인물들이다. 그중 몇몇은 30년 뒤의 얼굴이 고스란히 드러나 있어 낯이 익었다. 그룹 핵심 인물들은 누군가의 남편이며 아버지이자 아들이지만, 아내와 자식을 향한 사랑이나 부모에 대한 효심보다 진양철 회장에 대한 충성이 우선인 놈들이다. 바로 내가 꿈에 그리던 자리에 앉은 집사, 좋게 말한다면 호위무사들이다. 진 회장도 그들이 보여 주는 충성에 대한 보답으로 그들의 말에 귀를 기울인다. 저들을 꼭 내 편으로 만들어야 한다.

한쪽 식탁에는 아이들이 앉아 있었다. 내 친형 한 명과 열한 명의 사촌이다. 그들 사이에서 사촌 큰형으로 이 집안의 장손이자, 30년 뒤 부회장의 자리에서 나를 죽음으로 내몬 진영준을 발견했을 때는 온몸이 부르르 떨렸다. 만약 내 손에 총이 있다면 저놈을 쏴 죽여 버리고 싶은 심정이었다.

마지막 식탁에는 선택받은 자들이 앉아 있었다. 그들이 한 일이라고는 단지 진양철 회장의 자식으로 태어난 것뿐이지만, 그것만이 그 식탁에 앉을 수 있는 유일한 방법이다. 다섯의 후계자들과 그 배우자들….

'잠깐! 왜 아홉이지?'

한 명이 없다. 어째서 내 어머니는 그 자리에 없는 걸까? 주위를 두리번거려도 어머니를 찾을 수 없었다.

진 회장이 식탁에 앉자 두 요리사가 66개의 초가 꽂힌 케이크를 들고 등장했다.

"회장님! 생신 축하드립니다."

"아버지, 생신 축하드려요. 건강하게 오래오래 사세요."

"할아버지! 생신 축하합니다!"

수많은 딸랑이가 환한 미소와 함께 소리쳤고, 회장이 초를 끄자 집 안이 떠나가도록 박수를 쳤다. 웃지도 않고 박수에 힘도 없는 이는 단둘이었다. 바로 내 아버지와 형이다. 아무리 미운털이 박혔다고는 하나 어떻게 저렇게 풀죽은 모습을 보일까? 도대체 우리 가족은 이 집안에서 어떤 존재인가?

그 해답은 어머니를 발견하자마자 알 수 있었다. 어머니는 자리에 함께하지 못했다. 아니, 식탁에 앉을 틈이 없었다. 남자들을 제외한 모든 여자, 즉 시어머니와 동서들, 시누이가 틈만 나면 어머니에게 뭔가를 시켜댔다. 마치 일하는 아줌마에게 시키듯이.

"동서, 국 좀 더 갖다 줘."

"막내야. 시원한 물 좀 다오, 얼음 넣어서."

"올케. 빈 그릇 좀 치워."

물론 가장 아랫사람이니 간단한 심부름은 시킬 수 있다. 하지만 그건 평범한 가정에서나 볼 수 있는 일 아닌가? 여기는 주방에서 일하는 사람만 다섯이다. 집안일을 하는 메이드까지 포함하면 열 명이 넘으니 굳이 어머니가 왔다 갔다 할 필요가 없다. 대놓고 시집살이를 시키는, 아니 구박한다는 것이 더 정확한 표현이다.

이 모습을 보자 피가 거꾸로 솟구쳤다. 분노의 크기가 처음 진영준의 모습을 발견했을 때와 다르지 않을 정도였다. 비록 어머니와 함께 생활한 지 백일이 채 지나지 않았지만, 나를 향한 그녀의 무한한 애정에 따뜻함을 느끼고 있던 참이었다. 또한, 어머니를 구박하는 사람들보다 못 본 체 밥을 처먹는 아버지가 나를 더욱 분노케 했다. 남편이라는 사람이 저 모양이니 구박과 무시가 더욱 심해졌을 게 틀림없다.

내 옆에 앉은 형 상준이는 이미 이런 광경을 숱하게 목격했겠지만, 여전히 참기 힘든가 보다. 꽉 다문 아랫입술이 파르르 떨리고 있었다.

이래서 할아버지 집에 가기 싫다고 떼를 썼나 보다. 요놈 마음도 모르고 버릇 고친다고 혼쭐을 낸 것이 조금 미안해졌다.

'참아라, 언젠가 이 집안 여자들이 어머니 앞에서 무릎 꿇는 모습을 꼭 보여 주마.'

결국, 어머니는 저녁을 거의 먹지도 못하고 설거지를 위해 주방으로 쫓겨나듯 가야 했다.

저녁 식사가 끝나자 손주들은 두 부류로 나뉘었다. 사춘기인 중고등 학생은 슬그머니 어디론가 사라졌고, 아직 철없는 국민학생들은 할아버지 곁으로 모여들었다.

"알았다, 요놈들아. 올라가자. 허허."

'아하, 위층 놀이방은 진 회장의 허락하에 출입이 가능하군.'

지독한 영감이다. 손자들에게까지 힘을 과시하며 조종하려는 총수 마인드를 버리지 않는다. 기가 찼지만 나도 이들을 따라 위층으로 올라 갔다. 이때 내 머리를 쓰다듬는 손길이 느껴졌다.

"우리 도준이, 오늘 주인공이네."

손길의 주인공은 바로 진영준이었다. 그를 확인하자 머리카락이 곤 두서는 듯했지만 억지로 웃었다. 10년이나 나이 차이가 나서인지 그는 나를 보며 흐뭇하게 웃고 있었다. 어린 막냇동생을 귀여워하는 큰형다 운 모습이다.

'그 웃음, 언제까지 가는지 두고 보자.'

"이건 도준이 선물이니, 가장 먼저 타는 사람은 도준이다. 너희들은 그다음이야, 알아들었지?"

진 회장은 애들에게 단단히 이르고 아래층으로 내려갔다. 그의 모습 이 사라지자마자 한 놈이 내 어깨를 확 밀쳐 냈다.

"비켜! 새끼야. 내가 먼저야!"

'하, 이런 어린놈의 새끼가.'

열이 뻗쳐 얼굴이 붉어졌다. 주먹을 쥐고 나서려는데 형 상준이 내 팔목을 잡았다.

"응, 강준이 형 먼저 타. 우린 나중에 타도 돼."

형은 이미 잔뜩 겁먹은 표정이었다.

강준? 진강준? 익숙한 이름이라 기억을 더듬어 보았다.

'아, 그놈이구나, 삼남 진상기의 장남.'

내가 죽을 당시, 그는 순양통신의 전무였다. 그리고 그의 아버지 진상기는 승계 구도에서 패배하자 자기 아들이라도 챙겨 달라며 무릎을 꿇었다.

진강준 이놈은 어릴 때부터 성질이 더러웠다는 것을 오늘 알았다. 성인이 된 후에도 끊임없이 폭행 사건을 일으킨 놈이다. 말보다 주먹이 먼저 나오는 놈이라 직원 폭행은 물론이고 음식점이나 술집 종업원의 폭행 사건도 부지기수였다.

어차피 이런 애들 장난감에는 관심 없었지만, 이놈의 모친이 손윗동서랍시고 어머니에게 온갖 심부름시킨 저녁 식탁이 떠올랐다.

'자, 어떻게 할까? 이대로 묻어 둘까? 아니면 소소한 복수라도 할까?'

고민은 길지 않았다. 소소한 복수는 꼭 해야 하고, 더불어 어떤 이득을 취해야 할까 생각하는 시간이 조금 필요했을 뿐이다. 가능하면 오늘 우리 창업주 할아버지에게 강렬한 인상을 심어 주고 싶었다. 보아하니 1년에 몇 번 만나지도 않는데 기회가 있을 때마다 나를 어필해야 한다.

생각을 끝내고 곧바로 행동으로 옮기려는데 형 상준이 내 입에 걸린 묘한 미소를 보고는 눈이 커졌다. 오늘 낮, 욕실에서 뜨거운 물을 퍼부을 때의 그 미소와 같다는 걸 눈치챘기 때문일 것이다. 난 형에게 눈을 찡긋한 뒤 웃으며 사촌 형 진강준에게 다가갔다. 그놈은 내가 가까이 다가온 줄도 모르고 낮은 기계음을 내는 말 위에서 카우보이 흉내를 내며 즐기고 있었다.

"재밌냐?"

"뭐?"

말의 흔들림에 정신을 빼앗긴 진강준이 흘낏 돌아본 순간 나는 말의 엉덩이를 힘껏 차버렸다.

콰당!

흔들리는 말과 함께 진강준이 쓰러지며 둔탁한 소리를 냈다.

"악!"

'이런! 혹시 다리뼈라도 부러졌나?'

비명이 날카롭다. 상관없다. 다치면서 크는 게 뼈도 더 여물어지고 좋다.

놀이방에 함께 있던 다섯 명의 어린 사촌들은 너무 놀라 입만 벌린 채 숨소리도 내지 못했다. 나는 말에 깔린 다리를 잡고 고통스럽게 비명을 질러대는 진강준의 뺨을 툭툭 건드렸다.

"두 번 다시 내 거에 손대지 마."

밖에서 계단을 뛰어오르는 쿵쾅거리는 소리가 들리기 시작했다. 비명에 달려온 여인들, 그들 중 한 여인이 새파랗게 질렸다.

"강준아!"

쓰러진 말을 일으켜 세우고 아이의 상태를 살피느라 놀이방은 아수라장이 되었지만, 단 한 사람은 꼼짝도 못 한 채 나만 바라보고 있었다. 어머니였다. 아이들이 참새처럼 짹짹거리는 가운데 그녀의 귀에는 오로지 한 문장만 들렸을 것이다.

"도준이가 밀었어요!"

그녀는 앞으로 벌어질 감당하기 힘든 일을 예감하듯 처연한 표정으

로 나를 바라봤지만, 난 환하게 웃으며 눈을 찡긋해 보였다. 재수 없게
도 이 모습을 강준의 모친에게 들켜 버렸다.

"이, 이 미친놈!"

짝! 짝!

그녀의 손이 내 뺨을 왕복하자 어머니가 급히 달려와 나를 끌어안았
다. 불쌍한 여인… 단 한마디도 대들지 못하고 나를 보호하기만 할 뿐
이다. 손윗동서의 손이 또다시 올라갔다. 아예 우리 모자를 잡으려는 듯
눈에는 독기가 철철 흘렀다.

"뭐 하는 짓이냐? 어디서 감히 손찌검이야!"

"아, 아버님…."

진 회장이 등장하자 놀이방은 찬물을 끼얹은 듯 잠잠해졌다. 방안을
쓱 한번 둘러본 그는 한눈에 모든 걸 파악한 듯 곧바로 지시를 내렸다.

"강준이 에미는 빨리 애 병원으로 데려가거라."

"네, 네."

고통스럽게 울며 앓는 아이를 업고 몇 사람이 방을 나가자 진 회장은
남은 사람들에게도 명령했다.

"모두 아래층으로 내려가, 어서."

난 혹시나 하는 마음에 어머니의 손을 잡고 마지막으로 빠져나가려
했다.

"도준이 넌 남고!"

'그럼 그렇지, 원하던 바다.'

내가 어머니의 손을 놓자 그녀는 불안과 걱정으로 발걸음을 떼지 못
했다. 하지만 진 회장의 차가운 눈빛에 머리를 조아리며 아래층으로 내
려갔다.

단둘만 남게 되자 진 회장은 나를 노려보며 말했다.

"네가 그랬더냐?"

"…네."

"왜? 어찌 이런 위험한 짓을 한 게냐? 그것도 형에게!"

"제 건데 강준이 형이 먼저 탔습니다."

"뭐라? 고작 그것 때문에 형을 다치게 했다는 말이냐?"

잔뜩 미간을 찌푸린 진 회장이 노기를 드러냈다.

"아니에요. 형을 다치게 하려던 게 아니고 말을 부수려 한 겁니다."

예상치 못한 답변이었는지 진 회장의 찌푸린 미간이 펴지며 무척이나 놀란 표정으로 변했다.

"전 제 것을 남에게 빼앗기느니 차라리 부숴 버리고 싶었어요. 아무도 갖지 못하게…."

나는 말끝을 흐리며 고개를 떨구었다.

"뺏기지는 않겠다?"

"네."

숙였던 머리를 살짝 들어 진 회장의 표정을 살폈다. 터지려는 미소를 참는 기색이 역력했다. 성공이다. 그는 내게서 왕국의 지도자로서 꼭 필요한 독기를 엿봤을 것이다. 한 뼘의 영토라도 뺏기지 않으려는 독기, 바로 외부와의 전쟁에 꼭 필요한 항목이다.

"네가 형을 다치게 하려는 의도가 없다고는 하나 결과적으로는 다쳤다. 네 행동에 대한 벌은 받아야 한다."

진 회장이 앞장서고 나는 반성하는 척 머리를 푹 숙인 채 뒤를 따랐다. 그가 나를 데리고 간 곳은 서재였다. 서재의 문이 열릴 때 내 심장은 쿵쾅거렸다.

'이곳을 드나들 수 있다니!'

10여 년간 진양 그룹의 머슴 생활을 하며 이 저택에 수없이 들락거렸지만 내게 허용된 공간은 거실과 주방뿐이었다. 침실과 더불어 절대 들어갈 수 없는 곳이 바로 이 서재였다. 순양그룹 본사 27층의 회장실이 공식적인 집무실이지만 그룹의 모든 의사결정은 바로 이곳에서 일어난다. 이 서재는 가족과 그룹을 이끌어 가는 계열사 사장 그리고 실세들만이 드나들 수 있는 곳이다. 나도 이제 이곳을 출입할 수 있는 자격이 생겼다. 윤현우 실장이 아니라 손자의 신분으로 말이다.

서재에 발을 디디고 내부를 훑었다. 서재는 대회의실의 모습과 다르지 않았다. 회장의 커다란 집무용 책상 앞에 여남은 명이 앉을 수 있는 회의용 테이블이 놓여 있었고, 이미 회장의 자식들과 그룹 실세들이 앉아 있었다. 예상했던 일이다. 생일 축하도 있겠지만, 이들이 모인다면 현안을 논의하는 건 당연한 수순이다.

다만, 이 자리에 내 아버지 대신 장손인 진영준이 앉아 있다는 사실에 놀랐을 뿐이다. 내 아버지가 빠진 건 충분히 고개를 끄덕일 수 있다. 어차피 내놓은 자식 아닌가? 하지만 진영준은 이제 겨우 스무 살, 대학생 신분이며 유학을 준비 중이다. 다른 사람들과 비교하면 아직 어린애일 뿐이다. 그런 그가 이 자리에 앉아 있다는 것은 이미 후계 구도를 굳혔다는 의미다.

재벌가의 핏줄로 환생한 것은 신이 주신 기회였지만 이미 늦어 버린 건가? 10년이라는 나이 차는 도저히 극복할 수 없는 걸까? 머리를 숙인 채 이런 생각에 빠진 나를 모두 겁에 잔뜩 질려 있다고 오해한 듯했다.

"도준아, 인마. 고개 들어. 남자는 형제끼리 치고받고 싸우면서 크는 거야. 하하."

진영준은 맏형의 면모를 보이고 싶었는지 호탕하게 웃으며 한마디 했다.

"조용히 해라! 네가 입을 열 수 있는 자리가 아니다. 듣기만 하라고 하지 않았느냐."

자신의 아버지이자 나의 큰아버지인 진영기 부회장이 소리치자 진영준은 겸연쩍은지 머리를 긁적였다.

진 회장은 내 손을 끌었다.

"도준아."

"네, 할아버지."

"내가 일어나라고 할 때까지 내 옆에 꿇어앉아 있어. 그게 벌이다."

이게 벌인가? 아니면 교육인가? 열 살의 진도준에게는 벌이겠지만 마흔 살의 윤현우에게는 경영수업이다. 순양이라는 제국을 만들어 가는 이들이 어떤 전략을 쏟아 내는지 한마디도 놓치지 않기 위해 진 회장 곁에 얌전히 꿇어앉았다.

"다들 생각을 말해 봐. 어떻게 될 것 같아?"

나 때문에 중단된 회의가 재개되었다.

"그 양반 뚝심이야 잘 아시지 않습니까? 임기 말이지만 무너지지 않을 겁니다. 정면 돌파하지 않을까요?"

"정면 돌파라면?"

"강경 진압 말입니다."

"이미 강경 진압이라고 볼 수 있지 않나? 혹시 군 투입을 염두에 둔 건가?"

"그렇습니다."

'뭐지? 임기 말? 진압? 군? 회사 경영이 아니라 시국에 관한 이야기인가?'

"다른 방향도 생각해야 합니다. 오늘 전국에서 100만 명 이상이 모였습니다. 만약 군을 투입하면 100만이 아니라 200만이 될지도 모릅니다."

"총칼 앞에서도 겁먹지 않는다?"

"지금은 분노의 불길이 타오르는 형국입니다. 꺼져 간다면 총칼을 두려워하겠지만 군 투입은 기름을 붓는 꼴입니다. 현 정권도 그것을 모르지 않을 겁니다."

"그래서? 하고 싶은 말이 뭐야? 정권이 무너질 때를 대비하자는 거야? 내년 대통령은 야권에서 나온다고 생각해?"

"그럴 수도 있다는…."

쾅!

진 회장이 책상을 내리치자 의견을 말하던 계열사 사장이 급히 입을 다물었다.

"그럴 수 있어? 물론 그럴 수 있지. 아닐 수도 있고. 그따위 하나 마나 한 소리를 듣자고 내가 아까운 시간 축내며 있는 줄 알아?"

"죄, 죄송합니다."

회장의 호통 한 번에 모두 고개를 떨구었다.

"어느 놈 뒤에 줄 서야 하는지만 말해. 부회장!"

"네, 회장님."

"너부터 말해 봐. 누구야?"

부자지간이지만 공식적인 자리인 만큼 회사의 직책으로 서로를 불렀다. 부회장이라는 무게 때문인지 큰아버지 진영기는 쉽게 대답하지 못했다.

40대 중반인 진영기, 그리고 그의 아들 진영준, 내게 모든 걸 뒤집어씌우고 살인까지 지시한 장본인들이다. 과거로 온 지금, 그런 일을 당하지는 않을 것이다. 하지만 그 대상이 내가 아닐 뿐 언제든 생길 수 있는 일이다.

나는 한때 존경해 마지않았던 진영기의 대답이 궁금했다. 과연 그는 어떤 안목을 지니고 있을까?

"무너질 정권이 아니고 후계자도 확실합니다. 이 정권이 들어선 후 7년 동안 데모는 끊임없었습니다. 지금은 그 정도가 좀 심한 것뿐이라고 생각합니다."

장남의 발언에 함께 자리한 차남 진동기와 삼남 진상기가 조금도 망설이지 않고 동의해 버린다.

"저도 그렇게 생각합니다."

"저 역시⋯."

태자와 왕자들이 연이어 같은 의견을 내놓자 대신들인 계열사 사장들도 현 정권이 유지될 것이라는 쪽으로 쏠렸다.

뭔가 이상했다. 3일 뒤면 대통령의 긴급 발표가 나온다. 바로 항복 선언 아닌가? 국민이 이긴다. 청와대에서도 지금쯤이면 어느 정도 윤곽이 나왔을 테고, 순양그룹 정도 되면 청와대에 꽂아 놓은 빨대가 한둘이 아닐 텐데 아직 모른다는 게 도저히 이해가 안 됐다. 이때만 해도 정관계에 순양그룹 장학생이 드물었던 것일까? 이런 의문을 뒤로한 채 회의에 계속 귀를 기울였다.

하지만 그룹 경영에 관한 내용은 단 한마디도 나오지 않고 오로지 누구 뒤에 줄을 서야 하는지만 갑론을박했다. 어찌 보면 한심하기까지 했다. 아무리 시국이 어수선하지만 내가 원했던 이야기는 이런 게 아니다. 변화에 대응하는 경영전략을 세우고 봇물 터지듯 나오는 민주화 요구가 이 세상을 어떻게 변화시킬지 예측하는, 적어도 일반 회사원들이 생각하지 못하는 수준 높은 내용이 오고 가길 기대했다. 하지만 강한 놈 뒤에 줄 서는 것에 그룹의 사활이 걸린 양 거품 물고 떠든다. 한심하기도 했고 씁쓸하기도 했다. 이것이 80년대 기업의 풍경인가?

결국, 현 정권이 계속 유지될 것이라는 엉터리 예측만 남긴 채 회의가 끝났다.

"됐다. 다들 나가 봐. 그리고 귀 열고 정보 수집해."

진 회장의 말을 끝으로 모두 서재를 빠져나갔다.

"이제 일어나라."

할아버지다운 부드러운 목소리가 머리 위에서 들렸다.

굳은 다리 탓에 재빨리 일어나기 힘들어 조금씩 다리를 펴며 가까스로 일어났다. 진 회장은 나를 기특하다는 듯이 바라보고 있었다. 보통의 할아버지가 보여 주는 따뜻한 시선이었다.

"장하다, 우리 도준이."

"네?"

"꽤 오랜 시간이었지만 넌 단 한 번도 찡그리지도 않았고 힘든 기색도 보이지 않았어. 어른이라도 다리가 불편해서 몸을 이리저리 움직였을 텐데… 넌 꼿꼿하더구나."

의견을 듣느라 다리가 아픈 줄도 몰랐다. 시간이 얼마나 흘렀는지 느끼지도 못했다.

"그런데 한 가지 궁금한 게 있다. 어찌 이리 달라진 게냐?"

원래의 진도준은 형 상준과 다름없었을 것이다. 힘없고 구박받는 부모 밑에서 잔뜩 주눅 든, 소극적인 모습만 보여 주었을 게 틀림없다. 그런 아이가 자기 것을 지키기 위해 폭력까지 서슴지 않으니 당연히 놀라고 궁금하기도 할 터다.

'사실은 달라진 게 아니라 다른 사람입니다.'

뭐… 이렇게 말할 수는 없는 일.

"제가요?"

"그래, 내가 우리 도준이를 본 게 설날이었나? 이제 겨우 반년 지났는데 마치 딴사람 같아서 말이야. 내 손자 맞나 싶어. 허허."

진 회장의 눈치를 살피며 뭐라고 해야 괜찮을까, 하고 머리를 굴렸다.

적절한 대답은 하나다.

"이제 더 이상 안 참으려고요."

"뭐?"

"아버지, 어머니가 계속 눈치만 보셔서 저도 참았는데요. 이젠 못 참 겠어요, 화가 나서."

'젠장, 이럴 때 눈물이라도 좀 흐르면 딱인데… 눈물이 날 리 있나!'

하지만 이런 말을 의연하게 하는 내가 더 기특해 보이는지 진 회장은 말없이 나를 끌어안았다. 지난 시절의 마음고생을 짐작하고 측은하게 생각하는 것 같았다. 이럴 때 다시 한 번 충격을 줘야 한다. 놀라서 까무 러칠 정도의 충격을.

"할아버지."

"그래, 말해 보아라. 뭐든지."

"셋 다 친구로 만드세요."

"그게 무슨 말이냐? 셋을 친구로 만들라니?"

"아까 말씀하신 거요. 다음 대통령."

"…?!"

측은하게 나를 바라보던 진 회장의 눈빛에 이채가 서렸다. 벌을 줬더 니 겨우 열 살짜리 어린애가 어른의 대화를 모두 들었다? 게다가 모든 이야기를 종합해서 현명한 답까지 도출해 냈다? 놀랄 만도 할 것이다.

"대통령이면 우리나라 최고로 힘이 센 사람인데 누가 될지 모른다면 그냥 다 친구로 만들면 좋지 않나요? 셋 다 대통령이 될 수 있을 만큼 힘 있는 사람인데 꼭 한 명만 친구로 삼아야 하나요?"

나는 어려운 단어를 다 빼고 최대한 어린애다운 어투로 말했다.

"모두 친구가 될 수 있다…."

"안 되나요?"

"안 될 리가 있느냐? 친구는 많을수록 좋은 거지. 허허."

나를 꼭 끌어안는 진 회장은 만족스러운지 크게 웃음을 터트렸다.

'오늘은 여기까지만 할까?'

며칠 뒤 6.29 선언이 나오면 진짜 누구 뒤에 줄을 서야 하는지 슬쩍 흘리기만 해도 또 한 번 놀랄 것이다. 열 살짜리 손자의 영특함에 홀딱 빠져 헤어날 수 없는 할아버지로 만들어야 한다. 아직 늦지 않았다.

"우리 도준이 이제 밖에서 놀래? 할아버지는 할 일이 조금 있단다."

나는 진 회장의 사랑이 듬뿍 담긴 눈빛을 받으며 서재를 나왔다.

▲ ▲ ▲

서재에 홀로 남은 진 회장은 골똘히 생각에 잠겼다. 이윽고 수화기를 들고는 어디론가 전화를 걸었다.

"네, 회장님."

"지금 즉시 YS, DJ에게 다섯 장씩 전달해."

"두 사람 모두 말입니까?"

"그래. 현 시국에 고생 많으시니 아랫사람들 고기라도 좀 먹이시라고 말하고, 적당히 공치사도 좀 던지고."

"알겠습니다. 그럼 저쪽은…?"

"일단 열 장만 전해 줘. 시끄러운 정국을 잘 해결하기를 바란다는 말도 잊지 말고."

"네, 실행하겠습니다. 회장님."

수화기를 내려놓은 진 회장은 기분 좋은 웃음을 흘렸다. 열 살짜리 손자가 이런 기특한 생각을 하다니….

너무 양극단으로만 생각했다. 자신이 불확실한 미래를 예측하라는 질문을 던지니 모두 불확실한 답을 내놓았다. 현 정권이 백기를 든다,

버틴다 같은 추측성 대답만 가까스로 한 것이다. 불확실한 미래에 대한 대응 방안을 내놓으라는 질문을 던졌다면 골고루 분산해서 보험을 들라는 대답을 누군가는 했을 게 분명하다. 그 정도 머리는 돌아가는 사람들이니까.

하지만 이 대답을 열 살짜리 손자가 던질 줄이야! 어째서 이런 똘똘한 모습을 이제야 발견했을까?

진 회장은 조용히 장손인 진영준을 불렀다. 앞으로 순양그룹의 3대 회장이 될 놈의 떡잎을 확인하고 싶었기 때문이다.

진영준은 할아버지의 부름에 부리나케 달려왔다. 그의 얼굴은 긴장으로 약간 굳어 있었다.

"영준아."

"네, 회장님."

"어허, 지금은 네 할애비다."

"아, 네, 할아버지."

진영준의 얼굴이 붉어졌다. 공과 사를 확실하게 구분해야 한다. 하지만 수시로 변덕을 부리는 할아버지 입맛에 쏙 들기는 쉽지 않다.

"넌 오늘 듣기만 했다. 하지만 생각은 했겠지? 네 답안지 한번 보자. 채점은 내가 하마."

현 정권은 6개월 남짓 남았다. 명백한 레임덕이기도 하지만 연일 거리에는 시민들이 쏟아져 나와 '독재타도 호헌철폐'를 외친다. 더구나 내년에는 세계적인 행사인 올림픽도 열린다. 이 혼돈의 시기가 어떻게 될 것인가? 이것이 문제고 진영준은 답안지를 써내야 한다.

"그게… 음…."

진영준은 학교에서 짱돌과 화염병을 던지고 최루탄을 피해 달아나는 학생들을 숱하게 봤다. 경찰 병력은 언제나 시위대를 해산시켰다. 힘의 차이가 압도적이다. 매일같이 데모하고 또 매일 해산한다. 어차피 대학생은 공권력을 이길 수 없다. 생각을 정리한 진영준은 조심스레 답안지를 채워 나갔다.

"시위대는 지금이 최대치라고 생각합니다. 대통령이 경찰을 더 투입하면… 일부 군 병력까지 투입하면 잠잠해질 거로 생각합니다."

"그럼 현 정권의 연장이다?"

"네. 자연스럽게 현 대통령의 친구이며 후계자인 그분이 차기 대통령이 될 것 같습니다."

"그럼 이 할애비는 네 말을 믿고 그분에게 줄을 서면 되겠구나. 그렇지?"

"네?"

진영준은 목덜미를 타고 흐르는 식은땀을 느꼈다. 할아버지는 부드럽게 웃으며 그룹의 미래를 자신의 예측에 맡기겠다고 말하고 있다. 당연히 그럴 리 없다. 하지만 이건 테스트다. 가슴을 쑥 내밀며 자신감을 드러내 보였다가 예측이 틀리면 두고두고 책잡힐 것이며, 여기서 한발 물러나면 우유부단하다는 인상만 심어 주게 된다.

진 회장은 난처한 표정의 손자를 보며 속으로 혀를 찼다. 겨우 대학생의 예측을 믿고 그룹을 움직일 리는 없다. 다만, 진 회장이 보고 싶었던 모습은 속내를 들키지 않는 의연함이었다. 불안, 긴장, 초조를 대번에 드러내는 맏손자의 표정을 보자 막내 손자와 비교할 수밖에 없었다. 10년이라는 나이 차, 국민학생과 대학생이라는 차이가 있음에도 그릇이 다르다는 느낌을 지울 수 없었다.

"그만 됐다. 나가 보거라."

"아, 네."

진영준은 고개를 떨군 채 서재를 나갔다. 자신의 답안지가 좋은 점수를 받지 못했다는 것을 직감했다.

진 회장은 오늘, 자신의 가장 큰 생일 선물은 다름 아닌 막내 손자의 재발견이라는 생각이 들자 기쁘기도 했지만 조금은 안타깝기도 했다.

'하필 막내일까? 그놈이 장손이었다면 이보다 더 좋을 수는 없었을 텐데….'

한동안 깊은 생각에 잠겼던 진 회장은 결심을 굳혔다. 아직 시간은 넉넉하다. 좋은 떡잎을 보인 막내 손자를 제대로 한번 키워 보고 싶었다. 그는 좋은 떡잎의 보호자인 막내아들 진윤기를 조용히 불렀다.

이 서재에 거의 발을 들이지 못했던 막내아들은 갑작스러운 아버지의 호출에 긴장한 모습과 못마땅함을 함께 드러냈다. 진 회장 역시 막내아들의 얼굴을 보는 순간 표정이 구겨지는 것은 어쩔 수 없었다.

"어찌 지내느냐?"

"이것저것 소일거리나 하며 지냅니다."

아들의 시큰둥한 대답에 진 회장은 속이 타들어 가기 시작했다.

"진정 그리 살 것이냐?"

"새삼스럽게… 갑자기 왜 그러시는지…?"

몇 년 동안 제대로 된 대화를 나눈 적도 없는 아버지가 갑자기 관심을 보이자 진윤기는 더욱 시큰둥한 반응을 보였다.

진 회장은 이런 한심한 아들을 보자니 울화가 치밀었지만, 똑똑한 손자놈을 떠올리며 억눌렀다.

"하고 싶은 것 있으면 말해 보거라."

"제가 하고 싶은 일을 못 하게 하신 분이 바로 아버지 아닙니까?"

"딴따라 짓이나 하겠다니 못 하게 막은 게지! 그걸 지금 말이라고!"

"어쩌겠습니까? 제가 하고 싶은 건 딴따라가 전부니…."

"천박하게 계집 옷이나 벗기는 걸 만들고 싶다? 그게 전부다? 한심한 놈."

"에로 영화 만든다고 한 적 없습니다. 전⋯."

"그만해라. 어차피 그 이야기 하자고 널 보자고 한 건 아니다."

아들의 입을 막은 진 회장은 긴 한숨을 내쉰 후 말을 이었다.

"애들 공부는 어때?"

"네?"

"상준이랑 도준이 말이다. 학교 공부는 제대로 하는지 묻는 것이다."

"글쎄요. 성적을 확인하지 않습니다. 건강하게 크는 게 최고니까요."

단 하나도 마음에 들지 않은 막내아들이다. 그처럼 똘똘한 손주를 아예 방치한다는 말 아닌가? 아니, 그 영특함을 아직 발견하지 못했다니! 한심하기 이를 데 없었다.

"내일부터 가정교사 둘을 보내겠다. 영어 선생과 다른 과목을 가르칠 선생이다. 그렇게 알고 준비해라."

"아버님, 이제 겨우 국민학생입니다. 고등학교 가면 제가⋯."

"그냥 시키는 대로 해라."

진 회장은 사사건건 토를 다는 아들이 마뜩잖았지만, 이 역시 테스트의 기회가 될 것 같아 한발 물러섰다.

"좋다. 그럼 애들에게 물어보기라도 해라. 애들이 원하지 않는다면 없었던 일로 하마."

진 회장은 막내 손자만을 염두에 두고 있었다. 오늘 보여 준 모습이라면 가정교사를 거부하지 않아야 한다. 1년 내내 최고의 성적을 받겠다고 장담하지 않았던가?

진윤기는 자신의 아이들에게 갑자기 관심을 보이는 아버지가 낯설었다. 도준이가 오늘 큰 사고를 쳤다고 해서 갑자기 측은하게 여길 분이아니라는 것을 누구보다도 잘 알고 있다. 또 하나, 한번 내뱉은 말을 주위 담을 분이 아님에도 한발 물러서는 모습도 의외였다. 큰 양보를 한 것이다. 이런 양보까지 무시할 수는 없는 노릇이다.

"알겠습니다. 일단 애들에게 물어보고 원한다면 아버님 뜻을 따르겠습니다."

"그래. 아 참, 만약 애들이 원하는 게 더 있다면 말해. 발전을 위해 노력하겠다면 도와줘야 하지 않겠냐?"

진윤기는 입술을 달싹거리기는 했지만 별다른 말을 하진 않았다. 갑작스러운 관심이 왜 시작됐는지 궁금했지만 긴 대화를 하고 싶지 않기 때문이었다.

"더 하실 말씀 없으시면 전 돌아가겠습니다."

진윤기는 머리를 조금 숙이고 서재를 빠져나왔다.

▲ ▲ ▲

집으로 돌아오는 차 안에서 아버지는 아무 말도 하지 않았다. 어머니는 뭔가 묻고 싶은 기색이었지만 아버지의 눈치를 보느라 역시 침묵을 지켰다.

집에 도착하자마자 아버지는 나와 형을 불러 앉혔다.

"도준아."

"네."

"오늘 할아버지 댁에서 있었던 일로 야단칠 생각은 없다. 넌 이미 벌을 받았으니까 말이다."

"죄송합니다."

내가 머리를 숙이자 아버지의 표정이 변했다. 갑자기 어른스러워진 아들의 변화에 여선히 불편한 기색이다.

"됐다. 잘못을 알았으면 충분해. 머리 들어."

고개를 들자 아버지가 나를 빤히 바라보고 있었다. 그 눈길이 나는 몹시 부담스러웠다.

"할아버지가 너희 둘 공부에 신경 쓰겠다고 하시더구나. 그래서 가정교사를 보내시겠다는데… 어떡할래?"

가정교사라는 말이 나오자마자 형은 인상을 찌푸렸다. 이미 과외를 받는 사촌들이 얼마나 힘들어하는지 충분히 봐왔을 것이다. 자유롭게 뛰어놀 나이에 하루 종일 책상에 앉아 있어야 한다니, 상상만 해도 짜증이 솟구칠 것이다.

"상준이는 싫은가 보구나. 싫으면 안 해도 된다. 괜찮아."

괜찮다는 말에 형은 찌푸렸던 얼굴을 활짝 폈다.

"도준이는?"

가정교사 따위는 필요 없다. 끽해 봤자 명문대 재학 중인 학생일 게 뻔하다. 오히려 내가 가르칠 게 더 많을 것이다. 하지만 이건 진 회장의 지시다. 무조건 따라야 한다.

"할게요, 약속이니까."

"약속?"

"네. 1년 동안 전 과목 수를 받아야 하거든요. 할아버지와 약속했어요."

약속이라는 말에 아버지는 놀라는가 싶더니 이내 알겠다는 듯 고개를 끄덕였다. 서재에 오랫동안 잡혀 있을 때 한 약속이라고 생각한 듯하다..

"도준아, 아빠가 조금 전에 말했잖아. 하기 싫으면 안 해도 돼."

"괜찮아요. 일단은 말 잘 듣는 착한 손자가 되어야 하니까요."

"뭐, 뭐라고?"

'아차차, 이런 쓸데없는 말을!'

"아, 착한 손자 되겠다고 할아버지와 진짜 약속했거든요. 공부도 열심히 하고 사촌과 싸우지 않는….”

일단을 얼버무렸지만, 여전히 의심의 눈초리를 거두지 않는 아버지였다. 다행히 더 따지지는 않았다. 어쩌면 이것이 내 아버지의 성격인 것 같다. 모든 일에 무심한 아니, 오히려 심드렁한 태도. 아직 젊은데 왜 저러는지 궁금할 지경이다.

“그래, 알았다. 네가 원하니 그렇게 준비하마.”

내가 먼저 일어나 가볍게 머리를 숙이고 나오자 형 상준이도 재빨리 내 뒤를 따라 나오더니, 2층으로 올라가는 계단에서 나를 바라보며 말했다.

“도준아.”

“응?”

“오늘 잘했어.”

“뭘?”

“강준이 그 새끼 울게 만든 거.”

칭찬을 입에 담는 게 부끄러운지 이 말만 남기고 후다닥 계단을 뛰어 올라갔다. 저 자식도 맺힌 게 많았나 보다. 철없는 어린애가 저 정도니 부모님은 오죽했을까? 내 목적은 다른 곳에 있었지만, 어린놈의 속도 시원하게 해주었으니 나쁘지는 않았다. 가벼운 발걸음으로 계단을 올라가는 형의 뒷모습을 보니 피식 웃음이 나왔다.

▲ ▲ ▲

“그렇게 시간 때우실 필요 없어요.”

“뭐?”

“그러니까… 좀 더 효율적으로 해보죠.”

두 명의 젊은 가정교사는 효율적이라는 말에 어안이 벙벙한 표정이었다. 열 살짜리 어린애 입에서 이런 단어가 나오리라고는 생각지 못했을 것이다.

"효율적이라니?"

"제가 공부하는 동안 계속 멍하니 앉아 있는 게 쉬운 일은 아닐 테니까요. 그냥 매일매일 해야 할 공부를 숙제로 내주고 다음 날 확인하면 되지 않을까요?"

"그, 그래도 공부하다가 모르는 걸 물어봐야 하지 않을까?"

나의 당돌한 태도에도 가정교사는 최대한 부드럽게 말한다. 이게 바로 재벌가의 핏줄을 대하는 일반인의 모습이다. 조금은 씁쓸하다.

"그걸 한 번에 몰아서 하겠다는 거죠. 숙제 확인하고 과제 내주고… 하루 30분이면 충분하니까, 두 분 선생님도 편할 테고요."

"그렇긴 한데 그래도…."

하루 30분만 가르치기에는 너무 많은 돈을 받는다. 또한, 보수가 큰 만큼 확실한 성과를 내야 하는데 성적이 오르지 않는다면 큰 낭패를 당할 수 있다. 인맥으로 이 집안에 발을 들였는데 실력 없다는 소리가 나오면 소개해 준 이를 볼 면목이 없다.

고민하는 두 선생의 표정을 보니 대충 각이 나온다.

"일단 제 말대로 한번 해보시고 아니다 싶으면 말씀하세요. 그때는 원하는 대로 해드리지요."

한발 양보하니 두 선생의 표정이 밝아졌다.

"그래, 일단 널 믿어 볼게. 대신 조금이라도 미흡하면 두 시간씩, 네 시간은 꼼짝하지 않고 공부해야 해. 알았지?"

"네."

미흡할 리가 있나? 공부의 진도는 내가 조절할 것이다. 천재라는 소리는 나오지 않더라도 엄청 똘똘한 애라는 칭찬은 나오도록 할 것이다.

물론 진 회장의 귀에 들어가도록 말이다.

첫날이니 얼굴 익히는 것만으로도 충분하다는 두 선생에게 과제를 내달라고 했다. 나이 많은 노친네들이 가장 좋아하는 건 뭐니 뭐니 해도 성실 아닌가? 과외 첫날부터 성실하게 공부하는 바람직한 태도는 분명 진 회장을 감동시킬 것이다.

첫 과제는 영어 알파벳을 다 외우는 것과 산수와 국어 문제지를 푸는 것이었다. 일단은… 숙제만 완벽하게 하는 걸로.

다음 날 숙제를 검사하던 두 선생은 서로를 멀뚱멀뚱 바라보며 입을 열지 못했다.

"…."

"잘못한 것이 있어요?"

"아, 아니. 아주 잘했어. 그런데… 너, 예전에 영어 공부한 적 있니?"

"아뇨."

"그래? 처음치고는 필체가 너무 능숙한데?"

알파벳 테스트를 끝낸 나의 필체가 성인의 그것과 다름이 없었기에 나온 말이다.

"어제 하루 종일 쓰니까 그렇게 나오던데요?"

재빨리 화제를 돌렸다.

"선생님, 문제 푼 건 다 맞죠?"

"어? 아, 그래. 만점이다. 잘했어."

다른 과목을 담당하는 선생 역시 떨떠름한 표정이었지만 칭찬을 빼놓지 않았다.

"그럼 내일까지 해야 할 숙제 내주세요."

두 사람을 빨리 내보내고 싶었다. 나는 아직 혼자만의 시간이 절실히 필요한 시점이다. 과거의 중요한 기억들, 즉 순양그룹과 관계된 사건들과 사람들 그리고 역사적 사실에 대한 기억들이 사라지기 전에 기록할 시간이 필요했다. 가만히 있으면 하루가 다르게 지워지는 기억이지만 되살리려고 노력하며 기록하다 보면 까맣게 잊고 있었던 사실까지 떠오른다. 지난 3개월간 빼곡히 기록한 노트만 두 권이 넘었고, 앞으로 이것은 나의 비밀무기가 될 것이다.

아무튼 두 선생은 혀를 내두르며 돌아갔고 나는 빨리 하루가 가기를 기다렸다. 내일은 이 나라에 엄청난 변화를 가져올 중요한 날이기 때문이다. 물론 내게도 큰 변화가 올 것이다.

—— 3장 ——

변화 속으로

『동지 여러분, 그리고 친애하는 국민 여러분!

저는 이제 우리나라의 장래의 문제에 대해 굳은 신념을 갖게 되었습니다. 국민들 사이에 쌓인 뿌리 깊은 갈등과 안목이 국가적인 위기로 나타난 이 시대적 상황에서 정치인의 진정한 사명에 대해 깊은 사색과 숱한 번뇌를 하여 왔습니다.

… 첫째, 여야 합의로 조속히 대통령 직선제 개헌을 하고 새 헌법에 따른 대통령 선거를 통해 88년 2월 평화적인 정부 이양을 실행하도록 해야겠습니다. 국민은 나라의 주인이며, 국민의 뜻은 모든 것에 우선하는 것입니다.』

1987년 6월 29일.

나는 이 중대한 발표를 학교에서 집으로 돌아가는 승용차 안에서 요구르트를 빨며 들었다. 이 선언을 통해 노태우 후보는 자신의 선언이 받아들여지지 않으면 대통령 후보를 포함한 모든 공직을 사퇴한다고 발표했고, 이후 여당인 민정당은 이 선언을 당의 공식 입장으로 인정했다.

이어 '현직' 대통령이었던 전두환도 특별담화를 통해 6.29 선언을 수용하겠다는 입장을 발표하면서 이 선언은 정부의 공식 선언이 되었다. 그와 함께 4.13 호헌조치는 철폐되었다.

이렇게 발표된 6.29 선언으로 시민의 손으로 민주주의를 쟁취한 쾌거를 이룬 '6월 항쟁'은 이한열 열사의 장례식으로 끝을 맺게 될 것이다.

이제 새로운 시대의 대권 레이스가 시작된다.

조금은 흥분된 마음으로 집 대문을 열었을 때 묘한 기운이 집 전체에 감돌았다. 나를 보면 항상 환한 웃음을 보이던 정원사 겸 집안일을 도맡아 하는 아저씨는 굳은 표정으로 내 손을 이끌었다.

"도준아, 할아버지 와 계시다. 알았지?"

'오호라! 이런 중대한 날에 그룹 중진들과 회의도 마다하고 날 만나러 왔단 말이지.'

착각이 아니다. 진 회장이 이 집에서 만나고 싶은 사람은 내가 유일하니까 말이다.

나는 아저씨에게 환한 웃음을 보이며 집 안으로 들어갔다. 거실에는 진 회장이 과외선생 둘을 앉혀 놓고 이것저것 묻고 있었다. 나를 발견한 진 회장이 소파에서 벌떡 일어나 두 팔을 쫙 벌렸다.

"아이고, 기특한 내 새끼! 학교 다녀왔어?"

저절로 나오려는 한숨을 참아야 했다. 보통의 손자처럼 쪼르르 달려가 덥석 안기는 건 도저히 할 수 없었다. 나는 아주 예의 바르게 머리를 숙였다.

"오셨어요? 할아버지."

하지만 진 회장이 나를 번쩍 들어 올리는 건 피할 수 없었다.

'늙은이가 힘도 좋다.'

다행히도 어머니가 차와 과일을 준비해서 거실로 들어오시는 바람에 진 회장은 겸연쩍은 표정으로 나를 내려놓았다. 어머니가 다과를 내려 놓고 서둘러 주방으로 발걸음을 돌리자 진 회장은 급히 그녀의 발을 묶었다.

"잠시 앉거라."

"네?"

"내 긴히 할 말이 있어. 그리고 뭘 그리 놀라?"

"아, 네. 아버님."

눈길 한번 주지 않던 시아버지가 말을 걸다니? 이런 일은 처음인 듯 그녀는 완전히 얼어붙은 채 소파에 조심스레 엉덩이를 걸쳤다.

"도준아, 넌 잠시 네 방에 올라가 있을래? 이 할애비는 네 엄마와 할 이야기가 좀 있구나."

진 회장은 불편하게 앉아 있는 과외선생에게도 말했다.

"두 선생도 자리 좀 비켜 주지. 숙제 검사라도 하라고."

기다렸다는 듯 두 사람은 내 손을 잡고 2층으로 끌었다.

진 회장은 어머니에게 무슨 말을 하려는 걸까?

▲ ▲ ▲

"넌 어떻게 지내느냐?"

"저야 뭐 집안 살림하는 주부이니 특별한 일은 없습니다."

시집온 뒤로 시아버지가 처음 건네는 안부 인사다. 묻는 시아버지나 대답하는 며느리나 어색하기 이를 데 없었다.

"흠… 내 네게 물어볼 말이 있다."

"네, 아버님."

"도준이 말이다. 보통 애들과 좀 다른 듯한데, 어떠냐?"

"좀 어른스럽기는 합니다."

"올해 초만 하더라도 그렇지 않은 거로 아는데… 아니냐?"

진 회장은 며느리의 반응을 하나도 놓치지 않으려는 듯 눈빛이 날카로웠다.

"네. 사실 저도 좀 당혹스러웠어요. 몇 딜 전부터 갑자기 태도가 변한 건 확실한데, 좋은 쪽이라 다행이라고 생각하고 있어요."

"좋은 쪽? 어떻게?"

"차분하고 예의 바르고… 아, 공부도 확 달라졌고요."

"과외 선생들 말로는 대단히 명석하고 노력도 아끼지 않는다고 한다. 이것도 알고 있느냐?"

"네. 학교 파하고 집에 오면 밤늦게까지 공부하는데, 일찍 자라고 해도 말을 안 들어요."

진 회장은 아들에 대해 이야기하며 뿌듯해하는 며느리의 밝은 모습에 덩달아 미소 지었다. 이런 표정의 시아버지를 처음 대하는 그녀는 놀랍기만 했다.

"앞으로 도준이에게 좀 더 신경을 쓰거라. 그게 너에게도 좋을 것이야."

"…?"

시아버지의 의중을 파악하지 못해 눈만 깜빡거리는 며느리에게 진 회장은 다시 입을 열었다.

"내가 너를 못마땅히 여기는 건 이미 알고 있을 테니 긴말 않겠다. 네가 이 집안의 며느리로서 제대로 대접받지 못하는 이유 역시 알고 있을 터, 이것 역시 긴말 않겠다."

진 회장은 고개 떨구는 며느리를 날카로운 시선으로 바라보았다. 그의 눈빛에는 일말의 동정심도 없었다.

"어쩌면 도준이가 너와 네 남편에게 주어진 마지막 희망일 게다."

"무슨 말씀이신지?"

"도준이 그 녀석은 너희에게는 숙제다. 도준이를 훌륭하게 키운다면 너희 부부에게도 순양그룹의 지분을 나눠 줄 것이야."

진 회장의 다섯 자식 중 순양그룹과 관계사의 지분을 단 한 주도 가지지 못한 자식은 막내 진윤기가 유일하다. 진윤기는 자신의 명의로 된 재산이 없었다. 지금 살고 있는 집도 진 회장의 명의며 자동차, 골프회원권 역시 회사 재산이다. 진윤기는 매달 충분히 보내 주는 생활비에 의존하는 완전한 백수였다. 순양그룹의 지분을 준다는 것은 다시 자식으로 받아들인다는 의미였다.

이 놀라운 말을 듣고도 눈만 껌뻑거리는 며느리를 보고 진 회장은 인상을 찌푸렸다.

"아직 내 말뜻을 못 알아 들…."

"아닙니다, 아버님. 충분히 알아들었어요."

"그런데? 어찌 감사의 표정도, 기쁨도 보이지 않는 것이냐?"

"전 한 번도 그룹의 지분을 바란 적이 없습니다. 도준이 아빠도 마찬가지고요. 앞으로도 그럴 겁니다."

"뭐라?"

"아버님께서 도준이에게 무엇을 발견하고 관심을 보이시는지 저로서는 알 도리가 없습니다. 하지만 아버님의 관심이 굉장히 부담스럽습니다. 우리 부부는 도준이가 하고 싶은 일을 하며 살기를 바랄 뿐입니다."

진 회장은 늘 말없이 고개도 들지 못하던 막내며느리가 이처럼 또박또박 자기 생각을 늘어놓을 줄은 상상도 못 했다. 감히 그 누구도 하지 못하는 짓을 하다니. 그가 가장 익숙하지 않은 일이 바로 거역과 반항이다. 결국, 진 회장의 입에서 큰 소리가 터져 나왔다.

"내가 주는 마지막 기회마저 차버리려 하는 게냐? 아니, 애를 잘 키우라는 말이 뭐가 잘못되기라도 한 것이냐?"

"아버님 말씀이 도준이가 그룹 일을 잘할 수 있도록 키우라는 뜻이라는 거 알고 있습니다. 하지만 도준이는 이제 겨우 열 살입니다. 어떤 일을 하게 될지는 성인이 된 도준이가 결정하도록 내버려 두고 싶습니다."

자신의 호통에 조금도 굴하지 않는 며느리를 보자 기가 막혔다. 역시 자식을 생각하는 모성은 두려움을 이기는 것인가? 하지만 모성 앞에서 고개를 끄덕일 진 회장이 아니다.

"이 집안에서 일어나는 모든 결정은 내가 한다! 어디서 감히! 내가 주는 돈 없이는 단 하루도 살 수 없는 것들이 내 뜻을 거역해?"

온 집 안이 쩌렁쩌렁할 정도로 소리치자 집안일하는 사람들마저 움츠러들었다. 진 회장과 함께 온 비서들도 놀라 조용히 거실을 빠져나갔다. 집안의 사적인 대화를 굳이 들을 필요가 없기에 그들은 최대한 발소리를 죽인 채 정원으로 나가 버렸다.

시아버지와 며느리 단둘만 남은 거실은 더욱 냉랭해졌다.

"아버님께서 지원을 끊으시더라도 괜찮습니다."

"이… 이!"

진 회장은 차분하지만 단호한 며느리의 태도에 얼굴이 붉어져 갔다.

"저희 부부 애 둘 정도는 충분히 키울 수 있습니다. 다른 것은 다 참고 감내할 수 있습니다만 자식만큼은 저희 뜻대로 키우고 싶습니다. 죄송합니다, 아버님."

어디 하나 마음에 드는 구석 하나 없는 며느리가 완강하고 고집스러운 모습까지 보이니, 더는 참지 못한 진 회장이 소파에서 벌떡 일어났다. 이제는 대화를 계속하기 어려웠다. 하지만 호통치고 나가 버리려는 순간 진 회장은 마음먹은 대로 하지 못했다. 바로 사랑스러운 손자가 자신을 물끄러미 바라보고 있었기 때문이다.

▲ ▲ ▲

처음엔 어머니와의 이야기가 끝나면 분명 나를 찾을 거라 예상하고 2층에서 진 회장을 기다렸다. 하지만 아래층의 분위기가 심상치 않게 돌아갔다. 결국, 진 회장의 거친 소리가 들렸을 때 나는 과외 선생의 손을 뿌리치고 방을 나왔다.

아래층으로 내려가는 계단에 앉아 두 사람의 대화를 들으며 적잖이 놀랐다. 어머니의 전혀 다른 모습을 보았다. 무서운 권력을 휘두르는 진 회장에게 조금도 굴하지 않고 소신을 밝히는 그녀의 태도가 감동적이기까지 했다. 하지만 이대로 가만있기에는 너무 극단으로 치닫고 있었다. 특히 진 회장이 폭발해 버릴 것 같은 모습을 보였을 때 마음이 조급해졌다. 재빨리 아래층으로 내려가 시무룩한 모습으로 위장하고 말했다.

"할아버지."

나를 발견한 진 회장은 당황한 기색을 감추지 못했다. 엄마를 구박하는 할아버지를 좋아하는 손자는 없다는 진리를 잘 알기 때문일 것이다.

"화내지 마세요, 할아버지."

"아이고, 아니야. 내가 왜 화를 내? 이 할애비 목소리가 커서 그런 거야. 이리 오렴."

나는 천천히 걸어가 어머니 옆에 앉았다. 곁에 앉지 않는 나를 바라보는 진 회장의 눈에 실망감이 스쳤다.

"도준아, 할아버지 화내신 거 아냐. 엄마랑 이야기하는 중이었어."

어머니가 머리를 쓰다듬으며 다정스레 말했다.

설마 내가 모를 것으로 생각한 걸까? 아무리 열 살이라도 이 상황이 어떻다는 것쯤은 충분히 안다는 걸 어른들은 정말 모르는 것일까? 아무튼 나는 이 자리도 정리하고 진 회장도 흡족할 만한 말을 해야 했다. 또한 나의 의지를 드러내는 것은 덤이다.

"할아버지 그리고 어머니, 저 때문에 다투실 필요 없어요."

두 분의 얼굴이 조금 붉어졌다. 특히 진 회장은 나와 눈이 마주치자 헛기침까지 했다.

"할아버지."

"그래, 도준아."

"전 어머니 말씀대로 커서 제가 하고 싶은 일을 하면 좋겠어요."

하고 싶은 일을 한다, 어머니의 말을 따르겠다, 이 말에 큰 충격을 받았는지 진 회장은 순식간에 실망에 빠져 처연한 표정이 되었다. 그리고 일말의 배신감까지 느꼈는지 입술이 파르르 떨렸다.

이제 이 돈 많은 영감님에게 반전의 기쁨을 줄 차례다. 나는 잔잔한 미소를 보이는 어머니를 향해 입을 열었다.

"그리고 어머니."

"응."

"전 커서 할아버지처럼 큰 회사의 사장님이 되고 싶어요."

이 말 한마디로 두 사람의 표정이 뒤바뀌어 버렸다.

입술까지 떨던 진 회장은 하회탈처럼 활짝 웃었고, 어머니는 전혀 예상하지 못한 듯 당황한 표정을 감추지 못했다.

"으허허. 역시 핏줄은 속일 수 없는 게지. 한 대(代) 걸러 나오는 경우도 왕왕 있으니 말이다. 암, 그렇지."

호탕한 진 회장의 웃음에 어머니는 말을 아꼈다. 그녀는 갑자기 철들어 버린 어린 아들이 두 어른의 다툼을 막기 위해 애쓰는 줄 알았는지 안타까운 표정으로 나를 바라봤다.

"어떠냐? 에미야. 너도 이제 할 말이 없겠지? 우리 도준이도 경영자가 꿈이라지 않느냐? 으하하."

순간, 어머니의 눈이 화등잔만 하게 커졌고, 그 모습을 본 진 회장도 당황한 듯 웃음을 멈추고 입을 닫았다. 한동안 어색한 침묵이 흘렀다. 어색함을 견디지 못했는지 어머니가 소파에서 벌떡 일어났다.

"아버님. 차 한 잔 더 갖다 드릴까요?"

"그… 그래. 아, 도준이 방으로 가져오너라. 내가 우리 손자와 할 이야기가 조금 있으니…."

"네."

어머니가 주방으로 가자 진 회장은 내 손을 잡고 2층으로 올라갔다.

나는 갑자기 변해 버린 이 분위기의 원인을 곰곰이 생각했다. 설마? '에미'라는 한마디 때문인가? 처음으로 너가 아닌 보통의 며느리 호칭으로 부른 것일까? 아니라고 믿고 싶지만, 그 어색함의 원인을 호칭 외에는 찾을 수 없었다.

"선생들은 이만 가도록 해요. 앞으로 우리 도준이 잘 부탁하고."

과외 선생들이 연신 머리를 숙이고 방을 나가자 진 회장은 내 방을 한번 쓱 훑어보고 나를 침대 끝에 앉혔다.

"도준아."

"네, 할아버지."

"며칠 전 네가 했던 말을 기억하니?"

"네? 무슨…?"

"세 친구 이야기 있잖니."

"아! 힘 있는 세 친구요?"

"그래. 바로 그 이야기 말이다."

물론 기억한다. 오늘, 날 찾아온 이유도 바로 그 때문일 테니까.

진 회장은 이제 가장 흥미진진한 대권 레이스를 펼칠 일노양김(一盧兩金)에 관한 이야기를 먼저 꺼냈다.

"난 네 말대로 그 세 친구들에게 선물을 보냈거든. 친하게 지내려고 말이다."

"아, 그러셨어요?"

벌써 비자금을 건넸다는 말인가? 행동은 지독하게 빠른 사람이다.

"그런데 이게 좀 묘하게 흘러가고 있어. 바로 오늘부터 말이야."

정부의 일방적인 항복 선언은 예상하지 못했으니 소용돌이칠 정국을 점치기 힘들 것이다.

"음… 2등, 3등이 힘을 합해서 1등을 이기려고 하고 있거든."

잠시 뜸을 들인 진 회장은 어린 내가 이해하기 쉽도록 설명하기 시작했다.

"싸운다고요?"

"그래. 세 명이 사이좋게 지내면 좋으련만 다투기 시작했어. 그래서 내가 곤란해. 나도 이젠 딱 하나만 선택해야 하니까 말이다."

"그런데 할아버지."

"그래, 말해 보거라."

"지금 말씀하신 그 세 사람이 대통령 되려고 그러는 거죠?"

"그래, 서로 반장이 되겠다는 거지."

"그럼 2등 3등이 힘을 합쳐 이기면 반장 부반장이 되는 건가요?"

"아니, 나라에는 부반장은 없어. 반장만 있지."

"에이, 그럼 1등이 이기겠네요."

아주 쉽게 결과를 예측하는 말을 내놓자 진 회장의 눈이 커졌다.

과연 이 영감은 내 말을 얼마나 진지하게 받아들일까?

"뭐? 왜, 왜 그렇게 생각하지?"

"부반장도 없는데 2등, 3등이 힘을 왜 합쳐요? 둘 중 한 명만 반장인데."

"힘을 합치지 않는다?"

"당연하죠. 3등은 2등이랑 크게 차이 나지도 않은데 얻는 것도 없이 도와만 줄 리가 없죠. 10등, 20등… 아니 꼴찌는 1등이 되도록 2등을 도와줄 수는 있어도 3등은 절대 도와주지 않아요."

2등 3등인 YS DJ는 평생을 정치판에서 뒹굴었다. 군부 독재의 엄청난 핍박에도 굴하지 않고 겨우 살아남았고 드디어 기다리던 봄이 온 것이다. 그들의 나이를 생각한다면 두 번 다시 만나기 힘든 봄이다.

또 하나, 권력에 대한 인간의 욕망을 얕보면 안 된다. 평생 그들의 뒤를 따라붙었던 투쟁의 동지라는 수식어는 권력욕 앞에서는 한없이 가볍다. 이런 사실을 충분히 간파할 수 있는 진 회장이다. 그러나 양김이 힘을 합친다고 철석같이 믿을 때는 이를 간과하기 십상이다.

존경받는 민주화운동 지도자이자 불세출의 카리스마적 정치인인 두 사람 중 누구든지 야권 후보로 출마하면 여당 후보인 노태우를 제칠 상황이다. 이미 두 사람은 경쟁하다시피 양보 의사를 밝히기도 했다. DJ는 1986년 '나는 다음 대선에 출마하지 않을 것이다.'라고 밝혔고, 김영삼도 '사면·복권이 이루어진다면 김대중 씨를 대통령으로 만들기 위해 전력투구하겠다.'라고 했다. 대부분의 국민은 두 사람의 선의와 양식을 믿었다. 단일화는 시간문제일 뿐 그 누구도 의심하지 않는 시국이었다. 하지만 두 사람이 대립각을 세운다는 가능성을 열어 두면 인간의 참모습을 누구보다 잘 아는 진 회장이 이 사실을 놓칠 리 없다.

"두 양반이 등을 돌린다라…."

미래를 장황하고 자세하게 말할 필요가 없다. 또 다른 각도에서 바라보는 시각, 그리고 의심, 이 씨앗만 던져 주면 충분히 알아들을 인물 아닌가? 진 회장은 한동안 곰곰이 생각에 잠기더니 내 머리를 쓰다듬었다.

"어찌 이리 총명할꼬, 내 새끼."

진 회장의 표정은 완벽한 만족, 바로 그것이었다.

▲ ▲ ▲

"아버지가?"

"네, 지금 도준이랑 이야기하고 계세요."

"공부 확인하러 오신 건 아닐 테고."

"그게…."

진윤기는 아내가 조심스레 오늘 있었던 일을 이야기하자 이를 악물었다.

"열 살짜리 애가 뭘 안다고! 할아버지 눈치 봐서 그렇게 대답한 거지. 그놈 눈치가 보통이야?"

"오늘은 그냥 놔둬요. 아버님 기분 좀 맞춰 드리자고요."

여느 때와 조금 다른 느낌을 받은 진윤기는 아내를 바라보며 고개를 갸웃했다.

"뭔데? 당신 좀 이상해. 아버지께 한소리 들은 거야?"

"그게 아니라…."

그녀는 차마 사실대로 말할 수 없었다. 결혼 후 처음으로 시아버지가 부른 '에미'라는 호칭 때문에 눈물이 왈칵 쏟아질 뻔했다고 말하기에는 자존심이 허락하지 않았다.

"아무튼, 오늘은 괜한 소리 말아요. 부탁이에요."

아내의 간곡한 부탁에 진윤기는 머리를 끄덕이고는 손자에게 푹 빠진 아버지가 내려오기를 기다렸다.

아버지는 자신과 아내는 거들떠보지도 않지만, 막내 도준이만은 꽤 귀여워했다. 하지만 최근의 모습은 귀여워한다는 말로 부족하다. 조금 전 아내의 말에 따르면 아예 그룹 경영에 참여하도록 키우겠다는 뜻까지 보인다. 게다가 지분까지 약속했다고 하니 놀랄 수밖에 없다.

진 회장은 자식과 손자들이 스무 살이 되면 지분을 조금씩 넘겼다.

마음에 들면 들수록 계속해서 더 넘겼고 실망하는 일이 생기면 중단했다. 진윤기는 단 한 주도 받지 못했다. 앞으로도 영원히 받지 못할 거로 생각했다. 그런 그에게 도준이만 잘 키우면 지분을 주겠다는 건 엄청난 변화임이 틀림없다. 이때 진윤기의 생각을 끊어 버리는 소리가 들렸다.

"왔느냐?"

"아, 네. 아버지."

진 회장은 도준의 손을 꼭 잡고 있었다.

"도준아, 할아버지는 이제 돌아가 보련다. 공부 열심히 하고…."

"네, 할아버지. 안녕히 가세요."

진 회장은 손주의 머리를 한 번 더 쓰다듬고 아들에게 눈짓했다.

"넌 나 잠깐 보자."

진윤기는 아들과 아버지를 번갈아 보다 정원으로 나갔다.

진 회장의 비서들이 두 사람을 발견하고 머리를 숙였다.

"본사로 갈 거니까 출발 준비해. 사장단 회의 준비시키고. 아, 핵심 계열사만 모이라고 해."

사장단 회의라는 말에 비서들이 재빨리 움직였다.

진윤기는 자신을 바라보는 아버지의 시선을 피하며 멀뚱히 서 있었다.

"아는지 모르겠지만 도준이는 평범한 아이가 아니다. 나를 쏙 빼닮았어."

"저는 발견하지 못했는데 어째서 그렇습니까?"

아내의 부탁을 잊지 않았기에 따지듯 묻지 않고 최대한 공손히 말했다.

"소유욕도 강하고 판단도 빠르다. 특히, 통찰력 하나는 기가 막히지. 어린애의 생각이라고 볼 수 없을 만큼 말이다. 타고난 놈이야."

"도준이가 소유욕이 강해요? 잘못 보신 겁니다. 차남답지 않게 뭐든지 형에게 양보해요. 어른스럽기는 해도 욕심은 없어요."

"그게 바로 네가 모자란다는 증거다. 바로 곁에서 지켜보면서도 어떤 애인지 모르다니. 한심한 놈 같으니…."

발끈할 만한 말이었지만 진윤기는 오늘 아내의 말을 충실히 듣기로 했기에 참았다.

"혹시 그룹 경영을 생각하고 계신 겁니까?"

"그건 도준이의 능력 문제지. 난 기회만 줄 뿐이야."

"아직 어린애 아닙니까? 앞으로 어떻게 변할지 모르는데 너무 성급하신 거 아닐까요?"

"도준이도 장래 희망이 사장이라고 했어. 물론 커가면서 철없는 재벌 3세가 될지도 모르지. 그러니까 유심히 지켜보며 잘 키우라는 잔소리다."

자식 잘 키우라는 교과서적인 말에 반박할 필요는 없어 진윤기는 순순히 머리를 끄덕였다.

"앞으로 일주일에 한 번씩 내게 보내라. 어떻게 크는지 지켜보는 재미를 놓치고 싶지 않구나."

늘 삐딱하고 시큰둥했던 진윤기가 공손한 태도를 보이니 진 회장도 온화한 표정이었다.

"이만 가보마."

진 회장은 아들의 어깨를 한번 두드린 뒤 본사로 향했다. 오랜만에 사장단 회의에 참석해야 할 것 같다.

순양그룹의 진 회장은 정기적인 사장단 회의에는 거의 참석하지 않았다. 장남 진영기 부회장이 회의를 주관했고 그는 결과만 보고받았다. 66세인 진 회장이 46세인 장남에게 그룹을 넘기기 위해 힘을 실어 주는 것이다. 마치 태종이 상왕으로 물러나고 세종이 왕권을 이어받아 정무를 책임졌을 때와 똑같은 상황이었다. 태종이 병권은 넘겨주지 않았듯이 진 회장은 그룹 인사권을 넘겨주지는 않았다. 그런 진 회장이 사장단 회의에 참석했다는 것은 더없이 중요한 안건을 다룬다는 뜻이다.

이때만 해도 순양그룹은 총 48개 계열사를 가진, 연 매출 24조 규모였고 30년 뒤의 모습을 상상하기 어려울 정도였다. 물론 국내 1위의 최대 기업이란 점은 변함없지만 말이다.

진양철 회장은 20여 명의 핵심 계열사 사장들이 옆자리 사람들과 수군대는 소리를 말없이 듣고만 있었다. 이들도 각자의 정보망이 있다. 동문들이 각계각층으로 뻗어 있는 사람들이고, 살아온 시간만큼 지인도 많다. 온갖 정보를 흡수했을 것이고, 그 정보를 취합하여 최종 결론을 내려야 한다. 물론 그 결정은 오롯이 진 회장의 몫이었다.

"확장성은 단연 YS입니다. 수도권, 경남, 호남을 싹쓸이할 수 있습니다. 여권은 대구 경북과 강원도, 수도권 일부 지역만 표를 흡수할 수 있으니 차기는 거의 확정적이라고 생각합니다."

진 회장이 가장 신뢰하는 순양건설의 대표이사가 총대를 멘 듯 맨 먼저 의견을 냈다.

"DJ는?"

"물론 DJ로 단일화가 가능하기는 하지만 그는 약점이 있습니다. 레드 콤플렉스에 시달리다 보니 이번에는 양보할 공산이 큽니다. 차차기를 약속 받고 양보할 겁니다."

"다른 의견은 없나?"

모두 서로 바라보며 의견 일치의 신호를 보냈다.

진 회장은 피식 웃음이 났다. 이렇듯 모두가 양김의 단일화를 철석같이 믿고 있다. 이들뿐만 아니다. 국민 중 양김의 단일화를 믿지 않는 이가 몇이나 될까? 진 회장이 지금껏 만난 유력 인사 모두 단일화를 믿어 의심치 않았다. 오로지 어린 손자만이 단일화를 믿지 않았다. 물론 정치적 상황과 흐름을 전혀 모르기 때문에 이런 생각을 했을 수도 있다. 하지만 근거는 정확했다. 어린 손자는 인간의 욕심을 정확히 꿰뚫어 본다.

핵심 계열사 사장들은 진 회장이 보인 웃음의 정체를 몰라 일순 긴장했다. 흡족해서? 아니면 한심해서? 이어지는 회장의 발언으로는 그 진위를 파악할 수 없었다.

"오늘은 이쯤에서 끝내지. 모두 귀를 열고 최대한 정보를 긁어 와."

진 회장은 미소를 머금은 채 회의를 끝내 버렸다.

▲ ▲ ▲

이제 미뤄 두었던 일을 할 때가 왔다. 아니, 미뤄 뒀다기보다는 두려워서 망설였다고 해야 하나? 하지만 한 번은 부닥쳐야 할 일이다.

일단 과외 선생에게 먼저 부탁했다. 고액 과외치고 하는 일 없이 빈둥거리는 것이나 진배없으니 내 말을 거절하기는 어려울 것이다.

"이번 주 일요일 야외 수업하죠."

"야외 수업?"

"네, 서해안 당진으로요."

"당진? 갑자기 웬 서해?"

"우리나라에서 유일하게 북쪽으로만 바다를 접한 곳이라고 교과서에 나와 있잖아요. 직접 보고 싶은데요?"

핑계치고는 참으로 궁색하지만 거절하지 못할 것이다. 고작 하루 30분 숙제 체크하는 걸로 순양그룹 신입사원의 월급을 챙긴다. 이런 꿀알바를 유지하려면 내 눈치를 볼 수밖에 없는 것이다.

"그, 그래. 가자."

"선생님 운전 가능해요? 면허증 있어요?"

"어. 면허도 있고 장롱면허도 아니야."

"그럼 차는 제가 아버지께 부탁할게요. 선생님은 야외 수업만 허락받아 주세요."

순간 과외 선생의 입가에 미소가 번졌다. 대학생 신분으로 중후한 외제 차 한번 운전해 볼 기회가 어디 흔한가?

부모님의 허락은 쉽게 얻었다. 내가 학교와 공부밖에 모른다고 믿고 있으니 바다 구경 정도는 등을 떠밀어서라도 보내고 싶었을 것이다.

"도준이 너, 솔직히 말해 봐. 당진은 왜 가고 싶은 거야?"

내비게이션도, 스마트폰도 없는 시절이다. 전국 도로지도 책자를 보며 이정표를 내비게이터 삼아 천천히 운전하던 과외 선생이 운전에 익숙해졌는지 슬며시 물었다.

이미 준비해 둔 대답이 있다.

"사실 전학 간 친구가 있는데요. 그 친구 만나고 싶어서요."

"그래? 그럼 왜 사실대로 말하지 않았냐?"

"사실대로 말하면 어떤 친구냐, 부모님은 뭐 하시냐, 왜 전학 갔냐…. 꼬치꼬치 물으실 거 아니에요? 귀찮기도 하고요."

"어쭈! 다 컸는데? 부모님과 대화하는 걸 귀찮게 여길 정도면?"

'요놈아. 다 큰 정도가 아니라 늙어 가는 중이다.'

그 뒤로도 대학생과 잡다한 이야기를 나누며 무료한 시간을 달래니 어느새 당진으로 들어섰다.

아련한 기억 속에만 존재하던 30년 전의 과거. 나는 지금 그 기억이 실제 눈앞에 펼쳐지는 기적을 체험하고 있다. 아직 서해안 개발의 흔적이 보이지 않는 풍경, 비포장도로를 오롯이 몸으로 느낄 수 있는 자동차의 덜컹거림, 펜션으로 가득한 해변 대신에 낚시꾼 몇 명만을 위한 만물상 같은 이름만 슈퍼인 구멍가게…. 드문드문 보이는 아파트가 오히려 생소해 보이는 내가 살던 동네에 들어서자 왈칵 눈물이 났다.

그리고 다시 한 번 기억의 신비로움을 경험했다. 동네 어귀에 있는 이발관을 보자 어릴 적 내 헤어스타일이 떠올랐고, 미장원 앞에선 어머니의 젊을 적 모습이 생생하게 기억났다. 학교 정문을 지날 때는 졸업 후 단 한 번도 생각하지 않은 친구들과 선생들의 얼굴까지 또렷이 생각났다. 그렇게 추억을 더듬으며 내가 자란 집으로 다가갔다.

"선생님, 잠깐만 기다리실래요? 바로 저기거든요."

"근데 넌 여기 와봤어? 어떻게 이렇게 길을 잘 알아?"

"친구가 몇 번이나 자세히 설명해 줬거든요."

궁금한 것이 많은 과외 선생의 질문에 짧게 대답하고 재빨리 차에서 내렸다. 길 건너 보이는 간판 때문에 심장이 터질 듯 요동치기 시작했다.

[윤 세탁소]

쉽사리 발걸음을 떼지 못했다.

'과연 부모님의 모습을 똑바로 볼 수 있을까? 얼떨결에 아버지라고 부르면 어떡하나? 그분에게 나는 그저 처음 보는 애일 뿐인데…'

가장 큰 두려움은 따로 있었다. 혹시 전생의 나, 윤현우를 마주치면 어떡하나? 마치 영화처럼 굉장히 신비로운 일이 일어나지 않을까? 상상만 하고 있을 수는 없다. 나는 크게 숨을 한 번 쉬고 천천히 발걸음을 뗐다.

세탁소의 유리창을 통해 부모님의 모습이 보였다. 스팀다리미의 증기 사이로 보이는 젊은 아버지와 세탁물을 정리하는 어머니의 모습에 어쩔 수 없이 눈물이 또 터져 버렸다. 세탁소 벽에 기대어 눈물이 마르기를 기다렸다.

굳게 마음을 잡고 세탁소 문을 열었다. 낡은 문이 열리며 내는 삐걱 소리에 두 분의 시선이 내게 꽂혔다.

"저기…."

"응? 못 보던 애네. 세탁물 찾으러 왔어?"

'뭐라고 말해야 하나?'

"애가 부티가 쫙 흘러. 우리 동네 애가 아닌가 봐."

내 모습을 요리조리 살피는 어머니의 모습을 가까이서 보자 후회가 밀려왔다.

'조금 더 참을걸. 좀 더 나이 들어 어른이 됐을 때 찾아왔다면 현실적인 도움을 드릴 수 있었을 텐데.'

이제 갓 30대 초반에 접어든 어머니의 모습은 10년은 더 늙어 보였다. 두 분의 얼굴에 쌓인 고생이 이제야 보인다.

"너 혹시 길 잃었니? 왜 말이 없어?"

더는 감상에 젖어 있을 수 없어 황급히 입을 열었다.

"여기 진우 집 아닌가요? 윤진우?"

집을 잘못 찾아온 것으로 하고 나가려 했다. 그것이 가장 자연스러워 보일 것이다.

"진우? 아닌데?"

"아, 네. 죄송합니다."

아버지가 고개를 갸웃하자 나는 재빨리 머리를 숙이며 말했다.

"여보, 진우라고 알아?"

"글쎄요. 현지에게 물어볼까? 학교 친구들 중에 진우라고 있는지?"

순간 온몸에 전류가 흐르는 것 같았다.

'현지라니? 설마?'

"저, 저기… 현지가 누구예요?"

"현지? 하나뿐인 우리 딸이지. 너랑 같은 또랜데…. 너 여기 사는 애 아니구나. 우리 딸이 워낙 예뻐서 이 동네에 모르는 사람이 없는데. 하하."

하나뿐인 딸 현지. 잘못 들은 게 아니다. 나 윤현우는 존재하지 않았다. 나는 도망치듯 세탁소를 빠져나왔다. 조금 더 지체했더라면 털썩 주저앉아 버렸을 것이다.

"왜 그래? 친구 집 아니었어?"

"네? 아, 아뇨. 맞는데… 친구가 없었어요."

"그럼 더 기다리지."

"아뇨, 괜찮아요. 그냥 올라가요."

나를 수상쩍게 바라보는 과외 선생의 눈을 피해 창밖을 내다보았다.

"선생님. 저 좀 피곤한데 잠깐 자도 될까요?"

"그래? 하긴 피곤할 거야. 푹 자. 집에 도착하면 깨울게."

"고맙습니다."

나는 멀어지는 세탁소를 바라보다 시트에 몸을 기대고 눈을 감았다. 어찌 된 일인지 생각하지 않았다. 환생? 회귀? 빙의? 시간 여행? 이런 원인과 그 결과를 따지고 분석하고 싶지도 않았다. 그냥 결과를 받아들여야 한다. 어차피 내가 이미 벌어진 이 기이한 결과를 바꿀 수도 없는 일이다. 그리고 그 결과는 바로 부모님과의 인연은 내 기억이 전부라는 것만 남았을 뿐이다.

흐르는 눈물을 훔쳤다. 룸미러로 이런 내 모습을 발견한 과외 선생은 아무 말 하지 않고 속도만 올렸다. 어린애가 흘리는 눈물이지만 이유를 묻기에는 너무 처연해 보였기 때문일 것이다.

집에 와 노트를 펼쳐 놓고 한동안 멍하니 앉아만 있었다. 지금껏 기록한 미래의 디테일한 일들이 어쩌면 무용지물이 될지도 모른다. 나라는 존재 자체에 이미 큰 변화가 있었다. 태어났어야 할 나 윤현우의 자리에 엉뚱하게도 현지라는 외동딸이 자리 잡았다.

거창한 나비 이론을 끌어다 쓸 필요도 없다. 이미 나를 좋아하는 진양철 회장의 마음만으로도 미래가 바뀔지 모르는 일이다. 미래가 바뀐다는 것은 내가 가진 강력한 무기가 무의미하다는 뜻일 수도 있다.

'젠장.'

앞으로 행동과 말 그리고 계획은 더욱 신중하고 조심스러워야 한다. 미래의 큰 물줄기는 변하지 않아야 그 속에서 내가 원하는 것을 챙길 수 있다. 세상은 바꾸지 않되, 순양그룹만 바꿔야 한다. 쉽지 않은 일이다. 그만큼 우리나라에서 순양그룹의 영향력이 크기 때문이다.

복잡한 생각이 머릿속을 휘저었지만 변하지 않은 사실이 떠올라 다시 눈물이 맺혔다. '나'라는 존재 윤현우는 진짜 이 세상에 없다. 내 머릿속에 각인된 원초적인 감정들만 존재한다. 이 감정 역시 조금씩 풍화되어 옅어질 것이고 그렇게 윤현우는 완벽하게 사라질 것이다.

눈가를 적신 눈물을 닦아내고 노트를 덮었다. 과거는 떠나보내야 한다. 미래만 생각하자. 순양그룹 회장이라는 자리에 앉기 위해서 완벽한 진도준으로 살 것이다. 험난한 길이겠지만….

"헉, 잠깐."

나도 모르게 소리가 터져 나왔다. 나는 손가락을 꼽으며 기억을 떠올렸다.

"영준, 혜경, 경준, 수경, 태준…."

열셋. 나까지 포함하면 진양철 회장의 손주는 정확히 열셋이다. 그런데 왜 내 기억 속의 숫자는 열둘일까? 빠진 한 명은 누구지?

서랍에서 노트를 꺼냈다. 빼곡한 기억의 기록을 다시 한 번 훑으며 내가 놓친 것이 무엇일까 되짚기 시작했다.

▲ ▲ ▲

진양철 회장은 서재에 앉아 읽던 신문을 툭 내던졌다. 그의 입가에는 미소가 가득 걸려 있었다. 신문의 헤드라인은 손자가 예상했던 결과를 향해 달려가고 있었다.

「등 돌린 양김.」

신문에 실린 사진은 두 사람이 함께 참석한 10월 27일 고려대 민주 광장에서 진행된 시국 토론회 장면이었다. 이날 토론회의 주인공인 두 사람은 단상에 나란히 앉아 있었으면서도 굳은 얼굴로 대화를 거의 나누지 않았다. 더 심각한 일은 두 사람의 연설에서 드러난 판이한 반응이었다. 청중은 단상에 오른 김영삼을 향해 야유를 퍼부었고, 김대중을 향해서는 절대적인 지지와 환호를 보냈다. 바로 이 순간, 두 사람은 건널 수 없는 강을 건넜다.

진 회장은 손자의 예측이 딱 들어맞아 미소 짓는 것이 아니다. 4개월 전, 현 정부가 항복 선언을 했을 때 재벌 대기업은 모두 양김을 향해 구애를 펼쳤다. 단일화를 의심하지 않았고 둘 중 한 명이 차기 대통령이라 굳게 믿었다. 하지만 순양그룹의 진 회장은 가장 큰 선물을 여당에 던졌고, 양김에게는 용돈 정도만 쥐여 주었다. 총명한 손자의 말을 귀담아들었기 때문이다.

힘들고 괴로울 때, 걱정이 쌓여 눈 밑이 검어질 때, 누군가 내미는 손은 반갑기 그지없다. 게다가 그 손에 엄청난 거금이 쥐여져 있으면 큰 힘이 된다. 대다수가 자신을 외면했을 때 단 한 사람, 그것도 대한민국의 가장 선두에서 경제를 이끌어 가는 순양그룹만이 자신을 챙겨 준 것을 영원히 잊지 못할 것이다. 진 회장의 미소는 바로 다음 5년간 누리게 될 온갖 혜택을 생각하니 저절로 나오는 반응이었다.

안락한 의자에 등을 기대고 이 좋은 기분을 만끽하려 할 때 노크 소리가 들리며 몇 명이 우르르 들어왔다. 세 명의 아들과 그룹 비서실, 마지막으로 한 명의 여인, 넷째이자 유일한 딸인 진서윤이었다.

"넌 왜 왔어? 부르지도 않았는데?"

"저도 순양의 대표이사예요. 어떻게 가만있어요?"

진서윤의 발끈한 모습에 진 회장은 헛헛한 웃음이 나왔다. 유일한 딸이라고 오냐오냐 키웠더니 나이가 들어서도 철딱서니 없는 모습을 보인다.

진 회장은 진서윤이 단지 여자라는 이유만으로 백화점을 맡겼다. 경영에는 영 소질이 없는 줄 알았는데 곧잘 하고 있다. 어릴 때부터 최상품만 먹고, 만지고, 걸치다 보니 순양백화점을 프리미엄 백화점이라는 콘셉트로 변화시켰다. 매출은 줄어들었지만, 순이익이 증가했고 진서윤의 콧대는 한층 더 높아졌다.

"일단 모두 앉아. 전쟁 난 것도 아닌데 왜 이리 호들갑이야?"

"회장님, 신문 보셨습니까?"

"그래."

"이거, 분위기가 심상치 않게 돌아갑니다. 두 양반이 완전히 등을 돌릴 것 같습니다."

부회장인 장남 진영기가 신문을 툭 놓으며 다급히 말했다.

"이렇게 되면 삼파전이 되는데 누가 대통령이 될지…."

"오늘 DJ가 통일민주당을 탈당한다고 합니다. 당연히 신당을 창당하고 단독 출마할 겁니다. 되돌아올 다리를 끊어 버리겠다는 뜻이죠."

"JP도 내일모레 창당 선언하고 출마한다는 정보를 입수했습니다. 신민주공화당이라네요."

"그 양반은 왜 설치는지, 원. 어차피 충청 표 갈라 먹기밖에 못하는데."

"대통령이 세긴 세요. 한평생 민주화의 동지네, 뭐네 해도 한순간에 등 돌리는 걸 보면…."

다들 한마디씩 하자 진 회장은 인상을 팍 구기며 책상을 두드렸다.

"이것들이! 기자야? 평론가야? 내가 네놈들 해설이나 듣자고 모이라고 한 줄 알아!"

진 회장의 호통에 모두 입을 다물었다.

"결론만 말해. 누구야? 누가 봉황 의자에 앉는 거야?"

이럴 때 맨 앞에 나설 수밖에 없는 사람은 역시 장남 진영기뿐이다.

"경남, 경북, 충청, 전라, 네 지역으로 나누면 경남의 인구가 가장 많습니다. 남은 건 수도권과 강원도인데 JP가 여권의 표를 빼앗을 테니 YS가 가장 유력하지 않겠습니까?"

부회장 진영기를 시작으로 여러 의견이 나왔다. YS가 유력하고 여당의 재집권이 그 뒤를 이었다. 물론 서두를 필요는 없었다. 어차피 선거는 12월이고 아직 두 달이나 남았다. 추이를 살피면서 지켜봐도 늦지 않다는 말이다. 하지만 진 회장은 늦지 않은 거로 만족할 사람이 아니다. 누구보다 빨라야 직성이 풀리는 사람 아닌가?

"잘 들어. 난 이번 대선에서 100억 정도의 선거자금을 낼 생각이다."

100억이라는 말에 모두 눈을 크게 뜨고 더듬거리기 시작했다.

"회, 회장님. 너무 큽니다. 그 절반만 해도 충분하지 않겠습니까?"

돈을 아끼는 놈의 말이다.

"이번엔 정말 조심해야 합니다. 양극단이 피 터지게 싸우는 싸움 아닙니까? 잘못 전달했다가는 큰일 날 수 있습니다."

보복이 두려운, 겁 많은 놈의 말이다.

진 회장은 한술 더 떴다.

"다음 주에 100억을 전달할 거다. 너희들은 100억을 누구 손에 쥐여 주어야 하는지 결론을 내려."

다음 주? 급해도 너무 급하다. 미치지 않고서야 이렇게 서두를 이유가 없지 않은가?

"회, 회장님, 그건…."

"다들 입 다물어!"

또다시 터지는 회장의 호통에 모두 눈을 내리깔았다.

"돈을 먹일 땐 가장 먼저 먹여야만 효과가 크다는 걸 모르는 건 아니겠지? 토 달지 말고 빨리 움직여. 그룹의 사활을 건 도박이니까."

이 모든 것이 바로 테스트라는 걸 모르는 자식들은 아버지가 괜한 고집을 피운다고만 생각했다.

"뭐 해? 회의 끝났어. 나가서 일봐."

긴 한숨을 내쉬며 모두 서재를 빠져나갔다.

"넌 왜 안 나가? 백화점 고객 중에 정치인 마누라가 한둘이야? 너도 나가서 알아봐."

진서윤은 여전히 서재에 앉아 꼼짝도 하지 않았다. 그녀는 진 회장의 안색을 살피다 배시시 웃었다.

"아버지, 드릴 말씀이 있어요."

"당연히 있겠지. 그래서 안 나가고 있는 것 아니냐?"

진 회장이 옅은 웃음을 보이자 진서윤은 용기백배하여 입을 열었다.

"그이가 내년 총선에 출마하고 싶은가 봐요."

"최 서방이?"

"네. 시댁에서도 은근히 바라는 눈치고요."

"흠…."

"시댁이야 아쉬울 게 없는 법조계 집안이지만 정치 쪽으로도 슬슬 욕심내는 것 같은데…. 아버지 생각은 어떠세요?"

생각을 묻는 게 아니고 허락을 받으려는 것이다.

"최 서방이 지금 몇이나 됐더라?"

"마흔넷이잖아요. 내년이면 마흔다섯이고요."

단박에 안 된다는 말이 나오지는 않자 진서윤의 눈이 빛나기 시작했다. 시댁은 대법관 두 명과 검찰총장 한 명 그리고 판검사 여남은 명을 배출한 한국 최고의 법조인 집안이다. 이 엄청난 인맥은 당연히 순양그룹에 많은 도움을 줬고 사돈으로서의 가치는 차고 넘쳤다. 그러니 사위 혼자만이 아니라 사돈댁도 원한다고 하면 쉽게 거절하기 어려운 게 사실이다.

명문 집안 출신의 중앙지검 특수부 부장 검사 정도라면 웬만한 정당은 환영할 조건이다. 굳이 진 회장의 허락을 받겠다는 것은 그만큼 사돈댁이 진 회장의 눈치를 본다는 의미였다.

"선거자금이야 백화점에서 나오는 캐시로 충분할 테고, 내가 뭘 도와주면 되겠냐?"

아버지의 허락이 떨어지자 진서윤은 손뼉까지 짝 치며 기뻐했다.

"평범한 초선 의원을 원하지 않더라고요. 어차피 우리 순양의 사위고 명문 법조인 집안의 아들인데 전국구(현 비례대표)보다는 지역구에 나가야 하지 않겠어요?"

"엄청난 배경을 등에 업고 지역구에서 승리한다면 초선이지만 당 중진 의원과 어깨를 나란히 할 수 있다는 계산이겠지?"

"당연한 거 아니겠어요?"

활짝 웃는 딸을 보며 진 회장은 고개를 끄덕였다.

"적당한 지역구는 내가 알아보마. 그리고 최 서방에게 일러둬. 출마했다가 떨어지면 두 번 다시 내 얼굴 볼 생각은 접어야 할 게다."

진 회장은 사위가 낙선할 경우 재계의 웃음거리가 되는 끔찍한 상황은 상상하기도 싫었다.

▲ ▲ ▲

대통령 선거전이 격화되며 지역감정이 기승을 부렸다. 광주에서는 김영삼에게 달걀이 날아들었고, 김대중도 부산 유세 때 곤욕을 치렀다.

"누구는 김일성에게 지령을 받는다더라." 또는 "누구는 숨겨 놓은 딸이 있다더라." 하는 치졸한 흑색선전까지 나돌면서, 한때 민주화의 상징과도 같던 두 김 씨의 위상은 빠르게 추락해 갔다.

그리고…. 선거를 판가름할 결정적인 비극이 발생했다.

1987년 11월 29일, 이라크 바그다드 국제공항에서 이륙한 대한항공 보잉 707기종의 KE858편이 UAE의 아부다비 국제공항을 거쳐 서울로 오기 전의 마지막 중간 기착지인 방콕 국제공항으로 비행하던 도중, 인도양 상공에서 교신이 두절되며 실종된 사건이 발생했다.

정부는 '북한의 지령을 받은 공작원 김현희가 액체 폭탄으로 비행기를 공중 폭파한 것'으로 결론짓고 사건 조사를 마쳤다. 또한 그해 12월 15일, 자살을 막기 위해 재갈을 물린 KAL기 폭파범 김현희의 모습이 TV 뉴스에 등장했다. 하필 이날은 바로 대선을 하루 앞둔 저녁이었기에 선거에 막대한 영향을 끼쳤다. 이윽고 12월 17일, 조간신문에는 이런 기사가 대문짝만하게 났다.

「노태우 후보 당선 확정」

최종 득표는 노태우가 전체의 37퍼센트인 828만여 표, 김영삼이 633만여 표, 김대중이 611만여 표, 김종필이 182만여 표였다. 김영삼과 김대중의 표를 합치면 55퍼센트를 넘었으나, 승리는 12.12의 주역 노태우에게 돌아갔다.

　나는 기사를 다 읽고 신문을 내려놓았다.

　이렇게 대선은 12.12의 주역 노태우의 승리로 돌아갔고 새로운 시대가 시작됐다. 앞으로 펼쳐질 격동의 10년, 내 나이 스무 살이 될 때까지 순양그룹을 집어삼킬 밑천을 마련해야 한다.

　10년 뒤면 진양철 회장이 골골거리며 병원 침대에 누워 죽을 날만 기다린다. 그전에 최대한 많은 지분을 나나 내 아버지 앞으로 옮겨 놔야 큰아버지 진영기와 힘겨루기를 시작할 수 있다. 그리고 절대 잊지 말아야 하는 사건도 막아야 한다. 스무 살 생일을 맞이하기 전 발생한 교통사고, 바로 나 진도준의 죽음이 바로 그것이다.

4장

듣고 결정하는 사람

윤현우로 살며 진씨 일가의 구린 일을 뒤처리할 때, 그룹에서 철저히 외면한 집안이라 진윤기, 진상준, 진도준은 내 리스트에 없었다. 그러다 보니 3세는 모두 열두 명이라는 숫자만 기억났다. 진도준이라는 이름이 기억나지 않은 이유를 쥐어짜듯 생각했고 마지막 한 방울이 그 단서가 되었다.

순양가(家)의 비극적인 교통사고. 내가 이 집안의 머슴 일할 때 오래된 기사를 검색하며 알게 된 사실이지만 곧바로 잊어버렸다. 어차피 관심 둘 만한 집안은 아니었으니까. 아쉬운 점은 교통사고의 자세한 내용은 전혀 기억나지 않는다는 것이다. 정확한 날짜, 시간, 장소, 원인 등을 기억해 내기 위해 몇 달 동안 머리를 쥐어짰지만 나오지 않았다.

미래가 크게 바뀌지 않도록 조심해야 하는데 내가 죽음을 피한다면, 그리고 순양그룹의 경영권을 놓고 크게 싸운다면 어떻게 될까? 또 진양철 회장을 조금이라도 더 오래 살도록 만든다면 미래가 많이 바뀔까? 아직까지는 이 혼란스러운 의문에 대한 해답을 찾지 못했다. 매일매일 나의 행동과 그 결과를 확인하며 항상 신중해야 한다. 지금은 이 정도가 전부다.

오늘도 아주 치밀하고 신중한 저녁 식사를 해야 한다. 바로 진 회장과 단둘만이 갖는 자리니까 말이다.

"아이고 내 새끼 왔어?"

"할아버지."

'젠장!'

할아버지를 좋아하는 손자인 척 쪼르르 달려가기… 이게 제일 힘들다. 잠깐 웃으며 내 얼굴을 조물딱거리던 진 회장은 나를 식탁 의자에 앉혔다.

순양호텔 양식당 특실. 오늘은 누구의 간섭도, 지켜보는 눈도 없이 나와 단둘만의 시간을 갖고 싶었을 거다. 오늘 새벽 선거 결과를 초조하게 지켜보다 베팅에 성공한 결과가 나왔을 때 진 회장은 얼마나 기뻤을까? 앞으로 5년간, 순양그룹은 거칠 것 없이 달려나갈 수 있다. 훗날 알게 된 사실이지만 선거 결과가 나오는 순간 대통령 당선인이 직접 전화를 걸어 "진 회장의 도움, 절대 잊지 않겠소. 고맙소."라고 인사말을 건넸다고 한다.

"우리 도준이, 오늘 이 할애비가 맛난 것도 사주고 갖고 싶은 장난감도 다 사주마. 어떠냐?"

"제 성적 아직 말씀 안 드렸는데요?"

"성적?"

"네."

"아…! 그렇구나. 할애비 생일 때 우리 약속했었지?"

물론 그따위 약속은 다 잊었을 것이다. 오늘은 그 이유가 아니라 내조언 때문에 만났다. 한 명의 후보에게 큰 베팅을 했고 판돈을 싹쓸이한 기념이다.

"그래, 약속은 지켰느냐?"

"네. 전 과목 '수'를 받았어요. 모두 100점 맞았으니까요."

진 회장은 눈을 껌뻑이며 다시 물었다.

"전 과목 100점?"

"네. 우리 반에서 전부 100점 맞은 건 저뿐이에요."

"아이고, 우리 도준이…. 한술 더 뜨네. 이거 어떡하나. 오늘은 너무 늦어 말을 사러 가지도 못하는데?"

'내가 말 따위를 탐낼 리 있나? 말을 빙자해서 더 큰 걸 가지려 그런 거지. 내가 진짜 원하는 걸 사주려면 우리 영감님, 돈 좀 깨질 거다.'

"괜찮아요. 어차피 타지도 못하는데요. 겨울방학 때 말 타는 거 배우고, 그 뒤에 사주셔도 돼요. 그런데 할아버지."

"그래."

"약속 때문이 아니면 왜…?"

"아, 그게 말이다. 우리 도준이 덕분에 할아버지 회사가 훨씬 더 커질 수가 있게 되었어."

회사가 커진다. 즉, 엄청난 돈을 벌게 될 것이라는 뜻이다.

보통의 장사치들은 돈을 투자하고 이익을 남긴다. 큰 장사치들은 정치 권력에 투자하고 특혜를 챙긴다. 보통의 장사치들이 10퍼센트, 20퍼센트의 이익을 남기며 만족할 때 큰 장사치들은 몇십, 몇백 배의 이익을 보장해 줄 특혜를 받아야 만족한다. 가장 큰 정치 권력인 차기 대통령에게 투자했으니 그 결과는 엄청날 것이 뻔하다.

나는 함박웃음을 지으며 말했다.

"그럼 저와 한 약속보다 더 큰 걸 해주실 수 있겠네요?"

"더 큰 거? 아무렴. 당연히 더 크고 좋은 걸 해줘야지. 어디 보자…. 진짜 말을 사주기로 했는데 더 큰 것이라면 뭐가 좋을까?"

"제가 곰곰이 생각해 봤는데요, 할아버지."

"그래, 말하렴."

"말을 사면 제주도에 있는 할아버지 목장에 두실 거죠?"

"그래야지. 집에서 키울 수는 없지 않으냐?"

"전 매일매일 말 타고 싶은데 제주도에 두면 그게 안 되잖아요."

"그래? 그럼 어쩐다…?"

진 회장이 대안을 생각할 때 음식이 나오기 시작했다. 역시, 호텔의 주인이라 음식도 남달랐다. 양식당이 분명한데도 초밥과 회, 불고기와 된장찌개, 스테이크가 함께 나왔고 나를 위해 준비한 것이 분명한 짜장 면과 각종 케이크까지 차려졌다. 노인네라 한 번에 쫙 차려놓는 한정식 스타일을 좋아하나 보다.

"일단 먹고 생각해 볼까?"

'그래, 일단 먹자. 그것도 양껏, 맛있게.'

노친네들야 핏줄 입에 밥 들어가는 거 보는 것만큼 행복한 일이 어디 있으랴? 아니나 다를까, 진 회장은 쉴 새 없이 요리를 집어삼키는 내 모습을 매우 흐뭇하게 바라보았다.

"할아버지도 드세요."

"오냐, 오냐. 허허."

진 회장은 자애로운 미소를 보이며 회 몇 점을 입에 넣었다.

"우리 도준이, 매일 말 탈 수 있게 만들려면 목장을 하나 더 장만해야 할 것 같은데?"

'그렇지.'

바로 내가 듣고 싶은 말이었다.

"정말요?"

입에 든 음식을 급히 삼키고 눈을 반짝이자 진 회장은 활짝 웃었다.

"물론이지. 내가 말하지 않았더냐? 더 큰 걸 선물해 준다고. 우리 도준이가 언제든 갈 수 있는 목장을 선물하마. 어떠냐?"

'오, 예스!'라고 외칠 뻔했다.

목표를 달성한 기쁨을 표현해야 하는데 진 회장의 손자로서 기쁨을 드러내는 방법은 하나밖에 없다. 닭살 돋지만 어쩔 수 없다. 그를 기쁘게 해줘야 하지 않겠는가. 나는 의자에서 내려와 진 회장 쪽으로 쪼르르 달려가 덥석 안겼다.

"허허허, 요놈. 그리 좋으냐?"

살갑게 안기니 진 회장은 기분이 좋았는지 연신 웃음을 터뜨렸다.

자, 이제 다음 단계로 넘어가야 한다. 다시 내 자리로 돌아와 나는 머리를 갸웃하며 말했다.

"그런데 할아버지 목장은 어디에요? 우리 집 근처요? 아니면 할아버지 집 근처요?"

"허허, 주택가 한가운데서 말을 키우다가는 쫓겨난다. 말똥 냄새가 장난 아니야."

"그럼요?"

"서울에서 북쪽으로 조금 더 가면 원당이라는 곳이 있는데 그곳엔 이미 목장이 있어. 그걸 매입하면 될 게다."

'이런 삑사리가!'

원당에 목장이 있었던가? 절대 매입해서는 안 된다. 내가 원하는 곳은 그곳이 아니다. 조금 당황한 것이 눈에 띄었나 보다. 진 회장의 표정도 변했다.

"왜? 싫으냐?"

"아, 아뇨. 좋은데…. 너무 멀어서요."

"멀어? 어허, 고놈 참. 까탈스럽기는…."

나무라는 말투였으나 표정은 여전히 웃고 있었다.

"우리 집은 강남인데…."

"서울 남쪽에는 목장이 없는데?"

"만들면 되죠. 할아버지는 뭐든 빨리 만드시잖아요."

"뭐라? 만들어? 으하하."

갑자기 터지는 진 회장의 웃음에 나는 당황했다. 좀 억지스럽다고 생각해 걱정했는데 오히려 즐거워하고 기뻐하는 반응이니 말이다.

"도준아."

"네."

"넌 이 할애비의 회사가 몇 갠 줄 아느냐?"

뜬금없는 질문이다. 48개의 계열사를 모를 리 없지만, 고개를 저었다.

"순양의 계열사는 모두 마흔여덟 개다. 그중 열아홉 개는 내 손으로 직접 만든 회사란다. 나머지는 인수했지만 말이다."

'인수? 강탈이 아니고?'

"내 손으로 직접 올린 회사 대부분은 사업 초창기에 만든 것이다. 즉, 처음에는 무조건 직접 만들어야 한다. 그래야 애착이 생기고 더 크게 키우고 싶어 악착같아지지."

'목장을 만들면 된다.'라는 내 말을 이런 식으로 받아들이는 건가? 이 양반은 이미 내게 경영수업을 시작한 것인지도 모른다. 물론 환영할 만한 일이다.

"난 네가 처음 갖고 싶은 것은 어렵지만 직접 만들면 된다고 생각하는 게 무척이나 마음에 든다."

열 살짜리 어린애가 이해할 만한 말이 아니다. 어떤 반응을 보여야 적당할까? 눈만 껌뻑거려야 하나? 아니면 고개를 끄덕여야 하나? 나의 이런 망설임이 가장 그럴듯한 반응일지도 모른다.

내 모습을 유심히 살피던 진 회장이 가볍게 식탁을 툭 치며 입을 열었다.

"좋다. 우리 도준이의 첫 발걸음은 내가 떼게 해주마."

진 회장은 별실의 문을 향해 소리쳤다.

"밖에 누구 있나?"

문이 열리며 정장 차림의 사내가 들어왔다.

"네, 회장님."

"서울과 경기도 지도 좀 가져와."

"네? 아, 알겠습니다."

잠시 후, 비서는 도로지도 책자를 들고 와 진 회장에게 내밀었다.

"더 시키실 일은 없으십니까?"

"수고했어. 나가 봐."

진 회장은 지도책을 몇 장 넘기더니 자세히 들여다보기 시작했다. 이윽고 펜을 꺼내 지도의 한 지점에 작은 동그라미를 그렸다.

"자, 우리 도준이 눈이 얼마나 좋은지 한번 보자."

그가 표시한 곳은 바로 우리 집이었다.

"도준아, 그곳이 바로 네 집이다. 목장을 만들고 싶은 곳에 표시를 해봐."

'미치겠다. 너무 좋아서.'

정말 전국에 수십 개의 목장을 만들고 싶다. 10년, 20년 뒤에 땅값이 폭등할 곳을 미리 확보해 두면 앞으로 벌어질 순양그룹의 지분 싸움에서 얼마나 든든할까? 수천억, 아니 어쩌면 수조 원의 총알을 미리 장전해 놓은 것과 다를 바 없다. 하지만 지금은 딱 한 곳만 선택해야 한다, 이미 내가 정해 놓은 바로 그곳을.

괜히 지도를 뒤적거리며 고민하는 척하며 적당히 시간을 때웠다. 진 회장은 이런 내 모습이 귀여운지 계속 따뜻한 미소를 지어 보였다.

"잘 골라야 한다. 서울 시내는 당연히 안 되고 경기 남부에도 도심은 피해야 하니까 말이야."

'걱정은 접어 두쇼. 아주 깜짝 놀랄 만한 곳을 찍어 줄 테니까.'

나는 호기롭게 펜을 들어 지도 한 부분에 동그라미를 그렸다.

"여기요."

진 회장은 내가 내민 지도를 유심히 보다 미간을 찡그렸다.

"흠, 여긴 네 집에서 꽤 먼 것 같은데?"

"그런가요?"

"지도는 한눈에 볼 수 있지만, 실측과 차이가 크다. 하긴, 그걸 알아채기에는 아직 어리지."

시무룩한 표정을 지었더니 진 회장이 황급히 대신 변명을 늘어놓는다. 그러고는 지도를 다시 한 번 확인하더니 문밖에서 기다리던 비서를 불렀다.

"여기 이 땅, 어떤 상태인지 한번 알아봐. 정확히 현황 파악하고."

"네."

비서는 지도를 챙겨 급히 나갔고 나와 진 회장은 식사를 계속했다. 땅 이야기는 잠시 접고 공부와 친구가 화제가 되었다. 공부야 더할 나위 없을 만큼 훌륭하지만 내 주변에는 친구가 없다. 정신이 마흔인데 어떻게 코찔찔이들과 친구가 될 수 있겠는가? 친구들과 적당히 잘 지낸다는 말로 얼버무릴 때 비서가 조심스레 문을 열고 들어왔다.

"그래, 어때?"

"이 지역은 '남단 녹지'입니다. 개발제한구역으로 묶여 있습니다."

"그리고?"

"오이밭, 참외밭이 많은 전형적인 농촌 지역입니다."

"그리고?"

"교통 인프라가 부실해서 접근도 어렵고 그나마 사람 사는 가장 가까운 지역은 빈곤층이 많이 삽니다. 개발 가능성은 현저히 낮다고 사료됩니다."

"흠… 그럼 목장 만드는 건 문제없겠군."

"목장이라면 어떤…?"

"말을 키우고 승마 가능한 곳 말이야."

"그건 가능합니다. 개발제한구역일 뿐이니까 목장은 금지 대상이 아닙니다."

진 회장은 물을 한 모금 마시며 지도를 톡톡 건드렸다. 잠시 고민하는 모습을 보였지만 이왕 마음먹었으니 그 고민은 오래가지 않았다.

"여기를 중심으로 매입할 수 있는 땅을 알아봐."

"규모는 어느 정도까지 생각하십니까?"

"개발제한구역이라 그리 비싸지는 않겠지?"

"그럴 겁니다."

"5만 평 이상."

"알겠습니다, 회장님."

'생각보다 간이 작나? 겨우 5만 평이라니?'

최소 10만 평 이상을 기대했는데 아쉬웠다.

비서가 물러나자 진 회장은 다시 웃음을 보였다.

"자, 이제 한번 두고 보자. 네가 고른 그 땅이 어떻게 변할지."

"땅이 변해요?"

알면서도 모른 척해 주는 게 어린애답다.

"도준아."

"네."

"지금부터 이 할애비가 하는 말을 잘 들어. 아, 물론 이해하지 못해도 괜찮아. 그냥 잊지 않도록 노력만 하거라. 그리고 언젠가 네가 필요할 때 기억해 내면 된다."

'뭐든 말씀하세요. 나 이해하니까.'

차마 입 밖으로 내지 못한 내 생각이다.

"땅은 살아 있는 생물이다."

진 회장은 잠시 뜸을 들이고 말을 이었다.

"땅이라는 생물은 신기하게도 변화에 아주 민감해. 물론 그 변화는 인간이 만들어 내는 것이지만 말이다."

조금은 뻔한 이야기가 나올 것 같아 실망스러웠지만, 내색은 하지 않았다.

"중요한 것은 땅이 내게 유리하도록 변화를 만들어 내야 한다는 것이다. 땅이 꿈틀거릴 때 확실하게 변하도록 자극과 충격을 줘야 한다. 그러면 흙덩이에 불과한 땅이 금싸라기로 변하는 거야."

결국, 땅투기꾼은 두 부류다. 개발 정보를 미리 입수한 사람, 그리고 진 회장처럼 권력층과 결탁하여 개발이라는 호재를 직접 만들어 내는 사람. 정보를 입수하는 사람은 잘못된 정보를 믿고 실패할 경우도 있지만, 후자는 실패가 없다. 항상 금싸라기를 퍼 올리는 것이다.

"네가 선택한 땅은 지금은 흙덩이에 불과하다. 그래서 나라면 이 땅을 사지 않을 거야."

"왜요?"

"이 땅이 금싸라기로 변하려면 꽤 오랜 시간이 걸릴 게다. 어쩌면 살아생전 그런 일이 생기지 않을 것 같구나. 그러니 살 이유가 없어. 하지만 너라면 다르지."

"전 왜 다르죠?"

"20년, 30년 뒤 이 땅은 어마어마한 가치가 있는 땅으로 변할 수도 있으니까. 넌 그 변화를 볼 수 있을 만큼 살날이 많이 남았잖니. 그러니 저금한 셈 치고 가지고 있거라."

"네. 명심할게요, 할아버지."

20년, 30년을 쥐고 있어? 절대 그럴 생각이 없다. 물론 진 회장의 생각도 바뀔 것이다. 왜냐? 이 땅은 2년 뒤 신도시라는 엄청난 금싸라기로 변할 테니까. 나는 방금 분당 신도시의 노른자위 5만 평을 손아귀에 넣었다. 밥맛이 꿀맛이다.

▲ ▲ ▲

한국이라는 국가의 인지도를 세계적으로 끌어올린 1988년의 해가 솟았다. 27년 뒤, 선풍적인 인기를 끌 〈응답하라 1988〉은 현재 나와는 전혀 다른 세계의 이야기다. 그 드라마는 서민의 일상을 담았고 난 지금 돈이 넘쳐나는 부자들의 세상, 그것도 최상위 부자라는 재벌가에서 살고 있다.

"안녕하세요. 고모."

"도준이네? 너 요즘 자주 본다."

'당신이 그런 말 할 처지는 아닌 것 같은데? 남편을 국회의원으로 만들려면 여의도로 출근해야지 왜 친정을 들락거려?'

"도준이는 클수록 인물이 확 피네. 점점 엄마를 닮아 가. 참, 엄마는 잘 계시지?"

국회의원 출마 준비 중인 고모부가 내 머리를 쓱 만지며 서재로 성큼성큼 들어갔다.

'저 자식은 은근히 소름 끼친다 말이야.'

고모부라는 작자는 검사라는 직업 때문인지 늘 뭔가를 캐기 위해 눈동자를 굴린다. 특히 내 어머니를 바라보는 눈빛 속에는 늘 붉은 기운이 감돌았다. 하긴 저놈만 그런 게 아니다. 이 집안 사내새끼들 죄다 조금씩은 음란한 눈빛을 담고 있다.

지금 당장 현역 배우로 뛰어도 될 만큼 아름다운 어머니다. 남자들이 시선을 떼지 못하는 것은 어찌 보면 당연하다. 아무튼, 언젠가는 저 새끼의 눈알을 팍 뽑아 버릴 것이다.

▲ ▲ ▲

"도준이는 여기서 살아요?"

"방학이라 한 일주일 와 있는 거야. 그보다 넌 왜 또 왔어? 최 서방까지 같이?"

"장인어른, 제가 뭐 못 올 데를 온 것도 아니지 않습니까? 하하."

"별다른 일이 없는데 함께 왔으니 그런 게지."

진 회장의 못마땅한 말투에 진서윤은 입술을 삐죽 내밀었다.

"아버지. 별다른 일이 있으니까 이렇게 급히 왔죠."

"또 뭐?"

"우리 이이 지역구가 왜 수원이에요?"

진 회장은 짜증이 확 솟구쳤다. 몰라서 묻는 건 아닌 게 분명하다. 수원은 순양전자의 공장이 있는 곳이고 하청 업체가 밀집해 있다. 이 지역 인구 절반이 순양과 관계있으니 당선은 확실하다. 그래서 선정한 곳 아닌가?

"장인어른. 솔직히 순양그룹을 등에 업고 수원에서 출마하면 막대기를 세워 놓아도 당선 아니겠습니까? 제가 배지를 달아도 여의도에서 꿔다놓은 보릿자루나 거수기밖에 못 할 겁니다."

"말 돌리지 말고. 하고 싶은 말이 뭐야?"

진 회장의 사위 최창제는 아내에게 눈짓을 보냈다. 이제 어려운 말을 꺼낼 차례다.

"아버지. 초선이지만 중진의 힘을 갖는 게 아버지에게도 유리하잖아요."

"또! 또! 말 돌린다."

"종로에서 출마하도록 힘 좀 써주세요."

한국의 정치 1번지라고 불리는 곳, 종로. 초선이라도 종로에서 당선된다면 무게감이 다르다. 배경까지 감안한다면 말 그대로 중진의 중량감이다.

진 회장은 못마땅한 표정을 감추지 않고 입을 열었다.

"최 서방."

"네, 장인어른."

"내가 검찰총장까지 가는 길을 다 닦아 놨는데 자네가 걷어찼어. 알지?"

"그 점은 정말 죄송하게 생각합니다."

"그거 따지자는 건 아니고, 여의도로 간 뒤의 목표가 궁금해서 말일세. 꼭 종로를 원하는 진짜 이유가 뭔가?"

진서윤이 머리를 떨군 남편 대신 잽싸게 대답했다.

"아버지, 정치에 발을 들였으면 당연히 대통령이죠. 최 서방이 청와대 주인이 된다고 생각해 보세요. 우리 순양이 바로 대한민국이 된다는 뜻이라고요."

이미 대답을 짐작한 듯, 대통령이라는 단어에도 진 회장은 놀라는 기색을 보이지 않았다. 대신 상대를 깔보는 듯, 한심한 듯 바라보는 눈길만 더 무거워졌을 뿐이다.

"최 서방."

"네."

"까불지 마."

전혀 생각지 못했던 반응에 두 사람은 눈만 크게 떴다.

"아, 아버지."

"장인어른!"

"둘 다 입 닥치고 내 말 잘 들어."

진 회장의 싸늘한 태도에 두 사람은 입을 닫았다. 이럴 때 토를 달면 돌이킬 수 없다는 걸 잘 알기 때문이다.

"종로? 지금 종로 국회의원이 누군지 알아? 내가 그 친구를 키운다고 처바른 돈은 또 얼마나 되는지 알아? 그 친구는 내 전화…. 아니, 비서실 직원의 전화 한 통이면 자다가도 벌떡 일어나. 내가 왜 그 친구를 버려야 하지? 사위인 자네보다 내 말이라면 껌뻑 죽는데?"

'잘 달리는 말은 바꿔 타는 게 아니다.'라는 정가의 격언이 있다. 이런 뜻을 모를 두 사람은 아니다.

"자네도 말했지? 순양그룹이라는 간판만 어깨에 지고 있다면 막대기를 꽂아도 당선이라고. 바로 그 이유 때문에 자네를 수원에 꽂은 거야. 딱히 선거 비용이 들지 않거든."

"자, 장인어른."

자신에게 돈 쓰기 아깝다는 뜻이 명백해지자 최창제는 섭섭함보다 '설마, 검찰총장으로 만들겠다는 장인의 뜻을 거역해서 버려지는 것일까?' 하는 두려움이 앞섰다.

"아버지, 너무 하시네요. 어떻게 그런 말씀을…."

남편을 무시하자 잠자코 있던 진서윤이 발끈했다.

"왜? 내가 틀린 말 했냐?"

"이이가 그 정도 취급받을 사람은 아니잖아요! 한국 최고의 법률가 집안이에요. 우리 순양그룹 간판이 없어도 어지간한 곳에서는 가볍게 당선해요. 여야 가릴 것 없이 영입 대상 0순위라고요."

"한국 최고의 법률가 집안이라…. 자네도 그리 생각하나?"

"…."

진 회장의 비웃는 표정을 보자 최창제는 자신 있게 대답하기 껄끄러웠다.

"검사장 몇 명, 법원장 몇 명 배출한 집안이니 명문가다? 이거 원, 어이가 없어서."

"아빠!"

남편과 시댁을 완전히 무시하는 진 회장의 태도에 진서윤은 엉겁결에 결혼 전 말버릇까지 나와 버렸다. 하지만 진 회장은 오로지 사위만 쏘아보며 말을 이었다.

"내가 자네 부친을 검사장 자리까지 올렸어. 바로 내 힘과 내 돈으로 말이야. 자네 집안 판검사 중에 연수원 성적 톱 찍은 자가 있나? 전부 고만고만한 머리로 언감생심 요직을 바라볼 수나 있었다고 생각해? 사돈만 아니었다면, 내가 힘쓰지 않았다면 부장 자리도 못 앉아 보고 옷 벗을 인물들이 어디서 감히…!"

진 회장의 노기가 점점 더 커져 갈수록 두 사람의 머리는 점점 더 아래로 떨어졌다.

"내가 자네 집안을 다 키웠어. 왠 줄 아나? 바로 우리 순양그룹이라는 집을 지키는 충성스러운 개로 쓰려고 키운 거라고. 자네 역할은 지금까지 그래 왔던 것처럼 우리 집안을 지키는 개야. 검찰청에서 국회로 장소만 바뀔 뿐이야. 명심해."

자기 집안을 개라고 칭하자 최창제의 얼굴은 수치심과 분노로 붉게 타올랐다. 하지만 어쩌랴? 틀린 말이 아닌데.

사위가 이를 악문 채 어깨를 들썩였지만 진 회장은 더욱 날카로운 말을 쏟아 냈다.

"또 하나, 대통령? 내 참, 기가 차서…. 대통령이라는 자리가 자네 머리에서 나왔을 리는 없고, 누군가? 그런 헛바람을 심어넣은 놈이? 자네 부친인가?"

순식간에 당황한 두 사람을 보고 진 회장은 단번에 모든 걸 알아챘다. 분노를 가라앉히느라 긴 숨을 한 번 쉬고 마지막 일침을 놓았다.

"최 서방."

"네."

"헛바람 빼고, 쓸데없는 생각 지워. 그냥 지금처럼 내가 주는 꿀만 빨고 살아. 자네 집안사람들에게도 꼭 전해. 헛된 욕심부리다가는 패가망신할 거라고. 알아들었나?"

"…네."

최창제는 수치심 때문에 가까스로 대답할 수 있었다. 장인의 전화 한 통이면 검찰과 사법부에 몸담은 친인척들이 단번에 지방으로 쫓겨난다. 그리고 집안의 캐시카우인 로펌도 망한다. 돈 되는 클라이언트들이야 다 순양이라는 간판을 보고 거래하는 거 아닌가.

"자네는 나가 봐. 그리고 서윤이, 넌 좀 남고."

맥이 빠져 어깨를 축 늘어뜨린 사위가 나가고 나자 진 회장의 태도가 더욱 과격해졌다.

"이, 이것이….'"

"아, 아버지, 그게 아니고…."

결국, 거대한 책상 위에 놓여 있던 책 한 권이 진서윤의 머리 위로 날아들었다.

"더는 안 된다고 몇 번이나 말했어! 백화점 주인으로 만족하라는 내 뜻을 거역해?"

진서윤은 이럴 때 어떡해야 하는지 잘 안다. 아버지의 분노가 지나갈 때까지 납작 엎드리는 것뿐이다. 의자에서 벌떡 일어나 바닥에 무릎을 꿇고 머리를 조아렸다.

"잘못했어요, 아버지. 한 번만, 한 번만 용서해 주세요."

능력보다 욕심이 앞서는 딸이다.

딸이라는 한계, 출가외인이라는 한계 때문에 후계 구도에서 일찌감치 떨어져 나갔지만, 호시탐탐 기회가 오기만을 기다렸다. 이제 한술 더 떠서 그 기회를 만들려고 한다. 남편을 정계로 진출시키고 정치 권력을 손에 넣는다. 꼭 대통령이 아니라도 좋다는 생각이 깔렸을 것이다. 정치에 입김을 불어넣을 수 있는 위치에 서서 순양의 후계자들을 하나씩 제거하면 분명히 기회가 온다고 믿었을 것이다. 영악한 딸의 유혹에 빠진 멍청한 사위는 얼씨구나 하며 검찰에 사표를 던졌을 것이 뻔하다.

"지금 가진 것에 만족하고 최선을 다해라. 백화점 경영 실적이 조금이라도 떨어지는 날에는 싹 갈아치울 거야. 넌 아직 완전한 주인이 아니다."

아버지의 마지막 경고에 진서윤은 무릎이 떨려 일어나지 못했다.

▲ ▲ ▲

붉게 달아오른 얼굴로 입술을 실룩거리며 서재를 나온 고모부는 뒤도 돌아보지 않고 나가 버렸다.

'뭔가 심상치 않다.'

거실에 아무도 없는 걸 확인하고 진 회장의 서재 문 앞으로 슬며시 발걸음을 옮겼다. 아니나 다를까 큰소리가 터져 나왔다. 무섭고 단호한 영감이다. 역시 철면이라는 별명이 어울린다. 딸에게는 오로지 백화점만 물려줄 생각이 확고한 듯 보였다.

고모 진서윤 입장에서는 훨씬 멍청해 보이는 오빠들이 주력 계열사에서 자리 잡아 가는 걸 보면 억울할 것 같기도 하다. 그녀는 똑같은 피를 물려받았는데 N분의 1을 넘볼 수 없으니 이런 꼼수까지 생각해 낸 것이다. 경영 능력은 아직 판단하기 어렵지만 잔머리는 꽤 괜찮아 보인다.

'이거, 마음을 고쳐먹어야겠는 걸.'

고모를 무릎 꿇리고 고모부의 눈알을 파내 버리려 했지만 한참 뒤로 미뤄도 되겠다. 일단 주류에서 밀려난 떨거지들을 내 곁에 서도록 하고 최대한 굴려 먹는 게 더 낫다.

의자가 바닥을 긁는 소리가 들려 재빨리 그곳을 벗어났다. 거실의 소파에서 뒹굴거리는 척하며 곁눈질로 보니 고모 역시 힘이 쭉 빠져 집을 떠난다. 뒤이어 나온 진 회장 때문에 나는 소파에서 벌떡 일어났다.

"아이고, 우리 도준이. 심심했어?"

"아니에요. 책 보고 있었어요."

"그래? 좋은 습관이야. 항상 책을 가까이하거라."

"네."

진 회장이 내 머리를 쓰다듬을 때 비서 한 명이 급히 거실로 들어와 머리를 꾸벅 숙이며 두툼한 서류봉투를 건넸다.

"회장님. 일전에 지시하신 건입니다."

"그래. 매입 끝났나?"

"네. 등기 이전까지 다 끝냈습니다."

"수고했어. 공사는?"

"내일 아침부터 시작합니다. 그리고 말은 목장이 완성되는 대로 제주에서 두 마리를 먼저 옮기고 더러브렛 품종 두 마리를 주문했습니다. 6개월 뒤에 목장에서 보실 수 있을 겁니다."

"수고했어."

비서가 머리를 꾸벅 숙이고 나가자 진 회장은 환하게 웃으며 봉투를 열었다. 두툼한 서류는 목장 등기임이 뻔하다. 그리고 몇 장의 사진과 도면. 사진은 아랍에 주문한 말의 사진이었고 도면은 바로 목장이었다.

"어떠냐? 이놈 정말 잘생기지 않았니?"

말이 잘생겼든 못생겼든 관심 없었지만, 손뼉을 치며 좋아하는 척했다. 내가 가장 궁금한 건 과연 5만 평이 전부냐는 것이었고 과연 누구 이름을 등기에 올렸나 하는 것이었다. 진 회장과 함께 한참 말 사진을 구경하고 드디어 등기 서류를 펼쳤다.

"도준아."

"네, 할아버지."

"이건 네가 원했던 그곳의 땅문서다. 전부 8만 평."

오호! 3만 평이 더 늘었다.

"저번에 할아버지께서 5만 평이라고 말씀하신 게 기억나는데요?"

"요놈 자식. 숫자까지 기억하는구나. 허허."

웃음의 의미를 알 것 같았다. 회사 경영에서 정확한 숫자를 기억하는 것은 얼마나 중요한가!

"땅 주인들이 여러 명이었는데 5만 평으로 딱 떨어지지 않더구나. 그래서 8만 평으로 늘었다."

이미 내 머릿속에서는 8만 평의 토지 보상금이 얼마나 될까 열심히 계산하고 있었기에 웃음이 나오기 시작했다.

"그리 좋으냐?"

미소를 감추지 못하는 나를 보며 진 회장도 흐뭇한 표정이 되었다. 나는 땅 때문에 좋아했지만, 그는 목장과 말 때문에 좋아하는 줄 알 것이다. 이제 확실하게 챙겨야 한다. 비록 내 명의지만 등기 서류를 진 회장이 쥐고 있다면 매매는 그의 마음대로 할 수 있다. 서류가 바로 보증이다. 내가 갖고 있어야 한다. 나는 말 사진을 내려놓고 등기 서류를 계속 만지작거리며 관심 있는 척 읽기 시작했다.

"이놈아. 네가 그걸 본다고 아느냐?"

"그래도 '제 거'니까 좋아서요. 헤헤."

"뭐라? 으허허. 요놈 보게. 땅문서부터 챙긴다 이거냐?"

땅문서? 천만의 말씀, 나는 지금 160억이 넘는 적금 통장을 챙긴 것이다. 이삼 년 뒤에 만기가 돌아오는 적금 통장 말이다. 지금 은마아파트 31평의 시세가 겨우 7500만 원이다. 이 아파트를 200채 넘게 살 수 있는 거금이다. 그리고 이 돈은 나의 시드머니다.

진 회장은 내 머리를 쓰다듬으며 말했다.

"그거 잃어버리면 큰일 나니까 할아버지가 보관하고 있으마."

그가 내미는 손을 보며 시무룩한 표정을 지었다. 물론 서류는 건네지 않았다. 내가 듣고 싶은 말을 들어야 한다.

내 표정을 보고 그는 다시 유쾌한 웃음을 터트렸다.

"요놈 참, 네 것이라 뺏기기 싫다는 게냐? 허허."

나의 이런 행동을 욕심이나 소유욕으로 받아들였을 것이고 다행히 진 회장은 이런 소유욕을 무척이나 좋아한다.

"좋다. 그럼 네가 직접 보관해라. 책상 서랍에 넣어 놓고 잊어버리면 안 돼. 만약 잃어버리면 이 목장은 네 것이 아니다. 무슨 말인지 알겠지?"

"네, 할아버지. 고맙습니다."

나는 소파에서 벌떡 일어나⋯ 참으로 고역이지만 진 회장의 품에 안겼다. 그래도 160억을 선물로 줬는데 이 정도 애교는 부려줘야 하지 않겠는가?

일주일간 진 회장 저택에서 한껏 재롱을 피우고 집으로 돌아왔을 때 어머니는 굳은 얼굴로 나를 맞이했다.

"도준아, 너 할아버지께서 주신 거 좀 보자."

'그럼 그렇지. 너무 쉽게 내어 주더라니.'

하긴, 어린애에게 등기 서류를 맡길 리 없다. 재미있는 점은 내게 땅을 준 사실을 아버지가 아닌 어머니에게 알려 준 것이다. 달갑지 않은 며느리지만 아들보다 조금 더 신뢰하는 것일까?

서류봉투를 어머니에게 내밀었다. 황급히 받아 든 그녀는 사진과 서류를 한참 들여다보고는 내려놓았다. 어머니의 표정에서 마음을 읽을 수 없었다. 냉대와 멸시받던 과거와 180도 달라진 관심, 그리고 선물. 비록 황무지나 다름없는 휴지 조각 같은 땅이지만 최초로 진 회장이 증여한 재산이다. 기뻐하기엔 뭔가 찜찜하고 불안한 모양이다.

"도준아. 이거 엄마가 갖고 있을게. 잃어버리지 않게 말이야."

자고로 어릴 때 받는 용돈은 엄마가 보관하는 게 정답이다.

"네. 그렇게 하세요."

"그리고 할아버지께서 당부하셨어. 목장 이야기는 다른 사촌들에게 자랑하지 말라고 말이야. 알아들었지?"

"알겠어요. 염려 마세요."

나의 진중함을 아는 어머니라 안심하는 듯 보였다.

나는 그녀의 안색을 살피다 조심스레 입을 열었다.

"어머니."

"응. 왜?"

"혹시… 돈 있으세요?"

갑작스럽게 돈 이야기를 꺼내자 어머니는 눈을 동그랗게 떴다.

"돈? 왜? 용돈 떨어졌어? 아니, 넌 용돈 안 쓰잖아. 갖고 싶은 거 있으면 말해. 엄마가 사줄게."

어린애다 보니 고작 용돈으로 생각하는 게 당연하지만 내가 말한 돈은 그런 차원이 아니다.

"아뇨. 용논이 필요한 게 아니라 큰돈이 필요한 거예요."

"큰돈? 얼마나?"

이제 어머니의 눈빛은 호기심으로 변했다.

"할아버지 집에 있을 때 들은 이야기인데요. 일산이 어디예요?"

"일산? 글쎄, 엄마도 모르는데? 왜?"

예상대로 세상 물정을 전혀 모른다. 뭐, 상관없다. 어차피 기대한 건 아니니까. 착하디착한 어머니도 든든한 주머니 하나쯤은 있었으면 하는 마음이 전부였다. 내가 할 일은 슬쩍 던지는 것뿐이다.

"잘은 모르지만, 일산이라는 곳이 곧 도시로 변한대요. 그래서 땅값이 오른다나?"

"뭐? 누가 그래? 할아버지가?"

"아, 아뇨. 할아버지 회사 아저씨들이 그런 이야기를 했어요."

어머닌 그래도 내 말뜻을 알아채지 못할 만큼 순진하지는 않을 것이다. 또한 시아버지가 보내 주는 풍족한 생활비를 흥청망청 다 써버릴 만큼 생각이 없는 분도 아니다. 은행 금리가 연 10퍼센트니 분명히 꽤 많은 돈을 모아 뒀을 것이고, 그 쌈짓돈을 어떻게 이용할지는 스스로 선택할 문제다.

조금은 당황했지만, 눈을 빛내며 생각에 잠긴 어머니를 두고 내 방으로 올라왔다. 침대에 털썩 몸을 던지고 앞으로 해야 할 일을 되새겼지만, 딱히 특별한 건 없다. 너무 어리다. 20대였다면 얼마나 많은 준비를 할 수 있을까? 아쉬움을 뒤로하고 책을 집어 들었다. 조급한 마음을 억누르는 데는 독서만 한 게 없다. 아니, 독서 외엔 할 게 별로 없는 시대다.

겨울방학 내내 책을 벗 삼아 보내니 새로운 시대, 제6공화국이 시작되었다. 1988년 2월 25일, 노태우가 제13대 대통령으로 취임했고 곧이어 제13대 국회의원 선거전도 시작했다.

▲ ▲ ▲

진양철 회장은 내가 상상했던 이상의 수완가였다. 특히, 가장 놀랐던 일은 바로 국회의원 선거를 순양전자의 광고판으로 활용한 것이었다. 선거가 한 달 앞으로 다가오자 모든 지역구 후보들은 트럭을 타고 한 표라도 더 얻기 위해 목소리가 나오지 않을 만큼 자신의 지역을 돌아다녔다.

진 회장은 88년 서울 올림픽 특수를 노려 경기 관전과 녹화에 필요한 초고가 TV와 VTR을 준비 중이었는데 시제품을 급히 만들어 후보들에게 '임대'라는 형식을 빌려 뿌리기 시작했다.

거대한 33인치의 대형화면, 분리형 서라운드 스피커와 우퍼까지 장착해서 스테레오 음향을 지원하고, 여기에 PIP(Picture In Picture) 기능까지 갖추고 있어 처음으로 동시에 두 개 채널을 볼 수 있는 TV였다. 대졸 신입사원 월급이 약 33만 원인 시절에 무려 260만 원이나 하는 초고가 TV다. 그리고 엄청난 기술인 무선 리모컨을 자랑하는 45만 원짜리 VTR. 이 두 제품이 후보들의 트럭에 올라타고 전국을 누볐다.

유권자들은 후보가 피 터지게 외치는 공약보다 전자제품에 더 많은 관심을 보이며 몰려들었다. 시제품 테스트와 광고를 한 번에 해결한 영리한 수법이었다. 선거운동용 트럭이 한번 지나간 동네에서는 문의 전화가 빗발쳤고, 이 엄청난 호기심과 호응을 다룬 TV 뉴스는 광고의 마지막 방점을 찍었다.

이런 광고 효과에 비하면 고모부의 국회의원 당선은 뉴스거리도 아니었다. 순양의 사위가 '순양 시'라고까지 불리는 수원에서 떨어진다면 천재지변에 버금가는 일이기 때문이다.

그러나 이런 낭연한 일도 축하는 받아야 했다. 당선 축하연은 진 회장 저택에서 열릴 줄 알았는데 순양호텔 그랜드 볼룸에서 개최되었다.

아무래도 중진 국회의원들까지 참석하다 보니 집은 피한 것 같았다. 국민의 대표가 재벌집에 드나드는 모습이 언론에 잡혀 잡음이 생기는 걸 미연에 방지한 것이다. 축하연이 호텔이라고 하자 아버지와 어머니의 표정이 조금 나아졌다. 호텔은 집과는 달리 가정부 취급받을 일은 없다는 게 그 이유였다.

축하연은 성대하게 열렸다. 일개 초선 의원의 당선 때문에 모인 것이 아니라 바로 총수인 진 회장에게 얼굴도장을 찍고 싶은 인간들로 득실거렸다.

연회장에 도착한 우리 가족은 입구에서 환한 웃음으로 손님을 맞는 고모 진서윤에게 먼저 인사를 했다.

"누나, 축하해. 또 한 걸음 더 올라섰네."

아버지의 뼈 있는 인사말에도 고모는 마냥 기쁜지 미소를 감추지 못했다.

"또, 또. 넌 왜 그리 삐딱해?"

고모는 아버지의 등을 가볍게 한번 툭 치고 눈짓을 보낸다.

"네 매형 계시니까 인사드리고. 얌전하게 있다가 불편하면 슬쩍 빠져."

"국회의원 부인이 되더니 아량도 넓어지셨어. 하하."

웃음을 터뜨리는 아버지와는 달리 어머니와 형 상준은 여전히 긴장한 얼굴이었다.

"축하드려요. 형님."

"안녕하세요."

어머니와 우리 형제의 인사를 받으면서도 고모는 여전히 웃고 있었다.

"아, 상준 엄마. 나 하나만 부탁하자."

"네, 말씀하세요."

"당 지도부 중에 아주 중요한 분이 오셨는데 직접 인사 한 번만 드려 줘."

이때 아버지의 눈썹이 꿈틀거렸다.

"누나, 그게 무슨 말이야? 설마 웃음이라도 팔라는 거야?"

"여보!"

어머니가 아버지의 소매를 잡아끌었다. 괜한 분란의 피해는 언제나 어머니 몫이었기에 피하고 싶은 것이다.

"야! 그냥 그분이 상준 엄마 팬이었대. 그래서 알은체 한번 하라는 거야. 얘가 지금 무슨 소리를 하는 거야?"

"네, 형님. 염려 마세요. 따로 인사드릴게요."

어머니는 고모의 역정을 뒤로한 채 아버지의 팔짱을 끼고 급히 연회장 안으로 발걸음을 옮겼다.

"여보. 별거 아닌 일에 욱하지 말아요. 그럴 때마다 내가 얼마나 조마조마한 줄 알아요?"

애처가인지 공처가인지 분간하기 힘든 아버지는 씩 웃으며 팔짱 낀 어머니의 손을 꽉 잡았다.

"알았어. 얼른 한 바퀴 돌고 우린 빠져나가자고."

어머니의 당부 때문인지, 아버지는 계속 웃으며 사람들과 인사를 나눴다. 그리고 파티의 주인공인 고모부를 발견하고 손을 흔들었다.

"당선 축하합니다, 매형. 어떻습니까? 검사보다 의원이 더 좋습니까? 하하."

"고마워, 처남. 아직 알 수가 있나? 그리고 부장 검사에서 초선 의원으로 강등된 거지. 이제 고생길이 훤해. 하하."

나와 상준 형이 인사를 하자 고모부는 우리의 머리를 쓰다듬으며 어머니에게 가볍게 머리를 숙였다.

"이거, 주변이 환해지는 이유가 바로 처남댁 때문이군요. 어떻게 나이가 들수록 더 아름다워지십니까?"

"축하드려요, 고모부."

나는 어머니의 전신을 재빨리 훑는 고모부의 눈길을 놓치지 않았다.

'음침한 새끼.'

써먹을 곳이 있을 것 같아 좀 친해지려 마음먹었는데 당최 정이 안 간다.

"아 참, 처남. 잠깐 인사 좀 할 사람이 있는데 도와줘."

"그렇지 않아도 누나한테 들었습니다. 도대체 누구길래 형님이 이렇게 눈치 봅니까?"

"6공의 실세야."

"네? 6공 출범한 지 며칠이나 됐다고 벌써 실세가 나와요?"

"대통령의 오른팔이야. 이미 황태자로 등극한 분이라고!"

호들갑을 떨면서도 목소리는 낮췄다.

"상준아, 도준아. 너희들은 맛난 거 좀 먹으며 여기 잠깐 있어."

고모부는 부모님을 데리고 조금 떨어져 있는 사람들 무리 속으로 들어갔다. 인파에 가려 누군지 알 수 없었다. 귀를 쫑긋 세우고 이름이라도 들으려 했지만, 그것마저 방해꾼이 나타나 불가능했다.

"어? 강준이 형."

낯익은 이름에 돌아서니 이제 중학생이 된 삼남의 아들 진강준과 그 여동생인 진영경이 서 있었다. 진영경은 나보다 딱 한 살 많은 누나다.

나는 웃으며 손을 들었다.

"누나 안녕."

하지만 두 사람은 나 때문에 부러진 다리가 떠올랐는지 인사를 받지 않았다.

"강준이 형. 다리는 괜찮아? 목발 짚고 다녔다면서?"

난 비릿한 미소를 지으며 진강준의 다리를 이리저리 살폈다. 이런 내 모습에 치가 떨리는 듯 진강준의 얼굴이 시뻘게졌다.

"남은 다리도 한번 부러져야 균형이 맞을 텐데… 언제가 좋을까?"

말은 부드럽게 했지만 내 눈빛은 그렇지 않았다. 잡아먹을 듯 노려보니 몇 초 견디지 못하고 시선을 떨구더니 이내 자리까지 피해 버렸다.

역시, 겁 많은 놈이다. 오냐오냐 키운 부잣집 아들놈이 깡다구가 있을 리 만무하다.

"도준아. 너 왜 자꾸 강준이 형 건드려?"

두 사람이 도망치듯 사라지자 상준 형이 잔뜩 겁먹고 긴장한 표정으로 말했다.

"형. 저 새끼한테 쫄지 마. 저 새끼 싸움 못 해. 깡도 없고. 앞으로 형도 저놈 밟아 버려."

나의 거친 말투에 상준 형은 눈만 껌뻑거렸다. 첫 번째 동맹으로 생각하고 있는데…. 심지가 약하다. 이제 국민학교 6학년이니 조금 더 기다려 줘도 될 성싶다.

'중학생이 된 후, 혹독하게 단련시키면 되겠지, 뭐.'

"뭐 좀 먹었니?"

누군가에게 인사를 끝내고 돌아온 부모님은 우리 손을 꼭 잡았다.

"어차피 눈도장 찍었으니 우린 가는 게 어때? 여긴 애들 먹기에는 적당한 게 없잖아."

"아버님께 인사는 드리고 가야죠."

"우린 아버지 못 봐."

"네?"

뜻 모를 아버지의 말에 어머니는 고개를 갸웃했다.

"이 축하연을 핑계로 찾아온 정치인들과 밀담을 나누시고 계실걸? 이 호텔 특실에서 말이야. 아버진 이 파티에 참석 안 하셔. 어머니가 안 오신 것만 봐도 뻔하잖아."

누가 뭐래도 이 연회의 주인은 국회의원 당선자다. 그룹 총수는 장인일 뿐이니 연회에 얼굴을 보이지 않아도 된다.

"그럴까요, 그럼? 우리 맛있는 거 먹으러 가요."

더없이 밝은 표정의 어머니가 다시 아버지의 팔짱을 꼈다. 두 분의 환한 표정에 상준 형도 팔짝 뛰었다.

"아빠! 맥도날드, 맥도날드 가요!"

'이런 젠장.'

나는 순양호텔 중식당의 딤섬을 먹고 싶었지만, 한발 늦었다. 어린애를 형으로 데리고 있으니 이런 일이 생길 때마다 미치고 팔짝 뛸 노릇이다.

80년대부터 치킨과 호프집들이 나타나기 시작하더니, 1984년 KFC가 등장했다. 그리고 패스트푸드의 대명사인 맥도날드가 1988년 3월, 압구정 갤러리아 백화점 맞은편에 1호점 문을 열었다. 서울에 딱 하나밖에 없다 보니 압구정동에 사는 애가 아니면 접근이 어려웠다. 이미 운전기사가 몇 번 달려가서 사왔기 때문에 그 맛을 알아 버린 상준이는 틈만 나면 노래를 불렀다.

"그럴까?"

아버지는 내 얼굴을 보며 확인했고 나도 애써 기쁜 표정을 지었다. 햄버거와 콜라를 싫어하는 어린이는 없으니까 말이다.

부모님의 손을 잡고 연회장을 슬며시 빠져나올 때였다. 갑자기 아버지 앞을 가로막은 사내가 머리를 살짝 숙였다.

"회장님께서 찾으십니다."

사내의 시선이 나를 가리키자 아버지는 미간을 찌푸렸다.

"도준이?"

"네."

"아예 애를 잡는군. 그냥 못 찾았다고 말씀드려도 되지 않을까?"

"죄송합니다. 보는 눈이 많아서 거짓 보고는 좀 곤란합니다."

사내는 다시 머리를 꾸벅 숙였다.

"아버지, 괜찮아요. 금방 다녀올게요."

"아, 이야기가 길어지실 것 같다고 하셨습니다. 회장님께서 집에 데려다주신다고… 먼저 돌아가셔도 괜찮다고 하셨습니다."

숫제 나만 남기고 먼저 돌아가라는 소리였다.

아버지의 표정을 보니 진 회장에게 달려가 한소리 할 것 같았다.

"아버지. 맥도날드 가서서 형이랑 맛있게 드세요. 전 여기서 저녁 먹을게요. 할아버지께 수제 햄버거 사달라고 할게요."

내 말이 끝나자 아버지는 참담한 표정을 지었다. 아버지가 오해한 것 같아 나는 아차 싶었다. 나로서는 진 회장과 조금이라도 더 친해지는 것이 중요했고, 맥도날드 햄버거보다는 호텔 요리를 먹는 게 훨씬 더 낫다. 하지만 이런 생각을 모르는 아버지에게는 부모를 위해 싫지만, 어쩔 수 없이 할아버지의 심기를 거스르지 않으려 억지로 노력하는 것으로 비칠 것이다.

지금의 이런 오해는 어쩔 수 없다. 내가 어린이라는 탈을 벗을 때쯤 오해를 풀어 주면 된다. 나는 부모님의 걱정을 덜어 주기 위해 최대한 밝은 표정을 짓고 돌아섰다.

직원이 안내한 방은 상상했던 로열 스위트가 아니었다. 일반실 정도의 크기였고 침대도 없는 수수한 방이었다.

'28층은 분명 로열층인데 이런 객실이 있나?'

크고 둥근 탁자 위에는 나를 위해 차려놓은 갖가지 먹음직스러운 음식이 식욕을 자극했다.

"이 방에서 저녁 먹으며 잠깐 기다려. 회장님은 일 좀 보시고 부르실 거야."

직원이 나가자 나는 방을 한번 쓱 둘러봤다.

"어라?"

꽉 막힌 줄 알았는데 한쪽 벽에 약간 열린 미닫이문이 있다. 열린 틈새로 보니 진짜 로열 스위트 룸이다.

'아하, 여긴 스위트룸에 딸린 별실이군.'

의자에 앉아 있는 진 회장의 뒷모습이 보였다. 그리고 대화를 나누고 있는 상대는 진 회장의 등에 가려 보이지 않았다.

일단 굶주린 배부터 채웠다. 달그락거리는 소리가 나지 않도록 조심스레 먹으며 옆방에서 나누는 대화 소리에 귀를 세웠다.

"위대한 보통 사람들의 시대, 그리고 북방 정책. 각하의 취임사에도 나온 말입니다. 의지가 대단하세요."

"네. 저도 감명 깊게 들었습니다."

"북방 정책은 바로 공산주의 국가들과의 관계를 개선하는 것입니다. 특히 소련과 중국, 이 두 나라와 수교를 맺고 싶어 하십니다."

'누굴까?'

대화 내용으로 보면 분명 대통령의 최측근임이 분명한데 도무지 알 도리가 없다. 사실 지금 이 시대는 내게 아주 오래된 과거일 뿐이며 기억나는 것이라고는 대략적인 흐름이 전부다.

"물밑작업은 당연히 박 의원께서 진행하시겠군요."

"그렇습니다. 1차는 소련입니다."

"소련이라…"

잠시 침묵이 흘렀다. 대통령의 측근이 이런 계획을 재벌 총수에게 말한다는 것은 단순히 정보를 주는 게 아니다. 분명 어떤 요구가 있을 것이고 그 대가를 준다는 뜻이다.

"어떻게 도와드리면 되겠습니까?"

"이제 냉전 시대는 끝났습니다. 오늘날의 외교는 이데올로기가 아니라 경제죠. 상호 이익을 극대화하는 게 바로 최상의 외교 아니겠습니까?"

"중국은 그렇다 쳐도 소련은 우리보다 경제 대국입니다. 기업을 경영하는 저로서는 오히려 물건을 팔아먹고 싶은 곳이 소련입니다."

이때만 하더라도 소련의 1인당 GNP는 9300달러로 5800달러에 불과한 우리나라를 압도한다. 물론 5년 뒤에는 10분의 1로 폭락하지만.

"각하께서 순양의 진 회장님께 모든 걸 일임하라고 말씀하셨습니다. 전 단지 각하의 의중만 말씀드리는 겁니다."

채찍과 당근을 동시에 던진다. 정부의 큰 그림에 무조건 협조하라. 단, 협조하는 방법은 원하는 대로 맡긴다. 진 회장은 여기서 어떤 대답을 할까? 누구나 채찍은 피하고 싶고 당근만 빼먹기를 원하지만 그럴 수는 없는 일. 나도 모르게 문 앞으로 더 다가가 귀를 바짝 댔다.

"이거… 굉장한 배려에 무슨 말씀을 드려야 할지 모르겠습니다그려. 허허."

'즉답을 피하는 건가? 아니면?'

"우리 순양이야 저잣거리 장사치 아닙니까? 나랏일의 큰 그림을 어찌 짐작하겠습니까? 그냥 박 의원께서 알려 주시면 따를 뿐이지요."

'어라? 설마 항복? 이럴 리가 없는데?'

이미 순양호(號)는 정부 권력으로 뒤집을 수 있는 배가 아니다. 1위 새벌이 정권에 무릎 꿇는다면 2위, 3위 재벌도 피할 길이 없다. 재벌은 그들을 위협하는 정권에 맞서 언제든 강력한 동맹군이 될 준비가 되어 있는 집단이다. 재계 1위라는 그룹의 위상은 바로 재벌의 대표 선수다. 대표 선수가 쉽사리 기권할 리는 없지 않은가?

"이런! 제게 너무 큰 숙제를 주시는데요? 하하."

박 의원의 호탕한 웃음소리. 한껏 기분이 좋아져 내는 웃음이다.

"회장님께서 이렇게 통 큰 결정을 해주시니 제 어깨가 한결 가볍습니다. 좋습니다. 제가 적절한 선에서 초안 잡겠습니다."

"어느 정도까지는 각오할 테니…. 우리 의원님, 청와대의 불호령은 피하셔야죠. 각하께서 만족할 만한 그림을 그리십시오. 허허."

한 발 더 물러선 양보다. 과연 진 회장의 속셈이 뭘까?

"이거, 이거. 제가 눈치가 어두워서…. 이제야 알아챘습니다그려. 말씀하십시오, 회장님."

이런, 나 역시 눈치가 없었다. 이만한 양보를 한 이유가 따로 있었다. 뒷모습만 보여 알 수는 없었으나 진 회장은 미소를 짓고 있을 것 같았다.

"그럼 염치없이 한 말씀 올리겠습니다. 작년, 민주화니 뭐니 떠들다가 이젠 노동자들까지 거리로 나오지 않습니까? 꼴뚜기가 뛰니 망둥이도 뛰는 꼴이지요. 이제 겨우 먹고살 만한데 말입니다."

"아, 그 문제 말입니까?"

"네. 총파업이네, 뭐네 해서 제대로 돌아가는 공장이 없습니다. 회사 문 닫으면 당장 거리로 나앉는 건 바로 그들인데, 이거 참…."

민주화의 물결을 타고 노동자들도 그들의 권리를 찾기 위해 거리로 쏟아져 나왔다. 지금 진 회장이 말하는 것은 이들을 막아 달라는 뜻이다.

"음…. 그 문제는 우리에게도 최우선 과제입니다. 너무 염려 마십시오. 취임 초기라 강경 진압은 자제하고 있습니다만 올림픽 전에 해결할 겁니다."

"몇 개월 버티는 거야 문제 되겠습니까? 단지 옳은 방향으로만 키를 잡아 주십시오."

"그 부분은 걱정 안 하셔도 됩니다. 혹시 또 있습니까?"

"요즘 안기부도 정신없이 바쁘겠죠?"

"그 애들이야 바쁘지 않은 적이 있습니까? 아! 이런, 또 눈치 없이… 하하."

박 의원은 머리를 탁 치며 웃음을 터뜨렸다.

"노조가 말썽이 많은가 봅니다."

"그놈들 움직임이 심상치 않다는 보고를 몇 번 받았습니다."

"순양의 정보력은 안기부와 맞먹는다고 들었는데 우리 애들이라고 별수 있겠습니까?"

"장사치의 발 빠른 직원 몇 명과 국가 정보기관을 비교하시다니요. 가당치 않습니다."

'안기부까지 동원해? 고작 노조의 동향을 파악하기 위해서?'

강력한 국가 기관을 이렇게 사사로이 써먹을 수 있는 건 바로 지금까지 투자한 돈의 힘이다. 도대체 선거자금을 얼마나 건넨 것일까?

"라인 서너 개 돌려 보겠습니다. 결과는 곧 받아보실 수 있을 겁니다."

"이거, 큰 배려 감사드립니다."

진 회장의 마지막 인사를 끝으로 밀담은 끝났다. 서로 덕담을 주고받더니 문 열리는 소리가 들렸고 발소리도 멀어져갔다.

그리고… 미닫이문이 드르륵 열리며 진 회장이 모습을 드러냈다.

"도준아, 오래 기다렸지? 밥은 많이 먹었어?"

그는 식탁 의자를 당겨 내 옆 가까이 앉았다. 겨울 방학 때 보고 겨우 두 달 지났는데 진 회장은 마치 몇 년 만에 만난 듯 지난 두 달간의 일을 꼬치꼬치 물었다. 열심히 공부한다는 것이 내가 말할 수 있는 정답의 전부다.

내가 말하는 동안 진 회장은 식탁 위를 확인했다.

"도준아."

"네."

"너 솔직히 말해 보렴. 조금 전 저 방에서 할아버지가 하는 말 다 들었지?"

빈 접시도, 줄어든 음식도 거의 없다. 내가 밥 먹는 걸 소홀히 한 걸 대번에 눈치챈 것이다. 이번에는 다 들었다고 해야 좋아하겠지? 조금 열어 놓은 미닫이문은 내가 잘 들을 수 있도록 일부러 그런 게 뻔하니까. 하지만 엿듣는 것은 좋은 일이 아니다. 나는 눈을 내리깔고 고개를 떨구어 잘못을 들킨 아이의 모습을 자연스럽게 연출했다.

"요놈아, 머리 들어. 사내놈이 툭하면 머리 숙이면 안 되는 거야."

내 머리를 쓰다듬는 진 회장의 손길이 느껴졌다. 온기라고는 없는 손, 이 사람은 늙어 간다.

"혹시 이 할애비가 나눈 대화 전부 알아들었느냐?"

기대에 찬 눈빛이다. 지금 내가 머리를 끄덕이면 저 기대가 기쁨으로 변할 것이지만 그럴 수는 없다. 머리를 저었다. 이미 충분한 기쁨을 안겨 주었다. 필요할 때 조금씩 나눠 줘야 기쁨이 배가되는 법이다. 그리고 열한 살짜리가 이해하기에는 너무 정치적인 내용이었다. 하지만 약간의 선물을 주고 싶어졌다. 저 실망한 눈빛을 완벽히 외면할 만큼 난 매정하지 않으니까 말이다.

"그런데 궁금한 게 있긴 해요."

"호기심은 좋은 것이지. 뭐냐?"

"아까 할아버지와 함께 있던 사람 대통령의 부하죠?"

"부하? 그런 셈이지."

진 회장은 내가 어떤 질문을 할까 한껏 호기심을 드러냈다.

"할아버지가 왜 부하를 만나요? 우리나라의 가장 큰 회사 회장님이면 대통령을 만나야 하는 거 아닌가요?"

진심으로 궁금했다. 아무리 제6공화국의 황태자지만 순양그룹의 회장이 직접 만나야 할 급은 아니다. 이유를 듣고 싶었다.

"도준아."

"네."

"너도 학교에 다니다 보면 이런저런 소문을 듣지? 누구는 참 착하더라, 누구는 새침데기더라, 누구는 싸움 잘한다더라. 안 그래?"

"네. 많이 들어요."

"특히 그 소문을 전달해 주는 친구가 도준이랑 아주 친하거나 반장처럼 믿을 만한 애라면 소문이 정확하다고 생각하게 될 거야. 그게 바로 함정이다."

정확한 소문의 함정, 아니 전달자를 신뢰할 때의 함정이다.

"다른 사람이 하는 말은 믿으면 안 돼. 아무리 친구라고 해도 말이다. 중요한 일일수록 더 그렇다. 항상 직접 확인해야 한다."

"그럼 직접 확인하신 거예요?"

"그래. 내가 도와준 것에 대해 얼마나 고마워하고 있는지를 확인한 거야. 그리고… 여러 가지 겸사겸사지."

"네."

머리를 끄덕이며 대답하는 내 모습을 찬찬히 보던 진 회장은 다시 내게 확인했다.

"도준이 너, 예전에 이 할애비가 했던 말 기억하니? 중요하다고 했던 거?"

아주 재빨리 머리를 굴렸다. 지금 이 시점에 확인하고 싶은 건 무엇일까?

"할아버지께서 말씀하시는 거 몰라도 되지만 잊지 말아라. 그리고 필요할 때마다 기억해 내라. 맞나요?"

"그래. 맞다. 마찬가지로 방금 내가 했던 말을 잊지 말고 기억해야 한다."

"네, 할아버지."

"그리고 하나 더, 너는 설명하는 사람이 아니라 듣는 사람이 되어야 한다."

더불어 중요한 또 하나의 핵심은, 듣고 선택하고 결정하는 사람이어야 한다. 오늘 진 회장은 현 정권의 실세에게 항복한 것이 아니다. 정부에서 그리는 큰 그림을 따르겠다는 말 역시 이런 맥락이다. 박 의원의 계획을 듣고 결정해도 늦지 않다. 마음에 들지 않으면 현실적인 어려움을 호소해서 바꿔 버리면 그만이다. 진 회장은 말투만 공손했을 뿐, 아랫사람에게 그러하듯 박 의원에게 계획서를 제출하라고 지시한 것이다. 먼저 제안하는 자가 바로 약자이며 을이다.

진 회장의 진의를 알아채고 나니 저절로 미소가 나왔다. 내 미소를 어떻게 해석했는지 알 길이 없지만, 그 역시 만족한 표정이었다.

"아쉽지만 오늘은 우리 도준이 얼굴 본 것으로 만족해야겠구나. 이 할애비가 좀 바빠서 말이야. 대신 어린이날 꼭 할아버지 집으로 오너라. 같이 놀자꾸나."

"네!"

아주 기쁜 듯 대답해야 했다. 어린이날을 싫어하는 애는 없으니까.

▲ ▲ ▲

손자를 집으로 돌려보낸 진 회장은 다시 메인 룸으로 들어갔다. 언제

들어왔는지 모르지만, 소파에 앉아 있던 중년 사내가 진 회장이 등장하자 벌떡 일어났다.

"그냥 앉아 있어. 자네는 너무 딱딱해서 탈이야. 뭘 그리 예의를 따지나?"

"아닙니다. 습관이랄까요? 하하."

"박 의원은 잘 모셨나?"

"네. 아래층 특실로 모시고 신인 여가수 하나 붙여 줬습니다."

"잘했어. 그 인간, 여자라면 정신 못 차리지. 연회장은 어때?"

"참석한 초선 의원들에게 한 장씩 돌렸습니다. 그리고…."

중년 사내는 입꼬리를 조금 올리며 덧붙였다.

"연회장에 배치한 모델들에게 치근덕대는 놈들도 파악했습니다. 연회 끝나는 대로 자리 마련해 주라고 지시했고요."

돈을 좋아하는 놈과 여자를 좋아하는 놈, 그리고 둘 다 좋아하는 놈을 한꺼번에 파악할 수 있는 자리다. 물론 여자를 멀리하고 돈을 거절하는 놈도 나올 것이다. 뇌물을 광범위하게 살포할 때의 장점이다. 걸러야 하는 놈의 명단이 빨리 만들어지고 집중 관리 대상이 나온다.

당선된 지 며칠이나 됐다고 주는 돈을 덥석 받고 여자에게 침 흘리는가? 이렇게 조심성 없는 놈들은 국회의원 한 번으로 끝이다. 두 번은 없다. 집중 관리 대상을 키우고 순한 양으로 만들어야 한다. 이들이 바로 순양의 첨병들 아닌가?

"잘했어."

오늘 일은 대충 마무리된 것 같다. 진 회장은 한결 느긋한 마음으로 찻잔을 들었다.

"어때? 박 의원이 뭘 들고나올 것 같은가?"

"뭘 들고나오든 그게 중요합니까? 우리 순양은 소련의 천연가스 자원만 확보하면 됩니다."

"자신 있나?"

중년 사내는 자신을 지그시 바라보는 진 회장의 눈길을 피하지 않았다.

"LNG가 속속 들어옵니다. 순양이 차린 밥상이니 독식해야죠. 자신 있습니다."

빙긋 웃으며 대답하는 중년 사내를 바라보는 진 회장의 눈빛에는 무한한 신뢰가 담겨 있었다.

1980년부터 정부가 가정 연료의 고급화를 촉진하기 위한 가스 보급 확대 계획을 수립하고 LNG 도입 계획을 구체화하면서 수도권과 대도시를 중심으로 다수의 민간 도시가스 사업자들이 출현했다. 1986년 10월 31일, LNG 5만 7300톤을 실은 배가 처음으로 평택 인수기지에 도착하면서 도시가스사업이 본격적으로 시작되었다. 도시 가정의 에너지는 연탄과 석유에서 천연가스로 빠르게 바뀌고 있다.

소련은 유럽의 천연가스를 30퍼센트나 공급할 만큼 거대한 자원 강국이다. 오죽하면 외교의 필살기가 밸브 잠근다고 협박하는 것이겠는가? 이 황당한 협박은 효과도 엄청났다. 소련이 가스관 밸브를 닫으면 유럽은 추위와 암흑에 떨어야 한다.

이런 소련 정부가 자국 천연가스의 생산, 유통, 판매를 전담하는 가즈프롬(Gazprom)을 좌지우지한다. 가즈프롬 이사회 임원 중 절반 이상이 소련 정부의 장·차관 등 고위직을 겸하고 있는, 국영기업이기 때문이다.

순양이 소련의 천연가스 수입에 대해 독점적 권리를 가지고 민간 도시가스 사업자들에게 공급한다면, 소련 가스관의 밸브를 손에 넣는 것과 다를 바 없다. 독점권만으로 엄청난 이익을 뽑아낸다. 순양은 현 정부의 북방 정책에서 얻어야 할 목표는 일찌감치 세워 놓았던 것이다.

"그래, 그 건은 알아서 처리하고. 그보다 학재야."

"네, 회장님."

"어떻게 생각해?"

회장의 눈짓이 별실을 슬쩍 가리켰다.

"도준이 말씀이십니까?"

진 회장이 고개를 끄덕이자 이학재 비서실장은 옅은 미소를 지었다.

"떡잎은 좋습니다."

"떡잎만?"

"판단은 10년 뒤에 하겠습니다. 훌륭한 떡잎이라도 태풍 한 번에 뿌리째 뽑히니까요."

"도준이 아비 이야긴가?"

진 회장은 뿌리째 뽑혀 날아간 훌륭한 떡잎이 떠올랐다.

"하긴 윤기도 영국 유학 가서 변해 버렸지. 꽤 쓸 만했는데 말이야."

아쉬움이 묻어나는 진 회장의 목소리에도 이학재 실장은 조금의 동요 없이 더 나쁜 의견까지 말했다. 진 회장에게 어떠한 쓴소리도 서슴지 않고 말할 수 있는 몇 안 되는 측근이기 때문이다.

"예술가 기질이 넘치는 아버지와 여배우인 엄마 사이에서 태어난 도준이입니다. 어쩌면 급격하게 변해 버릴 가장 큰 가능성을 갖고 있을 수 있습니다."

"도준이 어미는 그냥 미인이야. 얼굴로 배우가 됐다고 봐야지. 딴따라 기질은 없어."

이학재는 어떤 근거로 그렇게 판단하느냐고 묻고 싶었지만 멈췄다. 사람 보는 눈이 예사롭지 않은 회장이니 옳을지도 모른다. 그는 다시 도준이로 화제를 돌렸다.

"그런데 회장님의 지나친 총애가 일견 이해되더군요. 영특합니다."

"아까워. 너무 어려. 저놈이 장손이었다면 정말 든든했을 텐데."

목소리에서 절절한 안타까움이 묻어날 정도였다.

"회장님께서 오랫동안 건강하시면 충분하지 않습니까?"

"도준이 위로 사촌만 몇 명이야? 그리고 큰아버지 셋에 고모까지. 무리야."

가벼운 한숨과 함께 고개를 젓는 모습이 현실적인 어려움을 말해 준다. 아무리 돈이 많다 하더라도 시간을 앞당길 수단은 되지 못한다.

"지금처럼만 커준다면 계열사 몇 개는 맡겨도 되지 않을까요? 맡은 회사를 크게 키운다면 그것도 복 아니겠습니까?"

"몇 개 던져 주면? 자식 놈들이 가만 있을 리가 없어. 늑대처럼 달려들어 발기발기 찢어 나눠 가질 게다."

귀여운 강아지가 가진 맛있는 고깃덩이를 늑대들이 보고만 있을까? 귀여운 강아지를 지켜 줄 아버지가 고깃덩이에 관심이 없으니 결과는 불 보듯 뻔하다.

진 회장의 세 아들과 외동딸이 어떤 인간인지 아는 이학재는 자신의 생각이 소용없음을 깨달았다.

"자네는 어떤가?"

"네? 무슨 말씀이신지…?"

"만약 10년 뒤에도 도준이가 영특함을 유지한다면 자네는 누구 편을 들겠나? 장손인 영준이? 아니면 도준이?"

이학재는 진 회장의 의도를 명백히 알아챘다. 막내 손자에게 부족하지 않을 만큼 회사를 물려주고 싶어 한다. 그리고 어린 막내 손자의 호위무사로 자신을 지명한 것이다.

"누가 되든 전 순양그룹 회장님 편을 들어야죠."

이학재가 싱긋 미소 지으며 말하자 진 회장도 피식 웃음을 흘렸다.

진 회장은 이학재의 이런 태도가 좋았다. 이학재는 본인의 의지대로 생각하고 행동하지만, 그 의지가 회장인 자신의 의지와 착착 맞아떨어졌기에 남들에게는 충성으로 보일 뿐이다.

"내 뒤를 이은 회장이라는 인간이 자네보다 멍청해도 지금 나를 대하듯 모실 수 있을까?"

"촉국의 제갈공명도 저능아 황제를 충심으로 모셨습니다."

"저능아니까 모신 게지. 허수아비 하나를 앞에 두고 스스로 황제 노릇을 했으니까."

"너무하신데요? 제갈공명의 충성심을 그렇게 깎아내리시다니. 하하."

이학재가 웃음을 터뜨렸지만 진 회장은 웃지 않았다. 진도준에 대한 진 회장의 마음이 진심임을 드러낸 것이다.

급히 웃음을 멈춘 이학재가 머리를 숙였다.

"죄송합니다. 회장님."

"뭐가?"

"도준이를 그 정도까지 생각하고 계시는지 몰랐습니다."

이학재는 냉담한 얼굴, 철면이 드러난 진 회장을 똑바로 바라볼 수 없어 머리를 들지 못했다.

"도준이가 괜찮은 그릇으로 성장한다면 자네가 좀 돌봐줘. 회사 서너 개를 계열 분리해서 물려주면 내 자식 놈들이 뺏으려 들 거야. 그것만 막아."

"명심하겠습니다."

그제야 진 회장이 굳은 얼굴을 펴고 미소를 지었다.

"그러니까 나보다 먼저 죽지 말라고! 술 담배 좀 줄이고, 휴가도 좀 챙겨 먹어."

"회장님 모시고 해외 출장 가는 게 휴가나 다를 바 없습니다."

이학재는 아직 긴장을 풀지 못했다. 오늘의 실수가 두고두고 발목을 잡을 것 같은 불안함을 지울 수 없었다.

▲ ▲ ▲

아델 로리 블루 애드킨스(Adele Laurie Blue Adkins)라는 다소 긴 이름을 가진 여자아이가 영국 런던 북부에 있는 토트넘의 한 부모 가정에서 태어난 1988년 5월 5일, 진양철 회장은 모든 핏줄과 수행원들에게 둘러싸여 아직 개장하지도 않은 서울랜드로 소풍을 갔다.

어떤 방법을 썼는지는 모르지만, 서울랜드의 정식 개장 일주일을 앞두고 막바지 작업으로 한창 정신없을 시기에 우리 일가를 위해 다수의 직원이 대기하는 것이다. 우리는 고작 스물다섯 명이지만, 순양그룹의 스태프진과 서울랜드의 직원을 합치면 100여 명이 넘는다.

나는 순양가 사람들이 얼마나 이기적인지 다시 한 번 확인했다. 일가 중 그나마 인간미가 넘치는 나의 부모님도 자신이 이기적이라는 사실을 아예 인지하지도 못하는 것 같다. 수많은 그룹 수행원들도 대부분 가정이 있고 자식이 있을 것이다. 연령대를 보면 분명 어린이날을 손꼽아 기다린 가정의 가장도 수두룩하다. 저들이 과연 어떤 심정일까 한 번이라도 생각해 본 사람이 있을까? 오직 나만이 저들의 심정을 안다.

비록 회장 일가의 일거수일투족을 지켜보고 있지만, 저들의 머릿속에는 아빠 없이 엄마와 어린이날을 보내고 있는 자식들 생각만 꽉 차 있을 것이다. 저들이 가족에게 느끼는 죄책감과 자식들의 상처, 그 대가로 우리가 이처럼 편히 놀고 있는 것이다. 이런 어처구니없는 일을 내 눈으로 직접 보자 도저히 즐거운 척할 수 없었다.

"도준인 별로 재미없나 보지?"

누군가 내 곁으로 다가와 미소 지으며 말을 건넨다.

'누구지? 어디선가 본 듯, 낯이 익다.'

"난 네 할아버지와 함께 일하는 사람이야."

"계열사 사장님이신가요?"

"뭐? 하하. 이거… 어쩌지? 사장님은 아냐. 비서실장이지. 한참 낮은 직책이야."

'비서실장? 설마 그 양반인가?'

"혹시 성함이…?"

"오호! 예의 바르네. 성함이라는 말도 쓸 줄 알고. 그렇지, 내가 네 이름을 아니 너도 내 이름은 알아야지. 난 그룹 비서실 실장인 이학재라고 해. 도준이 아버지가 날 형님이라고 부르거든? 그러니 넌 날 백부님이라 불러. 이름 부르지 말고. 하하."

천천히 옮기던 발걸음을 멈췄다. 진 회장이 장남 진영기보다 더 장남처럼 대했던 그 사람이다. 직책은 실장이었지만 직급은 사장이었고, 순양의 핵심인 전자, 자동차 사장보다 한 등급 위라고 알려졌던 인물이다. 어떤 사안이든 이학재가 거부하면 진 회장도 무조건 거부했고, 진 회장이 승인한 사안이라도 이학재가 두세 시간 독대하면 승인을 철회한다고 할 만큼 막강한 영향력을 가진 자였다. 2세 승계 구도가 끝날 무렵, 그러니까 진영기가 회장에 취임하자 스스로 사직서를 던지고 은퇴해 버려 나는 이 사람에 대해서는 아는 바가 적다.

소문은 두 갈래로 갈라졌다. 첫 번째는 진영기 회장이 그를 붙잡았는데 구시대의 인물은 세상이 바뀌면 물러나는 게 순리라며 그룹 고문 자리까지 마다하며 스스로 그만뒀다는 훈훈한 이야기다.

두 번째는 매우 달랐다. 진영기가 회장에 취임하자마자 가장 먼저 이학재의 뒤를 털었다는 것이다. 그가 진양철 회장의 차명주식을 어마어마하게 쥐고 내놓지 않자, 그의 비리를 까발릴 생각이었다고 한다. 하지만 이학재 역시 만만한 사람이 아니라 그도 진씨 일가의 불법, 탈법 증거를 양손에 한가득 쥐고 순양그룹에 불 지를 수 있다고 큰소리치자, 진영기가 백기를 들었다는 이야기도 돌았다.

이학재가 차명주식을 쥐고 있는지는 영원히 알 길이 없게 되었고, 공식적인 발표는 엄청난 퇴직금을 손에 넣고 물러나는 것으로 끝났다.

바로 그 전설적인 인물이 내게 백부라고 부르라 한다.

"네, 백부님."

한 자 한 자 힘주어 백부라 불렀다. 세상이 두 쪽 나더라도 이자를 강력한 나의 우군으로 만들어야 하기 때문이다.

"그런데 넌 놀이 기구 안 타니? 어른들도 저렇게 좋아하는데 말이야."

이학재가 가리키는 곳에 내 또래의 사촌들뿐만 아니라 어른들까지 기웃거리는 모습이 보였다.

"백부님은 좋아하지 않는 다른 어른은 안 보이시나요?"

"다른 어른? 누구?"

나는 아무 말 없이 이학재가 가리킨 곳을 향해 손을 들었다. 이학재는 미간을 찌푸려가며 그곳을 한참보다 내게 시선을 돌렸다.

"누구? 아무도 없잖아."

역시… 이 사람도 이미 다른 세계의 사람이다. 자기 세계에 속하지 않은 사람은 눈에 들어오지 않는 것이다. 완벽한 집사로서 머슴과 하인을 발아래 두다 보니 자신 역시 주인의 신분으로 격상시킨 듯 보인다.

"일하는 어른들 말이에요. 안 보이세요?"

순간 이학재의 눈이 커졌다.

나 역시 조마조마한 심정이다. 나의 말을 어떻게 받아들일까? 단지 동정심 많은 어린애의 말로 들렸다면 나의 실책이다. 회사를 경영할 때 잔혹하리만치 냉정해야 할 때가 동정심을 발휘해야 할 때보다 훨씬 많다.

"으흠… 직원들? 저 사람들이 왜?"

"우리 때문에 저 아저씨들은 놀지도 못하잖아요. 어린이날인데."

순간 이학재의 날카로운 눈빛이 느껴졌다. 그리고 잠깐이지만 그 눈길을 거두지 않았다.

"저 사람들은 일을 할 뿐이다. 어린이날이든 일요일이든 각자 맡은 일을 하는 거지. 그리고 저들은 오늘 일하는 대신 내일 쉴 거야."

"우리만 있으니까 그런 거죠. 저 사람들은 이제 우리를 미워할지도 몰라요."

또다시 쏟아지는 이학재의 눈빛….

내가 한 말의 속뜻을 그는 눈치챘을까? 우리가 싫어지면 순양도 싫어질 것이다. 결국, 소비자를 잃는 것이다. 그가 어떤 말을 할지 궁금했다.

"도준아."

"네, 백부님."

"널 미워하는 사람이 생기면 네 할아버지처럼 하려무나."

'이런! 생각이 어긋났군.'

"할아버지는 어떻게 하시는데요?"

"미움을 두려움으로 바꿔 버리지."

그의 말이 내 머릿속에서 폭죽처럼 터졌다.

'젠장, 난 아직 머슴의 생각에서 벗어나지 못했구나.'

주인이 되려면, 회장이 되려면 이런 자질구레한 걱정 따위는 안중에 없어야 한다. 생산성 향상, 매출 극대화, 소비자 만족 같은 하찮은 문제는 아랫사람늘이 걱정해야 할 문제다.

회장과 경영자는 다르다. 경영자는 회사를 살찌우지만, 재벌 회장은 돈을 버는 게 아니다. 회장은 전쟁을 한다. 미워하는 적을 무릎 꿇리고 영토를 지키고 넓히는 것이 회장이 해야 할 일이다. 그렇게 정복한 영토에서 머슴들이 농사를 지어 돈을 번다. 회장님이 원하면 가족 따위는 내팽개치고 달려 나와 꼬리를 흔들게 만들어야 한다.

"회장님의 혼을 쏙 빼놓은 이유가 있군."

이학재가 내 머리를 쓰다듬는 순간 정신이 퍼뜩 들었다. 그를 올려다보자 환한 웃음부터 보였다.

"표정 보니 내 말뜻을 알아들은 것 같은데? 애늙은이 같은 건가…?"

그나마 다행이다. 날카로운 시각을 뽐내려 했던 것은 무산되었지만 적어도 말귀는 빨리 알아듣는 머리라도 보여 줬으니 손해는 아니다. 이학재, 이 사람을 더 알고 싶었다. 하지만 갑자기 나타나 내 손을 잡아끄는 상준 형 때문에 다음으로 미뤄야 했다.

어린이날 어린이는 신나지만, 부모는 피곤하다. 나는 부모처럼 피곤했고 찝찝함까지 더한 하루를 보내야 했다. 하지만 다음 날, 진 회장과 함께 방문한 나만의 목장을 봤을 때는 그 피곤함과 찝찝함이 싹 날아갔다. 넓게 펼쳐진 푸른 대지 위에서 여유롭게 뛰어다니는 말을 보며 온몸의 짜릿함을 만끽했다. 그런데 나만의 목장은 좋았으나 큰 숙제를 안았다. 이제부터 재벌 3세답게 승마를 배워야 한다.

'무섭다, 젠장.'

그러나 한 해가 저물어 갈 때쯤 무서움은 사라졌고 말 타는 재미를 알게 되었다.

▲ ▲ ▲

1988년은 참으로 대단한 한 해였다. 이 해를 배경으로 드라마까지 나온 이유를 충분히 알 것 같았다. 다사다난했던 한 해, 이 말이 너무나 적합한 365일이다.

제6공화국 헌법이 효력을 발하기 시작하였으며, 직선제로 뽑은 대통령이 취임했다. 국방부는 논산훈련소의 훈련병 면회제도를 29년 만에 부활시켰고 8년간에 걸친 이란·이라크 전쟁이 끝났다.

한겨레신문이 창간됐고 대통령은 남북 교류 제안과 북미 관계 개선 협조를 담은 7.7선언을 발표했다. 조용필이 10집을 내놓았고 메탈리카는 네 번째 정규 앨범 〈And Justice For All〉을 발매했다.

국가 인지도를 세계적 수준으로 높인 올림픽을 개최했고, 놀랍게도 기적 같은 성적, 종합 4위를 달성했다.

38년 만에 여소 야대 국회가 출범했으며 유신 이후 16년 만에 부활한 국정감사가 재개되었다. 제5공화국 비리를 밝히기 위한 특별위원회가 설치되어, 헌정 사상 처음으로 국회에서 청문회가 치러졌다. 정계, 재계, 언론계 등 유명 인사들이 출석하여 TV로 생중계되는 등 올림픽에 버금가는 전 국민적 화제를 낳았으며, 국회의원 중에서는 훗날 대통령으로 당선될 분이 청문회의 스타가 되기도 했다. 그 후 11월, 전두환 부부가 대국민 사과 성명을 발표한 이후 강원도 설악산의 백담사로 유배를 자처했다.

환율이 600원대에 진입하며 3저호황이 정점을 찍었지만, 사람들이 끝없이 서울로 몰려들어 집값은 폭등했다. 정부는 목동 신시가지나 상계동 지역을 개발하는 등 주택 건설에 들어갔으나 치솟는 부동산 가격을 잡을 수 없었다. 이에 '주택 200만 호 건설 계획'을 발표하고 산본, 중동, 평촌 등에 대규모 택지 개발을 발표했으나, 집값은 안정되지 않은 채 1989년의 새해가 밝았다.

"신도시 개발을 서두른다고 합니다."

"흥분하지 말고 천천히."

"아, 네. 죄송합니다. 회장님."

순양건설 홍송철 사장은 말과는 달리 좀처럼 흥분을 감추지 못했다. 대통령의 신년사는 주택난 해결이 주요 메시지였다. 당연히 계획은 이미 수립되어 있다. 그 계획이 옳은지 그른지는 나중에 알게 되겠지만 말이다. 계획이 있으니 당연히 실행이 뒤따라야 했고 그에 따른 회의가 이어졌다. 순양건설 홍송철 사장은 경제부총리, 청와대 경제수석, 그리고 건설부 장관이 주관한 회의에 참석하고 곧바로 진 회장의 서재로 달려온 것이다.

"소문이 사실이었군요."

먼저 서재에 도착해서 기다리던 이학재 비서실장도 조금은 흥분한 듯 보였다. 가장 활발한 건설 분야에 정부가 기름을 부어 주는 꼴이다. 순양건설이 얼마나 더 커질지 기대하지 않을 수 없다.

"신도시의 물망에 오른 후보 지역은 알려 주던가?

"후보 정도가 아니라 확정입니다. 성남 분당 지구와 일산요."

물 한 잔으로 입을 축인 홍 사장은 오늘의 회의 내용을 소상히 설명했다.

"…적당히 나눠 먹기식으로 진행할 것 같습니다. 사실상 특혜는 없다고 봐야 합니다."

"특정 기업의 독식은 막겠다?"

"그렇습니다. 그리고…."

홍송철 사장은 조금 주저하며 말을 이었다.

"해당 지역의 토지 매입은 불허한다고…."

"미리 정보를 줬지만, 땅은 사지 마라?"

"네. 만약 투기 정황이 나오면 신도시 사업에서 빼버리겠다고 경고했습니다."

"그거야 늘 나오는 말 아닙니까? 어차피 다들 명의 빌려서 사재기할 텐데요."

이학재가 미간을 찌푸리며 말했다.

"아닙니다. 오늘부터 정부의 공식 발표까지 해당 지역 토지 거래를 전부 확인한답니다. 이번에는 분위기가 좀 다릅니다."

홍 사장은 회의 때의 분위기를 전달하기 위해 크게 손을 내저었다. 정부의 의지가 강력하다는 것이다.

"작년부터 주택문제로 워낙 물어 뜯겼잖아. 대통령도 민감할 거야. 송철아."

"네, 회장님."

"신도시 준비단 꾸리고 철저히 대비해. 그리고 땅 투기하는 놈 안 나오게 확실히 단속하고. 이번에는 청와대 보조 맞춰 주자고."

"네, 회장님."

물러가라는 진 회장의 손짓에 홍 사장은 공손히 허리를 굽히고 서재를 나갔다.

"회장님. 진짜 협조하실 생각이십니까? 드러나지 않게 매입할 방법은 얼마든지…."

"놔둬. 푼돈 좀 먹자고 괜히 밉보일 필요 없어. 이번 신도시는 대통령 측근들 거야. 이 정권의 논공행상은 끝났고, 한자리 얻지 못한 놈들 돈 좀 만지게 해주려고 기업들 차단하겠다는 데 괜히 끼어들 필요 없어."

"아, 그렇습니까?"

"박 의원이 슬쩍 흘렸어. 대통령이 각별히 신경 쓴다고."

"그렇군요."

올해는 몸을 사려야 할 때다. 동유럽의 징세가 심상치 않게 돌아가고 소련과의 수교가 머지않았다는 게 정가의 소문이다. 이런 급변의 시기에는 언제나 기회가 있고 그 기회는 바로 정부가 주는 것이다. 조금이라도 꼬투리가 잡히면 안 될 일이다.

"참, 혹시 모르니까 준비단 꾸려지는 대로 감사팀 돌려. 혹시라도 딴짓하는 놈 나오지 못하도록 말이야."

진 회장은 홍 사장이 놓고 간 신도시 개발 관련 서류를 건성건성 뒤적이다 손을 멈췄다. 미간을 찌푸리고 서류를 노려보는 진 회장에게 이학재는 조심스레 입을 열었다.

"왜 그러십니까? 혹시 문제라도…?"

"아, 아닐세. 왠지 눈에 익은 곳이라서 말이야."

진 회장은 한동안 서류의 지도를 보다 수화기를 들었다.

"지난번에 매입한 목장 말이야… 그래, 그거. 지적도 확인해서 팩스 보내."

수화기를 내려놓는 진 회장의 입가에 작은 미소가 걸렸다.

"이거, 아무래도 집안에 돈 귀신이 단단히 붙은 놈 하나가 있는 것 같은데…."

"네? 무슨 말씀이신지?"

"기다려 봐. 팩스 오면 확인해 보자고."

이학재는 잔잔한 미소를 머금고 있는 진 회장을 슬쩍슬쩍 훔쳐볼 뿐이었다. 잠시 후, 가정부가 공손히 들고 온 팩스와 서류를 번갈아 보며 확인한 진 회장은 마침내 큰 웃음을 터뜨렸다. 좀처럼 보기 힘든 모습이다.

"이거 원, 으하하. 기가 막히는구면."

진 회장의 설명을 기다리는 이학재는 궁금해 미칠 것 같았다.

"아, 자네는 모르겠구먼. 내가 우리 도준이를 위해 목장 하나 만든 건 알지?"

"네. 경기도 쪽에… 아, 설마! 혹시 분당입니까?"

"그래. 이걸 한번 보게."

이학재는 황급히 팩스와 서류를 비교하며 정확한 위치를 살피기 시작했다.

"어때? 그 정도면 미리 알고 찍었다는 의심이 들지 않나?"

"도준이가 이곳을 찍었다는 뜻입니까? 회장님이 아니라?"

"그래. 서울 빼고, 경기 남부지역에서 골라 보라고 하니 그곳을 찍더군."

지도를 유심히 보는 이학재의 머릿속은 계산기가 되어 갔다.

"8만 평쯤 되는군요."

"아깝지? 80만 평이라면 좋았을 텐데. 허허."

웃음을 멈추지 못하는 진 회장과는 달리 이학재는 아직 모르는 부분을 명확하게 짚고 넘어가야 했다. 정부의 정식 발표 전에 이 땅에 대해서는 한 점의 오류도 없어야 한다. 그 오류를 지우는 것이 바로 이학재의 의무이기도 했다.

"회장님. 이 땅, 누구 명의로 하셨습니까?"

"누구긴? 도준이지. 왜? 증여세 때문에?"

"회장님 표정 보니 안심이 되는군요. 하하."

"야! 그거 몇 푼이나 한다고! 내가 막내 손자에게 주는 선물인데 세금 빼먹을까 봐?"

더없이 좋아 보이는 진 회장의 얼굴은 단지 100배가 넘는 이익을 얻었다는 것만으로 나오는 표정이 아니다. 엄청난 보물을 발견했을 때의 표정이다.

이학재는 이번 일로 회상의 심경 변화가 엄청날 것이라고 예상했다. 명석한 판단력, 과감한 추진력, 다양한 시각, 획기적인 생각…. 이런 자질은 매우 훌륭한 경영자의 덕목이다. 하지만 열두 살의 어린 도준이에게서 이런 자질을 발견하기는 힘들다. 다만, 잠재력 정도만 엿볼 수 있을 뿐이다.

진 회장이 어린 손자에게 확신하는 것은 바로 운이라는 엄청난 무기를 쥐고 있다는 것이다. 수도권 지도를 놓고 손가락질 한번 했을 뿐이다. 그 결과 100배도 넘는 이익을 낸다는 것은 운 외에는 설명할 방법이 없다. 실력과 노력은 타고난 천운을 넘어설 수도, 이길 수도 없다.

"이제 어쩌실 계획이십니까?"

"뭘 어째?"

"신도시 확정 지역이면 토지 보상금이 나올 테고, 주변 지역이면 금싸라기 땅이 될 텐데…."

"그 돈은 도준이 거야. 내가 다시 뺏을 수는 없지."

"뺏는다는 게 아니라 그 돈을 굴려야 하지 않겠습니까? 앞으로 도준이에게 큰 자산이 될 텐데 말입니다."

"내가? 내가 왜? 겨우 1년 만에 100배도 훨씬 넘게 뻥튀기한 놈이야. 나보다 훨씬 낫다."

어림도 없다는 듯 진 회장은 손을 내저었다.

"그럼?"

설마 그 큰돈을 어린애에게 맡긴다는 생각인가? 이학재는 혀를 내두를 지경이었다.

"기본만 알려 주고 놔둬 보자고. 그놈 운의 크기가 얼마나 되는지 말이야."

셈이 빠른 이학재는 이미 계산이 나왔다. 토지 보상금만 해도 최소 160억, 최대 200억이 넘는다. 대졸 신입사원 4000명의 연봉에 육박한다. 물론 진 회장에게는 큰돈이 아닐 수 있다. 그렇다고 해도 단지 손자의 운을 시험하기 위해 던져 버리기에는 액수가 너무 크다. 이 돈의 크기만큼 기대한다는 뜻일까?

▲ ▲ ▲

1989년 4월 27일, 여윳돈을 조금이라도 쥐고 있는 사람이라면 한 명도 빠짐없이 분당과 일산으로 달려갔다. 정부의 신도시 발표는 바로 보물 지도를 공개한 것과 다를 바 없었다. 누가 먼저 차지하느냐의 문제일 뿐, 땅값이 치솟는 것은 명약관화한 사실이며 남은 것은 어디까지 치솟을까 하는 것이다.

신도시 조성 용지는 국가보상금이 전부지만, 택지 주변은 그 끝이 없다. 어디까지 오를지 아는 사람은 아무도 없다. 토지 보상금 때문에 땅주인들의 불만이 집단 시위로 불붙었지만, 최하 11만 원에서 최고 70만 원으로 마무리 지었다.

이학재 비서실장은 회장의 손자를 대신해 땅을 정리했다. 그리고 거금이 든 통장을 들고 진윤기의 집을 찾았다.

"윤기야. 오랜만이다."

"형님. 어쩐 일로 집에 다 오시고…."

"뭐냐? 반기는 얼굴이 아닌데?"

이학재는 진윤기와 악수를 하며 미소를 잃지 않았다. 이 집안에서 유일하게 자신을 형이라고 부르는 놈이다. 진윤기의 형제들은 자신에게 주인 행세를 톡톡히 한다. 가장 정이 가는 놈이고 안타까운 놈이기도 했다.

"오셨어요? 실장님?"

"제수씨도 잘 지내셨습니까?"

이학재는 일상적인 인사를 던지며 커피를 내려놓고 나가려는 그녀를 붙잡았다.

"제수씨도 잠시 앉으시죠. 드릴 말씀이 있습니다."

웃음을 거둔 이학재 때문에 두 사람은 조금 긴장한 듯 보였다.

"다른 게 아니고 도준이 때문입니다."

아들의 이름이 나오자 두 사람의 눈이 커졌다. 이학재는 두 사람이 더 놀라기 전에 재빨리 말을 이었다.

"좋은 일이니 놀라지 않아도 됩니다."

두 사람을 안심시킨 후, 목장에 대한 일을 자세히 말해 주자 오히려 더 놀라게 만드는 꼴이 되었다.

"뭐요? 140억? 맙소사! 어떻게 그런 일이⋯."

진윤기는 말을 잇지 못할 만큼 놀랐지만, 그의 아내는 놀라기보다 당황한 것처럼 보였다. 그녀가 보관하고 있던 땅문서를 진 회장의 비서에게 전달했을 때 땅을 판다는 건 알았겠지만, 이 정도 거금이 되리라고는 생각지 못했을 것이다.

"6만 평의 보상금이야. 아직 2만 평이 남아 있는데 어림잡아 100억 정도까지 오를 거다. 그 땅은 그때 처분할 계획이다."

두 사람의 눈이 더욱 커졌다.

"아무튼, 회장님께서는 가벼운 마음에 목장을 선물하셨는데 그게 막대한 거금이 되어 버렸으니 아주 흡족해 하신다."

"형님. 아버지는 뭐라고 하십니까?"

"도준이 돈이니 도준이에게 맡긴다고 하시더라."

"그게 말이 됩니까? 이제 겨우 5학년 아닙니까? 애한테 그런 큰돈을 맡기다니요? 그냥 도로 가져가시라고 하세요."

"여보."

진윤기의 아내가 남편의 손목을 잡고 조용히 말렸다.

티를 내지는 않았지만 이학재는 내심 놀랐다. 항상 조용히 존재를 드러내지 않던 사람이 돈에 욕심부리는 듯한 모습은 정녕 의외였다.

"넌 뭘 그리 심각하게 생각해? 그냥 은행에 넣어 두면 되지 않겠냐? 어차피 애가 할 수 있는 건 그게 전부야."

이학재는 진윤기가 무엇을 두려워하는지 알 것 같았다. 돈 때문에 망가진 인생을 한두 번 봤을까?

이때 진윤기의 아내가 차분한 목소리로 뜻밖의 말을 했다.

"여보. 어쩌면 이 돈이 도준이가 가질 수 있는 전부가 될지도 몰라요. 지금은 아버님이 도준이를 귀여워하시지만, 아버님의 변덕 모르세요? 언제 관심 밖으로 밀려날지 몰라요."

이학재는 그녀의 절박한 표정에서 진심을 느꼈다. 돈 욕심이 아니라 자식에게 마지막이 될지도 모르는 보험을 놓치고 싶지 않은 것이다.

진윤기는 단 한 번도 아내를 이긴 적이 없다. 이번에도 마찬가지다.

▲ ▲ ▲

"물론 도준이는 실감하기 어려운 큰돈이야."

'이 양반 오해하고 있군.'

통장을 손에 쥐고 말없이 눈만 깜빡이는 내 모습을 보고 자기 말을 이해하지 못한다고 생각할 것이다. 단지 올 것이 왔다는 걸 알기 때문에 무덤덤한 것인데. 하긴…. 상식적으로 열두 살 어린애가 돈의 절대적 크기를 가늠할 리가 있겠는가?

"그럼 제 목장은 어떻게 되나요?"

첫 질문은 어린애다워야 한다.

"어쩔 수 없이 정리해야 해. 국가가 그 땅을 필요로 하니까 말이다. 거기 있는 말은 제주도로 옮겨도 되고, 아니면 다른 곳에 목장을 만들어도 되고."

이제 승마의 재미를 알아가고 있었는데… 재벌집 아들내미 놀이는 이 정도로 마무리해야겠다. 다음 단계를 위한 종잣돈이 마련됐으니 부동산 투기는 이쯤에서 끝낸다. 돈을 땅에 묻어 두고 느긋하게 기다릴 시간이 없다.

"그 돈 어떻게 하고 싶니?"

이학재의 손가락은 내 통장을 가리켰지만, 눈에는 한아름의 호기심을 담고 있었다. 하지만 그 호기심을 충족시키기 위해 계획을 발설할 수는 없는 일.

"돈은 은행에 저금하는 거랬어요."

이 대답 역시 어린애답지 않은가?

"그래. 어른이 될 때까지 은행에 넣어 둬라. 안전하게."

안전이라는 두 글자가 무섭게 다가온다. 안전을 추구하고 안락을 원하는 놈은 순양그룹의 선장이 될 수 없다는 뜻으로 들렸다. 지금 은행 금리는 무려 10퍼센트다. 복리로 계산하면 무섭게 불어날 것이다. 두 배는 순식간이다. 하지만 난 겨우 두 배로 만족할 바보는 아니다.

이학재는 내 머리를 한번 쓰다듬고 나가 버렸다. 그의 발소리가 들리지 않을 때 통장을 다시 한 번 들여다봤다.

140억! 이게 끝이 아니다. 이 정도 돈이 더 들어올 게 남아 있다. 30년 뒤의 시세라면 1000억은 가뿐히 넘는 돈!

"큭, 큭…."

참았던 웃음이 터졌다. 그리고 침대 위에서 미친 듯이 뛰었다. 영화에서 숱하게 보면서도 '아무리 좋아도 그렇지 저렇게 오버를?' 하고 생각했는데 그 반응은 리얼리티였다. 너무 기분이 좋아 침대가 내려앉을 정도로 멈추지 못하고 방방 뛰어댔다.

"헉!"

그때 갑자기 계단을 오르는 소리가 들려 후다닥 침대에서 내려와 책상으로 달려갔다. 책을 펼쳐 놓고 공부하는 척 자세를 잡고 앉으니 부모님이 들어왔다.

"도준아. 아빠랑 이야기 좀 할까?"

분명히 돈 이야기를 꺼낼 텐데 어떻게 끌어가야 할지 조금 난감하다. 내가 성인이, 아니 적어도 어린애라는 딱지를 뗄 때까지 나의 장기적인 계획에 도움을 줄 수 있는 사람은 부모님이 유일하다. 그 도움을 청해야 하는데 쉽지 않다.

"학재 백부님께 이야기는 들었지?"

"네."

나는 들고 있던 통장을 내밀었지만, 부모님은 받지 않았다.

"넌 어떻게 하겠다고 했니?"

"은행에 저축한다고 말씀드렸어요."

두 분은 안심한 듯 보였다. 어쩌면 괜한 걱정만 앞섰다고 생각하는 것 같기도 했다. 어린애가 할 수 있는 것이 저금밖에 더 있는가?

"일단은…."

내가 내뱉은 마지막 말에 두 분의 표정이 변했다.

"일단은?"

"왜? 뭐 사고 싶은 거라도 있니?"

"아뇨. 필요한 건 어머니가 다 사주시잖아요."

"그런데 일단은 이라니?"

"여보. 도준이 말, 끝까지 들어 보자고. 뭘 하고 싶은지."

아버지가 웃으며 어머니의 손을 잡았다. 불안해하지 말라는 다독임이었다. 두 분의 시선이 다시 나를 향했을 때 미소 지으며 천천히 말문을 열었다.

"아버지 그리고 어머니."

두 분이 내 입만 바라본다.

"만약, 아니 만약이 아니네요. 두 분은 이 돈으로 뭘 하고 싶으세요?"

내 생각보다 더 놀라는 부모님의 모습을 보자 아차 싶었다.

'좀 더 신중했어야 했나? 아니면 시간을 두고 천천히 알아 갔어야 했나? 돈 때문에 흥분해서 너무 서둘렀나 보다. 단지 두 분의 생각이 어떤지 알고 싶었을 뿐인데….'

아버지는 굳은 얼굴로 나를 잠시 보더니 아무 말도 하지 않고 방을 나가 버렸다. 그 모습을 본 어머니는 짧은 한숨을 내쉬며 내 손을 꼭 잡았다.

"도준아, 아빠 화나신 거 아냐. 그냥 좀 놀라신 거야."

'화도 난 거 같은데? 좀 많이 놀라기도 하고.'

뭐라 할 말이 없어 고개를 살짝 떨구자 어머니는 내 등을 쓰다듬었다. 그렇게 한동안 침묵이 흘렀다. 어색함도 없애고 어머니의 걱정도 덜어 드리기 위해 내가 먼저 입을 열었다. 궁금한 것이 있기도 했다.

"어머니."

"그래."

"혹시… 지난번에 제가 말씀드린 거, 어떻게 됐어요?"

"응? 뭐 말이니?"

"일산인가? 신도시…?"

순간 깜짝 놀라는 어머니의 표정에서 대답을 읽었다.

'아하! 땅 좀 샀구나. 됐다.'

쌈짓돈으로 얼마나 매입했는지 모르겠지만, 비상금 이상의 목돈을 손에 쥘 테니 든든할 것이다. 남자나 여자나 주머니가 묵직해야 마음이 편해지는 법이다. 이걸로 어머니의 얼굴이 좀 더 밝아진다면 더할 나위 없다.

"아… 그거? 아냐. 엄마는 그런 건 관심 없어서 그냥 흘려들었고 이미 잊었어."

"네, 그렇군요."

애한테 땅 산 걸 늘어놓을 만큼 입 가벼운 분이 아니니 당연한 반응이라 생각했다.

▲ ▲ ▲

스스로 극장이라고 부르는, 가장 좋아하는 방에서 아내와 함께 영화를 보는 진윤기는 말없이 술잔만 기울였다. 진윤기는 유일한 취미인 연극과 영화라도 제대로 즐기고 싶어 영화관처럼 스크린과 영사기를 갖추고 영화 필름까지 틈틈이 모았다. 이곳은 그가 영화를 얼마나 사랑하는지 엿볼 수 있는 방이었다. 그의 아내는 영사기의 필름은 돌아가지만, 남편이 영화에 집중하지 않는다는 것쯤 알 수 있었다.

"여보. 도준이 때문에 그래요?"

"응? 아, 뭐… 그렇지."

아들이 통장을 내보이며 뭐든 하고 싶은 걸 말하라고 했을 때 진윤기는 할 말을 잃었다. 그 순간 아들보다 통장이 더 눈에 들어왔던 자신이 경멸스러웠다.

"철없는 애가 좋은 뜻으로 한 말이잖아요. 너무 신경 쓰지 마세요."

"여보."

"네."

"난 화가 난 게 아냐. 부끄러웠던 거지."

진윤기는 부드러운 미소를 지으며 아내의 어깨를 감쌌다.

"도준이가 그 말을 했을 때, 100억이 넘는 돈으로 뭐든 하고 싶은 일을 하라고 했을 때 심장이 뛰더라고. 이건 기회다! 이런 생각마저 들었어."

진윤기는 그 순간의 기억이 되살아났는지 어깨를 움찔했다.

"내가 얼마나 한심하던지. 아빠가 돼서 애의 저금통에 침 흘리는 꼴이라니."

"너무 큰돈이라 그런 거예요. 저도 그랬는걸요. 그 돈이라면 당신이랑 상준이, 우리 가족 다 함께 외국으로 건너가서 살 수도 있겠다, 이런 생각 들었어요."

아내의 위로도 그의 구겨진 자존심과 부끄러움, 아버지로서의 자괴감은 어쩔 수가 없었다.

"그런데 여보, 저도 궁금하긴 한데⋯ 당신은 진짜 뭘 하고 싶어요? 충분한 돈이 있다면요. 아직도 영화감독이 하고 싶어요?"

진윤기는 이미 버린 꿈을 이야기하는 것이 탐탁지는 않았지만, 애써 화제를 돌리려는 아내의 노력을 무시할 수는 없었다.

"아니. 난 연출 감각이 없다는 걸 알아. 내가 영화를 찍는다면 정말 밋밋하게 나올걸?"

"그럼 영화에 대한 미련을 완전히 버렸어요?"

"아직 많이 남아 있어. 할 수만 있다면 제작과 기획 일은 하고 싶지. 특히 지금 보고 있는 소설이 너무 와닿아 영화로 만들면 좋겠다 싶어."

영화 이야기를 시작하니 진윤기의 눈이 빛났다. 꿈을 좇는 소년의 눈이다.

"영화는 제조업과 다를 바 없어. 제작비를 건질 만큼 흥행하면 다음 작품을 만들 수 있거든. 그런데 제작비를 줄이면 흥행 부담도 줄어들어."

"제작비를 어떻게 줄여요?"

"지금 한국 영화는 주먹구구식으로 제작해. 거품도 많고, 중간에서 돈 빼먹는 놈들도 수두룩하고. 최소 30퍼센트는 줄일 수 있어. 참, 당신도 알잖아."

진윤기는 한때 영화배우였던 아내와 시선을 맞췄다.

"겨우 한 편 찍었어요. 그런 거까지 알기에는 시간이 없었죠."

"당신도 나 아니었으면 스타가 됐을 텐데⋯. 억울하지 않아?"

"뭐야? 연기력이 발바닥이라 어차피 못 버틴다고 포기하라고 한 게 당신이에요."

진윤기는 팔을 꼬집는 아내를 사랑스럽게 바라봤다.

"그건 사실이야. 하하. 당신은 배우보다 모델이 더 맞았어."

아내 덕에 부끄러운 순간을 잊을 수 있었다. 진윤기는 아내의 어깨를 잡은 손에 힘을 주었다.

▲ ▲ ▲

"얼마?"

"토지 보상금만 140억입니다. 또, 상업용지로 쓸 수 있는 2만 평이 남았는데⋯ 이건 100억이 훌쩍 넘을 겁니다."

순양그룹의 부회장이자 진양철 회장의 장남 진영기는 분당 신도시 지적도를 앞에 놓고 이마를 문질렀다.

"그 꼬맹이 손에 140억? 은행 이자만 해도 10억이 넘네. 웬만한 대기업보다 나은데요? 이자만으로도 매년 강남 아파트 스무 채를 살 수 있으니까!"

아들 진영준이 부러운 표정을 지으며 말하자 진영기 부회장이 소리를 버럭 질렀다.

"이 자식아! 은행 이자 생각하니 부러워? 지금 그깟 푼돈이나 생각할 때냐?"

아버지의 큰소리에 진영준은 고개를 돌렸다.

"대학 4학년이나 된 놈이 아직 그 모양이야? 정신 안 차릴래?"

"여보! 애한테 왜 그래요? 가뜩이나 유학 못 가서 풀 죽어 있는데!"

부회장의 부부 싸움 조짐을 느낀 비서실 직원은 낮은 헛기침으로 자신이 아직 거실에 있다는 것을 상기시켰다.

"김 과장."

"네."

"윤기 집, 계속 살펴. 특별한 일 생기면 즉각 보고하고."

"알겠습니다, 부회장님."

"가봐."

김 과장이 조용히 뒷걸음질 치며 거실을 빠져나가자 진영기 부회장은 다시 장남을 쏘아보며 말했다.

"너 계속 그딴 식으로 여자나 밝히며 살래?"

여자라는 단어에 진영준은 머리를 들지 못했다.

"이 새끼야! 데리고 놀 여자가 연예인밖에 없어? 세상에 예쁜 여자가 어디 한둘이야? 하필이면 테레비에 나오는 여자만 건드려? 그딴 식으로 신문에라도 나면?"

진영기는 속이 터져 죽을 지경이었다. 돈과 인맥을 총동원해서 미국 명문대의 입학 허가서를 받아 놨는데 철딱서니 없는 자식 놈이 당대 최고 여배우를 임신시켜 버렸다. 그것도 일곱 살이나 많은 여자를.

그 여배우의 애를 지우고 입을 막는 데 들어간 돈이 빌딩 한 채 값이 넘는다. 다시 돈과 인맥을 동원해서 가까스로 언론의 입막음까지는 했지만, 회장인 아버지의 눈과 귀는 막을 수 없었다. 유학길은 막혔고 그룹 감사실 직원 두 명이 24시간 아들을 밀착 감시하는 지경이다. 그런 놈이 열 살이나 아래인 사촌을 부러워하니 속이 뒤집혔다.

"잘 들어. 네 할아버지는 단돈 10원이라도 그냥 주시는 분이 아니다. 어린놈한테 목장 하나 만들어 줄 수도 있어. 하지만 그 명의까지 다 넘기고, 그걸 처분한 거금까지 다 준다는 건 전혀 다른 문제다."

"그만 좀 해요. 다 지난 일을 가지고…."

진영기 부회장은 계속 짜증내는 아내를 못 본 체했다.

그의 아내 박혜영도 부족함 없이 자란 여인이다. 비록 순양그룹보다 한참 아래에 있지만 그 이름을 모르는 사람이 없는 재벌가가 친정이다. 그러다 보니 항상 시아버지에게 쩔쩔매는 남편을 못마땅하게 생각했다.

"도준이가 지금 몇 살이지? 그런 애에게 140억을 줬다. 이건 단순한 증여가 아냐. 열두 살 꼬맹이의 가치를 무려 140억이라고 생각하시는 거야. 만약 남은 땅도 처분하고 도준이에게 주신다면 그놈 가치는 200억이 넘는다고!"

진영준은 아버지의 말이 무슨 뜻인지 깊이 생각하지 않았다. 어차피 자신이 장손 아닌가? 할아버지가 세상을 떠나면 모두 아버지 것이 될 것이고 결국 자신이 모든 걸 물려받는다고 믿었다.

"할아버지가 너한테 땅 한 평, 통장 하나 준 적 있어? 그게 바로 할아버지가 생각하는 네놈 가치다."

"여보, 뭐가 걱정이에요? 당신은 이미 부회장이에요. 순양은 당신 거라고요. 그리고 아버님이 사시면 몇 년이나 더 사신다고…. 시간은 우리 편이에요."

박혜영은 입꼬리를 살짝 올리며 말했다.

그래도 진영기는 자신이 괜한 걱정을 하나고 생각하지 않았다. 마누라나 자식이나 진양철이라는 사람을 모른다. 물론 지금까지 자신의 승계를 걱정한 적 없다. 그리고 막내 조카가 지금 아버지의 관심을 받고 있지만 너무 어리기 때문에 크게 걱정하지는 않는다. 하지만 경계를 늦추면 안 된다. 아무리 피를 나눴지만, 순양그룹의 벽돌 한 장이라도 나눠 가질 생각은 없기 때문이다.

▲ ▲ ▲

거실에 앉아 신문을 보고 있는 아버지 곁에 슬며시 앉았다.

"아버지, 죄송합니다."

"도준아, 괜찮아. 뭐가 죄송해? 아빠 화난 거 아니었어. 그냥 좀 놀랐을 뿐이야."

아버지는 내 손을 꼭 잡으며 품 안으로 끌었다.

"우리 도준이, 너무 빨리 큰다. 벌써 이렇게 어른스러워지면 아빠는 어떡하지?"

'이런! 갑자기 이런 식으로 훅 들어오다니.'

자식을 키워 보지 않았으니 아버지의 마음이 어떤지 짐작도 할 수 없어 아무 말도 못 하겠다. 할 수 있는 일이라고는 아버지의 손을 힘주어 잡는 것이 전부였다. 내 손의 힘을 느꼈는지 아버지는 잔잔하게 웃었다.

"그래, 도준아. 아빠에게 할 말 있으면 해."

"어머니가 할아버지에게 이런 말씀을 하신 적이 있어요. 제가 하고 싶은 일을 했으면 좋겠다고요."

"엄마가?"

"네."

조용한 어머니가 무서운 시아버지에게 그런 말을 했다고 하니 의외라는 표정이다.

"그래서 궁금했어요. 아버지는 어떤 일을 하고 싶으신지…. 영화 좋아하신다고 들었어요."

"엄마가 그래?"

"네."

조금은 씁쓸한 미소를 보이던 아버지는 마음을 다잡은 듯 나를 당신 앞에 앉혔다.

"아빠는 대학 3학년 때 영국으로 유학 갔었어."

'오호라! 이번에는 제대로 말할 생각이군.'

어른이 추억을 끄집어낼 정도면 매우 긴 이야기가 될 것이다.

"난 아버지가 하라는 대로 했어. 어릴 때는 공부 잘하라고 해서 좋은 성적 받으려고 노력했고, 유학 가라고 해서 영국으로 갔어. 특별히 하고 싶은 게 없었거든. 그리고 경영학을 공부하는 게 당연하다고 여겼어. 순양그룹 계열사 몇 개는 맡을 거로 생각했으니까."

별다른 의심 없이 주어진 환경에 잘 적응하는 도련님이었다는 말인데, 언제부터 삐딱선을 탔을까?

"영국 런던에는 웨스트엔드라는 지역이 있거든. 그곳에서는 매일 수백 개의 극장에서 뮤지컬과 연극을 공연해. 난 공부를 하다 머리 식힐 때 가끔 들렀어."

순수했던 시절의 기억을 더듬는 아버지는 어느새 눈을 반짝였다.

"거기서 셰익스피어를 봤고 싱클레어, 헤이워드, 앤더슨을 알았지. 그리고 존 오스본의 〈성난 얼굴로 돌아보라〉, 아서 밀러의 〈세일즈맨의 죽음〉, 테네시 윌리엄스의 〈뜨거운 양철 지붕 위의 고양이〉 같은 작품이 나를 흔들었어."

불현듯 다행이라는 생각이 들었다. 아버지는 엔터테인먼트 판의 그 화려함에 유혹당한 게 아니라 순수한 예술에 이끌렸다. 동기가 순수하고 올바르면 다시 한 번 해볼 만하지 않은가?

"그때부터 학교는 뒷전이었고 연극과 영화에 빠져들었지. 연극학교에 등록하고 연출을 배우기 시작했어, 물론 영화도 함께. 하지만 네 할아버지가 아시게 됐고 한국으로 잡혀 오게 됐지. 하하."

아버지의 꿈은 이제 추억일 뿐일까? 추억에 다시 불을 지피고 꿈을 이루게 해준다. 그리고 내 꿈을 이루는 데 도움을 받아야 한다. 그 도움의 힌트를 방금 아버지가 주셨다.

"아버지도 제가 하고 싶은 일이 마음에 들지 않으면 못 하게 하실 건가요?"

"그럴 리가 있나. 우리 도준이가 뭘 하든 아빠는 항상 응원하고 도와줄 거야."

"제가 할아버지보다 더 큰 회사의 사장이 되고 싶어도요?"

아버지는 갑자기 웃음을 터뜨렸다.

"푸하하, 이거 어쩐다? 우리 도준이의 꿈이 너무 커서 아빠가 도와줄 게 없는 거 같은데?"

빈말이라도 뭐든 도와주겠다는 말 정도는 나올 줄 알았는데, 한국 제1의 기업보다 더 큰 회사를 꿈꾸는 아들에게 너무 솔직한 것 아닌가?

"있어요."

"뭐?"

"충분히 절 도와주실 수 있어요."

아버지는 순식간에 웃음을 거두고 진지하게 변했다.

"어떻게? 미리 말하지만, 아빠는 회사 경영은 관심 없다. 알지?"

"도움을 줄 수 있는 사람을 많이 아시잖아요."

"내가? 아니야. 난 순양그룹 사람들 잘 몰라. 이학재 실장님 정도가 전부야. 그런데 그분은 널 도와줄 만큼 한가하신 분이 아니란다."

"조금 전 말씀하셨잖아요. 영국에서 경영학 공부하셨다고…. 같이 공부한 친구 없으세요?"

아버지는 또다시 아무런 말을 못 했다.

▲ ▲ ▲

"이게 누구야? 야! 진윤기! 진짜 오랜만이다."

"아이고, 아직 1년도 안 지났다. 뭘 그리 오버야?"

고객을 만나면 항상 반가운 척하는 게 이 사람의 버릇이다. 특히, 만나는 고객이 수억의 돈을 주무르는 큰손들일 경우에는 더욱 그렇다. 진윤기가 가끔 만나 소주잔을 기울이는 친구 오세현은 세계적 자산운용사인 파워쉐어즈(PowerShares)의 한국 대표다.

파워쉐어즈는 1935년에 설립됐으며 미국 조지아주 애틀랜타에 본사를 두고 있다. 전문 투자 인력만 7000명이 넘고 40개국에 지사를 뒀으며 운용 자산만 1200억 달러에 이른다. 그야말로 돈의 제국이다.

오세현은 파워쉐어즈 아태지역 중 최연소 대표가 될 만큼 발군의 실력을 가진 자였다. 진윤기보다 두 살이나 위였지만 영국에서 만났을 때 주로 영어로 대화를 나눴기에 친구처럼 지낸 지 오래다.

"무슨 바람이 불어 먼저 연락했냐? 나한테 맡길 공돈이라도 생겼어?"

"이 자식이, 내 처지 몰라? 이 나이에 아버지한테 생활비 받아 쓰는 백수건달이 맡길 돈이 어딨어?"

"그 생활비가 내 연봉의 열 배쯤 되지 않냐? 반만 쓰고 반은 맡겨라. 내가 불려 줄게."

"너 같은 서민은 나 같은 재벌 2세의 씀씀이를 몰라서 그러는 거야. 아무리 많아도 부족하다고."

비꼬는 듯 말해도 기분 상하지 않은 친구, 딱 두 사람의 관계였다.

"그래, 돈 없는 놈이 왜 날 찾아?"

"아들놈 때문에."

"아들? 이 자식아, 아이 문제라면 학교 선생을 만나. 돈놀이하는 내가 무슨 상담을 해주리?"

"그렇게 됐다. 둘째가 할아버지 같은 기업가가 되겠다고 도와 달래."

"둘째? 둘째면 도준이? 맞지? 국민학생 아냐?"

"맞아. 5학년."

"이야. 그 자식 대단한데? 영재교육 시켰냐? 백수 아버지 밑에서 나올 아들이 아닌데?"

오세현은 진윤기의 어깨를 툭 치며 신기하다는 듯 웃었다. 하지만 진윤기는 그러지 못했다.

"그러게, 애가 훌쩍 커버렸어. 어떤 때 보면 나보다 더 진중해서 그냥 받아넘기지 못하겠더라고."

"그래서? 내가 뭘 해줄까?"

"그냥 밥이나 같이 먹으면서 너무 조급하게 진로를 정하지 말라고 조언해 주면 좋겠어. 경영이든 사업이든 아직 한참 미래의 일이니 지금은 실컷 놀고 즐겁게 지내라고 해줘."

"회장님 손자는 다르구나. 나는 우리 아들한테 빡세게 공부해서 좋은 대학 가라고 매일 닦달해야 하는데 말이야."

"부럽지? 하하."

진윤기의 웃음에 오세현은 주먹을 다시 들었다.

5장

기적 같은 투자회사

"돈 자랑하는 놈 재수 없고, 부모 잘 만난 새끼는 밥맛이 없는데 네 아버지는 달랐어. 인간이 이렇게 순수할 수도 있구나, 하고 생각한 건 네 아버지가 처음이야."

"야! 애들 앞에서 그 욕 좀 안 하면 안 되겠냐?"

"아, 미안. 졸부들 비위 맞춰 주다가 성질 다 버려서 그래. 하하."

아버지가 데려온 사람은 꽤 재미있다. 파워쉐어즈는 엄청난 곳이다. 30년 뒤에는 연간 800조를 주무르는 슈퍼 자산운용사 아닌가? 동남아 국가 하나를 거덜 내는 것쯤은 일도 아닌 투기 자본이다. 그런 곳의 한국 대표라고 하기에는 좀 허술해 보인다. 그는 밥 먹는 동안 끊임없이 유쾌하게 떠들며 평범한 동네 아저씨 같은 모습만 보여 주었다.

"저 먼저 일어날게요."

상준 형은 재빨리 식사를 끝내고 2층으로 올라가 버렸다. 자식, 벌써 사춘기가 왔는지 요즘 집에서는 거의 말을 하지 않는다. 한창 그럴 때라 부모님도 슬슬 눈치 보기 시작했다. 식사가 끝나 갈 때쯤 아버지가 친구에게 눈짓을 보내기 시작했다.

"그런데 도준아. 넌 커서 사업가가 되고 싶다고?"

"네."

"할아버지 같은?"

"할아버지보다 더 큰 사업가요."

"순양그룹은 한국에서 가장 큰데, 더 큰 회사라…. 욕심이 대단한데?"

"욕심이 아니라 꿈인데요?"

"욕심은 할아버지 닮고 꿈꾸는 건 아버지 닮은 건가?"

순간 오세현의 눈이 빛났다.

"윤기야, 도준이랑 단둘이 이야기해도 되지?"

아버지가 머리를 끄덕이자 오세현이 식탁에서 일어섰다.

"도준아. 아저씨한테 좋은 이야기 많이 들어."

아버지가 웃으며 말했다.

오세현은 내 방에 들어서자 한번 휙 둘러보더니 의자를 끌어당겼다.

"어지르지도 않고 깔끔하네."

정리 정돈이 잘된 방을 보며 내 성격을 파악하는 것이 눈에 보였다.

"자, 도준아. 궁금한 거 있으면 물어보렴. 이래 봬도 이 아저씨는 꽤 성공한 사람이야."

세계 최대의 자산운용사의 한국 대표라면 꽤 성공한 게 아니라 엄청 난 성공을 거둔 사람이다.

일단은 모르는 척, 첫 질문을 던졌다.

"아저씨도 큰 회사 사장님이세요?"

"응. 아주 큰 회사 사장이지. 하지만 네 할아버지와는 조금 달라. 난 부자들을 더 큰 부자로 만들어 주는 일을 하는 사람이야."

"그럼 아저씨는 돈 많은 사람을 많이 만나시겠네요?"

"그런 셈이지."

"그럼 그 손님들과 이야기하다 보면 돈 벌 수 있는 이야기도 많이 듣 겠네요?"

"뭐? 이런… 날카로운데? 어린애답지 않다더니 진짜구나. 하하."

오세현은 유쾌한 웃음을 터뜨렸다.

'그 웃음이 얼마나 가는지 두고 보자.'

"난 입이 무거워. 네 말대로 돈 많은 부자의 이야기를 어디 가서 떠벌리다가는 오래 일 못 해. 금방 소문나. 그리고 자세히 묻지도 않아."

직업윤리이기도 하다. 부자들은 비밀이 많다. 그 비밀의 일부를 엿보더라도 입을 닫아야 업계에서 매장 당하지 않는다.

"그럼 제 이야기도 비밀을 지키시겠네요."

"이거, 오늘 내가 국민학생한테 놀라는 일이 많네. 넌 좀 독특하구나. 그런데 넌 내 고객이 아니야. 비밀을 지킬 이유가 없는데?"

"응? 아버지가 말씀 안 하셨어요?"

"뭘?"

영문을 모르는 오세현이 눈을 깜빡거렸다.

"제 돈이요. 지금 제 통장에 140억이 있고, 남은 땅을 팔면 100억 이상 더 들어올 텐데. 이 정도면 아저씨 고객이 될 수 있지 않을까요?"

내 말에 오세현은 입을 벌린 채 멍하니 아무 말도 하지 못했다. 그에게 평생 이보다 더 놀랄 일이 또 있을까. 지금 내가 가진 돈은 30년 뒤라면 최소 1000억 원의 가치가 훨씬 넘는다. 열두 살 꼬맹이가 가졌다고 믿기에는 비현실 그 자체다. 충격이 클수록 침묵은 오래간다.

나는 오세현이 정신을 차리고 입을 열 때까지 기다렸다. 거의 5분이 지나서야 그가 더듬거리며 겨우 입을 뗐다.

"배배배… 백사십억…?"

"올해 안으로 100억 이상이 더 들어올 겁니다."

"전부 하, 할아버지가 주신 돈이야?"

"아뇨."

"그럼?"

"아저씨가 조금 전 말씀하셨잖아요. 고객에게 자세히 묻지 않으신다고."

"그, 그렇지. 맞아. 내가 괜한 걸 물었구나."

충격이 가시지 않아 계속 더듬대는 오세현에게 통장을 내밀었다.

"제 통장입니다. 확인하셔도 돼요."

오세현이 내 통장에 찍힌 숫자를 몇 번이나 확인하는 동안 어떻게 다음 단계로 넘어가야 할지 결정했다. 언제까지나 어린애 흉내만 내고 있을 수는 없다. 일을 진행하려면 본모습이 조금 드러나는 것도 감수해야 한다.

"이거, 오늘 내가 이러려고 온 게 아닌데…."

오세현은 머리를 벅벅 긁더니 허탈한 웃음을 지었다.

"친구 아들한테 좋은 이야기나 해주고 싶었는데…. 이거 영 그럴 마음이 안 생기네."

자산운용가의 직업적 본능! 투자할 곳은 산더미지만 투자할 돈은 항상 부족하다. 그런 그의 눈앞에 엄청난 거금이 아른거리니 욕망이 꿈틀거릴 것이다.

"네 아버지가 부탁했거든. 천천히 성장할 수 있도록 말 좀 해달라고. 그림, 음악, 운동 같은 예체능이야 어릴 때부터 재능을 키워 주면 좋지만, 경영이나 사업, 돈벌이 같은 건 어른이 돼서 시작하는 게 정상이니까."

"뉴스에서 봤는데 미국에서 열두 살 때 우표를 팔아 2000달러를 벌고 고등학생 때 신문 구독 장사로 큰돈을 번 애도 있던데요?"

"장사와 사업은 달라. 아무튼, 넌 이 돈을 어떻게 할 생각이니?"

"아저씨는 어떻게 했으면 좋겠어요?"

할아버지 진 회장에게 배운 거 하나!

'설명하는 사람이 아니라 듣는 사람이 되어야 한다. 듣고 선택하고 결정하는 사람이어야 한다.'

나는 이 돈을 어디에 쓸지 이미 결정했지만, 최고 자산운용가의 의견도 들어야 한다. 정보는 많을수록 좋은 법이니까.

"글쎄, 지금 당장 결정하기 어려워. 이 정도 금액이면 당연히 분산 투자해야 하고, 리스크 테이킹, 평균 수익률, 엑시트 전략 등등 많은 변수를…."

이 아저씨는 지금 날 어린애로 보는 게 아니라 140억의 자산가로 보고 있다. 뒤늦게 그 사실을 깨닫고는 피식 웃으며 이마를 탁 쳤다.

"아, 이거…. 내가 너무 나갔지? 나도 모르게 흥분했네."

"괜찮아요."

"그래. 그럼 이렇게 하자. 일단 네 아버지와 상의 좀…."

나는 손을 들어 그의 입을 막았다.

"제 돈이니 아버지와 상의하실 필요는 없어요. 그리고 아버지도 아저씨를 믿으시잖아요. 그러니까 저를 맡기셨겠죠. 아닌가요?"

"말도 참 똑 부러지게 하네. 생각해 보니 그렇구나."

오세현은 잠깐 생각한 뒤 다시 입을 열었다.

"이렇게 하자꾸나. 일단 내가 부모님 동의서를 받는 게 먼저일 것 같다. 이 동의서는 투자 문제를 상의하는 게 아니고 네가 미성년자라서 필요한 거야. 네 돈을 우리 회사가 맡아도 된다는 허락이지."

"네."

"그리고 회사에서 운용 계획을 짜보마. 그걸 보며 다시 이야기하자. 좋지?"

"하나만 더요."

"뭐, 필요한 게 있니?"

"앞으로 아저씨와 저 사이의 일은 모두 비밀로 해주세요. 그 누구도 알아서는 안 돼요."

"그건 말하지 않았니? 난 철저히 비밀을 지킨다고."

"제 부모님도 포함해서요."

오세현은 의혹에 찬 눈빛으로 나를 바라보다 입을 열었다.

"왜 부모님께 말하면 안 되는지 물어도 안 되겠지? 비밀이니까?"

"네, 다음에 말씀드릴게요."

"후, 이거 원. 친구 아들내미 설득하려다 무시무시한 고객님만 하나 건졌군."

오세현은 짧은 한숨을 내쉬며 일어섰다.

"오늘은 이만 가보마. 앞으로 자주 볼 테니까 그냥 삼촌이라 불러라. 아저씨라는 호칭은 좀 멀어 보이잖니. 우린 비밀을 공유하는 사이가 될 텐데 말이다."

"알겠어요, 삼촌."

"사실 내가 네 아버지보다 나이가 더 많아. 큰아버지뻘인데 삼촌이 더 정감 가서 양보한 거야. 하하."

오세현은 유쾌한 웃음을 터뜨리며 내 방을 나갔다.

또 한 번 느꼈다. 운칠기삼(運七技三)이 아니라 운구기일(運九技一)이다. 지금의 나 진도준에게는 운이 따른다. 아버지가 투자회사의 친구를 선택한 것은 은연중 내 돈을 염두에 둔 것이 분명한데, 운 좋게도 세계적인 투자회사를 골랐다. 만약 국내 투자사나 증권사였다면 일을 풀어 나가기가 훨씬 더 복잡했을 것이다.

나는 책상 앞에 앉아 노트를 펼치고 연필을 쥐었다. 그리고 투자 계획서를 만들기 시작했다. 노트북과 마이크로소프트 오피스가 간절할 정도로 길고 긴 계획서를 써 내려갔다.

▲ ▲ ▲

"윤기야. 나 좀 보자."

"그래, 이야기는 잘 해줬어?"

오세현은 부인과 함께 거실에 앉아 있던 진윤기를 따로 불러냈다.

정원으로 나가 오세현은 담배에 불을 붙였다.

"뭐야? 왜 이리 심각해?"

"너 왜 말 안 했냐? 140억….'"

"아, 그거? 괜한 돈 이야기로 네가 선입견을 가질까 봐."

"뭐, 됐고. 어떻게 된 거야?"

진윤기가 아들의 목장, 신도시 그리고 보상금 이야기를 대략 들려주자 오세현은 이마를 탁 쳤다.

"천운이 따르는 놈이네."

"그래서? 뭐라고 했어? 이야기 잘했어? 너무 서둘지 말라고?"

"윤기 너 현정화 알지?"

"뭐야? 뜬금없이? 누구?"

"거 있잖아. 86아시안게임 때 육상 금메달 딴 여자애. 라면만 먹었다는 노력파."

"이 병신아. 그건 임춘애야! 현정화는 탁구선수고."

진윤기가 한심한 듯 바라봤지만, 오세현은 대수롭지 않게 말했다.

"아무튼, 그리고 작년 올림픽 때 천재 복서라고 소문났던 선수 있지? 로리 존슨."

"로이 존스 주니어."

"그래. 그 선수."

계속 딴소리하는 오세현을 바라보던 진윤기는 자신도 모르게 한숨을 쉬었다. 이런 덜떨어진 놈에게 아들을 위한 조언을 부탁한 자신이 한심할 지경이다.

"야! 당최 뭔 말을 하고 싶은 거야?"

"어쩌면 도준이는 로이 존스일지도 몰라."

"뭐?"

"천재라고, 인마!"

아들이 어른스럽다고 생각한 것이 전부인 진윤기에게는 친구의 말이 무슨 뜻인지 이해할 수 없었다.

"표현이 잘못된 것일 수도 있지만 절대 평범한 애가 아냐."

스포츠 선수의 이름을 시작으로 천재라고 했다가 비범한 아이로 결론 내리니, 횡설수설로 들릴 뿐이다.

"야! 너 혹시 엉뚱한 소리만 한 거 아냐?"

진윤기가 소리쳤지만, 오세현은 자기 말만 계속할 뿐이었다.

"현정… 아니, 임춘애는 노력형이지만 로이 존스는 타고난 거야. 솔직히 도준이가 정확히 뭘 타고 났는지는 모르겠지만, 뭔가를 두 손에 쥐고 태어났어."

그제야 진윤기의 찌푸렸던 얼굴이 펴졌다. 도준이는 특별한 재능이 있다. 그 재능의 정체는 아직 모른다. 이것이 오세현이 하고 싶은 말이라는 것을 알아챘다.

"그러니까 넌 도준이 방에 가서 정체 모를 재능만 확인한 게 전부라는 거지?"

"네가 원하는 건 좀 더 지켜본 후 생각해 보기로 하자. 난 이만 가볼게."

"야!"

오세현은 진윤기가 부르는 소리에도 아랑곳하지 않고 급히 사라졌다.

정원에 혼자 남은 진윤기는 어처구니없었지만 하나의 단어가 계속 머릿속에 맴돌았다.

'재능. 과연 그 재능의 정체는 뭘까?'

일주일 만에 다시 나타난 오세현은 진윤기에게 서류 한 장을 내밀었다.

"이거 보고 도장 찍어라."

"이건 또 뭐냐?"

"도준이 돈을 우리 회사가 운용하는 걸 부모인 네가 동의한다는 내용이야."

"뭐?"

"뭘 그리 놀라? 왜? 내가 도준이 돈 빼먹을까 봐?"

"그게 아니고. 그냥 예금이나 들어 두면 되지 않나 싶어서."

"염려 마라. 연 10퍼센트 금리보다 수익성 좋은 곳에만 투자할 거니까. 원금 손실 없도록 하이 리스크 상품은 피할 거야."

여전히 못마땅한 얼굴의 진윤기는 동의서에서 눈을 떼지 못했다.

"윤기야, 네 심정 안다."

오세현은 타이르듯 부드러운 목소리로 말하기 시작했다.

"하지만 도준이 같은 애도 꽤 많아. 부모님이 주시는 용돈을 차곡차곡 저금하는 애들. 저금통이 빵빵해지는 걸 흐뭇하게 바라보는 애들."

돈 모으는 재미를 아는 애들이다. 이런 애들 전부 부자가 되지는 않겠지만 적어도 배곯는 일 없이 넉넉하게 산다. 쓰기보다 모으는 걸 좋아하는 것은 어릴 때부터 드러난다.

"물론 도준이는 좀 더 특별하지. 그러니까 내가 맡는 게 더 나아. 괜히 그 돈만 보며 점점 더 돈독 오를지도 모르니까."

"그래. 네가 잘 알아서 돈 관리하고 애도 좀 관찰해 줘."

"야! 내가 도준이 아버지냐? 뭘 관찰?"

"이 자식아. 네가 말했잖아, 독특한 재능. 그거 관찰해 보라고."

진윤기는 웃으며 소리친 뒤 동의서에 도장을 꾹 찍었다.

▲ ▲ ▲

"이건 부모님 동의서, 그리고 이건 비밀유지 조항 합의서."

난 동의서보다 합의서를 먼저 들었다. 비밀을 지킨다는 약속 정도면 충분했는데 서류까지 만들어 왔다. 꼼꼼하고 빈틈없다.

내 돈을 맡을 이 사람은 물론이고 나도 비밀을 지켜야 한다. 오세현은 파워세어즈의 한국 대표다. 내 돈을 투자하려면 파워세어즈가 분석한 향후 돈 되는 투자처를 보여 줄 수밖에 없을 것이고, 내가 그 내용을 어디 가서 떠벌리면 안 되기 때문이다. 일개 국민학생이 파악할 수도 없는 내용인데 비밀을 지키라고 하는 것이 우습기도 하지만, 그만큼 철저하다는 의미로 받아들였다.

"그런데 도준아. 너 그 내용이 뭔지나 알고 보는 거니?"

'아차차. 너무 집중했나?'

서류에서 눈을 떼고 올려다보니 오세현이 아주 신기하고 귀여운 강아지를 보는 표정으로 흐뭇하게 웃고 있었다.

"그냥 보는 거죠. 헤헤."

머리를 슬쩍 긁으며 서류를 내려놓자 오세현은 한 뭉치의 서류를 더 꺼냈다.

"이게 자산운용서라는 건데, 넌 봐도 모를 테니 어쩐다?"

"그냥 제가 알기 쉽게 설명만 해주세요."

"그러니까 60퍼센트는 은행예금이다. 10퍼센트 이상의 금리를 보장해 주는 조건으로 맡길 거야. 금액이 크니 은행도 혜택을 더 줄 거야. 나머지는 주식, 채권 그리고 프로젝트 파이낸싱인데…."

부동산 건설 붐이니 수익률은 은행 이자와 비교할 수 없다. 괜찮은 선택이다. 그런데 오세현은 PF를 어떻게 설명해야 할지 난감한지 곤란한 얼굴이 되었다. 도와줘야겠다.

"괜찮아요. 설명 안 하셔도 돼요."

"그래. 내가 잘 알아서 할게."

"그것보다도 이거 좀 봐주세요."

"이게 뭐야?"

내가 일주일간 정성 들여 작성한 노트를 건네자 그는 허겁지겁 살피기 시작했다. 그가 어떤 반응을 보일지, 조금 긴장된 마음으로 기다렸다. 노트 페이지를 넘길 때마다 그의 얼굴은 점점 더 굳어졌다. 마지막 페이지까지 다 보고 노트를 덮은 그가 말했다.

"넌… 비밀이 많구나."

"재벌 가문에는 비밀이 많으니까요."

"그 뜻이 아니지 않니?"

오세현은 여전히 굳은 얼굴을 펴지 못하고 심각하게 말했다.

"제가 좀 똑똑한 편이죠. 나이답지 않게."

"그 정도가 아닌데? 이런 걸 어떻게 알 수 있어? 네 나이에?"

오세현은 내가 준 노트를 흔들며 말했다. 이제 준비했던 시나리오를 말할 시점이다.

"3년 전쯤인가? 전 처음 알았어요. 우리 가족이 완전히 무시당하고 있다는 걸요."

조금 쓸쓸한 표정을 짓는 것도 잊지 않아야 한다.

"우리 가족이 무시당하는 이유는 바로 돈 때문이에요."

"도준아, 그건 오해야. 아무도 네 가족을 무시하지 않아."

몰라서 하는 소리일까? 아니면 위로랍시고 하는 말일까? 아버지의 절친이라고 했으니 아마도 후자일 것이다. 난 그의 말을 무시하고 말을 이어 갔다.

"그런데 큰아버지들도, 그리고 그 가족들도 서로 경계하고 질투하는 것이 보였어요."

"눈치가 빠르구나."

"네. 그분들은 할아버지 회사를 더 많이 가지려고 그러시는 거겠죠."

"그래서 너도 할아버지 회사를 물려받고 싶은 거니?"

"아뇨. 이미 말씀드렸잖아요. 전 할아버지보다 더 큰 회사를 갖고 싶다고요."

"그게 이 노트의 대답은 아닌 것 같은데?"

오세현은 다시 미간을 찌푸리며 노트를 흔들었다.

"이 노트의 내용을 열두 살짜리 애가 만들었다면 아무도 안 믿을 거다. 내용은 둘째로 치더라도 이런 걸 어떻게 알았어? 미국에 투자회사를 설립하고 한국으로 다시 투자한다? 서울대 상과대학 애들도 이런 생각은 안 해."

이제 대답을 잘해야 한다. 어차피 억지겠지만 말이다.

"서울대 학생들은 대기업 회장님 손자가 아니니까요. 그리고 저만큼 큰 꿈을 갖지 않았으니까요."

"뭐?"

"전 지난 3년 동안 매주 할아버지 집으로 갔어요. 방학 때는 계속 할아버지 곁에 붙어 있었고요. 그리고 할아버지가 하는 말을 전부 이해하기 위해 노력했고요. 아시는지 모르겠지만, 저 머리 좋거든요. 학교 시험에서 단 한 문제도 틀리지 않을 만큼."

이 아저씨의 눈은 점점 더 커졌고 여기서 잘라 내야 한다고 생각했다. 말이 더 많아지면 질문도 더 많아진다.

"삼촌. 이런 이야기 그만하면 안 돼요?"

"그, 그래. 마지막으로 하나만 더 물어보자."

"네."

"왜 외국으로 돈을 옮기려 하지?"

"할아버지는 많은 돈을 외국에 보관해요. 그게 돈을 숨기는 가장 좋은 방법이라고 하셨어요. 그리고 제가 돈을 번다는 건 숨겨야 해요. 질투하는 사람이 많으니까요."

"큰아버지들?"

"네, 이미 그분들은 할아버지가 절 예뻐하는 것도 질투하실걸요?"

"그러니까 네가 돈을 벌면 그 돈을 전부 미국에 만든 회사로 보내서 숨기고 싶다는 거네."

"네."

이제 오세현의 호기심을 거둘 만한 미끼를 던질 차례다.

"전 늘 할아버지 곁에 있어요. 그리고 그분은 제가 곁에 있어도 아주 중요한 이야기를 많이 하시죠. 할아버지가 하시는 대로만 하면 돈은 쉽게 벌 수 있을걸요?"

이제 오세현은 무슨 말을 해도 놀라지 않는다. 오히려 눈빛을 빛내며 경청하고 있다. 누가 뭐래도 그 역시 자본주의의 최전방 투사다. 순양그룹 회장의 비밀 투자 또는 투자 계획을 미리 알아낼 루트를 발견했는데 욕심이 안 생길 수 있겠는가? 하지만 저 기대는 조만간 실망으로 바뀔 것이다. 푼돈이나 벌자고 벌인 일이 아니다. 진 회장의 말에 기대어 버는 돈이라고 해봤자 수익률이 별로다. 물론 오세현 같은 사람에게는 엄청난 수익률이겠지만.

두세 배 뻥튀기에 만족하려면 미국에 회사를 세우는 번거로운 일 따위는 할 필요도 없다. 수십, 수백 배는 벌어야 한다. 나같이 미래를 훤히 아는 사람이라면 말이다. 오세현은 내게 보여 줬던 한 뭉치의 투자운용서를 나시 집어넣었나.

"이건 필요 없겠네. 순양그룹 회장님의 투자 계획이라면 이따위 계획보다는 훨씬 더 가치 있을 것 같으니까."

서류를 챙긴 오세현은 편안한 모습으로 내 앞에 앉았다. 프로의 자세였다.

"연말까지는 미국에 투자회사를 만들 수 있을 거야. 도준이 돈은 우리 회사에서 미국 본사로 들어간 다음 그 투자회사 계좌에 넣을 거다."

"그런 건 알아서 하시면 돼요."

내가 손을 저으며 말했지만, 오세현은 설명을 멈추지 않았다.

"투자회사의 지분은 네가 100퍼센트 소유할 거고 원할 때까지 자금은 미국에 둘게. 물론 그 회사의 운영 경비는 네 돈으로 충당할 거야."

자산운용 책임자의 기본을 지키고 있다. 고객에게 모든 걸 숨기지 않고 설명해야 하는 의무를 행하는 것이다.

"투자 수익이 나도록 빨리 돈을 벌어야 해. 아니면 돈만 까먹는다."

"그전에 부탁할 것이 또 있는데요."

"또? 이번엔 얼마나 날 놀라게 하려고? 하하."

놀라기는 하겠지만 좀 다른 느낌일 것이다.

나는 그동안 계속 생각했던 것을 차분히 설명했다.

▲ ▲ ▲

진윤기는 위층에서 고개를 절레절레 흔들며 내려오는 오세현을 보자마자 재빨리 끌어당겼다.

"뭐야? 왜 그래?"

"넌 진짜 아들 하나는 기똥찬 놈을 뒀다. 부러운 새끼."

"뭐라는 거야?"

"일단 앉자."

오세현은 거실 소파에 털썩 주저앉아 아무 말 없이 담배 하나를 꺼내 물고 연기를 길게 내뿜었다.

"빨리 말 안 해? 담배만 피울 거야?"

진윤기는 조급한 마음을 숨기지 않고 설명을 재촉했다.

"아까 내가 말한 대로 도준이 돈을 굴릴 거야. 그런데 100억만 굴린단다."

오세현은 투자 계획에 대해서는 길게 말하지도, 사실대로 말하지도 않았다. 비밀유지 약속 때문이 아니다. 아들과 아버지는 정반대의 성향이다. 자세히 알수록 충돌만 생길 것 같아 염려한 것이다.

"100억? 전부 140억 아냐? 그럼 40억은?"

"영화 제작사를 하나 만들고 싶다는데? 그 제작사의 대표이사 1순위 후보는 바로 너고."

오세현은 후보라는 말에 힘을 주며 진윤기의 표정을 살폈다. 자신도 아마 이런 모습이었을 것이다. 놀라서 아무 말도 못 하고 멍하니 입만 벌린 얼굴. 남에게 충격을 주고 지켜보는 재미도 쏠쏠하다.

현재 한국 영화 평균 제작비는 겨우 1억 5000이다. 지금 한창 제작 중인 명감독 임권택의 〈장군의 아들〉도 엄청난 제작비를 투입했다고는 하지만 6억을 넘지 않는다. 40억이라면 최소 열 편의 영화를 만들 수 있다. 그것도 한 푼의 외부 투자를 받지 않고 말이다.

"애가 생각이 깊어. 그냥 아버지한테 돈을 주면 거절할 게 뻔하다고 무조건 영화사를 만들어 달래. 그럼 울며 겨자 먹기식으로라도 윤기 네가 회사를 맡지 않겠냐고 하더라."

진윤기는 복잡한 심경을 감추지 못했다. 구겨진 자존심, 속 깊은 아들의 기특함, 꿈을 잡을 수 있는 기회, 아버지 진 회장의 시선…. 그는 오래도록 말이 없었다.

"난 네가 잡다한 생각은 버리고 그냥 했으면 좋겠어. 어린 아들이 준 기회다. 잘 살려 봐. 너도 아직 젊잖아."

오세현이 진윤기의 어깨를 툭 치고 나가 버렸지만, 진윤기는 그 자리에 못 박힌 듯 꼼짝도 하지 않고 앉아 있었다.

▲ ▲ ▲

아버지가 조금 상기된 얼굴로 조심스레 내 방문을 열고 들어왔다.

"공부하니?"

"아, 네."

쉽게 말을 꺼내지 못했지만, 표정에서 영화사를 맡겠다는 의지가 엿보였다. 어색함과 부끄러움을 동시에 날려 버리려면 내가 먼저 말하는 게 낫겠다 싶었다.

"아버지, 전 우리 가족 모두가 행복했으면 좋겠어요. 어머니도 말씀하셨고 아버지도 그러셨잖아요. 하고 싶은 일을 하며 사는 게 행복이라고."

뜬금없는 말이었지만 내 의도를 모를 리 없다. 아버지의 얼굴이 더욱 붉어졌다.

"좀 웃기지 않니? 아버지가 아들의 행복을 지켜 줘야 하는데…."

"전 아버지에게 선물을 드렸을 뿐이에요. 아버지는 앞으로 계속 절 지켜 주실 거잖아요. 변한 것도 없고 이상한 일도 아니에요."

"내가 영화 만들어서 폭삭 망하면?"

"다시 백수 되시는 거죠."

웃으며 말하는 내 모습에 아버지도 편안한 미소를 보였다.

"40억은 무척 큰돈이야. 할아버지보다 더 큰 부자가 되겠다는 네 꿈에 꼭 필요할 때가 올지도 몰라. 4억, 아니 4000만 원이 없어서 망하는 회사도 많으니까."

"아버지가 영화 잘 만들어서 400억으로 만들어 주시면 되죠."

'아이고, 전부 말아 먹어도 돼요. 그깟 40억, 없어도 그만입니다. 걱정하지 말고 팍 질러요.'라는 말이 목구멍까지 차올랐지만 참았다.

순수한 어른 한 명의 꿈을 이루게 해주는 일이 이다지도 힘들지 몰랐다. 하지만 나를 힘껏 안아 주는 아버지의 마음은 알 것 같아 괜히 눈시울이 붉어졌다.

▲ ▲ ▲

"뭐? 전액 인출?"

"네, 실장님. 갑작스러운 요청이라 저도 놀랐습니다."

전화기 속 은행 지점장의 목소리가 기어들어 갔다. 고객의 요구에 응한 것뿐인데, 그 고객이 워낙 대단한 사람이라 괜히 죄지은 듯 움찔거렸다.

"언제 인출했나?"

"조금 전 전액 계좌 이체했습니다."

"어디로?"

"파워세어즈라는 자산운용사입니다. 아시죠?"

이학재 비서실장도 물론 안다. 돈 좀 굴리는 사람치고 이 이름을 모를 리 있나?

"도준이 혼자 왔나? 아니면? 아버지랑 함께?"

"아닙니다. 파워세어즈 사람만 왔습니다. 부모 동의서부터 구비서류를 완벽하게 준비해 왔기에…."

"알았어. 혹시 새로운 사실 있으면 바로 연락하고."

"네, 실장님."

수화기를 내려놓은 이학재는 급히 직원 몇 명을 불렀다.

"파워세어즈 임직원 중에서 진윤기와 관계있는 놈이 누군지 알아봐.

아니, 회장님 일가와 관계있는 놈 전부 찾아내."

전혀 예상하지 못했다. 도준이는 어린애일 뿐이고 그 아버지 진윤기는 돈 욕심 없는 호인이다. 도준이 성인이 될 때까지 은행에서 잠잘 줄 알았던 돈이 한 달도 안 돼서 빠져나가다니. 혹시 사기라도 당했다면 큰일이다.

거의 하루를 초조하게 보낸 이학재는 직원들이 파악한 내용을 보고 긴 숨을 내쉬며 안도했다. 적어도 사기 당한 건 아닌 듯 보였기 때문이다. 하지만 이대로 묻어 둘 사안도 아니다. 이학재는 자료를 들고 진 회장의 서재로 달려갔다.

"누구?"

"오세현이라고 파워세어즈 한국 대표입니다."

"돈놀이하는 놈들 아냐?"

"그런 셈이죠."

진양철 회장은 책상 위에 펼쳐진 보고서 몇 장을 훑으며 인상을 찌푸렸다.

"이놈. 윤기 친구야?"

"네. 영국 케임브리지에서 함께 공부한 자입니다."

진 회장의 손에 오세현의 신상명세서가 쥐어졌다.

"혹시 이놈, 딴생각하는 거 아냐?"

"아닙니다. 윤기도 그렇고… 도준이 돈을 탐낼 심성은 아닙니다."

"돈 앞에서 심성을 따져? 자네 왜 그래? 아무리 윤기를 좋게 봤다지만 너무 물러."

아들이 돈 욕심 없다는 걸 모를 리 없건만 끝까지 의심을 버리지 않는 저 성품은 지독하다 못해 어이가 없을 지경이다.

이학재는 싱긋 웃으며 머리를 긁적였다.

"그래도 대단하지 않습니까? 그냥 은행에 넣어 두고 이자나 따박따박 챙길 줄 알았는데 투자사에 맡기다니요?"

"그게 수상해서 하는 말이야. 하필 윤기 친구라니?"

진 회장은 오세현이라는 놈이 순진한 아들에게 접근해서 공사 치는 작자가 아닐까 하는 의심을 떨칠 수 없었다.

"학재야."

"네."

"이 친구 한번 만나 봐."

이학재는 진 회장이 내미는 오세현의 사진을 거머쥐었다.

"알겠습니다. 문제가 생기지 않도록 조치하겠습니다."

아들 진윤기를 믿지 못해서가 아니다. 단지 철저한 경계는 나쁠 게 없다. 이학재가 머리를 숙이고 서재를 나가자 의자 등받이에 몸을 기대는 진회장의 얼굴엔 미소가 감돌았다.

"이놈 보게…."

만약 투자를 그 어린 손자가 생각해 냈다면 기특해 죽을 지경이다. 은행 이자에 만족하지 않는 그 엄청난 욕심, 자신을 쏙 빼닮았다.

이학재는 진 회장의 지시대로 오세현을 만났다.

"이학재입니다."

"존함은 익히 들어 알고 있습니다. 오세현입니다."

두 사내는 서로의 명함을 주고받고 호텔 라운지의 널찍한 의자에 앉았다.

오세현의 말투는 공손했지만, 태도는 당당했다.

이학재가 누군가? 자타 공인 순양그룹의 이인자 아닌가? 부회장인 진 회장의 장남 진영기도 이학재에게는 깍듯하다는 소문이 파다하다. 그런 이학재에게 조금도 위축되지 않는 사람은 보기 드물었다.

하지만 오세현의 눈에 이학재는 단지 뱀의 머리일 뿐이다. 한국에서 아무리 잘나봤자 세계에서는 변방이다. 파워세이즈는 세계적인 제국 아닌가? 오세현은 적어도 자신은 용의 꼬리라고 생각한다. 용의 꼬리가 뱀의 머리에게 자세를 낮출 이유는 없었다.

"바쁘신 분이니 거두절미하겠습니다."

"용건은 도준이 때문이시죠? 이것부터 보시는 게 좋을 것 같습니다."

오세현은 서류 두 장을 내밀었다. 하나는 보호자 동의서였고 나머지는 비밀유지 조항이었다.

"오해를 피하려고 미리 말씀드리겠습니다. 진윤기 씨가 절 먼저 찾아왔고 비밀 유지 요구는 도준이가 먼저 했습니다. 그러니 도준이 자금을 어디에 투자했는지 물으셔도 전 대답할 수 없습니다."

오세현의 선공에 이학재는 속수무책이었다.

확인해야 할 것은 많았지만 대답하지 않겠다고 선언한 자에게 질문할 수는 없다. 그렇다고 그냥 일어설 수도 없다. 이건 자존심 문제니까.

"하나만 명심해요. 딴생각 마쇼. 장난질 치면 당신, 날려 버릴 테니까."

아주 잠깐 오세현의 눈썹이 꿈틀거렸지만, 영업으로 다져진 마인드가 어디 가지는 않았다. 금방 미소가 피어올랐다.

"부탁치고는 좀 살벌하군요."

"뭐요?"

"너무 억박지르지 마십쇼. 저희가 동네 새마을금고도 아니고…. 순양이라는 이름 때문에 쫄지는 않습니다."

미소가 사라진 오세현의 얼굴을 노려보며 이학재가 입을 열었다.

"순양이 세계에서는 동네 구멍가게일지는 몰라도 이 나라에서만큼은 달라. 국세청, 감사원, 대검찰청 특수부 몽땅 버스에 태워 당신네 회사로 보낼 수도 있어. 명심하라고."

"똥개도 자기 집 앞마당에서는 절반은 먹고 들어간다, 이거군요. 명심하겠습니다. 실장님."

순양그룹을 똥개라 부르자 이학재의 입술이 씰룩거렸다.

"그럼 이만 일어날까요?"

오세현이 소파에서 일어나 손을 내밀자 이학재가 가볍게 잡았다. 아무래도 나이가 조금 더 어린 오세현이 조금 물러나는 모습을 보였다. 그가 가볍게 머리 숙이자 이학재는 피식 웃으며 먼저 호텔을 빠져나갔다.

"후, 장난 아니네. 뭐가 저리 까칠해?"

이학재의 뒷모습이 사라졌을 때 오세현은 긴 숨을 내쉬었다. 이학재는 호텔 입구에 대기하던 승용차에 오르자마자 카폰 수화기를 들었다.

"회장님. 접니다."

"그래, 만나 봤어?"

"방금 만나고 나왔습니다. 걱정하지 않으셔도 될 것 같습니다."

"그래?"

수화기를 통해 들리는 진 회장의 목소리에 화색이 만연했다.

"네. 강단 있던데요? 자신에 대한 프라이드도 높고. 도준이 돈에 침흘릴 만큼 소인배는 아닌 게 확실합니다."

"잘 됐네. 가끔 만나서 소주잔이라도 나누라고."

"그럴 생각이었습니다. 파워세어즈 정도면 알아 둬서 손해 보지는 않을 겁니다."

통화를 끝낸 이학재는 안락한 시트에 몸을 기댔다. 세상에는 훌륭한 인재가 모래알처럼 많다는 걸 다시 한 번 느꼈다.

▲ ▲ ▲

1989년 8월, 소련 산하 리투아니아, 라트비아, 에스토니아 공화국에서 200만 명에 달하는 시위대가 민주화와 독립을 요구하며 각국의 수도를 잇는 600킬로미터의 인간사슬 '발트의 길'을 만들었다.

같은 해 가을, 한국에서 한가위의 풍성함을 만끽할 때, 헝가리 정부가 서부 국경을 개방하자 동독 주민들의 대규모 탈출이 시작되었다. 바로 동구권의 몰락을 알리는 신호탄이었다.

전 세계의 시선이 급변하는 동유럽의 변화에 집중하고 있을 때, 나는 미국으로 갈 계획을 짜느라 정신없었다. 학교 빠지는 것 정도는 문제 될 것도 없었다. 우리나라에서 힘 있고 돈 많은 부모를 둔 아이들이 다니는 학교다 보니, 해외여행 자율화 이후로 수업 빼먹고 외국으로 가는 것을 문제 삼지는 않았다.

중요한 것은 미국 뉴욕에 거점을 둔 투자회사의 설립 시점이다. 내가 대주주인 투자회사, 98퍼센트의 지분을 소유한 법인. 나머지 2퍼센트는 진 회장의 정보를 먼저 입수할 수 있다는 기대감으로 오세현과 그의 동료들이 투자한 지분이다. 10월 말까지는 완벽하게 끝내겠다는 오세현의 확답이 있었기에 더는 늦출 수 없다. 89년이 끝나기 전 꼭 만나야 할 사람도 있다.

부모님께 미국 여행 이야기를 꺼내자 어머니는 기뻐하셨지만, 아버지는 난색을 표했다. 영화사 설립 때문에 정신없는 하루하루를 보내고 있기 때문이다. 마흔이 넘어 처음으로 일이라는 것을 시작한 사람이다. 사회 초년병이나 다를 바 없는 아버지는 흥분과 열정으로 똘똘 뭉친 청년의 모습이었다. 사춘기 반항아인 상준 형도 미국이라고 하니 갑자기 착하고 사랑스러운 아들로 변해 버렸다.

라면의 대명사라 일컬어지는 유명 식품 회사가 공업용 소기름으로 면을 튀겼다는 익명의 투서가 검찰에 날아들면서 시작된 대한민국 라면 시장 사상 최대의 사건, 소위 '공업용 우지' 사건이 터졌던 1989년

11월 3일, 오세현과 우리 가족은 뉴욕행 비행기의 퍼스트 클래스에 몸을 실었다.

자유의 여신상이 한눈에 내려다보이는 뉴욕 플라자 호텔 특실에 짐을 풀자마자 오세현은 서둘렀다.

"제수씨, 좀 쉬시다가 상준이랑 관광도 하고 쇼핑도 좀 하고 계십시오. 전 도준이와 가볼 데가 있습니다."

"무슨 일이신지…?"

"별일 아닙니다. 도준이 돈을 미국에 조금 투자했는데 잠깐 들러 보려고요. 도준이는 이쪽이 관심 많으니까 경험 삼아 데려가겠습니다."

조금 걱정스러운 눈길의 어머니와는 달리 상준 형은 전혀 관심을 보이지 않았다. 아버지를 닮은 놈이다. 돈에는 일절 관심이 없다. 내가 100억이 넘는 돈을 가졌다는 걸 알았을 때도 부러워하기는커녕 오히려 걱정스럽게 바라보기만 했다. 집안의 추악한 돈 싸움에 내가 말려들까 봐 염려한 것이다.

"참, 가이드 한 명 준비했습니다. 그 친구가 차도 마련해 놨으니 지내시는 동안 불편함 없이 모실 겁니다."

두 사람을 남겨 둔 채 우리는 호텔을 빠져나왔다. 택시를 타고 맨해튼 월스트리트로 달려갈 때 나는 창밖으로 뉴욕의 풍경을 눈에 담았다. 변화하고 발전하는 뉴욕의 모습을 앞으로 생생히 담아둘 것이다.

▲ ▲ ▲

"건물이 좀 초라하지? 쓸데없는 곳에 비용 낭비하지 않으려고 저렴한데 구했다."

말과는 달리 내 눈에는 화려하기 이를 데 없는 빌딩이다. 하긴, 세계 금융자본을 주무르는 맨해튼이라면 이 빌딩은 싼 편에 속할 것이다. 6층으로 올라가서 오세현이 멈춰 선 문에는 자그마한 간판이 걸려 있었다.

[*Miracle Investment Inc.*]

미라클 인베스트먼트. 오세현은 유치한 이름이라고 손을 내저었지만, 나는 고집을 꺾지 않았다. 진짜 기적을 보여 줄 것이다. 사무실을 보는 순간 온몸이 짜릿했다. 나의 첫 번째 회사다. 이곳에서 순양그룹을 통째로 삼킬 거대한 괴물을 키울 것이다.

사무실 문을 열고 들어가자 세 명의 30대 남자와 한 명의 여자가 오세현을 반겼다.

"James! Wow! Long time no see!"

그들은 오세현의 영어 이름을 부르며 반가움을 드러냈다. 이들은 파워세어즈 뉴욕에서 근무하던 펀드매니저였는데, 오세현이 스카우트했다. 명실상부한 최고의 기업을 나와 초라한 시작을 선택했다는 것은 이들이 톱클래스는 아니라는 의미였다. 이류, 어쩌면 삼류일지도 모른다. 물론 파워세어즈에 몸담았다는 것은 꽤 뛰어나다는 의미지만, 그 속에서는 뒤처진 부류라는 것을 부인하지 못할 것이다.

이들은 이미 내가 한국 최대 기업 회장의 손자라는 것을 알고 있고, 이 회사에 입금된 100억 원, 1500만 달러를 순양그룹의 비자금 정도로 생각할 것이다.

신생 회사답게 그들은 만나자마자 1500만 달러를 어떻게 굴릴 것인가, 그리고 어디에 투자할 것인가에 대해 열띤 토론을 시작했다. 그들의 대화에서 IBM, 인텔, 리바이스, 나이키, 3M 등의 세계적인 회사 이름이 나왔고 유일한 여성 펀드매니저는 마이크로소프트를 강력하게 추천하기도 했다. 하지만 애플의 이름은 나오지 않았다. 하긴, 지금 애플 주식은 1달러 선에서 떠오를 기미도 보이지 않으니 당연하다.

이들의 이야기를 듣고만 있던 오세현은 그들의 열기를 진정시키고 내 돈은 미국 기업에 투자하기보다는 순양의 진 회장이 주는 정보로 다시 한국으로 역투자 하는 것이라고 차분히 설명했다. 오세현의 말이 끝나자 네 명의 매니저 얼굴에는 실망하는 기색이 역력했다. 겨우 그 정도 일하려고 파워세어즈를 그만둔 건 아니었을 것이다.

나는 그들의 대화를 알아듣지 못하는 척 딴청을 피우며 역량이 어디까지인지 가늠하려 애썼다. 확실한 것 하나는 파악했다. 남자들은 안정적인 투자를 추구하는 반면 여자는 모험을 피하지 않았다. 아마도 여자가 가장 뛰어난 인재인 것 같다. 한 시간가량의 난상토론이 끝나 갈 때쯤 나는 오세현을 불렀다.

"삼촌, 잠시만요."

"아이고 이런, 우리 도준이 심심했겠다. 미안, 일 이야기하느라 깜빡했어."

"괜찮아요. 그런데 이것 좀 봐주실래요?"

나는 주머니에서 메모지 한 장을 꺼내 오세현에게 건넸다.

"이게 뭐야?"

"우리 회사가 첫 번째로 투자할 곳입니다."

"뭐?!"

깜짝 놀란 오세현은 메모지를 낚아채 황급히 펼쳤다. 네 명의 매니저들도 오세현의 심상치 않은 표정을 보며 메모지를 보기 위해 모여들었다. 메모지를 확인한 그들은 이구동성으로 외쳤다.

"마이클 델?"

"Michael Dell?"

"Dell? Dell Computer?!"

나는 오세현을 포함한 다섯의 표정을 유심히 살폈다.

오세현은 어리둥절한 표정이다.

'삼촌은 아웃.'

미국 사정을 너무 모른다. 한국에서 너무 오래 살았나 보다. 남자 셋의 반응은 각양각색이었다. 머리를 흔드는 사람, 골똘히 생각을 시작하는 사람, 놀라는 사람. 가장 즉각적 반응을 보인 이는 바로 여자였다.

"How… how do you know…."

나를 바라보며 더듬거리던 그녀는 오세현에게 시선을 돌렸다. 영어를 알아듣지도 못하는 어린애에게 말했다는 걸 뒤늦게 알아챈 것이다. 이미 이들이 던지는 질문이 무엇인지 아는 오세현이 다급히 말했다.

"도준아, 너 델 컴퓨터는 어떻게 안 거니?"

'어떻게 알긴, 써 봤으니 알지.'

물론, 내 입에서는 생각과 다른 말이 나갔다.

"말씀드리지 않았나요? 열두 살 때 우표를 팔아 2000달러를 벌고 고등학생 때 신문 구독 장사로 큰돈을 번 사람. 그 사람이 바로 마이클 델이잖아요."

"아…!"

오세현은 나와 나눴던 대화가 기억났는지 손가락을 딱 튕겼다.

1965년생인 마이클 델은 돈 버는 것마저 재능이라는 걸 증명한 인물이다. 델은 우표 수집가인 친구 아버지 덕분에 우표 거래가 경매로 이루어지고 경매 중개인들의 수수료가 높다는 점을 발견했다. 그때부터 그는 우표 수집가들을 찾아다니며 매매하고 싶은 우표 목록을 작성하고 중국집 서빙으로 번 돈으로 잡지에 광고까지 실었다. 경매 수수료의 거품을 걷어내고 판매자와 구매자를 직접 연결하는 방식으로 우표 판매상이 되었다. 겨우 열두 살의 나이에 말이다.

고등학교 때는 신문 배달을 했는데, 구독자 한 명당 인센티브를 받는 걸 알고는 구독자를 찾아 나섰다. 일반적으로 신문을 구독하면 신문사를 바꾸지 않고 계속 보게 마련이지만 이사를 하면 다시 신문 구독을 신청한다. 델은 이 현상에 주목해 텍사스 휴스턴의 법원을 돌아다니며 최근 결혼한 사람들의 명단을 입수한 다음 이들을 집중 공략했다. 그해 델이 받은 인센티브는 무려 당시 고등학교 교사 연봉보다 많은 1만 8000달러였고, 이 돈으로 그는 BMW 승용차를 구입한다.

유통과정의 단순화, 집중적인 마케팅! 이것은 향후 델 컴퓨터의 영업 방식과 일치한다. 물론 이런 사실이 지금은 알려져 있지는 않다. 마이클 델이 거부가 된 후 알려질 것이다.

"그럼 넌 그 사람의 어린 시절 이야기만으로 거금을 쏟겠다는 거야?"

"제 나이 때 이미 돈을 번 사람이에요. 저처럼 부자 할아버지도 없었는데요. 그런 사람은 당연히 큰돈을 벌지 않겠어요?"

잠깐 나를 뚫어져라 보던 오세현은 직원들을 향해 말했다.

"델 컴퓨터, 마이클 델에 대한 모든 정보를 가져와. 지금 당장."

모두 프로답게 보스의 명령이 떨어지자 순식간에 IBM PC AT 앞에 앉아 2메가짜리 플로피 디스크를 꽂았다. 결정하면 따른다. 불만도, 의심도 품지 않고 최선을 다할 뿐이다. 또 한 번 뿌듯함이 느껴졌다. 월급쟁이로만 살다 끝난 인생이다. 하지만 이제 내가 주는 월급을 받는 병사들이 무려 넷이다. 인종도 피부색도 다른 이들로.

그들은 내 존재마저 잊고 자료 찾는 일에만 집중했다. 흐뭇하게 바라보는 것도 잠시, 가만히 앉아 있는 것도 못 할 짓이었다. 사무실 한쪽에 있는 탕비실로 들어가 원두커피를 내렸다. 커피 향이 사무실에 퍼졌다. 다섯 잔의 커피를 쟁반에 받쳐 들고 각자의 책상 위에 내려놓았다.

"Oh, Thanks."

이들은 나의 행동이 귀여운지 내 머리를 슬쩍 쓰다듬으며 말했다. 아직 내가 대주주이며 이 회사의 오너라는 것을 인식하지 못했다. 뭐, 몇 년 안에 충분히 알 것이다.

다시 호텔로 돌아왔을 때 어머니와 형의 모습은 보이지 않았다. 가이드가 붙었으니 시내로 나간 것 같다. 조금 피곤해서 침대에 누우려는데 오세현이 먼저 침대 위에 서류 더미를 휙 던졌다. 사무실에서 충분한 논의를 했음에도 마지막까지 한 번 더 검토하는 모습이다. 부끄럽다. 나는 아직 멀었다.

"삼촌. 아직 확신을 못 하시는 건가요? 아까 일하시는 분들은 다들 긍정적이던데…."

"그걸 네가 어떻게 알아? 영어 알아듣냐?"

'아차차.'

"아, 아뇨. 그냥 표정이… 다들 웃으시길래…."

"음… 난 평생 확신이란 걸 해본 적이 없다. 늘 의심만 할 뿐이야."

오세현이 서류에서 눈도 떼지 않고 말했다.

항상 의심한다. 예상하지 못했던 말이다.

"사업이든, 프로젝트든, 투자든 100퍼센트 확신이란 건 없어. 그런 말 뱉는 놈은 믿지 마. 무책임한 놈이다. 의심과 불안을 최소화하는 작업, 그게 바로 일이다."

'이 아저씨, 지금 나 들으라고 하는 말이 분명한데…. 마음을 고쳐먹었나? 이제 더는 어린애 취급하지 않겠다는 뜻일까?'

아무튼, 초일류들을 상대하면서 알았다. 난 배운 게 없었다. 내가 아는 건 경험과 노력으로 알게 된 게 전부다. 한 단계 높은 수준의 내용은 그들만의 세계에서 공유할 뿐 외부로 빠져나오지 않았다. 난 그들이 시키는 것을 잘하기 위해 앞만 보고 달렸을 뿐이다. 그들이 시키는 일의 진짜 이유, 그 목적을 모른다는 건 배운 게 없다는 뜻이었다.

"저울을 생각해 봐. 좋은 결과와 나쁜 결과를 저울에 올려놓고 그 차이를 재는 거야. 난 좋은 결과가 나쁜 결과보다 아홉 곱절 이상 무거울 때만 시작해. 넌 너만의 기준을 정해. 몇 곱절로 할지."

성공 확률 90퍼센트라는 말인데, 상당히 높다. 자기 돈이 아니라 고객의 돈으로 투자하는 자산운용가로서의 당연한 자세다. 나의 기준은 어떻게 정해야 할까? 이런 고민에 빠져 있을 때 오세현이 서류를 정리하기 시작했다.

"도준아, 넌 어머니랑 여기 좀 있어."

"어디 가시게요?"

"아무래도 텍사스로 가야 할 것 같다."

"직접 만나시려고요?"

"그래야겠어. 실적은 좋은데 규모가 작아. 돈 폭탄을 던지려 해도 이 회사가 감당하기 힘들 거야."

1500만 달러를 전부 던지려 했지만 불가능하다. 작년, 델 컴퓨터는 이미 3000만 달러를 투자받았다. 물론 이런 디테일까지 내가 기억하는 건 아니다. 아까 회사에서 사람들이 토론할 때 들은 이야기다.

'혹시, 한발 늦은 것일까? 겨우 50배 정도 오르는 마이크로소프트 주식으로 방향을 틀어야 할까?'

이런 생각이 스치는 순간 스스로 내 머리를 한 대 쥐어박았다.

'아직도 이렇게 나약하다니!'

시도조차 하지 않고 단지 가능성에서 멀어지자마자 다른 길부터 찾는 나약함이 몸서리쳐질 만큼 부끄러웠다.

"저도 갈게요."

"뭐?"

"제가 좋아하는 사람인데… 직접 만나고 싶어요."

"흠… 그러자꾸나. 1000원짜리 과자를 사도 직접 보고 사는데. 직접 본 뒤, 네 생각도 궁금하구나."

오세현은 텍사스행 티켓과 호텔까지 단번에 예약한 다음 회사로 연락해서 델 컴퓨터와의 미팅을 준비시켰다.

"삼촌. 만나기로 약속했어요? 벌써?"

분명 통화 내용으로는 확정된 것은 없었다. 하지만 오세현은 이미 짐을 싸고 있었다.

"저쪽에서 거절한다고 해서 포기할 수는 없어. 안 만나 주면 회사로 쳐들어가야지. 손해 보는 건 없잖아?"

이럴 때는 전형적인 한국식 불도저 같은 모습이다. 결국, 때와 장소, 상황에 맞춰 변해야 한다. 인간은 끝을 알 수 없는 여러 모습을 가질 수 있는 것이다.

▲ ▲ ▲

우리는 비행기로 텍사스에 도착해서 렌터카 사무실을 찾았다. 오세현은 렌터카 사무실에서 회사로 전화를 걸어 미팅 약속을 확인한 뒤 아무 말 없이 차에 올랐다. 델 컴퓨터 본사나 호텔로 갈 줄 알았는데 차는 엉뚱한 곳으로 방향을 잡았다.

"삼촌. 지금 어디 가시는 거예요?"

"본넬 산(Mt. Bonnell)."

"네?"

"여기 정상인 코버트 파크(Covert Park)에서 내려다보면 오스틴이 한눈에 다 들어와. 오스틴 호수(Lake Austin)를 내려다보면 숨 막히는 절경이 펼쳐지지. 놓치면 안 돼. 특히 오늘은 날씨도 좋으니 운이 좋아."

텍사스 날씨는 변덕스럽기로 유명하다. 한동안 뜨거운 햇볕이 온종일 내리쬐다가도 며칠 안 가서 다시 비만 내리기도 하며, 심지어는 하루에도 비가 내렸다가 맑아지길 여러 번 반복하기도 한다.

"가보셨어요?"

"아니. 방금 본 관광 안내 책자에 나와 있던데?"

자투리 시간을 적극 활용하는 빈틈없는 행동인지, 아니면 미팅 약속이 불발되어 마음을 가라앉히려는 것인지 오세현의 표정을 봐서는 알수 없다. 나 역시 시트에 등을 기대고 편안히 앉아 오스틴의 경치를 감상하기 시작했다. 마이클 델을 만날 수 있을지 없을지 불안하지는 않았다. 오세현은 어쩐지 믿음이 갔다. 분명 만날 수 있을 것이다.

만약 미팅이 불발되면 나는 이곳 텍사스에 머물며 오세현과 미라클 인베스트먼트 직원들에게 미팅을 꼭 성사시키라고 요구할 것이다. 지금의 나는 머슴이 아니라 주인이니, 머슴의 사고에서 주인의 사고로 전환해야 한다. 그리고 주인으로서 꼭 갖추어야 할 것이 무엇인지도 알았다. 당당한 주인이 되기 위해서는 육체도 강인해야 한다는 것이다.

"헉, 헉…. 사, 삼촌. 이거 계단이 몇 개나 돼요?"

"그… 글쎄. 나도 처음이라…. 헉, 헉."

산 중턱의 주차장부터 시작되는, 그 끝을 알 수 없는 가파른 석회암 계단을 오르고 또 오르며 우리 두 사람은 녹초가 되었다. 잠시나마 초조함을 버릴 수 있어 나쁘진 않았다.

지칠 대로 지쳐 내려온 우리는 하얏트 리젠시에 짐을 풀고 침대에 누워 전화만 기다렸다.

"도준아."

"네."

"델 컴퓨터의 투자 가능성은 낮다."

"이미 3000만 달러를 투자 받았으니까요?"

투자는 춥고 배고픈 사람에게 하는 것이다. 등 따습고 배부른 자에게 투자하겠다는 것은 죽 한 그릇 더 먹이겠다고 억지를 부리는 것과 다를 바 없다.

"역시, 잘 알아듣는구나. 만약 작년이었다면 델이라는 놈이 초조하게 우리를 기다렸을 거야. 이게 타이밍이다. 적절한 시점을 잡아내는 게 투자의 전부다. 들어갈 시점, 빠져나올 시점."

"우린 지금 늦었군요."

"그렇다고 봐야지."

팔베개하고 누워 있는 오세현의 표정은 무척이나 굳어 있었다. 이때 전화가 울렸다. 오세현은 벌떡 일어나 수화기를 들었다.

"Yes, U-hum, Good, All Right"

약속이 잡혔나 보다.

"What?"

갑자기 눈이 커지며 재확인하는 오세현이다.

'뭐지? 틀어졌나?'

수화기를 내려놓은 오세현은 어깨를 으쓱했다.

"됐다. 만나준단다."

나도 모르게 손뼉을 짝! 쳤다.

"그런데… 이거. 하하."

"왜 그러세요?"

"따로 시간 내줄 수는 없고 내일 점심 같이 먹으며 이야기하자는데?"

"잘됐네요."

"그게… 햄버거 먹는데. 웬디스로 오래."

오세현은 어처구니없어 멍해진 내 모습을 보며 고개를 갸웃했다.

"왜? 넌 햄버거 좋아하지 않니?"

햄버거를 싫어하는 나 같은 애 늙은이도 있다. 더욱이 비즈니스 미팅이라면 늘 괜찮은 레스토랑이라는 틀에 갇혀 있다 보니 멍한 표정을 지울 수 없었다.

"아, 아뇨. 좋아해요."

햄버거가 중요한 게 아니다. 가벼운 점심과 딱 어울릴 만큼만 부담 없이 만나 주겠다는 의미 아닐까? 델 컴퓨터가 점점 멀어져 가는 느낌이다. 안락한 호텔 침실에 누웠지만 쉽게 잠들지 못했다. 거절을 승낙으로 바꾸는 방법을 궁리하다 보니 새벽녘에야 겨우 잠들었다.

다음 날 오후 1시, 라운드 락 거리의 웬디스 매장에 들어서자 길게 늘어선 줄이 보였다.

"젠장. 전부 비슷해 보이니 어떻게 찾는담?"

남부 특유의 분위기로 물든 매장이었다. 남자들은 하나같이 청바지와 체크 남방을 걸쳤고 생김새도 별반 차이 나지 않았기에 도저히 마이클 델을 찾을 수 없었다. 사방을 두리번거리는 중년의 동양 남자가 차라리 눈에 더 띄었나 보다.

"Hey, Mr. Oh?"

나는 소리가 들리는 쪽을 향해 몸을 돌렸다. 콜라 컵에 꽂은 빨대를 입에 문 젊은 청년, 만 24세의 마이클 델이었다. 27세에 최연소 세계 500대 부자, 34세에 공식 재산 214억 달러를 기록하며 미국 5대 부자의 자리를 차지할 거인의 젊은 모습은 여느 대학생과 다를 바 없었다. 물론 지금도 그는 백만장자 대열에 서 있다.

"Mr. Dell?"

"Yes."

그는 햄버거가 든 종이봉투를 쓱 내밀더니 눈짓했다.

어디로 따라오라는 걸까?

앞장서서 매장 밖으로 나간 그는 가까운 공원으로 걸어갔다. 벤치에 털썩 앉아 씩 미소를 보였다.

"여기가 낫죠? 거긴 너무 시끄러워서."

"그렇군요. 좋네요."

"그 애는…?"

"아, 미스터 델 당신 팬이라고나 할까?"

"네? 팬? 하하."

마이클은 웃음을 터뜨리더니 오세현에게 손을 쓱 내밀었다.

"그냥 마이크라고 부르세요."

"그러죠. 전 제임스입니다."

마이클 델은 가볍게 악수를 나누고 내 눈을 보며 찡긋 인사했다.

"자, 용건을 말씀하시죠. 전 15분 뒤 회사로 돌아가야 합니다."

15분이라는 짧은 시간이 전부다. 오세현의 말이 빨라졌다.

"우리 미라클 인베스트먼트는 당신의 회사에 투자하고 싶습니다. 투자 금액과 조건은…."

햄버거를 든 델의 손이 올라갔다.

"투자는 필요 없습니다. 자금은 충분합니다."

그의 눈빛에 살짝 짜증이 보였다. 충분한 회사의 자금, 3000만 달러. 이미 업계에 파다하게 퍼진 이야기다. 이런 내용도 몰랐다면 투자자의 기본이 없다는 의미기 때문에 지금 델의 눈빛은 오세현을 얕보는 기색이 분명했다.

투자라면 무조건 쌍수를 벌리고 환영한다면 하수이며 아마추어다. 투자란 창업자의 지분에 물타기 효과를 가져온다. 내 지분이 줄어들거나 빚이 되기도 한다. 딱 필요한 만큼의 투자를 받는 것이 올바른 경영자의 자세다.

"물론 잘 압니다. 하지만 투자 조건이 파격적이라면 재고할 여지가 있지 않겠습니까?"

"제임스. 내 회사는 탐욕스러운 임원이 즐비한 IBM과 다릅니다. 나는 회사 확장을 위한 자금만 필요했고 완벽한 계획을 갖고 있습니다. 돈은… 이익을 남겨 벌어들일 겁니다. 주식을 왕창 늘려 돈을 충당하는 멍청한 짓은 하지 않아요."

탐욕과 멍청이라는 단어까지 썼다. 또 투자를 받는 것은 자신이 탐욕스럽고 멍청하다는 증명일 뿐이니 완벽한 거절 방법이었다. 어려울 것이라는 예상은 했지만, 조건을 들어 보지도, 내세우지도 않고 단칼에 거절할 줄은 몰랐다.

오세현은 난처한 표정을 감추지 못했다. 조용히 듣고만 있던 나도 초조해지기 시작했다. 오세현은 좋은 투자처 하나를 놓치는 정도로 생각하겠지만 나는 다르다. 거대한 계획의 두 번째 단추를 끼우는 일이다.

첫 번째 단추는 분당에 신도시가 들어선다는 걸 알았기에 그리 어렵지 않았다. 돈 많은 할아버지에게 갖은 아양을 떠는 것만이 내가 한 노력의 전부다. 하지만 지금은 다르다. 정확한 보물 지도가 내 머리에 들어 있지만, 보물섬까지 인도할 배의 선장이 나의 승선을 거부한다.

이제는 미래를 안다는 것 따위는 아무 소용이 없다. 오로지 내 힘으로 뚫어야 한다. 마이클 델이라는 선장을 설득해야 한다. 이미 나는 결심을 굳혔고 입을 열었다.

"Mike. Oh, Can I call You Mike?"

"Sure, Buddy."

마이클 델은 눈을 찡긋하며 미소 지었지만, 오세현은 달랐다. 내 입에서 유창한 영어가 나오리라고는 단 한 번도 생각지 못했기에 눈이 튀어나올 것 같은 표정이다.

"당신의 과거는 현재의 내 모습이며 나의 미래는 바로 당신의 지금 모습입니다.”

“뭐? 꿈이 너무 큰데? 내 어린 시절은 보통과 조금 다른데?”

“나도 물론 조금 다릅니다. 아니, 아주 많이 달라요.”

“어떻게 다르지?”

“열두 살의 당신 손에는 우표 팔아 벌어들인 2000달러가 고작이었지만, 지금 열두 살인 내 손에는 땅을 팔아 벌어들인 1500만 달러가 있으니까요.”

내 영어 실력에 놀란 오세현에 이어 이번엔 마이클 델의 눈이 튀어나올 지경이었다.

“당신이 2000달러를 어디에 썼는지 나는 모릅니다. 하지만 내 돈 1500만 달러를 어디에 쓸지 이미 정했습니다. 바로 델 컴퓨터의 대주주가 되는 데 쓸 겁니다.”

말을 마쳤지만, 반응이 없다. 한동안 공원의 소음만 주변을 맴돌았다.

“도, 도준아, 너….”

“삼촌. 나중에요. 지금은 더 중요한 걸 이야기해야 하잖아요.”

마이클 델은 우리 두 사람을 번갈아 보더니 오세현을 향해 입을 열었다.

“James. Your son?”

“No. My… boss, maybe….”

오세현의 대답을 이해하기 힘들다는 듯 나를 뚫어지게 쳐다보다 마침내 웃음을 터뜨렸다.

“OK. Fifteen million Dollar boy.”

그는 이름도 묻지 않고 내 돈을 언급했다.

“질문 두 개만 하자.”

“네.”

"내가 우표 팔아 돈 번 이야기는 어디서 들었어?"

'아차차, 낭패다.'

이 사람의 어린 시절 이야기가 아직 세상에 공개되지 않았나? 어쩔 수 없다. 두루뭉술 넘어가는 수밖에.

"무려 1500만 달러를 투자하는 일입니다. 당신에 대한 조사 없이 움직일까요? 우리 회사는 그렇게 허술하지 않습니다."

"탐정까지 고용했어? 대단한데? 좋아 그럼 나머지 질문."

그는 만면에 미소를 띠고 있었지만, 이 미소는 호의가 아니다. 호기심일 뿐이다.

"내가 투자를 받지 않겠다는데 어떻게 대주주가 되지? 아직 우리 회사 이사회 구성은 내가 과반 이상의 의결권을 쥐고 있거든. 내 뜻이 절대적이야."

"내년쯤 상장하지 않을까요?"

마이클 델의 얼굴에서 미소가 사라졌다. 아직 누구에게도 말한 적 없는 자기 생각을 내가 정확히 읽어 냈으니 놀란 것이다.

"왜? 그렇게 생각하지?"

"과일이 무르익었으니까 따야죠. 가장 탐스러울 때 말이죠."

"그러니까 우리 회사가 상장하면….'

"시장에 나오는 주식을 무차별적으로 쓸어 담을 겁니다. 1500만 달러 정도면 순식간에 대주주가 될 것 같은데, 아닌가요? 아, 하나 더 말씀드려야겠군요. 올해 안으로 1000만 달러 정도를 더 준비할 수 있습니다. 아직 엄청난 값어치의 내 땅이 남아 있거든요."

2500만 달러. 내 말이 현실화되는 건 시간문제다. 이 사실을 깨달은 마이클 델의 얼굴이 굳어졌다.

이 모습을 본 오세현은 급히 입을 열었다.

"대주주로서 이사회의 멤버가 될 것이고 경영에 깊숙이 관여할 겁니다. 이건 당연한 요구니까요."

딱 적절한 타이밍에 끼어들었다. 언제까지 놀라고만 있을 수 없었을 것이다. 기세를 잡았을 때 함께 공격해야 한다는 것도 잘 아는 사람이다. 오세현의 얼굴은 놀라움과 궁금함은 이미 떨쳐 버리고 다시 뛰어난 비즈니스맨으로 돌아와 있었다.

"뭐, 어쩔 수 없죠. 주식시장을 통해 매입하든, 투자하든…. 그 정도 자금이면 어차피 대주주가 되니까요. 대주주 자격이 충분하면 당연히 경영진에 합류해야죠."

어느새 평정을 되찾은 마이클 델은 대수롭지 않게 말하며 햄버거를 한입 베어 물었다.

"이거, 엄청난 부자 친구 때문에 15분을 훌쩍 넘겼네. 식사도 제대로 못 하고 말이야."

공원 벤치에서 일어난 델은 엉덩이를 툭툭 털었다.

"부자 친구, 우리가 다시 만날 때는 대주주가 되어 있겠네? 내년이 될지 아닌지는 두고 보자고."

오세현의 표정이 어두워졌다. 협상은 물 건너갔다고 생각하는 것이다. 하지만 나의 카드는 아직 남았다. 선장이 승선을 허락할 만한 카드라고 생각하지만, 결과는 아직 모르겠다. 히든은 까봐야 아는 거니까.

"마이크, 주주로서의 의결권을 전부 당신에게 드릴 수도 있는데 그냥 가시게요?"

엉덩이를 툭툭 털던 델의 손이 멈칫했다.

투자를 거부하는 이유는 분명했다. 충분한 자금이 있고 경영권을 확실히 쥐고 있다. 절대 놓쳐서는 안 될 경영권이다. 가뜩이나 아직 어린 자신을 노리는 주주들이 슬슬 발톱을 드러내지 않는가? 상장 후 대량의 주식 취득자가 등장하는 것은 어쩔 수 없다. 경영권 방어를 충분히 생각해서 상장하면 그 문제 역시 해결된다.

가장 두려운 것은 자신을 제외한 대주주들의 결속이다. 반대 세력이 힘을 합쳐 51퍼센트를 만든다면 창업주지만 경영권을 잃는다. 그런데 2500백만 달러를 쏟아붓겠다는 꼬마가 의결권을 넘긴다니? 이거야말로 경영권에 철벽을 쌓을 수 있는 기회다.

잠깐 나를 바라본 델은 미소까지 머금고 오세현을 향해 말했다.

"제임스. 당신 보스의 이름이 뭐요?"

"아….".

갑작스러운 질문에 당황한 오세현 대신 내가 대답했다.

"Howard, My name is Howard Jean."

"좋아, 하워드. 넌 방금 내 커피 타임까지 가졌어. 카페로 갈까? 달콤한 케이크가 죽여 주는 곳이야."

"카페라면 커피 맛이 더 중요하죠. 커피는 어때요?"

"당연히 죽이지. 그런데 말이다. 넌 나랑 닮지 않았어."

"네?"

"난 네 나이 때 커피보다 케이크를 훨씬 더 좋아했거든. 하하."

마이클 델이 웃음을 터뜨리며 앞장섰다.

"도준아."

"네."

델의 뒤를 따르던 오세현은 나지막이 나를 불렀다.

"넌 날 진짜 놀라게 했는데…. 이 모든 걸 설명해 줘야겠지?"

"지금요?"

"아직 저놈이 우리 제안을 받아들이지 않았으니까 지금은 아니지. 나중에 말이다."

"어차피 설명하기 힘들어요. 그냥 천재적인 사업 감각을 타고났다고 생각하세요."

"천재라…."

조용히 중얼거리던 오세현은 다시 나를 내려다보며 말했다.

"참, 하워드라는 이름은 언제 생각한 거야? 영어 과외 한다더니 그때 만들었니?"

"아뇨. 훨씬 전에요."

하워드라는 이름이 어떻게 튀어나왔는지 나도 조금은 놀랐다. 전생에서는 꿈이나 환상 같은 이름이었기 때문이다.

미국의 사업가이자 비행사이자 공학자, 그리고 영화 제작자인 하워드 로바드 휴즈 2세(Howard Robard Hughes Jr). 가장 미국적인 부자였던 그는 평생 해보고 싶었던 것은 다 해보거나 시도해 본 사람이다. 부자 아버지와 영국 귀족 혈통인 어머니를 둔, 금수저. 내가 가장 꿈꿔왔던 인물이다. 그는 진취적이고 자유주의를 신봉하는 미국인들에게는 가장 이상적인 억만장자의 삶으로 보였을 것이다. 그래서 아이언맨 토니 스타크와 그 아버지인 하워드 스타크 역시 하워드 휴즈를 기반으로 만들어졌다.

전생의 나는 이런 사람을 꿈으로 생각했지만, 지금의 나는 이 사람과 다르지 않다. 나는 21세기의 하워드 휴즈가 될 것이다. 바로 '하워드 진'이라는 이름으로.

"커피 어때? 좋지?"

"네. 끝내주네요."

작은 카페에 앉은 마이클 델은 여유를 되찾은 모습이었다.

"자, 그럼 아까 하던 말 계속해 볼까? 주권을 행사하지 않겠다는 말, 진심이야?"

"물론입니다."

"영구히?"

"제가 주식을 다시 매각할 때까지요."

매각이라는 단어에 민감한 반응을 보였다.

"그럼 경영에 참여하는 것은 관심 없다는 뜻이구나."

"투자자의 기본이죠. 만족할 만한 수익이 나면 빠져나온다. 맞죠?"

오세현을 보며 신호를 보내자 그는 곧바로 맞장구를 쳤다.

"그렇지. 그게 우리 일이지."

커피 한 모금을 머금고 우리 두 사람을 번갈아 보며 생각에 잠겼던 마이클이 다시 나를 바라보며 말했다.

"그렇다면 아직 말하지 않은 제안이 더 남아 있겠는데?"

"매각 시 인수권 말씀입니까?"

오세현이 급히 끼어들었다. 더 깊은 주제가 나올 게 뻔하니 내게 맡겨 둘 수는 없다고 생각한 것 같다.

"그렇습니다, 제임스. 주가 차익을 원하신다면 언젠가는 전부 매각할 텐데 그 주식을 시장에 풀 수는 없는 일 아닙니까? 엄청난 주식이 풀리면 주가는 떨어지니까요."

오세현이 상식적인 거래 조건을 말하도록 내버려 둘 수 없는 일이다. 내가 협상의 주도권을 가져와야 했다.

'삼촌, 미안!'

"마이크, 당신에게 우선 인수권을 드리겠습니다. 그 시점의 정확한 시장 거래가로 말이죠."

"도준아!"

화들짝 놀란 오세현의 입에서 한국어가 튀어나왔다.

"Sorry, Mike. Just second."

그는 고개를 가볍게 숙이며 마이클 델에게 양해부터 구했다.

"도준아. 이건 그렇게 결정할 문제가 아냐. 우선 인수권은 통상 시장 거래가보다 높아. 경영권 방어 차원에서 본다면 거래가보다 더 높은 가격으로 넘기는 게 일반적이야."

마이클 델은 다급히 설명하는 오세현을 보며 야릇한 웃음을 지었다.

"흠, 이거…. 사실인가 보군요."

"네?"

"저 꼬마, 아니 하워드가 당신의 보스라는 말. 설마했는데. 하하."

웃음을 터뜨린 마이클 델은 커피잔을 내려놓았다.

"제임스, 보스끼리 이야기 좀 할게요. 하워드는 12년 전의 나와는 비교할 수 없는 별종 같은데요? 어차피 투자 계약할 때 세부적인 건 변하기 마련이니 미리 불안할 필요는 없지 않을까요?"

순전히 호기심이라는 뜻이었다.

"하워드, 제임스 말대로 이건 내게 꽤 좋은 조건이야. 설마 진정한 의미가 뭔지도 모르고 제안한 건 아니겠지?"

"그럴 리 있겠습니까? 마이크, 당신이 방금 말한 대로 꽤 좋은 조건입니다. 하지만 이걸 그냥 받으실 건 아니겠죠? 제게도 좋은 제안 하나쯤은 던져야 균형추가 맞을 것 같은데요?"

"방금 말한 조건이 투자 계약서에 정확히 들어간다면 미라클 인베스트먼트의 투자금은 최대한 많이 받아들이지. 어때?"

"최대한은 얼마를 말하는 겁니까?"

"당장 대답하는 건 무리야. 정확한 숫자는 확인해야 하니까."

'끝났다! 성공이다!'

보물섬으로 향하는 배의 선장이 내 손을 잡고 배에 태워줬다. 이제 보물섬으로 순탄하게 항해하는 일만 남았다. 이 배의 선장 마이클 델은 대단히 뛰어난 선장이라 거친 파도는 걱정할 필요도 없다. 내가 할 일은… 없다. 갑판에서 푸른 바다나 보며 즐기는 것이 전부다.

"이럴 땐 맥주 파티라도 해야 하는데 우리 대주주님께서 너무 어리시니… 커피로 오케이?"

마이클 델은 커피잔을 들었고 나도 들었다.

챙!

이루 말할 수 없는 경쾌한 소리가 퍼져 나갔다.

뉴욕으로 돌아오는 비행기 안에서 한동안 말이 없던 오세현이 참았던 질문을 던졌다.

"영어는 언제 익혔어?"

"3년 전부터요. 할아버지께서 영어 선생님을 붙여 주셨어요."

"좋은 선생이구나. 3년 만에 그 정도 유창한 영어로 만들어 준 걸 보니."

오세현은 재벌 대기업 집안은 어학 조기 교육이 철저하다는 걸 알기에 집요하게 묻지 않고 넘어갔다. 하지만 바로 진정한 의문을 드러냈다.

"그런데 마이클과 나눈 대화 말이다. 아무리 생각해도 그냥 받아들일 수 없구나. 단지 영민한 애라고 여기고 이해하려 했는데 머리에서 거부해."

어렵사리 꺼낸 말일 테니 솔직해지기로 했다.

"사실 전 30년 뒤의 미래 사람인데 다시 태어난 거예요. 그러니까… 마흔 살 성인의 지식과 생각이 제 머리에 들어 있어요."

"장난치지 말고. SF 소설은 내 취향이 아냐."

진실의 판단은 말하는 사람이 아닌 듣는 사람의 몫이다. 진실을 믿지 않으니 듣고 싶은 말을 할 수밖에.

"재미없나요? 히히."

슬쩍 웃으며 머리를 긁적였다.

"그래, 하지만 그 정도 돼야 앞뒤가 들어맞긴 하다. 경제활동을 꾸준히 한 40대 정도의 지적 수준이라면 의문이 없어. 하하."

가벼운 웃음을 터뜨렸지만 이대로 끝낼 것 같은 표정은 아니었다.

"언젠가 한 번 말씀드린 것 같은데요. 우리 가족이 무시당한다는 거…."

"그래. 네가 말한 적 있었지."

"그때부터 전 단 하루도 빠짐없이 신문 세 부를 다 읽었어요. 1면부터 마지막까지요. 처음엔 내용을 알 수 없었지만, 사전 찾아가며 참고 읽었죠. 1년쯤 지나자 더는 사전이 필요 없더군요."

사전은 아니지만 하루도 빠짐없이 읽은 건 사실이다.

"전부?"

"네. 경제면의 주식 시세까지 빠트리지 않고 보고 또 봤어요. 그리고 모든 광고 문구까지 다 읽었죠. TV 뉴스나 다큐멘터리도 거의 다 보며 전체를 하나로 엮는 걸 연습했는데…. 아마 그 덕분인 거 같아요."

"3년간 하루도 빠짐없이?"

"네."

오세현은 꽤 놀라는 기색이었다. 무언가를 하루도 빠짐없이 꾸준히 한다는 것이 얼마나 어려운 일인지 그는 살아온 시간만큼 많은 경험이 있기에 잘 알고 있는 것이다.

"대단하긴 한데…."

하지만 의문이 속 시원히 풀린 표정은 아니다.

"그만두자. 어쩌면 너도 설명할 수 없는 일일 것 같다. 재능의 원인을 묻는 것만큼 어리석은 질문이 있을까?"

잘생긴 사람에게 왜 잘생겼냐고 물어보면 이렇게 대답할 것이다. 잘

생기게 태어났다고. 무의미한 질문이다.

오세현은 미소를 지으며 나를 바라보다 다시 물었다.

"그래, 요즘 신문을 보면 어떤 생각이 드니?"

"건설요."

"건설?"

"네. 광고의 90퍼센트가 아파트 분양 광고예요. 아파트 팔아서 엄청난 돈을 번다는 뜻이겠죠."

경제면의 기사를 참고삼아 떠들어댈 것으로 생각했을 것이다. 하지만 한국의 본모습은 바로 광고에 있다. 30년 뒤, 경제 양극화가 화두일 때 신문과 방송의 광고는 대출과 보험이 싹쓸이한다. 돈이 없으니 대출 광고가 기승을 부리고 노후가 불안하니 보험 광고가 판친다. 지금은 아파트가 한국의 모든 것을 집어삼켰다.

"그런데, 삼촌. 재미있는 게 뭔지 아세요?"

"뭔데?"

미소가 사라진 오세현의 얼굴에는 기대감이 잔뜩 서려 있었다.

"건설 회사의 주가는 광고량에 따라가지 못해요."

"그게 어떤 의미인지 아니?"

"제 생각에는… 비자금으로 다 빼돌리는 것 같아요."

"뭐? 비자금? 넌 비자금이 무슨 뜻인지 아니?"

"삼촌! 제가 그것도 모를 것 같아요? 작년 청문회 때 가장 많이 나온 단어가 비자금이었어요. 너무 무시하신다."

흩어져 있는 요소를 바탕으로 하나의 결론에 도달하는 것은 통찰력이다. 통찰력은 지식의 습득을 통해 지혜를 쌓아 나가야 굳어진다. 어찌 보면 물리적 시간이 필요한데, 이것을 건너뛴 것은 타고났다고밖에 볼 수 없다. 오세현은 신기한 생물을 보듯 나를 바라봤고 나는 그 시선에

응답했다.

"할아버지는 순양건설 사장님과 굉장히 자주 만나시더라고요. 두 분이 이야기하시는 걸 자주 들었는데… 주로 돈 이야기였어요. 특히 외국은행을 자주 말씀하셨고요. 그때 알았죠. 건설 회사가 번 돈을 비자금으로 모은다는 것을요."

비자금의 실체를 직접 보고 들은 아이. 오세현은 여전히 미심쩍은 눈빛이었지만 더는 묻지 않았다. 앞으로도 그는 나의 진짜 모습을 파악하기 위해 매의 눈길을 거두지 않을 것 같다.

뉴욕에 도착하자마자 오세현은 호텔에 짐을 풀고 다시 회사로 달려갔다.

"이제부터 난 투자협정까지 좀 바쁠 것 같다. 조건은 협의한 그대로 하고 투자금은 최대한 끌어올려 보마. 그런데 1500만 달러 전부는 거절할 것 같은데 남은 자금은 어떻게 하면 좋겠니?"

"삼촌이 직원들과 협의하셔서 좋은 투자처 알려 주세요. 그거 보고 결정하는 게 어떨까요?"

"그러자."

보고하고 결정한다. 이제 당연한 것이 되었다.

오세현은 어머니를 만나 양해를 구했다.

"제수씨, 전 일이 좀 있어서 이제 동행은 어렵습니다. 괜찮으시죠?"

"아, 네. 가이드분이 워낙 신경 써주셔서 문제없어요. 일 보세요."

우리 가족만 남자 어머니는 호기심을 억누르는 기색이 역력했다. 단지 지나가는 말투로 물었을 뿐이다.

"텍사스는 어땠어? 날씨는 좋아?"

"변덕스러운 날씨지만 지난 이틀 동안은 좋았어요. 운 좋다고 하더라고요."

"투자 어쩌고 하는 일은?"

"아, 저야 뭐… 삼촌 일하는 거 구경만 했는데 조금 지겨웠어요."

"그래. 그럼 이제부터 엄마랑 함께 좋은 거 구경하고 맛난 거 먹으며 놀다 가자. 좋지?"

"네. 그런데 형은요?"

"방에 가보렴. 아주 가관이다."

거실과 세 개의 방으로 구성된 특실, 상준 형이 쓰는 방문을 노크하고 들어가니 정말 가관이었다. 침대 위에는 수십 장의 CD와 LP 음반이 쌓여 있었고, 협탁에는 CD플레이어까지 놓여 있었다. 86년, 필립스사와 기술 제휴한 SKC(선경화학주식회사)가 국산 콤팩트디스크를 처음 출시했고, 그해 11월 가곡으로 구성된 최초의 CD음반이 나오기는 했지만, 아직 쉽게 볼 수 있는 상품은 아니었다.

상준 형은 국내 미발매 음반 싹쓸이 쇼핑이 이번 여행의 목적인 것 같다. 비록 재벌가에서 내놓은 핏줄이지만 그 씀씀이는 혀를 내두를 만했다. 직장인 몇 달 치 월급을 훌쩍 넘는 CD플레이어를 어린애가 덜컥 사버렸다. 돈 넘치는 집안이라 돈 귀한 줄 모른다.

상준 형은 내가 들어온 것도, 다시 나가는 것도 모른 채 헤드폰을 쓰고 음악에 빠져 있었다.

그 뒤로 3일간 어머니와 함께 뉴욕을 돌아다녔다. 뉴욕 한가운데를 관통하는 5th 에비뉴, 전 세계 쇼핑 메카 중 하나로 손꼽히는 이곳에서 어머니는 꽤 많은 쇼핑을 했고 거금을 지불하는 데 주저함이 없었다. 충분한 생활비를 받는다고 하지만 이런 명품을 망설임 없이 잔뜩 살 수 있을 정도는 아니다. 분명 일산 땅을 팔았음이 틀림없다. 과연 얼마나 벌었을까?

"오늘 귀국했다고?"

"네."

"미국에서의 행적은 알아봤어?"

"뉴욕 지사에서 확인한 결과, 관광과 쇼핑이 전부였습니다. 오세현과 도준이가 하루를 비웠는데 그 부분은 파악하지 못했습니다."

"두 놈이 하루를 비워?"

이학재 실장의 보고에 진 회장의 눈썹이 꿈틀했다.

"도준이 가족만 갔다면 여행이라고 생각할 텐데 오세현이라는 놈도 함께 갔어. 이건 관광이 아냐. 출장이지."

파워세어즈라는 자산운용사를 통해 투자처를 미국에서 알아보는 것이 분명하다.

이학재는 진 회장이 눈썹을 찌푸린 이유를 알 것 같았다. 돈이 미국에서 돌면 자신이 통제할 수 없어진다. 통제할 수 없는 일을 지켜보는 것은 절대 용납하지 않는 진 회장이다.

"더 알아보겠습니다."

"정확히, 그리고 빨리."

"네."

이학재는 다시 진 회장의 눈치를 살피기 시작했다. 더 곤란한 보고를 해야 하기 때문이다.

"저, 회장님."

"왜? 뭔데 그리 조심스러워?"

이학재의 표정에서 심상치 않음을 느꼈는지 진 회장은 쥐고 있던 보고서를 내려놓았다.

"윤기 말입니다."

"윤기가 왜?"

"지금 영화제작사를 설립 중입니다."

"뭐? 영화?"

"네. 거의 마무리 단계입니다. 아마도 내년부터 제작 착수할 겁니다. 두 편을 동시에 제작한다고⋯."

"설마⋯ 도준이 돈이야?"

진 회장의 목소리가 점점 높아갔다.

이학재는 더욱 조심스러워졌다.

"네. 40억을 줬다고 합니다."

"40억이나? 이런!"

"지금 충무로에는 순양그룹이 영화판에 뛰어들었다는 소문이 파다합니다. 초기 자금으로는 좀 큰 편이라서요."

"헛소문은 헛소리로 끝나. 신경 안 써도 돼."

진 회장은 욱신거리는 이마를 문지르기 시작했다.

"손 좀 쓸까요?"

"쓸 수 있어?"

"제작사는 건설로 치면 시행사나 마찬가지니까요. 시공사가 없으면 영화 제작 못 합니다. 파트별로 많은 스태프를 모아야 하는 거죠."

"함께 일할 손발을 잘라 버리겠다⋯?"

"네."

"음⋯."

이마를 문지르던 손이 멈췄다.

"놔둬."

"예?"

"망해 봐야 알겠지. 인정에 끌려 돈을 쓰면 안 된다는 걸 말이야."

이학재에게는 충격적인 말이었다. 회장의 고민은 아들이 아니었다. 그는 오로지 손자만 생각하는 것이다.

"도준이 말씀이십니까?"

"그래. 친아버지라 할지라도 가능성 없으면 돈 쓰는 게 아니라는 걸 뼈저리게 느낄 거야. 인정에 흔들리지 않고 독해지는 데 40억 썼다면 수업료치고는 싼 거야."

"그런데 말입니다. 만약 영화가 성공하면…."

"평생 백수로 산 놈이야. 사업은 아무나 하나? 영화 제작이 그리 쉽다면 망하는 영화가 왜 생기겠어? 난다 긴다 하는 제작자, 감독이 덤벼도 망하는 영화가 수두룩한데, 무슨 수로 성공해?"

실패를 확신하는 진 회장과 달리 이학재의 생각은 달랐다. 이름 없는 신인 감독이 흥행에 성공하는 경우도 수두룩하다. 만약 성공한다면? 못마땅한 아들이 통제권을 벗어나는 분노보다는 자신이 버린 진윤기의 진가를 알아본 손자 진도준을 더욱 사랑하고 기대를 품을 것이다. 영화가 실패하면 교훈이고 성공하면 사람 보는 눈을 확인한 셈이다. 어떤 결과가 나오든 진 회장은 웃음을 터뜨릴 것 같다.

"그런데 학재야."

"네, 회장님."

"영준이 내년에 졸업이지?"

갑자기 맏손자에 대해 묻자 이학재가 머뭇거렸다. 몇 살이더라?

"그놈 졸업하면 독일로 보내."

"독일요? 요즘 거기 심상치 않은데 괜찮겠습니까?"

1989년 9월, 라이프치히에서 시작된 민주화 시위는 동독 전역으로 번지고 있다. 시위대를 달래기 위해 동베를린 총서기 귄터 샤보프스키는 기자회견장에서 여행 자유화 정책을 발표했다. 그런데 여기서 엄청난 일이 벌어졌다. 기자회견장에서 한 이탈리아 기자가 "언제부터 국경 개방이 시행되느냐?"라고 질문했고, 총서기는 국경 개방을 여행 자유화로 생각해 "지연 없이 즉시."라고 대답하는 치명적인 실수를 저질렀다.

독일어가 서툴렀던 이탈리아 기자는 회견 직후 여행 자유화 조치를 베를린 장벽 철거로 착각하고 본국에 급전을 보냈다. 이 소식이 퍼져 나가자 독일인들은 베를린 장벽으로 몰려들었다. 그들 손에는 장벽을 부술 공구가 들려 있었고, 그렇게 베를린 장벽은 무너졌다. 베를린뿐만 아니라 독일 전역이 혼돈의 수렁으로 빠져들고 있었다.

"베를린 장벽의 붕괴는 동유럽 변화의 상징이야. 이럴 때 직접 보며 그 변화를 몸으로 느껴야지. 그 속에서 기회를 발견하는 게 그놈이 할 일이야."

"아직 미숙하지 않을까요? 국내에서 경험 좀 더 쌓는 게…."

"경험은 독일서 쌓는 게 더 나아. 세상이 휙휙 돌아가는 곳에서 굴러야 단시간에 많은 경험을 하지 않겠어?"

과연 본심일까? 이학재는 의심이 가시지 않았다. 경험을 쌓게 하는 것이 목적인지 진영준의 무능을 드러내고자 하는 것이 목적인지 의구심이 들었다.

"알겠습니다. 프랑크푸르트 지사에 자리 준비하겠습니다."

만족한 표정을 보이던 진 회장은 조금은 신중히 입을 열었다.

"그리고 동독에 가전 공장 하나 만들까 하는데, 자네 생각은 어때?"

동독이 무너진다는 걸 확신하는 진 회장은 발 빠르게 움직였다. 서독의 돈이 동독으로 풀리면 또 하나의 거대한 시장이 생기는 것이나 다름없다. 이학재는 진 회장이 무엇을 원하는지 안다. 백색 가전 공장 하나 짓는 것 따위는 손가락만 까닥해도 바로 진행할 수 있다. 그 정도라면 자신이 아니라 순양전자 사장을 불러 지시했을 것이다. 다른 뜻이 숨어 있다.

"박 의원 만나서 협의하겠습니다."

"그래, 원하는 거 들어주고 뜯어내."

동독의 가전 공장을 나랏돈으로 만들겠다는 것이다. 명목은 얼마든지 가져다 붙일 수 있다. 낙후된 동독의 지원이 가장 그럴싸하며 그 지원 방법이 바로 고용 창출이 가능한 생산 공장이다. 전부는 아니지만, 나랏돈을 최대한 이용해서 공장을 만들고 나중에는 순양의 자산으로 흡수하는 것, 수없이 해왔던 일이다.

나랏일을 보는 사람은 나랏돈을 아끼지 않아야 자신의 주머니가 두둑해진다. 그들의 주머니를 부풀려 주는 일은 바로 순양그룹처럼 뒤탈 없는 재벌이 가장 잘한다.

▲ ▲ ▲

"투자 계약서다. 살펴봐. 네 영어 실력 한번 보자."

오세현은 호기심 가득한 눈으로 빙긋 웃고 있지만, 장단을 맞춰 줄 생각은 없다.

"제가 이런 전문적인 내용까지는 못 읽어요. 그냥 설명해 주세요."

그의 눈빛에 실망이 스쳤지만 개의치 않았다. 과거의 나도 보고할 때는 핵심만 말했다. 요점만 보고받는 것이 보스의 특권이다.

"그래? 좀 어렵나?"

오세현은 계약서를 다시 들었다.

"첫째, 투자 총액은 900만 달러야. 더 이상은 불가능하다고 딱 잘랐어. 이미 먼저 투자한 투자자들이 허용하는 한계치가 이 금액이야."

"주당 얼마죠?"

"40센트."

좀 놀랐다. 내 예상가는 60센트였기 때문이다. 내년 나스닥 상장 때

액면가 30센트로 상장한다는 걸 알고 있기에 최소 두 배는 요구할 줄 알았다.

"괜찮은 가격인가요?"

짐짓 모르는 척 확인하니 오세현은 정확히 보고하는 사람의 자세로 변했다.

"델 컴퓨터는 액면가 30센트로 내년 상장 예정이야. 상장 시점의 예상가는 두 배, 시간이 지나면 등락을 거듭할 거고. 하지만 평균가는 40센트 이상이 확실해."

"그럼 좋은 조건이네요."

마이클 델은 좋은 조건을 제시할 수밖에 없었을 것이다. 내가 확보한 주식이 언젠가는 마이클 델의 손으로 들어갈 테니까. 주식을 많이 확보할수록 자신의 경영권은 더욱 공고해진다. 단지 마이클 델이 놓친 것은 자신의 예상보다 훨씬 가파르게 상승할 주가뿐이다. 그 덕분에 나는 엄청난 돈을 거머쥘 것이다.

"그래서 협상은 쉽게 끝냈어. 힘들었던 건 바로 이거야."

오세현은 또다시 두툼한 영문 자료를 꺼냈다.

"아직 남은 600만 달러를 어디에 투자할지 후보군을 골라봤어."

오세현은 투자 후보에 오른 기업을 잠시 설명하다 멈췄다. 투자 이유를 설명하려면 PER, PBR, PSR, WACC, 순자산가치 평가, 미래 순현금흐름의 기대치, 현금흐름 할인법 같은 전문용어를 계속 써야 하다 보니 난처한 듯 머리를 흔들었다.

"음, 쉽게 설명할게. 안전한 투자 그리고 조금 모험적인 투자."

"안전한 투자는 어디에요?"

"화이자, 존슨 앤 존슨, 보스턴 사이언티픽 같은 의료 분야야. 꾸준한 흑자를 내니까 주가도 안정적이고 배당도 좋은 편이지. 특히 의료는 후

발 국가가 따라잡기 힘들어서 굳건하다고 볼 수 있어."

치열한 경쟁이 멈추지 않는 제조업 분야는 주력 상품 하나가 주가를 출렁이게 한다. 하지만 의료 분야는 신약이 나올 때마다 주가가 껑충 뛸 뿐 좀처럼 주저앉지 않는 철옹성을 보여 주고 있다. 그만큼 후발 주자가 따라잡기 힘든 분야다. 안정성만 생각한다면 최고의 선택이다.

"좀 위험하지만 해볼 만한 곳은 마이크로소프트야."

'마이크로소프트가 위험해? 천하의 빌 게이츠인데? 이미 IBM과 손잡고 DOS를 성공시키지 않았는가?'

놀란 내 모습을 오해했나 보다.

"생소하지? 사실, 나도 이런 컴퓨터 쪽은 잘 몰라."

"위험한 이유는 뭐죠?"

"새로운 컴퓨터 운영체제를 계속 출시했는데 시장 반응이 그리 호의적이지 않다더라고. 정보에 의하면 내년에 세 번째 버전이 나오는데 그것마저 실패하면 어떻게 될지 판단하기 어려워. 게다가 IBM도 독자적인 운영체제를 개발해서 마이크로소프트와 결별한다는 소문도 있고."

'내년에 나오는 윈도우가 3.0이었나, 3.1이었나? 가물가물하다. 뭐, 상관없다. 어차피 한두 해의 차이일 뿐이니까.'

윈도우3.0은 가상 메모리를 본격적으로 도입하여 멀티태스킹 능력이 대폭 강화되었고, 그래픽 카드의 성능 향상으로 인해 좀 더 미려하고 화려한 인터페이스를 제공한다. 3.0을 시작으로 상대적으로 저렴한 가격과 확장성이 무기인 IBM PC 호환 기종들은 값비싼 애플 매킨토시의 강력한 경쟁자로 급부상할 것이며, 마이크로소프트는 세계 PC 시장을 점령할 회사다. 강력한 매킨토시를 변방으로 쫓아낼 만큼.

아이팟과 아이폰으로 애플이 다시 절대 강자가 되는 시대를 살았던 나로서는 참으로 흥미진진하다. 영원한 승자는 없다.

"삼촌. 마이크로소프트를 추천한 사람이 누구죠?"

"레이첼 아리에프라고, 너도 봤지? 뉴욕 회사에서?"

"아, 그 아줌마?"

"뭐? 아줌마? 하하. 이제 겨우 서른인데? 레이첼이 들었다면 발끈했을 거야."

앞으로 더 두고 봐야겠지만 미라클 인베스트먼트의 최고 인재는 레이첼인 것 같다.

"자, 어떡하면 좋을까?"

"삼촌 생각은 어떠세요?"

"난 레이첼의 의견이 끌렸어."

'오호, 뜻밖인데.'

오세현은 컴퓨터 쪽은 잘 모르는 분야라고 분명히 말했지만, 투자를 고려하고 있다.

"이상하게 들릴지 모르지만 감이라는 게 있어. 레이첼의 확신이 맞을 것 같다는 감. 그게 계속 끌리더라고."

내가 신기한 듯 계속 쳐다보자 피식 웃으며 설명을 덧붙였다.

"흐흐. 물론 백업 데이터도 괜찮았어. 모험을 해볼 만한 수치야. 그리고…. 네 운도 보통은 아니니까 베팅하는 게 어떨까 생각했어."

"그럼, 그렇게 해요. 전 행운을 몰고 다니니까 잘 될 거예요. 히히."

오세현의 눈동자에 기대감이 엿보였다. 그 기대치의 수백 배를 안겨 줄 것이다. 이 양반도 2퍼센트의 지분을 갖고 있지 않은가?

이제 다음 단계를 시작해야 한다.

"삼촌. 부탁이 하나 있어요."

"그래 말하렴."

"분당에 땅 있죠? 아직 남아 있는…."

"어? 그 땅? 그거 계속 오르고 있지?"

"그래요? 저는 잘 모르지만… 아무튼 그거 팔아 주세요."

오세현이 화들짝 놀라며 손사래 쳤다. 하루가 다르게 땅값이 뛰고 있기 때문이다.

"웅? 그걸 왜 팔아? 그냥 쥐고 있어. 꼭짓점 찍을 때 팔면 돼."

몰라서 파는 게 아니다. 고작 몇십억 더 벌려고 더 중요한 것을 놓치면 안 된다.

"그럼 뉴욕에 있는 회사는 놀아요?"

"뭐? 아…!"

오세현이 무릎을 탁 쳤다. 1500만 달러라는 거금은 단 두 회사에 쓸어 넣는다. 그리고 언제 회수할지 기약도 없다. 최소 몇 년은 묵혀둬야 한다. 회사의 인재 네 명이 멍하니 주식 차트만 들여다보고 있을 수는 없는 일 아닌가?

"그럼 그 돈이 미라클이 운용할 자금이 되는구나."

"네. 하지만 절반만 쓰고 나머지 절반은 쥐고 계세요."

엄밀히 말하면 난 아는 게 없다. 미래의 단편적 지식을 이용할 뿐이다. 내가 미래를 몰랐다면 델 컴퓨터와 마이크로소프트에 투자했을까? 지금 나의 지식과 실력은 레이첼이라는 여자의 발밑에도 미치지 못한다.

남은 땅을 판 돈의 절반은 바로 내 수업료가 될 것이다. 그들이 투자를 결정하는 과정의 모든 행위가 나의 교재가 될 것이며, 파워세어즈라는 엄청난 회사의 인재인 오세현이 나의 개인 교사다. 이들과 함께 세계 수준의 실물 경제를 경험하고 배울 것이다. 이 정도면 그 돈을 다 날린다고 해도 아깝지 않다.

"절반만? 나머지는 어쩌려고?"

"써야 할 때가 오면 제가 알려드릴게요. 아마 할아버지가 알려 주실 거예요."

"아하, 그렇군. 아직 미개봉 상태의 정보가 남아 있었어. 하하."

호탕한 웃음 속에 빠르게 머리를 굴리는 그의 본모습이 숨어 있었다. 순양그룹의 내부 정보를 이용하는 투자, 단기간에 치고 빠지는 짭짤한 돈벌이. 종잣돈이 크니 짭짤함도 클 것이다.

오세현이 눈을 빛내며 돌아간 뒤에야 나는 안도의 숨을 내쉬었다. 둘러대기도 참 힘들다.

진 회장의 정보로 돈 벌 생각은 추호도 없다. 성인이 되기 전 순양을 건드리는 것은 지극히 조심해야 한다. 괜한 경계심을 불러올 어리석은 짓이다. 또한, 나는 증권맨도 아니었고 월스트리트는 구경도 못 했다. 단지 신문에 난 기사 쪼가리가 내 미래 지식의 전부다. 언제, 어떤 회사가 좋은 투자처인지 기억하는 건 몇 개 없지만, 향후 30년간 무패의 신화를 만들어 나갈 가장 확실한 투자처는 알고 있다.

바로 영화다. 할리우드에서 생산하는 수많은 영화 중 엄청난 수익을 벌어들인 영화는 대부분 안다. 당장 내년 박스오피스를 점령할 〈사랑과 영혼〉, 〈가위손〉, 〈나 홀로 집에〉, 〈토털 리콜〉 등이 있다. 제작 참여는 이미 늦었지만, 아버지의 영화사에서 수입하면 된다. 절대 실패하지 않는 영화 투자사. 이것만으로도 난 할리우드에서 미다스의 손으로 불릴 것이다.

▲ ▲ ▲

"시간 내주셔서 감사합니다. 이 실장님."

"아니요. 나도 한번 뵙고 싶었어요."

이학재는 오세현의 만나자는 연락에 조금도 지체 없이 달려 나왔다. 묻고 싶은 것이 많았다.

"도준이 재산을 처리하는데 이 건은 아무래도 알려드려야 할 것 같아서 말이죠."

"재산? 도준이 재산은 파워쉐어즈가 맡았는데 뭘 처분한다는 겁니까?"

"제가 말씀드리는 건 돈이 아니라 땅입니다."

"땅? 분당 땅 말이요?"

"네. 그걸 처분하고 싶어 합니다."

"그걸 왜? 서두를 필요가 전혀 없는데?"

이학재의 눈썹이 꿈틀했다. 오세현은 이 표정이 무얼 말하는지 알 수 있을 만큼의 눈치는 있었다.

"오해하지 마십시오. 제가 부추긴 게 아니고 도준이 뜻입니다. 저 역시 땅값은 계속 오르는 중이라 말렸습니다만 요지부동입니다."

"그깟 애가 말하는 걸 그대로 따른다? 당신 제대로 된 펀드매니저가 아니군. 올바른 방향으로 이끌어야 하는 것 아닌가요?"

"이 실장님."

오세현은 여전히 의심을 거두지 않는 이학재의 눈을 뚫어지게 쳐다보며 말했다.

"최종 결정은 당연히 전주(錢主)가 하는 겁니다. 우린 의견을 낼 뿐이지요."

"이봐요! 도준이는 겨우….."

"겨우 열두 살이라고요? 정말 그렇게 생각하세요?"

"뭐요?"

"열두 살짜리 어린애로 보기에는 조금 무리가 있지 않을까요? 웬만한 어른쯤은 쌈 싸 먹을 만큼 영특하지 않던가요?"

오세현은 이학재의 찡그린 얼굴을 보며 손을 조금 흔들었다.

"이거, 이런 이야기를 하려고 나온 건 아닙니다. 도준이 생각을 바꾸시려면 직접 하십시오. 도준이가 생각을 거두면 당연히 땅을 처분하지 않을 겁니다."

"그럼 하고 싶은 이야기는 뭐요?"

"순양그룹에서 그 땅을 매입할 의사가 있는지 알아보려고요. 어떻습니까?"

"뭐요?"

"사실, 업자들에게 슬쩍 흘리면 벌떼처럼 덤벼들 땅 아닙니까? 하지만 할아버지의 선물이었기에 좀 싸게 넘기더라도 순양그룹으로 돌려드리고 싶군요."

"그것도 도준이 생각입니까?"

"아뇨. 이건 제 생각입니다. 엉뚱한 곳에 팔았다가 진 회장님이 도준이에게 섭섭한 마음이 생기면 안 될 것 같아서요."

"그 문제는 잠시 홀딩해요. 회장님과 상의하고 알려드리죠."

이학재는 찻잔을 내려놓으며 참았던 질문을 던졌다.

"그건 그렇고, 텍사스엔 왜 갔어요?"

"이런, 그건 또 어떻게 아셨습니까? 대단하시네요."

"쓸데없는 소리 말고. 왜 갔어요? 석유라도 산 거요?"

"이미 말씀드렸다시피 내용은 컨피덴셜입니다. 몇몇 회사에 투자했고 썩 괜찮은 투자라는 게 제가 알려드릴 수 있는 전부입니다."

"이거 참, 쓸데없는 고집은…."

이학재는 미간을 찌푸렸다.

"이봐요, 오 사장. 몸값 올리려고 이러는 거요?"

"네? 무슨 말입니까?"

"회장님의 특별한 관심을 받는 도준이를 인질처럼 쥐고 있다가 언제가 기회가 오면 도준이를 이용해서 우리 순양그룹에 슬쩍 발을 들이려는 속셈 아뇨?"

순간 오세현은 할 말을 잃고 멍한 표정이 되었다.

"외국계 투자사야 실수 한 번에 쫓겨나는 일이 비일비재하니 든든한 보험 하나 들어 놓으려면 도준이를 꽉 쥐고 있겠다, 이런 생각이 들 만도 하죠. 안 그래요?"

"음… 그렇군요. 그런 식으로 생각하시는군요. 순양그룹은 그런 식으로 사람을 바라보는군요. 자신의 몸값을 매긴 사람들에게 몸값만큼만 주면 순양의 개가 된다."

"잘못 생각하는군. 그건 틀렸소."

"그럴까요? 맞는 것 같은데?"

"자신이 생각하는 몸값의 두 배를 주고 사는 게 우리 순양이오. 당신에게는 세 배를 주지. 얼마요? 당신이 매긴 당신의 가격이…?"

"200억."

조금도 망설이지 않고 나온 숫자, 200억을 듣고 이학재는 '미친 새끼'라고 쌍욕을 내뱉을 뻔했지만, 극도의 인내심을 발휘해 삼켜냈다. 한국에서 아파트 200채를 자신의 몸값이라고 주장한다면 미친놈 소리 듣는 게 당연하다.

"황당한 소리지만, 근거나 한번 들어 봅시다. 돈 만지는 분이니 몸값 계산은 정확해야 할 거요."

"100억을 내게 맡긴 사람을 배신하는 건데 두 배는 받아야 배신할 값어치가 있지 않겠습니까?"

이학재는 짧은 한숨을 내쉬었다. 한번 툭 건드렸다가 본전은커녕 사람을 돈으로 환산하는 혐오스러운 사람으로 취급받았다.

"이거, 싸우려고 나온 게 아닌데… 당신과 말하다 보면 이상하게 발끈하게 되는구려."

"이유를 모르십니까?"

이학재는 대답 없이 어깨만 으쓱했다.

"천하의 순양그룹 이학재 실장님 앞에서 고분고분하지 않으니까요."

아주 잠깐, 눈만 깜빡거리던 이학재가 시원한 웃음을 터뜨렸다.

"으하하. 이거 쪽팔리네. 맞아요. 바로 그 때문인 것 같아."

이학재는 찻잔을 들어 깨끗하게 비운 뒤 자리에서 일어났다.

"좋습니다. 지금처럼 도준이 잘 챙겨요. 의리도 지키고. 어쩌면 당신 몸값 200억이 몇십 배 뛸 수도 있을 테니까."

오세현의 눈이 반짝이자 이학재는 싱긋 미소 지었다.

"눈치 빠른 분이니 내 말뜻 잘 알 거라고 믿소. 다음에는 소주나 한잔합시다."

혼자 남은 오세현은 멀어져 가는 이학재의 뒷모습을 보며 잔잔한 미소를 지었다.

"내 통장의 잔고가 당신 몸값의 수백 배가 될 때도 지금의 그 미소가 나오는지 두고 보자고."

6장

기획된 공격

"아버지! 이제 갓 졸업하는 애를 독일로 보내 다니요?"

"할아버지. 전 아직 공부를 좀 더 하고 싶습니다."

1990년 새해 벽두부터 진양철 회장의 장남과 장손은 식은땀을 흘려야 했다.

"지금까지 안 하던 공부를 이제 와서? 우리 장손, 이 할애비를 웃길 줄도 아는구나. 허허."

순식간에 얼굴이 붉어진 진영준은 입을 닫고 머리를 숙였다.

"아버지. 영준이도 이제 철들었습니다. 경영수업 착실히 받고…."

진영기 부회장은 아들을 위해 변명을 늘어놓으려 했지만, 자신을 쏘아보는 진 회장의 날카로운 눈길에 입을 닫았다.

"경영수업? 이보다 더 좋은 수업이 어디 있어? 유럽 전체가 들썩거릴 거야. 그 변화의 한가운데서 긴박한 결정을 내리다 보면 저절로 눈을 뜨게 돼. 안 그래?"

진 회장이 서재에 앉아 있는 그룹 핵심 인물들을 둘러보며 동의를 구하자, 그들은 당연히 고개를 끄덕였다.

"준비는 마쳤으니 다음 주에 출발해. 나가 봐."

진영준이 떨떠름한 표정으로 서재를 나가려 할 때 진 회장은 손자의 뒤통수에 대고 경고를 날렸다.

"일주일 동안 집구석에 처박혀 있어. 계집애들하고 싸돌아다니면서 사고 치면 독일이 아니라 아프리카 지사가 네놈 보금자리가 될 거다."

진영준은 파랗게 질린 얼굴로 돌아서서 머리만 꾸벅 숙이고 나갔다. 진 회장은 다시 그룹 인사들을 향해 시선을 돌렸다.

"새해가 밝았지만 난 89년이 끝난 게 아쉬워서 시계를 되돌리고 싶은데… 당신들은 어때?"

진 회장이 좌중을 쓱 둘러보다 누군가의 얼굴에서 멈췄다. 자신이 대상이 아니라는 걸 알자 나머지 사람들은 안도했으나, 진 회장의 눈길에 꽂힌 사람, 조대호 순양자동차 사장은 심장이 벌렁거렸다.

"죄, 죄송합니다, 회장님."

벌떡 일어나 머리를 숙였지만 진 회장은 손만 까닥했다.

"앉아. 죽을죄를 진 건 아니잖아."

조대호 사장이 엉거주춤 의자에 엉덩이를 내려놓자 진 회장은 두 손을 깍지 낀 채 말을 이었다.

"내가 순양 계열사 이름을 달고 있으면 무조건 1등이라야 잠이 와. 그런데 조대호."

"네, 회장님."

"순양자동차 시작할 때 내가 뭐라고 했어? 딱 2등만 하자. 기억하나?"

"물론입니다. 회장님."

"그런데 작년 실적은 몇 등이지?"

조대호 사장이 우물쭈물하며 대답을 못 하자 진 회장은 긴 테이블을 탕 내리쳤다.

"갑자기 입이 붙었어? 말 안 해?!"

"사, 사 등입니다."

조 사장은 다시 벌떡 일어나 부동자세를 취했다.

"잠이 오냐? 새해가 밝았으니 희망찬 미래가 그려져?"

"죄송합니다. 회장님."

조 사장은 머리를 깊게 조아린 채 움직이지 못했다. 진 회장은 가장 가까이 앉아 있는 이학재 비서실장에게 시선을 돌렸다.

"이 실장."

"네, 회장님."

"계열사 중에서 종업원 수가 제일 작은 곳이 어디야?"

이 말에 조대호 사장의 몸이 파르르 떨렸다. 자신의 운명이 바뀌는 순간이다.

"순양포장입니다."

"포장? 그건 또 언제 만들었어?"

"아, 순양물산의 자회사입니다. 원래는 외주 줬는데 물량이 좀 늘어나서 흡수했습니다."

"흡수? 그럼 지금 사장은 순양 출신이 아니야?"

"네."

"그럼 그놈 자르고…. 직원은 몇 명이지?"

"600명입니다."

조대호 사장의 머릿속에 종업원 600명, 평택 같은 단어들이 스쳐 갔다. 듣기 좋아 사장이지 순양자동차의 부장보다 힘없는 자리다. 포장 공장 사장으로 순양물산의 담당자급과 일해야 한다. 사표 쓰라는 말과 다르지 않았다.

"조대호"

"네, 회장님."

"넌 내일부터 포장 공장으로 출근해. 본드 냄새 맡으며 반성하고 있으라고."

반성하라는 말이 복음처럼 들렸다. 다시 재기의 기회를 주는 것인가, 아니면 헛된 희망인가? 조 사장이 참혹한 표정으로 엉덩이를 의자에 걸

치려 할 때 진 회장이 소리쳤다.

"뭐야? 왜 앉아? 포장 공장 사장 따위가 어딜 감히…?"

조대호 사장은 식은땀을 흘리며 부리나케 서재를 빠져나갔다. 서재에서 쫓겨난다는 의미는 다시 복귀할 가능성은 제로라는 뜻이다.

"부회장."

"네, 회장님."

진영기는 아버지가 부르는 소리에 놀랐다. 이 불똥이 자신에게 뛸 줄이야!

"자동차 맡아. 내년까지 2년 준다. 2년 안에 2등 만들어. 숫자도 딱 맞아떨어지네."

"회, 회장님. 전 이미 여러 계열사를 총괄하기 때문에 여력이 없어서…. 재고해 주십시오."

"아, 그렇지. 우리 부회장이 여러 계열사를 총괄하느라 공사가 다망하시지."

말하는 본새가 심상치 않다. 진영기는 괜한 반항이었다 싶어 후회가 밀려왔다.

"몇 개 관리 중이지?"

"여, 열아홉 개입니다."

"그래? 그럼 이렇게 하자."

서재에 모인 계열사 사장들은 진 회장의 얼굴은 감히 쳐다보지 못하고, 대신 귀를 활짝 열었다. 혹시라도 부회장이 관리하는 계열사를 줄여버린다면? 그 속에 자신의 회사가 포함된다면? 부회장을 건너뛰고 곧바로 진 회장과 독대할 기회가 많이 생긴다. 이것은 또 다른 기회다. 자신의 자리를 굳건히 할 수 있는 기회 말이다.

하지만 이어지는 진 회장의 말에 그 기대를 접어야 했다. 진 회장은 다른 누구에게도 기회를 주지 않았고, 부회장을 더욱 난처하게 만드는 말을 했을 뿐이다.

"스무 개를 관리할래? 아니면 하나만 관리할래?"

물론 여기서 말하는 하나가 자동차라는 걸 모르는 사람은 없었다. 국내 자동차 시장 1위는 점유율 절반 이상을 자랑하는 부동의 절대 강자인 대현자동차다. 만년 4위였던 아진자동차가 야무지고 단단한 소형차 프라우드를 출시해 단번에 2위의 자리를 차지했다. 미세한 차이로 2위에서 3위로 내려앉은 우성자동차는 파트너사인 미국의 GM 자동차를 등에 업고 호시탐탐 2위 재탈환을 노리고 있다. 가까스로 3위를 유지하던 순양자동차는 업계 꼴찌가 되었다.

자존심 강한 진양철 회장이 사장 하나만 날린 것으로 이 수모를 정리한 건 많이 참은 것이다. 성질대로라면 임원 열댓 명도 함께 날려야 했지만, 임직원의 사기도 고려해야 하는 법이라 새해 벽두부터 해고 칼춤을 추기는 어려웠을 것이다.

장남 진영기가 머뭇거리자 진 회장은 놀리듯 손가락을 까닥거렸다.

"골랐어? 스무 개와 한 개, 어느 걸 할 텐가?"

"자동차도! 맡겠습니다."

진영기는 유난히 '도' 자에 힘주어 말했다.

"하지만 회장님, 현실적으로 2년은 불가능합니다. 개발 중인 신차가 나오는 시점이 내년 연말입니다. 제가 신차 개발에 전력을 다한다 해도…. 그리고 신차의 인기가 하늘을 찌른다 해도 그 결과는 내후년에나 나옵니다."

"부회장아."

"…네."

"자네는 지금 자동차 공장으로 빨리 가봐."

"…?"

"그 공장에는 말이야, 매일 수백 대의 자동차가 쏟아져. 그거 싹 팔아치우면 2위 되는 거 아냐?"

누가 모르는가? 그게 말처럼 쉽다면 이런 구차한 변명을 늘어놓겠는가? 하지만 입은 다물어야 한다. 절대자의 말 아닌가?

"지금 나오는 자동차 팔 생각은 안 하고 신차만 팔려고? 그게 자네 생각인가?"

"아, 그건 아니고…."

진영기 부회장은 조금이라도 빠져나갈 구멍을 만들기 위해 몇 마디 보태려고 했지만 진 회장은 이미 손을 들어 서재 문을 가리켰다.

"빨리 가. 직접 봐야 어떻게 할 건지 생각나겠지, 어서."

야단치기 위해 나오는 대로 지껄이는 사람이 아니다. 가라면 가야 한다. 토 달면? 포장 공장으로 쫓겨난 사장의 운명을 회장의 아들이라고 해서 피하지는 못한다. 진영기 부회장은 벌떡 일어나 묵례하고 빠른 걸음으로 서재를 빠져나갔다.

문 닫히는 소리가 나자마자 진 회장은 사람들을 둘러보며 인자한 목소리로 말했다.

"오늘은 그만하지. 정초부터 잔소리 듣느라 고생했다. 모두 나가서 일 봐."

모두 한결 밝아진 표정으로 서재를 줄줄이 빠져나갔다. 하루살이나 다를 바 없는 계열사 사장 자리에서 쫓겨나지 않은 안도감이 묻어나는 표정이었다.

"소련은 어떻게 돼가? 가망 없어?"

모두 사라진 서재에 당연하다는 듯 자리를 지키고 있는 이학재에게 진 회장이 물었다.

"그렇습니다. 에너지를 특정 기업에 몰아주기는 힘들다며 정중히 거절했습니다.

"물태우네, 보통 사람이네 하지만 보통이 아니야, 그렇지?"

"이 정권의 최대 업적을 북방 외교로 정해서 가능하면 잡음 나지 않게 진행한다고…. 이해해 달랍니다."

"그래서? 가스 대신 뭘 줄 수 있다는 거야?"

"말씀하신 동독 지원 말입니다. 그 지원 창구를 민간에게 맡긴다 했습니다."

"민간이라면…?"

"우리 순양이죠. 가전, 식품 지원책입니다."

"식품? 그걸 어디에다가 써?"

"그래서 가전 100퍼센트로 설득 중입니다. 지원 예산 전부 우리 순양 전자 현지 공장의 건설 비용으로 돌릴 겁니다."

"그 비용은 베를린 장벽이 완전히 무너져야 나오겠지?"

"그렇습니다."

"그 시점은?"

"우리가 파악한 정보와 안기부에서 파악한 내용을 종합해 보면 9월이나 10월입니다."

"그럼 가을에 착공할 수 있도록 확실하게 준비하도록 하게."

"이미 건설사 직원들이 베를린 주변을 조사하고 있습니다. 발전 가능성이 큰 곳에 공장 부지를 확보하고 헝가리 공장 설비를 동독으로 옮길 계획입니다."

"역시 이학재야. 일타양피구먼."

이미 헝가리에 진출한 가전 공장이 겨우겨우 명맥만 유지한다. 그 공장을 폐쇄하고 독일로 확장 이전하는 셈이다. 돈 한 푼 들이지 않고 말이다.

"아닙니다. 겨우 시작일 뿐인데요."

"일본?"

"네. 동구권의 일본 가전에 대한 애정을 넘어야 합니다. 특히 히타치와 소니, 절대적 아닙니까?"

일본이라는 말에 진 회장은 입술을 잘끈 물었다. 저렴한 가격 대비 적당한 성능의 한국 제품, 이것이 글로벌 시장의 냉정한 평가다. 일본의 기술을 따라잡으려 노력하다 보니 이 정도까지 왔다. 하지만 순양의 제품을 갖고 싶어 안달 난 소비자는 없다. 이 차이를 극복하려 무던히도 애를 쓰지만 베를린 장벽보다 더 높은 엄청난 벽이 보인다. 아직까지는!

진 회장은 일본만 생각하면 열등감에 휩싸여 속이 끓어오른다. 그의 기분을 눈치챈 이학재가 슬며시 딴소리를 꺼냈다.

"참, 일전에 말씀드린 땅은 어떻게 처리할까요?"

"땅? 아, 도준이 땅 말이지?"

"네. 파워쉐어즈 오 사장 말로는 도준이가 땅을 팔고 싶다고 말했지만, 오 사장이 해외 투자를 권유한 게 아닐까 싶습니다."

"뭐야? 그놈 믿을 만하다면서?"

"네. 이번에도 재차 확인했습니다. 괜찮은 놈이에요. 아마도 땅값 상승보다 더 낫다고 판단한 듯싶은데…."

더 들을 것도 없다는 듯 진 회장은 손을 내저었다.

"됐어. 그냥 매입해."

"괜찮겠습니까?"

"자네가 재차 확인했다면서? 오 머시기라는 놈 사기꾼은 아니라고?"

"네."

"땅값 올라봤자 몇 푼이나 한다고. 맡겨 보자고. 그래도… 기특하잖

아. 가만히 기다리지 않고 먼저 움직이는 모양새가 말이야."

"그렇게 하겠습니다. 시세대로 매입하는 게 좋겠죠?"

"물론이야. 여차하면 편법 상속이네, 뭐네 하며 말 나올 거다. 딱 시세대로 가격 쳐서 줘."

"알겠습니다."

"그리고 파워세어즈 실적 검토해 봐."

"네? 갑자기 왜 그러시는지?"

"시중은행에 흩어 놓은 돈, 그걸 한번 맡겨 보는 게 어떨까 해서. 그 돈을 도준이가 투자한 곳에 옮겨 놓으면 괜찮지 않겠어?"

"음…."

시중은행의 돈, 그건 바로 차명계좌로 숨겨 놓은 진 회장의 개인 비자금을 말한다.

"채권까지 정리할까요?"

"실적 확인하고 적당하다 싶으면 전부."

"네. 곧바로 조처하겠습니다."

외국으로 옮겨 놓으면 더 안전한 건 사실이고, 도준이 돈을 추적할 수도 있다. 안전과 감시, 두 마리 토끼를 잡는 방법이다. 나쁘지 않다. 일본 때문에 가라앉은 기분이 조금 나아지자 진 회장은 이학재와 진짜 회의를 시작했다, 둘만의 회의를.

"어떻게 생각해?"

"죄송합니다. 뭘 말씀하시는 건지…?"

"자동차 말이야. 그리고 영기."

"부회장이야 나름대로 잘 해내고 있지 않습니까?"

"듣기 좋은 소리나 들으려고 널 내 옆에 두는 거 아니다."

"아닙니다. 솔직히 내년까지 2위로 끌어올리는 건 불가능하죠. 좀…

심하셨습니다."

"학재야."

이학재는 진 회장의 이런 은근한 목소리와 장난기 어린 표정이 나올 때 가장 긴장된다. 그는 농담 속에 진심을 담는 인간이다.

"네."

"줄 서냐?"

신하가 태자를 대신해 의견을 내놓을 때 임금은 가장 경계한다고 했던가? 이학재는 당황하지 않고 농담처럼 웃어넘겼다.

"하하, 아닙니다. 진심입니다."

"진심? 그만큼 어렵다 이거지? 좋아. 그럼 네가 대답해 봐. 2년 안에 자동차 업계 2위로 올라서는 방법, 진짜 없다고 생각해?"

진 회장은 미소를 보이며 말했지만, 이학재는 똑같이 미소로 화답할 수 없었다.

"여론이 좋지 않을 겁니다. 어쩌면 출혈도 클 테고요."

"가능성은?"

"이 정권이 나서 준다면 50퍼센트. 아니라면… 30퍼센트 이하일 겁니다."

두 사람 모두 한동안 말없이 생각에 잠겼다.

"청와대에서 밥 한번 먹고 싶다고 날 잡아 달라고 해."

"직접 만나시겠습니까?"

"경제인 만찬 정도면 그럴듯할 거야."

"네. 준비하겠습니다."

정말 시작할 모양이지만 이학재는 반대 의견을 내지 않았다. 무모한 모험은 창업주의 권리 아닌가? 오늘부터 순양그룹의 브레인 집단을 풀 가동해야 한다. 지배구조가 가장 취약한 아진자동차를 삼키기 위해 확보해야 할 지분은 몇 퍼센트인지, 주식 확보에 필요한 투입 비용은 얼마인지 백만 원 단위까지 따져야 하며 여론전도 준비해야 한다. 아진자동차를 공격하기 위해 경영진의 뒷조사도 시작해야 하며, 최소한 회장과 사장은 검찰청 포토라인에 세워야 한다. 비록 무혐의로 풀려나더라도 말이다.

이학재의 머릿속이 한창 복잡할 때 진 회장이 생각을 끊어 버렸다.

"그런데, 영기 저놈은 왜 이런 생각을 못 할까? 물건 파는 거야 사장이 할 일이지. 저놈은 지가 어떤 자리에 있는지 자각을 못 해."

"그야 아직 회장님께서 건재하시니까 그런 거죠."

진 회장은 머리를 저었다.

"아냐. 영기는 패권을 놓고 다투는 영주라면 전쟁을 시작하고 영토를 넓히고 성을 쌓아야 한다는 걸 몰라. 영토 안의 일꾼들이 농사지을 땅을 넓혀야 영주 자격이 있는데…. 저놈은 일꾼들을 다그쳐서 수확량만 늘리려고 하는 게 눈에 보여. 그릇이 작아."

"이제는 수성의 시대 아닐까요? 부회장도 그렇게 트레이닝 시키지 않았습니까?"

"전쟁 본능이 꿈틀거려야지! 지키랬다고 앉아만 있으면 되겠어?"

이학재는 이제 입을 닫아야 할 타이밍이라는 걸 알고 있다. 요즘 들어 부쩍 부회장을 못마땅하게 말하는 게 빈번해졌다. 그게 진도준의 영향이 아닐까? 그 뒤로도 한참 동안 진 회장은 자식들에 대한 불만을 터뜨렸다. 이학재는 잔소리하는 마누라 대하듯 가끔 맞장구치는 게 전부였다.

▲ ▲ ▲

80년대가 가고 90년대가 왔다. 새로운 10년은 2000년대를 준비하는 중요한 시기다. 진양철 회장은 정초부터 의욕을 불태웠지만, 한 달도 가지 않아 모든 것을 전면 수정해야 했다. 1990년 시작부터 정가가 술렁이더니 1월 22일, 민정당의 총재인 노태우 대통령은 통일민주당 김영삼 총재, 신민주공화당 김종필 총재와 청와대 회동에서 3당 해체와 보수 연합신당 창당을 전격 합의해 버렸다. 이른바 3당 합당이라는 정치적 빅딜이었다. 여소 야대 국면은 한순간에 거대 여당으로 변해 버렸다.

그리고 1월 30일 오전 9시, 마포 통일민주당사에는 900명에 가까운 대의원과 당직자들이 발 디딜 틈 없이 모였다. 35분간 진행된 전당대회는 "이의 있습니다. 반대토론을 해야 합니다."라고 주장한 의원과 그의 주장을 찬성하는 10여 명의 반대파를 무시하고 순식간에 합당 찬성으로 끝났다. 그리하여 2월 9일, 거대 여당인 민주자유당이 탄생해 버렸다. 이제 경제계는 눈치를 봐야 할 사람이 하나 더 늘어 버렸다. 거대 여당을 이끌며 차기 대통령이 유력한 사람.

진양철 회장은 신문을 집어던졌다. 이런 젠장, 보통 아닌 능구렁이를 달래 놨더니 깡다구로 뭉친 영감이 몽둥이 들고 나타나다니. 그의 얼굴엔 이런 심정이 고스란히 드러났다. 나는 신문을 주워들었다.

"이 사람이죠? 늘 2등만 하는….."

나는 손을 번쩍 든 세 명의 사진 중에 흰머리의 김영삼을 손으로 가리켰다.

"그래, 그 2등이 반장과 손잡고 다음 반장 자리 물려받게 생겼어."

답답한 마음이 드러난 표정으로 나를 바라보는 할아버지의 눈빛, 조금 부담스럽다.

"자, 똑똑한 우리 도준이의 생각 한번 들어 볼까?"

'역시, 이제 재미 붙였나?'

"네? 무슨 말씀이세요?"

"너라면 어떻게 할 것 같니? 그 머리 하얀 사람은 고집이 여간 아니거든."

색다른 시선과 독특한 단어 하나를 원하지만, 이번에는 어린애답게 말했다.

"음…. 그냥 친하게 지내는 게 좋지 않아요?"

"그게 다야?"

"네."

진 회장의 실망이 얼굴에 드러났다. 어쩔 수 없다. 김영삼 대통령만큼 충격을 많이 던진 인물이 있을까? 그의 충격적인 정책은 나 혼자 알아야 한다. 김영삼 대통령 재임 기간 5년이 끝날 때쯤 순양그룹의 일부분을 차지해야 한다. 아주 알짜배기인 계열사를 말이다.

▲ ▲ ▲

"지난번에는 소주 한잔하자고 말씀하셔서 포장마차나 삼겹살집이라고 생각했습니다. 하하."

"소주 안주로 회만 한 게 있습니까?"

오세현은 고급 일식집에서 다시 만난 이학재가 밀고 당김 없는 시원한 대답을 내놓자 술잔을 비우는 속도가 빨라질 만큼 기분이 좋아졌다.

"오늘 술값은 제가 내야겠군요. 무려 240억의 거래를 성사시켰으니 수수료도 꽤 되거든요."

분당 상업 지구 2만 평을 순양건설에 넘기는 계약서에 도장을 찍자마자 도준의 통장으로 돈이 꽂혔다.

"세금 문제도 우리 순양에서 다 처리했으니 한 번으로 되겠습니까?"

"실장님께서 연락 주시면 언제든 달려오겠습니다. 하하."

시원한 웃음을 터뜨리는 오세현에게 이학재는 술잔을 내밀었다.

"더 큰 건을 드리려고 하는데 어떻습니까? 관심 있습니까?"

이학재가 내미는 술잔을 받는 오세현의 손이 조금 떨렸다. 더 큰 건이라면 순양그룹이다. 그는 이학재의 경고가 떠올랐다. 도준이를 이용하여 순양그룹에 발을 담그려 하는 의도, 몸값을 올리려는 생각. 이런 의심을 하는 자가 갑자기 새로운 제안이라니? 혹시 미끼일까?

"제가 감당할 수 있는지 확인부터 해야겠죠?"

"2000억 조금 안 되는 돈입니다."

쨍그랑!

결국, 술잔을 떨어트렸다. 하지만 오세현은 술잔을 떨어트린 것도 느끼지 못했고 벌어진 입에서는 아무런 말도 나오지 않았다. 2000억. 작년 국가 예산이 22조 6000억이다. 정부 예산의 1퍼센트에 육박하는, 현실성 없는 천문학적인 숫자다.

이런 오세현의 멍한 표정을 보는 이학재의 얼굴에 묘한 미소가 감돌았다. 상대를 조금 깔보는 듯하기도 하고 우쭐대는 느낌도 있다.

"죄, 죄송합니다. 너무 놀라서…."

오세현은 물수건으로 황급히 주변을 정리하며 호흡을 가다듬었다.

"감당하기 어렵나 봅니다."

"어렵죠. 아, 오해 마십시오. 안 받겠다는 뜻이 아닙니다. 국내에서 그 정도 거금을 소화할 만한 투자처가 없다는 말입니다. 수없이 쪼개 분산 투자해야 하는데…."

"외국은 어떻습니까? 이를테면 도준이가 투자한 곳 말입니다. 그곳에 올라타면 될 듯한데요?"

이학재의 말에 오세현은 무릎을 탁 칠 뻔했다. 원하는 것이 뭔지 알았다.

"그것 역시 어렵습니다."

"왜 그렇습니까?"

"자세히 말씀드릴 수는 없지만 도준이의 자금은 파워세어즈 미국 본사를 통해 제3의 투자사로 들어갔습니다. 그리고 도준이가 투자한 회사들은 2000억이라는 거금을 투자 받을 만큼 규모가 크지 않아요."

제3의 투자사라는 말에 이학재의 눈이 번뜩였지만, 자세히 캐묻지는 않았다. 어차피 자세한 설명은 하지 않으리라 걸 알기 때문이다.

"안전하겠죠?"

이것이 물을 수 있는 최대치다. 하지만 하나는 정확히 알게 되었다. 도준의 돈은 파워세어즈라는 거대한 회사에 묻혀 있는 게 아니라 독자적으로 움직인다.

"안전한 투자는 없습니다. 리스크를 감수하는 거죠. 도준이의 리스크는 컨트롤 가능한 범위에 있으니 염려 마십시오."

오세현은 걱정 말라는 소리와 함께 넌지시 되물었다.

"그 2000억 말입니다. 굳이 수익을 내지 않아도 되는 돈입니까? 원금 보전이 가장 중요하며 장기 투자에 묻어 두면 안 되고, 언제든 필요할 때 찾을 수 있는 돈…. 맞습니까?"

비자금의 가장 중요한 원칙을 말하자 이학재는 피식 웃을 수밖에 없었다. 오세현은 눈치 하나는 기막히게 빠른 놈이다. 이학재가 가볍게 고개를 끄덕이자 오세현은 머리를 갸웃했다.

"그렇다면 한국에 두는 것이 더 좋을 텐데요? 우리나라 은행이 미국보다 훨씬 금리가 좋지 않습니까?"

이학재는 대답 대신 미소만 지었다.

2000억이라는 돈을 굴려 수수료만 챙겨도 수억 원을 챙긴다. 오세현이 이런 계산도 못 할 위인은 아니다. 그러나 자신의 이익은 잊은 채 고객을 위해 최선의 선택지를 조금도 망설이지 않고 제안하는 걸 보면 생각보다 훨씬 괜찮은 놈이다.

"말했다시피 이자 챙기려는 돈은 아니오. 사실 우리도 미국에서 돈 쓸 데가 종종 있으니까 좀 옮기려 하고 있었어요."

미국 비즈니스가 점점 더 커진다는 의미이기도 했다. 커지는 만큼 검은돈도 점점 더 필요할 때가 많았다.

"알겠습니다. 일단 검토를 거친 뒤 최종 제안을 알려드리겠습니다."

정중하고 모범적인 대답이었지만 이미 오세현의 속마음은 거절이었다. 군이 순양그룹의 검은돈을 맡아 가슴 졸일 필요가 없다. 자신도 남부럽지 않은 상위 1퍼센트의 성공한 사람이기 때문이다.

▲ ▲ ▲

"이걸 왜 보고 싶어 하는지 모르겠지만, 뉴욕에서 보내왔어. 한번 봐."

나는 오세현이 내미는 서류 몇 장을 재빨리 낚아챘다.

"아버지 보여주려고? 영화 수입도 가능하니까?"

나는 건성으로 머리를 끄덕이고 계약 관계부터 확인하기 시작했다. 그런데 가장 눈여겨본 작품을 보자마자 욕이 튀어나올 뻔했다.

'젠장, UIP 직배라니!'

1990년 세계 박스오피스를 점령할 영화 〈고스트(GHOST)〉는 작년부터 국내 배급을 시작한 직배사 UIP가 배급하기로 이미 확정되어 있었다. 이 영화의 국내 배급을 아버지 영화사가 맡았다면 극장주들에게 큰소리치며 아버지가 제작한 영화를 끼워 넣을 수 있을 텐데… 아쉽다. 그런데 다시 내 눈길을 사로잡는 영화가 보였다.

〈홈 얼론(HOME ALONE)〉

"삼촌. 이 영화는 제작 중이에요?"

"뭐?"

오세현은 영화 목록을 들고 잠시 보더니 서류를 뒤적였다.

"이거? 이건 제작 홀딩이라고 돼 있는데? 마지막 페이지를 봐. 아니, 잠깐만."

빼곡히 적힌 영어가 내게 부담스럽다고 생각했는지 천천히 읽으며 설명하기 시작했다.

"음, 소규모 가족영화고…. 감독도 신인, 주연도 신인…. 잠깐, 주연이 어린애야, 너처럼."

오세현은 말을 멈추고 서류의 나머지를 읽기 시작했다.

"이건 빼도 되겠어."

오세현은 서류를 책상 위에 던지며 머리를 살짝 저었다.

"왜요?"

"워너 브라더스에서 1400만 달러에 제작하기로 했는데 제작비 예산이 팍 올랐어. 그래서 20세기 폭스사로 넘겼고 지금 재검토 중이라는데?"

"그래도 만들지 않겠어요?"

"글쎄? 난 이쪽은 잘 몰라서 말이야. 하지만 제작 초기 단계부터 삐걱거리는데 잘 될 리 없잖아?"

'천만에! 잘 된다. 그것도 대단히 잘 된다고.'

아직 기회가 남았다고 생각하니 다른 영화는 눈에 들어오지도 않았다. 〈토털 리콜〉, 〈다이하드2〉 같은 대박 영화라 할지라도 한국 배급권 정도는 더 이상 성에 차지 않았다.

"삼촌. 분당 땅 판 돈 미라클로 들어갔어요?"

"곧. 왜?"

이미 짐작했는지 나를 바라보는 눈빛이 이상했다.

"이 영화에 투자할까 해서요."

아니나 다를까, 한숨부터 내쉰다.

"도준아. 주식과 영화 투자는 전혀 다른 게임이야. 주가는 떨어지면 손해를 보는 거지만 영화는 손익분기점을 넘어서지 못하면 그냥 날리는 거야. 빠져나올 타이밍이란 게 없어."

이번에야말로 설득할 명분도 설명할 방법도 없다. 불안한 감독과 주연배우에 가족영화임에도 엄청난 제작비가 들어 미국 메이저 영화사마저 주저하는 작품에 돈을 쏟아붓는 것은 누가 봐도 자살행위다.

오세현이 굳은 얼굴로 우려하는 것은 당연한 반응이다. 하지만 이 기회를 살려야 한다. 미라클 인베스트먼트가 영화 투자사로서 할리우드에 이름을 각인하는 절호의 찬스를 놓칠 수는 없다. 물론 수십 배 이익은 덤으로 따라온다.

"삼촌."

"뭐라 해도 이번엔 반대다. 이건 투자가 아니야, 도박이지. 그것도 액면에서 이미 졌어."

오세현이 말도 꺼내지 못하게 미리 막았기에 나도 마지막 카드를 던졌다.

"이번이 마지막이에요. 앞으로 투자에 대해서는 입도 벙긋하지 않을게요. 이래도 안 돼요?"

"도준아!"

급기야 큰소리까지 나왔다. 그의 우려를 이해 못하는 건 아니지만 나도 슬슬 짜증이 밀려왔다.

"땅 팔아 번 불로소득입니다. 없어도 되고, 망해도 제 돈입니다. 전 하고 싶은 걸 하며 살겠다고 부모님과 약속했어요 또 미라클에서 운용하는 돈 전부 없어져도 문제없잖아요. 우리나라 최고의 부자가 제 할아버지니까요. 안 그래요?"

착 가라앉은 내 목소리에 오세현의 표정이 시시각각 변했다. 자수성 가한 자신과 할아버지 잘 만난 나와의 거리를 깨달은 듯 보였다. 일이백 억 정도의 거금을 잃어도 호통 한 번으로 끝나는 세계, 수천억 가치의 회사를 말아먹어도 몇 년 근신으로 용서받는 세계, 판단을 잘못하여 몇 억, 아니 몇 천만 원 때문에 직장을 잃는 평범한 사람들과는 전혀 다른 눈으로 돈을 바라보는 외계인 같은 존재들이 사는 세계, 그곳이 바로 재 벌 가문이다.

오세현은 테이블 위에 흩어진 서류를 주섬주섬 챙기며 일어섰다.

"원하는 것은 이 영화에 최대한 빨리, 최대한 많은 돈을 투자하는 것 이겠지?"

친근함은 찾아볼 수 없는 차가운 말투에 나 역시 사무적으로 대답 했다.

"그렇습니다."

"그래. 원하는 대로 하지."

"아 참, 하나 더요."

"뭐지?"

"한국 배급권을 확보해야죠."

"우리가 유일한 투자자일지도 모르는데 그건 문제없어. 또?"

"없습니다."

"최대한 빨리 처리하고 보고하도록 하지."

유난히 보고라는 말에 힘을 주는 걸로 봐서 화가 단단히 난 것 같 다. 하지만 그 언짢은 기분도 연말 박스오피스를 보면 눈 녹듯 사라질 것이다.

도준의 집을 나서는 오세현의 표정은 여전히 좋지 않았다. 도준이 고집을 부리는 이유를 그는 충분히 이해한다. 아버지의 영화사가 잘못되면 할아버지에게 더욱 미움받을 거라는 걱정에서 비롯된 마음이리라. 미국 영화를 수입이라도 해서 아버지를 돕고 싶은 마음, 이해는 한다. 하지만 무모하다.

"후, 이번 손해는 타격이 크겠는 걸."

오세현은 프로다. 큰 손실의 원인이 고객의 무모한 판단에 있더라도 책임을 회피할 생각은 없다. 그 손해만큼 자기 능력으로 메꿔야 한다는 의무감이 앞서는 사람이었다.

"젠장, 진씨 집안은 골치 아픈 일만 잔뜩 안겨 주는군."

영화 투자로 인한 손실을 복구하려면 어쩔 수 없이 이학재가 제안한 비자금을 받아들여야 한다. 1000억 정도를 1년 동안 굴리면 가능할 것이다. 오세현은 순양그룹 본사로 차를 몰았다.

▲ ▲ ▲

마이크로소프트가 발매한 윈도우3.0은 빠르게 PC 시장을 잠식해 나갔다. 덩달아 이 회사의 주가도 급상승했다. 30센트에 상장한 델 컴퓨터도 연일 기록을 경신하며 주가가 천정부지로 치솟았다.

덕분에 내게 잔뜩 화가 나 있던 오세현도 언제 그랬냐는 듯 함박웃음을 보였고 〈홈 얼론〉에 투자한 800만 달러, 56억 정도의 손실은 몇 년만 지나면 충분히 메꿀 수 있을 거라고 오히려 나를 위로했다.

반대로 한국 주가는 폭락했다. 일본에서 거품경제를 끝장내기 위해 4월에 실시한 대출 총량규제 때문이었다. 이것은 단지 시작일 뿐이었다. 일본 버블 경제의 정점에서 시행되는 바람에 일본 경제는 끝없는 나락으로 가라앉기 시작했다.

소련과의 수교로 노태우 정권의 최대 업적인 북방 외교는 정점을 찍었다. 10월 3일, 제2차 세계대전 이후 동서로 분단되었던 독일이 마침내 45년 만에 통일되었다. 이를 기점으로 소련의 위성국이던 동유럽 국가들이 자본주의 체제로 대거 전향하게 되면서, 지루하게 계속되던 냉전이 사실상 이 해를 기점으로 끝났다. 이제 지구촌 전체가 자본주의 시대로 접어든 것이다.

〈홈 얼론〉이 미국에서 개봉한 11월 16일부터 오세현은 한국에서 이 영화의 스코어를 초조하게 지켜본 유일한 사람일 것이다. 매일같이 뉴욕으로 전화를 걸어 박스오피스를 확인하던 그는 1991년 새해 첫날 나를 찾아왔다.

"어쩌면 넌 국민학생 중에서는 세계 제일의 부자일 듯싶다. 아랍 왕족 빼고."

그가 내게 내민 종이에는 숫자가 잔뜩 적혀 있었고, 숫자의 마지막 부분에는 2억 달러라는 숫자에 붉은 동그라미가 그려져 있었다.

"저 이제 중학생 돼요, 삼촌."

"뭐? 벌써?"

"네, 3월이면 입학인데요?"

"아직은 아니잖아. 야! 근데 넌 놀라지도 않냐? 흥행 성적 안 보여? 네가 달러 가치를 모르는 애도 아니고?"

내가 별다른 반응 없이 시큰둥하자 오세현은 또다시 수상한 눈빛으로 변했다.

"제작비 1800만 달러 중에 800만 달러를 투자했으니 우리 비율은 44퍼센트. 배급사, 극장 수익 빼면 전체 수익의 절반 정도 가져오죠?"

"그럴걸? 맞을 거야."

"2억 달러라면…. 오늘 환율이 740원이니까 1480억. 절반이라면 740억, 이 중 44퍼센트 면 330억 정도 되겠네요. 그럼 여섯 배 수익 아닌가요?"

오세현은 눈만 껌뻑했다. 아저씨들은 어린애의 암산 능력에 항상 놀란다. 어려서 좋은 점은 내 두뇌가 아주 매끄럽게 돌아간다는 것이다.

"마이크로소프트나 델 컴퓨터 수익률 생각하면 별것 아니잖아요?"

"그, 그렇긴 하네. 그래도 1년 만에 여섯 배면 정말 초대박이야. 그리고 2억 달러도 미국 내의 수익이야. 이제 전 세계에서 개봉할 테니까 최소 두 배 이상은 더 벌 거야."

"삼촌."

"응?"

"뉴욕 미라클 직원들, 일 좀 잘하라고 하세요."

"왜? 그 친구들 밤낮없이 일해."

"열심히 말고 잘! 제가 결정한 투자 중 제일 수익률 낮은 게 여섯 배예요. 그 직원들이 운용하는 자체 투자 수익률이 얼마죠?"

"그, 그건…."

"겨우 22퍼센트잖아요."

오세현은 입을 다물었다. 그런 오세현을 살려 준 건 바로 아버지였다.

"야! 나 바쁜 거 몰라? 무슨 일이길래 오라 가라야?"

내 방문을 벌컥 열고 들어온 아버지는 외투를 벗으며 말했다.

지금 아버지는 자신의 제작사에서 만든 두 편의 영화, 그 영화의 개봉관을 잡기 위해 동분서주한다고 들었다.

"왜? 아직도 개봉관 못 잡았냐?"

"어휴, 말도 마. 극장 전부가 설 기간 동안 비워 놨어."

"뭐? 꽉 찬 게 아니고?"

"설 명절에 딱 맞는 영화 기다리느라 그래. 작년 크리스마스 시즌에 메가 히트한 〈홈 얼론〉, 그 미국 영화."

"그 영화가 상영관을 비워 놓고 기다릴 만큼 대단한 거야?"

오세현의 장난기가 발동됐다.

"가족영화면서 코미디거든. 설 명절에 딱 어울리지. 게다가 미국에서 검증 끝났잖아. 역대 코미디 흥행 신기록 경신 중이니까."

"그거 때문에 네 영화를 못 거는 거냐?"

"〈홈 얼론〉이 극장에서 내려가면 내 거 걸어 주니까."

난감한 상황인 듯 아버지의 표정은 좋지 않았다.

"젠장, 그런데 이 영화 한국 배급사가 있다는데 어딘지 몰라. 충무로 전체가 지금 혼돈의 도가니다. 필름 쥔 놈을 만나야 날짜를 조정하든, 영화관을 잡든 할 텐데…. 돌아 버리겠다."

이 모습을 한껏 즐기던 오세현은 근엄한 목소리로 변했다.

"넌 일단 나한테 큰절부터 해라."

"장난칠 시간 없다. 빨리 용건만 말해."

"내가 그 대박 영화 한국 배급자가 누군지 아는데? 아직 큰절하고 싶은 마음 없나?"

"뭐?"

오세현은 깜짝 놀란 아버지에게 서류 한 장을 내밀었다. 재빠르게 서류를 낚아채 읽어 내려가던 아버지는 마른침을 꿀꺽 삼켰다.

"이, 이건…."

"설마 영어 다 까먹었냐? 이해 못 해?"

아버지는 서류 하단의 서명란에 인쇄된 회사 이름에서 눈을 떼지 못했다.

준 필름.

"이건 도대체… 어떻게 된 거야?"

"사인만 하면 〈홈 얼론〉은 네 거야. 싫으면 관두든가."

오세현이 서류를 다시 뺏으려 하자 아버지는 재빨리 사인한 뒤 서류를 챙겨 넣었다. 자세한 내용은 묻지도 않고 계약서부터 챙기는 걸 보면 얼마나 급한지 알 것 같았다.

"아버지, 명절 때 그 영화 말고 아버지 영화 먼저 상영하세요."

두 사람의 시선이 내게 쏠렸다.

"아버지 영화를 상영해 주는 극장에 〈홈 얼론〉을 준다고 하시면 어때요? 설 명절은 최고 성수기 아닌가요?"

내 말이 끝나자마자 오세현은 웃음을 터뜨렸다.

"아들 말 들어라. 넌 앞으로도 도준이 말 귀담아듣고 시키는 대로 해. 그럼 실패는 없을걸? 흐흐."

아버지는 서류와 내 얼굴을 번갈아 보다 입을 열었다.

"도준아. 자세한 이야기는 이거 처리하고 하자."

그렇게 아버지는 외투를 챙겨 들고 부리나케 나가 버렸다.

"아이고, 저놈… 여전하군."

"뭐가요?"

"응? 아, 네 아버지 말이야 뭐 하나에 꽂히면 다른 건 안 봐. 영국 유학 시절에도 괜찮은 연극 발견하면 수십, 수백 번 그것만 봤거든. 지금 저놈 머리에는 자기 영화 극장에 거는 게 전부겠지. 〈홈 얼론〉이 왜 우리 손에 있는지 물어보지도 않잖아."

"집중한다는 건 좋은 일이죠, 뭐."

나는 2억 달러라는 흥행 수익이 적힌 종이를 들었다.

"삼촌, 올해 제작 들어가는 영화에 이 돈 전부 투자하죠. 일단 리스트 뽑고 미국 쪽 의견 들어 봐요. 그리고 결정해서 진행하죠."

"전부? 도준아. 몰빵은 한 번으로 만족…."

오세현은 말꼬리를 감췄다. 고작 수익률 22퍼센트인 자신이 500퍼센트 이상인 나에게 할 말은 아니라는 걸 떠올렸을 것이다. 충고는 위에서 아래를 내려다보고 하는 게 어울린다. 위아래는 나이가 아니라 결과로 나눠야 한다.

"그래. 할리우드에서 기획 중이거나 제작 들어가는 영화 리스트부터 확보하자. 미라클에서 원한다고 하면 할리우드 제작자들이 먼저 들이밀 거야."

오세현은 가방을 챙겨 돌아갔다. 나도 이제 중학교 졸업할 때까지는 공부에 좀 더 많은 시간을 쏟아야 한다. 최상위권 성적을 유지해야 진 회장의 기대가 저물지 않는다. 어차피 앞으로 3년간은 흥행 성공한 영화나 고르면 되는 일, 한가하다. 워낙 파도가 많은 집안이라 특별한 일만 벌어지지 않기를 빈다.

▲ ▲ ▲

설 연휴를 며칠 앞두고 가장 많은 발행 부수를 자랑하는 신문에는 독특한 관점의 사설이 하나 실렸다.

「주인 없는 회사의 방만한 경영. 전문 경영인 체제 대기업의 구조적 약점인가?

지난해 아진자동차의 경영성과는 훌륭했다.

… 전문 경영인 시스템을 갖춘 아진자동차는 주주에게 많은 배당을 하는 것이 정석이다. 하지만 아진자동차의 경영진은 주주의 이익 대신 그들의 덩치를 키우는 데 급급했다. 아진기계, 아진정밀 등 새로운 계열사를 설립했고 이 회사에 아진자동차의 자금을 쏟아부었다.

누구를 위해? 당연히 경영진의 확대를 위한 것이다. 이제 수십 명의 임원이 또

탄생했다. 그들은 자신의 주머니를 채울 것인지 주주들의 주머니를 채울 것인지 결정할 것이다. 하지만, 그 결정은 왠지 믿음이 가지 않는 건 필자의 노파심일까?」

신문을 집어던진 아진자동차의 송현창 회장은 인터폰을 누르고 소리쳤다.

"임원 전부 들어오라고 해! 홍보실 책임자도! 지금 즉시!"

그는 분노를 참지 못하고 씩씩대며 소파 주위를 맴돌았다. 몇 분 후 노크 소리가 들리더니 임원 여남은 명이 우르르 들어왔다. 여덟 명이 앉을 수 있는 소파가 있었지만 단 한 명도 자리에 앉지 못했다. 회장님이 서 있었기 때문이다. 그들 중 몇몇도 신문을 들고 있었다.

"이거 뭐야? 누구 짓이야?"

송 회장은 신문을 뺏어 들고 흔들었다.

"죄, 죄송합니다. 지금 알아보는 중입니다."

고개도 들지 못하고 눈도 마주치지 못하는 사람들 틈에 사시나무 떨 듯 떨고 있는 남자도 보였다. 아직 흰머리가 거의 없는 걸 보면 분명 홍보실 책임자일 것이다.

"요즘 대한일보에 광고 안 줘?"

회장님의 질문에 역시 그 남자가 대답했다.

"아닙니다. 꼬박꼬박…"

"그럼 돈도 주고 뒤통수 맞은 거란 말이야? 이런…!"

이를 악물고 거친 숨만 내쉬던 송 회장이 홍보 책임자를 향해 소리 질렀다.

"야! 홍보!"

"넵! 회장님."

"넌 지금 당장 가서 펜대 잡은 놈들 손에 돈을 주든, 뭐든 해서 원하는 게 뭔지 알아 와."

홍보 책임자는 허리를 숙인 다음 회장실에서 도망치듯 달려 나갔다.

"회장님. 과민하신 것 같습니다. 신문쟁이들 광고 더 달라고 떼쓸 때 쓰는 수법 아닙니까?"

"우리 신차가 선풍적인 인기를 끌었으니 자기들 덕분이라고 생색내려는 겁니다. 전면광고 일주일이면 싹 바뀔 겁니다."

가까스로 용기를 낸 경영진들이 송 회장의 화를 달래느라 조심스레 말했지만 기름을 부은 꼴이었다.

"이 사람들이! 지금 무슨 소리를 하는 거야? 그런 이유라면 우리 신차를 씹어야지 왜 경영진을 씹어? 지금 제정신으로 하는 말이야?"

그제야 모두 정신이 번쩍 들었다. 언론도 경계는 지킨다. 뭔가 요구할 때는 상품을 때리지 사람을 때리지는 않는다. 상품은 감정이 없지만, 사람은 감정의 동물이다. 특히, 경영진을 공격한다는 건 아예 등 돌리자는 선전포고나 다를 바가 없다.

"이거 수상해. 뭔가 있어."

회장실을 서성이던 송 회장은 경영진에게 매서운 눈길을 보냈다.

"점심 때까지 누구 짓인지 파악해. 다들 그 정도 정보는 알아낼 수 있을 거라고 믿는다."

경영진이 회장실을 다 빠져나가자 송 회장은 소파에 털썩 주저앉았다. 어젯밤 잠자리가 뒤숭숭하더니…. 어쩐지 불안한 기분이 사라지지 않는다.

▲ ▲ ▲

신문을 접어 식탁 구석에 내려놓은 진 회장은 수저를 들었다. 역시

대한일보 주필이라는 생각이 들었다. 늘어난 자동차의 핵심 부품 생산을 위해 자회사를 설립한 것은 경영상의 당연한 수순이다. 이걸 트집 잡아 마치 전문 경영인이 자기 사람을 승진시키기 위해 불필요한 계열사를 만든 것처럼 왜곡했다. 아진자동차 경영진의 부도덕함과 오너가 존재하지 않는 대기업은 안전장치가 없는 것처럼 만들어 두 마리 토끼를 잡는 글솜씨다.

오랜만에 기분 좋게 아침을 먹은 진 회장이 서재로 가자 역시 신문을 읽던 이학재가 일어나 머리를 숙였다.

"이 친구야, 그냥 여기서 아침 먹어. 내가 자네와 겸상도 못 하는가?"

"회장님과 겸상하면 밥이 제대로 넘어가겠습니까? 말씀만 받겠습니다."

진 회장은 싱긋 웃는 이학재의 손에 눈길을 주며 말했다.

"어때? 잘 뽑았지?"

"네. 신호탄으로는 적절하게 나왔네요."

"2차는 언제 들어가나?"

"설 연휴 바로 전날, 중앙일간지 전부가 총질할 겁니다. 이번 설 밥상머리에서 다들 아진자동차를 열심히 씹어대도록 만들 계획입니다."

"국세청은 어떻게 됐어?"

"조율 중입니다. 너무 심하게 털면 완전히 노출됩니다. 혹시라도 딴 곳에서 침 흘릴 수도 있고….."

"죽 쒀서 개 줄 수는 없지."

진 회장은 고개를 끄덕였다.

"네. 경영진이 흔들릴 정도? 어쨌든 목표는 송현창 회장의 사퇴니까요."

이학재는 진 회장의 표정을 슬쩍 살피며 두툼한 책자 하나를 꺼냈다.

"말씀하신 보고서입니다. 순양 경제연구소에서 준비한 겁니다."

진 회장은 보고서의 제목만 흘낏 보는 것이 전부였다.

〈국내 자동차 산업의 구조재편 필요성과 정부의 지원방안〉

"어때? 쓸 만해?"

"잘 뽑았습니다."

"거참, 연구소는 참 애매한 놈들이야. 잘 만든 건 좋은데… 이거 하나 만드는 데 무려 8개월이 걸려?"

"사안 자체가 워낙 크고 중요하니까 연구소도 꼬투리 잡히지 않으려 신중했습니다. 잘 나왔으니 넘어가시죠."

"넘어가지, 그럼? 내가 그 애들까지 잡을까 봐?"

"요즘 많이 예민하신 것 같아서요. 죄송합니다."

"큰 싸움 앞두고 있으니 자네가 더 예민한 것 같은데? 왜? 피가 끓어?"

이학재는 머리를 슬쩍 긁으며 미소 지었다.

"전면전보다는 이런 기습 공격이 더 짜릿하지 않습니까?"

"기습은 덩치 작은 놈이 큰 놈 칠 때 쓰는 건데…."

"출혈이 적다는 장점도 있습니다. 조만간 전면전도 시작해야죠."

진 회장은 전의에 불타는 이학재의 강렬한 눈을 흐뭇하게 바라보았다. 처음엔 주저하고 위험을 경고하더니 싸움이 시작되자 회장인 자신보다 훨씬 더 격렬히 흥분한다. 타고난 싸움꾼임을 또다시 증명했다.

진 회장은 이학재가 조금 안쓰럽기도 했다. 그의 부모가 성주였다면 엄청나게 강한 군주가 됐을 텐데… 부모가 평민이니 뛰어난 사냥개 역할이 전부다. 이런 생각을 하다 보니 또 한 명의 싸움꾼이 떠올랐다. 그놈의 할아버지는 엄청난 영토를 소유한 성주다. 어떻게 성장할지… 기쁜 마음으로 지켜보고 싶었다.

▲ ▲ ▲

신문을 챙기러 정원에 나갔을 때 정장 차림의 아버지와 마주쳤다.

"어? 아버지. 어디 가세요?"

"아, 오늘 개봉하잖아. 극장 가서 상황 좀 보고 들어오려고."

마치 출근 시간을 놓쳐 버린 직장인처럼 부리나케 나가 버리는 아버지의 뒷모습을 보자 웃음이 났다. 평생 일이라고 해본 적 없었던 아버지가 뒤늦게 전력을 다해 일했고 오늘 평가받는다. 이른 아침부터 극장 문을 열 리 없지만 집에서 초조해 하느니 차라리 극장 앞에서 기다리는게 낫다고 생각했을 것이다. 저 기분, 충분히 이해한다.

나는 거실에 앉아 세 부의 신문을 전부 다 읽고 난 후 뭔가 단단히 잘못됐다는 걸 느꼈다.

'이건 기획된 거다. 모든 신문이 아진자동차를 공격하다니?'

조간신문이 시작했으니 오늘 저녁 TV 뉴스에서는 이 내용을 더 부풀려 방송할 게 뻔하다. 이런 일이 서너 번 반복되면 공식적인 수사에 착수할 것이고 언론은 더욱 날카롭게 아진자동차를 찔러댈 텐데….

'왜 지금이지?'

1991년의 일은 기억나지 않지만 1997년부터 시작된 외환위기의 충격파가 아진자동차를 덮쳤고 1998년 이후 대현이 아진을 삼켰다. 설마 이런 미래가 금이 간 것일까? 뭔가 변하기 시작한 걸까? 아니면 한 번씩 벌어지는 기업 때리기일까? 단순한 정권의 기업 길들이기의 일환인가? 신문을 접고 아침을 준비하는 어머니에게 다가갔다.

"어머니, 우린 할아버지 댁에 언제 가요?"

"내일. 왜?"

"그럼 저 혼자 먼저 가도 될까요?"

아침을 준비하던 어머니의 손이 멈췄다.

"왜? 무슨 일 있어? 할아버지가 먼저 오라고 하셔?"

"아뇨. 이제 중학교 가면 자주 찾아뵐 수 없으니까요."

"풋, 진짜?"

어머니는 가볍게 웃으며 머리를 살짝 저었다.

"그래, 아침 먹고 먼저 가. 할아버지 기분 좋게 해드리고."

"네. 참, 어머니는 극장 안 가세요? 오늘 개봉이잖아요."

"관객이 없어 극장이 텅텅 비면 어떡해! 난 떨려서 못 가겠어."

안심하고 가보라는 말은 못 했다. 아버지의 영화에 대해서는 아무런 정보가 없다. 너무 오래전 일이라 기억이 나지 않을 수도 있고 처음부터 존재하지 않았던 영화일 수도 있다. 나는 기회를 줬을 뿐이고 남은 인생을 어떻게 걸어갈지는 그분의 선택이다. 관여하지 않고 그냥 지켜보는 것도 즐거움의 하나다.

가족들보다 하루 먼저 평창동 저택에 온 나를 진 회장은 함박웃음을 지으며 반겼다.

"아이고, 우리 도준이. 볼 때마다 이렇게 훌쩍 크는구나. 좋다, 좋아. 허허."

이젠 나를 안아 올리지 않는다. 아니, 못한다. 진 회장이 늙은 것보다 내가 훨씬 빨리 자란다.

"우리 강아지, 할아버지는 할 일이 좀 있어서 말이야. 잠깐 혼자 놀고 있어라."

"네, 거실에 있을게요."

찝찝한 기분이 계속 커진다. 연휴 직전에 터진 기사 그리고 많은 사람이 모인 서재, 가지런히 놓인 현관의 구두만 봐도 거의 열 명이다. 명절 연휴 직전까지 사람들을 묶어 놓을 만큼 야박한 진 회장이 아니다.

서재에 모여 남의 집 불구경할 이유도 없다. 7년 뒤에 발생할 일이 지금 일어난 걸까? 지금 저 서재에서는 어떤 이야기가 오갈까? 초조하게 기다렸다.

▲ ▲ ▲

진도준의 예상과 달리 서재에서는 불구경이 한창이었다. 옆집 불구경이 아니라 '사막의 폭풍 작전(Operation Desert Storm)'이라는 요란한 이름의 다른 나라 불구경이다.

1991년 1월 17일, 지난해 쿠웨이트를 침공한 이라크를 몰아내기 위해 미군을 중심으로 한 다국적군이 토마호크 미사일을 이라크에 퍼부으면서 전쟁이 시작되었다. 60만에 달하는 이라크군이 초토화될 때 미군은 단 294명만이 전사했다. 그중 145명은 사고사이고, 실제 전투 희생은 149명이 전부였다.

적은 사망자를 낸 미군과 달리 이라크군의 전사자는 약 2만 명, 부상자와 포로를 합치면 7만 명에 달한다. 압도적인 화력 앞에서 이라크가 쿠웨이트에서 철수한다는 소문이 돌기 시작했고 전쟁은 막바지를 향해 치달았다.

"이거 언제 끝나는 거야?"

"일주일도 남지 않았다고 합니다. 이미 미국과 영국은 전후 복구 사업 논의 중이라고 하더군요."

"우리나라는? 정부는 뭐래? 한 다리 걸칠 가능성이라도 보여?"

미간을 찌푸린 진 회장의 표정은 이미 기대를 접은 듯 보였다.

"중동 지사와 유럽 법인이 발 빠르게 움직이고 있습니다만 정부 차원의 복구 사업 개입은 힘들어 보입니다."

"그럼 줄이라도 잘 서야겠구먼. 그래야 사막에 화장실 하나라도 짓고 기름 몇 방울 얻어 오지. 안 그래?”

중동 특수에서 재건 사업과 오일을 확보하라는 지시다. 건설과 정유, 두 회사의 사장이 회장을 바라보며 머리를 숙였다.

“최선을 다하겠습니다.”

“믿어도 되지?”

“네, 회장님.”

딱히 믿음직스럽지는 않지만, 명절을 앞두고 쓴소리하고 싶지 않은 게 분명했다. 곧바로 다른 안건으로 넘어갔다.

“오늘 신문 다 봤지? 그게 스커드 미사일이야. 앞으로 화력 집중해서 좀 더 퍼붓고 점령군을 보낼 텐데, 각오는 돼 있겠지?”

모두 굳은 얼굴로 나지막이 대답했다. 아진자동차 인수가 올해 순양 그룹 최대 사업이다. 점령군은 바로 자금을 말한다. 최대한 자금을 모은 뒤 회장의 신호가 떨어지면 차명으로 순식간에 주식을 매집한다. 일정량을 확보하고 정부가 음으로 양으로 지원할 때 번개처럼 M&A를 진행한다. ‘사막의 폭풍 작전’처럼 순식간에 끝내야 함은 물론이다.

“모두 나가 봐. 고향 가서 차례 지내고 애들 용돈도 쥐여 주고 푹 쉬라고.”

모두 자리에서 일어나 회장을 바라보며 허리를 숙였다.

“새해 복 많이 받으시고 더욱 건강하십시오. 회장님.”

큰절이라도 할 기세였지만 장소가 협소한 게 다행이었다.

모두 빠져나간 서재에는 이학재와 진영기 부회장만 남아 머리를 맞대었다.

“얼마나 모았어?”

“7.4퍼센트 매집했습니다. 차명으로 명동에 뿌려 놨으니 누구도 눈치채지 못할 겁니다.”

이학재가 조심스레 말하자 진영기는 보고서 몇 장을 내밀었다.

"생산 라인 조정안입니다."

"핵심은?"

"화물차 라인은 매각 쪽으로 가닥을 잡았습니다."

진 회장은 건성으로 보고서를 넘기다 책상 위에 툭 던졌다.

"자신 있냐?"

"네?"

"아진 말이다. 주머니에 넣을 자신 있냐고?"

진영기는 조금도 주저하지 않고 고개를 끄덕였다. 어차피 무리다, 자신 없다 같은 소리는 해봤자 자신만 멍청한 놈이 된다.

"회장님 말씀대로 업계 2위를 달성하는 가장 좋은 방법입니다. 아진 인수하고 국내 1위 자리 노려보겠습니다."

큰소리 탕탕 치는 아들이 못 미더웠지만 어쩌겠는가? 자신이 가진 것 대부분을 물려받아야 할 장남인데.

"그럼 지금부터는 네가 맡아. 이 실장하고 잘 상의해서 올해 안으로 아진 인수해. 만약 성공하면 자동차 지분은 전부 네게 주마."

진영기는 믿기지 않는다는 표정으로 진 회장을 쳐다봤다. 순양자동차 지분은 어차피 지주회사가 대부분 쥐고 있다. 자동차를 자신의 주머니에 넣어 준다는 말은 지주회사의 지분을 고스란히 넘기는, 그룹 전체를 넘긴다는 의미와 다를 바 없다.

소스라치게 놀란 것은 이학재도 마찬가지였다.

'이렇게 갑자기 상속을 결정해 버리다니!'

"왜? 싫어? 아니면 자신 없는 게냐?"

"아, 아닙니다. 아버지! 감사합니다."

진 회장은 자리에서 벌떡 일어나 연신 머리를 조아리는 진영기를 보며 씁쓸한 미소를 지었다.

"너도 가봐라. 실수하지 말고 잘 챙겨. 내일 일찍 오지 말고 설 당일 아침에 와서 차례만 지내고 가. 없는 시간 쪼개 써도 모자랄 판이야."

"네. 아버지."

진영기가 나가자마자 이학재가 입을 열었다.

"설날 용돈치고는 엄청나군요."

"응? 무슨 소리야?"

"그룹 승계를 전격 발표하신 거나 다름없지 않습니까?"

"뭐?"

진 회장은 무슨 뚱딴지같은 소리냐는 듯 눈이 커졌다.

"아닙니까?"

"내가 자동차만 준다고 했지, 순양을 준다는 소리는 안 했는데?"

이제 이학재의 말문이 막혔다.

"계열사에서 보유한 자동차 주식 절반 정도만 넘기면 경영권 방어는 문제없잖아. 내가 말한 건 그 정도야. 물론 자동차만 해도 용돈치고는 크지."

"이런, 부회장의 실망이 크겠는데요?"

"정말 그렇게 받아들인 거냐?"

"네, 저도 그렇게 생각했습니다."

"푸하하!"

진 회장은 책상까지 치며 웃음을 터뜨렸다.

"이런… 이제 영기 저놈, 눈에 불을 켜고 덤벼들겠구먼."

진 회장의 웃음소리에 이학재는 한시름 놓았다. 순양그룹 역사상 가장 중요한 결정이 될 후계 문제는 좀 더 신중하게 이뤄져야 한다.

▲ ▲ ▲

"할아버지는 명절인데도 일하세요?"

"어쩌겠냐? 일이 많은 걸. 하지만 이제 다 끝났다."

서재에 들어서자 진 회장은 책상 위의 신문을 정리하고 있었다. 아진 자동차 기사가 보이는 걸로 봐서는 오늘 회의 주제는 분명 아진이었을 것이다.

"그런데 큰아버지는 기분 좋으신가 보더라고요. 막 웃으면서 나가시던데…."

"그래? 명절이라 그런 거겠지."

피식거리는 진 회장의 표정으로 봐서는 분명 뭔가가 있다. 나는 신문을 정리하는 기회를 놓치지 않아야 했다. 그냥 눈에 띄었기 때문에 물어보는 척 아진자동차 기사를 확인해야 한다.

"할아버지."

"응?"

"여쭤볼 게 있는데요."

"그래, 말하렴."

"신문에 난…."

하지만 난 질문을 끝내지 못했다. 신문에 덮여 있는 두툼한 보고서의 제목이 눈에 띄었기 때문이다.

〈국내 자동차 산업의 구조재편 필요성과 정부의 지원방안〉

'젠장. 이 모든 일의 배후가 바로 진 회장이었다니! 도대체 무슨 일이 벌어지는 걸까?'

▲ ▲ ▲

명절 연휴를 앞뒀지만 아진자동차의 송현창 회장은 집무실을 떠나지 못했다. 주요 일간지 모두가 자신의 경영 방식을 독재자 스타일이라며 문제 제기했고, 심한 곳은 배임, 공금 횡령까지 거론하며 도덕성을 문제 삼았다. 이 기사 때문에 오늘 주가는 이미 하한가를 찍었다. 지금 당장이라도 명예 훼손으로 고소하고 싶었지만, 언론과 부딪치는 건 피해야한다. 온갖 생각이 머리를 휘저었지만 지금 해야 할 일은 하나다. 이 정도로 끝내야 한다. 더 확대되는 건 꼭 막아야 한다.

송현창 회장은 끊임없이 전화를 돌렸다. 하지만 언론사는 제보에 의한 기사일 뿐이라고 딱 잡아뗐고 청와대는 언론에 관여하지 않겠다며 발을 뺐다. 아랫사람들도 계속 보고를 올렸지만 모두 부정적이었다.

누군가 공격을 시작했는데 적의 정체는 안개에 가려져 보이지 않고 공격하는 이유도 불분명하다. 손꼽아 볼 수 있는 적은 대현, 우성, 순양 그리고 해외 자동차 회사다. 아진을 발판으로 한국에 진출하고 싶어 하는 몇몇 해외 자동차 회사가 분명히 존재했다. 모두 아진자동차보다 덩치가 훨씬 컸고 자금력도 압도적인, 어려운 상대뿐이다.

송회장은 한겨울인데도 열불이 나서 견디기 힘들 정도였다. 비서를 불러 히터를 끄라고 하려는데 인터폰이 울렸다.

"회장님. 손님이 찾아오셨습니다."

"돌려보내! 오늘 외부인은 만나지 않는다고 했잖아!"

"그게…."

비서의 난처한 목소리가 인터폰을 통해 들릴 때 회장실 문이 벌컥 열렸다. 문을 열고 들어오는 점퍼 차림 사내의 팔을 비서진이 잡고 있었다.

"이… 이 새끼 뭐야? 여기가 동네 사랑방이야? 개나 소나 아무나 드나드는 곳이야? 네놈들은 뭐 하고 있어? 빨리 끌어내!"

상스러운 욕까지 튀어나올 만큼 분통 터지는 순간이었다.

"송 회장님. 저 기억나지 않으십니까? 조대호입니다."

"누구? 조…? 조 사장?"

송현창 회장은 정장을 차려입은 조대호의 모습을 기억해 냈다. 순양자동차의 사장 아닌가?

"됐어. 그분은 괜찮아. 모두 나가 봐."

비서들이 조대호 사장의 팔을 놓고 머리를 숙였다.

"참, 커피 좀 준비해 주고."

송 회장은 닫히는 문을 향해 말했다. 입구에서 서 있는 조대호 사장을 소파에 앉힌 송 회장은 어색한 미소를 보였다.

"미안하네. 요즘 내가 정신이 없어서."

"아닙니다, 회장님. 저도 신문 읽었습니다. 불쑥 찾아온 제 불찰입니다."

"우리가 마지막으로 본 게 언제였지?"

"2년 전, 자동차협회 만찬 모임이었습니다."

"아! 그렇지. 협회에 기부금 뜯길 때 봤군."

두 사람의 굳었던 얼굴이 풀렸다.

"요즘 어떻게 지내나? 자동차 사장 자리 내준 건 들어서 알고 있네."

"포장 공장에서 소일거리 하며 지냅니다."

"포장 공장?"

한직으로 밀려났다는 소리는 들었지만, 귀양살이하리라고는 생각지도 못했다. 송 회장은 미간을 찌푸렸다.

"진 회장님도 너무하는구먼. 그룹 내의 위치도 있는데… 심했어."

순양자동차의 사장 자리까지 올라갔다는 것은 인생 전부를 순양에 바쳤다는 뜻이다. 회사를 망친 것도 아닌데, 자존심에 상처 입었다는 이유로 존재하는지조차 모르는 구멍가게로 내쫓다니. 송 회장은 진 회장의 지독한 면모를 다시 한 번 확인했다.

"그래, 갑자기 찾아온 이유는 뭔가? 아무래도 이거 때문이겠지?"

송 회장이 신문을 쥐고 흔들자 조대호 사장이 머리를 끄덕였다.

"진 회장님인가?"

"아마도요."

"왜? 아진자동차 삼키려고?"

"그럴지도요."

언론사, 여의도, 청와대 모두 자신에게 등 돌릴 만하다. 진 회장의 입김이면 당연히 그럴 만했다.

"왜 갑자기 욕심낼까?"

"싸워서 이기는 건 힘들 뿐만 아니라 시간도 오래 걸리니까요. 싸우지 않고 이기는 길을 선택했을 뿐입니다. 지금까지 그래 왔던 것처럼 말이죠."

송 회장은 조대호 사장을 빤히 바라보며 물었다.

"자네가 찾아온 이유는 뭔가? 귀양 간 신하가 칙서를 들고 오진 않았을 테고… 전향인가?"

"월급쟁이가 오늘 같은 날 불쑥 찾아온 이유야 뻔하지 않습니까? 취직 부탁드리려면 오늘이 가장 적합할 것 같아서요."

"경력직 사원은 뽑을 계획이 없는데… 이거 어쩌나?"

송 회장은 신문을 부채 삼아 흔들었다.

"급할 때는 사채도 끌어다 쓰는데 계획에도 없는 채용 정도야 어려운 일이 아니지 않습니까?"

"아주 뻔뻔해졌네, 우리 조 사장. 허허."

"굶으면 체면이고 자존심이고 없어지더군요. 부끄럽지만 말입니다."

"경력 사원은 뭔가 쓸 만한 걸 쥐고 있어야 하는데, 조 사장은 뭘 갖고 있으려나?"

"순양자동차 공장 시멘트를 제가 발랐습니다. 조립 라인 기술제휴 조인식도 제 손으로 시인했고요."

"그게 전부라면 실망인데? 기술자는 우리도 많아."

"진 회장의 지시로 제 손에 흙도 묻히고 피도 묻히고 똥도 묻혔습니다. 깨끗하게 다 털어 진 회장에게 다시 던지면… 순양그룹은 그거 씻어 내느라 1년은 정신 못 차릴 겁니다."

"이번 기회에 우리 조 사장, 포장 공장 본드 냄새까지 싹 씻어 낼 생각인가 보군."

조대호 사장은 두 손을 비비며 잔잔한 미소를 지었다.

"이만하면 제 이력서는 마음에 드십니까?"

"이력서는 좋은데 조 사장 마음에 드는 자리가 있을지 모르겠네."

"아진자동차 사장님은 회장님 오른팔이니…. 부사장 정도면 감지덕지합니다. 월급은 순양자동차 사장 수준이면 만족하고요."

송 회장이 소파에서 일어나니 조대호 사장도 벌떡 일어났다.

"조 사장 고향 가나?"

"조상님께 인사는 드립니다."

"그럼 고향 다녀와서 다시 이야기하지. 마음 편히 쉬다 오게."

조대호는 허리를 숙인 뒤 웃으며 회장실을 떠났다. 홀로 남은 송현창 회장은 긴 한숨을 쉬며 의자에 몸을 묻었다. 오랜만에 담배 하나를 물고 불을 붙였다. 생각을 좀 많이 해야 한다.

"저 새끼는 옛날부터 마음에 안 들었는데…."

혼자 중얼거리던 송 회장은 비서에게 자동차 임원을 모두 불러 모으라고 지시했다. 허겁지겁 달려온 임원들은 송 회장의 설명을 듣자 처음에는 분통을 터뜨렸고, 마음을 가라앉히고 난 뒤에는 의견이 분분했다.

"순양이면 자금력으로 밀어붙일 겁니다. 경영권 방어를 위해 주식 매입을 시작해야 합니다."

"주식 매입 자금은 어디서 구해?"

"우리가 보유한 주식을 담보로 최대한 대출을 알아보겠습니다."

"그렇습니다. 은행 대출과 급전 좀 융통하고 그 돈으로 주식시장 좀 흔들죠. 주가 올라가면 순양도 주춤할 겁니다."

의견은 분분했지만 강력한 한 방이 없다. 출혈 심한 싸움을 끝내고도 결과를 자신할 수도 없다. 송 회장은 임원들에게 더 어려운 문제를 던졌다.

"지금 언론을 봐. 오늘은 시작일 뿐이야. 앞으로 나를 흔들걸? 내 도덕성을 문제 삼아 물고 늘어지면 검찰 소환은 안 봐도 뻔해."

털어서 먼지 안 나는 사람 없다. 전문 경영인 시스템의 대기업 회장 정도면 먼지를 흠뻑 뒤집어쓰며 살아왔다. 검사 한 명이 입김만 후, 하고 불어도 기소는 식은 죽 먹기다.

"왜 말이 없어? 회사는 지켜야 하고 나 잡혀가는 건 괜찮아?"

"그럴 리가요. 아닙니다, 회장님."

임원들 모두 두 손을 내저으며 펄쩍 뛰었다. 그 모습을 본 송 회장은 피식 웃으며 또 하나의 정보를 던졌다.

"자네들 진심은 충분히 알았으니 그만하면 됐어. 사실, 자네들 모이라고 한 건 다른 이유야. 조대호가 왔다 갔어. 기억하나? 순양자동차 사장이었던 놈?"

"조대호가 왜…?"

"자리 하나 달라더군. 아진자동차 부사장 정도면 땡큐라고 말이야."

부사장 자리는 사실 동전의 양면과 같다. 차기 사장의 강력한 후보가 되든지, 자리만 차지하는 허수아비 되든지 둘 중 하나다. 하지만 지금 조대호가 말한 부사장은 돈이나 챙기려는 허수아비 자리다. 임원들은 쌍수를 들어 환영했다.

"천만다행입니다. 조대호라면 순양의 충견이었고 진 회장의 측근이 었습니다. 그자는 순양의 비리를 속속들이 알고 있을 겁니다. 조대호가 우리 아진 식구가 됐다는 걸 알면 순양도 함부로 못 할 겁니다."

"서로 먼지 털자고 달려들면 순양의 먼지가 우리보다 수 곱절은 더 나올 테니 철수할 겁니다."

상대의 공격을 멈추게 할 방법이 나오자 모두 한시름 놓은 듯 보였 다. 적의 공격이 멈추면 자금을 풀어 경영권을 더욱 공고히 쌓는 작업을 서두르면 된다.

"방금 조대호가 순양의 충견이라고 했지? 개는 주인을 바꾸지 않아. 왜 조대호가 우리 편이라고 생각하지?"

송 회장의 말에 임원 모두 다시 침묵했다. 그리스군이 남기고 간 목 마를 성안으로 끌고 들어간 건 다름 아닌 트로이인들이다.

▲ ▲ ▲

"우리 도준이, 왜 말이 없어?

"아, 아니에요."

눈치 빠른 진 회장은 이미 내가 당황한 것을 알아챘다.

"너 벌써 사춘기냐?"

"네?"

"이제 이 할애비한테 숨기는 것도 있어? 섭섭한데. 허허."

나이 들면 사소한 것에도 섭섭함을 느낀다더니, 웃는 얼굴이지만 어 두운 빛도 지나갔다. 이왕 이렇게 된 거 슬쩍 물어나 봐야겠다.

"오늘 신문에요…. 너무 요란하길래…."

"아진자동차?"

"네."

"왜? 뭔가 이상해?"

"음… 늘 그랬잖아요. 신문에 우리 순양그룹 이야기가 나오면 할아버지께서는 누구 짓이냐며, 꼭 찾아내라고 화를 내셨잖아요."

"그랬지, 기억하는구나."

"네."

진 회장은 내 손을 잡아 곁에 앉히고는 천천히 가르침을 주기 시작했다.

"도준아. 신문사는 뭐로 돈을 벌지?"

"광고 아니에요?"

진 회장이 손가락을 딱 튕겼다.

"그래, 누구나 그렇게 생각하지. 하지만 신문사는 글자를 팔아 돈을 버는 거야."

"글자? 기사요?"

"그래. 넌 신문 한 면의 글자 수가 얼마나 되는지 아니?"

"아뇨."

"보통 5000자 정도 된단다. 그 글자 하나하나를 돈으로 바꾼 거야."

'이런, 질문 하나 던졌다가 이미 다 아는 사실만 한참 듣게 생겼군.'

하지만 새로운 사실을 듣는 양, 눈을 반짝여야 한다.

"그렇군요."

"겉으로 보기에는 돈과 전혀 관계없는 기사, 예를 들면 서울의 교통 체증 같은 기사는 관할 지역 도로 확충공사의 명분이 되지. 이 기사로 누가 돈을 벌까?"

"도로 공사를 하는 토목회사?"

"그래, 잘 아는구나. 허허."

진 회장은 눈치 빠른 내가 기특한지 머리를 한번 쓰다듬었다. 그리고 한참 동안 여러 가지 사례를 들어가며 기사의 진면목을 읽는 법을 설명했다.

'언제쯤 내 궁금증을 풀어 주려나?'

"그럼 아진자동차 기사는 누구를 위한 거죠?"

"아진자동차가 크게 흔들리기를 원하는 경쟁자겠지?"

"대현자동차… 아니면 할아버지?"

진 회장은 또다시 내 머리를 쓰다듬었다. 나는 이 손길에서 아진자동차를 향해 총질하는 기사는 바로 그의 작품이라는 걸 확신했다.

'이런 제기랄. 일찌감치 침 발라 놓은 내 회사를 진 회장이 먼저 노릴 줄이야.'

머릿속이 복잡하다. 진 회장 손에 들어간 걸 다시 내 손아귀에 쥘 방법은 있을까? 이게 가능하다면 손 안 대고 코 푸는 격이다.

'잠깐! 혹시 지금 벌어지는 이 일도 분명 전생에 있었던 일인데 내가 모르고 있었던 건 아닐까?'

아진은 분명히 대현자동차가 꿀꺽 삼켰다. 그렇다면 지금 진 회장이 벌인 일이 실패할 것은 뻔하다. 어떻게 흘러갈지 모를 때는 한시라도 빨리 내가 아는 방향으로 흘러가도록 방법을 강구해야 한다.

▲ ▲ ▲

일하는 사람들이 차례상을 준비하는 동안 집안사람들은 환담을 나누다 절 몇 번 올리는 거로 차례를 끝냈다. 아침 식사는 큰 식탁 두 개로 나눠 앉았다. 회장과 그 자식, 며느리, 사위가 한 식탁에 앉았고 손자들이 나머지 하나를 차지했다. 나는 어른들 식탁 가장 가까운 곳에 앉아 귀를 세웠다.

"참, 윤기야. 너 영화 만든 거 어제 개봉했다며? 어때? 개봉 성적은?"

모두 궁금했지만 진 회장의 눈치를 보느라 묻지 못했던 것을 둘째 아들이 조심스레 물었다.

"아, 동기형. 나쁘지 않아. 하나는 꽉 채웠고 하나는… 절반 채웠어."

"오! 대단한데 우리 동생. 첫 작품인데 성공한 거야?"

"첫날인데 뭘. 간판 내릴 때까지는 모르는 거야."

아버지의 입에서 우는소리가 나왔지만, 표정은 달랐다. 미소를 감출 수 없는 걸 보니 최소한 손해 볼 것 같지는 않았다. 웃기는 것은 진 회장도 내심 나쁘지는 않은 듯 별말 없이 식사만 했다. 이때 좋은 분위기를 초 치는 말이 들렸다.

"동서, 나 국 좀 더 가져다줘."

진동기의 마누라가 어머니에게 국그릇을 내밀었다. 저 여잔 습관적으로 어머니를 부려 먹으려 한다. 진 회장이 나를 아끼는 모습을 보인 뒤로 모두 조심하는 눈치인데 끝까지 저 모양이다.

아버지의 얼굴이 실룩거렸다. 이제 남편 노릇을 하려나 보다. 역시 남자는 바깥일을 해야 가족을 지키는 힘이 솟는다. 하지만 아버지보다 먼저 의외의 사람이 입을 열었다.

"둘째 아가, 내 국 좀 더 떠 주련?"

"네?"

"아직 젊은 애가 귀먹었나? 국 떠 오라고!"

할아버지의 호통에 진동기 부인이 사색이 되어 벌떡 일어났다. 할아버지는 이미 국그릇을 내밀고 있었다. 그녀는 주방으로 달려가 국을 떠 왔지만 손을 벌벌 떨며 국물을 흘리기까지 했다. 할아버지가 국그릇을 받고 식사를 계속하자 집 전체가 싸늘할 정도로 고요해졌다. 할아버지의 수저 소리만 들릴 뿐이었다.

단 한 번으로 모든 걸 정리해 버리는 순간이었다. 아버지를 제대로 된 자식으로, 어머니를 며느리로 인정하는 순간이기도 했다. 눈물이 날 만큼 고마웠지만, 난 할아버지의 뒤통수를 쳐야 한다. 조금, 아니 어마 어마하게 미안하지만 침 발라 놓은 내 것은 그 누구도 건드리지 못하게 할 것이다.

'할아버지, 미안.'

아침 식사 때 싸늘해진 집안 분위기 때문인지 모두 할아버지의 기분 을 맞추기 위해 정신이 없었다. 이 일의 당사자인 아버지와 어머니는 개 봉관 상황을 살펴본다는 핑계로 식사가 끝나자마자 일찌감치 빠져나갔 고, 큰아버지는 바쁜 일이 있다며 가장 먼저 떠났다.

할아버지의 계획을 막으려면 먼저 그 계획의 세부 사항까지 알아야 한다. 서재의 책상에서 흘깃 본 보고서가 자꾸 눈에 밟혔다. 그 보고서 에 아진자동차를 삼키는 계획이 담긴 게 분명하다.

할아버지를 중심으로 거실에 사람들이 모여 있어 한동안은 시간을 벌 수 있을 것 같았다. 조용히 할아버지의 서재로 들어가 책상 위의 두 툼한 보고서를 들고 바닥에 앉아 재빨리 읽어 내려갔다. 목차를 봤을 때 조금 거북한 기분이 들었고 페이지를 넘길수록 거북했던 이유를 알 수 있었다. 매 챕터의 앞부분만 읽으며 전체 내용을 파악하고 보고서를 덮 었다.

완전히 잘못 짚었다. 이 보고서는 순양의 아진자동차 흡수 전략 보고 서가 아니었다. 자동차 산업 통폐합의 필요성과 그에 따른 정부 시책, 그리고 지원 방안이었다. 한마디로 순양이 아진을 흡수하는 타당성과 명분을 기록한 것이었고, 이 보고서대로 정부가 발표만 하면 아진자동 차는 순양의 그룹사로 편입된다.

대현자동차가 아진을 흡수하면 자동차 시장의 독과점이 우려되고,

우성자동차는 GM 지분이 상당히 많으므로 외국 자동차 회사에 넘기는 인상을 준다. 결국, 순양자동차가 가장 적합한 인수자라는 이야기다. 다시 한 번 순양 아니, 재벌의 힘에 놀랐다. 재벌은 자신이 원하는 정책을 만들어 정부에 제시하고, 정부는 그 정책을 행동으로 옮긴다. 마지막으로 입법부인 국회의원들이 거수기 역할을 충실히 하는 것으로 끝이 난다.

멀쩡한 회사 하나를 껍질도 벗기지 않고 삼키는 것이 이런 조합으로 가능한 것이다. 이 보고서는 순양그룹과 정부의 은밀한 밀착의 증거다. 이것이 밖으로 유출되면 정경유착 스캔들이 된다.

'젠장. 타격이 너무 큰데.'

현 정권의 타격이야 신경 쓰이지도 않지만, 순양에 타격을 줘서는 안된다. 할아버지를 휠체어에 태워 검찰로 보낼 수는 없지 않은가. 지금 상황을 뒤집을 수 있는 무언가를 찾아야 한다. 책상 한쪽에 놓인 주간정보 보고서를 집었다. 가끔 서재에서 할아버지 없을 때 잠깐씩 훔쳐보던 것이다. 아직 내게는 딱히 쓸 만한 정보는 없었다. 다만 연예인 스캔들을 조사한 것만 재미 삼아 봤을 뿐이다.

이 보고서는 증권가 찌라시니, X파일이니 하는 것과 그 성격이 같다. 정치, 경제, 사회, 연예계까지 모든 정보를 총망라한 보고서다. 그런데 정보의 양과 깊이 그리고 신뢰도는 찌라시와 비교할 수준이 아니다. 각계각층에서 순양의 장학생들이 흘려준 정보를 순양그룹 정보팀이 정밀 검증한 것이다.

쓸 만한 게 없나 파일을 넘겼다. 하지만 할아버지가 아진자동차에 뻗은 손을 떼게 할 만한 소스는 없었다. 정보 보고서 파일을 덮자 긴 한숨이 나왔다. 정부에서 자동차 산업 구조 개편을 발표하기 전에 막아야 하는데 지금으로서는 막막하다.

이때 전혀 다른 생각이 떠올랐다. 아니, 다른 시선으로 이 상황을 봤다는 게 맞는 표현이다. 할아버지를 막을 게 아니라 정부를 막으면 된다. 정부가 자동차 업계는 쳐다보지도 못하게 혼을 빼놓는다면? 조금 전 봤던 정보 보고서에 매우 적합한 내용이 하나 있었다. 다른 재벌이 돈 버는 것에 관심을 두지 않아 흘려보냈던 정보, 바로….

'한보그룹-수서지구 택지 개발 용도 변경의 件'

이거 아주 쓸 만하다. 언론이 가장 좋아하고 사랑하는 먹잇감은 바로 '정부'다. 언론이 정부를 물어뜯고 씹을수록 국민은 언론이 제 역할을 제대로 한다고 좋게 평가한다. 이 역시 돈으로 직결된다. 국민이 언론을 좋아할수록 글자 한 자의 가치는 더욱 커지는 법이니까.

현 정부의 도덕성에 치명적인 흠집이 나면 순양그룹이 만든 자동차 관련 보고서는 휴지 조각이 된다. 도덕성에 치명타를 입은 정부가 나서서 자동차 산업 구조조정을 한다면 또 하나의 스캔들이 될 터라 절대 입에 올리지 못할 것이다. 나는 수서 택지 개발 관련 정보를 팩스 기기로 재빨리 카피했다.

'이거, 너무 커졌는데… 괜찮으려나.'

설 연휴 직후 정보 파일을 정리해서 우리나라의 모든 언론사에 우편으로 보냈다. 며칠 동안 아무런 반응이 없어 한보그룹의 눈치를 보나 생각했지만, 그들도 내 제보를 확인하느라 시간이 걸렸나 보다.

며칠 뒤, 세계일보가 포문을 열었고 뒤이어 전 언론사가 이 사건에 화력을 집중하여 보도하기 시작했다. 아진자동차에 대한 기사는 단 한 줄도 나오지 않았다. 신문 방송은 연일 수서 특혜의 진상 규명을 요구하는 시위를 메인 기사로 쏟아 내는 중이다. 3월이 끝나 가는 데도 거의 한 달째 시위가 끊이지 않는다.

1988년, 자연 녹지에 불과한 수서지역 3만 5000평에 아파트를 짓겠다는 정부의 계획을 입수한 한보그룹 정태수 회장은 이 땅을 모두 사들였다. 서울시의 처음 계획은 아파트를 지어 무주택 서민들에게 분양하겠다는 것이었지만, 정태수 회장의 전방위 로비로 '특정 조합에 대한 특혜 불가'라는 방침을 5개월 만에 뒤엎고 택지 공급을 결정했다.

서울시는 장병조 청와대 문화체육 비서관의 압력으로 방침을 변경했다고 실토했지만, 그뿐만이 아니었다. 여야 가릴 것 없이 국회의원들도 한보의 뒷돈을 받아 서울시를 압박한 사실까지 드러났다. 청와대 비서관이 몸통으로 지목됐지만, 그가 깃털임은 자명한 사실이다.

언론과 진상 규명을 요구하는 시위대의 화살은 청와대를 향했고 제6공화국 최대의 스캔들로 커지는 중이었다.

"이 정도면 자동차에 눈 돌릴 정신머리는 없을 것 같긴 한데….."

내 생각대로 청와대는 이 사태를 수습하기 위해 모든 역량을 집중하고 있었고, 노태우 정권의 레임덕이 시작되었다.

▲ ▲ ▲

"당분간 청와대와의 연락은 자제해야 할 것 같습니다. 그리고 주식 매집도 보류했습니다."

이학재는 미간을 찌푸린 채 책상을 톡톡 치는 진 회장의 눈치만 살폈다. 그렇게 준비했는데 생각지도 못한 곳에서 불똥이 튀어 버렸다.

"학재야."

"네, 회장님."

"쉽게 사그라질 불길은 아니지?"

"그럴 것 같습니다. 대검 중수부에서 전방위 수사를 시작했습니다. 여의도 의원 여섯을 시작으로 서울시, 청와대 비서관들까지 출두 요청을 했습니다."

"한보 정 회장은?"

"이미 출국 금지 상태입니다. 그룹 차원에서 변호인단 꾸리느라 뛰어 다닌답니다."

"검사장급 구하러 다니겠구먼."

진 회장은 한심하다는 듯 머리를 절레절레 흔들었다.

대통령 임기는 24개월이라는 말이 있다. 첫해 2년은 뭐든지 밀고 나 갈 힘이 있지만, 나머지 3년은 꾸준한 내리막이다. 이제 임기가 2년밖에 남지 않은 시기에 이 정도 스캔들이면 대통령의 힘은 다 잃었다고 봐도 무방하다. 이제 권력은 여당 총재에게로 급격히 이동할 것이다. 다음 총 선이 딱 1년 남았다. 당 총재가 공천권까지 쥐고 있으니 청와대가 식물 정권으로 전락하는 건 불 보듯 뻔하다. 사정이 이러니 청와대는 자동차 산업의 개편을 추진할 수 없다, 아니 추진하지도 못한다.

"이번 정권에서는 땅 투기는 하지 말자고 그렇게 말했는데… 쯧쯧."

"정 회장 땅 욕심이야 유명하지 않습니까. 그 욕심이 우리 계획까지 망칠 줄 몰랐지만….."

"현직 검사장들한테 알려. 괜히 정태수 변호한답시고 사표 내면 우리 순양은 인연 끊는다고 경고해."

"알겠습니다."

이학재의 마음도 이런 식으로라도 화풀이를 하려는 진 회장의 마음 과 다르지 않았다. 할 수만 있다면 정 회장의 멱살이라도 쥐고 흔들고 싶은 심정이었다. 진 회장은 잠자코 곁에 앉아 있던 조대호 사장을 바라 보며 말했다.

"송 회장은 어때? 잔치 벌이지 않았나?"

"비슷합니다. 저한테 채용하지 않겠다고 통보하며 웃더군요."

"고생했다, 조 사장."

"아닙니다. 오히려 아무것도 한 게 없어 송구합니다."

조대호 사장이 머리를 숙였다.

"4월 정기인사 때 다시 자동차로 복귀해. 신차 개발 차질 없이 준비해야지."

"감사합니다. 회장님."

조대호 사장은 환한 얼굴로 떨구었던 머리를 들었다.

"학재야. 아진자동차 주식 사들인다고 돈 좀 깨졌지?"

"괜찮습니다. 아진 송 회장 두들겨 맞을 때 주가가 폭락해 그때 매입한 물량으로 물타기 했습니다. 지금 다시 팔면 손해 보는 일은 없을 겁니다."

"그래. 손 털고 빠져."

진 회장은 쓸쓸한 표정으로 순양 경제연구소에서 만든 전략 보고서를 휴지통에 던져 버렸다.

7장

욕심을 담을 그릇

영국 밴드 퀸의 보컬리스트 프레디 머큐리가 에이즈로 사망한 1991
년이 지나고 도래한 1992년 대한민국은 서태지가 휩쓸었다. 또한 그해
서태지보다 더한 인기를 얻게 될 김영삼이 제14대 대통령으로 당선됐
고, 양김시대의 종말을 예고하듯 김대중은 정계 은퇴를 선언하며 1992
년은 저물어갔다.

　TV를 통해 이 모습을 보던 오세현은 TV를 끄고 아쉬운 듯 긴 한숨을
내쉬었다.

　"한쪽은 물러나고 한쪽은 시작하고. 참 대단하군."

　"우리도 이제 시작해야죠."

　"뭘 시작해?"

　오세현이 의심스러운 눈초리로 나를 쳐다봤다. 그간 나 때문에 놀란
적이 한두 번은 아니지만, 여전히 익숙해지지 않는 것 같았다.

　"내년엔 묻어 둔 돈을 좀 움직이려고요."

　"돈? 미라클에 있는 돈?"

　"네."

　"어디에? 어떻게?"

　나는 손을 들어 오세현의 입을 막았고 생각해 둔 계획을 조심스레 꺼
냈다.

　"삼촌. 이제 저랑 동업하시죠."

　"뭐?"

"파워셰어즈 그만두시고 미라클 인베스트먼트에 올인하시라고요. 어차피 2퍼센트나 되는 주주시고, 우리도 돈 많이 벌었으니 고액 연봉은 충분히 감당할 수 있지 않겠어요?"

처음엔 충격, 그다음은 고민으로 이어질 줄 알았는데, 오세현은 내 말이 끝나자마자 머리를 저었다.

"그건 싫은데?"

"네? 왜요?"

"주식의 98퍼센트 보유자가 독단적인 투자를 결정하고, 그 결과는 항상 성공이었는데 내가 할 일이 뭐가 있겠어? 안 그래?"

'첫 제안은 무조건 거절하라.'라는 닳고 닳은 협상 기술을 쓰는 게 아니다. 완벽한 거절이었다. 그렇다면 또 다른 제안을 해야 스카우트를 할 수 있다.

"한국에 지사도 만들 겁니다. 이제 자금의 일부는 한국에 두고 운용할 생각이에요. 또… 할아버지 비자금 있죠?"

"그래."

"전 델 컴퓨터에 투자한 돈만 굴릴 테니까 할아버지 비자금과 나머지 돈은 삼촌이 운용하세요. 삼촌을 허수아비로 만들 생각은 없습니다."

오세현은 내 제안보다 델 컴퓨터에 묻어 둔 돈을 굴린다는 말에 더 민감한 반응을 보였다.

"뭐? 그 돈을 빼려고?"

"네, 내년 초에 뺄 생각입니다."

"미쳤어? 델은 최고 수익률을 매일 경신하는 골든 덕이야. 그걸 왜?"

"이 이야기는 나중에 하고, 제가 말씀드린 거 어떻게 생각하세요? 참, 오해하지는 마세요. 제안하는 게 아니라 부탁드리는 겁니다."

차분한 내 말투 때문인지 오세현은 흥분을 가라앉히느라 자리에서 일어나 창가로 걸어갔다. 몇 분간 말없이 창밖을 바라보다 몸을 돌렸을 때는 협상가의 자세로 돌아왔다.

"내가 필요한 것을 정리해서 다시 말할게. 그거 보며 다시 이야기하자."

뭐가 됐든 다 들어줄 생각이다. 지금 내게 필요한 것은 오세현 같은 어른이다. 그는 나를 어린애로 취급하지 않으면서도 현명하고, 경험 많고, 결정적으로 전 세계 어딜 가든 꿀리지 않는 경력을 보유한 사람이다. 내가 성인이 될 때까지 날 대신할 수 있다.

하지만 이런 말은 하지 않았다. 협상 과정도 중요한 법이다. 그가 요구하는 내용을 검토하는 척하며 받아들여야 그도 만족감을 느낀다. 협상은 좋은 조건보다 원하는 것을 다 얻었다는 만족감이 우선이다.

"도준아, 델 컴퓨터의 자금은 도대체 어디에 쓰려고 그래?"

"일본에 투자할 생각입니다."

일본이라는 말이 나오자마자 세차게 머리를 흔든다.

"안 돼! 몰라서 그래? 일본 경제는 지금 침몰 중이야. 너도 신문 보잖아. 거품이 터지며 최고의 위기를 맞은 게 일본이라고."

나 역시 머리를 세차게 흔들었다.

"삼촌. 최고의 기회는 항상 최고의 위기 속에 있습니다. 잘 아시면서…"

"그건 성공한 놈들 이야기고! 위기 속에서 기회를 잡은 놈은 백만 명 중에 하나다. 모두 그 위기 속에 빠져 죽었어."

"제가 그 백만 명 중의 한 명이라는 생각은 안 드세요?"

▲ ▲ ▲

뉴욕의 미라클 인베스트먼트가 100퍼센트 출자한 한국 투자사를 설립하고 오세현은 미국과 한국, 두 법인의 대표이사로 취임했다. 이제 대주주인 나와 전문 경영인 오세현은 미묘한 관계가 되었다. 그가 나를 대하는 태도는 크게 변하지 않은 듯했지만, 내 의견을 듣고 즉석에서 반대하는 일이 없어졌다. 좀 더 귀를 기울였고 나와 반대되는 의견을 낼 때는 늘 데이터를 기반으로 한 타당성 있는 의견이었다. 특히, 내가 델 컴퓨터 주식을 전량 매각하겠다고 했을 때 흥분하지 않고 주가 추이 그래프부터 보여 주며 말했다.

"지난주 주가가 47달러야. 상장 이후 단 한 번도 떨어진 적 없는, 그야말로 다이아몬드급이라고. 60달러 넘어가면 그때 다시 검토하는 게 어때?"

"거품은 없다고 생각하세요?"

"당연히 있지. 하지만 거품도 주가의 구성 요소야. 내가 60달러라고 이야기하는 건 그 거품이 꺼지는 시기가 바로 60을 찍었을 때야. 사람들이 거품을 의심하는 단계거든. 그때 엑시트해도 늦지 않아."

주가를 분석하는 눈이 날카롭다.

나야 주식 투자와 거리가 먼 사람이었으니 거품이니 뭐니 알 도리가 없다. 다만 마이클 델이라는 개인에 관해 관심을 두다 보니 델 컴퓨터 주가가 49달러까지 치솟다가 10달러로 폭락하고 다시 60달러까지 치고 올라가 그 수준을 계속 유지했다는 걸 기억할 뿐이다. 하지만 오세현은 60달러라는 수치를 예측했다. 굉장한 사람이다.

"삼촌, 우리는 100배 이상의 수익을 냈는데 이 정도면 충분하지 않을까요? 욕심 더 부릴 이유도 없고."

"네 말대로 욕심부리지 않으려면 델 컴퓨터 팔고 안정적인 곳에 투자하면 돼. 코카콜라, 하인즈 등등. 안 그래?"

"그건 너무 안정적이죠. 투자사가 할 일은 아닙니다. 개인이 해야지."

이제 균형도 잘 잡는 삼촌이다. 한숨 한 번 쉬고 한발 뒤로 물러선다.

"일본이라고 했지? 봐둔 데는 있니?"

"좀 알아봐 주시겠어요? 괜찮은 곳 있는지?"

내 입으로 말하기 전에 오세현이 찾아내는 곳도 보고 싶었다. 어쩌면 나보다 더 훌륭한 회사를 찾아낼지도 모른다.

"그럼 내가 리스트 뽑아 올 테니까 다시 논의하자. 미국보다 더 좋은 곳 없으면 생각 바꿀 거지?"

"물론이에요. 가장 좋은 곳에 투자하는 건 기본이잖아요."

나 역시 한발 물러서는 척했다. 꼭 필요한 사람이니 이 정도 비위는 맞춰 줘야 하지 않겠는가?

▲ ▲ ▲

"할아버지 더 건강하게 오래오래 사십시오."

"됐다. 큰절은 무슨…. 좀 어른스러워진 것 같은데, 어떠냐? 많이 배웠나?"

독일에서 몇 년 만에 돌아온 진영준의 큰절을 마다한 진 회장은 매서운 눈길을 거두지 않았다. 그는 매주 올라오는 지사 보고서로 진영준의 생활을 빠짐없이 확인했다. 드문드문 만취하도록 술을 마신 적은 있지만, 딱히 사고랄 것은 없었다.

"독일 갈 필요 없었습니다, 할아버지."

"뭐라?"

진 회장의 눈썹이 꿈틀거렸지만, 진영준은 당당함을 잃지 않았다.

"우리 전자제품은 없어서 못 팝니다. 생산이 따라가지 못할 만큼요. 유럽 유통사들이 선금 넣고 대기할 정돕니다. 그런데 그게 전부 할아버지 덕분이었으니까 할아버지 밑에서 직접 배우는 게 더 빠를 것 같더군요."

"그게 내 덕분이다?"

"편의 기능은 다 빼고 필수 기능만 넣어 싼 가격으로 공중 살포해 버리니까 동유럽은 물론 서유럽까지 열광합니다. 이게 다 할아버지 전략 아닙니까?"

진영준은 진 회장 곁에 앉으며 머리를 꾸벅 숙였다.

"많이 배웠습니다. 감사합니다, 할아버지."

"여자 멀리하니까 머리가 좀 깨끗해진 것 같구나."

"술도 안 마셨습니다. 아주 가끔 와인 좀 마신 게 전부예요."

진영준은 할아버지 입가에 옅은 미소를 발견하고 안도했다. 이 정도면 자신을 불신하는 할아버지의 마음을 조금은 돌린 것 같다고 생각했다.

진영준은 이제 귀양살이를 끝내고 싶었다. 한국에선 순양그룹 맏손자라는 명함이 무소불위의 힘을 가졌지만, 독일에선 통하지 않았다. 순양이라는 이름을 잘 모르기도 하거니와 안다 한들 그게 전부다. 교포 사회에서나 알아줬다. 하루라도 빨리 이 땅에서 황태자처럼 지내고 싶었다. 하지만 진 회장의 입에서 나온 말은 그의 기대를 무참히 꺾어 버렸다.

"그래, 절제하며 지내는 거 지사장들이 다 칭찬하더라. 딱 서른까지만 지금처럼 열심히 해. 그런 다음 돌아와서 요직에 앉아."

진영준은 벌떡 일어나 너무하신 거 아니냐고 소리치고 싶었지만, 유럽에서 배운 인내심 덕분에 환하게 웃을 수 있었다.

"네, 할아버지. 열심히 하겠습니다. 지켜봐 주십시오."

진영준은 이렇게 새해 인사를 끝내고 집으로 돌아갔다. 할아버지, 진 회장 집 앞에서 퉤, 하고 침을 한번 뱉는 것도 잊지 않았다.

"서른까지는 유럽에 처박혀 있으랍니다."

"그래서? 넌 혹시 발끈한 거 아니지?"

"아이고, 아버지. 저도 이제 철부지 아닙니다. 열심히 하겠다고 하고 나왔어요."

"잘했다."

진영기 부회장은 아들의 어깨를 한번 두들겼다. 그리고 거실 소파에 앉은 자식들을 둘러보며 말했다.

"이제 너희들도 성인이니까 내 말 명심해. 할아버지는 분명 너희들 일거수일투족을 감시하실 거다. 조금이라도 불미스러운 소문이 들리면 그건 너희뿐만이 아니라 다른 사람한테까지 불똥이 튀는 거야."

장녀인 혜경과 막내인 경준은 심드렁한 표정이었다. 어차피 상속 순위가 한참 뒤인 자신까지 할아버지 눈에 들 이유는 없다. 지금 아버지가 하는 말은 이 집 장남인 진영준을 위해 사고 치지 말라는 의미라는 걸 충분히 안다. 아버지 말대로 성인이니까 말이다.

"혜경이 넌 다음 달에 대학 졸업하면 괜찮은 놈 소개해 줄 테니 결혼 서둘러. 그리고 유학을 가든…."

"아빠! 요즘 누가 졸업하자마자 결혼해요? 몇 년 더 있다가…."

"내 말 끝까지 들어!"

진영기의 호통에 두 자식의 삐죽 나왔던 입이 쏙 들어갔다.

"너희가 한 거라고는 할아버지 핏줄로 태어난 것뿐이다. 그 덕분에 하고 싶은 거, 갖고 싶은 거 다 누리며 사는 거야. 만약 할아버지가 너희를 버리면 지금 사는 수준의 절반도 누리지 못한다."

"아버지 갑자기 왜 그런 말씀을…."

"작년부터 할아버지가 변한 거 모르지? 사람은 늙어 갈수록 생각이 바뀐다. 먹고 싶은 거 있으면 장남이 떠오르고 먹을 게 있으면 막내 주고 싶은 게 늙은 부모 마음이다. 지금 할아버지의 애정은 바로 너희들 막냇삼촌 가족에게 쏠리고 있어, 특히 도준이에게.”

모두 어느 정도 분위기는 짐작한다. 진 회장이 그 바쁜 와중에 막냇삼촌이 만든 영화를 챙겨 본다는 이야기까지 들렸다.

“할아버지 연세를 생각해. 살면 얼마나 사시겠니? 그때까지만 사고 치지 말고 할아버지 자주 찾아뵈어라. 순양그룹이 이 아버지 손에 들어오면 너희들 하고 싶은 대로 살아도 돼. 알아들었어?”

“사고 치지 않고 조용히 지내는 거랑 결혼이 무슨 상관있어요?”

혜경이 발끈해서 소리치자 진영기는 답답한 듯 언성을 높였다.

“우리 집안에서 연애 결혼한 사람 누가 있어? 막냇삼촌 봐! 10년 넘게 버린 자식 취급받으며 살았어. 그게 원하는 결혼의 대가다. 네가 결혼을 네 마음대로 하고 싶다면 지금 당장 짐 싸서 나가!”

진혜경은 아버지의 호통에 아무 대꾸도 하지 못했다. 진영기는 자식들이 모두 고개를 떨구고 눈치를 보자 마음이 가라앉았다.

그는 요즘 불안해서 잠을 잘 수도 없을 지경이었다. 지난해 아진자동차 인수가 불발로 끝난 이후부터 아버지 진 회장이 돌변했기 때문이다. 그룹의 굵직한 사안이 자신도 모르는 채 진행되기 일쑤였으며, 자신이 전결 처리하던 계열사 현안도 마지막은 회장의 승인을 받아야 했다. 그룹 내에서 후계 구도가 바뀔 거라는 이야기가 솔솔 번지기 시작했고, 계열사 사장들도 자신을 건너뛰고 직접 회장에게 보고하는 일이 잦아졌다.

아버지가 변한 건 확실하다. 그 이유도 어렴풋이 짐작한다. 단 한 번도 경계하지 않았던, 아니 존재조차 미약했던 조카 하나가 집안을 송두리째 흔들고 있다. 진영기는 자기 자식들 때문에 순양그룹의 주인이 되지 못할 바에는 자식을 버리는 게 더 낫다는 생각을 이미 굳혔다.

▲ ▲ ▲

"숨은 보석을 하나 발견했는데 만만치가 않아."

오세현이 내미는 리스트에는 단 하나의 회사만 올라 있었다.

"작년 매출액이 1000억 엔, 우리 돈으로 8000억 가까이 돼."

"그럼 이미 다 자란 거위 아닌가요?"

"이 회사는 IT 산업과 그 궤가 같아. IT 산업이 성장할수록 이 회사도 커지거든. 앞으로 더 커질 거야."

1992년, 마이크로소프트가 내놓은 윈도우3.1이 일본 컴퓨터 업계를 평정했다. 또한 MS오피스 같은 소프트웨어 역시 날개 돋친 듯 팔렸다. 마이크로소프트의 독점 판매권을 가진 소프트뱅크는 순식간에 대형 기업으로 커버린 것이다.

'사실 저도 소프트뱅크를 생각하고 말씀드린 겁니다.'

하지만 오세현의 제안이 내 생각과 일치한다는 걸 굳이 언급하지 않았다. 과는 주인이 짊어지고 공은 아랫사람에게 돌리는 게 참다운 주인의 미덕 아니겠는가?

"만만찮다는 건 무슨 뜻이에요?"

"회사가 궤도에 올랐으니 굳이 투자를 받을 필요가 없다고 생각할 거야. 이 회사 창업자… 아 참, 이 사람 재일교포 3세야."

"저도 알아요. 신문에 한 번 났어요. 성공한 교포들 특집 기사요. 좀 괴짜라고 하던데."

"그래? 아무튼, 일본에서 성공 신화를 쓰다 보니 투자자들이 많이 몰렸어. 그런데 아쉬울 게 없으니 전부 거절했다고 하더구나."

"델 컴퓨터와 똑같은 경우네요."

"아니. 이쪽이 훨씬 더 고자세야. 사장이 워낙 자신감에 넘쳐서 말이야."

"혹시 상장 예정입니까?"

인터넷 기사 쪼가리로 본 게 전부라 정확한 시점은 모르겠다. 하지만 상장할 때 100배는 가뿐히 넘겼다는 것은 확실히 기억하고 있다.

"글쎄, 그런 말은 없던데?"

"그럼 아직 기회는 남아 있군요."

"문제는 설득인데… 가능할 것 같지가 않아."

지금까지 투자를 실패한 사람들은 나와 다르다. 그들은 소프트웨어 유통사가 아무리 큰 성공을 거두더라도 주가가 폭등하리라고는 생각조차 못 하기 때문이다. 이 사실을 안다면 얼마든지 투자할 수 있다.

"삼촌."

"응."

"할아버지께서 이런 말씀을 한 적 있어요. 세상의 모든 것은 다 가격이 있다. 단, 사람마다 생각하는 가격은 다 다르다."

"뭐, 대단한 말씀 같지는 않은데? 올림픽 이후에 그 흔한 물도 판매하겠다잖아."

"그러니까요. 소프트뱅크의 주식도 상품이잖아요. 분명히 팔 겁니다. 돈만 많이 주면요."

내 말에 오세현은 호기심이 가득한 눈으로 나를 응시했다.

"그럼 넌 얼마까지 줄 수 있다고 생각해?"

"삼촌은 어떻게 생각하시는데요?"

그는 잠깐 생각에 잠기더니 손바닥을 내밀었다.

"다섯 배. 이 정도면 상장 후 초기 탄력으로 30퍼센트 정도의 차익은 남길 수 있을 거야."

"다섯 배로는 그쪽에서 관심 두지 않을 것 같은데요?"

"그러니까 무리라는 이야기야. 다섯 배까지 제안한 투자자는 많을 테니까. 역으로 생각하면 이 이상은 투자 가치가 없다는 뜻이기도 하지."

"그럼 소프트뱅크 사장은 다섯 배 이상을 주면 팔지도 모르겠네요? 누구나 그렇게 생각하니까?"

내 말에 오세현이 빙긋 웃었다.

"그럴지도. 넌 몇 배까지 생각하는데?"

"몇 배수로 팔지는 소프트뱅크 사장에게 물어보죠. 원하는 대로 해주겠다고 제안하면서요. 그 사장님, 얼마나 괴짜인지 확인하고 싶거든요."

큰 욕심부리지 않는다. 딱 두 배만 남겨 먹자.

▲ ▲ ▲

"미국?"

"그렇습니다. 뉴욕 맨해튼에 본사가 있죠."

"선생님은 한국 사람이시고요?"

만 36세의 젊은 손정의, 일본 이름 손 마사요시는 영어와 일본어를 유창하게 하는 중년의 한국 남자 오세현을 신기한 듯 바라보며 연신 고개를 갸우뚱했다.

"네, 우리 투자사의 자본은 한국입니다만 주로 미국 기업과 할리우드 영화에 투자합니다."

"그럼 만약 투자하신다면 달러를…?"

"그거야 사장님께서 원하시는 대로 할 수 있죠."

"그런데 우리 소프트뱅크는 어떻게 아셨습니까?"

"우리 회사도 마이크로소프트의 주식을 꽤 많이 쥐고 있습니다. 그래서 분기마다 항상 경영보고서를 받죠. 갑자기 일본 실적이 두드러져서 관심을 갖게 되었습니다."

"아…!"

협상할 때 공통의 연결고리가 있다는 것은 꽤 좋은 카드다. 낯선 사람이 아니라 지인과 관계자가 됨으로써 경계심이 묽어지기 때문이다.

"그럼 지금 미국에서 오시는 길입니까?"

"아뇨, 한국에서 왔습니다."

"다행이군요."

살짝 비웃는 듯한 손정의의 미소. 오세현은 부정적인 반응이 나올 것 같아 입술을 깨물었다.

"가까운 곳에서 오셨으니 제가 덜 미안하군요. 이미 팩스로 알려드렸다시피 지금은 외부 투자가 필요하지 않습니다."

"그러니까 직접 왔죠. 손 대표님을 설득하려고요."

"음… 글로 제 생각을 정확히 전달 못 한 것 같아 죄송스럽군요. 어떤 조건이라도 투자는 받지 않습니다. 이 생각은 변하지…."

"열 배 드리죠."

느닷없이 조건을 던져 버리는 오세현 때문에 손정의는 말을 잇지 못했다. 게다가 열 배라는 파격적인 제안이다. 하지만 오세현은 독약을 삼키는 심정으로 말을 뱉었다. 할 수만 있다면 다시 주워 담고 싶은 말이었다.

'애가 뭔 놈의 배포가 이리 큰지…. 핏줄은 못 속이나.'

▲ ▲ ▲

"도박은 사람의 이성을 잃게 만들죠. 아닙니까?"

"네가 그걸 어떻게 알아? 학교에서 짤짤이라도 하는 거야?"

도박에 이성 잃은 놈을 이 순양그룹에서 수없이 봐왔다. 이 집안 놈들은 마약은 끊어도 도박은 끊지 못한다. 돈이 넘쳐나기 때문이다. 수백억을 날리고 그 돈을 메꾸려고 회삿돈을 빼돌린다. 횡령으로 검찰 수

사망에 걸리면 외국으로 피신해서 다시 카지노를 들락거린다. 순양그룹에서 검찰을 달래고 나면 도박 빚만 잔뜩 진 채 귀국하는 일을 되풀이한다.

"우리 학교에는 동전 들고 다니는 애 없어요. 만 원짜리 이하도 안 들고 다녀요. 카드는 기본이고요."

"그래? 역시 있는 집 애들은 다르시군. 그렇다 치고, 도박으로 어떻게 하겠다는 거냐? 소프트뱅크 사장하고 포커라도 치려고?"

"네, 레이스 한번 해보죠."

"레이스?"

"소프트뱅크 주식 매입가를 열 배부터 레이스하는 겁니다."

"뭐? 아, 아니다. 계속해 봐."

깜짝 놀란 오세현의 얼굴을 오랜만에 본다.

"그다음부터 다섯 배를 계속 더하는 겁니다. 열다섯, 스무 배, 스물다섯 배… 단, 언제든 멈출 수 있다는 걸 미리 알려 줘야죠. 그리고 멈추면 협상은 그 자리에서 끝난다는 것도요. 되돌릴 수는 없다…. 이게 도박 아닐까요?"

"그 손정의라는 사람, 후달리겠는데? 으하하."

오세현은 무릎을 탁 치며 크게 웃었지만, 그 웃음은 오래가지 않았다.

"그럴듯한데, 목적을 잊어서는 안 돼. 만약 스무 배에 그자가 오케이 한다면 우린 손해 본다. 아니, 열 배만 해도 손해 볼지도 몰라. 우린 투자 이익이 목적이지 소프트뱅크 인수가 목적이 아냐."

"전 50배까지 레이스 할 생각인데요?"

오세현은 열 배라는 말에는 놀랐지만 50배라는 말에는 놀라지도 않고 어처구니없는 표정만 지을 뿐이었다.

"그런 표정 하지 마세요. 델 컴퓨터는 이미 100배가 넘었습니다. 소프트뱅크 주식도 100배가 될 수 있습니다."

"과연 그럴까? 소프트뱅크는 제조사가 아냐. 유통사인 뿐이야. 100배? 돈을 전부 잃을 수도 있어."

"상대를 도박판에 앉히고 우리만 빠질 수는 없죠. 혼자 치는 포커는 없지 않습니까? 끝은 봐야죠."

오세현은 별말 없이 자리에서 일어났다.

"도박 운은 네가 강하니까 이 레이스 한번 해보지. 판돈은 내가 키워보마. 그런데 도준아."

"네."

"도박의 끝은 패가망신이다. 명심해라."

담담한 목소리로 걱정을 전하는 그는 투자사 대표이사가 아니라 아버지 절친의 모습이었다.

"이번이 마지막이 될 겁니다. 제가 성인이 될 때까지는요."

오세현은 고개를 가볍게 끄덕였다.

▲ ▲ ▲

"지, 지금 뭐 하시는 겁니까?"

"열다섯 배 드리겠습니다. 아, 한 가지 먼저 말씀드릴 것이 있습니다. 제가 이 의자에서 일어서면 뒤돌아보지 않습니다. 또한, 제안은 없었던 것으로 하겠습니다. 스무 배!"

느긋한 오세현과 달리 손정의 손끝이 떨렸다.

"스물다섯 배."

"자, 잠깐만요!"

오세현은 판 돈 넉넉한 사람이 레이스를 이끄는 방법 정도는 안다. 상대에게 생각할 시간을 주면 안 된다는 것도 안다. 쉴 틈 없이 몰아붙여야 패를 덮고 항복한다.

"서른 배."

"…."

바로 이때 오세현은 상대의 손의 떨림이 멈추는 것을 발견했다. 게임의 규칙을 깨닫고 평정을 되찾은 것이다. 역시 보통이 아니다. 그 평정의 의미를 판단하기 힘들었다. 오세현의 판돈을 가늠하고 있는 건지, 진심으로 투자를 원하지 않는 것인지…. 어떤 것일까?

"서른다섯 배."

역시 침묵이다.

오세현은 의자 곁에 내려놓았던 서류 가방을 집어 들었다. 블러핑이었다. 하지만 통하지 않았다. 오세현은 레이스는 계속되었고 손정의는 어디까지 가는지 한번 두고 보자는 마음인지 포커페이스를 유지하고 있었다.

"50배."

"…콜."

마지막 베팅 순간을 손정의는 정확히 알아차렸다. 레이스가 끝나자 그의 표정에는 승자의 거만함이 드러났다. 하지만 오세현에게는 아직 끝난 판이 아니었다. 이제 판돈을 키울 차례다.

"50배에 몇 주를 주시겠습니까?"

"그 부분은 내부 회의를 거쳐서…."

"마흔다섯 배."

"뭐요? 이런…!"

손정의는 당황한 기색이 역력했지만, 눈치 빠른 사람이니 새로운 판이 시작되었다는 걸 알았고 순식간에 게임의 룰을 알아챘다.

"40배."

"100만 주. 더 이상은….''

이제 오세현이 상대의 판돈을 읽어 내야 한다. 투자 배수가 줄어드니 주식의 양을 늘려야 차익을 건질 수 있다. 두 사람은 재빨리 계산을 시작했다. 몇 주를 넘겨야 최대 차익을 남기는가? 하지만 이 판을 이끌어 가는 건 오세현이었다. 손정의는 이미 잉여금에 대한 욕심을 버리지 못한다. 오세현은 다시 베팅했다.

"서른다섯 배.''

"500만.''

서로를 바라보는 눈빛이 가라앉았으니 마지막 베팅이다. 이제 레이스를 멈춰야 했다. 이것은 자존심 싸움이 아니라 협상일 뿐이니까 말이다.

"…콜.''

도박이 끝나자 두 사람 모두 동시에 긴 숨을 내쉬었다. 긴장했던 몸과 마음을 추스르고 오세현이 손을 내밀었지만, 마주 잡는 손이 나오지 않았다.

"500만 주는 지금 당장 무리입니다. 최소 200만 주는 증자해야 가능합니다. 이것을 받아들이시겠습니까?''

지금에 와서 판을 깨자는 소리는 아닌 듯했다. 현실을 있는 그대로 말하고 해결하자는 의미였다.

"좋습니다. 200만 주는 증자, 300만 주는 인수. 그렇게 결론 내죠.''

그제야 손정의도 손을 내밀며 활짝 웃었다. 액면가 150엔의 주식을 5250엔에 팔았다. 두 번의 밀고 당김으로 250억 엔을 벌어들였으니 웃음을 참기 힘든 건 당연했다.

"이런 말씀드려서 죄송합니다만 미라클 인베스트먼트는 제게 생소한 데… 자금력이 상당한가 봅니다.''

"그런 편이죠. 지금 당장 현금으로 굴릴 수 있는 돈이 1000억 엔 이상이니까요."

깜짝 놀라 입을 다물지 못하는 손정의를 앞에 두고 오세현은 이미 계약서 초안을 만들고 있었다.

▲ ▲ ▲

"서른다섯 배, 500만 주로 계약했다. 이제 네 운을 믿고 기다리는 수밖에 없어."

"염려 마세요. 잘 될 거예요."

"그런데 진짜 델 주식 다 처분할 거니?"

설득은 포기한 듯 보였고 마지막으로 확인하는 느낌이다. 승승장구하는 주식을 팔고 그 돈의 일부를 황당하기 이를 데 없는 가격으로 고작 소프트웨어 유통사의 주식을 매입한다. 누가 보더라도 미친 짓이지만, 이 짓으로 조 단위의 돈을 번 놈이 눈앞에 있다.

"100배 벌어들였는데 붙잡고 있을 이유는 없을 것 같습니다. 델 주식 처분하고 소프트뱅크 주식 매입 후, 남은 돈은 삼촌이 만지세요. 저도 내년이면 고등학생입니다. 3년간은 공부만 하려고요."

"학생 입에서 공부한다는 소리가 이렇게 어색한 건 네가 처음이다."

피식 웃음을 터뜨리던 오세현은 다시 진지한 표정으로 변했다.

"항상 전교 1등인 네가 서울대 가고 싶어 하는 건 뻔할 테고, 전공은? 아무래도 경영학과나 경제학과겠지?"

"아뇨. 전 법대 갈 건데요?"

"법대?"

"네."

전혀 예상하지 못한 대답에 오세현은 눈을 깜빡거렸다. 그는 내가 충분히 돈을 벌었으니 판검사나 하며 탱자탱자 놀면서 살 놈이 아니라는 걸 누구보다 잘 알 것이다.

"우리나라 최고 기업가인 할아버지와 영국에서 경제학을 전공한 삼촌이 제 곁에 있는데 대학에서 뭘 배우겠어요?"

"그럼 법대는? 거기서는 뭘 배우려고? 설마 판검사 하겠다는 건 아니겠지?"

"당연히 아니죠. 그냥 보여 주는 거죠."

"뭘 보여 줘?"

"재벌 3세치고는 공부 잘한다는 거요. 아직 재벌집에서 서울대 간 사람은 있어도 법대 갈 만한 성적 낸 사람은 없잖아요."

법대를 희망하는 진짜 이유를 짐작한 듯 오세현의 입가에 살짝 미소가 걸렸다. 진 회장에게 눈도장 한 번 더 찍으려는 의도라고 생각한 것이다. 특별히 부연 설명은 하지 않았다. 굳이 알릴 이유도 없다.

"그렇구나. 자, 그럼 델은? 언제 매각하는 게 좋을까?"

"지금 거래가가 47달러에서 49달러 왔다 갔다 하죠?"

"그래."

"그럼 그 선에서 다 넘기죠."

"알았어. 그리고 지금 환율이 달러당 111엔이야. 2억 3000만 달러는 소프트뱅크에 넣고 나머지는 네 말대로 내가 관리하마. 됐지?"

이제 특별히 기억나는 게 없다. 미국에서 보내 주는 영화 제작 리스트를 보며 투자 여부만 결정하는 게 전부다. 공부에 전념하여 꼭 서울대 법대를 갈 것이다. 한국 고위 관료의 상당수가 여기 출신이다. 이 학교를 나오지 않은 진 회장은 이들을 수족처럼 움직인다. 바로 돈의 힘이다. 하지만 우리나라에서 가장 끈끈한 줄은 바로 학연, 그중에서도 대학이다.

나는 한 손에는 돈을, 다른 한 손에는 동문이라는 줄을 쥐고 관료들을 수족처럼 부릴 것이다. 그래야 그들은 자신을 수족이라 생각하지 않는다. 서로 돕는 동문이라 생각할 것이다. 이 미묘한 차이가 바로 돈으로 사람을 부리는 진영기 부회장보다 내가 조금 더 앞서 나가게 하는 힘이 될 것이다.

하지만 공부에 전념하겠다는 내 계획은 잠시 중단해야 했다. 뜨거운 나날이 계속되던 한여름, 여느 때와 다름없이 신문을 펼치자 모든 헤드라인이 마치 복사라도 한 듯 똑같았다.

「세계 반도체 업계 "초비상"」

눈이 번쩍 뜨였다. 올해 들어 반도체 수출이 상반기 중 단일 품목으로 최대인 20억 달러를 넘어서는 등, 단군 이래 최대 호황을 누리고 있는데 이 무슨 날벼락 같은 소리인가?

▲ ▲ ▲

몹시 다급한 상황이라 진 회장은 직접 본사로 달려가 회의를 소집했다. 이학재를 비롯한 순양전자, 순양물산의 사장과 임원, 그리고 일본 오사카 지사장까지 첫 비행기를 타고 회의실에서 대기 중이었다.

대회의실 문이 벌컥 열리며 진 회장이 나타나자 모두 벌떡 일어났지만 진 회장은 손을 내저었다.

"그냥 앉아. 예의 차릴 정신 남았어?"

진 회장이 상석에 털썩 주저앉자 오사카 지부장이 입을 열었다.

"화재가 크게 났습니다. 에히메 공장 수지 플랜트가 폭발하는 바람에…. 생산은 불가능합니다."

"현지 조사단은 오늘 첫 비행기로 출발했습니다. 상공자원부도 내일 출발한다고 합니다."

순양전자 사장의 보고가 뒤를 이었다.

"현재 확보한 재고는 4개월 치입니다. 만약 넉 달 뒤에 생산 재개가 안 된다면 우리 생산 라인도…."

"에히메 공장 정상 가동은 내년이나 되어야 가능합니다."

오사카 지사장이 진 회장의 안색을 살피며 말했다.

"스미토모에서 다른 두 개 자사 공장의 생산 품목을 긴급 전환한다는 발표가 있었습니다. 아마 수급 문제는 해결이 될 것 같습니다."

"아마? 같습니다?"

진 회장의 이마에 핏줄이 툭툭 튀어나왔다.

"스미토모 바로 옆에 있는 놈이 추측이나 하고 있어? 너 뭐 하는 놈이야!"

오사카 지사장은 황급히 머리를 숙였다.

지금은 추측이 전부일 뿐이다. 괜히 자신 있게 말했다가 잘못됐을 때 그 책임을 짊어질 자신이 없다. 올해 매출 목표 10조, 영업이익 1조 5000억, 메모리 반도체 세계 1위. 이 무시무시한 숫자를 책임질 수 있는 사람은 진 회장뿐이다.

"공장은 절대 서면 안 돼! 야! 손훈재!"

"네 회장님."

"미국 거 확보해 와."

순양물산 사장 손훈재는 식은땀을 흘리며 어렵사리 힘든 말을 꺼내야 했다.

"미국 다우케미컬은 이미 인텔과 독점 계약을 맺었습니다. 물량 확보는 불가능합니다."

"국내 기업도 에폭시 패키징을 생산한다고 들었습니다. 아쉬운 대로 그쪽 물량 전부 확보하면 생산 라인이 멈추는 사태는 막을 수 있지 않습니까?"

이학재 실장이 순양전자 사장을 향해 물었지만, 부정적인 대답만 돌아왔다.

"국내산은 1메가 이하에만 사용 가능합니다. 주력인 4메가에 사용하기에는 품질이 따라가지 못합니다."

모두 안 된다, 어렵다는 말만 되풀이했지만 진 회장은 화를 터뜨리지 않았다. 에폭시수지는 스미토모의 독점 시장이라는 걸 잘 알기 때문에 닦달해 봤자 해답이 나오지 않는다.

스미토모는 일본의 재벌 해체 이후에도 살아남은 미쓰비시, 미쓰이와 더불어 3대 재벌 집단 중의 하나다. 대외 인지도는 가장 낮지만, 생각지도 못한 기업들이 많다. 화학이 주력이며 전기, 상사, 보험 등의 금융업에도 진출해 있다. 또한, 신문과 맥주로 유명한 아사히 그룹을 준 계열사로 거느릴 정도로 거대하다.

버블 경제의 붕괴로 흔들리기 시작하는 일본이지만 90년대의 일본 경제는 한국과 비교할 수 없다. 한국의 항공, 조선, 전기, 전자, 자동차 전체 매출이 일본 미쓰비시 매출에 불과하다.

에폭시수지는 반도체 조립 때 칩을 둘러싸는 몰딩의 소재로, 반도체 전체 원료 가격의 1퍼센트에도 미치지 못하는 재료다. 하지만 없어서는 안 될 재료라는 게 문제다.

스미토모사는 반도체에 사용하는 고급 에폭시수지를 세계 공급량의 60퍼센트 점하고 있다. 또한, 국내 반도체 생산 공장은 스미토모 화학의 의존도가 무려 95퍼센트다. 수조 원대의 한국 반도체 산업이 전체 물량이라고 해봤자 불과 200억 정도밖에 되지 않는 스미토모에 발목을 잡힌 것이다.

"결국, 스미토모가 재빨리 생산 라인을 변경해야 우리가 살아남는 것이구먼. 우리는 두 손 모아 비는 게 전부고….”

호떡집에 불난 것보다 더 호들갑을 떨었지만 진 회장을 비롯한 순양의 핵심 인사들은 스미토모의 대책 발표를 기다리는 것 외에는 할 수 있는 일이 아무것도 없었다.

▲ ▲ ▲

신문 기사를 보자마자 까맣게 잊고 있었던 기억이 새록새록 떠올랐다. 순양그룹에 입사한 후 연수 받을 때의 교육내용, 바로 순양전자의 발전사였다.

지금 내가 들고 있는, 모델명 SY-700은 순양전자의 두 번째 휴대전화이며, 최초로 들고 다닐 만한 무게 100그램대의 전화기였다. 1993년, 이 휴대전화가 나왔다는 걸 설명할 때 잠깐 언급했던 스미토모 화학의 폭발사고…. 별것 아닌 일일지도 모르지만, 자꾸 마음에 걸렸다.

바로 독점이라는 단어 때문이다. 오죽하면 정부에서도 '반도체 장비와 주요 소재의 해외 의존도가 지나치게 높은 우리나라 반도체 업종의 취약성이 노출된 것'이라고 우려하고 있을까? 기업인들에게 가장 유혹적인 단어인 '독점', 더욱이 전자산업의 쌀이라는 반도체를 쥐고 흔들 만한 힘을 가진 것이 바로 독점이다. 이 독점의 힘을 내 손에 쥘 수만 있다면 앞으로 순양전자의 향방에 큰 힘을 발휘할 텐데….

대상이 너무 크다. 순양과 비교하기 힘든 거대한 스미토모 그룹이 아닌가? 내가 돈은 좀 있지만, 그 돈으로는 어찌해 볼 방법이 없다. 그러나 이유는 알 수 없지만, 미련이 사라지지 않았다.

거의 한 달 동안 신문 기사와 방송을 챙겨 보며 사태 추이를 살펴보는 사이 에폭시 공장의 폭발사고 따위와는 비교하기도 힘든 사건이 터져 버렸다. 이번에는 멀리 외국이 아닌 바로 우리나라에서, 그것도 청와대에서 대폭발이 일어났다.

8월 12일 저녁 7시. 모든 TV 방송은 정규방송을 중단하고 대통령의 긴급 담화 발표를 생중계했다.

『저는 이 순간 엄숙한 마음으로 헌법 제76조 1항의 규정에 의거하여, 〈금융 실명 거래 및 비밀 보장에 관한 대통령 긴급재정 경제명령〉을 발표합니다.』

독특한 경상도 사투리 억양에는 평상시와 다른 힘이 느껴졌고, 표정에서는 단호함이 엿보였다. 취임하자마자 '하나회'라는 군부 세력을 숙청하더니 6월에는 공직자 재산 공개라는 폭탄을 던져 부정한 방법으로 재산을 축적한 고위 공무원들이 스스로 사표를 던지게 했다. 이제 차명으로 숨겨 놓은 검은돈마저 끌어내겠다는 선언을 한다.

젠장, 금융실명제 발표가 올해였던가? 김영삼 정부 시절의 성과인 것은 알았지만 그게 올해라는 건 기억해 내지 못했다. 만약 기억했다면 할아버지에게 넌지시 알려줌으로써 더한 사랑을 받았을 텐데… 아쉽다.

할아버지가 충격으로 쓰러지지나 않았는지 슬슬 걱정되기 시작했다.

▲ ▲ ▲

대통령의 담화를 승용차에서 듣던 이학재는 기사에게 소리쳤다.

"회장님 댁으로 빨리 차 돌려, 어서!"

불법 유턴도 망설이지 않고 속도를 올리는 차 안에서 이학재는 품속의 수첩을 꺼내 들었다. 빼곡히 적힌 이름과 금액, 모두 차명계좌다. 어쩌면 이 수첩이 아무짝에도 쓸모없을지도 모른다. 대통령의 대선 공약에 금융실명제가 있었지만, 취임하고 반년밖에 지나지 않았는데 이런 식으로 단행할 줄은 상상도 못 했다.

저녁 식사 자리에서 경제부총리에게 진 회장이 직접 물은 적도 있었다.

"각하의 의지는 분명합니다. 분명 금융실명제는 실시합니다. 하지만 올해는 아니에요. 은행과 증시가 출렁이면 정권이 감당하기 힘들지 않습니까? 철저히 준비하는 데만 올해가 다 갈 겁니다."

타당한 대답이었기에 서두르지 않았다. 다만 미리 준비하는 차원에서 조금씩 해외로 빼돌리고 있을 뿐이었다. 이학재는 진 회장의 불호령을 생각하니 한숨이 끊이지 않았다.

이학재가 서재 문을 열고 들어가 보니 이미 진 회장이 쩌렁쩌렁 고함을 치고 있었다.

"이것 봐요, 총리. 이렇게 내 뒤통수를 쳐?"

이학재를 발견한 진 회장은 손을 까닥하며 의자를 가리키고는 거칠게 수화기를 내려놓았다.

"이 새끼들 전부 몰랐다고 딱 잡아떼. 쓸모없는 놈들."

"경제수석은 통화해 보셨습니까?"

"조금 전에. 지금 사표 내고 청와대 나왔단다."

"네?"

"자기도 방송 보고 알았다고 하는구먼. 허참, 기가 차서."

대통령이 경제수석비서관도 모르게 경제 정책을 추진했다. 이 정도면 국무총리가 몰랐다고 하는 건 거짓말이 아니다. 진 회장은 안경을 쓰고 이학재를 바라보며 물었다.

"얼마야? 전부?"

"푼돈 제외하고 6000억입니다."

"그것밖에 안 돼?"

"아닙니다. 이미 해외로 옮긴 돈도 상당합니다."

진 회장의 얼굴에 안도의 빛이 보이자 이학재는 계속해서 보고했다.

"3000억은 믿을 만한 사람들이라 안심해도 될…."

"내일 당장 찾아. 시간 지나면 그놈들 마음 바뀐다. 3대가 떵떵거리고 살 수 있는 돈이야. 본인 아니면 찾지도 못해. 돈 앞에 믿을 놈은 없어."

"네. 그럼 전부 현금 인출해서 창고에 보관하겠습니다. 그리고 최대한 빨리 세탁해서 외국으로 송금하고요."

일단 반은 건졌다.

"2000억은 익명 계좌, 차명계좌인데 익명은 존재하지도 않은 사람이니…."

"차명은?"

"사망자도 있고 행불자도 있습니다. 그리고 순양 직원들 이름으로 만든 것도 상당합니다."

"직원들 이름으로 된 건 찾을 수 있지 않나?"

"가능합니다."

순양 직원들이야 문제없다. 신분증 싹 거둬서 은행에 던져 주면 알아서 현금으로 준비해 놓을 것이다. 혹시라도 눈치챈 직원이 있다면 직접 불러서 으름장 한 번이면 끝난다. 회장 비서실장이라는 권위에 눌려 찍소리도 못할 것이다.

"그리고 1000억은 오세현에게 맡겨놨으니 천만다행입니다."

"오세현? 아, 도준이 돈 관리한다는 그놈?"

"네. 내일 만나서 달러로 챙겨 놓겠습니다."

웬만큼은 회수 가능하다고 하니 진 회장도 한결 마음이 가벼웠다.

"그럼 찾기 힘든 건 얼마나 될까?"

"말씀드렸듯이 예금주가 아예 존재하지 않는 계좌들입니다. 못해도 오 육백억은 될 겁니다."

여차하면 은행 금고에서 영원히 잠잘 돈이다.

"제가 은행장들 한번 만나 보고 대책을 강구하겠습니다."

이학재가 조심스레 말했지만 진 회장은 고개를 저었다.

"아냐. 괜히 소문낼 필요 없어. 다른 그룹 회장들, 분명히 먼저 나설 거야. 좀 더 지켜보자고."

진 회장은 심상치 않은 분위기를 감지했다. 어쩌면 그 돈은 포기해야 할지도 모른다.

▲ ▲ ▲

다음 날 증시는 폭락했고 예금을 찾으러 온 사람들 때문에 은행은 아수라장이었다. 현금은 턱없이 부족했고 금값이 폭등했다.

이학재는 비서실 직원들을 동원해 영업시간 전, 시중은행을 돌며 현금을 확보하고 나서야 숨을 쉴 수 있었다. 그리고 여의도로 달려가 오세현을 만났다. 오세현 역시 증시 폭락 때문에 정신없는 모습이었다.

"다들 전쟁 중이군요."

"우린 그나마 낫습니다. 괜찮은 전리품이 뭐 있나 확인하고 있거든요."

웃으며 반기는 오세현은 이학재가 나타난 이유를 이미 알고 있었다.

"우린 피해가 큽니다. 서로 바쁘니 용건만 말하죠. 미국에 묻어 둔 돈, 찾았으면 합니다."

"그러시죠. 투자 성적이 좋으니 손해 입으신 거 조금은 만회하실 겁니다."

오세현은 컴퓨터를 두들기더니 투자 현황을 한눈에 볼 수 있도록 내용을 프린트했다.

"오늘 중으로 처리하겠습니다. 연동 계좌로 쏴드리죠. 40개가 넘었죠? 입금 계좌가?"

"아, 그 계좌는 못 씁니다. 이쪽으로 보내 주시죠."

오세현은 이학재가 내미는 10여 개의 계좌를 보며 인상을 찌푸렸다.

"이 실장님."

"네."

"금융실명제 모르십니까?"

"그거 때문에 이러는 거 아닙니까? 1000억이 어떤 성격의 돈인지 모르지는 않죠?"

"잘 압니다만 투자자는 40명입니다. 우리도 금융실명제를 피할 수는 없습니다. 이 돈은 그 사람들에게 돌려줘야 합니다. 엉뚱한 사람에게 돈을 줄 수는 없습니다."

"그러니까 내가 미국 계좌를 들고 온 거 아닙니까? 그 돈은 미국에서 처리합시다."

오세현은 눈을 동그랗게 뜨고 헛기침까지 했다.

"저 감옥 갑니다. 연방법에 걸리면 100년은 감옥에서 못 나와요."

이학재는 머리가 쭈뼛 섰다. 40개의 계좌는 익명이다. 예금주가 아예 존재하지 않는다.

오세현은 머리를 빠르게 굴렸다. 어쩌면 임자 없는 1000억 원이 미라클에서 영원히 잠잘 것 같았다.

"지금, 방법이 없다는 뜻으로 말한 거요?"

안정을 되찾은 이학재의 말투가 조금 변했다. 마치 아랫사람을 대하는 듯했다.

"그 방법을 제가 찾아야 하는 건 아니죠. 원 투자자의 연동 계좌로 돈을 보내는 게 제가 할 수 있는 일의 전부입니다. 그 계좌에서 돈을 찾는 건 실장님 일이고요. 아닙니까?"

"지금 에프엠대로 하자는 거요? 1000억이라는 돈이 정상이 아닌 거 몰랐소?"

"저처럼 돈 만지는 사람은 돈에 묻은 때까지 확인하지 않습니다. 그저 불릴 뿐입니다."

입씨름하는 게 지겨워진 오세현은 짧은 말로 대화를 끝내 버렸다.

"처음 투자자의 계좌만 주십시오. 한 시간 안에 전부 쏴드리겠습니다. 외환 계좌라면 달러로 꽂아드리죠."

더 할 말 없다는 걸 보여 주듯 오세현은 벌떡 일어나 나가 버렸다. 회의실에 덩그러니 혼자 앉은 이학재는 휴대폰을 꺼내 들며 밖으로 나갔다.

"지금 여의도 미라클 인베스트먼트라는 회사 털어. 미국에 본사가 있으니 그쪽도 털고. 자본금, 회사 구성원, 주주 명단, 투자처까지 전부 싹 털어 봐."

이학재는 직원들에게 지시를 내리고 국세청으로 전화를 넣었다.

"청장님, 순양 이학재입니다."

국세청장에게 회사 내역을 부탁하고 다시 진 회장에게 달려갔다. 아무래도 진 회장에게는 사실대로 털어놓고 지시를 받는 게 낫다고 생각했다. 미라클은 진도준과 깊은 연관이 있을 테니까.

▲ ▲ ▲

"스미토모 폭발 때문에 머리 아프시겠네요. 괜찮으세요?"

"아이고, 우리 도준이. 그래도 너밖에 없구나. 손주 놈들 모두 이 할애비 돈만 빼먹으려고 하는데 우리 도준이만 나하고 회사까지 걱정해 주는구나."

이놈의 집구석 애들은 고등학생만 되어도 돈 먹는 하마나 다름없다. 고등학교부터 유럽이나 미국으로 일찌감치 유학길을 떠난 놈들은 학비부터 생활비까지, 웬만한 계열사 사장의 연봉을 써댄다.

"우리 도준이, 이제 한 학기만 지나면 고등학교 가야지?"

"네."

"네 아버지랑 이야기는 했니? 학교는 알아보고 있어?"

"아뇨. 그냥 일반 고등학교 가려고요. 유학 갈 필요는 없을 것 같아서요."

할아버지의 미간이 찌푸려졌다.

"이런, 네 아비는 신경 쓰지도 않는구나. 내 이럴 줄 알았다."

상준 형도 유학 가지 않았다. 물론 돈 있고 힘 있는 고위층 자제들만 간다는 명문 사립고에 입학하긴 했다. 이때도 할아버지는 신경 쓰지 않았다.

"할아버지."

"아무 말 마라. 내가 스위스 명문학교를 알아볼 테니까. 세계 최고의 학교에 보내 주마."

"아뇨. 그게 아니고요. 전 그냥 서울대 가려고요."

"뭐라? 서울대?"

서울대라는 말에 할아버지의 표정이 달라졌다.

"네. 우리나라에서 수재들이 모이는 곳이잖아요. 가장 점수 높은 곳은 법대 아니면 의대…. 전 문과 갈 거니까 법대 가려고요."

"버, 법대? 너 설마 판검사가 목표인 게냐?"

할아버지는 놀람 반, 걱정 반인 표정으로 다시 한 번 나의 꿈을 확인했다.

"에이, 설마요? 제 꿈은 할아버지도 아시잖아요. 기업 경영자가 제 목 표예요."

"그런데 왜 법대를 간다는 게냐?"

다소 안도한 표정을 지은 할아버지는 이제 호기심만 남은 눈빛으로 나를 바라보았다.

"할아버지 어디 가셔서 자랑하시라고요. 대기업 자제들 중 서울대 법 대 갈 만큼 공부 잘한 사람은 없잖아요?"

이 황당한 대답에 할아버지는 할 말을 잃은 듯 멍한 눈빛이 되어 버 렸다.

▲ ▲ ▲

전경련 모임 때 대현그룹 회장이 얼마나 자랑했던가? 맏손자가 서울 대 입학했다는 사실이 전경련 모임의 주제가 돼버린 하루였다. 어떤 꼼 수를 써서 입학했는지 다 아는 마당에 그의 자랑을 계속 듣고 있자니 진 회장은 배알이 꼴려 돌아 버릴 지경이었다.

소문으로는 비서실은 물론이고 서울대 출입 기자와 경제부 기자 10 여 명까지 동원해 서울대에 투입했다고 한다. 이들이 대학 당국 사람들 을 붙잡고 밀착 조사한 후, 6시 마감 직전 가장 경쟁률 낮은 학과를 골 랐고 접수창구가 문 닫기 직전 원서를 내는 데 성공한 것이다. 그렇게 들어간 곳이 동양철학인지, 동양사학인지 하는 곳이었다. 물론 서울대 에서 커트라인이 가장 낮은 학과라 하더라도 수준 이상의 성적을 얻었 다는 것은 부인할 수 없다. 하지만 정상적인 방법이었다면 절대 서울대 문턱을 넘지 못했을 것이고 대부분이 진학하는 Y, K 대학이 고작이었 을 것이다.

재벌 회장이라 하더라도 할아버지의 마음은 매한가지다 보니 대현 회장의 손자 자랑은 1년이 지나도 끝나지 않았다. 그런데 서울대 법대라면 이야기가 다르다. 꼼수가 통하지 않는다. 누구나 인정할 수밖에 없다.

▲ ▲ ▲

"진심이냐? 나 때문에 서울대 법대를 지원한다는 게냐?"

"당연하죠. 판검사 할 것도 아닌데 제가 왜 법대를 지원하겠어요?"

할아버지의 지금 표정은 진정 처음 보는 모습이다. 철면이라는 사람의 표정이 이처럼 변화무쌍할 줄이야.

"돈을 벌어 내 재산을 불려 주는 놈은 있어도 기쁨을 주는 사람은 없었는데, 우리 막내는 이 할애비를 기쁘다 못해 감동하게 만드는구나."

여차하면 눈물까지 보일 기세였다.

"오냐. 서울대 법대에 입학만 하거라. 네놈 입학 선물은 뭐든 다 해주마. 허허. 그럼, 그럼. 떡하니 입학하고 외국 명문대로 유학 가면 되지, 암. 어차피 고등학교 때 유학 가는 놈들이야 우리나라 명문대 갈 자신 없는 놈들 아니더냐."

그 말 꼭 기억하시라고 말하고 싶었지만 참았다. 흔한 외제 차 정도가 아니라 순양그룹 회장님의 힘, 그것이 내가 원하는 입학 선물이다.

"내가 널 보자고 한 건 딴 것 때문이 아니라 네 돈 때문이다. 뭐 좀 확인할 게 있어."

감정을 추스른 할아버지는 목소리를 낮추며 예상했던 이야기를 꺼냈다.

오세현은 어제 이학재가 찾아온 이야기를 내게 소상히 말해 주었고 곧 내게 확인할 것 같다는 말도 잊지 않았다. 내 돈은 핑계고 비자금이 잘 있나 확인하려는 것이 틀림없다.

"네. 말씀하세요, 할아버지."

"지금 네 돈 전부 미라클 뭐라는 투자회사에 묻어 둔 거로 알고 있다."

"네. 맞아요."

"그리고 그 회사의 대표가 바로 오세현이고."

먼저 선수를 치는 게 낫겠다 싶어 서둘러 말했다.

"아, 오해는 마세요. 세현 삼촌이 파워쉐어즈 그만둘 때 제게 말했어요."

"그럼 넌 미라클이라는 곳을 어떻게 운영하는지 속속들이 알고 있느냐?"

"전부는 아니지만 제 돈을 어디에, 어떻게 투자하는지는 알아요."

"그래? 어찌 됐느냐? 돈은 좀 벌었어?"

이 와중에 호기심까지 드러낸다. 대단한 양반이다.

"은행 이자보다는 훨씬 낫다고 하던데요."

900만 달러를 델 컴퓨터에 투자해서 11억 달러까지 불렸다. 현재 환율 800원으로 환산해도 8800억이다. 마이크로소프트 주식도 네 배까지 뛰었다. 내년 소프트뱅크가 상장하면 투자금 2억 3000만 달러의 투자금은 세 배가 될 것이다. 영화에 투자한 돈은 매년 두 배로 덩치를 불리고 있다. 내가 대학을 입학할 때쯤이면 2조 원은 가볍게 넘을 것이다.

하지만 지금 이 사실을 말할 수는 없다. 정보를 터뜨리는 시점은 따로 있는 법이다. 가장 충격적이고 효과적일 때, 바로 그때 더 큰 힘을 발휘한다.

"음… 매년 10퍼센트 이상은 불렸다는 말이렷다."

"네, 평균 20퍼센트는 될 겁니다. 그런데 할아버지, 무슨 문제라도 있는 건가요? 왜 그러시는지…."

"아, 아니다. 난 오세현과 너와의 관계가 끈끈한지 확인하고 싶어서 말이다. 큰돈을 맡은 사람이니 중요하지 않으냐?"

"아버지의 가장 친한 친구분이고 제게도 가족 같아요. 그리고… 저 말고도 수십 명의 투자자가 있는데 그분들 투자금이 훨씬 크다고 들었어요."

이 정도만 흘려줘도 눈치 빠른 분이니 알아듣지 않을까?

"그래? 또 있어? 누군지는 알고?"

"아뇨. 그렇지만 투자 금액은 말씀하셨어요. 한꺼번에 1000억 원 정도가 들어왔다고… 그 때문에 회사 옮길 결심을 했다고 들었어요."

"1000억 원?"

"네."

"그렇구나."

1000억 원이 고스란히 잠자고 있다는 걸 확인하자 할아버지는 다소 안심하는 표정이다.

"도준아, 이 할애비 부탁 하나만 들어주겠니?"

"물론이죠. 말씀하세요."

"오세현이가 투자금을 수상하게 쓴다고 생각하면 즉시 이 할애비에게 말해 줄 수 있겠니? 적지 않은 돈이니 조금 걱정되는구나."

"음, 그럴 리는 없을 건데…. 아무튼 그럴게요. 수상하거나 제가 잘 모를 땐 바로 말씀드릴게요."

"그래그래. 허허."

그제야 할아버지는 안도의 표정을 지었다. 비자금을 되찾을 방법이 나올 때까지는 일단 안전하기 때문이다. 나 역시 기쁜 표정이 새어 나왔다. 무려 1000억 원이다. 비록 회사에 묶여 있는 돈이지만 회사 차원에서는 언제든 쓸 수 있기 때문이다.

'할아버지, 땡큐! 잘 쓸게요.'

▲ ▲ ▲

"당분간 돈은 문제없어. 미국 쪽은 알아봤어?"

"네. 미라클 인베스트먼트의 주주 구성은 알 도리가 없습니다. 비상장 회사고 미국이라서 말입니다. 한국 법인은 껍데기뿐입니다."

"껍데기?"

"네, 형식만 법인이지 출장소 수준입니다. 한국으로 투자하는 돈도 미국 본사에서 직접 투자하는 형식입니다."

"주인이 누군지도 모르는 회사가 내 돈을 쥐고 있다, 이 말이로구먼."

"죄송합니다. 회장님.

이학재는 참담한 마음으로 머리를 떨구었다. 회사의 경영 실패로 1000억 원 정도가 날아가는 건 문제없다. 어차피 회삿돈이니까. 하지만 이 돈은 온전히 회장의 개인 재산이다. 법인에서 1000억 원을 안전하게 빼돌리는 것은 수조 원대의 사업에 성공하는 것만큼이나 어렵다.

"시간은 벌어 놨으니 방법만 찾아."

단호한 회장의 목소리에 이학재는 저도 모르게 벌떡 일어섰다.

"네. 회장님!"

"됐어, 앉아."

다시 의자에 앉은 이학재는 보고서 한 장을 꺼냈다.

"일본 지사의 긴급 연락입니다. 스미토모가 의외의 결정을 할 것 같습니다."

보고서를 훑어본 진 회장도 의외라는 듯 눈이 커졌다.

"반도체용 에폭시 생산 라인을 폐쇄한다고?"

"네, 독점적 위치라고는 하지만 이삼백 억 정도의 매출이 고작이고 항상 폭발의 위험까지 감수하느니 폐쇄해 버리는 게 낫다고 생각하는 것 같습니다."

"이런… 이건 더 큰 문제 아닌가?"

"폐쇄 전 기술 이전을 해버린다고 합니다. 미련이 없어 보입니다."

"하긴, 그럴 만도 하지. 폭발사고 나면 다른 생산 라인까지 타격 입고, 보험금은 천정부지로 치솟으니까. 에폭시수지 팔아서 번 돈으로 보험금 내기도 버거울 거야."

보고서를 책상 위에 내려놓은 진 회장은 피식 웃었다.

"이런 거 보면 일본 놈들도 참 착해. 우리 같으면 가격을 열 배로 올려 버릴 텐데 말이야."

"일본에서 그랬다가는 거래하는 기업들로부터 손가락질 받으니까요. 그놈들이 제일 두려워하는 일 아닙니까. 독과점 기업 제재도 있고."

"덕분에 우리도 편했지."

이학재는 진 회장의 눈치를 살피며 조심스레 말했다.

"천안에 괜찮은 에폭시수지 회사가 하나 있습니다. 우리가 자금을 대고 이 회사가 스미토모의 기술을 전수받으면 어떨까 합니다."

"우리 걸로 하자?"

"네. 리스크는 피하고 반도체용 에폭시를 우리 손에 넣는 셈이니까요. 필요할 때 무기로 쓸 수 있지 않겠습니까?"

"그렇긴 한데… 너무 티 나지 않나?"

"우리 재고를 충분히 확보한 뒤, 생산 라인을 쾅, 하고…."

"어쩔 수 없는 사고로 위장한다?"

"빈번한 일이니까요. 흐흐."

이학재의 음산한 웃음에 진 회장도 입꼬리가 올라갔다. 꽤 달콤한 이야기다.

"그런데 스미토모가 에폭시 제조 기술을 우리에게 넘길까? NEC, 히타치, 도시바 같은 경쟁 업체가 가만있겠어? 칼자루를 넘기는 것과 다름없잖나."

진 회장이 현실적인 문제를 거론하자 이학재는 싱긋 웃으며 묘책 하나를 내놓았다.

"천안에 있는 화학 회사와 순양의 연결고리는 없습니다. 바로 미라클에 잠들어 있는 돈으로 그 회사를 인수하면 되니까요."

방금 이학재는 금융실명제 때문에 어쩌면 영원히 찾을 수 없는 1000억 원을 어떻게 써야 하는지에 대한 해결책을 내놓았다. 책상을 탕 두들긴 진 회장의 얼굴에 미소가 번졌다.

"진행해, 즉시."

진 회장의 허락이 떨어지자 이학재는 즉시 오세현을 불러냈다.

"이 실장님. 설마 같은 이야기 반복하시려는 건 아니겠죠?"

"다른 이야기요. 투자 좀 해야겠소."

이학재의 여유 있는 미소를 보자 오세현은 뜨끔했다. 설마 돈을 회수할 방법을 찾았다는 말인가?

"투자라니요?"

"오 대표, 혹시 우리 돈으로 다른 곳에 투자하는 것까지 안 된다는 말은 못 하겠지?"

"가능합니다. 하지만 순양그룹의 이름이 아니라 미라클이라는 이름으로 투자하는 겁니다. 맞죠?"

"물론이요. 대신 투자하는 회사에 대한 영향력은 순양의 것이오. 이 정도는 해줄 수 있겠죠?"

"혹시 임원급 한 명을 파견하시고 경영권을 행사하시겠다는 뜻입니까?"

"당연히."

"그렇군요. 그럼 그 회사… 이름이 뭡니까?"

"유진케미컬이라는 회사요. 천안에 있지."

"그 회사와 세부 내용 조율하시고 알려 주십시오. 바로 돈을 쏘겠습니다."

오랜만에 두 사람은 언성을 높이지 않고 미팅을 끝냈다.

▲ ▲ ▲

할아버지의 서재에서 스미토모의 에폭시 제조 기술 이전 보고서를 보고 나서 그간 왜 스미토모 화학이 계속 마음에 걸리는지 깨달았다. 에폭시 제조 기술은 절정의 순간에 한 번은 써먹을 수 있는 폭탄이다. 하지만 이 폭탄을 할아버지가 먼저 가로채 버렸다. 그나마 다행인 건 미라클 때문에 나도 한 다리 걸쳤다는 것이다. 그리고 또 한 번 할아버지의 감탄을 끌어낼 기회도 얻었다. 나는 할아버지가 서재로 들어오실 때까지 보고서를 손에서 놓지 않았다.

"응? 도준아, 지금 뭘 보는 게냐?"

후다닥 서류를 책상에 내려놓는 내 모습에 할아버지도 깜짝 놀란 듯했다.

"아, 그게…."

"또 서류를 훔쳐본 게냐?"

'또? 이미 눈치채고 있었다는 뜻인가?'

"이 녀석아. 뭘 그리 놀라? 내가 모를 줄 알았더냐?"

미소 띤 표정을 보니 화를 내는 것은 아니다. 나는 고개를 떨구고 머리를 긁었다.

"죄송해요."

"괜찮아. 오히려 기특하구나. 회사 일에 이토록 관심을 쏟는 놈은 너밖에 없어."

할아버지는 어깨를 다독이며 머리를 끄덕였다.

"그래, 어떠냐? 무슨 내용인지 알 것 같으냐?"

일부러 주저하는 모습을 보이자 내 대답을 다그쳤다.

"괜찮다니까, 말해 봐. 넌 스미토모에 관심을 보이지 않았느냐?"

"그러니까 스미토모가 생산을 중단하고 기술을 넘기는데 할아버지께서 그 기술을 사시겠다는 거 맞죠? 조그만 중소기업 하나를 앞세워서요."

"그래."

"할아버지라면 이 기술을 직접적인 경쟁 관계가 아니더라도 일본 기업으로 넘기시겠어요?"

"뭐라고?"

"찝찝하지 않으세요? 반도체는 일본이 앞서가고 한국이 바짝 추격 중입니다. 이제 기업 간의 문제가 아니죠. 국가 간의 경쟁입니다."

"일본은 한국에 넘기지 않는다?"

"할아버지가 다른 그룹 회장님들하고 식사하는 것처럼 스미토모 회장도 일본 전자 기업 사장들하고 종종 밥 먹지 않을까요? 그때 이런저런 이야기를 나눌 거고요."

할아버지의 눈썹이 꿈틀거린다. 자신이 너무 쉽게 생각했다는 걸 알아챈 것이다.

"그 사람들이 한국으로 핵심 기술이 넘어가는 걸 말릴 것 같아요, 제 생각이지만."

"그래서?"

여기까지만 말한다면 그럭저럭 쓸 만한 놈이다. 늘 그렇지만, 비판으로 끝내면 안 된다. 대안을 제시해야 한다.

"저라면 대만 화학 회사를 앞세우겠어요. 우리나라 회사가 아니라…"

"대만?"

"대만은 한국이나 일본의 협력 국가니까요."

대만은 반도체 산업에서 매우 중요한 위치를 차지하는 국가다. 바로 파운드리와 패키징이라는 주요한 역할을 맡았기 때문이다. 한국과 일본이 반도체 설계부터 생산까지 전체를 아우른다면 대만은 파운드리, 즉 수탁생산에 집중했다. 그 결과 전 세계 65퍼센트에 이르는 파운드리 시장을 장악했고 반도체 강국이 되었다.

"경쟁국이 아닌 상생국을 택한다?"

"저라면요."

더 이상 설명할 필요가 없었다. 이미 할아버지가 전화 수화기를 들었기 때문이다.

"이 실장과 전자 사장, 그리고 물산에서 대만 담당하는 놈 빨리 오라고 해."

수화기를 내려놓은 할아버지의 눈에는 나를 향한 애정이 넘쳐흘렀다.

"도준이는 반도체에 대해 잘 아는구나."

"신문과 방송에서 워낙 떠들어대서 혼자 공부 좀 했어요."

나를 바라보는 할아버지의 눈빛에 두 배의 애정이 담겨 있었다.

▲ ▲ ▲

내가 다니게 된 고등학교는 상준 형이 다니는 곳이었다. 소위 잘나가는 집안의 자식들이 넘쳐나는 사립학교다. 이 안에는 계급이 존재했다. 재벌 집안 자식들이 성골이라면, 5선 이상의 중진급 국회의원이나 당

대표, 총리나 장관 이상의 고위 관료의 자식들은 진골이다. 그 뒤를 이
은 6두품으로는 판검사나 변호사가 수두룩한 집안의 자식들이나 언론
사 사장 핏줄도 있었다. 가장 아래 등급은 오너가 아닌 월급쟁이 자제들
이었다. 계열사 사장을 비롯한 주요 직책의 임원급 정도다.

하지만 교사들이 학생들을 대하는 태도에만 조금 차이가 있을 뿐 아
이들 사이의 위화감은 크지 않았다. 이성에 눈뜨기 시작한 나이답게 아
이들에겐 외모가 가장 중요한 관심사였다. 특별할 게 없는 상준 형이 여
학생들의 인기를 한몸에 받는 이유는 미녀 여배우였던 어머니 유전자
를 잔뜩 물려받은 덕분이었다.

나는 신입생이 되자마자 형 못지않은 관심의 대상이 되었다. 같은 유
전자를 물려받았으니 외모는 상준 형에 비견할 만했지만, 여학생을 대
하는 태도와 성적은 아주 큰 차이가 있었다. 접근하는 여학생 하나하나
잘 대해 주는 형과는 달리 나는 전혀 관심을 보이지 않았다. 공부도 바
쁘고 일도 바빴다. 애들 연애 놀이에 투자할 시간은 단 1초도 없었다.

"정말 정리할 거니?"

"작년 델 컴퓨터를 생각해 보세요. 49달러에 처분하고 나자 주가가
어떻게 됐어요? 10달러 선으로 곤두박질쳤고 1년이 지난 지금에야 조
금씩 회복하잖아요. 소프트뱅크는 더할 겁니다. 지금은 유통사일 뿐이
니까요."

"그래도 소프트뱅크는 사업 영역을 계속 확대하고 있잖아. 그 부분의
잠재적 가치는?"

오세현은 이제 나를 설득하려 하지 않는다. 항상 의견을 교환하고 내
뜻에 따른다. 대주주와 전문 경영인 관계 때문이 아니다. 단 한 번의 실
패도 없는 내 투자 감각을 존중하기 때문이다.

"일본에서 M&A는 부정적 인식이 더 커요. 소프트뱅크가 M&A를 계

속할수록 주가는 떨어질 겁니다. M&A의 성과는 한참 뒤에나 나올 테니까요. 손정의 사장, 그분은 멀리 봅니다. 하지만 투자자들은 인내심이 없죠. 눈앞만 봅니다."

1994년 7월, 소프트뱅크는 주식 공개에 성공했다. 주당 1만 8900엔 최고가로 상장했다. 상장 후 소프트뱅크는 단번에 2000억 엔이라는 거금을 쥐게 됐다. 손정의 사장은 곧바로 공격적인 M&A를 천명하며 전 세계로 눈을 돌렸다.

나의 투자금 2억 3000만 달러는 8억 5000만 달러가 되었고 1년 만에 6억 2000만 달러를 벌었다. 소프트뱅크의 거품이 빠지기 전에 나는 철수했고, 공격적인 투자를 멈췄다.

고등학교 3년간은 공부에 매진했다. 취미 삼아 간간이 할리우드 영화에 투자하는 정도가 전부였고, 모두가 우려하는 제임스 캐머런 감독의 〈타이타닉〉에 투자하는 정도가 모험이라면 모험이었다.

물을 배경으로 하는 블록버스터는 항상 실패한다는 할리우드의 통설과 이를 입증이라도 하듯 캐빈 코스트너 주연의 블록버스터 〈워터월드〉가 폭삭 망했기 때문에 〈타이타닉〉은 투자자 모집에 곤란을 겪었다. 덕분에 영화 제작사인 20세기 폭스사는 미라클의 거액 투자를 환영했고 큰 잡음 없이 투자 계약을 성사시켰다.

▲ ▲ ▲

매우 다행스럽게도 상준 형은 큰 사고 없이 고등학교를 졸업했다. 그럴듯한 대학에 들어갈 성적은 당연히 안 되어 서둘러 미국으로 유학을 떠났다. 안에서 새는 바가지, 밖에서 새지 않겠느냐만 집안의 관심과 기대를 손톱만큼도 받지 않다 보니 상준 형에게는 오히려 다행이었다. 자신이 원하는 곳(아마도 음악일 것이다)에 몰래 진학하는 것도 어렵지 않았다.

이제 순양그룹 3세 중 유일한 고3인 내게 모두의 시선이 쏠렸다. 과연 처음으로 서울대 합격생이 나올 것인가? 일부는 호기심 가득한 눈으로, 일부는 경계심 가득한 눈으로 내 성적을 지켜보고 있었다. 물론 기대를 하고 나를 지켜보는 이는 부모님과 할아버지가 전부였다.

서태지와 아이들의 해체 선언을 보며 시작한 고3 수험생 시절은 1996년 11월 13일 끝났다. 잘사는 집, 못 사는 집 할 것 없이 평등하게, 대한민국의 모든 부모가 간절히 기도하며 보내는 하루, 바로 수능일이었다. 어머니는 수험장인 학교 앞에서 시험이 끝나도록 기도를 멈추지 않았고, 할아버지는 수능 끝나는 시간을 체크하느라 온종일 비서를 들볶았다.

자신 있게 시험지를 받아 든 나는 처음부터 멘붕에 빠져 버렸다. 순식간에 문제를 풀어 나갈 줄 알았는데 첫 문제부터 막혀 버렸다. 그나마 위안을 얻은 건 교실 곳곳에서 들리는 앓는 소리였다. 전체적인 난이도 때문이라면 다행이지만 자신할 수는 없었다.

마음을 가다듬고 시험에 집중했다. 보통의 가정에서 학원 보내는 정도가 아닌 수백 배의 돈을 쏟아부으며 고용한 일대일 가정교사가 몇 명이던가? 엄청난 투자에 걸맞게 엄청난 성적을 받아야 체면이 서는데….

'젠장, 쉽지 않을 것 같다.'

시험장을 나서자 어머니가 걱정스러운 표정으로 나를 안았다.

"힘들었지? 괜찮아. 이제 다 끝났어."

"도준아, 표정 풀어. 뉴스에도 나왔어. 올해 수능 역대 최악의 난이도라고 하더라. 너무 걱정하지 마."

아버지가 속보를 알려 주니 조금은 마음이 놓였다. 많이 바라지도 말자. 큰소리친 것만큼만 나오면 된다. 서울대 법대 갈 정도의 성적만 나오기를 빌었다.

▲ ▲ ▲

"우리 막내가 말이야, 전국 39등이라네? 응? 아니, 전교가 아니라 전국! 이과 빼고 문과만 보면 전국 10등이고. 수능 시험이 400점 만점 맞지? 367점이야, 367점. 전국 1등이랑 딱 6점 차이야. 그 정도면 뭐, 컨디션 차이 아니겠어? 으하하."

진 회장은 수능 점수 발표 하루 전에 이미 결과가 적힌 메모를 전달받았다. 점수를 확인하자마자 손자에게 연락해야 했지만, 그보다 먼저 이 사실을 알려야 할, 중요한 사람이 있었다. 바로 대현그룹 회장이었다.

"서울대 법대 정도는 돼야 공부 좀 하는구나, 하는 소리 들을 자격이 있지. 그리고 우리 손자야 서울대가 눈에 차겠냐고. 하버드나 옥스퍼드 중에 골라서 가겠지. 참, 장학금은 없는 집 자식들 주고 등록금 전부 내야 하는데, 공부를 잘하니까 주는 장학금을 안 받을 수도 없고…. 이거 참, 난처하긴 해."

진 회장은 통화를 끝내자 속이 뻥 뚫린 기분이었다. 중공업 분야에서 대현그룹을 누르고 매출 1위를 달성했을 때보다 더 큰 승리감을 만끽했다.

"자, 보자… 또 누구 염장을 확 질러야 하나?"

휴대전화에 저장한 번호를 넘기며 10여 곳과 통화를 한 뒤 갑자기 생각난 듯 그룹 홍보실 담당 임원을 호출했다.

"자네 이거 한번 봐봐."

메모를 건네받은 임원은 머리를 팍 숙이며 소리쳤다.

"축하드립니다. 회장님."

"축하는 됐고, 이거 슬쩍 흘려. 내일 기자들이 우리 도준이 사진 좀 찍도록 만들어 봐."

"네?"

"이 친구가 왜 이리 눈치가 없어? 뭘 놀라? 사람들이 어떻게 생각하겠어? 대그룹 회장 핏줄들은 돈으로, 빽으로 명문 사립대 간다고 쑥덕거리잖아. 이 정도 수능 성적을 돈으로 살 수 있어? 빽으로 얻을 수 있냐고? 앞으로 그런 소리 안 나오게 한번 잘 만져 봐."

"아, 네. 잘 알겠습니다. 회장님."

홍보 담당 임원이 나가자 진 회장은 한참 동안 미소를 지우지 못하다 갑자기 아쉬운 생각이 들었다. 도준이를 유학 보내면 최소 5년은 보지 못할 거라는 생각이 든 것이다.

눈에 넣어도 아프지 않을 손자… 곁에 두고 싶었다. 영원히.

▲ ▲ ▲

12월 7일 수능 점수 발표일, 유난히 일찍 눈이 떠졌다. 이미 할아버지가 점수를 알려줬지만, 긴장을 확 놓을 순 없었다.

아침 신문을 챙기러 나갔는데 대문 앞이 시끄러웠다. 조용한 주택가라 이런 소란은 처음이었다. 무슨 일인가 싶어 문을 열었더니 카메라 플래시가 터지고 얼굴을 다 가릴 정도로 마이크 여러 개가 쑥 들어왔다.

"진도준 씨?"

"진도준 학생? 맞죠?"

12월의 아침 6시는 어두웠고 터지는 플래시 때문에 아무것도 보이지 않았다. 놀라서 황급히 대문을 닫았다.

'무슨 일이지?'

잠옷 차림의 아버지가 정원으로 내려와 하품하며 내 등을 툭 쳤다.

"너 인터뷰 하겠다고 왔어."

"아니, 수능이면 전국 수석을 취재해야지, 왜 나를…?"

"몰라서 물어? 평범한 수석과 순양그룹 손자의 고득점, 게다가 아버지는 영화 제작사 사장이고, 어머니는 아직 미모를 잃지 않은 왕년의 여배우. 어느 게 더 화제가 될까?"

아버지는 피식 웃으며 대문을 가리켰다.

"방금 네 할아버지가 전화하셨다. 할아버지 기분 한번 맞춰드려라. 자랑하고 싶으신 거야."

'아이고, 우리 영감님.'

손자 자랑하고픈 마음은 돈이 많으나 적으나 한결같은가 보다.

"인터뷰 간단히 해줘. 참, 인터뷰할 때 훌륭한 부모님 덕분이라는 말도 빼먹지 말고."

"아버지, 제가 공부하는 데 딱히 도움 주신 건 기억에 없는데요?"

"자식에 대한 과도한 기대 때문에 스트레스 준 일도 없고 잔소리도 안 했어. 적당한 방임은 부모로서의 최고 덕목이다. 잊지 마라. 하하."

영화를 몇 편이나 성공시키고 충무로에서 무시 못 할 제작사 사장이 되니까 아버지의 숨은 진면목을 볼 수 있었다. 능청스럽고 늘 여유 있는 웃음을 잃지 않는다. 드문드문 드러내는 유머 감각도 발군이다. 아들을 자식이 아니라 한 인간으로 대하는 서구적인 마인드도 있었다.

서재는 이미 깨끗하게 치워져 있었고 어머니는 기자들을 위해 차와 다과까지 준비했다.

"도준아, 교복으로 갈아입어. 그게 어울리겠다."

어머니까지 자랑하고 싶은 마음을 숨기지 못했다. 인터뷰 준비를 끝내자 어머니가 기자들을 데리고 들어왔다. TV 방송 기자는 카메라맨까지 함께 왔지만, 영상의 힘을 잘 아는 아버지가 나서서 조율했다.

"카메라는 끕시다. 자료 화면은 사진만으로 충분하지 않습니까? 어차피 30초 이하로 나갈 텐데?"

"그래도 한두 컷은 나가야…."

"말은 사라지지만, 영상은 영원히 남죠. 우리 애의 발목 잡는 일은 안 하고 싶군요."

"진 사장님, 발목 잡을 일이 뭐 있다고 그러십니까?"

TV 뉴스 기자가 웃으며 말했지만, 아버지는 고개를 저었다.

"그냥 내 말대로 합시다. 카메라 끕시다."

카메라를 끄고 인터뷰를 시작했다. 처음부터 직설적인 질문이 나왔다.

"도준 학생도 '교과서 위주로 공부했습니다.'라고 하실 건가요?"

"그럴 리가요. 우리나라 최고 부자의 손자가 교과서만 팠을까요?"

다소 도전적인 대답에 몇몇 기자들의 입이 찢어졌다. 모범생 답안 같은 인터뷰는 기자들도 지겹다.

"그럼…?"

"과목별로 족집게 선생들…. 1년 내내 일대일 과외 했어요. 쓴 돈만 해도 기자님들 10년 치 연봉이 날아갔을걸요?"

"…."

너무 노골적인가? 기자들이 질문을 잇지 못하자 지켜보던 아버지는 웃음을 참지 못하고 낄낄거렸다.

"어디에 지원할 생각인가요?"

다시 평범한 질문, 정석대로 밟는 걸 보니 초보 기자 같다.

"법대 지원할 겁니다."

"오, 판검사가 목표인가요?"

"네."

이때 한 기자가 다시 도발적인 질문을 던졌다.

"법대를 지원하는 이유가 혹시 순양그룹 후계 구도에서 제외됐기 때문인가요?"

기자는 아주 잠깐, 내 표정을 살피고 질문을 이어 갔다.

"위로 큰아버지들이 계시고 사촌 형들도 많고… 순양가의 막내니까 가능성이 없다고 생각한 건가요?"

처음에는 당황했지만, 오히려 잘 됐다. 이 인터뷰를 보게 될 사람들이 듣고 싶어 하는 대답을 하면 된다.

"그런 생각은 안 해봤는데… 글쎄요, 제 부모님은 자유롭게 사시는 분이죠. 순양그룹과 전혀 관계없는 일을 하시잖아요. 그래서인지 저도 순양그룹을 염두에 둔 적은 없었습니다."

"법조인이 된다면 순양그룹과 관계없는 길을 걸을 것인지, 아니면 순양그룹을 측면 지원할 것인지 생각해 본 적 있습니까?"

더 이상은 안 된다. 이 정도까지가 딱 적당하다. 말이 많아지면 해석도 분분해진다. 재빨리 화제를 돌렸다.

"그런 생각조차 해본 적 없어요. 그런데 수능 수석은 누굽니까?"

"아, 제주도 학생인데…."

"이과에요? 문과에요?"

"이과요."

"그 학생, 저처럼 족집게 과외도 안 하고 수석 할 정도면 진짜 천재거나 무지막지한 노력파겠네요. 아, 어쩌면 둘 다?"

"진도준 학생. 혹시 유학 계획은…."

이쯤에서 끝내고 싶었다. 어차피 이들이 써야 할 기사는 정해져 있다.

"저기 기자님들, 취재는 제주도 가서서 하고 제 기사는 대충 할아버지 입맛에 맞게 쓰세요. 보니까 딱 견적 나오는데요? 광고 끌어오라고 데스크에서 보낸 거 맞죠?"

어처구니가 없는지 기자들은 할 말을 잃었다.

"우리 할아버지는 교과서 위주로 공부했고 참고서, 문제지의 도움을 받았다는 기사를 보시면 굉장히 좋아하실 겁니다."

킥킥대며 지켜보던 아버지가 나섰다.

"자자, 그만 끝냅시다. 아 참, 사진은 충분히 찍으셨죠? 우리 아들 사진, 신문과 방송에 처음 나가는 건데, 이왕이면 가장 잘 나온 거로 부탁합니다. 그럼."

아버지가 기자들을 정리할 때, 2층 내 방으로 올라와 학교 갈 준비를 시작했다. 때마침 핸드폰이 울렸다. 할아버지다.

"네, 할아버지."

"도준아. 인터뷰 잘 끝났니?"

"방금 끝냈습니다."

"그럼 할애비 집으로 오렴."

"네. 학교 끝나고…."

"아니다. 아침 먹고 바로 오너라. 학교에는 내가 전화 넣어 뒀다. 안 가도 돼."

설마 사람들 모아 놓고 날 자랑하려는 건 아니겠지? 만약 그렇다면 소름 끼칠 만큼 쪽팔릴 텐데, 걱정이다.

할아버지 댁에 도착해 보니 다행히 할아버지 혼자 두 팔을 활짝 벌리고 나를 맞아 주었다.

"아이고, 내 새끼! 한번 안아보자."

"고생했다. 그리고 장하다."

할아버지는 내 등을 토닥거리며 서재로 끌고 갔다. 얼굴에 웃음기를 지우지 못하는 할아버지는 뭐가 그리 급한지 내 진로부터 말했다.

"그래, 학교는 어디로 가고 싶니? 미국? 유럽?"

"아직 생각해 본 적 없어요. 천천히 알아봐도 되지 않겠어요?"

설마 졸업하자마자 외국으로 보내려는 걸까? 그런 일은 절대 일어나면 안 된다. 전생과 다름없는 미래가 펼쳐진다면 몇 년 안에 할아버지는 돌아가신다. 그 전에 해야 할 일이 얼마나 많은데! 나는 외국으로 갈 생각은 손톱만큼도 없다.

"그래, 그간 공부하느라 힘들었을 텐데 한 1년 정도 대학 다니며 좀 쉬면서 즐기는 것도 나쁘지 않지."

할아버지의 표정을 보니 마음이 놓였다. 급히 서두를 것 같지는 않았다. 그뿐만이 아니다. 내 눈치를 슬쩍 보며 어렵게 입을 열었다.

"네 꿈은 여전하지? 바뀐 건 아니지?"

딱 적당할 때 적절한 질문을 던지시니 다행이었다. 오히려 내가 확인하고 싶은 순간이다.

"음, 잘 모르겠어요. 할아버지처럼 사업을 하고 싶기도 하고, 아버지처럼 영화도 만들어 보고 싶은 적도 있고… 판검사도 나쁘지 않을 것 같기도 하고…. 왔다 갔다 해요."

갑자기 확 굳어진 할아버지의 표정을 보자 마음이 놓였다. 나를 경영에 참여시키려는 의지가 보였다.

"도준아."

"네."

"사내란 말이다. 밥벌이하는 것만큼 중요한 일은 없다. 영화? 그걸 밥벌이로 생각하는 놈이 있더냐? 다 제가 좋아서 하는 거다. 운 좋게 그걸로 부자가 되는 놈도 있겠지. 하지만 근본은 자기가 하고 싶어서 하는 거야."

할아버지가 생각보다 훨씬 심각하게 말을 하니 조금 우습기도 하다.

"하기 싫고 힘들어도 남자는 돈을 벌어야 한다. 그게 전부다."

"…네."

"이 할애비는 말이다, 네가 이 할애비가 일군 순양에서 일했으면 좋겠다. 더 크게 키우고 더 많이 만들어서 지금의 수십, 수백 배의 순양그룹이 되는 걸 보고 눈감고 싶구나."

이런, 너무 노골적이다. 설마 이런 속마음을 다른 사람에게, 특히 큰아버지에게 말하면 큰일이다.

"할아버지."

"오냐."

"조선을 건국한 태조 이성계의 막내아들이 누군지 아세요?"

엉뚱한 질문에 할아버지는 눈만 껌뻑거렸다.

"이성계의 계비(繼妃) 신덕왕후 강 씨의 차남 이방석입니다."

"무슨 말이 하고 싶은 게야? 느닷없이 역사 이야기는 왜 꺼내? 할애비 학교 못 다닌 거 몰라? 으허허."

"이성계는 정비(正妃) 신의왕후 한 씨 사이에서 아들 여섯을 낳았습니다. 그런데 함께 전장을 누비고 공을 세운 장성한 아들 전부를 무시하고 열한 살에 불과한 어린 이방석을 세자로 책봉했습니다."

할아버지의 웃음이 멈췄고 나를 쳐다보는 눈빛이 변했다.

"그 이방석이라는 놈은 배다른 형인 태종 이방원의 칼에 죽었지. 왕자의 난, 맞느냐?"

"그렇습니다."

괜한 말을 꺼냈나, 하는 생각도 들었지만 어쩔 수 없다. 시간이 얼마 남지 않았다. 할아버지의 지나친 애정이나 조급한 내 마음이 드러났다가는 일을 망칠 수도 있다. 그리고 나는 아직 기억하고 있다. 진도준은 스물을 넘기지 못하고 죽었다!

찌를 듯 나를 바라보던 할아버지의 날카로운 눈빛이 다시 온화하게 변했다.

"매주 금요일, 이 서재에 그룹 핵심 인사들이 모인다. 그룹의 현안을 놓고 가장 깊은 대화를 하고 어려운 결정을 내리는 자리지."

"네, 잘 알고 있습니다."

"넌 앞으로 매주 토요일 아침 식사는 이 할애비와 함께하도록 하자."

토요일마다 그룹의 중요한 결정을 내게 알려 준다는 뜻이다. 마냥 좋다고 할 필요는 없다.

체크, 리체크, 더블 체크. 모든 일의 기본 아닌가? 할아버지의 진의를 조금이라도 더 알아야 한다.

"할아버지, 전 아직 어립니다. 할아버지께서 회사 일을 가르치신다고 해도 못 알아들을 거예요."

"욕심 많은 놈에게 겸손한 말은 어울리지 않아. 네게 뭔가를 가르치려는 게 아니야. 네 싹수는 이미 확인했으니 큰 욕심을 담을 만한 그릇인지 확인하고 싶을 뿐이야. 허허."

할아버지, 아니 진양철 회장의 웃음이 예사롭게 들리지 않았다. 기특한 손자에 대한 애정과 거대한 유산을 상속하는 것은 별개라는 뜻이다. 앞으로 매주 토요일은 할아버지가 아닌, 진 회장의 모습을 보게 될 것 같았다.

"이걸 한번 보고 토요일에 답안지를 제출해라. 수능 성적만큼 잘 나오는지 한번 보마."

꽤 두꺼운 서류 뭉치를 내게 툭 던졌다.

"1년 정도는 푹 쉬게 해주고 싶었는데…. 우리 도준이 여전히 공부해야 하는구나. 허허."

할아버지는 기분 좋은 웃음을 터뜨리며 일어섰다.

"나가자. 내가 보여 줄 것이 있어."

본관 밖, 별관 옆의 차고로 가자 10여 대의 수입차가 보였다. 나이가 몇인데 차를 좋아하는지…. 노인네의 취미치고는 참 돈 많이 드는 취미다.

"못 보던 차가 있네요. 또 사셨어요?"

"못 보던 차가 몇 대지?"

"세 대요. 할아버지, 이제 스포츠카는 그만 타세요. 위험해요."

할아버지는 외투 주머니에서 자동차 열쇠 세 개를 꺼냈다.

"내가 주는 선물이야. 네 덕분에 10년 묵은 체증이 쑥 내려갔어. 그리고 새해 전경련 회의 때, 다른 회장 놈들 앞에서 큰소리칠 생각하면 절로 웃음이 나와. 이 정도 선물은 받아야지, 암."

어린애였다면 기뻐 날뛰었을 텐데…. 독일, 이탈리아 스포츠카를 봐도 덤덤했다. 하지만 무표정하게 있을 수는 없는 일, 나는 자동차 열쇠를 받지 않았다.

"할아버지 선물은 숙제 끝내고 받을게요. 숙제 만점 받을 때마다 하나씩 주세요."

열쇠를 쥔 할아버지의 손이 멈칫하더니 이내 얼굴에 함박웃음이 번졌다.

8장

누가 독개구리를 삼킬 것인가

〈한도제철의 경쟁력과 중장기 경영 전망에 관한 연구〉

1. 재무구조 극히 취약

2. 지나친 외부 차입에 따른 과다한 금융비용

3. 대규모 적자 확실

4. 국민경제에 중대한 영향을 미칠 수 있는 무모한 투자

5. 한도제철의 생존 및 발전을 위해서는 포항제철의 협력이 불가피

6. 결론

한도제철은 물론 그룹 전체적으로 취약한 재무구조와 그룹 전체 매출 1조 3억 원(내부거래 제외 시 5600억 원) 규모로 4조 3000억 원이라는 막대한 투자 자금을 감당하기에는 규모 면에서 무리이고, 부동산 매각에 따른 자기 자금 조달은 부동산의 규모 및 현재 시장 상황을 고려해 보면 현실감이 없는 것으로 판단되며, 금융기관 차입도 정책적인 배려 없이는 어려움이 뒤따를 것으로 사료됨.

두꺼운 보고서를 정리하면 이런 내용이었다.

1995년 기준으로 계열사 13개, 재계 서열 18위임에도 실질적인 그룹 매출이 고작 4000억에 불과하다. 한도그룹, 특히 한도제철은 그야말로 빚으로 쌓아 올린 모래성이었다. 이 모래성이 무너지는 것은 한 달 남짓 남았다.

순양그룹에서 이런 보고서가 나왔다는 것은 한도제철의 부도를 이미 재계에서 예견한다는 의미다. 하지만 그 누구도 한도제철은 단지 시작

에 불과하다는 것을 알지 못한다.

할아버지가 내게 이 보고서를 던져 준 이유는 뭘까? 한도제철의 부도 이후를 생각하는 것일까? 아니면 부도난 한도제철을 인수하려는 것일까? 후자일 가능성이 분명하다. 순양중공업, 순양기계 그리고 순양자동차를 생각한다면 충분히 욕심낼 만하다. 단, 헐값에 인수한다면 말이다.

순양그룹의 사내유보금을 생각한다면 부도난 회사 하나를 인수하는 것쯤은 어렵지 않다. 더욱이 순양의 로비 능력이라면 인수 조건에 수조 원의 부채 탕감을 집어넣는 것쯤은 큰일도 아니다. 핵심 관계자 열 명, 그들에게 각 10억. 100억이면 수조 원의 손실을 국민의 혈세로 땜질하는 일, 어디 한두 번이던가?

마음에 걸리는 것은 한도제철의 외부 차입금 중 10억 달러에 달하는 미국 쪽 핫머니다. 환율 800원인 지금이야 이자 지급이나 원금 상환에 큰 무리가 없지만 1년 뒤에는 지불 불가다.

한도제철은 독개구리다. 삼키는 순간 서서히 독이 퍼질 것이고 해독제를 구하지 못하면 사망에까지 이를 수 있다. 해독제는 바로 달러, 거액의 달러다. 해독제는 내 손에 있으니 누가 삼키든 구해 줄 수 있다. 결정해야 할 문제는 누가 삼키게 할 건지, 치료비는 얼마나 청구할지다.

쉬운 결정이다. 나는 순양그룹의 계열사 몇 개를 치료비로 청구하고 싶으니, 할아버지가 독개구리를 삼키길 원한다면 말릴 생각은 없다.

▲ ▲ ▲

"생산 규모 연간 80만 메트릭톤(metric ton), 회장 및 그 일족이 34.65퍼센트의 주식을 소유, 경영권을 장악하고 있습니다. 1989년부터 건설 부문의 손실로 부채비율 300퍼센트 초과, 차입금 의존도 50퍼센트 초과한 상태로 채권단은 회생불능이라고 판단했습니다."

"채권 회수 시작했지?"

"네. 사실 1년 전에 시작했어야 할 일인데…. 뇌물을 얼마나 처먹었는지 채권단은 꼼짝도 안 했습니다."

금요일 오전 7시부터 시작된 회의의 주제는 한도제철이 전부였다.

"총부채는 얼마야?"

"3조 6870억입니다. 미국 쪽 10억 달러를 제외하고요."

진 회장은 이학재를 바라보며 말했다.

"이 실장, 내가 아무리 생각해 봐도 말이야, 이건 말이 안 돼. 그깟 제철소 하나 올리는 데 뭔 돈을 그렇게 많이 끌어다 쓸 수가 있어?"

"미국 뉴코어사를 기준으로 본다면 1조 6000억이면 뒤집어씁니다. 물론 값싼 부지, 철강경기의 불황을 이용한 낮은 설비 도입가, 턴키 베이스가 아닌 자체 엔지니어링에 의한 적정 설비의 최저가 구입 등으로 우리와 환경이 다르다 해도 최소 1조 원 이상은 어디론가 새어 나갔다고 봐야죠."

비용을 부풀리고 그 돈을 내부자거래로 빼먹는 거야 재벌 집단의 주특기지만 한도그룹은 해먹어도 너무 해먹었다. 그룹 전체 매출의 절반 이상이 내부거래라니! 이건 편법이 아니라 무식한 강도질이나 다름없다. 저절로 찌푸려지는 표정을 바로 거둔 진 회장은 질문을 이어갔다.

"부채 탕감은 어느 정도까지 가능할까?"

"일단 금융기관의 부채를 성업공사가 매입하도록 만들고, 이때 2조 정도 탕감하도록 만들 수 있습니다. 우린 성업공사의 채권을 절반 가격에 매입하고요. 8000억이면 될 겁니다."

"달러는 안 되겠지?"

"네, 대신 상환 연장은 가능합니다. 정부가 지불보증을 서줄 테니까요."

"YS… 깐깐한데 될까?"

"한도제철은 한도그룹 주력사입니다. 어차피 한도그룹이 공중분해되는데 그 파장은 최소화해야죠. 승인할 겁니다."

진 회장의 머릿속에서 계산이 시작됐다. 10억 달러면 8000억, 전체 금액은 1조 6000억이다. 피 같은 돈 1조 6000억을 지불하고 인수할 생각은 추호도 없었다. 인수할 때 순양의 자금을 일시적으로 쓸 수는 있으나 곧바로 회수해야 한다.

"한도그룹 찢어질 때 우리가 챙겨야 하는 건 뭐가 있어? 돈 될 만한 거 말이야."

"한도제철의 부산 철근공장 부지 10만 평 중 물류기지를 제외한 8만 평입니다. 채권단이 손을 못 대도록 하고 그 부지에 아파트를 올려 분양하면 웬만큼은 확보할 수 있습니다."

"또?"

"장지동 토지 4만 평, 개포동 토지 1만 평입니다. 하지만 이 땅은 한도제철의 소유가 아니라 한도건설 소유입니다."

서재 회의에 참석한 그룹 핵심 인사들의 머리는 부지런히 돌아갔다. 한도제철을 거저먹으려는 회장의 의도를 모두 읽었기 때문이다.

"회장님."

여태껏 한마디도 하지 않던 순양자동차의 조대호가 처음으로 입을 열었다.

"대현그룹도 노리고 있다는 정보입니다."

진 회장의 숨 쉬는 소리까지 들릴 정도로 서재는 적막에 휩싸였다. 어느새 붉어진 안색의 진 회장이 이를 악물었다.

"언제 알았어?"

"아침에 연락 받았습니다. 대현자동차의 납품업자가 슬쩍 귀띔했습니다. 룸살롱에서 접대하는 데 횡설수설하더랍니다."

"이런, 육시럴….”

대현그룹은 경쟁자가 아니다. 한도제철을 이미 자신의 소유로 생각하는 진 회장에게는 자신의 회사를 강탈하려는 비적 떼일 뿐이다.

"대현 놈들 뭐 하는지부터 알아 와. 인수 전략은 그 뒤에 다시 짠다.”

회의는 끝났다. 전력을 다해 비적 떼부터 막아야 했다. 모두 일어나서 주섬주섬 서류를 챙길 때 진영기 부회장이 웃으며 입을 열었다.

"도준이 인터뷰 기사 보셨습니까?”

부회장의 말에 계열사 사장들은 깜빡했던 인사를 빠뜨리지 않았다.

"축하드립니다, 회장님. 정말 대단하더군요.”

"도준 군이 전국구일 줄 몰랐습니다. 축하드립니다.”

굳었던 진 회장의 표정이 확 풀리며 고개를 끄덕였다.

"그러게. 나도 그놈이 그 정도 성적을 낼 줄은 몰랐어. 대단하지?”

"그런데 아버지. 도준이는 정말 서울대 법대 지원합니까?”

"왜? 떨어질까 봐?”

"그 성적으로 그럴 리가 있겠습니까? 아버지께서 아끼시니까 당연히 경영학이나 경제학 전공할 거로 생각했습니다.”

"윤기 피를 물려받은 놈이다. 제 놈 하고 싶은 대로 하는 걸 어떻게 막아?”

"제가 윤기 만나서 설득 한번 해볼까요?”

"놔둬라. 집안에서 검찰총장 하나쯤 나오는 것도 나쁘지 않다.”

계속 눈치를 살피는 진영기에게 진 회장은 대수롭지 않은 일인 것처럼 손을 슬쩍 내저었다. 이로써 이방원의 경계심은 한층 옅어질 것이다.

"참, 영준이 지금 어디 있어?”

"작년부터 런던에서 근무합니다. 파이낸스 실무 익히고 있을 겁니다.”

"들어오라고 해.”

"런던 정리하고 말입니까?"

진영기 부회장은 아들의 유배 생활이 끝나는 건가 싶어 심장이 두근 거렸다.

"그래, 이번 한도제철 인수전에 참여시켜. 그리고 결혼도 해야지. 내년 봄에 식 올리자."

"네, 철저히 준비하겠습니다."

이방원은 이제 방심하게 될 것이다.

▲ ▲ ▲

"숙제가 너무 어려웠느냐?"

"…네."

풀 죽은 듯 대답하니 할아버지는 한층 더 호기심을 드러냈다.

"숙제가 뭔지는 알고?"

"한도제철이 망하면 순양그룹이 인수한다, 아닌가요?"

할아버지의 미소가 호기심을 덮었다.

"왜 그 회사가 망한다고 생각했지?"

"보고서의 내용이 한도제철에 대해 굉장히 부정적이었어요."

"순양이 인수한다고 생각한 이유는?"

"인수에 관심 없다면 부도 이후, 철강업계의 변화가 순양그룹에 미치는 영향 등을 더 자세히 다뤘겠죠. 옆집에 불났을 때 중요한 건 우리 집으로 옮겨붙느냐 아니냐지, 왜 불이 났느냐, 불난 집에 값비싼 물건이 무엇이냐는 따지지 않으니까요."

"옳지. 바로 그거야."

진 회장이 무릎을 탁 쳤다.

"그런데 해답은 못 찾겠어요."

"뭐에 대한 해답을 찾으려고 했느냐?"

"대현그룹을 무릎 꿇릴 방법이요. 그것만 찾아냈으면 스포츠카 열쇠 하나는 오늘 받았을 텐데 말이죠."

아쉬운 듯 머리를 벅벅 긁으며 할아버지의 눈치를 슬쩍 살폈다.

'할아버지 표정이 왜 저러지? 너무 앞서 나갔나?'

"대, 대현이 왜 인수전에 뛰어든다고 생각한 게냐?"

깜짝 놀란 할아버지의 속내가 완전히 드러났다.

"쇳덩이 만지는 기업이라면 포항제철, 순양, 대현, 아진, 삼미, 동국인데 이 중에서 한도제철을 인수할 만큼 덩치 큰 곳은 셋, 하지만 포항제철은 한도에 관심 가질 이유가 없고 남은 건 우리랑 대현뿐이잖아요."

"덩치 크다고 무조건 덤벼들지는 않아. 명확한 이유가···."

"에이, 할아버지가 관심 가지셨는데 대현 회장님이라고 가만히 있을까···."

구체적인 데이터를 들이밀며 대현도 한도제철을 원한다고 말해야 해답이 되지만, 지금은 감각적인 대답이 제격이다.

"순양보다 한참 앞서가던 중공업 분야의 1위 자리까지 내줬으니 이 기회를 그냥 보내지는 않을 것 같아요."

"자존심 때문에 천문학적인 돈을 쏟아부어서 회사를 인수하는 경영자는 없다."

"자존심 때문에라도 두드려 보는 것 정도는 하지 않겠어요?"

할아버지는 끝내 웃음을 터뜨렸다.

"으허허, 그렇지. 그놈은 자존심 때문에라도 위험을 무릅쓸 인간이지."

할아버지의 기분 좋은 웃음이 그칠 때까지 기다렸다가 슬며시 물었다.

"그런데 이 회사 인수하려면 엄청난 돈이 드는 거 아닌가요? 부채만 해도 몇 조 원이던데요?"

내 질문을 기다렸다는 듯 할아버지는 내 곁으로 다가왔다.

"도준아, '다른 사람의 돈'을 영어로 해봐라."

"다른 사람의 돈? Other People's Money?"

"그래. 그것이 바로 사업이다. 내 돈이 아닌 다른 사람의 돈으로 경영하는 것. 그런데 우리나라 재벌은 조금 다르다."

"어떻게요?"

"영어 단어 뜻대로 People, 바로 국민의 돈을 이용하는 거지."

국민의 돈, 세금을 말하는 것인가?

"부실기업을 인수할 때 채권단에게 부채 탕감을 요구하고, 그렇게 빵꾸 난 돈은 세금으로 메꾼다. 이것이 그룹의 덩치를 키우는 가장 확실한 방법이다. 그리고 늘 통한단다."

수조 원의 공적자금을 쌈짓돈인 양 생각한다. 일말의 양심도 없다. 애초에 부정한 방법이라는 생각을 하지 않는다. 재벌의 본질은 알고 있었지만, 할아버지 입을 통해 직접 들으니 소름이 쫙 돋았다. 얼어붙은 내 어깨를 두드리는 할아버지는 승리자의 표정이었다.

"참, 도준아. 당분간 네가 인터뷰에서 했던 말은 진심인 걸로 하자. 알았지?"

▲ ▲ ▲

1996년, 올해의 마지막 날, 할아버지를 비롯하여 모든 가족이 순양호텔에 모였다. 좋은 결과로 한 해를 끝낸 나를 축하하는 자리였고 오랜 외국 생활을 접고 귀국한 진영준을 환영하는 자리였다.

"이야, 우리 막내. 사고 단단히 쳤더구나. 인터뷰 봤어. 축하한다."

"아, 영준이 형. 고마워요. 그리고 저도 축하드려요. 귀국하신 거."

그가 내미는 손을 잡는데 나도 모르게 손이 가늘게 떨렸다.

"미래의 검찰총장님, 나중에 내 편법 상속은 네게 맡길게. 잘 처리해 줘. 흐흐."

그가 내 귓가에 대고 속삭일 때는 온몸이 가늘게 떨렸다.

"검찰총장은 순양의 회장님이 될 형이 키워야죠. 난 기업 인수 합병 전문 변호사 하라던데요?"

"M&A? 누가?"

"할아버지요."

웃음을 참는 진영준의 볼이 실룩거렸다.

"정말? 할아버지께서 그렇게 말씀하셨어?"

"네. 자세하게 말씀하시지는 않았는데… 제가 법대 간다니까 판검사보다는 변호사가 낫겠다고 하시면서요."

"그래서, 넌? 도준이 너도 변호사가 좋아?"

반짝이는 눈빛, 기대 가득한 얼굴. 저 눈빛과 저 얼굴이 무엇을 원하는지 안다. 피를 나눈 사람들 중에서 가장 쓸 만한 사촌 동생, 진 회장도 고개를 끄덕일 정도이며 국가 공인 시험에서 최상위권을 차지한 검증된 머리, 게다가 경쟁자일지도 모르는 나를 수족이나 측근으로 만드는 일석이조의 한 수. 이놈이 원하는 대답을 지금 당장 해줄 수도 있지만 원하는 것을 쉽게 쥐여 줄 수는 없는 법이다.

"아직 모르겠어요. 사실 판사는 별로 흥미 없고, 검사나 변호사가 더 재미있을 것 같기는 한데…. 뭐, 법대 가서 천천히 생각해 볼래요."

"그래, 인생 길다. 천천히 생각해. 이제 겨우 고등학교 졸업하는데 성급한 결정을 내릴 필요 없어. 깨알 같은 법전 보기 싫으면 이 형한테 말해. 순양그룹에서 제일 편한 자리 하나 만들어 줄 테니까. 하하."

많이 늘었다, 진영준. 표정 하나 변하지 않고 여유를 드러내는 내공까지 생겼다. 오랜 외국 생활을 참고 견디더니 조금은 성숙해진 걸까?

"그게 제일 좋을 것 같은데요? 이제 공부라면 지긋지긋한데. 헤헤."

"그래? 좋아. 이 형이 우리 범생이 동생 즐겁게 해줘야겠다. 오늘 자리 끝나면 내 옆에 딱 붙어 있어. 세상이 얼마나 좋은 곳인지, 인생이 얼마나 즐거운 건지 차근차근 가르쳐 주지."

진영준은 내 등을 두드리며 눈을 찡긋하고는 사라졌다.

'그래, 즐겁게 살아라. 좋은 시절 실컷 즐겨라. 바로 그 추억이 네가 앞으로 가지게 될 전부가 될 테니까.'

"이야, 이 무식한 놈아! 어떻게 했기에 그 점수가 나와? 응?"

고모부다. 절로 굳어지는 얼굴을 애써 부드럽게 해야 했다.

"우리 애들도 도준이 너 공부한 거에 반만 했다면 얼마나 좋았을까?"

고모는 아쉬운 표정이었다. 고모의 세 아들이 어디서 공부하더라? 대학 이름은 고사하고 그 나라 이름도 모르겠다.

"이제 처가에도 내 직속 후배가 생겼어. 도준아, 공부하다가 궁금한 거 있으면 언제든 이 고모부에게 말하렴. 내가 도와줄게."

"직속 후배? 당신이 서울대 나왔어요? 서울대 정문도 구경 못 했으면서!"

"내가 대학 말했어? 사법연수원 말한 거지!"

고모가 대학 콤플렉스를 자극하자 고모부가 발끈했지만, 본전도 못 찾을 말이었다.

"그래, 잘됐네. 도준아, 앞으로 고모부를 과외 선생으로 모셔. 어차피 선거도 떨어져서 지금 놀고 계시거든!"

고모부를 째려보는 고모의 눈에서 불꽃이 일자 고모부는 입을 닫았다.

4월에 치러진 15대 국회의원 선거에서 고모부는 보기 좋게 미끄러졌다. 야심과 욕심을 따라가지 못하는 자신의 능력도 망각한 채 서울 지역구에 출사표를 던졌다. 여당에서는 야당의 강세 지역을 적선하듯 던져

쳤고 할아버지는 노발대발했다.

여당에서도 포기한 지역, 할아버지의 외면을 무릅쓰고 전력을 다했지만, 예상했던 결과와 한 치의 오차도 없었다. 할아버지 몰래 고모가 백화점 돈을 빼돌려 퍼부어댔지만 역부족이었다.

"고모부, 다음에도 서울에서 도전하실 겁니까?"

"물론이야. 2선 의원으로 끝낼 수는 없지. 3선 국회의원 하고 나서 내각으로 들어가야지."

이 사람의 꿈이 이루어졌을 때 나이를 계산해 보니 환갑을 훌쩍 넘긴다. 고모부의 맥시멈은 장관까지다.

"도준아."

갑자기 나를 부르는 고모부의 은근한 목소리. 더 듣지 않아도 뻔하다.

"지금 할아버지는 너 때문에 완전 기분 좋으시잖아. 곧 보궐선거가 있는데…."

"아하, 네."

"응?"

말이 끝나기도 전에 고개를 끄덕이자 고모까지 놀란 눈이 되었다.

"보궐선거에서 다시 의원 배지 다셔야죠. 선거자금 지원 부탁드려 볼게요."

두 사람의 입이 귀에 걸렸다.

"역시 똑똑해. 척하면 착이구나. 하하."

'지금 한술 더 떠서 낚아 볼까?'

"만약 할아버지께서 선거자금 지원 안 하시면 저라도 도와드려야죠. 고모부는 제 직속 선배시잖아요."

귀에 걸렸던 입이 벌어졌다.

"네, 네가? 무슨 돈으로?"

"기억 안 나세요? 예전에 분당 목장 판 돈 있잖아요. 그거 손도 안 대고 은행에 그냥 있는데요? 이자도 꽤 많이 붙었을 거예요."

"아…!"

호객꾼이 필요할 시점이 다가온다. 신뢰도는 바닥이고 쓰레기만 모여 있다고 평가받는 국회 의사당이지만 국가의 가장 중요한 정책은 바로 그곳에서 결정한다. 고모부는 필히 국회로 돌아가야 한다. 돌아가서 내 손을 들어 줄 의원들을 모집하는 호객꾼이 되어야 한다.

"도, 도준아."

감격에 마지않는 고모부가 두 팔을 활짝 벌렸지만, 저놈 품에 안길 생각은 없다.

'삐기가 사장 앞에서 허리를 숙여야지, 어딜 감히…!'

▲ ▲ ▲

연말 모임이 끝날 때쯤 나는 진영준과 그의 동생 진경준 손에 이끌려 조용히 호텔을 빠져나왔다. 진경준은 나보다 다섯 살 위다. 지금 미국에서 휴학 중인데 학교보다 한인 타운에서 발견하기 쉬웠다. 진 회장이 세상을 떠나고 부회장인 진영기가 실권을 장악할 때까지 미국에 있을 것이다.

"어디 가려고요?"

"좋은 데 갈 테니 그냥 따라와. 숙부님께도 오늘 너랑 가볍게 한잔 마신다고 말씀드렸어."

옆에서 진경준이 음흉한 표정으로 눈을 찡긋하며 미소를 보낸다.

진영준은 수입 세단을 몰고 양평으로 달렸다. 나는 한 번도 와보지 못한 곳이다. 양평 별장은 진영기 부회장의 소유로 그 집 식구들만 이용한다. 물론 이 별장의 등기부 등본을 보면 분명 순양 계열사 중의 한 곳이 명목상의 주인일 것은 분명하다.

"도준이 넌 여기 처음이지?"

"네."

"여긴 내 친구나 사촌 남자들만 가끔 모이는 곳이다. 아버지도 거의 안 오셔."

"너도 혼자 놀고 싶을 땐 여기서 놀아. 한적하니 좋아."

두 형제는 이미 흥분한 듯 광대를 씰룩이며 목소리를 높였다. 별장 현관에 서 있던 젊은 사내 하나가 달려와 차 문을 열고 허리를 숙였다.

"애들 다 왔어?"

"네. 그런데 저…."

"왜?"

"정희연은 오늘 못 온다고…. 갑자기 야간 촬영 들어간다면서…."

짝!

조금도 머뭇거림 없이 진영준의 손이 올라갔다. 젊은 사내가 비틀거리자 이번에는 발이 올라갔다.

"이 새끼야, 오늘 중요한 날이라고 했지? 머리채를 잡고 끌고 오든, 납치하든 무조건 데려왔어야지!"

"아오! 오늘 그 잘난 계집애 때문에 미국에서 날아왔는데 글러 버린 거야?"

진경준까지 인상을 찌푸리며 땅을 퍽 하고 찼다.

현재 최고 시청률을 기록하는 드라마에 출연 중인 여배우의 이름이 나와 놀라야 했지만… 나는 눈앞에서 발길질 당하는 사내의 모습이 마치 연극 무대에서 과거의 나를 보는 듯해 분노만 치밀었다. 지금 저 사람은 맞을 때의 아픔보다 이깟 일이나 하는 자신에 대한 자괴감, 수치 그리고 분노에 치가 떨릴 것이다. 그리고 슬프게도 일자리를 잃어버릴지도 모른다는 두려움마저 느낄 것이다. 이제는 완전히 사라졌다고 생각한 먼 과거의 감정이 바로 지금 생생하게 되살아났다.

"에이, 씨빌! 지금 뭐 하자는 거야!"

부르르 떨리는 주먹을 쥔 채 소리 지르자 진영준의 발길질이 멈췄다.

"오늘 나 축하해 주려고 여기 온 기 아냐? 에이 씨, 기분 확 잡치네. 나 그냥 돌아가?"

형제는 생각지도 못했던 내 행동에 잠시 얼빠진 모습이었지만, 그래도 경험 많고 나이 많은 진영준이 재빨리 정신을 차렸다.

"이야, 역시! 이 형이 깜빡했어. 우리 도준이도 한성격하지? 야! 경준아. 기억 안 나? 자기 장난감 건드렸다고 강준이 다리를 그냥 확!"

진영준은 두 손을 들어 확 꺾으며 실실 웃었다.

"너 오늘 도준이 덕분에 몸 성한 줄 알아. 가봐. 내일 오후에 와서 저 애들 반납하고."

힘겹게 몸을 일으킨 젊은 사내가 머리를 꾸벅 숙이고 자신의 승용차 문을 열 때 내가 말했다.

"이봐요. 차에서 좀 기다려요. 난 오래 못 있어. 조금만 놀다가 가야 하니까 나 좀 태워다 줘요."

사내는 고개를 끄덕이고 차에 올라탔다.

"왜? 내일 오후까지 느긋하게 놀다 같이 가자."

진경준이 내 어깨에 손을 올렸고 진영준은 손을 들어 젊은 사내를 가리켰다.

"저 자식, 차에서 새우잠 자야겠군. 도준이도 이 안에 들어가면 나오고 싶지 않을 게 뻔한데. 으하하."

'그럴 일은 없을 거다, 진영준. 내가 널 따라 이곳까지 온 걸 하늘에 감사드린다. 방금 네 충실한 머슴 하나를 내 사람으로 만들 기회가 생겼으니.'

"어머, 오빠! 이게 얼마 만이야?"

대여섯 명의 젊은 여자들이 두 사촌 형에게 우르르 달려와 매달렸다. 특히, 두 명은 TV 드라마와 음악 프로그램에서 자주 봤던 얼굴이며 순양그룹 제품의 이미지를 만들어 가는 광고모델이다.

"내가 널 영국으로 불렀던 게 한 달도 안 지났어. 얼마 만이긴? 한 달 만이지."

"그건 외국이고. 한국에서 얼굴 본 건 1년 넘었잖아."

투정인지, 애교인지 아니면 영업인지는 모르겠지만, 진영준의 팔짱을 서로 끼려고 경쟁이 치열했다.

"오늘은 내가 아니라 우리 막내한테 잘 보여. 서울대 법대 나와 미래의 검찰총장이 되실 분이시니까. 자자, 일단 한잔하자."

이미 식탁에 술과 요리가 차려져 있었다. 소주, 위스키, 맥주, 와인이 즐비한 식탁에 앉자마자 진영준은 내게 맥주잔을 건넸다.

"약한 거부터 시작하자."

그가 건네는 술잔을 받아 한 번에 쭉 들이켰다.

"오호! 고삐리가 술 잘 마시는데?"

조금은 놀란 듯 나를 바라보는 진영준에게 잔을 내밀었다.

술 몇 잔을 마시고 진경준이 여자 둘과 어디론가 사라진 뒤 조금 진지한 어투로 나는 진영준에게 물었다.

"영준 형. 내가 검사가 되든, 변호사가 되든 형한테 어떤 존재가 됐으면 좋겠어?"

내 질문에 그는 싱긋 웃었다. 저놈 눈에는 내가 어른 흉내 내는 고3으로 보일 것이다.

"할아버지 곁에는 이학재가 있고, 우리 아버지도 두 명의 이학재 같은 놈을 데리고 있지. 그런데 도준아, 그놈들은 다 남이야. 우린 형제고.

비록 사촌이지만 사촌도 형제다."

"형제끼리?"

"바로 그거야."

무슨 말을 하고 싶은 걸까?

"내가 유럽 지사 생활하면서 딱 하나 깨달은 게 있다면 아무리 충성을 다하는 것처럼 보여도 아랫것들은 절대 속마음을 열지 않아. 각자 딴 생각을 한다고."

저 자식은 사람을 믿지 않는 자신의 성격도 남 탓으로 돌린다.

"뭐, 이해는 해. 돈 주는 놈과 받는 놈 사이에는 건너기 힘든 깊은 골이 있으니까. 하지만 형제는 다르지. 주고받는 사이가 아니고 나눠 가지는 사이니까."

원래의 진도준이라면 저 말을 믿었을지도 모른다. 하지만 난 윤현우로서 저 말이 새빨간 거짓인 것도 안다. 그가 나누기 싫어 친동생인 진경준을 감옥에 보낸 일을 아직 잊지 않고 있다.

"도준아."

"예."

진영준은 술기운에 붉어진 내 얼굴을 살피며, 조용히 속삭였다.

"우리 형제들 중에 사람 구실을 할 놈은 너뿐이다. 다른 놈들은 싹수가 노래. 나이 들고 철이 들어도 회사 맡아 굴릴 능력은 없다고 봐."

어이가 없어 웃음도 나오지 않았다. 지금 사촌들의 모습은 진영준의 20대 때와 다르지 않다. 물론 지금 진영준의 모습에서도 싹수는 딱히 보이지 않는다. 귀국하자마자 연예인들과 놀고, 조금 전 광고모델이 했던 말을 생각해 보면 외국 생활할 때도 아예 불러서 놀았다는 것이다.

"솔직히 난 네가 사시를 패스하든, 검사가 되든 상관없어. 내 옆에서 그 좋은 머리로 함께 해보자. 넌 순양그룹의 이인자 되는 거야."

나에 대한 경계심 때문일까? 아니면 진짜 믿을 만한 오른팔을 구하려는 것일까?

"세상에, 이렇게 잘생긴 오빠가 머리까지 좋아? 그럼 오빠는 오늘부터 내 애인이야."

예쁘장하게 생긴 애가 내 옆에 찰싹 붙어 떨어지지 않는다. 이 여자애 때문에 대화가 끊겨 버렸다.

"너, 눈치 빠르네. 잘해 봐. 우리 동생이 너 마음에 들어 하면 넌 진짜 제대로 된 스폰서 하나 잡은 거야. 애 고3인데 재산이 수백억이라고. 하하."

수백억이라는 말에 여자의 눈빛이 달라졌고, 진영준은 내 어깨를 툭 치고 2층으로 올라가 버렸다.

"세상 참 불공평하다. 재벌 3세에 머리도 좋아. 잘생긴 얼굴에 키도 크고. 이건 뭐, 완벽한 이상형이네."

"당신도 예쁘게 태어났잖아. 그것 때문에 여기 있는 거고."

나는 내 허리를 감싸는 그녀의 손을 풀며 말했다.

"하나만 물어보자. 우리 형이랑 어떻게 아는 거야?"

"내가 누군지보다 그게 더 궁금해?"

"연예인이겠지. 아니면 지망생이거나. 빨리 묻는 말에나 대답해 봐."

"이 바닥 좁아. 좀 뜬 애 한 명 알면 그다음부터는 소개지, 뭐. 번호 따고 만나고 또 소개받고. 그렇게 좀만 지나면 핸드폰에 여자 연예인 이름으로 꽉 채우는 거야. 단, 돈이 받쳐 줘야겠지만."

대수롭지 않게 툭 던지는 거로 봐서 진영준은 따로 채홍사가 필요 없어 보였다.

"그리고 나 지망생 아냐. 곧 데뷔해. 앨범도 준비 중이고."

"가수?"

"응. 너 H.O.T 알지? 올여름에 데뷔한 애들."

"그래. 알아."

"그런 콘셉트야. 대신 나처럼 귀여운 여자들이 멤버지."

'걸그룹인가? 그렇다면 설마…?'

"너 몇 살이야?"

"열일곱."

'맙소사! 고삐리 아닌가?'

"정신 차려. 이런 데 따라다니지 말고, 자신을 소중히 해."

"…?"

동그란 눈을 깜빡거리며 날 빤히 보는 여자애를 보자 아차 싶었다.

'이 무슨 아재의 오지랖인가?'

괜한 소리로 머쓱해진 속내를 숨기고 싶어 식탁에서 일어났다.

"빈방 많아 보이니까 푹 자고 쉬다 가. 방문은 꼭 잠그고."

그녀가 뭐라 말하기도 전에 밖으로 나와 버렸다. 쌀쌀한 겨울 공기를 들이마시니 정신이 맑아졌다.

시동을 건 채 운전석에서 졸고 있는 사내를 보자 마음이 짠하다. 어쩌면 가족이 있을지도 모른다. 따뜻한 집을 놔두고 이 무슨 생고생인가? 먹고사는 게 이렇게 힘들다.

보조석 문을 열고 앉으니 사내가 벌떡 일어났다.

"죄, 죄송합니다. 깜빡 졸았습니다."

"괜찮습니다. 너무 오래 기다리게 해서 죄송해요."

"아이고, 아닙니다. 그런데 뒷좌석에 편히 앉으시죠."

"제가 상전도 아니고 상관도 아닌데 뒷좌석은 불편합니다. 그냥 가시죠."

차가 출발하고 한동안은 침묵만 흘렀다. 운전하는 사내가 불편한지 조심스레 입을 열었다.

"라디오라도 들으면서 가시겠습니까? 도련님."

"괜찮습니다. 그보다 도련님이라니요? 닭살입니다."

예의 있게 말하자 사내는 의외라는 듯 내 얼굴을 힐끔거렸다.

"그룹 전략실에 근무하십니까?"

"네, 어떻게 아셨어요?"

"회장님이신 할아버지와 자주 이야기 나눕니다. 그래서 기획실이 두 파트로 나뉜 것도 잘 알죠. 진짜 그룹 전략을 짜는 명문대 출신의 인재들로 구성한 파트, 그리고…."

곁눈질로 보니 운전대를 잡은 그의 손이 조금 떨렸다.

"우리 집 철없는 새끼들 잔심부름도 하고 똥 싼 거 치우기도 하는 후진 대학 나온 사람들로 구성한 파트. 형님은 후자 소속이겠죠."

핸들을 잡은 그의 손등에 핏줄이 툭툭 솟았다. 꽉 다문 입술도 떨렸다.

수치심, 모멸감. 저 기분 잘 안다.

"형님은 일류대 나와서 전략 짜는 놈들보다 훨씬 더 운이 좋아요."

"내, 내가…?"

"회장님 연세 생각해 보세요. 곧 팔순입니다. 사시면 얼마나 더 사시겠어요? 회장님 돌아가시면 우리 큰아버지들 셋, 고모까지 넷입니다. 순양그룹 찢어 먹으려고 눈이 시뻘게질 겁니다. 부회장님은 독식하려고 칼춤 출 거고요."

수치, 모멸 같은 감정이 사라진 얼굴에 경악만 가득했다.

"그때 형님이 아는 이 집안사람들의 비밀, 그거 아주 값비싸게 팔 수 있을 겁니다. 일류대 나와 사무실에서 전략 짜는 새끼들이 평생을 일해도 못 벌 돈을 한 방에 쥐는 거죠."

"너… 너 뭐야? 무슨 말 하는 거야?"

"도련님이라는 호칭은 닭살 돋지만 반말은 열 받네요. 조심합시다."

나와 그의 눈이 마주쳤다. 알아들었으려나?

"피곤한데 눈 좀 붙이겠습니다. 집에 도착하면 깨워 주세요. 형. 님!"

그는 아무 말 없이 차의 속도만 높였다.

▲ ▲ ▲

1997년 1월 22일, 한도그룹 주거래은행인 제일은행을 비롯하여 산업, 외환, 조흥은행의 은행장 네 명은 꼬박 하루 동안 한도그룹 최 회장을 설득했다.

"회장님. 이런 식이면 다 죽습니다. 정부가 대통령 선거를 앞두고 특혜 시비를 우려합니다."

"이미 지난 18일부터 150억 원에 달하는 어음도 못 막지 않으셨습니까? 사실상 부도 상태라고요! 아직 현실을 모르시겠습니까?"

"850개의 하청, 협력업체도 생각하십시오. 10만 명이 넘는 가장이 길바닥에 나앉았습니다."

"회장님 일가의 경영권만 포기하십시오. 그럼 청와대도 허락할 겁니다. 한도를 지원할 명분이 생기니까요. 정부도 한도의 부도를 막고 싶어 합니다. 경영권만 포기하시면 긴급 자금 지원은 물론이고 은행 공동으로 자금 관리도 해주겠습니다."

최 회장은 은행장들의 간절한 심정을 외면하며 남의 집 이야기처럼 뒷등으로 흘렸다.

"제일은행이 1조 1200억, 산업은행은 8900억, 조흥은행 5000억, 외환은행도 4500억. 이게 내가 빌린 돈이요. 맞소?"

최 회장은 부도 당사자 임에도 은행장들보다 한결 느긋한 표정이었다. Too Big to Fail, 바로 대마불사의 규칙을 정확히 알기 때문이다. 한도그룹이 쓰러지면 은행은 수조 원의 부실채권을 감당하기 힘들어진다. 수조 원을 또 한 번 밀어주는 건 가능해도 날아간 수조 원은 되찾기 힘들다. 최 회장은 은행이 공멸을 선택할 거라는 생각은 단 1초도 하지 않았다. 하지만 그는 사태의 심각성을 깨닫지 못했다.

다음 날인 23일, 서해안 당진에 제철소를 짓던 한도제철이 쓰러졌다. 정치권과 은행의 결단이 최 회장의 목을 쳐버린 것이다. 이에 따라 여신 관리기준 9위, 자산 기준 14위, 국내 계열사만도 22개에 달하는 한도그룹은 공중분해가 될 처지에 놓이게 됐다. 주거래은행들도 흔들렸고 그 밖에 70여 개 금융기관도 위험에 빠졌다.

이제 치명상 입은 먹잇감을 노리는 야수들이 눈치싸움을 시작했다. 한도 사태에 따른 전경련 긴급회의라는 명목으로 모인 재벌 총수들은 재계 1, 2위를 다투는 순양과 대현이 한도를 탐낸다는 걸 알자 일찌감치 패를 덮고 포커판에서 빠져 버렸다.

"내가 얼마 전에 공장에서 일하는 애들 연수원 만들려고 폐교를 하나 샀거든? 그런데 횡재했지 뭐야. 폐교 담벼락을 따라 자란 나무들이 엄청 비싼 거였어. 폐교 매입 금액의 두 배가 훌쩍 넘더라고."

대현그룹 주영일 회장은 담배 한 개비를 만지작거리며 말했다. 부도난 한도제철과 곧 부도날 한도건설은 폐교나 다름없다. 채권을 탕감하고 헐값에 매입하면 고가의 나무들이 따라온다. 두 회사 소유의 알짜배기 땅, 이 땅이 바로 나무다.

"거참, 신경 쓰이게 왜 담배를 조물딱거려? 피우라고!"

"난 이렇게 담배를 눈앞에 두고 참아야 금연 성공해. 진 회장도 담배 끊은 지 얼마 안 됐지? 참으라고. 눈앞에 담배가 있어도 피우고 싶지 않을 때가 바로 금연 성공이야."

주 회장은 담배 한 개비를 진 회장의 눈앞에 흔들었다. 한도제철 인

수전에서 빠지라는 뜻이다. 진 회장은 피식 웃음을 흘리며 담배를 낚아
채고 입에 물었다.

"불 없나?"

진 회장이 손을 내밀었을 때 주 회장의 얼굴이 굳어 버렸다.

"불도 들고 다녀야 유혹이 더 강해지지. 반쪽짜리 유혹 참는 거야 누
가 못해?"

진 회장은 곁에 대기하던 이학재 실장에게 손을 내밀자 그는 공손하
게 라이터를 건넸다. 조금도 망설이지 않고 담배에 불을 붙인 진 회장은
길게 한 모금을 빨았다. 오랜만에 들이마신 담배 연기 때문에 어지럼증
을 느꼈는지 머리를 의자에 대고 한동안 눈을 감고 있었다.

"주 회장, 내가 몸 상하는 거 때문에 금연한 줄 아나? 늙으니 노인 냄
새가 짙어져서 담배 끊은 거야. 건강? 그런 거 챙기려 했으면 운동선수
를 했지, 장사 시작 안 했어."

순간 주 회장의 눈썹이 꿈틀했다. 한도제철을 포기하지 않겠다는 진
회장의 선언이다. 순양그룹에 손해를 끼치더라도 인수를 포기하지 않겠
다는 결의까지 보여 준 것이다.

"계산 끝냈을 텐데? 원화 1조와 달러 10억은 줘야 제철소 용광로 구
경할 수 있어. 뒤따라올 한도건설도 1조 원은 줘야 하고. 순양이 우리 대
현 레이스에 따라붙으면 은행 배만 불려 주는 꼴인데?"

"손 떨리면 빠지든지."

진 회장이 이죽거리자 주 회장은 아랫입술을 짓씹었다.

"오랜만에 좋은 일 한번 하지, 뭐. 은행이 튼튼하면 나라 경제도 좋잖
아?"

사람 속 긁는 데는 따라올 자가 없다. 얼마 전, 손자 수능 성적으로 속
을 뒤집어 놓더니 이젠 돈 지랄로 속을 긁는다. 주영일 회장은 진 회장

의 손가락 사이에 낀 담배를 슬쩍 빼서 한 모금 빨았다. 자신도 손해를 감수하겠다는 의지를 보여 주는 행동이다. 불꽃 튀는 두 사람의 시선이 허공에서 얽혔다.

그룹에 도움이 될 회사를 싸게 인수한다는 목적 위에 자존심까지 더해졌다. 돈 많은 사람이 돈에서 밀려 판을 접는 것만큼 자존심 상하는 일도 없다. 주 회장은 입안에 모래를 한 줌 머금은 느낌이었다. 1조 원 정도로 생각했던 인수금액이 두 배가 될지도 모른다. 어쩌면 더….

"회장님, 좀 심하셨습니다. 주 회장, 단단히 준비할 텐데요?"

"그래 보였어?"

"네. 이 악문 모습을 보니 2조 이상도 쓸 것 같습니다."

"으허허허. 그 친구 성깔이라면 그러고도 남지."

이학재의 걱정은 아랑곳하지 않는 듯 진 회장은 웃음까지 터뜨렸다.

"웃으실 때가 아닙니다. 정부에서 부도 여파를 줄이기 위해 채권단을 독촉합니다. 한도제철 입찰, 곧바로 시작할 겁니다. 1조 원과 10억 달러는 마련해 뒀지만… 그게 전부입니다."

"대현은?"

"작년, 오일 머니가 잔뜩 들어왔습니다. 어차피 비가격 요소는 비슷하니까 높은 금액 써내는 쪽이 이깁니다. 자금력에서는 우리가 밀릴 겁니다."

진 회장은 달리는 차의 창문을 내렸다. 얼어붙을 듯한 찬바람이 차 내부로 밀려들었다.

"규칙이 하나뿐인 게임이 있나? 게임의 룰은 여러 가지야. 반칙도, 오심도 게임의 일부고."

"혹시 다른 방도가 있으십니까?"

"채권 심사단 구성되면 자리 한번 만들어. 고생할 사람들인데 밥은 사야지."

채권단에 돈 봉투를 돌리는 건 대현도 할 수 있다. 이학재는 진 회장이 어떤 생각을 하는지 도무지 알 수 없었다.

진 회장은 순양그룹 본사 회의실에 모여있는 한도제철 인수팀을 향해 서류 한 장을 흔들었다.

"이거 정확한 수치야? 2조 3700억?"

인수팀은 아주 잠깐 서로의 눈을 바라보다 고개를 끄덕였다.

"확실합니다."

진영기 부회장이 대표로 대답하자 진 회장은 다시 한 번 숫자를 확인한 뒤 입을 열었다.

"한도제철 가치가 이 정도라면 대현그룹은 분명 이 금액으로 입찰할 거다. 그리고 대현은 이미 철강의 노하우가 쌓여 있는 곳이니 우리보다 더 좋은 점수를 받을 건 뻔하고, 그럼 우린 얼마를 적어야 할까?"

그 누구도 함부로 입을 열지 못한다. 입찰 금액은 한도제철을 먹겠다는 회장의 의지와 비례한다. 의지가 강하다는 것은 알지만, 수치로 환산하지 못한다. 회장 본인도 환산하기 어려운 것이 분명한데 어찌 대답할까? 하지만 진 회장의 시선 때문에 대답을 피할 수 없는 사람도 있다.

"진영준 부장. 어떻게 생각해?"

"1조 8000억입니다."

조금도 망설이지 않고 대답이 나오자 진 회장도 조금 놀라는 듯 보였다.

"왜?"

"이 금액이 현재 우리 순양이 제시할 수 있는 맥시멈이니까요."

"그럼 보나 마나 대현이 이기는데?"

"빚내서 인수할 수는 없는 일입니다. 한도제철의 가치와 우리 자금 여력은 정확합니다. 돈 싸움으로 흘러가면 안 됩니다."

"공개입찰인데 돈 말고 뭐로 싸우지?"

"한도제철을 인수했을 때 시너지효과가 가장 크게 발생하는 기업이 바로 우리 순양이라는 걸 내세웠으면 합니다. 대현은 이미 제철을 갖고 있으니 그 효과가 미미한 편입니다."

꽤 그럴싸한 말을 내뱉는다. 그리고 말은 책임을 져야 하는 법이다.

"그럼 우리가 인수했을 때 진 부장이 말한 그 시너지 효과를 보고서로 만들어 봐. 심사단이 감동할 정도로 훌륭하게! 일주일 준다."

"…네."

자신 없는 대답이지만 맹탕은 아니다. 서른 넘어가니 제 몫은 할 것처럼 보인다. 회장은 다른 사람을 향해 고개를 돌렸다.

"또? 1조 8000억이 전부야? 다른 의견 없어?"

"2조 5000억입니다."

홍송철 건설 사장은 대수롭지 않게 툭 던졌다. 모두의 시선이 그를 향하자 진 회장도 호기심을 드러냈다.

"근거는?"

"채권단의 눈에는 대현과 순양은 차이가 없습니다. 누구 손에 들어가든 정부도 수긍합니다. 공정성에서 잡음이 나지 않으려면 더 높은 금액을 써내야 하는 건 피할 수 없다고 생각합니다."

진영기 부회장과 진영준의 얼굴이 붉게 달아올랐다. 힘겹게 준비한 내용을 홍 사장은 '효과 없음'으로 간단히 치부해 버렸다.

"부족한 돈은 어디서 끌고 와?"

"순양건설에서 확보한 아파트 부지가 있습니다. 일단 그 땅을 담보로

7000억 대출은 가능합니다."

위험한 다리의 절반은 건넜다. 돈 준비는 가능하니까 말이다.

"그럼 7000억 대출은 무슨 돈으로 갚아? 대출 쫙 깔아 놓은 땅에다 아파트 지어서 팔 수는 없는 노릇이잖나."

"그건 건설에서 깔끔하게 정리하겠습니다. 염려 놓으십시오. 회장님."

진 회장의 입꼬리가 살짝 올라갔다. 가장 바람직한 대답이었다. 당면한 문제는 해결하고 과정은 생략한다. 혹시라도 불법, 탈법적인 일이 있더라도 혼자 책임질 뿐 회장에게는 불똥이 튀지 않는다. 회장은 전혀 모르는 일이라고 거짓말할 필요조차 없다. 사실이니까 말이다. 역시 신뢰할 만하다.

"홍 사장은 나 몰래 빼돌린 돈이 상당한가 봐. 7000억이 뉘 집 강아지 이름도 아닌데 저렇게 자신 있게 말하는 걸 보면 말이야. 허허."

진영기 부자 두 사람을 제외하고 회의실 안은 웃음바다가 되었다. 진영기 부회장은 홍송철 사장이 자신의 편에 설 생각이 없다는 걸 다시 한 번 확인했다.

▲ ▲ ▲

"예상대로 대현은 2조 3000억을 생각한답니다."

"대현답다. 꼼수는 안 부리는 사람이지, 주 회장은…."

진 회장과 이학재 두 사람은 서재에 모여 인수의향서를 검토하는 중이다.

"그런데 회장님, 정말 2조 5000억을 투자하실 생각입니까?"

"왜? 내키지 않아?"

"한동안 그룹 자금 운용이 삐거덕거릴 겁니다."

"너무 겁주지 마라. 다 생각이 있으니까."

진 회장의 여유 있는 태도가 께름칙한지 이학재의 표정은 밝아지지 않았다.

"자, 우리 도준이는 어떻게 생각하니? 정말 돈 말고는 방법이 없을까?"

나를 바라보는 할아버지의 눈빛에 담긴 기대를 충족시켜 주진 않을 것이다. 저 음흉한 속을 누가 알랴?

"힌트 좀 주실래요? 도저히 모르겠어요."

이학재 실장이 하고 싶은 말을 내가 대신하자 할아버지는 우리 두 사람을 번갈아 보며 웃었다.

"나무 한 그루를 팔아도 잘 키울 사람에게 팔고 싶지, 도끼질해서 땔감으로 팔아먹을 사람에게 팔고 싶지는 않은 게 사람 마음이다."

이학재도, 나도 눈이 커졌다.

"회장님은 대현이 한도제철을 되팔 거로 생각하십니까?"

"대현 주 회장이 어떻게 생각하든 무슨 상관이야? 나무 키워 파는 사람만 그렇게 생각하면 되지. 안 그래?"

"아하."

이학재는 그제야 진 회장의 계획을 알 수 있었다. 심사단과 식사자리 한번 마련하라는 이유가 바로 이것이었다.

"도준아. 이 정도면 힌트가 됐느냐?"

"네. 만약 대현이 인수하면 한도제철 소유의 땅에 아파트를 지어서 팔고 제철소 설비는 외국에 팔아 버린다. 한도제철은 흔적도 없이 사라진다. 하지만 철강에 처음 진출하는 우리 순양은 한도제철 정상화를 위해 최선을 다한다. 이거 아닙니까?"

"그렇지. 이거, 힌트를 너무 많이 줬구나."

이 방법이 과연 먹힐까? 대현도 막강한 인맥을 거느렸다. 설사 그들의 목적이 되파는 것이라 해도 그들을 지지할 사람도 차고 넘칠 것이다.

"그럼 할아버지께서는 인수 자금을 얼마나 생각하세요?"

"나? 1조 원 플러스 10억 달러. 더 쓰고 싶어도 돈이 없어. 허허."

"회, 회장님. 차이가 너무 큽니다. 5000억이나…!"

이학재는 사색이 되었지만, 할아버지는 여유를 잃지 않았다.

"떡밥이나 잘 뿌려놔. 낚시는 내가 한다."

떡밥을 광범위하게 뿌리는 가장 좋은 도구는 바로 언론이다. 신문과 방송은 산업의 쌀이라는 철강 산업은 꼭 살려야 한다면서 떠들어대며 심사단을 압박한다.

'하지만… 아이고, 쪼잔한 우리 영감님. 5000억 차이면 좀 위험한데.'

굳어 있는 내 얼굴을 보자 할아버지는 슬쩍 웃었다.

"도준아. 두 눈 뜨고 이 할애비가 어떻게 하는지 잘 지켜보거라. 지난 수십 년간 내가 키운 공무원 놈들을 어떻게 써먹는지도 잘 봐."

마냥 지켜볼 수는 없다. 순양그룹이 꼭 이겨야 한다. 그동안 모아 둔 돼지 저금통의 배를 가르고, 무리해서 빚까지 내면 더 좋다. 현금 유동성이 바닥을 길 때 외환위기라는 쓰나미를 맞아야 내가 가진 달러가 더욱 빛을 발할 테니까 말이다.

"도준이는 이만 가보거라. 내일 입학식이지?"

"아, 네."

"총장하고 학장에게 전화 넣어 뒀다. 가끔 학교 가서 될 성싶은 놈들에게 소주 한 잔씩 사줘라. 고비 때마다 널 도와주도록 만들어 놔."

"네, 할아버지."

"참, 밖에 네 잔심부름할 놈 하나가 대기 중이야. 똘똘한 놈으로 골랐으니 쓸 만할 게다."

벌써? 조금 놀랐지만 자연스럽게 받아들여야 한다. 앞으로 수족처럼 움직일 사람이 많이 필요할 것이다.

"고맙습니다, 할아버지."

서재를 나오자 젊은 남자 한 명이 머리를 꾸벅 숙이며 공손히 명함을
내밀었다.

"그룹 전략실 대리 김윤석입니다. 잘 부탁드립니다."

"네. 안녕하세요. 몇 년 차인가요?"

"네? 아, 4년 차입니다."

4년이나 버텼으면 꽤 버텼다. 인내심이 강하거나 아무 생각 없이 살
거나, 둘 중 하나인데… 할아버지가 신경 써서 골랐을 테니까 전자일 가
능성이 더 크다.

"댁으로 가실 거죠?"

김 대리는 현관에 서 있는 중형차로 달려가 뒷문을 열었다. 잠시 망
설였으나 그냥 뒷좌석에 올랐다. 김윤석이 누구 사람인지 아직 모른다.
자연스럽게 행동할 때다, 아직은….

"김 대리님."

"네."

차가 시내로 접어들었을 때 내가 먼저 입을 열었다.

"누가 대리님을 배정했습니까? 부회장님이신가요?"

"아닙니다. 이학재 실장님이십니다."

'이학재 실장이라….'

"보고서는 누구에게 제출합니까? 전략팀장? 아니면…."

내 질문에 다소 놀란 듯 룸미러로 나를 힐끗 쳐다본다.

"내 행동 하나하나 보고할 것 아닙니까? 다 아는 사실인데 뭘 그리
놀라세요?"

"죄, 죄송합니다. 그런 질문은 처음이라서…."

"이전에는 누구 담당하셨습니까?"

"전 영빈관 담당이었습니다. 회장님 가족분을 모시는 건 처음입니다."

룸미러로 내 눈치를 슬쩍 살피던 김 대리는 조심스레 입을 열었다.

"이 실장님께서 직접 보고하라는 말씀이 있었습니다. 혹시 제가 주의해야 할 것이 있습니까?"

눈치 빠른 자다. 어차피 하나도 빠짐없이 보고할 테지만 저 질문 하나로 나를 방심하게 만든다.

"아뇨. 사실대로 보고하세요. 이 실장님이 상관이시니 상관 말을 따라야죠."

내 대답이 의외였는지 또 한 번 내 얼굴을 슬쩍 살핀다. 저자의 선택을 두고 보면 어떤 사람인지 알 것이다. 집에 도착했을 때 내 휴대전화 번호를 알려 주며 말했다.

"학교는 대중교통 이용할 테니까 매일 오실 필요 없습니다. 일 있으면 연락드리죠."

당황한 김 대리를 못 본 체하고 집으로 들어왔다. 아직은 거리를 둬야 한다.

▲ ▲ ▲

"삼촌, 우리도 한도제철 인수전에 뛰어들어 볼까요?"

"아서라. 우리가 노는 물이 아니다."

오세현은 거론할 가치도 없다는 듯 쳐다보지도 않았다.

"너무 칼같이 자르지 마시고요. 제 말 아직 끝나지 않았어요."

"그거 인수해서 네가 경영할 거야? 아니잖아. 어차피 쫙쫙 찢어서 팔아야 하는데 시간이 없어. 곧 입찰 들어갈 텐데 되팔 곳 찾는 데만 1년은 걸릴 거다. 물론 되팔게 될 거라는 보장도 못 해."

"삼촌 말씀 다 맞아요. 제 말은 인수전을 좀 뜨겁게 달궈 볼까 하는 겁니다."

그제야 내 눈을 마주치며 안경을 벗었다.

"또 무슨 꿍꿍이야? 이미 순양과 대현, 양자 대결 아니냐?"

"할아버지를 좀 도와드리고 싶거든요. 순양이 꼭 한도제철을 먹었으면 합니다."

짧은 숨을 내쉰 오세현은 어깨를 으쓱했다.

"주주님께서 원하시니 월급쟁이 사장은 따를 수밖에. 뭘 하고 싶은 거냐?"

"먼저 인수의향서를 제출하고 기업사냥꾼이 어떤 존재인지 알려야죠. 기업을 분해해 외국에 팔아먹는 걸 매국 행위로 생각하도록 말이죠."

"그게 순양그룹에 도움이 된다?"

"네. 할아버지 전략이거든요."

"인수금액은?"

"2조 5000억."

"그게 최고가 될 것 같은데?"

어차피 인수할 생각이 없다는 것을 아니까 놀라지도 않는다.

"혹시 모르니까 부채 전액 탕감이라는 조건을 걸어 두마. 그래야 만에 하나 우리가 덜컥 인수자가 되는 일은 없을 테니까 말이다. 잘못 풀리면 네 돈 전부 여기에 꼬라박아야 한다. 흐흐."

▲ ▲ ▲

『"미국계 투자 자본인 미라클 인베스트먼트가 한도제철 인수전에 뛰어들었습니다. 아예 2조 5000억 원이라는 인수금액을 밝히며 강한 자신감을 보여 주고 있습니다. 미라클 인베스트먼트 오세현 대표의 말을 들어 보겠습니다."

"…수많은 기업이 등장하고 사라집니다. 한도제철 역시 그중 하나일 뿐이고요. 영원히 지켜야 할 의무는 없습니다. 우리는 한도제철의 정확한 가치를 파악했고 인수를 자신하고 있습니다."

"만약 인수자로 선정된다면 한도제철을 어떻게 하실 생각입니까?"

"우리는 투자자일 뿐, 경영자가 아닙니다. 제철 공장은 원하는 기업에 넘길 것이며 회사가 보유한 토지는 건설 회사에 되팔 것입니다."

"그 말씀은 투기 자본이라는 뜻으로 들리는데요?"

"투기라는 말은 거북합니다. 중요한 것은 한도제철 채권단인 은행은 가장 높은 가격의 입찰자를 선정해야 한다는 사실입니다. 부실 채권을 줄여야죠. 은행도 위험해질 수 있는 단계 아닙니까?"』

TV를 보던 진 회장은 리모컨을 집어 던지며 소리쳤다.

"저 새끼 당장 잡아 와. 어디서 감히 내가 차려놓은 밥상에 숟가락질이야!"

이학재 실장은 황급히 여의도로 달려갔다.

"당신…! 그냥 찔러본 건 아닐 테고, 인수의향서는 왜 넣은 거요?"

사무실 문을 열고 들어서자마자 소리지르는 이학재. 그 모습을 보며 피식 웃음을 터뜨리며 주섬주섬 가방을 챙기는 오세현. 서로를 바라보는 눈빛은 열탕과 냉탕이었다.

"거, 이제 연세도 드실 만큼 드신 분이 성질 좀 죽이십시오."

"말 돌리지 말고!"

"내 방송 보고 이러는 거면 인터뷰 다시 잘 보고 성질내세요. 손자가 할아버지 도와드리려고 애쓰는 거 보고 궁리한 거요."

"뭐라?"

"돌아가셔서 주판 다시 튕겨 보세요. 이득 본 겁니다. 아, 물론 돈은 좀 더 써야겠죠. 하지만 심사단 설득할 때 훨씬 유리할 겁니다."

이학재는 멍한 얼굴로 오세현을 바라보는 것이 전부였다.

"전 바빠서 이만, 채권단 미팅이 있어서요."

사무실을 나가 버리는 그의 뒷모습을 보며 정신을 차린 이학재는 전화기를 꺼내 들었다.

"미라클 오세현이가 방송 나온 거 찾아와. 회장님 댁으로 돌아갈 때 다시 한 번 봐야겠어."

이학재는 자동차 뒷자리에 앉아 묵직한 노트북의 무게를 무릎으로 느끼며 인터뷰 영상을 몇 번이나 반복해서 봤다. 도움이 되는 내용이 무엇인지 알기까지 그리 오래 걸리지 않았다. 진 회장과 오세현을 따로 떼어 놓으면 뜬금없이 끼어든 경쟁자지만, 진 회장의 의도를 파악한 오세현이 끼어든 것이라면 여론을 증폭시키는 역할을 단단히 한다.

노트북을 덮고 이학재는 어이없는 듯 실소를 터뜨렸다.

"허허, 이거 참. 졸지에 앞뒤 없는 삼돌이가 됐네."

그의 실소가 해답을 찾아낸 웃음이라는 걸 눈치채기라도 한 듯, 운전기사는 차의 속도를 높여 진 회장의 집으로 달렸다.

헛기침을 한번 하고 서재로 들어서자 진 회장은 골똘히 생각에 잠겨 있었다.

"회장님."

"학재야, 이거 마냥 화만 낼 일은 아닌 것 같다. 괜찮은 불쏘시개가 될 것 같기도 하고…."

"네. 오 대표의 의도 역시 땔감이 되겠다는 것이었습니다."

"뭐? 그자가 직접 말했어?"

"그렇습니다. 도준이가 회장님 돕겠다고 만든 두 사람의 합작품이라고 합니다."

진 회장은 손자의 이름이 나오자 입이 떡 벌어졌다가 결국 웃음이 터져 버렸다.

"어허허허, 세상에… 모두 시뻘건 눈으로 내 돈 빼먹기 바쁜데 손자 놈은 날 도와주려고 미국 투자사까지 동원해? 이런 기특한 놈이 있나!"

이학재는 진 회장의 웃음이 멈추기를 기다렸다. 장작이 활활 타오를 때 밥을 지어야 한다. 때를 놓치면 재만 남는다. 할 일이 많다.

"내일 미라클 인베스트먼트의 비난 기사를 일제히 터뜨릴 생각입니다. 오로지 돈만 생각하는 기업사냥꾼, 투기 자본의 위험성, 국부 유출 같은 자극적인 단어로 도배해야죠."

"그리고?"

"각 방송사 토론 프로그램마다 우리 사람을 내보낼 생각입니다. 경제학 교수 대여섯 명 섭외해서 동일한 논조를 강조하면서…."

"대현이라는 이름도 슬쩍 끼워 넣는다?"

"네. 이미 충분한 제철소를 확보한 대현그룹인데, 굳이 인수하겠다는 것은 한도제철의 토지를 노리는 것으로밖에 볼 수 없다. 실제 노리는 것은 아파트 지어 팔아먹겠다는 속셈 아닌가? 이 정도만 던져 놓으면 자연스럽게 한 묶음으로 치부될 겁니다."

진 회장은 무릎을 탁 쳤다.

"그래, 바로 그거야! 이거 참, 타이밍이 절묘하구먼. 처음부터 대현을 까기가 좀 그랬는데 오세현이가 포문도 열어 주고 기회까지 주는구먼. 주 회장, 뒤통수가 얼얼하겠어. 허허."

"하지만 문제도 있습니다. 인수가격을 조금 올려야 합니다."

돈 때문인지 진 회장은 웃음을 그쳤다.

"거, 오세현 그놈은 왜 쓸데없는 소리까지 해버린 거야?"

2조 5000억. 미라클 인베스트먼트가 공개해 버린 인수금액.

이 금액은 절대치가 되어 두고두고 순양의 발목을 잡을 것이다. 게다가 대현그룹까지 2조 3000억을 써내면 2조 원 밑으로 써내기는 힘들어진다. 특혜 시비에 휘말리지 않으려면 2조 원 이상은 써야 채권단의 명분도 선다.

"어쩔 수 없었을 겁니다. 해외 투기 자본이라는 걸 강조하려면 돈질하는 모습을 보여 줘야 효과가 크니까요. 진짜 입찰자라면 그런 말을 할 리가 있겠습니까?"

"일단 최종 입찰 때까지 분위기 좀 보자고. 도저히 안 될 것 같으면 2조 원에 맞추고."

"네. 그럼 전 홍보팀 불러 준비하겠습니다."

"그래, 수고 좀 해."

혼자 남은 진 회장은 날아갈 것 같은 가벼운 마음이었다. 늘그막에 똘똘한 손자 하나가 주는 즐거움 덕분에 10년은 더 젊어진 느낌이었다.

▲ ▲ ▲

재벌 순위 26위, 그룹 총자산 2조 5378억 원, 매출 1조 4925억 원의 삼미그룹이 겨우 11억 1900만 원의 어음을 막지 못해 3월 19일, 최종 부도 처리됐다.

경제 위기가 아직 시작도 안 됐다는 것을 모르는 대한민국은 두 전직 대통령의 재판에만 눈과 귀가 모두 쏠려 있었다. 하지만 나는 지금 둘 다 관심 없었다. 내가 신경 쓰는 것은 내일 있을 신입생 환영회였다. 입학식 이후 두어 번 수업에 들어갔지만 여간 불편한 게 아니었다. 수능 인터뷰 때문인지 모두 나를 힐끔힐끔 쳐다봤고 끼리끼리 모여 쑥덕거릴 뿐, 내게 말을 거는 학생은 단 한 명도 없었다. 심지어 선배들 몇몇은 강의실로 찾아와 나를 구경하고 사라지기도 했다.

환영회에 가서 동기, 선배들과 말이라도 터야 나아질 것 같았다. 어차피 나를 모르는 사람은 없으니 작은 이벤트를 하나 준비하는 것도 나쁘지 않을 것 같다.

다음 날, 오후 늦게 학교에 도착해서 두어 시간 강의를 듣고 6시부터 시작하는 환영회 장소인 학생회관 식당으로 발걸음을 옮겼다. 법학과 학생 수는 400명에 육박하지만, 참석자는 절반도 채 되지 않았다. 매년 사법고시 합격자의 절반이 서울대다. 입학과 동시에 사법고시 하나만 바라보고 달리다 보니 학교 행사에 꼬박꼬박 참석하는 놈은 드물었다.

이벤트 준비를 좀 과하게 했나? 식당 구석 테이블에 자리 잡고 앉으니 주변 애들이 또 힐끔거린다. 내가 참석한 것이 의외였나 보다. 테이블 위에는 소주와 맥주, 음료수 몇 병이 보였고 가스버너 위에는 냄비와 불판이 놓여 있었다. 삼겹살이라도 구워 먹으려나 보다. 소란스럽게 떠드는 곳은 선배, 어색함이 흐르는 곳은 신입생이었다.

내 머릿속에 재벌 3세의 기억만 있었다면 이런 곳에 와서 어색하게 앉아 있었을까? 스스로 묻고 싶을 때 누군가 마이크를 잡았다.

"모두 반갑습니다. 저는 95학번….'

3학년인 과대표의 소개와 교수들의 인사말이 끝나자 신입생들의 자기소개가 시작되었다. 출신 고등학교와 선배와 동기들에게 각인할 수 있는 자신의 특징이나 별명 같은 것을 말하며 마이크를 넘겼다.

이때만 해도 좋은 시절이다. 신입생 대부분이 지방 출신이다. 서울 강남 부잣집 자식들이 명문대까지 독식하는 세상이 아니라, 개천에서 용 나고 지방 고등학교에서 상위권 성적이면 충분히 명문대에 진학 가능한, 그럭저럭 평등한 세상이다.

내 차례가 돌아와 일어서서 마이크를 잡으니 학생 식당 전체가 얼어

붙은 듯, 수군거림이 멈췄고 모두의 시선이 내게 꽂혔다. 머리를 숙여 꾸벅 인사를 한 다음 과대표를 바라보며 말했다.

"선배님, 조금 길게 말해도 될까요?"

"응? 아… 그, 그래."

"감사합니다."

또 한 번 머리를 숙였다.

"이미 저를 아시는 분들도 많으실 겁니다. 운 좋게도 부자 할아버지를 둔 진도준입니다. 덕분에 쉽게 이 자리에 섰습니다."

일부는 웃음을 지었고 일부는 무표정했다. 단지 돈이 많다고 해서 들어올 수 있는 곳이 아니라는 걸 모두가 알고 있다.

"저는 동기들, 선배님들과 스스럼없이 친해지고 싶은데 쉽지가 않습니다. 그래서 제 특기를 한번 살려 볼까 합니다."

특기를 살린다는 말에 모두 호기심을 확 드러냈다.

"선배님! 학교 동기들과 선배님들에게 조그마한 선물을 주는 것도 뇌물죄에 해당합니까?"

갑작스러운 내 질문에 과대표는 화들짝 놀랐지만 더듬거리며 대답했다.

"그, 그건 아니야. 뇌물은 대가성이 있느냐 없느냐로 좌우되는데 이 경우, 선배나 동기가 줄 수 있는 대가는 우정이라는 추상적인 무형의 대가뿐이거든."

"그렇군요. 그럼 교수님께 값비싼 선물을 드린다면 뇌물죄가 성립합니까?"

교수들은 웃음을 터뜨렸고 한 교수가 소리쳤다.

"아쉽지만 성립해. 교수는 학점이라는 무기를 쥐고 있거든. 학점은 추상적인 게 아니라서 말이야. 하하."

"다행입니다."

식당 안에 웃음소리가 가득했다. 이제 학생들도 선물이라는 단어 때문에 기대에 찬 눈빛으로 변했다. 나는 웃으며 주머니에서 휴대전화를 꺼냈다.

모두 또 한 번 놀랐다. 재벌 3세면 당연히 휴대전화가 있을 거로 생각했을 테지만, 대학 신입생이 휴대전화를 들고 다니는 건 아직 낯선 시절이기 때문이다. 재빨리 삐삐 번호를 누르고 기다렸다. 식당 입구에 정장 차림의 사내들이 상자가 가득 쌓인 카트를 밀고 들어왔다.

"솔직히 말씀드리면 제 특기는 할아버지께 배운 겁니다. 선물로 환심을 사는 것, 그리고 선물은 항상 기대 이상의 것을 준비할 것."

사내들이 상자 하나씩 학생들에게 전하자 모두 비명 같은 탄성을 내질렀다.

"이건 다음 달에 출시할 순양 노트북입니다. 펜티엄 MMX급이고 인텔칩을 장착했습니다. 램은 128메가, 하드용량은 무려 6기가입니다. 8배속 CD-ROM도 달려 있⋯."

내 설명을 듣는 사람은 아무도 없었다. 모두 노트북 박스를 뜯기 바빴고 교수들까지 구경하느라 정신없었다. 할 수 없이 마이크를 내려놓고 이 흥분의 시간이 지나가기만을 기다렸다.

▲ ▲ ▲

"뭐? 신형 노트북 200대?"

"네."

"이놈아, 그게 얼만 줄 아느냐?"

"판매가가 대략 300만 원대니까 6억쯤 되겠네요."

"그걸 애들에게 나눠 준다고? 단지 환심 좀 사려고?"

할아버지는 어이없다는 듯 놀란 눈으로 나를 흘겼다.

"환심도 사고, 제 편으로 만들고… 또 엄청난 광고도 하고요."

"뭐라? 광고?"

"대한민국 최고의 인재 집합소, 서울대 법대생이 들고 다니는 노트북. 학교 안에 소문이 쫙 퍼질 겁니다. 직장인만 들고 다니는 게 아니라 대학생도 가질 수 있는 노트북이라는 이미지가 박히는 거죠."

할아버지는 내 의도를 곰곰이 생각하더니 고개를 갸우뚱했다.

"그것만으로 광고가 되긴 힘들다. 어차피 학교 안에서만…"

"후속타를 쳐야죠."

"후속타?"

"개발이 늦어져서 신학기 타이밍을 놓쳤잖아요. 대학생 특별 할인, 아카데미 이벤트를 하는 거죠. 서울대를 배경으로 광고도 좀 찍고요."

할아버지는 머릿속으로 이미 서울대의 상징인 정문이 드러나는 광고 이미지를 그리고 있을 것이다. 이때를 놓치지 않고 결정타를 날렸다.

"아까우시면 제 돈으로 살게요. 6억 정도는 제게 푼돈이라는 거 아시잖아요."

"이놈이! 이 할애비를 쪼잔한 사람으로 만들어?"

할아버지는 눈을 한번 부라리더니 다시 온화한 표정으로 변했다.

"그런데 도준아. 왜 200대뿐이냐? 법학과 전부 400명쯤 되는 거 아니야?"

"신입생 환영회 참석은 절반 정도라고 들었어요. 참석한 사람만 줘야죠."

"그건 왜지?"

"차등이죠. 참석한 사람과 불참한 사람이 똑같을 순 없으니까요. 불참한 놈들은 이마를 치며 후회하게 만들어야죠. 보상은 늘 절 따르는 사람만 얻을 수 있다는 걸 확실하게 심어 줄 겁니다."

할아버지는 무릎을 탁 쳤다.

"바로 그거야! 말을 움직이려면 채찍보다 당근이 효과적이야. 으허허."

▲ ▲ ▲

신입생 환영회는 역대 어느 때보다 흥겹게 흘러갔다. 학생들은 행여나 노트북을 잃어버릴까 봐 술을 절제하는 모습을 보이기도 했다.

김윤석 대리가 내게 조용히 다가와 메모를 건넸다. 내 선물을 거부한 놈들의 명단이었다. 이들을 한 번쯤 눈여겨볼 필요가 있다.

신입생 환영회 이후 학교의 분위기는 완전히 달라졌다. 4월이라 완연한 봄기운 때문만은 아니다. 나는 학교 정문에서 강의실까지 걸어가는 동안 때 꽤 많은 동기, 선배들과 인사를 나누게 됐고 강의실까지 동행하는 친구도 생겼다. 강의실에서도 내게 먼저 말을 붙이는 애들도 많아졌다.

"야, 도준아. 노트북 완전 작살이야. 끝내줘. 근데 그거 가지고 논다고 공부를 안 한다. 헤헤."

"그게 숨은 목적이야. 경쟁자에 장난감 하나 던져 주고 공부 못하게 만드는 거."

이런 말로 그들의 찝찝함을 덜어 주는 게 내가 할 일이다.

"노트북 쓰니까 이제 펜을 안 써. 전부 워드다."

"아, 그거 역시 목적이었어. 리포트 쓰면 파일 좀 줘. 살짝 만져서 그냥 제출하면 되거든. 하하."

실없는 농담을 하며 강의실을 훑었다. 신입생 환영회에 참석하지 않아 노트북을 받지 못한 놈들의 시선이 따가웠다. 그 시선 속에 한 번 더 노트북을 뿌리지는 않을까 하는 기대도 읽혔다. 5월 축제 때 한 번 더 뿌려도 좋을 듯싶었다. 그리고 김 대리가 건네준 메모 속의 몇몇도 보였다.

강의가 끝나고 잠깐 쉬는 동안 그중 한 명이 자판기 커피를 뽑고 있기에 다가갔다. 이놈은 어떤 마음으로 대그룹 대졸 초임의 두 배가 넘는 300만 원의 유혹을 거절했을까? 나는 자판기에 100원짜리 하나를 넣고 커피를 뽑았다.

"넌 노트북 안 가져갔다면서? 깜빡한 거야?"

종이컵을 쥔 그의 얼굴이 확 구겨졌다.

"씨발, 왜? 그거 하나 던져 주고 감사합니다, 이런 말 듣고 싶어서?"

뭔가 특별한 말이 나올 걸 기다렸는데 괜한 기대였다. 뻔한 자존심이 이유였다.

"뭐, 딱히 그런 생각은 없었는데?"

표정 하나 변하지 않고 웃으며 대답하는 내 모습에 더 화가 났나 보다. 점점 더 가시가 돋친 말이 쏟아졌다.

"돈 자랑은 안 해도 너 재벌 3세라는 거 알아. 그런데 이제는 하다 하다 대학 동문에게도 돈지랄이야?"

"그러면 너는 선배가 구내식당 1500원짜리 밥 한 그릇 사줘도 거절하니? 돈 자랑이라고?"

난 주머니에서 100원짜리 동전 하나를 꺼냈다.

"동기가 100원짜리 자판기 커피 한 잔 뽑아 주는 것도 돈지랄이야?"

"이 새끼야! 그게 노트북이랑 같아?"

"같아."

"뭐?"

어린놈이 당황하는 모습을 보니 조금 귀엽기까지 하다. 하긴, 이때 아니면 언제 자존심을 지키겠는가? 세상에 나가서 이리 깨지고 저리 치이다 보면 자존심이 얼마나 거추장스러운 것인지 알게 될 것이다.

"나에게는 같다고. 넌 일, 십, 백, 천, 만! 이런 식으로 숫자를 세겠지만 난 억, 십억, 백억, 천억! 이런 단위만 생각해. 1억 밑으로는 그냥 잔돈이야."

손에 쥔 종이컵을 휴지통에 던졌다.

"노트북과 자판기 커피? 별로 차이 없어, 재벌 3세한테는."

시뻘게진 얼굴을 보니 너무 심했나 싶었지만 밟을 땐 확실하게 밟아 줘야 한다, 쳐다보지도 못하게.

"넌 길바닥에 100원짜리 하나가 떨어져 있으면 냉큼 줍겠지? 커피 한 잔이 공짜로 생기니까. 그런데 그럴 땐 자존심이 없어지고 학생회관에 떨어진 300만 원짜리 주울 때만 자존심이 생겨? 그런 게 자존심이라면 참 쓸모없다. 그렇지 않아?"

일그러진 얼굴을 확인하고 돌아섰다. 다른 놈들 대부분 같은 반응을 보였다. 실망의 연속이었다. 하지만 쓸 만한 놈도 있었다.

"이봐, 진도준."

나를 빤히 보며 실실 웃는 놈. 새까만 얼굴이 얼핏 보면 예비역 같다.

"선배가 뇌물은 아니라고 했지만, 그거 뇌물 맞아, 인마."

"그게 왜 뇌물이 되지?"

"원래 뇌물은 선불이야. 청탁 들어주고 받는 건 추가로 주는 감사의 선물이지."

"넌 공무원도 아니고, 내가 청탁한 것도 없는데?"

"뇌물을 꼭 청탁하기 직전에 주냐? 미리미리 몇 년 전부터 뿌리는 경우도 많아. 몇 년 뒤면 난 검찰청 공무원이 될 테니까 제대로 뇌물인 거지. 네 할아버지한테 배운 거냐?"

"아니. 난 우리 집안 막내라서 할아버지가 뭘 가르쳐 주거나 하지 않

아. 그런 일은 큰집 사촌 형들에게나 일어나는 일이야."

"그럼 넌 순양그룹에서 완전히 열외야?"

"그렇다고 봐야지. 아는지 모르겠지만, 회장님 막내아들인 우리 아버지도 일찌감치 열외 됐거든. 그래서 지금 영화 만드시잖아."

"그럼 넌 무늬만 재벌 3세네?"

대답 없이 고개만 끄덕이자 예비역처럼 생긴 놈은 담배를 꺼내 물었다.

"에이 씨, 챙길걸."

"풋!"

웃음을 참기 힘들었다. 이놈 이거, 재미있다.

"야! 지금이라도 주면 안 되냐? 늦었어?"

받을 생각도 없는 놈이 괜히 손을 내민다. 적을 만들지 않는 타입이다. 나이답지 않다.

"너 혹시 재수나 삼수했어?"

실실 웃던 놈이 웃음을 거두고 굳은 표정으로 변했다.

"나이 들어 보인다는 뉘앙스 풍기지 마라. 역린 건드리는 거다, 그거."

"노트북 주면 한번 봐주냐?"

"다음에. 지금은 처음이니까 봐줄게."

담배꽁초를 비벼 끄고 도서관으로 들어가 버리는 등을 향해 소리쳤다.

"대답은 하고 가. 너 몇 살이냐?"

노트북을 거절한 학생 중 만나지 못한 사람이 한 명 남았다.

"서민영이 누구냐?"

"이야, 학교도 잘 안 나오는 놈이 언제 또 찍었어?"

"뭔 소리야?"

"뭔 소리긴? 그만한 애 보기 드물잖아. 너, 그 애 예쁜 거 소문 듣고 물어본 거 아냐?"

이놈들이 예쁘다고 하는 말은 믿을 만한 게 못 된다. 공부만 팠던 놈들이라 여자 보는 눈이 엉망이고 예쁘다는 기준이 굉장히 낮은 놈들만 모여 있기 때문이다.

"실없는 소리 말고. 누구야?"

"기다려 봐. 강의실의 웅성거리는 소리가 갑자기 사라지면 그 애가 나타난 거니까."

몇 분 지나지 않아 이놈 말이 사실이라는 것이 증명됐다. 서민영이 나타나자 거짓말처럼 강의실에서 숨소리 하나 들리지 않았고 모든 눈이 서민영을 향했다.

'제법인데?'

저 정도면 남자들의 눈길을 한몸에 받을 만하다. 화장기 하나 없는 민낯이 저 정도면 아버지가 캐스팅할까 생각할 만한 수준이다.

"어때? 내 말 맞지?"

"너 눈 높네."

"넌 저 애 건드리지 마라. 우리 서민도 기회가 있어야지. 재벌 3세면 연예인 사귈 수 있잖아. 내 말 잘 새겨 둬. 네가 저 애 사귀면 우리 학교 남자 전부를 적으로 돌리는 거야."

"걱정 접어 둬. 우리 집에 매일같이 여배우들이 들락거려. 나 눈 높다. 그런데 저 애, 환영회 때 못 본 거 같은데?"

"얼굴만 비추고 금방 갔어. 네가 노트북 돌릴 때 난리 났잖아. 그때 슬그머니 사라졌어."

강의 끝날 때까지 기다리다 학교를 빠져나가는 서민영의 앞에 섰다. 갑자기 나타난 나 때문에 조금 놀란 듯 보였지만 이내 차분해졌다.

"뭐지? 나한테 볼일 있어?"

표정을 보니 내가 누군지는 아는 것 같다.

"응. 간단한 질문 하나만 하려고. 신입생 환영회 때 내가 돌린 노트북 안 가져갔던데, 이유가 뭔지 물어봐도 될까?"

서민영은 피식 웃으며 엉뚱한 소리를 꺼냈다.

"너 비행기 운전할 줄 알아?"

"뭐?"

"비행기 몰 줄 아냐고?"

"당연히 못 하지."

"그럼 비행기 줘도 무용지물이지?"

"말장난은 그만하고, 하고 싶은 말이 뭐야?"

"그 높은 수능 점수 받은 애가 영 눈치가 없네."

줄곧 웃음을 지우지 않고 이야기하는 걸 보면 자존심 때문에 기분 나빠서 거절한 건 아닌 게 확실했다.

"나 컴맹이야."

"응?"

"그거 나한테는 비행기나 다름없어. 쓰지도 못하는 거 받아서 뭐해?"

이런 이유는 생각하지도 못했다. 어이가 없어 서민영의 얼굴만 바라볼 뿐 대꾸할 말이 생각나지 않았다. 이때 그녀의 입에서 또 의외의 말이 나왔다.

"그렇게 쳐다보지 마. 심장 떨린다."

▲ ▲ ▲

계속되는 대기업 부도 때문에 서재는 연일 회의의 연속이었다. 오늘도 마라톤 회의를 끝낸 진 회장이 의자에 머리를 기대고 쉬려 할 때, 회의가 끝나기를 기다렸다는 듯 인터폰이 울렸다.

"회장님, 서초동 윤 사장님이 기다리고 계십니다."

"아, 지금 나간다."

진 회장은 날아갈 것 같은 걸음으로 거실로 나갔다.

"윤 사장, 오래 기다렸지? 내가 깜빡했다."

"아니에요, 회장님. 우리나라에서 가장 바쁘신 분인데 기다리는 건 당연하죠."

거실에서 진 회장을 기다리고 있는 사람은 마치 여고 교장 선생 같은 인상의 중년 여인이었다.

"그래, 쓸 만한 애는 좀 찾았나?"

윤 사장이라고 불리는 여인은 서류 가방에서 파일 세 개를 꺼내 진 회장 앞에 늘어놓았다.

"특별히 신경 썼습니다. 앞으로 순양그룹의 선장이 되실 분인데…."

"어허! 그 입!"

"어머, 내가 주책이지. 죄송합니다, 회장님."

윤 사장은 황급히 머리를 숙이고 첫 번째 파일을 펼쳤다.

"대일은행장 막내딸이에요. 스물일곱이고 프린스턴에서 학업 마쳤고 현재 보스턴 뱅크 홍콩 지사에서 근무하는 재원이죠."

두 번째 파일도 펼쳤다.

"한성일보 회장의 맏손녀예요. 나이는 스물여섯…."

세 여자의 소개가 끝나자 진 회장은 고개를 끄덕였다.

"좋구먼. 날 잡도록 해."

"누구를 말씀하시는 건지…?"

"셋 다 보면 되지. 왜? 안 되는가?"

"아, 아니에요. 빠른 시일 내에 준비하겠습니다. 그런데 회장님."

"알아. 쇼핑하듯 연달아 봤다는 소리 나오지 않도록 입조심을 시킬 테니까 염려 마."

윤 사장은 환한 표정으로 가방에서 또 하나의 파일을 꺼냈다.

"회장님, 이번 건은 정말 힘겹게 찾았어요. 너무 어려 아직 젖살 통통
한 애들이라…."

"어허, 엄살은! 발품 판 거마비는 두둑이 줄 테니까 딴소리 말고 이야
기해 봐."

두둑이 준다는 소리가 듣고 싶었는지 마담뚜의 입이 찢어졌다.

"이번에 헌법재판관에 임명된 분 외동딸이에요."

"헌법재판관? 그래 봤자 판사 아냐?"

"법관 집안이에요. 작년에 돌아가신 대법원장님 아시죠? 그분 손녀
죠."

"아, 그 양반! 법관 임기 끝나면 변호사질 안 한다는 그 집안 딸내미
구먼."

"네. 그 집안사람들 모이는 곳이 바로 대법원이고 검찰청이라는 말도
있잖아요. 존경받는 법조계 명문가라고 할 수 있죠."

"대쪽 집안이라는 건 잘 알아. 애는 어때?"

"그야말로 원석이죠. 이만한 애 찾기 힘들 거예요."

여자에 대한 과도한 칭찬이 거슬린 진 회장이 버럭 소리 질렀다.

"우리 애하고 견줄 만해? 전국 단위로 성적 나온 애야. 서울대 법대생
이라고. 게다가 인물은? 요즘 잘나간다는 그 잘생긴, 누구야? 장…."

"장동건?"

"그래. 그놈하고 견주어도 손색없는 이목구비 아니냐고?"

"잘 알죠. 그래서 빠지지 않을 만한 애 찾았습니다. 이 애도 서울대 법
대 입학했어요."

"뭐? 그럼…?"

"네. 같은 과 동기죠. 아주 자연스레 맺을 수 있어요."

"흠⋯."

진 회장은 나쁘지 않다고 생각했다. 아니, 괜찮은 편이다. 법조계의 원로 집안이며 사회적으로 존경받는다. 변호사 개업은 하지 않지만, 대학 강단을 거쳐 법무부 장관 같은 내각에 몸담기도 한다.

'총리도 배출했던가?'

"그런데 나이도 어린데 맞선 보라고 하기는 좀 거북하지 않나?"

"호호, 회장님. 요즘 어린 후계자들은 호텔 커피숍 같은 데서 선보는 거 딱 질색해요."

"그럼?"

"자연스럽게 서로 얼굴 익히게 만드는 게 제 역할이죠. 선본다는 것도 눈치채지 못할 정도로 자연스럽게 만날 겁니다. 진짜 연애하는 것처럼요."

"오호라."

"회장님 허락하시면 진행할게요. 어떠세요?"

"저쪽 집안은 생각 있고?"

"당연하죠. 대 순양가의 며느리 자리를 누가 마다하겠어요?"

"좋군. 진행해요."

진 회장의 허락이 떨어지자 윤 사장은 활짝 웃으며 일어섰다. 그리고 용기 내어 입을 열었다.

"그런데 회장님, 혼기 꽉 찬 손자들도 많은데 막내부터 챙기세요?"

"큰놈들이야 지 부모들이 챙기겠지. 내가 우리 막내 장가가는 거 보고 죽어야 하지 않겠어? 그래서 서두르는 거야."

뚜쟁이 윤 사장은 꼭 그것 때문은 아니라고 생각했다. 회장의 유별난 사랑을 받는 손자, 어쩌면 이변이 일어날 것 같은 예감이 들었다.

"너 내일 하루 비워 놔."

"네? 내일 한도제철 입찰 서류 최종 점검하기로 했습니다. 아버지도 아시잖아요?"

"한도제철보다 더 크고 중요한 걸 인수할 수도 있다. 한도제철은 순양그룹 회사가 되겠지만 이건 온전히 네 회사가 될 수도 있어."

진영준은 아버지가 순양과 자신을 구분 짓자 어떤 의미인지 알아챘다.

"선보는 겁니까?"

"그래. 내일 점심, 저녁 그리고 그사이에 차 한 잔 마셔라."

"네? 설마 하루에 셋이나요?"

"결혼 전에 얼굴은 봐야 하지 않겠냐? 누구를 고르든 네게 도움 될 게다."

"할아버지 지시입니까?"

"셋을 고른 건 할아버지야. 그리고 난 대일은행장 딸내미가 마음에 든다. 너도 좋아할 게다."

"아무리 그래도 좀 심합니다. 애완견 교배할 상대 구하는 것도 아니고 하루 만에 결정하는 건 좀….'

"쓸데없는 소리! 말했지? 결혼 전 얼굴 보는 거라고. 살 맞대고 살다 보면 정도 붙는다."

진영준은 씁쓸하지만 받아들여야 했다. 어차피 스스로가 선택할 수 없는 결혼이다. 사랑하는 사람과 사는 게 아니라 순양그룹을 지배하는 데 필요한 사람과 사는 것이다.

"그런데 아버지는 왜 대일은행이 좋으십니까?"

"대일은행은 지금 당장 써먹을 데가 있다. 네 할아버지가 살면 얼마나 사시겠어? 할아버지 돌아가시면 네 삼촌들이 가만있겠냐? 계열사 몇 개 챙기려고 이빨 세우고 덤벼들 거다. 그때를 대비해서 지금부터라도 더 많은 주식을 확보해야 해. 돈 많이 든다."

"결국, 며느리를 구하는 게 아니고 거액 대출에 필요한 담보를 구하시는 거군요."

"어차피 자신에게 가장 유리한 선택을 하는 것, 그게 결혼이다. 서민들 최고의 신붓감이 누군지 알아? 교사야."

진영기는 막무가내로 소리치지 않았다. 후보가 무려 셋이다. 아들 진영준이 혹시라도 은행장 딸을 선택하지 않는다면 낭패다. 살살 구슬려야 했다.

"공무원이니까 월급 따박따박 나오지, 퇴직하면 연금 나오지, 방학도 있으니 얼마나 좋아? 남자 놈들 지 인생 편하려고 여교사 선호하는 거다. 다들 계산이 앞선다."

"은행장 딸은 아버지가 선호하는 거 아닙니까?"

"내가 순양을 전부 차지하면 그게 어디로 가겠어? 다 네 것이다."

"아버지처럼 저도 동생 있습니다."

동생에게 하나라도 뺏기지 않으려 하는 아버지의 모습은 바로 진영준의 미래 모습이다.

"그때는 너도 네 아들을 은행장 딸과 결혼시키려무나. 하하."

아버지는 시원한 웃음을 터뜨렸지만, 진영준에게는 농담으로 들리지 않았다. 자신도 곧 아버지처럼 동생을 견제해야 할 때가 다가올 것이다. 그나마 여동생 남동생 단둘뿐이라 다행히 쉬운 싸움이 될 것 같다.

다음 날 진영준은 세 건이나 되는 맞선을 보기 위해 오전부터 서둘렀다.

"홍콩에서 근무하신다고요?"

"네."

진영준의 눈썹이 꿈틀했다. 내세울 것이라고는 아버지가 은행장이라는 게 전부인 여자. 명품을 걸쳤고, 억대의 주얼리가 번쩍이고, 청담동에서 만진 머릿결이 돋보이기는 하지만 그게 전부인 여자. 그룹 사옥에 가득한 수많은 여직원들 틈에 있으면 전혀 드러나지 않을 만큼 평범하고 고만고만한 외모다. 그런 여자가 감히 순양그룹의 후계자인 자신을 시큰둥하니 바라보며 귀찮은 듯 대답한다.

예전 같았으면 귀싸대기 한 대 날리고 일어섰을 테지만 지금은 그런 철부지가 아니다.

"메뉴 고르시죠. 점심이니까 가볍게 할까요? 여긴 파니니가 일품입니다."

최대한 인내심을 발휘하며 친절히 메뉴판을 건넸지만, 그녀는 메뉴판은 거들떠보지도 않고 테이블 옆에 서 있는 홀 매니저를 보며 말했다.

"커피나 한 잔 주세요."

진영준은 들고 있던 메뉴판으로 여자의 머리통을 후려갈기고 싶은 것을 겨우 참았다. 그리고 홀 매니저가 자신을 바라보자 메뉴판을 건네며 말했다.

"난 됐어."

그녀는 이미 굳어 버린 진영준의 얼굴을 보며 입을 열었다.

"저, 홍콩에서 남자친구와 한집에 살아요."

"동거?"

"그렇죠. 그러니까…."

"내가 찬 거로 하지. 됐나?"

진영준은 의자에서 벌떡 일어났다.

"여기 커피는 별로야. 그냥 가. 참, 밥은 먹고 헤어진 거로 하자고. 당신 아버지에게 오늘 맞선 분위기는 나쁘지 않았다…. 이 말도 빠뜨리지 말고 꼭 하라고."

진영준은 입술을 꽉 깨무는 그녀의 모습을 보며 순양호텔 레스토랑을 나왔다.

오후에 만난 맞선녀는 재계 순위 40위권에서 간당간당하는 재벌기업 회장 조카라는 여성이었다. 그녀는 손만 내밀면 내일이라도 결혼할 것처럼 행동했다. 적당히 맞춰 주고 보낸 후 마지막 상대를 기다렸다.

"홍소영이에요."

마지막 상대인 한성일보 회장의 맏손녀를 만났을 때 얼른 저녁부터 주문했다. 점심을 제대로 못 먹어서인지 심하게 허기가 졌다.

국내 언론사 중 가장 발행 부수가 많은 곳으로 일찌감치 인터넷 서비스를 시작하며 선두를 지키는 신문사다. 어찌 보면 맞선남이 최대 광고주인 고객이다. 하지만 홍소영은 순양그룹의 후계자인 진영준 앞에서 조금도 주눅 들거나 긴장한 기색이 없었다.

진영준은 음식을 기다리며 홍소영이라는 여자를 찬찬히 살폈다. 피나는 노력으로 관리한 몸, 돈으로 치장한 화려함이 돋보인다. 좀 사납게 생긴 인상이 흠이었으나 이 정도면 평균 이상은 된다고 생각했다.

진영준이 최대한 예의를 갖추고 이런저런 대화를 시작했지만, 그녀는 귀담아듣는 것 같지는 않았다. 이 여자도 억지로 끌려 나온 것처럼 보이자 괜히 기분이 좋아졌다. 아버지가 원했던 여자는 가망 없고, 나머지는 여자 쪽에서 거절했다고 하면 당분간 결혼 이야기는 나오지 않을 것 같아 홀가분하기까지 했다.

식사를 끝내자 홍소영은 커피로 입을 축이더니 노골적인 말을 쏟아냈다.

"어차피 서로가 어떤 사람인지 알아 갈 시간은 건너뛸 테니까 제가 생각하는 결혼 조건만 말해도 되죠?"

"그러세요. 어떻게 생각하십니까?"

진영준은 홍소영이 황당한 조건을 내걸어 파투 내려는 게 분명하다고 생각했다.

"사생활은 터치 안 할게요. 진영준 씨 소문은 이미 다 들었고… 세 살 버릇 여든까지 가는 건 당연하니 여자는 못 끊으실 것 아니에요?"

"네?"

진영준은 들고 있던 커피잔을 떨어뜨릴 뻔했다. 이 정도까지 황당한 소리를 듣게 될 줄은 상상도 못 했다.

"연예인을 데리고 놀든, 모델과 딴살림을 차리든 신경 안 쓴다고요. 세컨드든 엔조이든 너무 소문내지 말고 은밀히 하면 못 본 척, 못 들은 척하죠. 단!"

홍소영의 눈꼬리가 올라가니 더 사납게 보였다.

"딴 여자와의 사이에서 아이를 낳는다면 그날로 이혼합니다. 당연히 무지막지한 위자료도 청구할 테고요. 이해했죠?"

"애는 안 된다?"

"당신과 나 사이에서 태어난 아이만 진영준 씨 당신 후계자가 되는 겁니다. 설마 이런 기본도 지키지 않겠다는 건 아니죠?"

그녀의 말은 분명 틀린 말이 아니다. 하지만 행동은 비상식적인 게 확실하다. 진영준은 호기심이 잔뜩 생겨 대화의 끝을 보고 싶어졌다.

"그럼 당신은요? 내가 밖에서 딴 여자랑 놀아나도 현모양처 놀이만 하겠다는 겁니까?"

홍소영은 표정을 풀고 살짝 웃었다.

"다행인지 불행인지 모르겠지만 전 성욕이 없는 편이에요. 1년에 서너 번 정도? 그때는 내가 알아서 하죠."

"혹시 딴 남자와 즐긴다는 말…?"

"안 되나요?"

"이거… 당황스럽네요. 솔직한 건지, 화끈한 건지. 그런데 홍소영 씨. 왜 나와 결혼하려고 하죠?"

홍소영의 얼굴에서 미소가 사라졌다.

"착각하시네요. 꼭 당신이 아니라도 돼요. 물론 재계 1위인 순양그룹이라 호감이 더 가는 건 사실이지만…."

"다른 집안이라도 상관없다?"

"우리 집안과 비교해 봤을 때 아래만 아니면 돼요."

홍소영은 짧은 한숨을 쉬고 말을 이었다.

"어차피 정략결혼이죠? 말 그대로 정치상의 책략이고 이익과 목적을 달성하기 위한 계약이니까 서로 필요한 것만 취하면 되죠. 굳이 정상적인 가정 만들겠다고 아등바등할 이유가 없잖아요?"

"그럼 당신의 목적은 뭡니까?"

"난 누구에게도 머리 숙이며 살고 싶지 않아요. 그러기 위해서는 남편 될 사람부터 회장으로 만들고 내 자식도 회장으로 만들어야겠죠."

진영준은 철저히 계산적인 이 여자가 마음에 들었다. 특히 얼마든지 밖에서 다른 여자와 즐겨도 눈 하나 깜빡하지 않을 것 같은 대범함이 더할 수 없는 장점으로 느껴졌다.

"뭐? 동거?"

"그 여자가 싫어서 거짓말하는 거 아닙니다. 직접 확인하셔도 됩니다. 홍콩 지사에서 조사하면 하루면 나올 겁니다."

진영기 부회장은 곧바로 수화기를 들었다.

"행장님, 부족한 제 아들놈 때문에 따님께서 불편했나 봅니다. 사과 말씀 올립니다."

진영기의 표정은 활활 타올랐지만, 말투는 부드러웠다.

"아, 글쎄… 말도 안 되는 이유를 내세웠다고 해서요. 사랑하는 사람도 있고 이미 동거 중이라는, 있을 수 없는 거짓말까지 했다지 뭡니까? 아무쪼록 이번 일로 서로 불편하지 않았으면 합니다."

수화기를 내려놓은 진 부회장은 진영준을 쏘아보며 말했다.

"동거 문제는 은행장이 해결할 테고, 넌 결혼 준비나 해. 설마 여자 과거를 문제 삼을 속셈은 아니겠지? 네놈 과거와 비교하면 이 여자의 동거는 흠도 아니다."

"아버지. 제가 결혼 안 하겠다는 게 아닙니다. 한성일보 손녀, 마음에 듭니다."

"뭐? 한성일보?"

"네. 생각해 보십시오. 은행장이야 정권 바뀌면 언제든 바뀔 수 있는 임시직 아닙니까? 하지만 한성일보는 정권마저 바꿀 힘이 있습니다. 나쁘지 않을 것 같은데요? 꼭 필요하다면 경준이를 쓰셔도 되고요."

"음…."

진영기는 둘째 아들의 나이를 떠올렸다. 스물다섯. 아주 어린 나이는 아니다.

"올해는 바쁘겠구나. 경준이 장가보내기 전에 혜경이부터 치워야 하니까 말이다."

▲ ▲ ▲

"김 대리님, 이 두 사람 조사 좀 해봐요."

김윤석 대리는 내가 주는 쪽지를 보지도 않고 말했다.

"그룹 정보팀에게 의뢰해도 될까요? 아니면…?"

"혼자 파악할 수 있겠어요?"

"기초적인 사항만 파악해도 된다면 제 선에서 가능합니다."

"그럼 그렇게 해주세요."

꾸벅 머리를 숙이고 돌아서려던 김 대리가 조심스레 입을 열었다.

"이 내용, 이학재 실장님 보고서에는 제외할까요?"

나를 떠보려는 것인지 아니면 자신이 내게만 충성한다는 것을 드러내려는 것인지 알 수 없다.

"그건 김 대리님이 판단하실 문제죠. 저한테 일일이 확인할 필요 없습니다."

충성은 강요나 부탁으로 얻어 낼 수 있는 게 아니다. 온전히 마음에서 우러나오는 진심이어야 한다. 김윤석 대리가 내 곁에 머문 건 짧은 시간이다. 아직은 두고 볼 일이다.

절대 빠져서는 안 될 수업이 있어 서둘러 학교로 갔다.

"이번 학기 과제는 새로운 방법으로 대체해 볼까 생각 중인데…."

교수는 이미 준비한 인쇄물을 돌렸다.

"나눠 준 건 사회적으로 논란의 여지를 준 사건들이다. 특히 헌법적 가치와 상충한다는 의견이 많았던 거야. 그 사건들을 깊이 파고들어 새로운 견해를 내놓도록. 기간은 학기 말까지다."

헌법 개론 수업일 뿐이다. 이런 방식은 고학년이나 가능하지 신입생에게는 버거운 일이다.

"1학년인 여러분은 혼자 진행하는 건 어려울 테니 다섯 명씩 조를 짜서 진행한다. 맨 마지막 장에 조별 명단이 있다. 해당 조원들끼리 잘해 보라고. 자 수업 시작하자."

다른 학생들과 마찬가지로 나도 재빨리 인쇄물을 넘겼다. 내 이름을 찾으니 근처에 눈에 익은 이름도 보였다.

서민영.

깜짝 놀라 고개를 들어 강의실을 두리번거렸다. 그리고 나를 바라보는 서민영과 눈이 마주쳤다.

▲ ▲ ▲

『한도제철 매각에 입찰 제안서를 제출한 곳은 순양그룹, 대현그룹 그리고 미라클 인베스트먼트입니다. 이 세 곳이 제출한 가격, 비가격 요소를 종합한 결과 한도제철 인수 대상자는…』

TV 속보를 지켜보는 사람들은 동시에 침을 꿀꺽 삼켰다.

『2조 1600억에 입찰한 순양그룹으로 결정되었습니다.』

"그렇지!"
"휴…."
"다행입니다, 회장님."
대현그룹 회장실에 모인 사람들은 만면에 웃음을 띠며 주영일 회장의 표정을 살폈다.
주 회장 역시 미소가 사라지지 않았다.
"계획대로 되긴 했는데…. 진 회장, 이 영감 쪼잔한 건 참 한결같구먼. 그냥 2조 3000억 적지 그걸 또 끝 단위에서 빼먹네."
"그래도 꽤 많이 끌어올리지 않았습니까? 회장님께서 치고 들어가지 않았다면 8000억 플러스 10억 달러로 한도제철을 먹었을 겁니다."
아쉬운 소리도 오고 갔지만 어쨌든 목적은 달성했다. 이제 순양그룹의 곳간은 텅 비었다.
"한도제철도 괜찮은 매물이었지?"

"그렇습니다. 순양도 손해 본 건 아닙니다. 어차피 철강 사업에 뛰어들 텐데 한도제철이면 쉽게 시작할 수 있을 겁니다."

"그런데 말이야, 그 미라클 그놈은 뭐야? 덕분에 우리까지 악당이 돼버렸잖아."

"덕분에 심사단에게 우리를 배제할 명분을 안겨 줬으니 더 수월했죠."

주 회장은 여전히 미심쩍은 표정을 지우지 못했다.

"조사는 하고 있나?"

"네. 표면적으로는 특이한 점이 없습니다. IT, 영화 쪽 투자와 일본에도 돈을 뿌립니다. 광범위한데… 투자자의 정체가 가려져 있습니다."

"그 투자자가 누군지 빨리 파악해야 해. 단순 사모펀드라면 괜찮은데, 대표가 우리나라 사람이라는 게 영 찜찜해서 말이지."

"서두르겠습니다."

"자, 그럼 본 게임 시작해야지?"

주 회장의 말이 떨어지자마자 두꺼운 파일이 회의 참석자들 앞에 놓였다.

"91년, 그때 누군가 수서 비리를 제보하지 않았다면 아진자동차는 순양자동차에 흡수되었을 것입니다."

"순양도 운이 없었지. 하필이면 그때 그런 일이 터지다니."

대현그룹은 그 누군가가 바로 순양의 핏줄이라고는 상상도 못 했다.

"순양 진 회장이 전략을 잘 짰습니다. 〈국내 자동차 산업의 구조재편 필요성과 정부의 지원방안〉 바로 이 보고서입니다."

주영일 회장은 보고서를 힐끗 보고는 바로 내려놓았다.

"정권 말기이기는 하지만 우리 대현에게 마지막 선물은 줄 겁니다. 한도, 삼미, 진로, 삼립. 무려 네 그룹이 부도났습니다. 대기업의 방만한 경영에 책임을 묻겠다고 하면 여론도 나쁘지 않을 겁니다."

참으로 잔인한 봄이다. 아무도 알아채지 못한, 한국 경제의 적신호를 알리는 경보음이기도 했다. 하지만 이어지는 보고는 주 회장을 더욱 기쁘게 했다.

"아진은 재계 4위입니다. 바로 무리한 사세 확장의 결과죠. 91년 그때보다 내부 사정은 더 엉망입니다. 정권에게 명분을 준 겁니다."

"우리가 은행을 압박하지 않더라도 아진자동차의 주거래 은행이 대출금 회수를 고려하고 있습니다."

"흐흐흐."

주 회장의 짧은 웃음이 그의 심정을 솔직하게 보여 준다.

"진 회장, 그 영감탱이… 미치고 팔짝 뛰겠구먼. 그렇게 탐내던 아진자동차를 자기가 만든 전략으로 내가 털도 안 벗기고 꿀꺽 삼키는 모습을 두 손 놓고 보고만 있으려면 화병 나서 쓰러질지도 모르겠는걸."

"그렇죠. 적금 들어 차곡차곡 모은 돈, 제철소 하나 인수한다고 탈탈 털어먹었으니…. 흐흐."

대현그룹 회장실은 비웃는 웃음소리로 가득 찼다.

"내일부터 바로 시작해. 신문쟁이들하고 방송쟁이들 불러서 술 먹이고 돈 쥐여 줘. 여자도 붙여 주고. 대대적으로 아진자동차를 흔들어서 완전히 자빠뜨리라고. 주워 담기 쉽게. 으하하."

언론이 터뜨린 기사 때문에 아진자동차가 국민의 손가락질을 받을 때쯤, 주영일 회장은 청와대 경제수석, 국회의 기획재정위원회 그리고 아진자동차와 오랫동안 거래한 금융기관을 차례차례 만날 것이다. 살아 있는 소 한 마리를 부위별로 해체하는 건 아랫사람들의 몫이다. 그 고기를 만찬 식탁에 올리는 주방장의 역할은 정치권이 맡아 줄 것이다. 주영일 회장은 그들에게 두둑한 밥값만 지불하면 된다.

9장

비밀 공유

"회장님. 오랜만에 뵙습니다."

"아이고, 홍 회장. 못 본 사이 팍 늙어 버렸어. 홍 회장 보니 내가 위안이 돼. 나만 늙는 건 아니구먼. 허허."

"무슨 말씀이십니까? 회장님께서는 아직 정정하십니다. 저야 이미 지팡이 신세 아닙니까?"

한성일보 홍 회장은 손에 쥔 지팡이를 가볍게 흔들었다.

"자자, 앉읍시다. 노인네 둘이 서 있으니 젊은 사람 전부 벌서고 있잖소."

호텔 스위트룸 거실을 가족 만남의 장소로 급히 개조하고 양가 집안 어른들이 상견례를 시작했다. 외부 사람의 눈길을 피하는 가장 좋은 장소다.

진 회장은 눈을 내리깔고 얌전하게 앉아 있는 홍 회장의 손녀부터 훑었다. 오랫동안 수많은 사람을 만나며 배운 게 하나 있다. 첫인상은 약간의 오차만 있을 뿐 그 사람의 성정과 크게 다르지 않다. 진 회장의 눈에 비친 홍소영은 강한 여자였다. 전문가가 만진 화장으로도 감출 수 없는 각진 턱, 짙은 눈썹 그리고 조금도 긴장하지 않은 몸가짐을 보니 망나니 손자놈, 휘어잡고 길들일 만하겠다.

자신을 뚫어지게 쳐다보는 걸 느낀 홍소영이 벌떡 일어나 허리를 숙였다.

"처음 뵙겠습니다, 회장님. 홍소영입니다."

눈치도 쓸 만해 보인다.

"허허, 뭘 그리 딱딱해? 손자며느리는 시할아버지에게 응석 부려도 되니 마음 편히 가져."

진 회장의 최종 승인이 떨어졌다. 이제 결혼까지 일사천리로 진행될 것이다. 홍소영의 부친인 한성일보 사장의 표정이 더할 수 없이 밝아졌다.

"부족한 여식을 예쁘게 봐주셔서 뭐라 말씀드려야 할지…. 감사합니다. 회장님."

식탁은 빠르게 요리로 채워졌고 분위기도 화기애애했다. 음식은 조금씩 맛보는 정도만 입에 넣을 뿐 모두 이야기꽃만 피웠다.

"이번 한도제철 인수, 축하드립니다."

"아닐세. 내가 축하받을 일 있나? 이번 일은 전부 부회장과 우리 영준이가 맡아서 처리한 걸세."

진 회장이 아들에게 슬쩍 눈길을 던지자 진영기가 입을 열었다.

"우리 영준이가 처음으로 그룹에서 맡은 큰일이었는데, 그럭저럭 한 몫하더군요. 다행이다 싶었습니다."

진영기는 아들을 슬쩍 띄웠다.

"그렇군요. 한동안 외국에서 경영수업을 했다고 들었습니다. 이제 이런 큰 프로젝트를 맡아 착실하게 후계자 수업을 받는군요. 하하."

마치 맞장구치듯 홍 사장은 사위가 될 진영준을 향해 공치사를 아끼지 않았다. 하지만 홍소영은 바로 그 순간을 놓치지 않았다. 후계자 수업이라는 말이 그녀의 아버지 입에서 나왔을 때 이 자리의 지배자인 늙은 진 회장의 눈썹이 꿈틀하는 모습을.

식사가 끝날 때쯤 홍 회장은 진 회장에게 슬며시 눈짓했다. 진 회장은 손자, 손녀의 상견례에 할아버지들은 빠지자는 뜻인 줄 알았다. 하지만 홍 회장은 거실 옆 침실로 조용히 들어갔다. 이들의 눈치를 살피던 호텔 매니저는 곧바로 차를 준비해서 대령했다.

"회장님. 요즘 이상한 이야기가 돌고 있습니다."

"무슨…?"

"정확히 6년 전과 판박이예요. 아진자동차를 중심으로 기삿거리가 쌓입니다."

"6년 전이라면….'

진 회장이 눈을 부릅뜨며 찻잔을 탕 하고 내던지듯 내려놓았다.

"설마 아진자동차를 노리는 놈이 나타났다는 뜻인가?"

"확실하지는 않습니다만, 지금 돌아가는 상황이 그때와 너무 흡사해서 말입니다."

"한성일보도 기사 터뜨릴 준비하고 있는가?"

"일단 데스크를 다 막아 뒀습니다. 아무래도 회장님께서 직접 확인하셔야 할 듯싶어서요."

목이 바짝 타들어 가는데도 손끝이 떨려 찻잔을 들 수 없었다.

"밖에 누구 없나? 생수 한 통만 가져오너라!"

직원 한 명이 쟁반에 받쳐 든 크리스털 컵을 들고 들어오자 진 회장은 티 테이블 위에 놓여 있던 찻잔을 집어던졌다.

"이것들이 말귀를 못 알아먹어! 잔 말고 통! 생수통을 가져오란 말이다!"

진 회장의 호통에 거실에서 들리던 대화 소리가 뚝 멈췄다. 또 다른 직원이 재빨리 작은 생수통을 가져오자 진 회장은 숨도 쉬지 않고 들이켰다.

"홍 회장, 기사 내는 건 좀 미뤄 줄 수 있겠나?"

"물론입니다."

"이거, 혼사도 치르지 않았는데 사돈댁에 부탁부터 해서 면목이 없소이다."

"별말씀을 다 하십니다, 회장님. 당연히 그리해야죠."

"그리고 기사 소스가 어디서 시작했는지도 좀 알아봐 주고."

"기자들 땀 좀 흘리겠습니다그려."

지금은 사돈끼리의 대화가 아니었다. 광고주와 신문사 사주의 대화다.

"다음 주에 삼사일 정도 전면광고 좀 때려 주시게나. 한도제철 이름을 순양제철로 바꾸고 새롭게 태어난다… 뭐 이런 내용이면 좋겠군."

"염려 마십시오. 깨끗하게 비워 놓겠습니다."

"그럼 믿고 먼저 일어나겠네. 나도 땀 좀 흘려야 할 때가 온 것 같으니."

진 회장이 자리를 뜨자 홍 회장의 입꼬리가 올라갔다. 대현그룹의 발목을 잡으면 사돈댁도 며느리가 될 자신의 맏손녀를 잘 보살펴줄 것이다.

▲ ▲ ▲

"삼촌. 여의도에 찌라시 도는 것 없습니까? 아진자동차요."

"넌 학교 안 가? 어떻게 나보다 먼저 이곳으로 출근하나?"

"삼촌은 신문 안 보세요? 나라가 휘청합니다. 학교 가서 법률책 들여다볼 틈이 어디 있습니까?"

오세현의 표정이 조금 굳어지며 내 앞에 앉았다.

"왜? 동남아 외환위기가 마음에 걸려? 아니면 이 기회에 네가 미국에 쌓아 둔 달러로 휴지나 다름없는 동남아 화폐를 싹 긁어 볼 생각이냐?"

"휴지를 달러로 사는 바보짓을 왜 합니까?"

"흠, 외환위기가 마음에 걸린다는 뜻이구나."

이제 슬쩍 힌트를 줘도 될 시기다. 어떻게 받아들일까?

"동남아는 지옥이나 다름없고 한국은 4월까지 대기업 네 개가 자빠졌습니다. 그런데 우린 '아시아의 네 마리 용'이라며 자화자찬에 빠져 있어요. 태풍을 대비해서 나쁠 게 있습니까?"

"오지도 않을 태풍을 준비하는데도 돈은 드니까."

"아뇨. 태풍이 오는데 딴 데 정신이 팔려서 그렇습니다."

"대통령 선거?"

"네, 표를 얻으려고 프로 농구를 시작했고 엄마들 표를 얻으려고 만화가들을 체포했어요. 지금 우리나라가 제정신인 것 같아요?"

"넌 태풍을 확신하는구나."

"삼촌도 께름칙하시잖아요, 지금."

오세현은 아무 말도 하지 않았다. 전 세계 금융의 흐름을 늘 주시하는 사람이다. 태풍의 전조를 모를 리 없다.

"대현이 아진을 노리고 있다는 소문이 돈다. 아진은 지금 현금 보유량이 바닥이야. 힘 있는 놈 몇몇만 모여서 목 조르면 사망이다."

천만다행이다. 역사는 변하지 않았다. 6년 전 할아버지가 아진자동차를 삼키려는 걸 막았기 때문에 바뀌지 않았지만, 6년이 지난 지금은 역사를 바꿔야 한다. 대현그룹이 아진자동차를 흡수하는 역사를 미라클인베스트먼트라는 외국계 투자회사가 아진자동차를 인수하는 역사로 바꿀 것이다.

갑자기 핸드폰이 울렸다.

"야! 너 진짜 조별 과제 안 할 거야? 아니, 그것보다 너 출석 미달로 유급할지도 몰라, 인마."

"유급하면 좋지 뭐. 대학생활 몇 년 더 하는데."

"그걸 말이라고! 좋아. 너 유급하는 건 그렇다 쳐. 조별 과제는? 우리

끼리 해?"

"고함치지 말고 잘 들어. 내가 기회를 줄 때 잘해 봐."

"뭐? 뭔 헛소리야?"

"서민영이 그 애 우리 조지? 키 크고, 잘생기고, 공부 잘하고, 돈도 많은 내가 꼬박꼬박 참석하면 너한테 기회가 갈 것 같아?"

휴대전화에서는 침묵만 흘렀다.

"갈까?"

"응? 아, 아니다. 우리끼리 알아서 할 테니까 과제는 걱정하지 마. 근데 출석은 신경 써라. 내가 대출하는 것도….".

들뜬 동기 놈의 목소리를 들으며 휴대폰을 닫았다.

"서민영은 누구야?"

"같은 과 학생이에요."

"그게 다냐?"

능글맞게 웃으며 내 어깨를 툭 치는 오세현은 로맨스에 목마른, 영락없는 아저씨였다.

"대학 신입생이면 여자친구 만드는 데 집중해라. 네가 조금 전에 말했지? 잘생겨, 돈 많아, 머리 좋아, 뭐가 부족해? 여자가 줄을 설 거다."

"줄 서면 뭐 합니까? 만날 시간이 없는데."

"인생 별거 없다. 사랑, 여자가 전부야. 돈? 그거 사랑 없는 여자를 만나기 딱 좋은 간판이다."

오세현은 내 말은 듣지도 않고 하고 싶은 말만 한다.

"돈 만지는 직업으로 성공하신 삼촌께서 하실 만한 조언은 아닌데요?"

오세현은 눈을 크게 뜨고 의외라는 표정을 지었다.

"이런, 너 아직 모르는 거냐?"

"네? 무슨 말씀이세요?"

"내 일, 내 직업은 정확한 데이터를 기반으로 합법적인 도박을 하는 거지, 돈을 버는 게 아냐. 뭐…. 너 때문에 재미가 많이 없어졌지만. 승률 100퍼센트의 도박은 흥미가 없어지거든."

"그럼 도박꾼의 감으로 말씀 한번 해보세요. 대현그룹이 판돈인 아진 자동차를 먹을까요?"

화제를 슬쩍 바꿨다. 서민영에 관해 꼬치꼬치 캐묻는 걸 피하기에는 적절한 타이밍이다.

"아마도."

"어째서요?"

"3박자가 딱 떨어지잖아. 칩 많고, 운이 따르고, 패가 좋고."

칩이 많다는 건 안다. 2조 원 이상 쌓아 뒀으니까. 그런데 운과 패는 뭘까?

"운은 도박판의 기세다. 계속 잃다가 딸 것 같은 순간이 다가오는 거야. 깔린 판돈이 많았을 때 승운이 다가와야 운이 좋은 거지. 아진이라는 큼직한 판돈이 깔려 있잖아."

"패가 좋은 건 왜죠?"

"대기업의 잇따른 부도 때문에 아진자동차가 부도난다고 해서 새롭지도 않아. 그리고 부도난 회사는 누군가가 빨리 인수해서 충격을 줄여주기를 원하거든. 마지막으로 한도제철 인수에 실패한 대현이잖아. 정부에서도 하나쯤은 줘도 특혜라는 소리가 나오지 않을 거야."

"삼촌은 아진자동차의 부도를 확신하는군요."

"대현그룹이 설계했잖아? 은행권은 아진보다는 대현을 좋아하지. 또, 이 정권 막차에 올라탄 정치권 인사들은 대현이 나눠 주는 떡고물 때문에라도 아진자동차 목을 조를걸? 두고 봐."

대단한 사람이다. 이때만 해도 아진자동차의 부도를 확신할 수 있는 사람이 몇이나 됐을까?

어처구니없는 사실은 은행도 한몫한다는 점이었다. 아진자동차가 부도나면 은행으로서도 큰 타격일 텐데 앞장서는 것은 믿는 구석이 있기 때문이다. 바로 공적 자금의 투입이다.

공적 자금, 어떤 개새끼가 만든 단어인지 모르겠지만, 정확히 말하면 혈세 투입이다. 국민의 돈을 조금씩 강탈해서 부실기업을 살리지만 살아난 기업의 주인은 국민이 아니다. 어떤 특정인의 소유물이 된다. 그 특정인이 내가 될 수도 있다. 먼저 먹는 놈이 임자 아닌가? 정의감에 불타는 젊은 대학생 놀이는 사절이다.

"삼촌, 그렇다면 우리가 아진자동차를 먹을까요?"

"응? 뭐?"

오세현은 분명 잘못 들었다고 생각한 듯 보인다.

"우리도 3박자가 딱 맞아떨어지잖아요. 미국에 쌓아 둔 칩은 넘쳐나고, 제가 천운을 타고났다는 건 잘 아실 테니까 두말하면 입만 아프고, 패는 대현그룹만 해당되는 건 아니니 우리 패로 만들어 버리면 되고요. 어떻습니까?"

오세현의 표정을 보니 나를 정상으로 보지 않는 듯했다.

자동차 업계 2위이고, 현재 순위가 좀 떨어져 재계 8위지만 한때 4위까지 찍었던 회사를 먹겠다고 말하는 대학 신입생이 정상으로 보일 리 있겠는가?

▲ ▲ ▲

"이거 표절 아냐? 저작권 위반은 어디에 고소하면 되냐?"

진 회장이 농담처럼 말했지만 웃는 이는 없었다. 6년 전 엄청난 노력과 비용을 들여 만든 보고서라는 이름의 전략, 그걸 지금 대현그룹 주 회장이 똑같이 쓰고 있다.

"훼방 좀 놓을까요?"

회장이 농담했다고 맞장구치는 말이 아니었다. 조대호 순양자동차 사장의 표정은 딱딱하기 이를 데 없었다.

"그보다 먼저 주 회장 속셈을 알아야지. 뭐야? 자동차 업계 구조조정이야? 아니면 부도야?"

"주 회장은 업계 구조조정을 원하는 게 아닙니다. 아진의 부도를 원하는 겁니다."

"그렇게 생각하는 이유는?"

"정부 주도의 구조조정이라면 독과점이라는 독소 조항이 발목을 잡습니다. 하지만 부도라면…."

이학재 실장은 진 회장의 눈치를 살피며 조심스레 말을 이었다.

"아진 정도의 규모가 부도나면 재빨리 수습해야 합니다. 인수 협상자 선정을 서두를 텐데…."

"그렇지! 우리가 뛰어들 수도 있으니까 미리 우리 밥숟가락을 치워 버린 게지. 내가 한도제철 인수에 열을 올릴 때부터 준비한 게 틀림없어."

채권단이 인수 대상자를 선정해도 손 빨며 구경만 해야 한다. 순양그룹은 돈이 없다. 진 회장은 패배했다는 느낌을 지울 수 없었다. 분명 한도제철을 간절히 원했고 손에 넣었다. 하지만 이것마저도 대현의 주 회장이 그린 그림의 일부라는 생각이 들자 온몸이 부르르 떨렸다. 그나마다행인 것은 한도제철 인수전에서 승리하고 약 올리는 전화는 하지 않았다는 정도?

하지만 뛰어난 장사치인 진 회장은 이런 감정에만 젖어 있지는 않았다.

"좋아, 하나만 더 짚어 보자. 대현이 아진을 인수하면 우리는? 우리는 어떻게 될까?"

"시장 점유율이 급속히 떨어질 겁니다."

조대호 사장이 침울하게 말했다.

자동차의 경쟁력은 누가 뭐라 해도 생산량이다. 두 회사가 한몸이 되어 동일한 부품을 공유하고 겹치는 생산 라인을 정리하면 비용 측면에서의 경쟁에서 따라가기 힘들다.

"조대호."

"네, 회장님."

"자네는 훼방 놓아야 할 이유가 크구먼."

남의 일인 양 말해도 진 회장의 의중이 드러났다.

"우리 모두 조 사장의 아이디어 한번 들어 보자. 조 사장."

"네."

"내일 이 시간까지 대책 꾸려서 와."

회의를 끝낸다는 말이 떨어지자 모두 서둘러 서재에서 빠져나갔다. 조대호 사장만의 숙제가 아니다. 모두의 숙제다.

두 사람만 남자 이학재가 급히 입을 열었다.

"회장님, 주식…."

"알아."

차명으로 매집한 아진자동차의 주식 7퍼센트. 부도나면 대현이 인수하더라도 감자(減資)는 피할 수 없다.

"그게 제일 참을 수 없어. 주영일이 때문에 손해 볼 수는 없잖아."

"빨리 처분할까요?"

"처분? 넌 싸울 생각이 없단 말이지?"

"부도는 피할 수 없을 겁니다."

"왜?"

진 회장이 입술을 잘끈 짓씹으며 화를 감추지 않았지만, 이학재 실장의 표정은 변함없었다.

"우리가 만든 계획이었으니까요. 6년 전, 수서 비리사건이 터지지만 않았어도 아진자동차는 우리가 흡수했을 겁니다. 그만큼 완벽한 계획이었어요."

반박할 말이 없다.

"지금 그 정도 큰 사건이 터지지 않는 한 계획대로 진행될 겁니다."

서재는 한동안 침묵만 감돌았다.

"그걸로 한번 흔들어 볼까? 이대로 나 죽었소 하며 가만있을 수는 없잖아."

"주식으로 말입니까?"

"그래."

3퍼센트 이상을 소유한 주주는 임원 해임 청구권, 임시 주총 소집 청구권, 검사인 선임 청구권을 가진다. 회사로 쳐들어가 책상을 뒤엎을 힘이 있다.

"하지만 깨알같이 흩어져 있습니다. 한곳으로 모으려면 내세울 수 있는 누군가가 필요합니다."

"적당한 놈이 있잖아. 오세현이."

"아…!"

이학재는 진 회장의 순발력에 또 한 번 감탄했다. 이미 일흔이 훌쩍 넘은 나이인데 두뇌는 조금도 녹슬지 않았다.

"한번 만나 봐. 아진 주식 던져 주고 우리 대리인으로 내세워 봐. 그리고 우리가 맡겨 놓은 비자금도 있잖아. 그거 회수할 기회도 되고."

미라클에 잠자고 있는 1000억 원의 비자금을 아진자동차 주식 7퍼센트와 맞교환한다. 일거양득의 기회를 놓치지 않는 진 회장의 순발력이 이학재를 부끄럽게 만들었다.

이학재는 바로 오세현을 회사로 불러들였다.

"7퍼센트나?"

"그렇소. 우리가 차명으로 보유한 거요."

"그걸 1000억 원에 사달라는 말이시죠?"

이학재의 미간이 찌푸려졌다.

"사달라는 게 아니라 바꾼다는 뜻이오. 우리가 맡겨 놓은 돈 1000억 원, 그걸 다시 가져오는 방법으로 아진자동차 주식을 주는 거고."

"그건 좀 곤란한데요."

"뭐요?"

머리를 살짝 흔드는 오세현의 모습에 이학재는 결국 큰소리를 냈다.

"이봐! 그게 무슨 말이야? 곤란하다니? 차명이라 당신 돈으로 착각하는 거야? 아니면 임자 없는 돈이라고 생각하는 거야?"

"천만에요. 이름표 없는 돈이지만 순양그룹 돈이라는 건 변함없습니다. 설마 절 그 정도 양아치로 보신 겁니까?"

"지금은."

표정 하나 변하지 않고 자신을 양아치로 만들어 버리자 오세현은 웃음을 터뜨렸다.

"이런, 섭섭합니다, 하하."

"농담할 생각 없으니까 빨리 말해요. 왜 안 된다는 거요?"

"미라클 인베스트먼트는 주주도 있고 투자자도 있습니다. 아진자동차가 부도난다는 소문이 이 바닥에 파다합니다. 그런데 그 회사 주식을 사요?"

오세현은 머리를 크게 흔들었다.

"망해 가는 회사의 주식을 거액을 주고 산다? 이건 배임 행위나 다름 없습니다. 주주나 투자자가 고소하면 전 철창행입니다."

"뭐요?"

"그리고 이 실장님."

오세현은 씩씩거리는 이학재를 날카롭게 노려보기 시작했다.

"전 순양 직원이 아닙니다. 서류상으로만 따져 보더라도 우리 미라클과 순양은 아무런 관계가 없어요. 단지 도준이 때문에 제가 편의를 봐 드리는 겁니다."

그의 눈빛이 더욱 매서워졌다.

"그런데 뭐라고요? 대주주 권리를 행사해서 아진자동차를 조사하고 이 상황을 흔들어라? 뭐든 날로 먹으려고 하는 건 습관입니까?"

오세현은 자리에서 벌떡 일어났다.

"아진자동차 주식 매입은 좀 더 그럴싸한 방법을 찾아오세요. 다시 한 번 말씀드리지만… 그 돈 1000억, 날로 삼킬 생각은 추호도 없습니다. 그리고! 두 번 다시 이런 일로 사람 오라 가라 하지 마십시오. 한 번만 더 이런 일이 생기면 윤기나 도준이가 뭐라 하든 순양과의 관계 끊습니다."

돌아선 오세현의 표정은 말할 수 없이 굳었다. 화가 나서 그런 게 아니다. 도준이가 말한 아진자동차 인수, 어쩌면 길이 보일 것 같아서였다. 만약 이 일이 이루어진다면 지금까지 앉았던 도박판 중에서 가장 큰 판이다. 생각만으로도 심장이 쿵쾅거리고 손끝이 짜릿하다.

▲ ▲ ▲

"이번에는 대현이야?"

"확인했습니다. 우리 거래은행의 행장들을 차례차례 접촉했다고 합니다. 대출금 회수 압박이 심해진 건 그 때문입니다."

"이런…."

송현창 회장은 이를 악물었다. 28개의 계열사 전체의 누적 적자가 고작 3800억에 불과하다. 특히 주력인 아진자동차는 작년에도 흑자를 기록했다. 이런 수치가 아니라고 해도 순양그룹이나 대현그룹이 호시탐탐 아진자동차를 노리는 것만 봐도 얼마나 괜찮은 회사인지 증명된 것이나 다름없다.

회사를 늑대들에게 뺏기지 않으려고 기업 건전성이니, 재무제표의 숫자를 나열하며 은행장들을 만나는 건 무의미했다. 지금은 정치권과 협상할 때다.

"지금 여당에서 경선 중이지?"

"네."

"확실해? 이회창 그 양반?"

"이변이 없는 한 확정입니다."

"그 양반에게 줄 한번 대봐."

송 회장의 말에 참모진 모두가 한결같은 반응을 보였다.

"지금 벌어지는 대기업 부도마저도 각 기업이 책임질 문제라면서 발을 빼는 분인데… 도움이 되겠습니까?"

"그건 아직 자신을 판사라고 착각해서 하는 말이야. 이번 경선 치르면서 법복의 흔적은 다 지우고 정치인이 됐을 거다. 그리고 난 깨끗한 정치인이 있다고 생각지 않아."

깨끗한 정치인, 이 말은 '향기로운 쓰레기'처럼 어울리지 않는 단어의 조합이라고 생각하는 송현창 회장이다.

▲ ▲ ▲

"아이고, 바쁘신 분들을 모이라고 해서 참으로 죄송합니다그려."

"별말씀을 다 하십니다. 회장님."

진 회장이 일식집 별실의 문을 열고 들어서자 세 명의 은행장들이 우르르 일어섰다.

"자자, 앉읍시다."

은행장들이 공손한 자세로 자리 잡자 요리가 들어오기 시작했다.

"요즘 아진 송 회장이 세 분을 자주 모신다고 하던데… 어떻습니까?"

젓가락을 들던 은행장들은 멈칫하며 다시 내려놓았다. 이렇게 틈도 없이 시작할 줄은 몰랐다.

"저희들보다 여의도를 더 자주 찾아가시는 편이지요."

"다음 정권에 줄을 대려고 바쁘게 움직이시는 것 같습니다."

"그다지 실효는 없지요. 그분에게도 대권 행보에 도움이 될 일은 아니니까요."

진 회장은 고개를 끄덕이며 회 한 점을 입에 넣었다. 그제야 은행장들도 다시 젓가락을 들었다.

"대세는 바뀌지 않는다?"

세 은행장은 서로 눈빛을 교환하며 수저를 내려놓았다. 진 회장의 이야기가 다 끝날 때까지 밥 먹는 것은 포기해야 했다.

"혹시 회장님, 저희에게 당부하실 말씀이라도…?"

"송 회장이 짠해 보여서 말이지. 모르는 사이도 아니고. 너무 다그치지 않았으면 하는데… 어떻게 생각하십니까?"

"죄송합니다. 우리도 입장이 있는지라…. 빨리 처리하라는 경제 관료들의 압박이 심합니다."

"주 회장이 떡밥을 잔뜩 뿌렸나 보군. 청와대까지 움직이는 걸 보면 말이지."

경제 관료라고 돌려서 말했지만, 소용없었다. 이 바닥이 어떻게 돌아가는지 가장 정확히 아는 진 회장 아닌가?

"혹시 회장님께서도 아진자동차를 염두에 두셨습니까?"

은행은 괜히 고래 싸움에 끼어들 필요가 없다. 싸움은 두 그룹이 하고 은행은 그 결과에 따르면 된다. 지금 파악해야 할 요점은 뒤늦게라도 순양그룹이 밥숟가락을 들고 덤벼드느냐 아니냐 하는 것이다.

"밥상머리에서 긴 이야기는 관두지. 하나만 부탁합시다. 최대한 미뤄 주시오. 못 버틸 정도가 되면 내게 알려 주고."

은행장 셋은 서로 눈치를 보다 머리를 끄덕였다. 이 정도는 해줘야 마음 편히 밥 먹을 수 있다.

원하는 대답을 얻은 진 회장은 활짝 웃었다.

"자자, 듭시다. 오늘은 유난히 회가 싱싱한 것 같으이, 허허."

▲ ▲ ▲

"어제 이학재 실장을 만났다. 네 할아버지, 화가 단단히 나신 것 같더구나."

"대현그룹 때문이죠?"

"그래. 아진자동차 주식 7퍼센트를 가지고 계시는데 그걸로 판을 한 번 흔들고 싶으신가 봐. 나를 앞세워서 말이다."

"어떻게요?"

"우리 미라클에 진 회장님 비자금 1000억 원 있지? 그걸로 주식을 사서 대주주의 권리를 내세우라고 하더라."

"당연히 거절하셨겠죠? 폭락 중인 주식을 매입할 이유는 없을 테니까요."

오세현은 가볍게 머리를 끄덕였다.

하지만 나는 그의 마음을 이미 읽었다. 거절하고 끝난 이야기를 다시 꺼낼 사람이 아니다.

"그런데 삼촌, 뭔가 하실 말씀이 있는 것 같네요?"

오세현은 헛기침을 조금 하더니 나를 바라보며 천천히 입을 열었다.

"아진자동차를 갖고 싶다는 말, 진심이냐."

"네."

"매출액이 14조 원이 넘는 거대 기업 집단이다. 모회사인 아진자동차를 인수하는 건 아진그룹을 인수한다는 뜻이야."

오세현은 흥분한 기색이 역력했다.

"만약에… 만약에 말이다. 아진을 인수하면 어쩔 생각이냐?"

"삼촌은 어떻게 했으면 좋겠어요?"

"이성적으로 생각하면 28개 전 계열사를 정리해야지. 버릴 건 버리고 무게 달아서 고철값 받고, 쓸 만한 건 원가에 넘기고."

"값나가는 건 비싸게 팔고?"

"만 원짜리 한 장이라도 더 주는 놈에게 파는 거야."

이건 갬블러의 정답일 뿐이다.

"이성적이 아니라면요."

입꼬리가 살짝 올라간 오세현은 얼굴마저 조금 붉어졌다.

"제대로 한번 살려 보는 거야. 상한 부분 싹 도려낸 뒤 빨간약 좀 발라주고, 영양제 주사 놓고."

"그런 다음에는요?"

"그게…."

이제 아쉬운 표정으로 변했다. 그만큼 복잡한 심경이라는 걸 알 수 있었다.

"거기까지야. 대기업을 두 손에 올려놓고 경영할 자신은 없다. 하고 싶긴 한데 능력 밖이야."

"그럼 거기까지 가보는 건 어떻습니까? 그다음은 그때 가서 천천히 생각해 보고요."

"그보다 가장 먼저 고려해야 할 것은 우리가 인수전에 뛰어든다 해도 승률이 낮다. 아니, 없다고 보는 게 정확할 거다."

"그런데 왜 갑자기 흥미를 보이세요? 승률 낮은 판에 앉을 분이 아니지 않습니까?"

오세현은 목소리를 낮게 깔았다.

"네 할아버지가 가진 아진자동차 주식 7퍼센트가 우리 손에 들어오면 그걸 이용해서 아진자동차의 속살을 낱낱이 들여다볼 수 있잖아. 그리고…."

"그리고 뭐가 더 있죠?"

"네 할아버지 진 회장님."

역시! 순양의 힘을 빌리지 않으면 어렵다.

"아진자동차의 인수금액은 네 돈으로 충당할 수 있을 거야. 그런데 판돈만으로 가능한 판이 아니라는 건 너도 알잖아. 심사단, 채권단 그리고 정치권에 입김을 불어넣을 힘이 필요한데…. 대현그룹과 맞먹는 곳곳이 순양밖에 더 있어?"

나를 바라보는 오세현의 눈빛이 마치 장난감을 사달라는 아이의 눈빛 같았다.

"알겠습니다. 그럼 삼촌도 찬성하신 겁니다."

결정을 내리고 나니 오세현은 오히려 차분해 보인다.

28개의 계열사, 5만 명이 넘는 임직원, 14조 원의 매출액. 이긴 놈이 다 먹는 거대한 판돈이다.

총알 대신 돈을, 피 흘리는 사상자 대신 수만 명의 밥줄이 끊길 전쟁에 나서는 군인이라면 흥분보다 평정심을 유지해야 하지 않겠는가?

"난 이학재 실장을 만나지. 넌…."

"순양그룹 진양철 회장님을 만나겠습니다."

우리 두 사람은 마주 보며 미소로 악수를 대신했다.

▲ ▲ ▲

"실장님은 저한테 크게 한턱 쏘셔야 할 겁니다."

"나야 언제나 오 대표에게 크게 한턱 쏘고 싶었지만, 그럴 때마다 나를 화나게 만든 게 당신 아니오?"

"이번에는 다를 겁니다."

"하긴… 먼저 만나자고 자청했으니 기대해 보겠소."

이학재는 회장의 지시 사항을 실행하기 위해서 오세현을 몇 번이고 만나서 설득할 생각이었다. 그런 차에, 먼저 만나자고 하니 한달음에 뛰어왔고, 긍정적인 말부터 꺼내니 기대를 하지 않을 수 없었다.

"제가 우리 미라클의 주주와 투자자들을 설득했습니다. 돈의 성격을 설명했고 한국에서 순양그룹의 위상도 자세히 설명했지요."

"혹시 아진자동차 주식을…?"

"네, 주식 전부를 인수하고 주주의 권리를 보여 줘도 괜찮다는 승인을 받아 냈습니다."

오세현은 일단은 좋은 이야기부터 던졌다. 하나를 주고 하나를 받는다. 기본 아닌가? 그러고는 표정이 확 밝아진 이학재 실장을 바라보며 난처한 듯 머리를 슬쩍 긁었다.

"그런데 조건이 있습니다. 이건 양보 못 할 조건이라 실장님께서 이해해 주시길 바랍니다."

어차피 돈을 쥐고 있는 건 이쪽이다. 이름표 없는 돈이라고 해서 그냥 던져 줄 생각은 조금도 없었다. 오세현은 한 푼이라도 더 건지고, 더 버는 게 본능인 사람이다. 이런 기회를 잘 살리면 또다시 거금이 들어온다.

"느낌이 싸한데요? 특히 양보 못 할 조건이라는 게 영…."

"인수금액을 결정할 때, 현실성을 감안하라고 합니다. 망해 가는 기업의 주식을, 어쩌면 휴지 조각이 될지도 모르는 주식을… 1000억이나 투자하는 건 반대하더군요."

이학재는 우선순위를 생각했다. 아진자동차의 내부를 훤히 들여다보고 대현그룹의 인수를 방해할 건수를 찾는 게 첫째다. 비자금을 찾는 건 두 번째다. 아진자동차의 주가는 하루가 다르게 폭락한다. 어쩌면 주식을 쥐고 있다가 이것마저 휴지 조각이 되면 더 큰 손실을 입는다.

"원하는 금액은?"

"절반, 500억입니다."

이학재의 고민은 그리 길지 않았다.

"나는 받아들이지. 하지만 시간을 좀 줘요."

"시간이라고 하시면?"

"회장님께 보고하고 설득할 시간 말이오."

"아이고, 그 정도는 당연히 기다려야죠. 하지만 서두르시는 게 좋을 겁니다. 여의도에 도는 소문은 상상 이상으로 나쁩니다. 마치 내일이라도 아진이 부도날 것 같다니까요."

"알고 있어요. 하지만 아직 시간은 넉넉해요. 부족한 시간은 우리 순양이 만들 테니까 말이오."

순양이라는 말에 드러나는 자부심, 아니 그건 거만함이었다.

"요즘 아진의 송 회장이 이리 뛰고 저리 뛰고 합디다. 우리 회장님께서 이미 몇 군데 전화를 넣었어요. 송 회장의 부탁을 심사숙고해 달라고. 그의 부탁을 거절할 시기는 아마 우리 회장님께서 정하실 거요."

"그러시다면 뭐, 아무튼 서둘러 주십시오. 우리 투자자들 마음 바뀌기 전에 말입니다."

오세현은 마지막 블러핑을 잊지 않았다. 생각할 시간을 주지 않는 것, 그것이 주도권을 뺏기지 않는 가장 좋은 방법이라는 것을 아는 사람이다.

▲ ▲ ▲

"이 녀석아. 학교는 왜 안 가는 게냐? 총장이 전화까지 하더라."

"입학이 목적이지 졸업이 목적은 아니잖아요. 그리고 지금까지 공부만 했는데 저도 좀 놀아야죠."

"뭐라? 놀아? 이놈이 이제 이 할애비한테 거짓말까지 하는 거냐? 네놈이 아침 일찍 학교 대신 여의도로 등교하는 걸 모를 줄 알았더냐?"

'오호라! 김윤석 대리의 보고 내용이 할아버지까지 올라가는구나. 이학재 실장이 중간에서 자를 줄 알았는데…. 숨기는 게 없는 사람인가?'

"전 그게 노는 거예요."

"출석 일수 모자라면 유급된다고 말하기에 우리 순양의 장학 재단을 통해 돈까지 찔러줬어, 이놈아. 어째 등록금보다 네놈 출석비가 더 드냐?"

'아, 정말 돌아 버리겠다.'

대학을 6, 7년 정도 다닐 생각이었는데 나도 모르게 할아버지가 훼방을 놓고 있었다. 1학기가 끝나면 휴학이라도 해야 할 것 같다. 올해 하반기부터 내년 상반기까지는 눈코 뜰 새 없이 바쁠 테니까 말이다.

"장학금 기부는 좋은 일이죠."

쓸쓸한 내 표정에 할아버지는 웃으며 슬쩍 찔러 본다.

"그런데, 여의도 사무실에서 온종일 뭐 하는 게냐? 오세현인가 하는 놈에게서 뭔가 배우는 게냐?"

"그런 셈이죠. 지금은 아진자동차에 대해 공부하고 있습니다."

"뭐라? 아진?"

관심사가 일치하니 놀랄 수밖에 없을 것이다.

"네. 아무리 봐도 곧 부도날 것 같던데요?"

할아버지는 잔뜩 흥미 있는 표정으로 나를 바라보며 물었다.

"그래? 왜 그렇게 생각하지?"

"일단 금융권이 돌아섰고, 작년 우성자동차의 선전으로 아진자동차는 판매가 저조했죠. 당연히 유동성 자금이 다 말라 버렸을 테고… 대현그룹이 목조르기 시작했으니까요."

"그럼 부도나면 어떻게 될까?"

"재빨리 누군가가 낚아채겠죠. 한도제철을 할아버지께서 낚아채신 것처럼요."

할아버지의 얼굴에 서서히 미소가 번졌다. 경영에 참여하는 맏손자 진영준도 이런 의견을 보고받았을지는 몰라도 스스로 생각해 내지는 못할 것이 분명하기 때문이다.

"80점짜리 답이로구나."

"왜 만점이 아니에요?"

"누가 낚아채는지 맞춰야 100점이지."

"그건 아직 아무도 모르니까요."

"네 입으로 말하지 않았니? 대현그룹이 목을 조른다고."

"헛물만 켜다가 본전도 못 찾고 물먹는 일이 어디 한두 번 있었어요? 손에 들어오기 전까지는 장담하기 어렵죠."

할아버지의 미소가 사라지며 질문이 이어졌다.

"그럴까? 아진자동차가 매물로 나와도 살 사람이 없어. 지금 분위기가 심상치 않은 건 너도 알지?"

"네. 동남아에서 시작된 외환위기 말씀이죠?"

"그래. 우리도 몸 사려야 할 게다. 벌써 재벌 몇 개가 쓰러졌잖아. 그래서 모두 돈이 없거나 아끼고 있어. 아진은 우리 순양과 대현 정도가 돼야 구매력이 있는데…. 난 이미 돈을 써버렸거든."

"아직 수면 아래서 몸을 숨기고 있는 곳도 있지 않겠어요? 이를테면 저 말이에요."

"글쎄, 그런 곳이 있을… 뭐? 방금 뭐라고 했느냐?"

조심스럽게 말할 걸 싶었다. 얼마나 충격이 컸는지 할아버지의 턱이 부르르 떨렸다. 이러다 쓰러지면 큰일인데, 너무 경솔했다.

"할아버지 괜찮으세요?"

"이놈아. 이 할애비는 멀쩡하다. 그보다 조금 전 했던 말을 다시 해보거라. 뭐라 했느냐?"

"그러니까 제가 아진그룹을 인수할 수도 있다고요. 잘못 들으신 거 아니에요."

최대한 조심스럽게 말했지만 소용없었다. 아예 목덜미까지 잡으셨다.

"할아버지, 괜찮으세요?"

할아버지는 손을 내저으며 컵을 들고 물을 들이켜기 시작했다. 물을 마시는 할아버지를 보며 걱정스럽게 말했다.

"우황청심환이라도…."

"시끄럽다, 이놈아. 내가 그깟 환이나 먹어야 할 만큼 심력이 약한 줄 아느냐?"

"너무 놀라시기에…."

할아버지는 손을 세차게 흔들고 긴 숨을 내뱉었다.

"도준아. 내가 잘못 들은 게 아니지? 혹시 네 입학 선물로 자동차가 아니라 아진자동차를 달라는 뜻은 아니지?"

"아닙니다. 제 돈으로 제가 인수한다는 뜻입니다."

"네 돈이라⋯. 도대체 넌 아진 인수가를 얼마로 생각하기에 그렇게 자신하느냐?"

할아버지는 침착함을 유지하려고 애쓰는 것처럼 보였지만, 평상시와 다르게 말의 속도가 빨라졌다.

"만약 할아버지께서 인수하신다면 얼마를 적으실 건가요?"

내가 넌지시 인수가를 되묻자 할아버지는 숨을 가다듬으며 눈을 깜빡거렸다.

"음⋯ 글쎄다. 나라면⋯ 응? 요놈 보게나? 으허허."

할아버지가 갑자기 웃음을 터뜨렸다. 완벽하게 평정을 되찾고 내 질문의 숨은 뜻도 알아챈 것이다. 상대의 생각을 먼저 듣는 자리, 그것이 바로 지배자의 특권이라고 가르친 것이 바로 할아버지 본인 아니던가.

"요놈아. 지금은 네놈이 먼저 말해야 한다. 아직은 내가 네놈 머리 위에 있어. 어디서 은근슬쩍 꼼수를 부리느냐? 허허."

"일단은 1조 5000억으로 예상합니다. 변수가 있을 테고 아진자동차의 상태를 진단해야 정확히 알 것 같습니다."

"으음⋯."

"별로 놀라지 않으시는군요."

"뭘? 액수 때문에?"

내 입에서 처음 나온 숫자다. 내가 보유한 전체 금액은 아니지만, 인수가를 1조 5000억이라고 말한 순간, 내 돈은 그 이상이라는 뜻이다. 그런데도 할아버지는 금액이 적절한가에 대한 고민만 있을 뿐, 내 돈에 대해서는 별다른 반응을 보이지 않는다.

'대범한 것인가? 침착한 것인가? 아니면 1조 5000억이라는 돈이 할아버지에게는 크지 않기 때문에 많다고 생각하지 않으시는 걸까?'

"왜? 네가 그렇게 많은 돈을 어떻게 가졌을까 놀라야 하니? 아니면 잘했다는 칭찬이 듣고 싶은 거냐?"

"칭찬은 나중이고요, 그렇지 않습니까? 지금 현금 보유량만 따진다면 제가 순양그룹 전체보다 많습니다. 개인이 재계 1위 그룹을 앞섰으니 놀라실 줄 알았죠."

할아버지의 눈빛이 변했다.

"요 녀석아. 자랑하고 싶은 마음은 알겠지만, 아진을 인수하겠다는 놈이라면 그 이상은 쥐고 있어야지."

바로 귀여운 손자를 바라보는 눈빛이다.

"놀라는 건 네가 인수하겠다는 말을 했을 때 충분히 놀랐다. 이젠 궁금할 뿐이지 놀랄 일은 없지 싶다. 그리고 궁금증을 푸는 게 급한 일은 아니지 않느냐. 호기심은 우선 대상이 아니다. 지금은 아진자동차다."

"그럼 제 말을 믿으시는 겁니까? 무려 1조 원이 넘는데요?"

"네가 제정신이면 헛소리할 리가 없지 않으냐? 이런 중차대한 문제를 앞에 두고 말이다."

호기심은 우선 대상이 아니라는 말에 무릎을 탁 치고 싶었다. 가장 강렬한 유혹이지만 우선은 아니다.

엄청난 숫자의 사람이 매일같이 새로운 일을 벌이는 곳이 바로 순양이다. 그 정점에 서서 당면한 수많은 문제를 다룰 때 우선순위를 정하는 것은 매우 중요한 일이다. 호기심은 항상 뒤로 미뤄야 하는 게 정석이다.

나도 호기심이 아닌 필요한 질문을 던졌다.

"할아버지께서 생각하시는 인수금액은 얼마입니까?"

"모른다."

"네?"

단 1초도 생각하지 않고 머리를 저어 버리니 왠지 억울하기도 했다. 주거니 받거니가 없는 대화는 상하 관계라는 의미 아닌가.

"인수할 생각이 없었으니 알아보지 않았다. 6년 전에야 조목조목 따졌으나 지금과는 차이가 크게 나겠지."

"도와주실 거죠?"

"생각 중이다."

조심스레 물었으나 역시나 명쾌한 대답은 듣지 못했다.

"네가 왜 아진자동차를 인수하려는지, 네가 인수했을 때 과연 순양에 도움이 될지 생각 중이란 뜻이다."

할아버지의 표정을 조심스레 살펴봐도 그냥 하는 말은 아닌 것 같았다. 나는 입을 닫고 조용히 기다렸다.

'무슨 생각을 하는 걸까? 손자를 끔찍이 사랑하는 할아버지의 생각일까? 아니면 자신이 일군 순양그룹을 그 무엇보다도 우선하는 회장의 생각일까?'

두 생각이 일치한다면 더없이 좋겠지만 아직은 결과를 알기 힘들다.

"좋다. 이렇게 한번 해보자."

오랫동안 생각에 잠겼던 할아버지가 마침내 입을 열었다.

나도 모르게 침을 꿀꺽 삼켰다.

'설마 외면하지는 않겠지?'

"아진자동차 오너인 내 손자 도준이와 순양자동차 오너인 이 할애비가 의기투합해서 두 회사를 합병하는 자리라고 치자."

'할아버지가 내 생각을, 내 계획을 이미 읽고 계신 걸까?'

아진자동차는 순양자동차를 흡수하기 위한 발판일 뿐이라는 내 생각을 들킨 것 같아 어떻게 말을 해야 할지 한참을 머뭇거렸다.

할아버지는 내 반응을 기다리는 듯 잠시 말을 끊었다. 그리고 당황한 내 표정을 보며 씩 웃었다.

"두 회사의 합병 비율에 대한 네 의견을 듣고 싶은데, 어떠냐?"

한참을 고민하다 문득 엉뚱한 생각이 떠올랐다. 지금은 할아버지의 질문에 고분고분 대답할 때가 아니다. 오히려 질문을 던져야 할 때다. 할아버지의 진심을 알기 위해서라도 말이다.

"왜 합병할 거라고 생각하시는 거죠?"

"합병하지 않으면? 네 능력으로 아진자동차를 지킬 수나 있다고 생각하느냐? 어쩌면 1년 안에 대현그룹에 먹힐걸? 아니, 경영이나 제대로 할 수 있을 것 같아?"

할아버지의 미소는 얕잡아보는 비웃음 같았다.

하지만 나는 여유를 드러낼 수 있었다. 복안 정도는 갖고 있다.

"경영에 관해서는 염려하지 않으셔도 됩니다."

"까분다. 믿는 구석이 있는 게냐?"

"그렇습니다."

"오호!"

조금의 비웃음도, 깔보는 기색도 아닌 순수한 감탄이었다. 갖고 싶은 마음만 앞선 게 아니라 대책까지 세워 놓은 내가 기특했음이 틀림없다.

"회사를 이끌어 갈 여력이 있다면 합병이 무산될 수도 있겠는데?"

"그러니까 너무 자신하지 않으시는 게….'

"또 까분다."

할아버지는 자신 있게 응수하는 나의 말을 싹둑 자르고 손가락을 까닥거렸다.

"절대 받아들여지지 않는 제안은 없다. 저울이 안 맞으면 맞추면 된다. 합병 비율을 말해 보거라. 내가 저울에 얼마나 더 올려야 될까?"

"1대 0.2"

"이런 날강도 같은 놈!"

할아버지는 입으로는 나무라셨지만 놀란 표정으로 웃음을 참고 있었다.

"시장 점유율, 브랜드 가치, 신차 개발 능력, 기술력 등을 생각하면 순양자동차는 아진자동차의 20퍼센트 수준밖에 안 됩니다. 이건 자동차 전문가들의 의견이지 제 사견이 아닙니다."

"몰라서 그런 말을 하는 게냐? 그건 순전히 자동차 부분만 따로 떼서 하는 말이고, 숨은 가치도 반영해야지. 주가가 말해 주지 않느냐?"

순양자동차의 주가는 아진자동차의 두 배가 넘는다. 그 이유는 바로 순양자동차가 쥐고 있는 순양그룹 계열사 지분 때문이다. 순양자동차를 지배하는 순간 순양그룹의 절반을 지배한다.

"그 숨은 가치라는 것도 고스란히 저울에 올리실 생각이십니까?"

"너 하는 거 봐서. 허허."

협상은 할아버지의 기분 좋은 웃음으로 끝났다.

협상이라는 이름으로 할아버지는 의연 중 속내를 조금 드러냈고, 나는 많은 비밀을 털어놓았다. 순양그룹을 탐내는 나의 비밀과 그룹을 물려줄 여지가 있다는 할아버지의 마음. 속 시원한 대답은 아니었지만, 지금은 이 정도면 충분하다.

"도준아."

"네."

"대현그룹 주 회장 그 친구, 이 기회를 놓치려 하지 않을 거다. 반면에 나는 전혀 준비한 게 없어. 그 영감이 내 손발을 묶어 버렸거든."

"쉬울 거라고는 생각하지 않습니다."

"주 회장은 널 변수라 생각할 뿐이지 경쟁 상대는 아니라고 판단할 거다."

"상대가 방심하는 건 좋은 일이죠."

"큰소리치는 건 좋은데, 근거는 있어야지. 한번 들어 보자. 우리 막내가 얼마나 똘똘한지 내가 점수 한번 매겨 볼란다."

나는 아진자동차 인수 방법을 차분하게 설명했다. 그 방법 속에 순양그룹 회장의 힘을 어디에 써야 하는지도 당연히 포함되어 있었다.

"…그러니까 채권단은 대출 회수 압박을 미루지 말고 더 서둘러야 합니다. 아진자동차의 부도는 빠를수록 좋습니다."

"이제 보니 내가 대현그룹이 아니라 우리 손주 계획을 훼방 놓고 있었구먼. 채권단 만나서 비싼 회까지 먹여 가며 시간을 벌고 있었으니 말이야. 허허."

호탕하게 웃는 걸 보니 내 계획이 마음에 들었나 보다.

"점수는 어떻게 나왔어요? 할아버지."

"정답이 아니니까 만점은 못 주겠지만 주관식이라 빵점도 아니다. 그리고 지금 현 상황에서는 그게 최선인 것 같구나. 좋다, 좋아!"

연신 웃으며 머리를 끄덕이는 할아버지를 보자 마음이 놓였다.

"자, 이제 내 호기심을 풀어 줘야겠다. 그 많은 돈, 순양그룹 자금 보유량보다 더 많은 돈이 어디서 났어?"

"분당 목장을 판 돈을 해외 IT 업체에 투자했는데 주가가 폭등했습니다. 그렇게 번 돈입니다."

"100배 이상으로 불린 걸 보니 오세현인가 하는 놈이 감은 좋네."

100배가 아니라 수백 배라는 것도, 오세현이 아니라 나였다는 것도 굳이 말하지 않았다. 국민학생이었던 내가 투자를 주도했다는 말을 했다가는 늙은 우리 할아버지, 정말 쓰러질지 모른다.

"제가 운이 좋았죠."

"너는 미라클인가 하는 투자회사에서 어떤 위치냐? 혹시…?"

"제가 최대주주입니다. 98퍼센트의 지분입니다."

"그, 그럼 오세현은?"

"대표이사죠. 할아버지도 많이 데리고 계시지 않습니까? 전문 경영인."

우황청심환을 준비했어야 했다. 할아버지가 놀라는 모습이 불안하기 그지없다.

"그럼 넌 내 돈 1000억 원이 네 회사에 잠자고 있는 것도 알겠네?"

"그 돈도 많이 불려 놨습니다. 아진자동차 주식 7퍼센트 주시면 투자 수익까지 몽땅 돌려드리려 생각하고 있습니다."

"당연하지 요놈아. 어디서 피 같은 내 돈을 꿀꺽하려고!"

"이런, 전 할아버지께서 제 입학 선물로 그 돈 그냥 쓰라고 하시기를 기대했는데…. 너무 하신 거 아닙니까?"

웃으며 말했지만, 할아버지는 웃지 않았다.

"1000억 원짜리 섬을 선물로 사달라면 사주마. 1000억 원짜리 전용비행기를 사달라고 하면 그것도 사주마. 하지만 돈은 그냥 주는 게 아니다."

"돈은 원하는 건 뭐든 가질 수 있기 때문인가요?"

"바로 그거다. 앞으로 너도 아랫사람이 일을 잘했을 때 돈은 조금만 줘라. 룸살롱에 데려가서 수백만 원어치 술을 사주더라도 돈으로 주면 안 된다. 술 마시는 놈이 이 술값 돈으로 주지, 이런 생각을 갖도록 말이다."

"희망 고문이군요. 일을 더 잘하면 그 술값만큼 돈으로 받을 수 있다는 기대를 줌으로써 말이죠."

"아이고, 똘똘한 내 새끼. 척하면 착이로구나."

똘똘한 게 아니다. 겪어 봤기 때문에, 절실히 느껴 봤기 때문에 안다. 수백만 원을 하룻밤 술값으로 쓰고 법인카드를 긁었다. 장모님 병원비가 200만 원 부족하다고 와이프가 바가지 긁던 때라 술값, 화대… 그 돈이 전부 내 것이었으면 하는 생각을 얼마나 했던가?

"도준아."

갑자기 은근하게 부르는 할아버지 때문에 과거의 기억에서 벗어났다.

"네, 할아버지."

"아진자동차를 네 손에 넣을 때까지 아무도 모르게 해라. 넌 철저히 숨고, 오세현이만 드러내도록 해."

"그럴 생각입니다. 할아버지께서도…."

"당연하다. 이학재 실장도 모를 거다."

서로 만족한 웃음을 주고받은 후 할아버지는 한층 더 은근한 목소리로 나를 불렀다.

"도준아."

"네."

"네 재산 전부 얼마나 있느냐? 아진자동차를 인수하고 나면 얼마나 남지?"

호기심 가득한 저 얼굴. 나는 웃으며 고개를 저었다.

"남의 지갑, 함부로 열어 보면 안 되죠. 아, 현금 필요하시면 말씀하세요. 빌려는 드릴게요."

할아버지는 벌떡 일어서 내게 다가와 내 어깨를 감쌌다.

"장하다, 내 새끼. 다 컸구나."

"뭔 소리야? 500억이라니? 주식 다 던져 주고 1000억 받아오기로 했잖아."

"아진 주가가 폭락하니까…."

"됐고, 다 달라 그래. 내 돈 달라는 데 뭔 말이 많아?"

진 회장의 일갈에 이학재는 입을 닫았다. 여러 이유를 들어 어려움을 호소하며 회장을 설득하는 바보짓은 하지 않았다. 아랫사람은 설득이라 생각하지만, 윗사람은 변명으로 여길 뿐이다.

"알겠습니다. 회장님. 빨리 처리하겠습니다."

"그리고 똘똘한 애들 좀 추려. 주총 끝내고 아진자동차 회계장부를 현미경처럼 들여다볼 수 있는 놈들로 구성해."

"이미 준비해 뒀습니다. 임시 주총 때 분명 대현그룹에서도 총회꾼을 보낼 겁니다. 그것 역시 대비책을 강구하겠습니다."

진 회장이 만족스러운 듯 머리를 끄덕일 때 노크 소리와 함께 순양자동차 사장과 임원들이 문을 열었다.

"6년 전, 아진자동차 자료 만들 때처럼 고생 한 번 더 해야겠다."

의자에 궁둥이를 붙이기도 전에 회장의 폭탄선언을 듣자 모두 어리둥절한 표정이었다.

"회장님. 설마 아진자동차를 인수할 계획이십니까?"

"이미 아시겠지만 우린 지금 자금 여력이 없습니다. 인수금 지불을 미룬다고 하더라도…."

임원들은 회장님이 무모한 선택을 하는 건 아닌지 걱정부터 앞섰다.

"아니. 우리가 인수하는 게 아니라 대현으로 굴러 들어가는 걸 막는 것뿐이다."

"대현을 막으면 누가 인수하는 겁니까? 설마 우성자동차를 생각하시는지…?"

"우성은 미국 자본이 많습니다. 가능성이 없습니다."

난처한 표정의 임원들을 보며 진 회장은 소리를 버럭 질렀다.

"너희들이 아는 걸 내가 모를까? 쓸데없는 소리는 그만하고 시키는 일이나 확실히 해. 일주일 준다."

일주일이라는 소리에 순양자동차 경영진은 조금도 지체 없이 벌떡 일어났다. 1초도 낭비할 시간이 없을 만큼 촉박했다.

"다들 알겠지만, 노파심에서 말하는데… 이 일, 밖으로 새어 나가면 줄초상 날 거다. 그리고 조대호야."

"네, 회장님."

"송현창 회장한테 막걸리 한 사발 마시자고 해라. 내가 할 말 있다고."

조대호 사장은 의문을 품었으나 머리를 숙였다.

'두 회장이 만나 할 이야기가 있을까? 있다면 어떤 내용일까?'

서재에 있던 사람들의 공통된 의문이었다.

▲ ▲ ▲

나를 바라보는 오세현의 눈빛에 담긴 기대, 다행히 그 기대를 충족할 만한 대답을 들고 있다.

"할아버지와 이야기는 잘 됐어?"

"네. 풀 서포트해 주실 겁니다. 주식 넘겨받고 곧바로 관계자들 미팅하시면 됩니다."

"하시면? 넌 빠진다는 말이야?"

"빠져야죠. 제가 나타난다는 게 우습지 않겠습니까? 누가 보더라도 전 신뢰도 제로인 애잖아요."

"그게 전부야? 다른 이유는 없어?"

"재벌가는 보는 눈이 많습니다."

'내부의 적도 많습니다. 그들의 눈길은 피해야죠.'

오세현에게 아직 최종 목표를 말할 때는 아니다.

"음, 하긴… 네가 나선다면 입 달린 사람 전부 네 할아버지 돈이라고 생각하겠지."

"이제 시간이 많지 않습니다. 아진자동차 최종 부도나기 전에 현황 파악을 끝내야 하니까요."

"나도 우리 회사 회계사들 전부 준비해 뒀다. 이미 공개된 자료는 검토 중이야."

오세현의 흥분이 전염됐는지 나도 묘한 기분이 들었다. 어쩌면 두려움일지도 모른다. 과연 아진자동차라는 거대 기업을 내 손에 넣을 수 있을까? 내 능력 밖의 일을 벌인 건 아닐까? 이미 벌어들인 수조 원의 돈, 그 돈이면 황제 못지않은 인생을 즐길 수 있다는 유혹이 단 하루도 끊이지 않았다. 하지만 매일 밤 꾸는 그 악몽이 나를 다잡는다.

그리고… 꼭 악몽 때문만은 아니다. 전생에서 그렇게 꿈꿔왔던 인생, 마르지 않는 샘 같은 돈으로 즐거움과 쾌락을 좇는 삶보다는 매시간 치열하게 쟁취하는 삶에 더 목이 마른다. 차례차례 적을 제거하고 나만의 성을 쌓아가는 인생, 그 끝을 한번 보고 싶다. 어쩌면 허무함만이 기다리는 끝일지라도.

"야, 무슨 생각 하는 거야? 갑자기 왜 말이 없어?"

"아, 할아버지가 말씀하신 게 생각나서요. 주식 인수할 때 할아버지 비자금 1000억 다 내주세요."

"뭐? 야! 겨우 반으로 깎았는데 그걸 왜 다 줘?"

발끈할 만하다. 한두 푼도 아니고 500억이라는 거금을 굳혔는데 말

한마디로 다시 잃어버리게 생겼으니.

"죄송한데 어쩔 수 없어요. 제가 약속했습니다. 그리고 저를 위해서 할아버지가 가진 힘 다 쓰시겠다고 하는데 저도 다 드려야죠."

"혹시 미라클 인베스트먼트의 대주주라가 너라는 말 안 했어? 네가 소유주라는 말 빠트린 거야?"

"아뇨. 했죠. 그걸 말하지 않고 어떻게 도움을 청해요?"

"그런데도 전부 다 달라고 하셨다고? 500억을 합법적으로 상속할 좋은 기회인데도?"

"그런 식으로 비자금을 넘겨줄 분이었다면 순양그룹은 이미 큰아버지 손에 들어갔을 겁니다."

"어이구. 이런 독한 놈들을 봤나? 있는 놈들이 더 하다더니…."

어처구니없어 무심결에 뱉은 말이지만 실수했다는 걸 알아챈 오세현이 급히 말을 멈췄다. 자신이 말한 놈들이 바로 우리 집안이기 때문이다.

"그러게요. 그런 독한 놈들 틈에서 제가 살아남아야 합니다."

오세현은 쓸쓸히 미소 짓는 내 모습을 말없이 바라보기만 했다.

▲ ▲ ▲

"갑자기 말을 바꾸시면 어떡합니까?

"이거 원, 쪽팔려서…. 오 대표 보기 민망합니다."

"이유가 뭡니까? 한 입으로 두말하실 분은 아니신데."

"월급쟁이가 말 바꾼 이유가 뭐겠어요? 위에서 까라니까 가는 겁니다."

"이런, 이런. 하하."

오세현은 이학재의 솔직함에 웃음을 터뜨렸다.

"이거, 죄송합니다. 실장님의 이런 모습… 너무 의외라서요. 이제 실장님도 사람이구나 하는 생각이 듭니다."

"그럼 지금까지는 어떻게 보셨다는 말입니까?"

오세현은 목덜미를 슬슬 긁으며 웃었다.

"터미네이터…."

"뭐요? 아하하."

이학재는 오래전 봤던 영화를 떠올리자 웃음이 터져 나왔다.

"왜 그렇게 생각한 거요?"

"터미네이터는 오로지 임무 완수만 생각하도록 프로그래밍 된 거 아닙니까? 감정이 개입하지 않아요."

"그 정도였소?"

"지금까지는."

"그럼 이제 기계가 아니라 인간으로 보이는 게요?"

"아직은 좀 부족한데… 아, 적당한 단어가 있습니다. 순양전자의 광고 카피죠? 휴먼테크."

농담을 쏟아 내는 오세현의 반응에 이학재는 예상보다 쉽게 문제가 풀릴 것 같아 한결 가벼워졌다.

"자, 내 편의 한번 봐주겠습니까? 그럼 그에 걸맞은 보답 꼭 하도록 하죠."

"전 말로 하는 약속을 믿지 않습니다."

"그럼 어떻게 해야겠소? 각서라도 써야 합니까?"

"예외도 있으니… 한번 믿어 보겠습니다."

이학재는 오세현이 의외로 쉽게 받아들이자 오히려 의심마저 들었다. 그의 눈빛으로 알아차린 오세현은 혀를 찼다.

"좀 믿으며 삽시다. 저처럼요."

웃으며 말하는 오세현에게 이학재는 갑자기 손을 내밀었다.

"고맙소. 내가 날 믿는 사람의 뒤통수를 수없이 쳤지만 오 대표는 그럴 일 없을 겁니다. 뒤통수치기 전에 최소한 경고는 하죠."

오세현은 그가 내민 손을 잡으면서도 기가 막혔다. 이게 이학재가 사는 방식인가 싶어 측은한 마음마저 들었다.

"자, 그럼 임시 주총부터 준비합시다. 필요한 건 우리 순양이 다 준비할 테니 오 대표는…."

"제가 할 일은 이미 다 준비했습니다. 번개처럼 해치우죠."

마주 잡은 두 손에 힘이 잔뜩 들어갔다.

▲ ▲ ▲

진양철 회장의 저택에서 두 대의 승용차가 조용히 빠져나와 북한산으로 향했다. 앞선 승합차에는 경호원들이, 뒤따르는 세단에는 진 회장이 타고 있었다.

단 한 번도 남을 위해 움직인 적 없는 진 회장이다. 자신을 위해서라면 세상 끝까지 달려가지만, 남을 위한 일이라면 서재로 불러들였다. 오늘은 손자를 위해 처음으로 몸을 낮춘 것이다. 진 회장은 며칠 전 손자 도준과의 대화를 생각하며 연신 벙긋거렸다.

▲ ▲ ▲

"송현창 회장, 어떻게 생각하십니까?"

"어떻게 생각하냐니?"

"이를테면 경영인으로서의 능력이나 자질 같은 것 말입니다."

"팔이 짧다."

"손이 닿는 곳이 몇 개 안 된다는 뜻인가요?"

진 회장은 손자를 따스하게 바라봤다. 겨우 스무 살에 불과한 놈이 어찌 이리 말귀를 잘 알아듣는지 신기할 뿐이다. 20대와 70대의 언어는 다르다. 오래 산 세월만큼 쌓인, 듣고 보고 경험한 것이 언어에 묻어 나온다. 그 낱말들을 이용해서 가장 적절한 비유와 표현을 한다. 그걸 찰떡같이 알아듣는 어린 손자의 영민함이 기가 막힐 정도다.

"자동차 하나와 자동차에 필요한 회사 네댓 개가 그 친구의 한계야."

"그 이유는 뭘까요?"

"성공한 자의 자부심이 자만으로 바뀌고 고집으로 변해 버렸어."

"다른 이의 의견을 듣지 않는군요."

"옳지. 바로 그거다. 자신과 다른 의견을 내는 사람을 무시하는 거야. 네까짓 게 뭔데? 나만큼 성공했어? 네가 나보다 더 똑똑하다면 왜 내 밑에서 일하지? 이런 생각을 지우지 못한 거야."

"설마 그 정도일까요? 한 고조 유방(劉邦)이 한신(韓信) 같은 장수를 거느렸던 것만 생각해 봐도 충분히 알 수 있는 교훈 아닙니까?"

"나도 그렇다."

"네?"

진 회장은 고개를 갸웃하는 손자를 보며 말했다.

"나도 이 실장이나 계열사 사장들이 내 의견을 반대하면 욱하는 게 올라와. 사람이니까. 하지만 꾹 참고 견디는 거야. 이유를 아느냐?"

"할아버지를 위해서 하는 말이어서요?"

"그래. 내 것인 순양그룹을 더 키우고 더 많은 돈을 벌게 해주려고 하는 충언 아니냐? 하지만 송 회장은 다르다. 아진그룹은 송 회장 것이 아냐. 겨우 아진자동차 주식 2퍼센트만 쥐고 있지. 노조가 14퍼센트를 쥐고 있는데도 말이다."

"아진그룹이 자기 소유라는 인식이 없으니까…"

"그렇지. 남의 것이니까 자기 마음대로 굴려 보고 싶은 거지. 다른 사람의 의견을 무시하더라도 말이야."

진 회장은 말귀를 쏙쏙 알아듣는 손자가 기특할 뿐이었다.

"참, 그런데 송 회장은 왜? 그게 아진자동차 인수와 관련 있니?"

"아, 네. 사실 아진자동차를 인수 후에 어떻게 할까 생각해 봤는데요."

진 회장은 손자가 내놓는 말을 한 자도 빠뜨리지 않고 주의 깊게 들었다. 손자의 말이 끝났을 때 집무용 책상을 탁 하고 두드릴 만큼 감탄했다.

"그거참 절묘하다. 어찌 그리 기특한 생각을 했을꼬!"

"그래서 할아버지께서 송 회장을 한번 만나서 이 계획을 알려 주고 적극적인 협조를 부탁하는 게 어떨까 해서요."

"오냐. 아진그룹을 우리 손자가 가지겠다는데 그 정도 수고도 못 하겠느냐? 염려 말거라. 허허."

▲ ▲ ▲

"아이고, 송 회장. 이거 사람 잡으려고 작정했나? 하필이면 이런 곳인가?"

"회장님께서 막걸리 한 사발 하자고 하셨으니… 여기 막걸리가 일품입니다."

"건강 자랑하려고 여기로 정한 건 아니고?"

진 회장은 등산로 초입에 자리 잡은 작은 파전집을 휘휘 둘러보며 투덜거렸다. 이미 손을 썼는지 가게 안은 텅 비었다. 등산복 차림의 송현창 회장은 이미 등산을 끝낸 듯 물수건을 여러 장 쌓아 놓고 있었다.

"바로 아래까지 차 들어옵니다. 고작 100여 미터 남짓 걸어오셨을 텐데, 운동 좀 하시고 건강도 챙기셔야죠. 남의 물건 뺏는 재미만 찾지 마시고 말입니다."

"이제 그럴 힘도, 마음도 없어. 너무 타박하지 말게."

뼈 있는 송현상 회장의 말을 슬쩍 흘러버린 진 회장은 빨긴 플라스틱 의자에 털썩 주저앉았다.

"송 회장."

"말씀하십시오."

"내 미리 경고 하나 하지."

물수건으로 목을 닦던 송 회장의 손이 멈칫했다.

"여기 막걸리 맛없으면 술상 엎어 버리고 갈 걸세."

어떤 제안을, 무슨 협상을 할지 모르지만 반대하면 그에 상응하는 보복도 할 수 있다는 뜻으로 들렸다. 송현창 회장은 물수건을 내려놓고 막걸리 뚜껑을 돌렸다.

"혼자 마시는 술, 익숙합니다."

아무리 대단한 순양그룹이라고 해도 쉽지 않을 것이라는 의지를 보여 주는 대답이었다.

"아이고, 그놈의 독불장군 옹고집. 나이가 들어도 변함없구먼."

진 회장이 혀를 차며 막걸리 사발을 내밀자 송현창은 두 손으로 술을 따랐다.

"혹시 돈이라도 꿔주실 생각으로 만나자고 하신 겁니까?"

"내가 돈이 어디 있어? 철근 산다고 홀라당 다 썼어. 나 빈털터리야."

"이런, 오늘 술값도 제가 내게 생겼군요."

"빚에 시달리는 사람보다 빈털터리지만 빚 없는 내 주머니 사정이 더 좋지 않겠나. 오늘은 내가 내지."

한동안 농담 같은 말들만 주고받다가 진 회장이 먼저 본론으로 들어갔다.

"부도는 피할 수 없을 걸세. 내가 여기저기 알아보니 대선 전에 정리 하겠다는 의견이 지배적이야."

"대현그룹, 참 대단하더이다. 대현의 그물망이 얼마나 튼튼한지, 구멍 하나 찾지 못했습니다."

정관계에 줄을 안 댄 대기업이 있을까마는 송 회장은 좌절의 연속이었다. 아진그룹이 잡고 있던 줄이 얼마나 허약한지 확인만 했을 뿐 아무런 도움이 되지 못했다.

"헛고생했네그려. 송 회장 자네가 만난 사람들 전부 대현 돈으로 집 사고 자식 공부시켰어. 하지만 내 그물이 좀 더 촘촘해, 더 질기고."

뭔가 암시를 주는 말이다. 송현창 회장의 눈빛이 달라졌다.

"하시고 싶은 말씀, 하시죠."

"어차피 맞을 부도… 빨리 맞고 새 출발하는 건 어떤가?"

새 출발의 뜻이 평범한 사람들이 생각하는 그런 의미가 아니다. 빚잔 치하고 차근차근 갚아나가는 성실함이 아니라 한 번에 털어 내는 편법을 말한다.

송현창의 머리가 바쁘게 돌아갔다.

"대현 주 회장은 이미 밑그림을 그렸을 테지? 부채 탕감 좀 받고, 아진그룹 계열사 몇 개 정리하고…. 지금 주식은 대부분 소각한 다음에 대현 자금 투입해서 아진을 홀라당 먹을 계획이겠지."

"경험담이십니까? 잘 아시네요."

"6년 전 내가 직접 세웠던 계획이니까. 대현 주 회장이 지금 6년 전 그 계획을 실천에 옮기는 중이고."

"그 계획, 실패한 거 아닙니까? 안심해도 되겠네요."

"두 번이나 운 좋을 수는 없네. 이번엔 대기업 줄도산만 있을 뿐, 정권을 뒤흔들 만한 비리는 없잖나. 성공 요인이 더 많은 거지."

"막걸릿값은 회장님이 계산하십시오. 빚더미에 앉을 제가 계산하려니까 좀 억울하네요."

이미 어느 정도 포기했지만, 진 회장이 기정사실인 양 말하니 더욱 참담한 심정이었다. 하지만 이어지는 진 회장의 말에 눈이 번쩍 뜨였다.

"송 회장이 계산하게. 회장직 계속 유지하게 해줄 테니까."

위로 삼아 헛소리를 할 사람이 아니다. 그의 입에서 나오는 말 하나하나가 바로 재계를 흔드는 힘을 가진 사람이다.

"빈털터리라고 말씀하신 건 회장님이십니다."

"내 돈만 돈인가? 돈에는 이름표가 없어."

잠시 진 회장을 바라보던 송현창 회장은 주방을 향해 외쳤다.

"옥천댁! 여기 파전하고 막걸리 좀 더 주소."

파전집 아주머니가 막걸리와 파전을 테이블 위에 놓고 물러가자 송 회장은 진 회장의 막걸리 사발에 담긴 술을 바닥에 버렸다.

"새 잔 받으시죠."

진 회장은 피식 웃으며 막걸리 사발을 내밀었다.

"방도가 있으십니까?"

"그냥 부도내게."

송 회장은 입술을 깨물었지만, 부도 이후의 상황을 듣고 싶었다.

"그리고요?"

"주영일 회장이 이미 손을 써뒀으니 채권단은 자구책 마련하면 살려주겠다고 속삭일 걸세. 적극 협조하게. 여덟 개만 남기고 다 정리해. 매각할 만한 곳은 나도 알아봐 줌세."

"그리고요?"

"인수전이 시작되겠지."

"인수의향서 내는 곳은 대현이 유일할 겁니다."

"그 인수의향서에 조건을 내걸 걸세. 부채 탕감, 주식 소각 또는 감자."

"그렇겠죠."

"나쁠 것 있나? 송 회장, 자네가 무리하게 당겨쓴 부채를 국민 세금으로 메꿔 주고 주식 줄어든다는 건 개미들, 노조가 쥐고 있던 주식 줄어드는 건데."

여기까지는 좋다. 곰팡이 핀 곳을 싹 도려내고 영양제 주사 맞아가며 체질을 바꿀 수 있다. 바로 국민의 세금으로!

"그리고 대현에 넘기라는 말씀이십니까?"

질문하는 송 회장의 입술이 파르르 떨렸다.

"대현이 먹을 수도 있고 의외의 제삼자가 먹을 수도 있고."

"그 삼자가 바로 순양입니까?"

"말했잖은가, 난 빈털터리야. 새치기 들어올 놈이 있어. 자네도 알지? 미라클 인베스트먼트라고, 외국 자본이야."

"미라클? 설마 한도제철 입찰 때 명함 내밀었던 그…?"

"그래 그곳이야."

진 회장은 막걸리잔을 들어 쭉 들이켰다.

"행여나 이상한 오해는 하지 마시게. 나랑 전혀 관계없는 곳이야. 완전한 미국 투자사고 거기 사장이 내 막내아들이랑 유학 동기야. 그래서 내게 전달을 부탁한 것뿐이라고."

송현창은 머리를 살짝 흔들었다.

"회장님께서 남의 말이나 전달하는 메신저라고요? 누가 그 말을…."

"믿게. 나도 자동차 살리려고 필사적이니까."

"네?"

"대현자동차가 아진자동차를 인수하면 순양자동차는 철수해야 해. 압사당할 게 뻔하니까."

송현창은 여전히 미심쩍은 표정이었다.

"확인해 봐. 미라클 인베스트먼트가 생긴 지 거의 10년이 다 돼가. 내가 이 상황을 예견해서 그때부터 준비했다는 건 말이 안 되고, 또 굳이 남을 앞세울 필요 있겠나? 돈만 있다면 직접 인수전에 뛰어드는 게 정상 아닌가?"

"좋습니다. 그럼 그 미라클이라는 곳이 원하는 건 뭡니까?"

"돈놀이하는 놈들이 원하는 게 뭐겠나? 적은 돈으로 아진을 차지하고 제대로 키워서 비싸게 팔아먹는 거지."

"그쪽에서 제 회장직을 보장한다는 겁니까?"

"어차피 경영할 만한 사람은 없으니까."

송현창은 막걸리 한 사발을 시원하게 들이켰다.

"그리 길지는 않겠군요."

"봉급쟁이 사장은 정년퇴직이라는 것을 해야 하니까. 대통령도 5년이 전부야."

"저도 5년은 보장한다는 뜻입니까?"

"아마도."

"5년 뒤 회사가 정상화되고 미라클이 주식을 매각할 때 회장님이 인수할 수도 있겠군요."

"아이고, 내가 얼마나 산다고? 5년 뒤? 관심도 없네."

진 회장은 파전 한 점을 입에 넣고 젓가락을 놓았다.

"미라클은 이미 주식을 좀 쥐고 있어. 임시 주총을 소집할 걸세. 그들 제안을 받아들인다면 주총을 원만하게 진행하면 되겠지?"

할 말은 다 했는지 진 회장은 자리에서 일어났다.

"송 회장. 내 한마디만 더 해도 되나?"

"말씀하십시오."

송현창 회장도 엉거주춤 자리에서 일어났다.

"이 집 막걸리, 별로야. 파전은 그럭저럭이고. 등산 끝내고 배고플 때 먹어서 맛있게 느낀 거지."

순간 송 회장의 눈이 반짝였다.

"그렇죠. 배고플 때는 뭐든 맛있는 법입니다."

"잘 아네. 허허."

이미 대답한 셈이다. 지금은 찬밥 더운밥 가릴 때가 아니라는 것을 당사자인 송현창 회장이 가장 잘 느끼고 있을 것이다.

"대현의 대대적인 공세가 시작될 걸세. 자네를 무능하고 욕심 많은 노인으로 만들 테고, 소환할 거야. 검찰청 앞 포토존에 세우려고 검찰을 압박하겠지?"

"회장님께서 만든 그 계획에 있는 겁니까?"

"국민의 공분을 사고 부도나면 동정의 여지가 없잖나. 이때 전문가의 탈을 쓴 대현이 구세주처럼 나타나면 반대가 없거든."

진 회장은 웃으며 고개를 끄덕였다.

"검찰은 내가 막을 테니까 걱정 말고…. 허나, 기사는 좀 나올 거야."

송현창 개인의 이미지가 나빠지면 회장직을 유지하도록 하려는 손자의 계획에 방해되기 때문이지 결코 송 회장을 걱정해서 호의를 베푸는 건 아니다.

송현창은 가볍게 머리를 끄덕이며 입을 열었다.

"임시 주총 요구는 중단하십시오. 괜히 대현에서 경계만 합니다. 주총에서 감사를 요구하실 생각 아닙니까? 그럴 필요 없을 만큼 회사 내부를 오픈하겠습니다. 필요한 만큼 충분히 보고 입찰에서 이기라고 전해 주십시오."

"그러지. 허허."

진 회장은 만족한 웃음을 터뜨리고 주점을 나갔다. 술값은 내지 않고….

▲ ▲ ▲

긴급 회계감사라는 명목으로 수십 명의 전문가가 아진그룹 본사 대회의실을 점령했다. 그들은 수천억의 대출금이 유령 회사로 빠져나가 주식 시장에 잠자고 있는 것을 발견했고 자동차 공장 근로자 수의 세 배가 넘는 목장갑을 하루가 멀다고 매입한 흔적도 발견했다. 자동차와 전혀 상관없는 아진 건설은 숫제 비자금 창구로 쓰려고 만든 회사였다.

미라클 인베스트먼트에서 차출된 회계 전문가들은 순양그룹 감사팀에서 나온 회계사들을 보며 혀를 내둘렀다. 그들은 단 하나의 숫자에서 수천억의 비자금을 발견했고 자동차 부품 하나로 공장에서 벌어지는 비리를 찾아냈다.

특히, 모두 입을 다물지 못한 비리도 발견했다. 7밀리미터 육각볼트를 납품하는 회사는 관리자가 아닌 조립 라인의 근로자들에게 뇌물을 주기적으로 상납했고, 근로자들은 다른 협력업체에서 납품하는 6밀리미터짜리 대신에 7밀리미터짜리만 자동차에 쑤셔 박았다. 이 건이 바로 3년 전 벌어졌던 대대적인 리콜의 원인이었다.

"그런데… 어떻게 이리 잘 압니까? 검찰 금융조사부 출신이오?"

"당신네들은 전부 외국물 먹었죠?"

"그렇소만."

궁금함을 참지 못한 미라클 회계사가 물었을 때 순양그룹 감사팀 직원들은 웃음을 터뜨렸다. 확실한 비웃음이었다.

"아진 애들은 아마추어요. 해먹는 방법이 거칠어. 세련되지 못해."

"한국에서 이 정도는 애교 수준이지. 놀랍죠? 이런 부정이 난무하는 한국이 급속하게 발전했다는 것이?"

"뇌물과 횡령, 이게 바로 경제 발전의 원동력이지. 크하하."

아진자동차의 숨겨진 10원짜리 하나까지 수면으로 드러날 때 대현그룹은 긴급 비상회의의 연속이었다.

"검찰은? 이 새끼들은 왜 잠잠해?"

"정황증거만으로 소환하기는 곤란하다고 합니다."

"참고인 소환이잖아! 그게 뭐 어렵다고?"

"그게… 일반인이면 모르되 꽤 비중 있는 인물이라 대검에서 신중히 진행하라는 지시가 떨어졌다고…."

"비중은 무슨 얼어 죽을… 그럼 언론은? 왜 이리 강도가 약해? 연예인 마약 사건처럼 짱짱하게 때리라는 말 안 했어?"

갈수록 언성이 높아지는 주영일 회장 앞에서, 회의 참석자들의 목소리는 갈수록 기어들어 갔다.

"회, 회장님. 아무래도 누군가가 아진을 비호하는 듯합니다. 신문사마다 기사를 내기는 하는데 조금 껄끄러운 기색을…."

"그렇습니다. 특히 한성일보의 영향력이 제일 큰 건 잘 아실 텐데…."

"그래서? 한성일보에 광고 안 줬어? 기업 광고 도배하라고 하지 않았어?"

"했습니다, 했는데… 아예 한 줄도 나오지 않습니다."

"거, 뭐야? 순양이랑 사돈 맺는다는 소문이 사실이야?"

"그런 것 같습니다. 아진자동차를 우리가 흡수하면 가장 큰 타격은 바로 순양이 입을 테니까요."

"이런, 젠장! 하필 이 타이밍에! 진 회장도 그래. 손자까지 팔아 나팔수를 만들어?"

아무도 입을 열지 않았다. 주 회장 역시 언론사 사주 집안과 사돈 관계 아닌가? 하긴, 대부분 승계 순위가 한참 떨어지는 손자가 언론사에 팔려가는 게 관례라는 걸 고려하면 순양은 정도가 심했다. 장손 아닌가?

한참을 씩씩내던 주 회장의 숨결이 가라앉자 대현자동차 사장이 조심스레 눈치를 살폈다.

"회장님, 이미 대세는 기울었습니다. 주거래 은행에서 다음 주에 결정할 겁니다."

"확실해?"

"네. 명동 사채업자들도 등 돌렸기 때문에 급전을 융통할 가능성은 제로입니다."

대현자동차 사장의 장담처럼 아진자동차는 부실기업의 연쇄적 부도 사태를 막기 위해 정부가 주도하여 1997년 4월 21일 제정한 금융기관 협약인 '부도유예협약' 대상이 되었다. 아진자동차는 협약 대상이 되기 위해 경영권 포기각서, 임금과 인원 감축에 관한 노조 동의서, 자금 관리단 파견 동의서 등을 제출했다. 그리고 나서 부도 유예 기간인 2개월 동안 아진자동차는 숨어 있는 비자금을 빼돌리는 작업을 시작했다. 이 작업을 은밀히 지휘하는 사람은 바로 아진의 송현창 회장, 미라클의 오세현 그리고 순양의 진양철 회장이다.

▲ ▲ ▲

처음 서재에 발을 디딜 때 쫄지 않겠다는 다짐은 소용없었던 모양이다. 나는 오세현의 손끝이 떨리는 걸 보고 긴장이 극에 달했다는 걸 눈치챘다.

"삼촌, 할아버지 뒤의 순양그룹을 보지 말고, 할아버지만 봐요. 그럼 편하실 겁니다."

오세현은 내 등을 툭 치고 엄지를 척 하고 들었다.

"가자."

서재에 들어서자 할아버지는 안경을 벗으며 벌떡 일어섰다.

"반갑네. 자네가 오세현인가?"

"네, 회장님. 영광입니다."

오세현이 허리를 숙이자 할아버지는 손을 저었다.

"자자, 앉게. 편하게 앉아."

할아버지는 날카로운 눈으로 오세현의 모습을 샅샅이 훑었다.

"올해 몇인가?"

"쉰입니다."

"아직 한창때로구먼."

"도준이 덕분에 다시 젊어진 듯합니다."

'어쭈? 아부까지?'

오세현에게 이런 면이 있었나 싶었다.

"자네 이야기는 많이 들었네. 우리 도준이 돈을 무려 100배나 키워줬다고? 대단한 능력이야. 허허."

순간 오세현이 의아한 눈빛으로 나를 흘긋 보아 머리를 짧게 흔들어 눈치를 줬다.

"아, 그건… 운이 좋았습니다. 다행히 원금을 까먹지 않아서 늘 안도하고 있습니다."

"이 친구, 겸손은. 그 능력을 나를 위해 써줬다면 얼마나 좋았을까 생각했다네."

"과찬이십니다."

한동안 오세현을 치켜세운 할아버지는 서류 한 장을 꺼내 들었다.

"이게 건질 수 있는 돈이라고 들었네만."

"그렇습니다. 총 2700억입니다. 부도유예협약 기간이 끝나면 법정관리 들어갈 게 뻔한데, 그 전에 빼돌려야 합니다. 만약 들킨다면 아진 송 회장은 물론이고 다수의 임원들 구속은 피하지 못합니다."

"쉽게 말해 돈세탁을 해달라는 건가?"

"송구스럽지만 그렇습니다."

"음…."

할아버지는 서류를 툭툭 치며 생각에 잠겼다.

"할아버지. 그 돈은 아진자동차 임원들 은퇴자금으로 챙겨 줘야 할 것 같은데요?"

조심스레 말했지만, 할아버지는 들은 체도 하지 않았다.

"그놈들 노후를 네가 왜 걱정해? 그놈들이 어떤 놈들인데? 자기들 노후 준비는 착실하게 해놨을 게다."

할아버지는 오세현을 돌아보며 말했다.

"이놈들 중 감방 가는 놈도 있나?"

"구색 맞추기로 서너 명은 보내야 하지 않겠냐는 송 회장의 의견입니다. 은행 채권단에게도 그 정도 선에서 마무리하자는 제안을 던졌다고 합니다."

할아버지의 눈빛이 어둡다. 그동안 무수히 봐왔던 눈빛, 바로 탐욕이었다.

"오 대표. 이 돈을 미국 미라클에 모아 두면 어떻겠나?"

"전부 말입니까?"

"왜? 안 돼?"

"안 될 건 없지만, 다시 빼낼 방법이…."

"이 돈을 전부 아진자동차에 재투자하면 되지 않겠나? 그리고 그 돈 먹으려는 놈들에게 월급이든, 보너스든, 특별 인센티브든 정당하게 지급하면 문제없을 것 같은데?"

오세현은 입을 떡하니 벌렸다. 2700억을 다 쓰려면 연봉이나 보너스를 얼마로 책정해야 한다는 말인가? 하지만 가장 합법적인 방법이긴 하다.

난 할아버지가 이 돈을 절대 주지 않을 방법을 찾아냈다고 확신했다. 조금 전 보여 주었던 눈빛, 욕심이 한가득 묻어난 눈빛이 바로 본심이다.

"하지만 저들이 원하는 건 일시불입니다. 대부분 사직서 내고 떠나야 하니 한몫 달라는 거죠."

오세현은 아직 할아버지를 잘 모르니 저런 소리를 한다. 씨알도 안 먹힐 소리다. 할아버지는 역시 오세현을 좀 딱하다는 듯 바라보기 시작했다.

"자네는 투자자가 제격인가보이. 경영은 어울리지 않겠군."

삼촌의 얼굴이 순식간에 붉어지는 걸 보자 웃음이 터질 뻔했다.

"줘야 할 돈도 이 핑계 저 핑계 대며 안 주려고 미루는 판에 주지 않아도 될 돈을 왜 미리 줘?"

이런 억지를 너무나 당연한 듯 말하자, 오세현이 어떻게 반응해야 할지 몰라 당황하는 게 눈에 보였다.

"이 돈 미리 다 챙겨 주면? 그 순간부터 남남이야. 어쩌면 적에게 딱 붙어서 자네를 공격할지도 몰라. 그들 눈에는 자신들의 성이었던 아진자동차를 뺏어 간 악당이 바로 자네거든."

"아…."

숫자만 상대하던 오세현은 갈대처럼 이리저리 휘청거리는 사람의 비겁한 이면을 제대로 본 적이 없다.

"돈이 바로 채찍이고 당근이야. 쥐고 있게. 그리고 길들일 때 하나씩 빼서 줘. 선심 쓰듯이 말이야. 참, 자네도 내 돈 1000억을 쥐고 이학재 실장을 오라 가라 했잖나? 그게 돈의 힘이야."

"아닙니다, 회장님. 오해십니다. 그건 법적으로 불가능해서…."

당황한 오세현이 급히 변명 같은 말을 쏟아 내자 할아버지는 웃으며 손을 저었다.

"오 대표, 자네를 탓하는 게 아냐. 예를 든거지. 잘 지켜보라고. 이 돈 2700억이 아진자동차에 재투자됐다는 걸 알면 아진 놈들, 자네 발가락이라도 핥으려 할걸?"

이 정도까지 노골적일 줄 몰랐을 것이다. 오세현은 충격이 큰 듯 할아버지의 말이 끝났음에도 입을 열지 못했다. 할아버지의 진면목을 좀 더 보여 주고 싶었다. 앞으로 자주 봐야 할 사이 아닌가?

"할아버지. 그 이유가 전부는 아니죠? 사실은 돈을 안 주려고 생각하시잖아요."

내가 씩 웃으며 말하자 할아버지도 웃음을 터뜨렸다.

"예끼, 이놈아. 할애비를 돈 떼먹는 파렴치한으로 만드는 게냐? 허허."

그의 시선이 다시 오세현으로 향했다.

"자네는 어떤가? 그 돈 다 주고 싶은가? 아니면 생색만 내고 싶은가?"

"그럴 수만 있다면 당연히 안 줍니다."

"그렇지. 세상에 주지 않아도 될 돈을 주는 사람은 없어."

할아버지는 다시 내게 눈길을 던졌다.

"거봐라. 나만 나쁜 놈은 아닌 게야. 허허."

잠깐 기분 좋은 웃음을 즐기던 할아버지는 서류를 내밀었다.

"자네는 이 방법이 최선이라고 송 회장을 설득하게. 아진이 꿍쳐 둔 돈은 내가 처리할 테니까. 법정관리 들어가기 전에 깨끗하게 빨아서 미라클 금고에 넣어 주지."

"감사합니다. 회장님."

"감사는 무슨, 내 새끼 위해서 하는 일인데."

나와 오세현이 일어나자 할아버지는 날 가리키며 고개를 저었다.

"넌 좀 더 있거라. 할 말이 있다."

"그럼 전 먼저 돌아가겠습니다."

오세현이 먼저 떠나자 할아버지는 웃음을 거뒀다.

"너, 휴학계 냈다면서?"

어차피 알게 될 일, 비밀로 할 생각은 없었다. 하지만 너무 빠르다. 아침에 휴학계를 내고 곧장 이리로 왔는데.

"네. 오늘 제출했습니다."

"왜?"

"아시면서 그러세요? 큰일 시작했는데 학교 다닐 시간이…."

"이놈아. 누가 학교 꼬박꼬박 다니랬어? 적만 두고 있어도 돼. 휴학계는 찢어 버리라고 했다."

"할아버지!"

"그냥 내가 시키는 대로 해. 네가 뭘 걱정하는지 안다."

"네?"

"대학생 신분을 유지하며 친척들 눈길을 피하고 싶은 거 아니냐?"

훤히 꿰뚫어 보는 할아버지 앞에서 아무 말도 못 했다.

"어차피 부딪혀야 할 문제야. 뒤로 미룰 수 없어. 싸워야 할 때 싸워야 하고 손잡을 때 손을 내밀어야 한다. 그때가 왔을 때 네가 학생이라는 것은 오히려 마이너스가 될 것이다."

"어째서 그렇습니까? 칼자루를 쥔 분은 할아버지 아니세요?"

다소 노골적인 말이었지만 더는 미루지도 덮어 두지도 못할 문제다.

할아버지가 먼저 시작한 말이다.

"이놈아. 순양그룹이 동네 슈퍼냐? 내 칼이 미치지 못하는 곳도 많다. 중요한 핵심 계열사 사장 몇 놈이 나서서 네 큰아버지 손을 들어 주면 순양그룹은 그날로 둘로 쪼개진다."

그럴 가능성이 없다는 건 알지만 별다른 말은 하지 않았다. 틀린 말이 아니기 때문이다. 본격적인 그룹 승계가 시작될 때 순양의 임원들은 대학생 딱지를 달고 있는 나를 어린애로 볼 것이다. 승계를 시작한다는 것은 할아버지가 세상을 떠났다는 뜻이고 권력은 순식간에 큰아버지에게로 몰릴 것이다.

"알겠습니다. 할아버지 뜻에 따르겠습니다."

조용히 머리를 숙인 다음 서재를 빠져나올 때 참으려 해도 저절로 미소가 피어났다. 할아버지의 마음이 이미 내게 기울었다는 걸 또 한 번 확인했다.

"여의도로 가요."

나를 기다리던 김 대리는 운전대를 잡고 속도를 올렸다. 룸미러로 내 눈치를 보던 그가 입을 열었다.

"저기, 말씀드릴 게 있습니다만, 괜찮습니까?"

"네. 말씀하세요."

"제 착각일지는 모르겠지만, 요즘 누군가 꼬리를 붙인 것 같습니다."

모토로라 스타택을 만지작거리던 내 손이 굳어 버렸다.

"언제부터요?"

"글쎄요. 언제부터 시작했는지는 모르겠습니다. 단지 제가 눈치챈 건 며칠 되지 않았습니다."

"자세히 말씀해 보세요."

"사람은 보이지 않습니다만 차는 항상 따라붙는 것 같습니다. 아마도 동선만 계속 파악하는 것 같은데….”

김 대리는 분명 영빈관에서 근무했다고 말했다. 누군가의 미행을 눈치챌 만한 교육을 받았을 리가 없다. 어떻게 알았을까?

룸미러로 나를 보던 김 대리는 미심쩍어 하는 내 눈과 마주치자 당황한 듯 입을 열었다.

“아, 신 팀장님께서 주의 주셨습니다. 요즘 이상하리만치 미행이 많다고요.”

“신 팀장?”

“아, 우리 전략 1팀 팀장님입니다.”

“미행 말입니다. 기자 아닐까요?”

가십거리만 캐고 다니는 주간지 기자들에게 재벌 3세는 먹잇감이라 미행은 흔한 일이다. 연예인과 함께 호텔로 들어가는 순간을 포착한 사진은 수백, 수천만 원짜리 수표나 다름없다.

“아침부터 따라다니는 기자는 없습니다.”

‘설마? 큰아버지가 붙인 놈들인가?’

불안한 마음이 얼굴에 드러났나 보다. 김 대리가 조심스레 말했다.

“신 팀장께서 누구 짓인지 확인 중입니다. 그리고… 지금도 붙은 것 같은데 바쁘지 않으시면 확인 좀 해도 되겠습니까?”

“그래요. 오래간만에 드라이브 좀 하죠.”

“안전벨트 매십시오. 좀 밟겠습니다.”

자동차는 강변북로를 지나 자유로를 향해 달렸다.

▲ ▲ ▲

“삼남 진상기와 사남 진윤기는 크게 신경 쓰지 않아도 됩니다. 진상기는 큰형인 진영기 옆에 딱 붙어서 꼬리만 흔드니까요. 진윤기는 영화계에서 입지를 굳혀 그룹은 아예 관심 밖입니다."

"그럼 둘째인 진동기가 문제라는 건가?"

"네. 실적만 놓고 본다면 진동기가 훨씬 좋습니다. 중화학 분야를 국내 톱으로 끌어올린 장본인이니까요. 그리고 계열사 사장과 임원들의 평판도 좋고요."

"후계 순위에서는 밀리지만 신하들의 평판을 등에 업었다?"

"그런 셈입니다. 이대로 가다가는 화학, 중공업 부문은 진동기가 맡을 가능성이 큽니다."

프로젝터가 돌아가는 어두운 회의실에는 순양그룹 가계도에 각자의 특징이 빼곡히 적혀 있었다.

"외동딸인 진서윤은 어때?"

"욕심은 많으나 여자라는 한계를 벗어날 수 없다는 게 중론입니다. 백화점, 골프장, 호텔 그리고 문화재단을 차지할 것 같습니다."

"흥! 누구 마음대로."

"소영아! 잠자코 들어."

한성일보 홍 회장이 콧방귀를 뀌는 손녀에게 눈을 흘기자 홍소영은 입을 닫았다.

"계속해."

"네. 그런데 조사를 시작하고 나서 생각지도 못한 복병을 찾아냈습니다. 바로 손자인 진도준입니다."

"진도준? 막내?"

홍씨 일가 사람들은 의외의 말에 눈을 크게 떴다.

"네. 사남 진윤기의 차남이죠."

"그 애가 왜? 서울대 법대 다니는 책벌레 아냐?"

"한 학기 동안 등교한 날은 손에 꼽습니다."

"그럼?"

"매일 여의도로 출근하다시피 합니다. 진 회장님 댁도 자주 들르고요."

"여의도?"

"네. 아무래도 외국계 투자사인 미라클 인베스트먼트와 밀접한 관계가 있는 것 같습니다. 조사한 바로는 개인 재산이 꽤 된다고 합니다."

"얼마나?"

"못해도 수백억, 많게는 1000억 원에 육박하지 않을까 합니다."

1000억이라는 말에 홍씨 사람들은 입을 떡 벌렸다.

'대학 신입생이 1000억이라니?'

"서, 설마 진 회장이 증여한 돈이야? 그 어린놈에게?"

진 회장이 손자, 손녀들이 성인이 되면 주식이나 현금을 조금씩 증여한다는 건 일반인도 이미 다 아는 사실이다. 핏줄마저 돈으로 조종한다며 욕하는 이도 있고, 능력이 보이지 않으면 증여를 중단하니 현명하다고 칭송하는 이도 적지 않았다. 그런 진 회장이 이미 수백억 이상을 증여했다고 하니 모두 놀랄 수밖에.

"증여는 맞는데 보통의 경우와는 다릅니다. 10년 전, 진도준을 위해 목장 하나를 선물했습니다. 그런데 하필이면 이 목장의 위치가 지금의 분당 신도시였습니다."

"아…."

"운이 좋았죠. 수천만 원 땅이 백억 원대로 뛰었으니까요."

홍 회장은 오히려 다행이라는 생각이 들었다. 진 회장 정도면 손자를 위한 수천만 원 정도의 선물은 특별한 애정의 증거라고 보기 어렵기 때문이다.

"그 돈을 맡긴 곳이 바로 미라클 인베스트먼트였습니다. 이 투자사의 대표 오세현은 진도준의 아버지와 유학 동기입니다."

"또 다른 게 있나? 지금까지 보고한 내용만으로는 단지 운 좋은 아이라는 게 전부야."

"특이한 점은 손주들 중 유일하게 서재를 들락거린다는 점입니다. 방학 때는 아예 진 회장의 집에서 지냈고요. 애정이 특별하다는 의미입니다."

"특별한 애정이라…."

"그렇습니다. 이유는 두 가지로 생각합니다. 첫째, 아들인 진윤기를 오랫동안 버린 자식 취급했던 미안한 마음이 손자 진도준에게 쏠린 듯합니다. 둘째는 엄청난 운이 따르는 아이이기 때문이고요. 진 회장은 인터뷰에서 가끔 말했습니다. 금전운을 양손에 쥔 사람은 못 이긴다고 말입니다."

"할아버지가 막내를 특별하게 보는 건 흔한 일 아닌가?"

홍 회장이 애써 의미를 희석하려 했을 때 홍소영이 머리를 세차게 흔들었다.

"아니에요. 할아버지."

"어째서냐?"

"서재는 영준 씨도 함부로 들어가기 힘든 곳이라고 들었어요. 거긴 보통 서재가 아닙니다. 바로 순양그룹의 컨트롤 타워예요. 다른 손자들은 그냥 거실에서 만나요. 그런데 서재에서 독대? 이건 순양그룹 회장실에서 독대한다는 말이라고요."

"그렇습니다. 진영기 부회장도 독대는 사실상 불가능합니다. 항상 이학재 비서실장과 함께라고 알려져 있습니다. 지금까지 진 회장과 언제라도 독대 가능한 인물은 이학재 실장이 유일하다고 알려져 있습니다."

누구 하나 입 여는 사람이 없었다. 진도준을 향한 진 회장의 애정이 각별하다는 것은 부인하기 어려운 상황이다.

처음 침묵을 깬 사람은 홍소영의 부친인 홍 사장이었다.

"그 진도준이라는 애, 여자나 유흥은 어때? 한창때니까 흥청망청할 만도 한데…"

아직 사고 칠 기회가 없었을 뿐이다. 이제 성인이니 재벌 집안 젊은 놈들이 빼먹지 않고 거치는 술, 여자에 취한다면 진 회장의 애정도 사그라질 것이다.

"아직은 모범생 그 자체입니다. 사실 유흥 쪽으로 빠지기는 쉽지 않다고 봅니다. 그쪽으로 끌고 들어갈 만한 친구가 없어요. 3세들이 자연스럽게 만나는 사립고에서 진도준은 공부만 하는 바람에 친구가 없습니다."

"그놈이 흥청망청하는 일은 없을 것 같다…"

잠자코 있던 홍 회장이 불편한 몸을 일으키며 말했다.

"여의도 투자사를 들락거린다는 건 어리지만 돈 불리는 재미를 안다는 거야. 돈 버는 것 이상으로 재미있는 건 없어. 적당히 즐길지는 몰라도 폭 빠지지는 않을 거야."

홍 회장은 회의실을 쓱 둘러보며 걸음을 옮겼다.

"특이하긴 하나 너무 정신 팔지 마라. 진 회장 나이를 생각하면 손자까지 생각할 여유는 없다. 차남인 진동기와 딸내미 진서윤만 잘 체크해. 이것들은 늑대다. 호랑이가 죽으면 곧바로 이빨을 드러낼 거야."

홍 회장은 방금 브리핑한 남자를 향해 말했다.

"그래도 혹시 모르니까 진도준인가 하는 꼬맹이도 지켜보고. 어쩌면 진 회장의 고급 정보를 이용해서 주식 놀이를 할지도 모르니까."

"네, 회장님."

"그리고 소영아."

"네, 할아버지."

"네 신랑 될 진영준에게 슬쩍 한번 확인해 봐. 집안에서 진도준이라는 놈이 어떤 위치인지."

"알겠어요."

홍소영이 고개를 끄덕이자 홍 회장은 모두를 보며 말했다.

"이런 기회 두 번 다시 오지 않는다. 진 회장의 모든 것이 진영준의 손에 들어올 때까지 긴장의 끈을 늦추지 마."

▲ ▲ ▲

자유로를 지나 통일전망대까지 달렸다. 김윤석 대리와 전망대 휴게실로 들어가 꼬리 붙은 차량을 살펴보며 커피를 마셨다.

"어떻습니까? 따라왔어요?"

"네. 역시나 차에서 내리지는 않는군요."

"미행 확실합니까?"

"회장님 댁에서 봤던 그 차량입니다. 확실해요."

사람을 풀어 집안을 감시할 정도라면 큰아버지가 제일 유력하다. 슬슬 그룹 장악을 위한 시동을 건 것일까?

"혹시 큰아버지 댁 사람들, 그러니까 영준이 형이나 경준이 형도 미행 붙었습니까?"

"그것까지는 모릅니다. 확인해 볼까요?"

"그래요. 부탁 좀 합시다."

저쪽에서 이런 식으로 나온다면 나도 준비를 해야 한다. 아직 염두에 두지 않았던 일, 바로 궂은일을 해줄 수족 같은 사람을 마련하는 것이다.

'눈앞의 김윤석이 그런 사람이 될 수 있을까?'

김 대리는 내가 힐끔거리는 것을 눈치챘는지 조심스레 입을 열었다.

"저기, 도련님."

"거, 도련님은 무슨…."

"그럼 뭐라고 불러야…?"

'젠장, 마땅한 호칭이 없군.'

그냥 도준 씨라고 부르기도 좀 그렇고 도준이라고 부르면 말을 놓는 게 정상이다. 반말은 피해야 한다. 말은 상하 관계를 규정하는 가장 확실한 법칙이기 때문이다.

"그러네요. 일단은 도련님이라고 합시다."

"네, 도련님. 다른 게 아니고 필요하신 일이 있으면 절 시키십시오. 제가 하는 일이라고는 여의도 가는 게 전분데, 이러다가 저 잘릴 것 같습니다."

잘릴 리야 있겠느냐만 불안하기는 할 것이다. 전략팀의 다른 직원들은 온갖 궂은일은 물론이고 담배 심부름까지 하느라 24시간 대기한다. 그에 비하면 김윤석은 꿀 보직이나 다름없다. 하루 한 시간이 일하는 시간의 전부니까 말이다.

"제가 자르라고 하지 않는 이상 그럴 일 없습니다. 저, 잠시만. 화장실 좀."

화장실에 들른 후에 휴게실 입구의 ATM에서 돈을 좀 찾았다.

'1000만 원 정도면 되려나?'

돈 봉투를 테이블에 올려놓자 김윤석 대리의 눈을 휘둥그레졌다.

"이, 이건…."

"필요할 때 쓰세요. 자, 갑시다."

"도, 도련님!"

당황한 김 대리를 남겨 두고 휴게실을 나오자 그는 봉투를 챙겨 들고 허겁지겁 내 뒤를 따랐다. 핸들을 잡고 시동까지 걸었지만 김 대리는 출발하지 못했다.

"도련님. 이 돈으로 제가 뭘 해야 하는지는 알려 주셔야죠?"

잘하는 건지 모르겠지만, 손이 아쉽다. 괜찮은 손을 구하기보다 있는 손이라도 키워야겠다.

"김 대리님."

"네."

"시키는 일만 하는 사람, 얼마든지 구할 수 있습니다. 학력 좋고 머리 좋은 사람들, 순양에 입사하려고 줄 서 있어요."

핸들을 잡은 그의 손이 움찔하는 걸 놓치지 않았다.

"우리는 선택하는 사람이고 줄 서 있는 그들은 선택받으려 아등바등하는 사람입니다."

"좋은 대학 나온 머리 좋은 사람들을 이겨야 한다는 말씀이십니까?"

이거, 괜히 돌려 말하려다 엉뚱한 소리만 하게 생겼다. 직설적으로 가야겠다.

"순양에 입사한 뒤로 뭘 할지 한 번이라도 스스로 결정한 적 있습니까? 김 대리님도 자신의 결정을 스스로 선택하는 사람이 되십시오. 그 첫 번째가 바로 무슨 일을 할지 선택하는 겁니다. 처음에는 할 일을 선택하고 그 일을 위해 필요한 사람을 선택하세요. 제가 드린 돈은 필요한 사람의 환심을 얻기 위한 도구입니다."

김 대리는 아무 말도 하지 않았다.

"참, 영수증은 필요 없습니다."

그는 백미러로 나를 힐끔 보더니 액셀을 밟았다. 질문이 없는 걸 보니 알아들었나 보다.

10장

윈윈과 반반

예상대로 부도 유예 기간이 끝나자 아진그룹은 법정관리에 들어갔다. 송현창 회장은 그 와중에 회사를 뺏기지 않으려는 마지막 희망을 버리지 않았는지 화의 신청까지 했지만 대세를 거스르지는 못했다.

"아진특수강만큼은 꼭 살려야 합니다."

"무슨 소립니까? 가장 적자 폭이 큰 곳이 바로 특수강입니다. 이걸 어떻게 살려요?"

"아진특수강은 자동차 독자 플랫폼과 엔진의 개발을 위해 설립한 겁니다. 국내 철강사들은 수요가 적다고 아무도 거들떠보지 않아요. 이거 정리하면 여전히 수입에 의존해야 합니다."

14개의 계열사를 정리했고, 아진그룹 계열사 전 노조가 무분규, 임금 동결을 선언했다. 뼈를 깎는 자구책을 보여 줬지만, 채권단은 무자비한 칼질을 멈추지 않았다.

"이것 보세요, 송 회장님. 지금은 발등에 떨어진 불부터 꺼야 합니다. 한국 자동차 산업의 미래? 그런 건 대현자동차에 맡기세요. 빚더미에 앉은 아진특수강의 분리 매각은 아진자동차를 살리기 위한 핵심 자구책이란 말이오!"

법정관리가 경영권을 뺏긴 것이라는 것을 뼈저리게 실감한 송현창 회장은 미라클이 인수하기만을 빌 뿐이었다.

"송 회장님. 본격적인 인수전이 시작되기 전까지 확실한 이미지를 구축해야 합니다. 회장님은 자동차 전문가입니다. 다만 다른 재벌 대기업을 견제하기 위해 무리수를 좀 두는 바람에 이 사달이 났다. 자동차만 맡는다면 문제없다. 이걸로 언론 방향을 바꿀 겁니다."

오세현은 남은 시간 동안 송현창 회장이 나가야 할 길을 조목조목 짚어 나갔다.

"그전에, 오 대표. 이미 쫓겨난 우리 식구들 챙겨 주는 건 어떻게 됐나? 비자금은 이미 미라클 인베스트먼트로 들어간 거로 알고 있는데?"

오세현은 그가 한심하기도 하고 일견 이해되기도 했다. 함께 어깨를 감싸고 여기까지 온 동지들이 쫓겨났으니 그들을 돌봐 주고 싶은 맏형의 마음을 모르지는 않았다. 하지만 우선순위가 틀렸다.

"송 회장님. 지금은 전쟁 중입니다. 전리품을 나눠 갖는 건 승리한 후에 생각할 문제죠."

"그들은 이미 전쟁에 끼어들 여지도 없어. 후방으로 이송된 부상자란 말일세."

"다리 잘린 부상병은 상처를 보여 주며 적에 대한 적개심을 더 키워야죠. 그들에게 전하십시오. 전리품을 얻고 싶으면 성과를 보이라고 하십시오."

송 회장은 당혹한 표정을 숨기지 못했다.

"오 대표. 인수전에서 패한다면 비자금을 돌려주지 않겠다는 뜻으로 들리는데? 내가 잘못 이해한 건가?"

"아뇨. 정확히 이해하셨습니다. 미라클이 아진자동차를 인수하지 못한다면 비자금 2700억은 전쟁 비용으로 생각하겠습니다."

단호한 오세현의 결론에 송현창은 할 말을 잃었다. 다급한 상황이다 보니 세상에 믿을 놈 하나도 없다는 진실을 잠시 잊었다. 5년간 아진자동차의 대표이사로서 얻는 이익과 비교하기 어려운 돈, 그 돈이 지금 사라지려 하고 있다.

"이보게, 오 대표."

오세현은 손을 들어 송현창의 입을 막았다.

"돈 잔치를 원하세요? 그럼 제가 아니, 우리 미라클이 아진자동차의 지배주주가 될 수 있도록 최선을 다하세요. 그리고 노파심에서 말씀드리는데… 돈세탁은 완벽합니다. 혹시라도 쫓겨난 노인네들이 딴생각을 못 하게 단도리나 잘하십시오."

오세현은 마지막 경고를 남기고 일어섰다.

"길어 봤자 두 달입니다. 지금 채권단은 하루라도 빨리 대현으로 넘기려고 온갖 수단을 다 써요. 회장님 개인 재산을 털어서라도 자동차 전문가라는 이미지 구축을 서두르세요."

▲ ▲ ▲

한 길만 걸었습니다.
한 길만 걸어야 했습니다.
한 길만 걷겠습니다.
- 아진자동차

한국 최초의 승합차.
한국 최초의 소형 SUV
한국 최초의 경차.
한국 최초의 OOO
아진자동차의 길입니다.

한성일보에 실린 전면 광고를 뚫어져라 보던 주영일 회장은 신문을 내동댕이쳤다.

"이거 뭐야? 송현창이가 왜 이러는 거야?"

회의실은 살벌한 긴장감만 맴돌았다. 누군가 나서서 저 광고에 대해 그럴듯한 해명을 해야 한다.

"마지막 발버둥입니다. 신경 쓰실 것 없습니다."

그럴듯한 해명이어야 하는데 그렇지 못했다.

주 회장의 눈빛이 더 날카로워졌고 언성은 더 높아졌다.

"그래? 그런데 왜 내 눈에는 발버둥으로 보이지 않지? 고도로 기획한 일을 차근차근 진행하는 것처럼 보이냐는 말이다!"

주 회장은 내동댕이친 신문을 다시 주워들었다.

"여기 동그라미 세 개 보이지? 땡땡땡! 이 안에 뭐가 들어갈 것 같아? 앞으로 나올 신차라는 거 아냐? 그것도 한국 최초의! 계속 살아남겠다는 의지가 담겨 있잖아. 모르겠어?"

회의실은 또다시 냉랭한 칼바람이 불었다. 모두 서로의 눈치만 볼 때 누군가 침묵을 깨며 조심스레 입을 열었다.

"저, 회장님."

"뭐야?"

"정보팀에서 좀 수상한 루머를 포착했습니다만…."

모두의 시선이 입을 연 사람에게 쏠렸다. 새로운 정보가 오늘 자 전면 광고를 속 시원하게 해명하기를 진심으로 바라는 눈길이었다.

"아진 인수전에 우리 대현 외에도 뛰어들 곳이 있다는 루머를 포착했습니다. 신뢰도는 말씀드릴 수준도 안 되는 찌라시입니다."

"어디야? 그게?"

"투자사 하나가 만반의 준비를 끝내고 기다린다는 소문입니다."

"투자사?"

"네. 미라클 인베스트먼트라고…. 기억하시는지 모르겠지만, 한도제철 인수전 때 손 담근 곳입니다."

주 회장의 눈썹이 꿈틀거렸다. 기억 못 할 이름이 아니다.

"그놈들이 또?"

외국계 투자사이면서 끊임없이 한국 기업 사냥에 열을 올리는 곳. 단순히 루머라고 치부하기에는 찜찜하다.

"네. 하지만 채권단이 인수가격을 높이기 위해 뿌린 루머일 수도 있습니다. 단독 입찰보다는 경쟁이 붙어야 유리하니까요."

"이 자식아! 그걸 지금 보고하면 어떻게 하냐고!"

"네?"

또다시 떨어지는 주 회장의 불호령에 보고자는 눈만 깜빡거렸다. 단순 루머일 뿐인데 왜 이리 민감한 반응을 보이는지 회의에 참석한 모든 중역들도 이해하기 어려웠다.

"채권단과 정부는 이미 협의한 거 몰라? 다 끝난 이야기야! 지금에 와서 불붙인다는 건 있을 수 없는 일이라고! 그런데 경쟁을 붙여? 연말 대선 전에 아진자동차 넘긴다는 게 그들 약속이야. 괜히 어렵게 만들 이유가 없어."

주 회장은 초조한지 의자에서 일어나 서성거렸다. 한도제철 인수전에도 이놈이 껴들어 초를 친 게 아직도 생생하다. 한도제철이 보유한 알짜배기 땅, 그걸 못 먹어서 아직 이가 갈리는데 또 끼어들다니. 대선이 몇 달 남지 않았다. 이번에는 단 하나의 돌발 변수도 남겨 둬서는 안 된다. 서성거리던 주 회장의 발걸음이 멈췄다.

"그놈들 회사로 간다. 단순한 헛소문인지, 사실인지 내가 직접 확인해야겠다."

"대, 대표님. 손님이 찾아왔습니다."

갑자기 문이 벌컥 열리며 비서가 뛰어들었다. 그녀는 마치 괴물이라도 본 듯, 눈이 찢어질 만큼 커져 있었다.

"누구기에? 왜 그리 호들갑이야?"

"그게 대현그룹 회장님이라…."

"뭐?"

나와 오세현 두 사람은 동시에 벌떡 일어났다. 우리도 호들갑 떤 비서의 반응과 다를 바 없었다.

"자, 잠시만 기다리시라고 해."

우리 둘은 다급한 얼굴로 서로를 쳐다보다 테이블 위에 흩어진 서류부터 정리했다.

"삼촌, 전 옆 회의실에 있을게요. 참, 인터폰 켜놓으세요. 무슨 대화하는지 저도 들어야 하겠습니다."

"그래. 혹시라도 네 얼굴 알면 낭패다. 넌 방송에 얼굴 좀 팔렸잖아."

나는 모자를 눌러쓰고 대표이사실의 문을 열고 조용히 나왔다. 그런 내 모습을 유심히 바라보는 대현그룹 회장의 눈길을 피하며 복도 끝의 회의실로 들어가 황급히 전화기의 스피커를 켰다.

▲ ▲ ▲

"어서 오십시오. 회장님."

오세현이 머리를 숙이자 주영일 회장은 손부터 내밀었다.

"불쑥 찾아온 불청객을 이리 환대해 주시니 고맙소이다. 실례가 아니었으면 합니다."

"한국에서 회장님을 불청객으로 대할 곳은 없을 겁니다. 마음 쓰지 마십시오."

오세현이 명함을 건네자 주 회장과 함께 온 중년 사내가 명함을 받아 들고 자신의 명함을 건네려 했지만 주 회장이 손을 저었다.

"불쑥 찾아온 주제에 비서 명함을 드릴 수는 없지."

주 회장은 주머니에서 직접 명함을 꺼내 건넸다.

대현그룹 주영일.

그리고 휴대전화 번호가 전부인 명함.

오세현은 주영일 회장과 직통전화를 할 수 있는 몇 안 되는 주요인물이 되었다. 순양그룹 진 회장의 번호도 알고 있으니 어쩌면 열 손가락 안에 들지도 몰랐다.

"누추하지만 앉으시죠."

오세현이 자리를 권하자 주 회장은 슬쩍 웃음을 보였다.

"아진자동차를 넘보는 회사가 누추할 리가 있겠소? 겸손하시군."

오세현의 손이 멈칫했으나 이내 평온을 찾았다. 명성에 짓눌릴 이유가 없다. 지금은 같은 테이블에 앉았다. 아진자동차를 차지하기 위해 같은 자격으로 패를 돌리고 있다. 차이라고는 가진 판돈이 다를 뿐이지만 그 역시 일방적으로 밀릴 만큼 큰 차이도 아니다.

"이거, 소문이 빠른 겁니까? 아니면 대현그룹의 정보력이 뛰어난 겁니까?"

주 회장의 얼굴에 이채가 서렸다. 사실이라 하더라도 숨길 줄 알았는데 이처럼 당당하다니. 쓸데없는 눈치싸움을 건너뛰니 훨씬 편해졌다.

"자네는 좀 나가 있게. 아무래도 단둘만 이야기를 나눠야 할 것 같네."

함께 온 중년 사내는 허리를 숙이고 조용히 물러났다.

"숨기지 않으니 이야기가 빠르겠어. 내 단도직입적으로 말하겠소. 원하는 게 뭐요?"

"그야 당연히 아진자동차를 원하죠. 다른 물건 나온 게 또 있습니까?"

"아진을 먹는다 치고 말이오. 그다음은? 크게 사서 잘게 나눠 팔 생각인지, 아니면 살찌워서 웃돈 더 얹어 팔 생각인지 묻는 거외다."

"한성일보에 실린 오늘 자 광고 보셨습니까?"

오세현이 신문을 주워들자 주 회장은 손을 휘휘 저었다.

"봤소. 두 번 보고 싶지는 않고."

"전 이 광고가 참 마음에 듭니다. 땡땡땡 안에 들어갈 자동차. 직접 한 번 만들어 보고 싶어지는 광고 아닙니까?"

주 회장은 오세현의 집무용 탁자 위의 모니터를 향해 눈짓했다.

"주가 그래프만 보던 눈으로 차를? 꿈이 야무지군."

"꿈을 현실로 만들 만큼 돈이 있으니까요. 돈이 좋긴 좋아요. 하하."

이를 악문 주 회장의 턱이 꿈틀거렸다. 지금까지 주 회장 앞에서 감히 이렇듯 대놓고 비웃음을 보인 자는 없었다.

"잡소리는 거두고 원하는 걸 말씀해 보시게. 투자회사 아닌가? 투자하고 거두고…. 이게 본래의 목적일 테니 얼마의 차액을 원하는지만 말하면 쓸데없는 싸움을 피할 수 있지 않겠소?"

"그러니까 싸움판에서 빠지는 대가를 주시겠다는 말씀이신가요?"

"그렇소. 괜히 가격만 올리는 싸움, 번거롭기만 하지. 좋은 기회 아니오?"

오세현은 큰 싸움에 뛰어들고 나서야 한국의 재벌 대기업의 참모습을 보게 됐다. 이들은 싸워서 쟁취하는 게 아니라 아예 싸움 자체를 없애 버린다. 주 회장의 표정으로 봐서는 1000억을 불러도 받아들일 것 같다. 그래 봤자 단독 입찰이니 입찰 서류에 1000억 원을 낮게 적으면 그만이다.

"이거, 단단히 잘못 알고 계신 것 같은데… 우리 투자자들도 돈은 충분히 있습니다. 지금은 유희를 원하시죠. 다들 자동차 마니아들이시라 자동차 제조사를 원하는 것뿐입니다."

장난감 좋아하는 아이를 위해 장난감 회사를 산다. 이런 황당한 소리가 뜻하는 것은 하나다. 협상은 없다.

"외국의 투기 자본 때문에 국부(國富)가 유출된다는 기사 한 줄이면 발붙일 곳 없을 텐데요? 한국 사람, 애국심만큼은 누구 못지않습니다."

"입찰 가격을 보면 누가 더 애국하는지 한국 사람 모두가 알 겁니다."

돈으로 밀리는 일은 없을 것이라는 경고다.

주 회장은 미라클의 의지를 확실히 알았다. 꿈이니, 자동차 마니아니 하는 헛소리에 가려질 의지가 아니었다. 주 회장이 끙하는 얕은 신음을 내며 일어서려 할 때 오세현의 휴대전화가 울렸다.

"죄송합니다. 회장님. 꼭 받아야 할 전화라…."

주 회장은 고개를 끄덕이며 찻잔을 들었다.

"편히 통화하시게."

주 회장은 오세현이 사무실 구석에서 낮은 목소리로 통화하는 사람이 누굴까 궁금했다. 자신 같은 거물과 중요한 대화를 나누는 도중 꼭 통화해야 할 사람이라면?

짧은 통화를 끝내고 자리로 돌아온 오세현은 숨기는 것이 없었다.

"제 비서가 회장님이 오셨다는 걸 우리 회사의 주요 투자자에게 알렸나 봅니다."

"오 대표의 물주란 말이요?"

"네. 그런 셈이죠."

"그래, 중요한 지시라도 내렸소?"

오세현은 뒷머리를 슬쩍 긁으며 난처한 웃음을 보였다.

"워낙 직설적이고 효율을 중시하는 분이시라…."

"뭐요? 말하고 싶은 게?"

주 회장의 얼굴에 한 가닥 기대가 서렸다. 혹시 경쟁을 피하고 싶어 하는 걸 아닐까?

"히든 빼고 다 까는 게 어떠냐고… 공적자금으로 메꿀 수 있는 건 다 채우고 인수가격만으로 경쟁하는 게 서로 이익이 아닐까 하는 의견입니다. 윈윈이죠. 누가 이기든 간에 대미지가 적은 방법이니까요."

"지금 그걸 말이라고 하는가?"

비가격 요소 중 채권단에게 요구할 사항은 담합하고 입찰 가격만으로 붙어 보자는 제안이라니. 주 회장은 어이가 없었다. 어떻게 이런 제안을 아무렇지도 않은 얼굴로 말할 수 있을까?

"다짜고짜 사무실로 쳐들어와 입찰경쟁에서 빠져 주면 돈으로 보상하겠다고 말씀하신 분은 회장님이십니다. 먼저 편법을 제안하셨으니 저도 말씀드리는 거죠. 싸울 때 규칙을 정하면 스포츠가 됩니다. 품격이 높아지지 않겠습니까?"

주 회장은 능글능글 웃으며 말하는 오세현을 매섭게 쏘아보고는 소파에서 일어났다.

"재미있는 친구구먼. 오랜만에 제대로 된 싸움 한번 하겠어. 품격? 대현이라는 이름은 품격으로 만든 게 아냐. 진흙탕을 뒹굴며 싸워서 세운 이름이라는 걸 똑똑히 새겨 주지. 기대하라고."

오세현은 문을 박차고 나가는 주 회장의 뒷모습을 보며 괜한 말을 한 게 아닌가 걱정했다.

▲ ▲ ▲

문이 열리는 소리를 인터폰으로 확인하고 나는 재빨리 대표실로 달려갔다.

"야! 이거 잘못 건드린 거 아냐?"

내 얼굴을 보자마자 오세현은 불안한 듯 소리쳤다.

"왜요? 험악했습니까?"

"너도 들었잖아? 아니, 표정을 봤어야 해. 노인네 얼굴에 투지가 철철 흐르더라. 섬뜩하던데?"

'잘못 생각했나? 그럴 리가?'

"삼촌 제 생각이 별로였어요?"

"아니, 적절했어. 그러니까 바로 제안했지. 입찰 들어갈 때 양측의 부채 탕감 요구가 똑같다면 채권단도 받아들일 수밖에 없어. 그리고 채권단은 분명 엄청난 부채 탕감을 대현그룹에 보장했을 거야."

오세현은 내 얼굴을 슬쩍 보더니 피식 웃었다.

"너도 재벌가 사람 맞구나."

"새삼스럽게 왜 그러세요? 저 재벌 3세 아닙니까?"

"시건방도 안 떨고 안하무인도 아니고 공부도 착실하게 해서 자꾸 잊어. 그런데 부채 탕감을 그 짧은 순간에 생각해 낸 걸 보니 대단하다 싶어서."

씁쓸하게 웃는 오세현을 보며 하고 싶은 말은 많았지만 참았다. 진심을 보여 주는 건 말이 아니라 행동이다. 앞으로 긴 시간 함께하며 나랏돈을 제 돈처럼 쓰지 않는 유일한 재벌이라는 것을 보여 주면 될 일이다.

"자, 서류 수정하죠. 부채 탕감 예상액을 두 배로 산정하고 다시 계산해요."

"뭐? 야! 너 주 회장 말 못 들었…."

"들었어요. 그냥 무시해도 됩니다."

오세현의 우려는 하등 쓸모없는 걱정이다. 주영일 회장이 발끈해서 내뱉은 말일 뿐이다. 진흙탕? 싸움? 다 옛날이야기다. 지금의 주영일 회장은 뼛속까지 재벌이다. 담합해서 돈 아끼자는 제안을 거절하는 재벌은 없다.

▲ ▲ ▲

"회장님, 이 제안은 받아들이셔야 합니다."

"끄응."

꽉 다문 입과 찌푸린 미간은 주 회장이 얼마나 화가 났는지 말해 주지만 그룹 주요 인물들은 조금도 주저하지 않았다. 잘 차린 밥상을 회장이 성질에 못 이겨 걷어차는 참사는 막아야 한다.

아진자동차를 먹기 위해 그간 들인 정성을 생각하면, 기본적 사항에 대한 담합은 꼭 필요하다. 아진자동차의 부채 3조 2800억, 아진 계열사 부채 1조 5800억 탕감, 그리고 나머지 부채 2조 5200억은 출자로 전환. 무려 7조 3800억을 탕감하는 파격적인 조건이다.

은행 채권단과 경제부 관료들이 이 조건을 받아들일 때까지 퍼부은 돈, 마신 술, 붙여 준 여자를 생각하면 머리가 지끈거린다. 또한, 아직 확답은 듣지 못했지만, 은연중에 머리를 끄덕인 인수가격, 1조 2000억 원. 아진그룹의 썩어 문드러진 걸 다 도려내고 상처에 약 바르고, 때까지 싹 씻어 낸 후 맛있게 먹는 비용이 고작 1조 2000억이다. 이렇게 끝내주는 만찬은 두 번 다시 오지 않는다. 그런데 미라클 인베스트먼트에서 부채 탕감 부분을 건드리기 시작하면 만찬용 요리를 다시 해야 할 판이다. 인수가격이야 일이천억 더 써내면 되지만 부채 탕감을 재협상할 수는 없다. 대현그룹 사람들은 미라클의 담합 제안이 고맙기까지 했다.

"어렵게 끌어낸 협상이었습니다. 부채 탕감 조건은 절대 건드리면 안 됩니다."

간절함이 잔뜩 서려 있는 얼굴을 보자 주 회장도 마냥 성질만 부릴 수 없는 노릇이었다.

"그놈, 돈 많아? 몇 조 원을 써낼 만큼 돈은 있냐고?"

"미라클이 우리 대현의 자금 여력을 모르듯이 우리 역시 파악하기 힘듭니다. 전부 미국 자본 아닙니까? 하지만…."

"하지만 뭐?"

"미주 법인에서 조사한 바로는 실탄은 충분할 거라는 예상입니다. 미국 할리우드에서 소문난 큰손이랍니다. 지금까지 히트한 영화 중에 미라클 돈이 들어가지 않은 영화가 없을 만큼 말입니다."

주 회장은 할리우드 영화라면 치가 떨렸다.

1993년, 스티븐 스필버그 감독의 영화 〈쥐라기 공원〉이 개봉했을 당시 김영삼 대통령은 영화산업의 중요성을 강조하면서 "영화 한 편의 흥행수입이 자동차 150만 대를 수출하는 것과 맞먹는다."라는 말을 입버릇처럼 하고 다녔다. 어떻게 수익만으로 전혀 다른 두 산업을 비교한다는 말인가? 덕분에 한국 자동차의 대표주자 격인 대현그룹은 마치 한참 뒤떨어진 사업에 몰두하는 구시대의 상징 같은 딱지를 붙였다.

"정말 중요한 점은 따로 있습니다. 미라클이 투자한 영화 중에서 단 한 편도 실패한 영화가 없다는 것입니다."

"그렇습니다. 투자 감각이 보통 아닙니다. 이런 놈이라면 돈질에서 밀릴 싸움에 들어오지도 않았을 겁니다. 저쪽에서 손을 내밀 때 마지못해 잡아 주는 것도 출혈을 피하는 방법이라고 회장님께서 늘 말씀하셨잖습니까?"

"먼저 내민 손이라…."

주 회장은 한동안 말이 없었다. 소리 지르며 호통치지 않는 것으로 담합 제안을 받아들인다는 뜻을 대신한 것이다.

▲ ▲ ▲

한성일보의 전면 광고를 훑어본 할아버지는 만족스러운 듯 신문을 내려놓았다.

"마지막이 좋아. 뭔가 기대를 주거든."

"순양기획에서 만든 거 맞아요?"

"그래."

"송현창 회장도 인터뷰 많이 하던데, 할아버지께서 자리 만든 거죠?"

"그건 아니다. 송 회장이 직접 뛰는 거야. 오 대표가 채찍을 단단히 휘둘렀다고 하더니 송 회장도 마음이 바쁜 거지."

할아버지는 나를 바라보며 미소 지었다.

"주영일이가 왔다 갔다고?"

"네. 인수전에서 빠지면 보상하겠다고 하더군요."

"으허허. 그 영감탱이, 갈 길은 바쁜데 뒷다리 잡고 늘어질 놈이 나타나니 마음이 급했구먼. 그 어려운 발걸음을 옮기다니. 그래, 뭐라고 했느냐?"

"인수가격만으로 품격 있게 경쟁하자고 했습니다. 정부가 주는 혜택은 다 챙기자고요. 괜히 제 살 깎아 먹기 할 필요는 없으니까요."

"그래서? 뭐라고 하더냐?"

"까불지 말라던데요? 제대로 한번 붙어 보자고…."

"크허허. 그 친구 약이 바짝 올랐나 보구먼."

할아버지는 무척 재미있는 게임을 즐기듯이 계속 웃기만 했다.

"힌트 좀 주세요. 주 회장님이 어떻게 나올 것 같아요?"

"너도 이미 짐작하잖아. 나라면 그 제안을 거절했을까 생각해 봤겠지?"

"네."

"그래서? 답은?"

"받아들이실 겁니다. 부채 탕감 액수는 이미 상수니까요. 새로운 변수를 넣고 싶지 않으시겠죠."

"바로 맞혔다. 사업하는 놈에게 제일 두려운 일이 바로 변수다. 내가 아산만 공사할 때, 서해안의 그 변덕스러운 날씨 때문에 공사 기일이 한없이 늘어졌어. 후딱 해치우고 끝내려 했던 공사가 질질 늘어지고, 매일 깨지는 돈은 전부 빚이라서 미쳐 버리겠더구나."

'또 나왔다, 과거의 추억. 그냥 핵심과 요점만 딱 말해 주면 얼마나 편해.'

하지만 할아버지도 늙었다. 현재의 시간 절반 이상을 추억으로 살아간다. 이럴 때는 가만히 입 닫고 들어 주는 게 효도다.

"변덕스러운 날씨, 그게 생각지 못한 변수였지. 돈으로 날씨를 살 수만 있다면 얼마나 좋을까 상상했다. 마찬가지다. 주 회장은 지금 돈으로 변수를 사고 싶을 거야. 그런데 돈 안 들이고 변수의 절반을 제거할 수 있는데 왜 거절해?"

됐다. 두 회장은 같은 부류다. 이제 주 회장이 담합을 받아들인다는 연락을 줄 때까지 기다리면 될 일이다.

"그런데 도준아."

"네."

"이제 우리가 아니, 네가 가진 패는 다 썼다. 주 회장은 아직 패를 쓴 적도 없어. 대대적인 반격을 시작할 거다."

"언론을 통해서겠죠?"

할아버지는 고개를 끄덕였다.

"언론은 물론이고 채권단과 인수 심사단을 설득할 거다. 대현그룹이 그동안 보살펴준 정부, 국회, 청와대 놈들도 압력을 행사할 테고."

할아버지 말투가 어째 좀 수상하다.

"도움은 더 이상 없다는 뜻으로 들리는데요?"

"주고 싶어도 못 준다."

"네? 그게 무슨…?"

"송현창 회장 구속되는 거 막았다. 그것만으로도 날 아진자동차에 눈독 들인 게 아닌가 의심하는 눈치였어. 하지만 송 회장 구속이 인수에 더 유리하다는 걸 알고 나에 대한 의심을 접었어. 그저 동정심이라 생각한 게야."

"그게 전부는 아니신 것 같습니다."

"나랏일 하는 공무원들, 난처하게 만들면 되겠냐? 그간 수족처럼 일해 준 놈들이다. 내가 오른손 잡고 당기고, 주 회장이 왼손 잡고 당기면? 그 친구들 찢어진다."

할아버지의 표정은 조금도 아쉬워 보이지 않았다. 능구렁이 같은 영감님은 분명 무슨 꿍꿍이가 있는 것 같은데 짐작을 못 하겠다.

"돈 들여 키워 놓은 친구들을 찢어 버릴 수는 없는 노릇 아니냐."

아진자동차와 대현자동차가 한몸이 되는 걸 가장 피하고 싶은 분이다. 필요한 때가 오면 말려도 나설 분이니 굳이 매달릴 필요 없다.

"알겠습니다. 오세현 대표와 잘해보겠습니다."

할아버지는 도와 달라고 떼쓰지 않는 게 의외라는 듯한 표정이었지만 이내 미소를 되찾았다.

"너, 오세현이와 친하다지?"

"네."

"어떠냐? 믿을 만한 사람이라고 생각하느냐?"

"지금까지는요. 아버지도 신뢰할 수 있는 분이라고 하셨어요. 돈 만지는 직업이지만 돈 때문에 배신할 사람은 아니라고요."

"그래?"

할아버지 얼굴에 음흉한 웃음이 번진다.

'이 노친네는 또 무슨 생각일까?'

"도준아. 네가 가까이 둬야 할 사람은 두 부류다. 하나는 오세현처럼 믿고 일을 맡길 만한 사람."

"그리고요?"

"너를 위해 희생을 감수할 만한 사람."

'희생이라…. 나를 위해 희생할 만한 일이 뭐가 있을까?'

"그런 사람들은 네가 빛이 나면 스스로 모여든다. 일부러 구하려고 애쓸 필요는 없어."

골똘히 생각하는 내 모습을 보며 할아버지는 웃음을 거두고 일어섰다.

"가자. 손님들 올 시간이다. 참, 옷 갈아입어. 위층에 준비해 뒀다."

"설마 턱시도는 아니겠죠? 흐흐."

▲ ▲ ▲

약혼식은 할아버지 저택의 영빈관에서 열렸다. 사촌들 대부분은 외국 유학 중이라 몇 명 되지도 않았고 반면에 상대 측 집안사람들은 꽤 많이 모였다. 떠들썩한 약혼식은 피하라는 할아버지의 요청 때문인지 한성일보 기자는 보이지 않았고, 기념 촬영할 사진사 두엇만 플래시를 터뜨리며 바삐 움직였다.

진영준은 부인이 될 여자와 꽤 다정해 보였다. 내가 알기로 양가 상견례가 두 번째 만남이었고 그 뒤로 두어 번 만난 게 전부라던데, 참 이해하기 어려운 별종들이다.

'돈이 많으니 정도 쉽게 드나?'

팔짱을 낀 두 사람은 약혼식에 참석한 사람들을 찾아다니며 인사를 했고 한성일보 집안사람들은 유력한 후계자인 진영준에게 눈도장을 찍으며 연신 머리를 조아렸다.

최대 광고주와 그 광고로 먹고사는 언론사. 두 집안의 서열은 나이나 촌수가 아니라 완벽한 갑과 을의 서열이었다.

"어머! 역시 듣던 대로 잘생기셨어! 영준 씨 집안 최고의 꽃미남이라더니…."

"형님. 약혼 축하합니다."

내 곁으로 다가온 두 사람에게 머리를 숙여 인사를 건넸다.

"도준아. 넌 처음이지? 인사해라."

"축하해요, 형수님. 진도준입니다."

"고마워요, 도준 도련님."

인사 외에는 딱히 할 말도 없다. 1초라도 빨리 다른 사람에게 인사하러 떠나기를 빌었는데, 저 멀리서 진영기 부회장이 손을 들어 진영준을 불렀다.

"소영 씨. 잠깐만요. 도준이 넌 형수님과 이야기 좀 하고 있어. 금방올 테니까."

어색해서 돌아 버릴 것 같은 상황이다.

"도준 도련님은 모든 여자의 이상형 같아요."

'어라? 이 여자, 사납게 생긴 거와는 다르게 싹싹한데.'

"제가요?"

"그럼요. 키 크고 잘생겼죠. 0.1퍼센트 안에 들어가는 뛰어난 머리에, 게다가 모두가 선망하는 재벌가의 막내잖아요."

"막내라는 게 선망의 조건이 됩니까?"

"당연하죠. 그룹을 물려받을 일도 없고, 경영에 참여할 필요도 없고, 물려주는 돈을 펑펑 쓰며 인생을 즐기면 되잖아요."

"그런가? 듣고 보니 그럴듯한데요?"

"도준 도련님은 영화 일을 하시는 작은 아버님처럼 그룹 경영은 신경 안 쓰고 하고 싶은 거 맘껏 할 수도 있으니까 얼마나 좋아요?"

이유는 알 수 없지만, 이 여자 뭔가 께름칙하다. 방긋방긋 웃는 얼굴 이지만 진심처럼 보이지는 않는다.

"문제는 돈이겠네요. 제 차례까지 돌아올 돈이 남아 있을지 모르겠어 요. 하하."

"에이, 집안 어른들께서 한결같이 말씀하시던데요? 진 회장님께서 가 장 이뻐하는 손자라고. 넉넉히 주시겠죠."

"그럴 리가요? 할아버지는 손자가 성인이 되면 주식도 좀 주고 돈도 좀 나눠 주시는데 제게는 스포츠카만 주셨어요. 면허증도 없는데."

"더 큰 걸 주시려고 그러시겠죠. 그리고 모범생 스타일이라 돈도 거 의 안 쓰신다고 들었는데…."

"에고, 누가 그래요? 없어서 못 쓰는 겁니다. 있으면 펑펑 쓰죠."

'내 돈 씀씀이를 알면 이렇게 서 있지도 못할 거다, 이 여자야.'

입은 웃고 있지만, 눈은 웃지 않는다. 이 여자는 지금 탐색 중이다.

어느 정도 이해할 만하다. 누가 뭐라 해도 순양그룹의 맏며느리가 될 사람 아닌가? 하루빨리 곳간 열쇠를 틀어쥐고 안주인 행세를 하고 싶을 것이다. 곳간에 쌓인 쌀 한 톨 나눠 주기 싫은 마음은 충분히 알겠는데 너무 어리다. 스물여섯이던가? 욕심을 감추고 발톱을 숨기는 인내를 배 워야 했는데 거대 언론사의 공주였으니 그럴 기회가 없었을 것이다.

"그래요? 그럼 앞으로 도련님 용돈은 제가 책임질게요. 그리고 영준 씨한테도 말해 놓으면 주머니가 넉넉해질 거예요. 호호."

"정말요? 그럼 완전 땡큐죠. 앞으로 형수님께 잘 보여야겠네. 하하."

억지웃음을 보이려니 불편해서 견디기 힘들었다.

"형수님. 저 잠깐만요. 화장실 좀."

머리를 약간 숙이자 형수 될 여자도 웃으며 눈인사를 한다.

자리를 벗어나니 불편했던 속이 편해졌다.

▲ ▲ ▲

홍소영은 빠른 걸음으로 멀어지는 진도준의 뒷모습을 보며 중얼거렸다.

"꼬맹이가 보통 아니네. 여의도 증권가를 매일 들락거리는 놈이 돈이 없다고?"

"이야기 좀 해봤습니까? 감상이 어때요?"

뾰로통한 홍소영의 곁으로 진영준이 다가왔다.

"예의는 바르네요."

"그게 전부?"

"부잣집 도련님 티가 안 나요. 원래 그랬어요?"

"그렇죠. 저놈 어릴 때는 내놓은 집안이라 늘 기죽어 지냈으니…."

"그렇군요. 아무튼, 속을 드러내지 않는 애 같은데요."

"괜찮아요. 도준이는 내가 오른팔로 쓸 생각이니까 경계할 필요 없을 겁니다."

진영준은 팔을 쓱 내밀었다.

"갑시다. 아직 인사드릴 분이 많이 남았어요."

진영준의 팔에 팔짱을 낀 홍소영은 진도준에 대한 경계심을 풀지 않았지만, 약혼자의 말처럼 오른팔이 되어 준다면야 더할 나위 없다고 생각했다.

"참, 내가 넉넉한 용돈 주겠다고 약속했는데, 괜찮죠?"

"큰형수가 사촌 막내에게 용돈 주는 거야 자연스럽죠."

진영준은 별일 아닌 것처럼 말했지만, 홍소영은 생각은 좀 달랐다. 돈을 쓰는 것만큼 그 사람의 본성을 적나라하게 드러내는 건 없다고 믿었다.

▲ ▲ ▲

화장실을 가는데 기다렸다는 듯 곁에 붙는 사람이 있었다.

"도련님."

"김 대리님. 오늘은 그냥 쉬라고 했잖습니까? 집안 행산데 나오실 필요 없었어요."

웃으며 말했지만, 김윤석 대리는 조금 굳어 있었다.

"혹시 시간 되십니까? 드릴 말씀이 있는데요."

그의 표정을 보고 딴소리는 하지 않았다. 주변을 둘러보며 목소리를 낮추는 조심스러움과 경계심이 보였기 때문이다.

"제 차 아시죠? 차고에 있습니다. 거기로…. 저도 바로 가겠습니다."

김윤석 대리가 조용히 사라지고 영빈관을 한 번 둘러본 뒤 차고로 이동했다. 빽빽이 들어선 차 사이에서 내 차에 오르니 운전석에 앉은 김 대리가 고개를 돌렸다.

"무슨 일입니까?"

"잠시 기다려 주십시오. 신 팀장이 설명하실 겁니다."

"신 팀장?"

"네. 우리 전략팀장이신데…. 전에 한 번 말씀드렸습니다. 기억 안 나시는지요?"

"아…."

이때 뒷좌석 문이 열리며 한 사내가 슬쩍 들어왔다.

"안녕하십니까. 신석호 팀장입니다."

어디서 본 얼굴인데 잘 기억나지 않았다.

"번거롭게 해서 죄송합니다."

"괜찮아요. 그런데 우리 어디서 만난 적 있었던가요?"

"기억 못 하시는군요. 양평 별장에서 한 번 뵀습니다. 새벽에 제가 집까지 모셔다드렸지요."

"아… 그분이군요."

진영준에게 발길질 당했던 그자다. 그때 미끼를 던졌는데 별다른 반응이 없어 기억에서 지워 버린 사람이다.

"시간이 없으니 짧게 말씀드리겠습니다. 아시는지 모르겠지만, 전 소위 말하는 3세들 전담팀입니다."

팀장이니 전체를 아우르지는 못한다. 아마도 3세들 중에서도 한국에 있는 놈들만 관리할 것이다. 외국 유학 중인 사촌들은 해당 국가의 지사에서 관리한다.

"한 달 전쯤부터 누군가 미행을 시작했습니다."

"전부요?"

"네. 그놈들은 행적을 전부 파악하는 건 아니고 동선만 파악합니다."

"혹시 그 속에 영준 형도 포함되어 있습니까?"

"네. 한 명도 빠짐없이 전부 미행하더군요."

큰아버지가 아들까지 체크하는 건가? 그건 좀 과하다. 큰아버지가 아니라면 누굴까?

"혹시 누구 짓인지 파악하셨습니까?"

"아뇨. 우리 팀 인력으로는 불가능합니다. 역추적할 만큼 전문가들도 아니고요."

하긴, 수행비서 역할이 전부인 팀원들이니 누구를 추적한다는 것은 무리다.

나는 신 팀장을 잠시 바라보다 궁금한 것을 물었다.

"그런데 왜 제게 이런 걸 알려 주시는 겁니까? 절차대로라면…."

"절차는 압니다. 전략실 실장님께 보고드리고, 이학재 비서실장님께 보고가 올라가겠죠. 그리고 정보팀이나 순양시큐리티 요원들이 움직이고요."

"잘 아시네요. 그런데 왜?"

신석호 팀장의 눈빛이 조금 흔들렸으나 이내 입을 열었다.

"부끄럽지만 줄을 잡고 싶어서입니다."

"줄? 혹시 내가 생각하는 그 줄 말입니까?"

"네. 우리 전략팀은… 미래도 없고 기댈 곳도 없습니다. 1년 버티는 애들이 드물 정도니까요."

"팀장님처럼 몇 년을 버텨도 빛이 보이지 않고…."

신석호의 얼굴에 부끄러움이 번졌다.

"그런데 왜 저죠? 전 회사에 말 한마디 못하는 막내입니다. 그룹 일을 할 수 있을지 없을지도 모르고요. 그런 내가 줄이 되겠습니까?"

"제게 손을 내밀지 않으셨습니까?"

그날의 일을 똑똑히 기억하나 보다. 그런데 미끼를 무는 데 걸린 시간이 너무 길다. 판단이 느려서일까? 아니면 신중한 것일까? 이 사람의 속을 좀 더 알아볼 필요가 있다.

"그렇다고 무턱대고 잡아요? 솔직히, 저 말고 손을 내민 사람이 없죠? 제가 유일한 줄이라 그런 겁니까?"

대답하기 곤란한 질문을 던졌지만 조금도 지체 없이 입을 연다.

"유일한 손이지만 믿음직스러워서 잡습니다. 신뢰가 가지 않는 손이었다면 콧방귀를 뀌며 무시했을 겁니다. 진 회장님 손자 중에 도련님만큼 자기관리 철저하고, 성실하며, 헛짓하지 않는 사람은 없습니다."

"전략팀 전원 신 팀장님을 따릅니까?"

"아닙니다. 어차피 우리 팀은 물갈이가 잦습니다. 허드렛일이다 보니 그만두는 사람이 많아서요. 그래서 오랫동안 함께할 사람만 선택했습니다. 김윤석 대리도 그중 하나고요."

두 사람의 눈빛을 받아 내며 잠시 생각에 잠겼다. 사촌들의 일거수일투족을 확인할 수 있는데 뿌리칠 이유는 없다. 단지 이들이 지금까지 와는 다르게 꼭 필요한 사람으로 만드는 게 중요했다.

"신 팀장님 그리고 김 대리님. 내 말 잘 들으세요."

내가 입을 열자 두 사람은 침을 꿀꺽 삼키며 눈을 빛냈다.

"내가 먼저 내민 손을 두 사람이 잡은 게 아닙니다. 전략팀이 내게 지붕이 되어 달라고 간청한 것이고 내가 승낙한 겁니다. 아시겠어요?"

같은 결과를 낳는 말이지만 선후가 다르다. 이 차이를 빨리 알아챈 신 팀장이 고개를 끄덕였다.

"네. 물론입니다."

"쉽게 대답하지 마세요. 내가 손을 내밀었고, 그 손을 잡은 게 아닙니다. 이 차이는 아주 커요."

"잘 압니다. 도련님은 언제든 우리를 커버하는 지붕을 걷어 버릴 수 있다는 뜻 아닙니까?"

눈칫밥을 오랫동안 먹어서일까? 아니면 머리 회전이 빠른 것일까?

"도련님의 기대치만큼, 정한 선만큼 따라가겠습니다. 조금이라도 뒤처지면 줄은 끊으셔도 원망하지 않겠습니다."

너무나 간절한 눈이었기에 이들의 기대를 무너뜨릴 필요가 있었다. 좀 더 현실적인 마음가짐이 일하는 데 더 효과적이다.

"오해하지 마세요. 충성하라는 말이 아닙니다. 이건 거래일 뿐입니다. 전략팀은 내게 필요한 것을 대신해 주고 난 그 대가를 지불합니다. 밝은 미래가 그 대가일 수도 있고 돈일 수도 있어요."

"그 이유가 아직 순양그룹의 일원이 아니기 때문입니까?"

"아뇨. 전 아직 두 분께 큰 기대도 없고 신뢰도 없어요. 그러니까 거래일 뿐입니다. 내게서 그 이상의 무엇을 원한다면 나를 바꿀 만한 뭔가를 보여 주세요. 그러면 됩니다."

나는 지금껏 누군가의 충성을 받아 본 적이 없다. 하지만 멍청하고 덜떨어진 놈의 충성만큼 위험한 것도 없다는 건 잘 안다.

두 사람은 내게서 원하는 대답은 못 들었지만, 기회를 잡은 것만으로도 다행이라는 듯 표정이 좀 밝아졌다. 이들이 어느 정도인지 당장 테스트할 기회도 있다.

"김 대리."

이제 '님'이라는 존대는 생략했다. 이들은 이제 내가 마음대로 부릴 수 있는 첫 직원이다.

"네."

"내일부터 난 택시 타고 다닐 테니까 내 뒤를 따라다니는 놈들 뒤에 붙으세요. 너무 조급하게 생각하지 말고 천천히요. 오래 걸려도 좋습니다."

"네."

"그리고 신 팀장."

"네."

"앞으로 전략팀 보고자료 내게 먼저 보내세요. 내가 빨간 줄 치는 건 윗선으로 보고하면 안 됩니다."

"명심하겠습니다."

이야기를 끝내기 전 나는 작은 보상을 하나 안겨 주었다.

"돈 걱정하지 말고 활동비 아끼지 말고 쓰세요. 개인적으로 돈이 필요할 때도 주저 없이 말씀하시고요. 돈 때문에 고민하는 일은 없도록 해드리겠습니다."

역시 사람의 모든 근심 걱정은 돈에서 출발한다. 두 사람의 표정이 더할 수 없이 밝아졌다. 기대하지도 않았는데 사촌 약혼식이 도움이 되었다. 오늘 꽤 많은 것을 건졌다. 경계해야 할 여자를 발견했고 아쉬운 대로 나를 대신할 눈과 손도 생겼다.

▲ ▲ ▲

아진자동차 매각이 결정되는 순간에도 대기업은 무너지고 있었다. 소주의 대명사 진로그룹이 화의 신청을 했고, 식빵의 얼굴 삼립식품도 부도났다. 국내 4대 대형 백화점 중 하나인 미도파 백화점의 모기업인 대농도 쓰러졌고, 김응룡 감독과 선동열의 해태도 부도설이 퍼지기 시작했다.

이런 위험신호가 선명하게 번쩍이는 데도 대선 주자들은 청와대에 들어가기 위해 서로를 물어뜯었고 대현그룹은 덩치를 키우기 위해 전력을 다했다. 할아버지의 말대로 그들은 반격을 시작했다.

대현은 참고 기다리다 우리가 아진그룹의 인수 의향서를 제출하자마자 모든 언론을 통해 국부 유출과 외국 투기 자본이라는 키워드를 내세웠다. 여기까지는 예상한 공세였기에 별다른 대응을 하지 않았다.

우리가 결정타를 날릴 기회는 단 한 번이다. 꾹 참았다가 단 한 번으로 역전시켜야 한다. 매각 심사가 시작되기 전 여론을 한방에 움직이고 심사단의 마음을 바꿀 회심의 카드는 아직 우리 손에 있다. 하지만 계획은 계획일 뿐이다. 모든 일이 생각대로 풀린다면 인생이 얼마나 편할까?

『아진그룹 인수 의향서를 제출한 미라클 인베스트먼트에 대한 또 다른 의혹이 제기되었습니다. 미라클 인베스트먼트의 자금 출처가 바로 일본이라는 사실이 밝혀졌습니다. 아진자동차가 일본 자동차 업계의 한국 진출 교두보가 될 가능성을 배제할 수 없는 상황입니다.』

첫 꼭지로 나온 TV 뉴스가 나오자마자 휴대폰이 울렸다.

"네. 저도 봤습니다."

"반박 기자회견이라도 해야겠다. 이건 치명타야. 반일 감정 건드리면 빠져나갈 방법이 없어."

오세현의 목소리에서 다급함이 드러났다. 국익이니, 국부 유출보다 훨씬 더 강력한 게 반일 아닌가?

"저 뉴스 근거는 있답니까? 대놓고 소설 쓰는 건 아닐 텐데요?"

"소프트뱅크야. 소프트뱅크는 상장기업이고 일본에서도 주목받는 회사니까 우리가 투자했다는 사실을 찾아내는 건 어렵지 않았을 거다."

"정정 보도 요구하는 건 의미 없겠죠?"

"내년이나 돼야 결과 나올걸?"

"후속 보도가 어떻게 될지 하루만 지켜보죠. 반박 기자회견은 그다음 결정하고요."

"혹시 진 회장님 힘을⋯."

"어렵습니다. 지금 판을 주도하는 건 대현이니까요."

이 정도 일에 손을 벌릴 수는 없다. 도움의 손을 내밀 때는 순양그룹 정도가 판돈으로 깔렸을 때다.

전화기 너머 오세현의 실망한 한숨 소리가 들렸다.

"삼촌, 후속 보도가 계속 쏟아지면 송 회장님과 함께 나서죠. 아진그룹 노조 간부들도 배경으로 깔고요."

"야, 그건 마지막 히든인데…."

"히든까지 기다리지 못할 것 같습니다. 깝시다."

통화를 끝내자 소름이 끼쳤다. 한국 재벌, 진짜 무섭다. 명색이 공영 방송의 뉴스가 사실 확인도 하지 않은 채 재벌 그룹이 써주는 대로 공중파로 쏘아 올릴 줄이야. 더 무서운 건 이런 일이 연이틀 동안 쉬지 않고 계속됐다는 것이다.

결국, 미라클 인베스트먼트는 기자회견을 준비했지만, 대현에게 반격의 기회를 한 번 더 주는 것 같아 찜찜함은 여전히 남아 있었다. 이런 식의 개싸움에 능숙한 대현 아닌가?

"일본 자금 유입설은 전혀 사실이 아닙니다. 우리 미라클 인베스트먼트는 일본에 투자한 사실이 있습니다만, 단기 투자였고 수익을 올린 뒤 철수했습니다. 오히려 일본 엔화를 벌어들인 겁니다."

"하지만 그 벌어들인 엔화는 여전히 미국 자본으로 남지 않았습니까?"

"바로 그 엔화를 지금 아진자동차를 살리는 데 쏟아붓는 겁니다."

부모 죽인 원수도 아닌데 기자들은 오세현을 거칠게 물어뜯었다.

"수익이 목적인 투자사가 자동차 회사를 인수한다는 건, 상식적으로 이해하기 어렵습니다. 투자금 회수는 물론, 이익을 얻기에도 상당한 시간이 걸릴 텐데요?"

"투자가 꼭 단기만 있는 건 아닙니다."

"부실 경영으로 부도난 회사, 어쩌면 투자금을 한 푼도 회수하지 못할 위험도 큽니다. 이런 위험을 감수하는 이유가 혹시 일본 자동차 업계의 대리인으로 나선 것 때문입니까?"

"도대체 일본 자동차 업계라는 말을 누가 먼저 시작했습니까? 기자님은 그 정보를 어디서 얻었습니까?"

참다못한 오세현이 발끈하자 옆에 앉은 송현창 회장이 마이크를 잡았다.

"일본 자동차 업계의 움직임은 제가 잘 압니다. 아진자동차는 일본 회사와 기술 협력했으니까요. 단언컨대 일본은 없습니다."

회견장의 모든 카메라가 송현창 회장을 향했다.

"그럼 송 회장님께 질문하겠습니다. 이 자리에 함께 나오신 걸 보면 미라클 인베스트먼트의 아진그룹 인수를 지지한다고 봐도 무방합니까?"

"그렇습니다. 저뿐만 아니라 아진그룹 전체 임직원이 지지합니다."

송 회장의 뒤에 서 있는 노조 간부 10여 명이 허리를 숙였다.

"아진그룹 전체 노조는 미라클이 인수할 경우 흑자를 달성할 때까지 임금 동결 및 무분규를 이 자리에서 약속합니다. 전 노조원의 결의입니다."

노조위원장도 마이크를 잡고 거들었다.

"미라클 인베스트먼트의 오세현 대표는 두 가지를 약속했습니다. 소유와 경영의 확실한 분리 그리고 단 한 명의 해고자 없이 아진자동차의 정상화에 전력을 다하겠다는 약속입니다. 필요하다면 과감한 투자도 아끼지 않겠다는 확답도 있었습니다."

"고용 승계는 좋은 말처럼 들리지만, 아진그룹 부도의 당사자들이 계속 경영한다는 말 아닙니까? 적어도 경영진인 임원급 이상은 책임지고 모두 물러나야 하는 것 아닐까요?"

회견장 맨 뒤에서 지켜보고 있자니 기가 막혔다. 기자가 아니라 대현 그룹 직원들이 질문하는 분위기 아닌가? 그들의 눈에 미라클은 갑자기 나타나서 고춧가루 뿌리는 훼방꾼일 뿐이다.

"아진자동차의 부도는 내부가 아니라 외부 요인이 훨씬 큽니다. 아진

특수강은 장기간 투자해야 할 필수 분야였고, 아시다시피 아진자동차는 흑자였습니다."

침착한 오세현도 기자들의 편향적인 질문에 슬슬 화가 치밀어 오르는지 공격적인 자세로 변했다.

"이 자리에 계신 경제부 기자님들께 도리어 묻고 싶습니다. 왜 갑자기 모든 금융권이 대출을 중지하고 채권 회수를 시작했을까요? 아진자동차보다 훨씬 더 경영 성적이 나쁜 기업도 많습니다. 왜 아진만 지금 압박을 시작한 걸까요?"

"오 대표님은 아진의 부도를 누군가 기획했다는 뜻입니까? 그럼 배후는 누구라고 생각하십니까?"

"그런 걸 밝혀내는 게 언론인의 사명 아닙니까? 왜 아진그룹 사태가 일어났는지 취재하지 않으셨습니까?"

'이런, 절대 싸우지 말아야 할 상대가 대한민국 기자인데 그들을 도발하다니!'

악의적인 기자를 상대한 적이 없으니 자꾸 발목이 잡힌다. 다행히 송현창 회장이 마이크를 잡았다. 이런 일은 충분히 경험한 노련한 사람이니 다소 마음이 놓였다.

"아직 심사 전입니다. 오늘 회견은 일본 자본 개입이 없다는 걸 알리는 자리입니다."

차분한 송 회장의 목소리가 회견장을 진정시켰다.

"그리고 두 가지만 더 말씀드리겠습니다. 기업은 이익만 추구하는 집단이 아닙니다. 바로 국민의 생활을 지탱하는 일터입니다. 대현그룹은 아진에 몸담은 국민의 절반 이상을 거리로 쫓아낼 겁니다. 구조조정이라는 이름으로 말입니다."

꼭 필요한 메시지를 통해 국민 여론을 건드려야 했다. 그 메시지가 송 회장의 입을 통해 흘러나왔다. 그의 관록과 경륜 때문인지 기자들도 함부로 말을 끊지 못했다.

"또한, 대현이 아진자동차를 인수하면 국내 자동차 시장 70퍼센트에 육박하는 장악력을 가집니다. 독과점 기업이 이윤만 추구하면 국민의 선택은 사라집니다. 대현이 수익을 위해 등급별 단 한 대만 생산한다면? 외국 시장 점유율을 높이기 위해 무차별 할인을 진행하고 그 손해를 국내시장에서 보전하려 한다면?"

국민을 거론했고 소비자의 권리를 거론했다. 이 메시지가 여론만 공평하게 만들면 된다. 다행히 대선 정국이라 정부도 여론에 민감하다. 공평한 여론만 조성되면 가격 요소만으로 경쟁한다. 돈 싸움에서 밀리지 않을 자신은 있다.

"일본 자본이라는 유언비어로 본질을 흐리면 안 됩니다. 아진그룹에는 이미 많은 공적 자금이 투입됐습니다. 공적 자금으로 재벌 대기업의 덩치만 키우는 것과 경영과 소유가 분리된 국민 기업으로 재탄생하는 것, 이것이 고려되어야 할 본질입니다."

송 회장의 마무리 발언으로 메시지는 충분히 전달했다. 그러나 역시 타이밍이 문제다. 인수 심사 하루 전에 이 회견을 해야 했다. 대현그룹이 반격할 시간을 주지 않는 게 핵심이었는데…. 급해서 히든카드를 먼저 까버리니 대현은 여유 있게 조목조목 따져 가며 되받아쳤다.

이틀 뒤, 대현자동차 사장이 직접 출현한 기자회견은 우리의 히든카드를 눌러 버리는 확실한 패였다.

『세계 자동차 시장은 글로벌 상위 10위만 살아남는, 규모의 전쟁이 이미 시작되었습니다. 대현자동차의 매출 구조는 이미 수출이 내수를 넘어선 지 오래됐습니다.

아진자동차와 대현자동차가 한몸이 된다면 공동 디자인, 부품 조달의 일원화, 판매망 통합 등으로 획기적인 경쟁력을 갖습니다. 소비자들은 당연히 더 싼 가격으로 자동차를 구매할 수 있습니다.

물론 최소한의 구조조정은 불가피합니다. 하지만 회사 없는 근로자는 있을 수 없습니다. 조금만 더 멀리 보시길 기대합니다. 대현자동차가 국제 경쟁력을 갖추고 글로벌 상위 10위 안에 들 때까지 엄청난 고용 창출을 기대할 수 있습니다.』

TV를 껐다. 한숨만 나왔다.

오세현 역시 기운이 다 빠진 표정으로 연신 한숨만 쉰다.

"증권가는 어때요?"

"대현자동차 주가는 변동 없어."

"효과가 미미한 겁니까?"

"아니. 두 세력이 부딪히니까 그런 거야. 아진자동차 인수가 악재라고 생각하는 놈들, 반대로 호재라고 생각하는 놈들, 거의 반반이야."

결국, 두 세력 모두 아진그룹은 대현으로 넘어간다는 걸 기정사실로 받아들인 결과 아닌가?

"세상에. 일본을 끌어들이다니! 반일 감정은 국가대표 축구에서만 구경했는데 우리가 당할 줄이야."

"삼촌. 카드 없습니까? 하나만 꺼내 보세요. 불씨는 제가 살리겠습니다."

"없다. 이제 심사까지 일주일도 안 남았어. 카드가 있다손 치더라도 불씨 살릴 시간도 없어."

포기하지 말자는 말을 꺼내기도 힘들었다. 이럴 줄 알았다면 차라리 몇 년 전 할아버지가 아진자동차를 인수하려고 할 때 방해하지 말걸 하는 후회도 밀려왔다.

"정말 재벌 무섭다. 아무리 광고주라고 하지만 어떻게 신문 방송을 제 마음대로 움직이냐?"

"재벌이 무서운 게 아니라 언론이 돈맛을 알았기 때문이죠. 술 먹은 펜대와 돈 삼킨 카메라 아닙니까?"

오세현은 눈을 동그랗게 떴다.

"야! 어린놈이 뭔 말을 그렇게 하냐? 사회 원로 같아 보여."

"제 말이 아니라 할아버지 말이에요. 입에 달고 사시죠. 불리한 일이 생기면 언론부터 틀어막으니까요."

"대현도 그렇게 했겠지?"

"안 봐도 비디오죠. 어마어마하게 쏟아부었을 겁니다. 말도 안 되는 일본까지 끌어들인 걸 보면요."

오세현은 지금 포기하기에는 매우 아쉬운지 이를 갈며 말했다.

"젠장, 부채 탕감 내역을 확 까발려 버릴까? 7조 원을 공적 자금으로 메꾼다는 걸 알면 대현자동차 불매운동까지 벌어질 거 같지 않냐?"

웃음이 터질 뻔했다. 오죽 분했으면 저런 말까지 할까?

"삼촌."

"왜?"

"삼촌이 그거 터뜨리면 미국으로 망명해야 할걸요? 국민 세금으로 틀어막는 건 정부가 결정했어요. 삼촌이 정부에 총질해대면 한국에서 발붙이고 살 수 있을 것 같아요? 태어나기 전의 일까지 탈탈 털릴 겁니다."

오늘 하루는 모든 걸 다 털고 휴식을 취해야 할 것 같았다. 대현의 반격에 입은 상처를 치유하고 맑은 정신을 되찾는 게 급선무다.

"삼촌. 오늘은 다 잊고 술이나 퍼마시죠."

"뭐? 술?"

오세현은 귀를 의심하듯 나를 바라보며 입을 다물지 못했다.

"왜요? 저도 이제 성인인데 술 마시면 안 됩니까?"

"아, 아니. 그게 아니라, 너 술은 마실 줄 아냐? 마셔 본 적은 있어?"

몸이 망가지도록 마신 적이 어디 한두 번일까? 매일 터지는 사고 수습하느라 마신 술값 모았으면 아파트 몇 채다. 물론 법인카드로 마셨지만.

"아버지가 말술인데 그 핏줄이 어디 가겠어요? 잘됐네요. 오늘 제 주량 테스트도 해봐야겠어요."

이건 진심이다.

"그리고 술은 어른에게 배우라는 말도 있잖습니까? 삼촌이 제대로 한번 가르쳐 주세요."

오세현은 싱긋 웃으며 자리에서 일어났다.

"좋다. 오늘 우리 대주주님, 술버릇 한번 구경하자. 참, 대주주와 대표이사의 회식이니까 경비 처리한다. 됐지?"

나는 고개를 세차게 저으며 주머니에서 카드 한 장을 꺼냈다.

"이걸로 마시죠. 한도가 무제한이라고 하니 삼촌이 아시는 가장 비싼 곳으로 가요."

오세현은 카드가 궁금했는지 재빨리 카드를 채 가더니 유심히 살폈다.

"이거 뭐야? 한성일보 법인카드 아냐? 이걸 왜 네가 쥐고 있어?"

"미래의 형수가 한성일보 딸인데 용돈으로 쓰라고 주더군요. 재벌 3세의 체면이 걸린 일입니다. 마음먹고 써대면 이 정도다…. 한성일보 딸의 입이 떡 벌어질 만큼 긁을 겁니다."

오세현은 상의를 걸쳤다.

"가자. 한성일보 잉크값, 거덜나게 만들어 보자."

오세현은 역삼동에 있는 한 룸살롱으로 나를 안내했다.

"어머, 오 사장님. 이게 얼마 만이에요? 저희 가겐 완전히 잊으신 줄 알았어요."

마담이 호들갑을 떨며 우리를 룸으로 안내하다 나를 슬쩍 보더니 목소리를 낮췄다.

"누구? 설마 연예인 키우세요? 매니지먼트 사업까지?"

"쓸데없는 소리. 내 조카야. 오늘 주도를 가르치려고 데려왔어. 하트 브라더스 32년산 두 병 넣어 줘."

'하트 브라더스라면 면세점 가격이 60만 원. 업소용 가격은 얼마지?'

쓸데없이 이런 궁상맞은 생각을 하며 자리에 앉아 있자니 술이 들어왔다.

"폭탄주부터 시작할까? 센 거 한 방 맞아야 잔 펀치가 덜 아프지."

오세현은 비싼 위스키와 맥주를 섞어 폭탄주를 말았다.

"자, 도준아. 잔 들어. 첫 잔은 다 비워야 예의다."

'처음부터 달리다니!'

맥주의 짜릿함과 위스키 향기가 목을 달구고 배 속을 후끈하게 만든다.

"어쭈! 좀 마시는데? 좋아. 한 번 더!"

오센현이 폭탄주를 제조할 때 나는 한마디 던졌다.

"삼촌 양주 조금만 넣어요. 그 독한 걸 반반 섞으면 어떡해요?"

"도준이 네가 뭘 잘 모르는구나. 퀄리티 좋은 양주는 반 이상 넣어도 괜찮아요. 더 잘 넘어간다니깐."

'기가 차서 원. 오세현에게 술을 배우면 안 되겠는데.'

"자 도준아 한잔 쭉 마시자, 짠!"

오세현이 술잔을 내밀 때 별안간 한 단어가 내 머리를 때렸다.

반반!

"삼촌 스톱! 잠깐만요!"

내가 갑자기 소리를 지르자, 오세현이 눈을 동그랗게 떴다.

"갑자기 왜 그래? 설마 비싼 양주 많이 섞는다고 그러는 건 아니지?"

오세현은 의아한 눈으로 나를 바라보다가 심상치 않은 분위기를 감지했는지 조용히 나를 기다려 주었다.

나는 그렇게 한참을 물방울이 맺힌 폭탄주잔을 바라보며 머릿속에 파편처럼 흩어진 아이디어를 하나로 모았다. 구멍이 숭숭 뚫린 아이디어지만 전체 그림은 꽤 좋다. 뚫린 구멍은 일개미들이 성실히 메꿔 줄 것이다. 아쉬운 것은 시간, 일주일도 남지 않았다. 그 안에 그림을 완성하기가 쉽지 않을 것 같다.

'젠장, 항상 시간이 문제군!'

뭘 좀 제대로 할라치면 시간이 촉박하다. 아슬아슬해야만 머리가 돌아가는 걸까? 진 회장은 어떨까? 대현그룹 주 회장은 또 어떨까? 정점에 올라선 두 사람도 궁지에 몰렸을 때만 돌파구를 찾을까? 아니면 궁지에 몰릴 여지를 처음부터 만들지 않을까?

"도준아. 생각 끝났으면 말해 볼래? 뭐냐? 설마 까지 않은 히든카드가 한 장 더 있어?"

참다못한 오세현이 침묵을 깨고 입을 열었다.

"히든이 있긴 한데 제 패가 아닙니다."

히든카드가 내 것이 아니면 어떻게 해서든 내 것으로 만들면 된다.

"삼촌. 제가 반전 패 한 장을 더 얻을 때까지 여기서 쉬세요. 저 지금 다녀올 데가 있습니다. 밖에 대기하는 기사에게 전화 넣어 주세요. 제가 삼촌 차 좀 쓰겠습니다."

"그, 그래."

나는 주머니에서 한성일보 법인카드를 꺼냈다.

"내일 연락드릴게요. 이 카드, 한도 무제한이에요. 좋은 시간 보내세요."

그리고 밖을 향해 외쳤다.

"여기 아가씨들 들여보내 주고, 하트 브라더스 32년산 한 박스!"

나는 삼촌에게 눈을 한 번 찡긋하고 룸을 빠져나왔다.

▲ ▲ ▲

"밤늦게 죄송합니다. 할아버지."

"아니다. 아직 잠들지 않았어. 그런데 너, 술 마셨냐?"

밤늦게 쳐들어오다시피 한 나를 파자마 차림의 할아버지는 다소 굳은 표정으로 맞이했다.

"네. 많이 마시지는 않았습니다."

"들어가자. 들어가서 이야기하자꾸나."

할아버지는 서재로 발길을 옮기며 내 어깨를 한번 툭 치고는 주방을 향해 소리쳤다.

"영주댁. 꿀물 한 잔 진하게 타서 가져와."

서재에 들어가서 자리에 앉자마자 할아버지의 거친 목소리가 울렸다.

"어떠냐? 싸움에 진 기분이?"

"완전히 졌다고 생각하십니까?"

"그럼? 네가 놓은 한 수 한 수 전부 다 죽었어. 되살리는 건 불가능해."

전화 몇 통만 돌리면 채권단과 인수심사 위원장의 결정을 받아 볼 수 있는 분이다. 승패는 결정 났다.

"끝날 때까지 끝난 건 아니다. 이런 말도….."

"그런 개소리는 어디서 주워들어서는? 쯧쯧."

한심한 듯 혀를 차며 미간을 찌푸린다.

"다 끝난 일에 미련을 버리지 못하는 멍청한 짓을 그만둬라. 차라리 패인을 분석하고 다음을 준비하는 게 더 현명하다. 사내는 물러나야 할 때를 알아야 한다는 말도 있어."

"아진자동차가 대현으로 넘어가면 순양자동차도 타격이 클 텐데요? 괜찮으세요?"

"그건 내가 걱정할 문제다. 그리고… 여차하면 철수하면 돼."

'철수?'

설마 최악의 상황까지 이미 염두에 둔 것일까? 그럴 리가 없다. 업계 1위가 아니면 견디지 못하는 분이 2위를 목표로 삼을 만큼 애착을 가진 사업 분야가 아닌가? 다소 굳은 할아버지의 표정에서는 속마음을 읽기 힘들었다.

"그보다 싸움에서 졌을 때는 뭔가 배운 게 있어야 한다. 네놈 실책이 뭔지 생각해 봤어?"

"대기업의 영향력이 크다는 건 알았지만, 체득한 건 아니었습니다. 막연한 추측이었을 뿐입니다."

"상대의 주먹이 세다는 건 맞아봐야 알지. 또?"

"조급한 마음에 적절한 타이밍을 놓쳤습니다."

"그리고 또?"

"대현의 꼼꼼함과 세밀함을 몰랐습니다. 설마 일본 투자 건까지 찾아 낼 줄 몰랐습니다."

"그게 전부냐?"

"무슨 짓이든 다 저지르는 무자비함을 몰랐습니다. 일본 투자 내역을 일본 자본으로 둔갑시키는 거짓말도 서슴지 않으리라고는 상상조차 못 했습니다."

그제야 할아버지의 굳은 얼굴이 부드러워졌다.

"네가 말한 그 전부를 넌 할 수 있을까?"

"결국은 해야 하는 것 아닙니까? 더 꼼꼼해야 하고, 무자비해야 하며, 뻔뻔한 거짓말을 아무렇지도 않게 할 수 있어야 대기업을 일군다면…. 그렇게 해야죠."

"지금 그 마음, 그 결심, 절대 잊으면 안 된다."

"네."

듣고 싶은 대답을 들은 것인지 할아버지의 얼굴에 미소가 번졌다.

"자, 그럼 이 시간에 왜 찾아왔는지 말해 보렴. 술주정이나 할 놈은 아니라고 믿는다."

"말씀드린 대로 아직 끝난 게 아닙니다."

"그래? 네가 뭘 또 가졌길래? 내 말 허투루 들은 게냐? 이미 다 알아보고 말한 게다."

할아버지는 아까처럼 굳은 표정이 아니라 호기심이 묻어난 표정이다.

"저의 마지막 패는 할아버지가 쥐고 계십니다. 전 그 패를 갖고 싶습니다."

"내가? 내가 뭘 가져?"

할아버지의 눈을 똑바로 응시하며 단어 하나에도 힘주어 말했다.

"언제 철수할지도 모르는 순양자동차입니다."

"뭐라?"

대단한 양반이다. 조금은 놀랄 법도 한데 미간을 약간 찌푸리고 다시 확인하는 정도의 반응이다. 덕분에 오히려 내가 당황하게 생겼지만, 최대한 침착한 목소리를 유지했다.

나는 영주댁이 가져다준 꿀물 사발을 가리켰다.

"숙취를 달래는 건 꿀도 아니고 물도 아닙니다. 꿀과 물을 섞으면 또

다른 효능이 나오죠. 아진자동차와 순양자동차 두 회사의 합병 발표는 전세를 단숨에 역전 시킬 겁니다."

여전히 말없이 나를 노려보는 눈이 매섭다. 지금은 막내 손자를 사랑하는 할아버지가 아니라 순양그룹 회장의 눈빛이다.

"일전에 제게 말씀하신 거 기억하세요? 합병 비율에 대해서 말입니다."

"말했지. 당연히 기억한다."

"바로 그 합병을 앞당기고 싶습니다."

"도준아."

"네."

조금은 온화한 눈빛이지만 여전히 '철면'의 모습이다.

"라면 하나를 제 돈으로 사 들고 온 손주가 기특해서 물을 끓여 줬다. 라면 다 먹었으면 끝내야지. 라면에 말아 먹을 밥까지 내놓으라고 투정부리면 안 되겠지?"

"옛말에 손자 입에 들어가는 밥알은 하나도 아깝지 않다던데, 고작 라면에 밥 한 공기 말아먹겠다는 손자입니다. 아까우십니까?"

"배 터지겠다, 이놈아. 욕심이 과하다."

왜? 이제 와서? 분명 두 자동차 회사의 합병으로 순양그룹의 지분을 물려줄 것처럼 말하지 않았던가? 그때는 분명 진심이었다. 의심할 여지가 없다. 왜 갑자기 태도가 싹 변한 것일까? 변심일까? 시험일까?

"할아버지. 욕심은 어떤 종류든, 그 크기가 어떻든 손가락질을 피할 수 없습니다. 그러니 어중간하게 욕심 내봐야 무슨 소용입니까? 어차피 세상의 손가락이 저를 향하는데 말입니다."

진 회장의 의중이 뭔지 헤아릴 필요가 없다. 지금은 내 의지를 보여 줘야 한다. 내 욕심의 크기, 내 의지의 굳건함이 전달되었기를….

할아버지는 여전히 철면을 지우지 않았고 낮은 음성으로 말했다.

"넌 뭘 가졌는데?"

"네?"

"합병은 네가 가진 것과 내가 가진 걸 하나로 합치는 거다. 난 순양자동차를 갖고 있지만 넌? 아진자동차를 가졌느냐?"

"합병 발표는 반전의 기회가 될 겁니다. 과정은 앞뒤가 뒤바뀌지만 같은 결과 아닙니까? 결국, 아진자동차는 제 손에 들어옵니다."

"일전에 내가 말한 합병은 단지 가능성만 알아보는 가벼운 것일 수 있다. 내가 합병을 원치 않을 수도 있다는 건 생각 못 했느냐?"

"농담을 진담으로, 꿈을 현실로 바꾸는 게 일이고 협상 아닙니까? 세상에 타협하지 못할 협상은 없습니다. 저울이 안 맞으면 맞춰야죠. 합병 발표를 우선하는 대가로 저울에 더 올리겠습니다."

"어쭈? 세게 나오는데? 허허."

드디어 웃으셨다. 내 대답이 흡족하신 걸까?

"좋다. 합병 발표를 심사 전에 터트린다고 치자. 그걸로 전세가 역전된다는 보장은 없다."

"아닙니다. 합병 발표만으로 두 개의 강력한 압박 수단이 생깁니다."

"하나는 대현그룹보다 우위에 있는 순양그룹이라는 이름이 주는 무게겠지? 이제 언론, 정부, 채권단, 심사단 모두가 미라클이 아니라 순양과 대현을 저울에 올려놓고 바라볼 테니까. 그럼 남은 하나는 뭘까?"

"균형, 견제, 공정함으로 포장된 안심입니다."

"안심?"

"네. 미라클이라는 투자사가 주는, 투기라는 불건전한 이미지가 씻은 듯 사라질 겁니다."

내 설명을 끝으로 한동안 침묵이 계속되었다. 골똘히 생각에 잠긴 할아버지의 모습은 선택과 결단을 내리기 전의 모습이 분명하다.

"순양자동차는 계열사 지분을 꽤 쥐고 있다. 알고 있겠지?"

"아진자동차도 남은 아진그룹 계열사 여덟 개의 지분 대부분을 쥐고 있습니다."

"저울이 안 맞아."

"합병 비율을 조절하면 얼추 맞출 수 있습니다."

"안됐지만 그 정도로는 솔깃한 마음이 들지 않는데?"

'지독한 영감쟁이. 내 욕심이 과하다고? 당신 발끝에도 못 미칩니다.'

순양자동차를 내게 줄 마음이 없는 것인가? 아니면 아직 시험이 끝나지 않은 것인가?

"순양자동차가 쥐고 있는 계열사 주식을 전부 걷어 가시고 자동차만 저울에 올려놓으십시오. 그럼 제가 더 무거울 겁니다."

"순양자동차를 계열 분리하자는 게야?"

"아진자동차를 비롯한 여덟 개의 계열사, 그리고 순양자동차! 또 다른 자동차 전문 대기업이 탄생하는 겁니다."

"주인 자리는 네가 앉고?"

"비켜드릴까요?"

"양보할 마음도 없는 놈이! 입에 발린 소리는 꺼내지도 마라. 이놈아!"

웃음을 보일 수밖에 없다. 내가 양보하고 할아버지가 그 자리에 앉는 건 괜찮다. 하지만 그 뒤를 이을 자가 나 아닌 큰아버지일 수도 있다. 그건 참지 못할 일이다.

나를 바라보는 할아버지의 표정에는 그 이상을 원하는 간절함이 있다. 그게 뭔지 찾아내야 이 협상은 성공적으로 끝난다. 아마도 합병 이야기를 꺼냈을 때부터 원하던 해답이었을 것이다. 할아버지 신분이 아니라 재벌 회장이 원하는 것은 뭘까?

'혹시…?'

"순양자동차를 완전하게 계열 분리하여 아진자동차와 합병한다는 발표부터 서두르죠. 순양자동차는 보유한 순양 계열사 주식 때문에 그 주가가 높습니다. 계열 분리 발표만으로 주가는 곤두박질칠 겁니다."

할아버지의 눈이 커졌다. 그리고 더욱 빛났다.

"주가가 바닥을 치면 제가 차명으로 집중적으로 매입하겠습니다."

"그리고?"

"아진그룹을 인수하고 합병한 뒤 여러 이유를 들어 계열 분리는 없었던 일로 하는 거죠. 순양그룹 지배력을 더욱 공고히 하는 것은 물론 아진그룹 전체를 순양그룹에 흡수할 수 있습니다."

"그럼 피해 보는 개미 투자자들이 많을 텐데?"

"큰 마차가 움직이면 바퀴에 깔리는 개미도 있는 법입니다. 그걸 일일이 피하며 갈 수는 없죠."

나는 할아버지의 입가에 잠깐 걸렸다 사라지는 미소를 놓치지 않았다.

"네놈이 매입한 순양자동차 주식 때문에 넌 순양의 대주주 중 한 명이 되는데?"

"손쉬운 증여 아닐까요? 주가가 오르면 돈도 벌고, 세금도 내지 않고."

"으하하하!"

탕탕탕!

마침내 할아버지는 책상을 두드리며 큰 웃음을 터뜨렸다.

'합격인가?'

"이런 당돌한 놈! 어린것이 벌써 악당이 다 됐구나."

'다행이다. 합격이다.'

안도의 한숨을 내쉬자 웃음을 거둔 할아버지는 수화기를 들었다.

"학재야. 지금 당장 조대호 데리고 집으로 와."

수화기를 내려놓은 할아버지는 아주 만족한 표정으로 나를 보며 입을 열었다.

"우리나라에서 가장 손가락질 받는 게 나다. 휠체어 타고 서울지검 검찰청 출두만 네 번, 유죄도 두 번이나 받았다. 나 대신 감옥 간 계열사 사장만 여덟이야."

그 두 번의 유죄는 모두 집행유예로 끝났고, 감옥 간 계열사 사장 모두 대통령 사면 명단에 들어간 건 왜 말씀하시지 않을까?

"그 손가락질은 자식들이 커가면서 분산되기 시작했어. 이제 영준이까지 나눠 받는다."

할아버지는 손을 들어 밖을 가리켰다. 국민과 서로 손가락질하며 싸운다는 뜻일까? 한쪽은 질투와 분노로, 한쪽은 경멸과 무시로.

"너도 곧… 아니, 이미 받고 있을지도 모르지. 네가 엄청난 수능 성적을 받고 인터뷰했을 때 사람들은 수군댔을 거다. 수천만 원짜리 족집게 과외를 받았을 거라고. 돈지랄해서 서울대 갔다고. 또 어떤 사람들은 이렇게 욕을 했을 거다. 재벌 3세가 왜 법대에 가냐고. 너 때문에 꼭 가야 할 누군가는 떨어졌다고 말이다."

여론에 신경 쓰지 않는 분이지만 빠짐없이 보고서가 올라오니 동향은 파악하고 있는 듯했다.

"싫든 좋든 넌 이미 악당의 가문에서 태어난 거고 뭘 해도 금수저 물고 난 놈이라고 네 성과를 헐뜯을 게다. 무슨 말인지 알겠지?"

"네. 흔들리지 않겠습니다."

가면 쓴 악당도 많다. 그리고 그 가면에 속는 사람은 더 많다. 앞으로 세상은 변한다. 한 사람의 이미지가, PI(Personal Identity) 관리가 꽤 중요한 변수가 될 세상이다. 난 많은 가면을 준비해야 한다.

511

"자, 이만 가보거라. 곧 이 실장과 조 사장이 도착할 게야. 참, 합병 발표 기자회견은 순양이 중심이 되어야 한다. 조대호 사장이 나설 거다."

내가 아진을 인수한다는 사실을 숨겨야 한다는 걸 할아버지도 잘 안다. 두 회사 합병의 주역이 나라는 것을 알면 이빨 숨긴 친척들이 가만있지 않을 것이다.

"물론입니다. 저도 곧바로 준비하겠습니다."

허리를 숙여 인사하니 할아버지가 내 등을 두드리며 흐뭇한 미소를 보였다.

순양자동차에 얼마나 많은 것을 얹어 주실까? 아니면 나를 이용해 아진그룹을 통째로 삼키려는 것일까?

▲ ▲ ▲

"아진그룹을 흡수할 생각이다."

"네?"

한밤중에 급히 달려온 두 사람은 진 회장이 인사 대신 뱉은 첫 마디에 당혹스러움을 감추지 못했다. '아닌 밤중에 홍두깨'라는 말이 딱 들어맞았다.

"회장님. 이미 대현으로 기울었습니다. 지금 준비하기에는 시간도 없고… 무엇보다도 자금이 없습니다."

"그렇습니다. 다 끝난 판에 뛰어든다는 건 좀…."

진 회장은 한 손을 들어 두 사람의 입을 막았다.

"우린 발만 담그는 거다. 그 발은 바로 조대호, 자네야."

"네?"

조 사장은 진 회장의 뜻을 헤아리려고 애썼지만, 도무지 이해할 수 없었다.

"미라클이 아진그룹을 인수하면 순양자동차는 아진자동차와 합병한다. 이게 자네가 할 일이야."

"하, 합병…?"

"우리 그룹에서 순양자동차만 싹 들어내서 아진자동차와 합친다. 두 자동차 회사는 새 출발을 할 테고 그 자동차 회사의 첫 대표이사는 바로 조대호, 자네야."

조 사장은 말문이 막혀 아무 말도 못 했고, 이학재 실장은 진 회장의 계획을 파악하는 데 여념이 없었다.

"회장님, 두 회사의 합병 비율을 어떻게 조절하든 1대 주주는 바로 미라클 인베스트먼트가 될 겁니다. 미라클의 지배주주가 바로 합병한 회사를 지배합니다."

이학재 실장이 조심스레 말하자, 진 회장은 입꼬리를 올려 환하게 미소 지었다.

"미라클의 오세현이가 손을 내밀었다. 이대로 가다가는 자기가 닭 쫓던 개가 된다는 걸 모를 리 없잖아. 새로운 자동차 전문 기업을 탄생시키고 우리 순양으로 넘기겠다는군. 곱게 포장해서 말이야. 허허."

"그럼 미라클은요?"

"어차피 돈놀이하는 놈들이잖아. 포장지값 두둑하니 챙겨 주기로 했다."

"당연히 후지급이겠지요? 5년, 아니 10년 정도 할부로 말입니다."

그룹 자금 사정에 가장 민감한 이학재가 재빨리 확인했다.

"꼬랑지 내리는 개가 안 되려면 별수 있나? 우리가 원하는 대로 해주겠다고 했어. 염려 마라."

그제야 안심한 이학재 실장과는 달리 조대호 사장은 여전히 밝은 표정을 짓지 못했다.

"저, 회장님. 그럼 아진의 송현창 회장은…?"

"야박하게 당장 내쫓을 수는 없는 일 아닌가? 그리고 그자가 있어야 아진그룹 노조가 잠자코 있을 게야. 지난 기자회견 때 그놈들 입으로 직접 말하지 않았어? 무분규, 임금동결이라고 말이야. 얼마나 좋아? 닥치고 일만 하겠다는데?"

"적당한 자리는 생각해 두셨습니까?"

"아진그룹 회장 명함은 그대로 둬야지. 자넨 자동차부터 확실하게 손에 넣어. 6개월 안에 송현창이 수족들 싹 청소하고 3년 안에 나머지 계열사 임원 자리도 우리 사람으로 채우면 돼."

점령군이 되어서 영지를 평정하는 시간, 3년. 평정할 때 잡음이 들리거나 속도가 늦어지면 자신의 퇴출이 더 빠르리라는 것은 자명한 사실이다. 조대호 사장은 마른침을 삼키며 마음을 다잡았다. 만년 꼴찌에서 벗어나지 못하는 순양자동차의 대표이사 자리, 얼마 남지 않았다고 생각했는데 이렇게 또 기회가 왔다.

"합병 발표는 심사 하루 전으로 잡아. 대현에서 두 손 놓고 우리 회견을 멍하니 지켜보도록 말이야. 어허허."

진 회장은 또 기분이 날아갈 것 같았다. 한도제철보다 훨씬 먹음직스러운 아진을 대현 주 회장이 삼킬 것 같아 속이 쓰렸는데, 오히려 다 차린 밥상을 홀라당 뺏길 주 회장을 생각하니 유쾌하고 상쾌했다.

▲ ▲ ▲

"아이고, 머리야."

"엄청 비싼 술 아니었어요?"

"아무리 좋은 술이라고 해도 양은 못 이긴다. 너무 달렸어."

관자놀이를 누르며 계속 물을 들이켜면서도 오세현은 기대에 찬 눈이었다.

"그래, 건진 건 있어? 남의 손에 들어가 있다는 그 패, 챙겨왔냐?"

"네."

오세현은 입가에 가져간 컵을 탕 내려놓았다.

"노친네 손에 든 패, 우리에게 던졌습니다."

"진 회장님?"

"네. 순양자동차도 우리 손에 들어오는 엄청난 패죠. 하하."

"뭐? 순양?"

순양자동차는 두통도 한 방에 날려 버리는 최고의 숙취해소제였다. 나는 어젯밤 할아버지와 나눈 협상을 자세히 이야기했고 오세현은 주의 깊게 들었다.

"결국, 네게 순양자동차를 물려주겠다는 의사를 드러내신 거네?"

"아뇨. 아직 확정은 아닙니다. 그렇게 호락호락하신 분이 아니에요."

"왜? 자동차 뚝 떼서 아진그룹에 붙여 주면 그건 네 거잖아. 미라클 인베스트먼트가 네 거라는 걸 아시잖아?"

"합병 비율이 남아 있죠. 그때 할아버지께서 양보하지 않으면 주인이 바뀝니다."

"또 무슨 소리야? 합병을 받아들이신 건…."

내 할아버지 진양철 회장의 본모습을 오세현은 절대 알 수 없을 것이다. 그분의 욕심은 핏줄보다 우선한다. 그 정도 욕심이 없는 분이라면 순양그룹을 만들지도 못했을 것이다.

"삼촌. 할아버지는요, 내 것과 할아버지 것을 섞는 김에 물려주실 분이 아니에요. 전부 다 가진 다음에 조금 나눠 주실 분입니다."

내가 가진 맥주를 뺏은 다음 할아버지가 가진 양주를 섞어 잔을 내밀 분이다. 그 술잔을 하사하고 난 무릎 꿇고 감사히 받는다. 이것이 할아버지가 원하는 그림이다.

"그럼 합병 비율도 끝낸 거야? 벌써?"

"아직요. 그건 우리가 아진을 인수한 다음 논의해야죠. 그 문제도 제가 알아서 처리할 테니까 걱정하지 마세요."

인수 대상자 선정이 끝나고 합병 절차를 밟을 때쯤이면 추운 겨울이 다가온다. 사상 유례없는 혹독한 겨울이 될 것이다. 대한민국 전체가 꽁꽁 얼어붙고 얼어 죽는 국민이 무수히 속출하지만 모두 속수무책으로 넋 놓고 바라만 봐야 하는 겨울. 순양도, 대현도, 정부도 땔감이 없어 발만 동동 구를 때쯤이면 할아버지도 내 제안을 받아들일 수밖에 없을 것이다. 그때는 내가 술잔을 하사할 것이고 할아버지는 감사히 그 잔을 받아야 한다.

"삼촌은 일단 송현창 회장을 만나세요. 합병 계획을 알리시고, 딴소리하면…."

"그래. 딴소리 못 하도록 단단히 일러두마. 어차피 그 양반은 몇 년 더 생명 연장하는 것만 남았는데 링거를 꽂든, 호흡기를 차든 마찬가지라는 걸 모를 리 없을 거다."

오세현이 외투를 걸칠 때 중요한 문제를 꺼냈다.

"삼촌. 차명으로 주식 매입할 수 있죠?"

"차명?"

"네. 순양자동차 주가, 곤두박질칠 겁니다. 주가를 떠받치던 순양그룹 계열사 지분을 전부 털어 버린다는 발표도 같이할 테니까요."

"완전한 계열 분리라…. 그렇군. 하지만 상황이 변함없다면 다시 회복할 테고?"

"미리 준비 좀 해두죠. 바닥 찍으면 싹 매입할 수 있도록요."

"그래. 남대문, 명동 한 바퀴 돌지 뭐. 이 기회에 나도 재미 좀 봐야겠다."

역시 증권가에서 커온 본성은 여전하다. 기회를 놓치지 않는다. 누구나 참가 가능한 합법적 카지노인 주식시장. 잃고 따기를 반복하지만, 다음 나올 패가 무엇인지 아는 사람은 일확천금을 얻는다. 패를 보지 못하는 사람 중 눈치 빠른 사람은 조금만 잃고, 판단 느린 사람은 많이 잃을 것이다.

"참, 이거 가져가. 한성일보 카드 잘 썼다."

"뿌리 좀 뽑았습니까?"

"명색이 대 한성일보 아니냐. 잔뿌리나 하나 뽑은 정도겠지. 흐흐."

잔뿌리면 어떠랴? 속 시커먼 형수가 놀랄 정도면 된다.

▲ ▲ ▲

"순양자동차는 완전한 계열 분리로 독립된 기업이 될 것입니다. 그리고 아진자동차와 합병하여 자동차 전문 기업의 면모를 갖추는 데 한 축을 담당하겠습니다."

기자회견이 있기 전부터 이미 특종이라는 이름으로 속보가 떴다. 회견장은 발 디딜 틈 없이 모든 언론사가 카메라를 들이밀었다. 송현창 회장, 오세현 대표, 조대호 사장은 한껏 상기된 표정으로 기자들의 질문에 답했다.

"이로써 우리 미라클 인베스트먼트는 단지 투기 자본이 아니라는 것을 분명히 말씀드리고 싶습니다. 한국 자동차 산업을 한 단계 업그레이드하는 데 전력을 다할 것입니다."

"그럼 세 회사의 역할은 어떻게 되는 겁니까?"

"아진그룹의 주축인 자동차는 조대호 사장님께서, 그리고 송현창 회장님은 그룹 전체를 총괄하실 겁니다. 우리 미라클은 주주로서 경영에는 일절 관여하지 않을 것이며, 단지 감사팀을 신설하여 그룹 전체의 감사 직무만 수행할 겁니다."

"순양의 지분을 다 덜어 낸다 하더라도 조대호 사장님께서는 순양그룹의 공신 아닙니까? 이건 마치 순양그룹이 아진그룹을 인수하는 모양새로 보이는데요?"

조대호 사장은 웃으며 마이크를 다시 잡았다.

"제 고향이 순양그룹인 건 부인하지 않겠습니다. 하지만 순양그룹은 이제 수많은 주주 중 하나가 될 것입니다. 또한 두 회사의 합병 후 순양그룹이 보유한 주식은 차례차례 매각할 계획입니다."

"인수가 확정되고 합병이 이루어지면 그룹 이름도 바꿀 것입니다. 아진도, 순양도 아닌 전혀 새로운 이름으로요. 미래를 향하는 전문 자동차 기업으로 완전히 탈바꿈하겠습니다."

송현창 회장의 마지막 말로 쐐기를 박았다.

기자회견이 한창일 때 순양의 진 회장은 몇 시간째 전화통을 붙잡고 씨름 중이었다.

"이봐라, 최 수석. 우리나라도 한 우물만 파는 기업 있으면 좋잖나. 내가 알토란 같은 자동차를 던졌어. 되찾아올 생각 없으니까 현명한 판단을 하게."

"김 행장. 내가 뒷배를 봐주는데, 아진그룹은 이제 멀쩡해. 내일 심사 후딱 해치우고 나랑 같이 저녁이나 하세."

"윤 장관. 청와대 수석한테도 이미 언질 줬어. 긴급 보고서 곱게 만들어서 제출하게. 대통령 재가는 바로 떨어질 거야."

기자회견을 보며 온몸을 부르르 떠는 사람도 있었다.

"이, 이런 개 같은 경우가…."

대현의 주영일 회장은 자신이 보고 있는 TV가 순양전자 제품이라는 것이 치가 떨렸다. TV를 향해 리모컨을 던졌지만, 모니터는 멀쩡했다.

TV까지 자신을 얕잡아보는 것 같았다.

"지금부터 내 눈앞에 순양이라는 이름 안 보이도록 해라."

회의실의 사장과 임원들은 주머니에 들어 있는 순양전자의 휴대전화기가 신경 쓰이기 시작했다. 꺼놓은 게 다행이다.

"이걸 아무도 몰랐던 거야? 송현창, 오세현한테 사람 붙여 놓지 않았어?"

"어젯밤까지 별다른 움직임은 보이지 않았습니다."

"제대로 감시한 거야? 안 보이긴 뭐가 안 보여!"

누군가 기어들어 가는 소리로 말했지만 되돌아온 것은 주 회장의 호통뿐이었다.

"세 놈이 모여 저런 합의를 끌어내는 데까지 전화 몇 통으로 가능해? 만나도 수십 번을 만났겠다. 당신들, 도대체 뭘 한 거야?"

한참을 씩씩대던 주 회장은 마냥 성질만 부리고 있을 때가 아니라는 걸 깨달았는지 흥분을 가라앉혔다.

"저놈들 기습공격을 몰랐던 것은 여기까지다. 이제 어떻게 해야 만회할 수 있을지 각자 말해 봐."

하지만 쉽게 입을 여는 사람은 아무도 없었다. 경매장에 흘러나온 물건 하나 사는 게 아니다. 최고가를 불러 낙찰받는 것이라면 얼마나 쉬울까? 1조로도 부족할 것 같으면 2조, 3조를 써내면 된다. 하지만 입찰 서류에는 엄연히 '비가격 요소'라는 매우 중요한 항목이 들어 있다. 특히, 아진그룹 같은 재계 상위권 그룹의 인수는 고도의 정치적 행위의 연장이다. 청와대, 경제 부처, 국회의 지지를 등에 업어야 가능하다.

순양과 아진의 합병은 명분도 그럴싸하고, 보기도 좋다. 대현이 삼키면 수만 명이 직장을 잃는다는 건 불 보듯 뻔한 일 아닌가? 내일모레면 대선이다. 수만의 실업자 양성이 여권 후보에게 얼마나 큰 부담이겠는가?

"왜 아무 말이 없어?"

대회의실을 한 번 쓱 둘러본 주영일 회장은 눈을 내리깐 사장들을 보며 허탈한 웃음만 지었다.

"지금부터 두 시간 준다. 판을 뒤집을 수 있는 어떤 방안이든 찾아내. 사돈의 팔촌까지 다 동원해서라도 전방위 로비를 시작하라고. 9급 공무원이든, 은행 평사원이든 가리지 말고 압력 넣어."

주 회장도 휴대폰을 꺼내 들며 회의실을 나섰다.

일단 청와대부터!

▲ ▲ ▲

"아버지. 이럴 수는 없습니다."

"일단 앉아라. 차라도 한잔할 테야?"

진 회장은 다짜고짜 서재 문을 벌컥 열고 들어와 소리치는 큰아들을 못마땅한 눈빛으로 바라보며 말했다.

"자동차를 버리다니요? 도대체 뭐가 아쉬워서…?"

진영기 부회장은 꼭 하고 싶은 말은 차마 하지 못하고 참느라 이마에 핏대가 툭툭 불거져 나왔다.

만년 꼴찌에서 벗어나지 못하는 자동차, 적자에 허덕이는 자동차 따위는 버려도 된다. 하지만 그룹의 이런 중요한 결정을 TV를 통해 알아야 하다니! 창업주의 장남이며 그룹의 부회장이다. 나이라도 어리다면 할 말 없지만, 이미 50대 중반이다. 언제까지 꿔다 놓은 보릿자루 취급을 당해야 하는지 진영기는 울화가 치밀었다.

"아쉬운 게 없으니 던졌지. 자동차가 안고 있는 적자, 전부 엎어서 저쪽으로 함께 던지며 싹 털어 내고…."

"아버지!"

대수롭지 않게 말하는 아버지 때문에 진영기는 마침내 폭발해 버렸다. 참아야 할 말을 참지 못한 것이다.

"어떻게 제게 단 한마디 언질도 하지 않으실 수 있습니까? 그룹 계열사를 정리하는 주요한 사안인데 TV를 보고 알아야 합니까? 제가 고작 그 정도입니까? 부회장 명함, 부끄러워 어디 가서 말이라도 하겠습니까?"

목청을 높이며 씩씩거리는 장남을 진 회장은 한동안 말없이 지켜보기만 했다.

"조대호 사장은 지금까지 모든 결재서류를 제게 들고 왔습니다. 그런 자가 순양자동차 합병이라는 엄청난 일을 직접 발표했어요. 그동안 제 결재를 받으며 얼마나 웃었을까 생각하면, 하…. 절 허수아비로 생각했을 거 아닙니까?"

아들의 언성이 높아질수록 진 회장의 표정은 점점 더 차가워졌다. 만약 진영기가 흥분을 조금만 가라앉혔다면 진 회장의 변화를 감지했을 것이다. 하지만 한 번 터져 버린 감정은 그의 시야마저 흐릿하게 만들어 버렸다.

"계속할 거냐? 아직 남았어?"

"네?"

차디찬 진 회장의 목소리가 귀를 후비니 그제야 아차 싶었다. 너무 나갔다.

"섭섭한 것, 화난 것 다 풀었으면 다음으로 넘어가야지."

"…?"

진영기는 다음이라는 것이 뭔지 떠오르지 않았다.

"뭐냐? 화내는 게 전부야?"

피식 웃는 진 회장의 웃음은 비웃음이 명백하다.

꽉 쥔 진영기의 주먹이 부르르 떨렸다.

"아버지!"

"작작 좀 해라, 이놈아!"

진 회장이 책상을 탕 내리치자 진영기의 주먹이 스르르 풀렸다.

"뭐? 부회장이라는 명함이 부끄러워? 그리고, 뭐라? 허수아비?"

"아, 아버지….'"

"순양그룹 부회장이라는 명함이 부끄러우면 버려라. 네가 부끄럽게 생각하는 그 명함, 대한민국 전 국민이 주우려고 아귀처럼 싸울 거다. 네놈이 한 거라고는 내 장남으로 태어난 게 전부야. 운 좋게 얻은 명함이니 그 가치를 모르는 게지."

"그런 뜻이 아니지 않습니까?"

"아니긴! 네 나이 마흔 넘어 부회장이라는 명함을 받았어. 내 아들이 아니었다면? 바닥에서 빡빡 기어올라 그 명함 차지했다면, 부끄럽다는 생각은 단 1초도 하지 않을 거다. 아니, 이사 명함이라도 손에 쥘 수 있었을 성싶어?"

진영기는 차마 대꾸하지는 못했지만 극심한 모멸감에 치를 떨었다.

"네가 한 말 중의 하나는 그럴싸하다. 허수아비, 그보다 더 적당한 말은 없을 듯싶다."

"정말…. 너무하십니다."

"너무해? 내가? 너 스스로 허수아비처럼 행동하지 않느냐? 바로 지금도 말이야."

진 회장은 참담한 표정의 장남이 조금은 안쓰러웠는지 다소 누그러든 목소리로 변했다.

"영기야, 네가 TV를 통해 그 사실을 알았을 때 화가 치밀어 오르는 건 충분히 이해한다. 하지만 언론을 통해 나가 버렸어. 돌이킬 수 없다는 건 잘 알 게다. 그렇다면 앞으로 어떤 일이 다가올지, 추가로 준비해야 할 일은 뭔지, 합병으로 우리 순양이 취해야 할 진짜 이득은 뭔지를 생각했어야지. 그게 부회장이 해야 할 일이다."

낮은 목소리로 타이르듯 말하는 진 회장의 모습은 나이는 들었지만, 아직 부족한 아들을 가르치려는 아버지의 모습이다.

"영기야."

"네."

푹 숙인 머리를 들지 못하는 진영기에게 다가간 진 회장은 아들의 어깨에 손을 올렸다.

"넌 남들의 10분의 1만 해도 저 자리의 주인이 된다."

진 회장이 가리키는 손끝에는 집무용 의자가 있었다.

"조급하게 굴지 말고 순양의 미래만 생각하고 더 키우고 지키는 것에만 온 힘을 다해라. 그게 네가 할 전부다."

진 회장은 여전히 머리 숙인 아들을 보고 있자니, 칠순이 넘은 나이에 다 큰 아들을 다독거리는 자신이 한심하게 느껴졌다.

▲ ▲ ▲

"이틀 전이었습니다."

"확실해?"

"네. 그날 저녁 오세현의 차에 진도준이 타고 있었고, 곧이어 이학재 실장과 조대호 사장이 도착했습니다. 진도준은 두 사람이 도착하기 전 떠났습니다."

순양그룹의 중공업과 화학 계열을 총괄하는 진동기 사장은 측근들의 보고를 주의 깊게 듣고 있었다.

"형님은 분명 그 자리에 없었다는 말이지?"

"네. TV 발표 직후 회장님 댁으로 달려간 건 확인했습니다."

"따로 들은 건 없고?"

"서재에서 큰소리가 좀 났는데 정확한 내용까지는 모릅니다. 죄송합니다."

"아냐, 도청이라도 하지 않는 이상 그것까지 어떻게 파악해? 괜찮아."

"정말 도청 장치라도 달아 놓고 싶습니다."

"꿈도 꾸지 마. 우리 영감이 얼마나 조심성 많은지 몰라? 3일에 한 번 꼴로 보안 요원이 들락거리며 서재를 조사한다고. 들키면 끝장이야."

측근 중 한 명이 아쉬운 듯 말하자 진동기 사장은 피식 쓴웃음을 지었다.

"보나 마나지. 형님 성격에 영감 앞에서 징징댔을 거야. 그거 말고 할 줄 아는 게 없는 사람이지. 하하."

한바탕 웃음이 지나가자 또 한 명이 조심스레 말했다.

"사장님. 오세현이 먼저 합병을 제안한 것이 틀림없는데 회장님은 왜 쉽게 받아들이셨을까요? 그것도 단 하루 만에 전격적으로 말이죠."

"처음부터 아버지가 짜놓은 각본일 수도 있어. 한도제철 인수 때부터 오세현이가 슬슬 나대기 시작했잖아. 미라클은 우리 영감의 숨겨 놓은 금고일지도 몰라."

회전의자를 조금씩 움직이던 진동기에게 여전히 풀리지 않은 수수께끼 같은 질문이 날아왔다.

"사장님. 그럼 진도준 그 꼬맹이가 회장님의 금고지기란 말씀이십니까?"

"금고지기는 오세현이겠지. 아마도 도준이는 오세현에게 일을 배우는 중일 수도 있고."

"아무튼 대단한 놈입니다. 3세 중에 그 정도 회장님의 총애를 받는다는 건 정말…."

"그놈 나이가 서른만 넘었어도 날 위협할 놈이다. 그놈이 막내라는 게 다행이고 첫째인 영준이가 멍청한 것도 다행이지."

조금씩 움직이던 회전의자를 멈추고 진동기는 책상에 바짝 다가앉았다.

"도준이를 계속 주시해. 이미 오세현과 우리 영감 사이를 오가며 메신저 역할까지 한다. 이번 합병 사실도 그놈은 벌써 알았을 거야. 최악의 경우…."

진동기 사장이 말을 멈추자 측근들은 침을 꿀꺽 삼켰다.

"설마 후계자 자리를…?"

"아니. 그건 아닌 게 확실해. 영감이 그놈 어릴 때부터 귀여워했지만, 법대 가는 걸 막지 않았어. 고놈 성적이면 서울대 상대 수석도 따놓은 당상이야. 그런데 법대야. 왜 그랬을까?"

진동기의 질문에 모두 눈만 껌뻑였다. 측근이지만 세밀한 집안 사정까지 어떻게 알 수 있으랴?

"변호사나 검사가 필요하면 돈 주고 사면 돼. 도준이 그놈도 학교 제대로 안 다닌다며? 아버지가 원했던 건 자랑할 꽃이 필요했던 거야. 똑똑한 내 손자, 이 정도까지 공부 잘한다는 자랑."

"아…."

"도준이에게 기대하시는 건 딱 그 정도야. 집안의 모양새를 빛나게 해줄 광택제. 그 애한테 그룹 맡기려고 했으면 분명 경영학과 보냈겠지. 업계 용어라도 배워야 할 것 아냐."

"그런데 왜 미라클 오세현에게 맡겼을까요? 단지 장식품인데?"

"쓸 만하니까. 재능을 발견했을 수도 있어. 돈 굴리는 재능, 돈 불리는 재능. 어쩌면 순양그룹의 금융 부문을 차지할 수도 있겠지. 순양생명, 순양화재, 순양증권 그리고 카드까지."

측근들의 표정이 굳어지자 진동기는 머리를 살짝 저었다.

"미리부터 걱정하지 마. 어차피 이 싸움은 단 한 번에, 번개처럼 끝나. 지금은 실수하지 않고 차근차근 평판만 쌓으면 돼. 괜히 나서면 쪽박 깨는 거야. 한성일보처럼 말이야. 흐흐."

진동기의 웃음에 측근들의 얼굴도 풀렸다.

"그러게 말입니다. 아직 혼사도 치르지 않았는데 미행이라니요?"

"우리 집안 장손하고 결혼한다니까 뭣도 모르면서 흥분한 거지. 고작 광고나 받아먹는 지들 주제도 모르고."

"회장님께 이 사실을 슬쩍 흘릴까요?"

"나도 아는 걸 아버지가 모를까? 놔둬."

진동기 사장은 다시 목소리를 낮췄다.

"그리고 지금 순양자동차 주가 떨어지지?"

"네. 눈치 빠른 놈들은 이미 손 털고 빠집니다."

"바닥 칠 때쯤 싹 거둬. 계열 분리는 없어. 아버지는 공들여 키우는 걸 남에게 던질 분이 아니다. 다시 제자리 찾으면 주가도 오르고 그룹 지배력도 생길 거야. 실수하지 말고 잘 챙겨 놔."

"네. 사장님."

측근들이 일어서자 진동기 사장은 손가락을 딱 튕겼다.

"참, 조대호 사장하고 저녁 자리 빨리 만들어. 그간 고생만 하고 떠나는데 밥 한 끼 대접하고 싶다는 말도 빠뜨리지 말고."

차남 진동기는 바닥부터 다져 나가는 자신의 길이 조금도 틀리지 않다는 믿음을 지켜 나갔다.

▲ ▲ ▲

"도준아. 내가 들은 게 좀 있는데… 네게 확인 좀 해야겠다."

"네. 말씀하세요."

이 자식은 오늘따라 어울리지 않게 심각한 표정이다. 갑자기 밥 사준다고 불러내고는 무슨 소리를 지껄이려는 걸까?

"순양자동차 합병 건, 넌 미리 알고 있었냐?"

어떻게 이놈 입에서 이런 말이 나올까? 이미 당황한 표정을 숨기지 못했다. 내 표정을 본 진영준의 눈썹이 꿈틀했다. 이럴 땐 정공법이다.

"네. 발표 하루 전에 알았어요. 왜요?"

"어떻게?"

"삼촌이… 아니, 미라클 오세현 대표가 할아버지께 제안해 달라고 부탁하더군요. 합병 조건까지 상세하게 만든 제안서도 줬고요."

"그걸 왜 너한테 부탁해? 직접 만나면 될 일인데?"

"영준 형. 대현그룹에서 오세현 대표의 일거수일투족을 감시 중이었어요. 오 대표가 할아버지를 만나러 갔다면 대현이 먼저 알았을 겁니다."

답답한 소리 하지 말라는 듯한 표정으로 말했다. 이 정도면 별일 아닌 것처럼 보이려나? 그런데 이놈은 어떻게 알았을까? 큰아버지가 아니라 이놈이 내 뒤에 꼬리를 붙인 걸까?

"그게 전부야?"

"그럼? 또 뭐가 있어야 해요?"

"내 말뜻 몰라? 넌 이번 일에 왔다 갔다 서류 전달한 게 전부냐고?"

'이 자식, 갑자기 왜 이러지?'

진영준은 자기 아버지가 순양의 주인이 되는 걸 단 한 번도 의심하지 않았고, 행운을 쥐고 태어난 축복을 당연하다는 듯 받아들이던 놈인데 경계심을 보이고 있다.

'설마 그 한성일보 딸내미가 부추긴 걸까? 정말 그 여자랑 결혼이라도 하는 걸까? 이번엔 뭔가 달라지는 걸까?'

그의 젊은 시절을 전부 다 아는 건 아니지만, 언론사 집안과 결혼한 적은 없다. 이놈 부인은 말 잘 듣는 순양 계열사 사장의 딸이었다.

"야! 진도준. 너 똑바로 말 안 해?"

"놀래라, 소리는 왜 질러요?"

이놈 고함 때문에 과거의 생각을 끊어야 했다.

똑바로 말해 줄 수는 없고… 어떻게 해야 할지 신중히 말을 골랐다.

"사실, 할아버지와 오세현 대표 사이에 오간 비밀계약이 있긴 한데 그건 말 못 해요. 저도 어쩔 수 없이 알게 된 사실이고, 공식 발표 전까지는 그 누구에게도 말하면 안 된다고 신신당부하셨거든요."

"누구에게도? 내가 그냥 누구 정도야? 남이냐고!"

의자를 박차고 일어나고 싶은 걸 겨우 참는 듯 보였다. 자신이 황태자라고 생각하니 발끈하는 것이 당연하다. 좀 더 열받게 해볼까?

"누구 맞아요."

"뭐?"

"영준 형은 지금 그 어떤 권한도 없어요. 모르세요?"

"야!"

"어쩌라고요? 할아버지와 오세현 대표의 계약이고 아무도 몰라요. 큰아버지는 물론이고 이학재 실장도 모르는 두 분 만의 비밀계약인데. 형님이 그분들보다 권한이 있다고 생각해요?"

원하는 걸 얻지 못하면 짜증 섞인 소리부터 지르고 보는 저 버릇, 서른 다 되어도 못 고쳤으면 앞으로도 못 고친다. 전생과 다른 부인을 얻는 걸 보면 뭔가 바뀐 것 같기도 한데, 저놈의 성격은 변하지 않았다. 한

바탕 짜증 내고 나서 속 보이는 달콤한 소리로 꼬드기는 패턴, 지금도 그대로겠지?

"너 인마. 예전에 내가 했던 말 기억 안 나?"

"무슨…? 아, 수능 끝나고 별장에서?"

"그래."

역시나, 한결같다.

"기억해요. 형님이 말씀하셨죠? 오른팔이 되라고."

"그거 그냥 던진 말 아니다. 나 내년이면 이사 단다. 네가 대학 졸업하면 상무나 전무쯤 되겠지. 그때 내 옆에 자리 만들어 놓을 테니까…."

나는 손을 들어 진영준이 주절대는 입을 막았다.

"영준 형. 저 이제 어린애 아닙니다. 가능성 희박한 미래의 약속만 철석같이 믿을 멍청이도 아니고요."

"뭐?"

"이번 합병 발표, 큰아버지도 모르게 진행됐어요. 그룹 부회장이신데도 말이죠."

"너, 지금 무슨 말을 하는 거냐?"

"모르시겠어요? 큰아버지의 후계 구도는 아직 미완성이라는 겁니다. 할아버지가 조금만 변덕 부리면 언제든 깨질 수 있다는 뜻 아니겠어요?"

진영준은 후계 구도에 민감한 반응을 보이며 나를 다그친다.

"그래서? 내 오른팔 거부하는 이유가 그거야? 할아버지 곁에 딱 붙어서 기회를 찾는 거야? 엉? 너도 나랑, 아니 우리 아버지와 경쟁하겠다는 거야? 나 원, 기가 차서."

"형님. 너무 인상 쓰지 마세요. 저로서는 그냥 구경하는 재미가 전부예요. 어차피 막내아들의 막내아들, 순양그룹은 저랑 인연 없으니까 욕심내지도 않아요."

"진심이냐?"

"물론이죠. 그리고 솔직히 제가 아쉬울 게 뭐가 있어요? 제 자랑 같지만 마음먹고 딱 2년 정도만 공부하면 사법시험 패스, 자신 있어요. 알잖아요? 저 공부 잘하는 거."

"그래서?"

"검사나 판사질 하면서 큰소리 땅땅 치며 인생 즐기는 거죠. 사회적으로 대우받지, 돈 걱정 없지. 그리고 아시죠? 우리 아버지 지금 영화계에서 잘나가는 거? 손만 뻗으면 예쁜 여배우들이 제 손에 들어와요. 재벌 3세인 판검사, 영화사 사장 아들. 이 타이틀 거부할 여자가 몇 명이나 있겠어요?"

진영준의 눈빛이 야릇하게 반짝인다.

'진영준 병신 새끼, 부럽냐?'

진영준이 원하는 인생은 아마도 내가 말한 한량 같은 삶일 것이다.

"그래서 순양그룹 이인자 자리를 걷어차겠다?"

"누가 걷어찬다고 했어요? 진짜 일인자가 제안한다면 한번 해볼 수도 있겠지만, 지금 영준 형은 일인자가 아니잖아요."

"내가 일인자가 되면 널 내 곁에 안 둘 수도 있어. 우린 사촌이 많다. 그리고 네 손에 순양그룹의 지분 단 한 주도 못 가게 막을지도 몰라."

자존심을 벅벅 긁으니 되지도 않은 협박까지 한다.

"말했죠? 아쉬울 것 없다고. 지금 우리 집이 가진 것만 잘 지켜도 남부럽지 않습니다."

이야기는 이쯤에서 끝내야겠다. 저놈의 속도 긁었고, 우리 집은 욕심 없다는 것도 충분히 어필했다.

"솔직히 재벌 집안의 막내라는 거, 차라리 마음 편해요. 우리 상준 형도 지금 대학 때려치우고 뉴욕에서 아트스쿨 다니잖아요. 가능성 없는 일에 매달리지 않습니다."

마지막으로 불신과 불안의 씨앗만 심어 주면 끝이다.

"형님, 제가 딱 한 말씀만 드릴게요."

뭔가 중요한 말을 한다는 걸 짐작했는지 놈의 상체가 앞으로 기울었다.

"둘째, 셋째 큰아버지 그리고 고모, 고모부, 다들 욕심 많습니다. 호락호락하지 않아요. 순양그룹이 통째로 형님 댁으로 넘어가는 걸 두 손 놓고 보고 있을 분들이 아니에요."

"그걸 내가 모른다고 생각하냐? 어차피 아버지가 다 처리하실 거야. 우리 집도 놀고만 있는 거 아니다."

자신 있게 말했지만, 싱긋 웃는 내 모습에 눈을 크게 떴다.

"너 혹시… 네가 아는 비밀계약이라는 게 후계 구도와 관련 있는 거냐?"

"그럴 수도, 아닐 수도."

"야!"

"또, 또. 형님. 거, 소리 지르는 거 좀!"

"아, 미… 미안. 도준아. 말 좀 해봐. 나, 이 집안 장손이야. 멍하니 당할 수는 없잖아."

"형님. 원래 왕권은 장자 그리고 장손이 승계해야 나라가 평안해집니다. 차남이나 삼남이 물려받으면 늘 피의 숙청이 뒤따르죠. 그래서 전 큰아버지, 형님 순으로 순양그룹 회장 자리에 앉는 걸 바랍니다. 그래야 우리 집에 피해가 없을 것 같으니까요."

"다, 당연하지!"

좀 띄워 주니 굳었던 얼굴이 금세 활짝 펴진다. 아랫사람일 때는 몰랐는데 나란히 서서 바라보니 본모습이 보인다. 무겁고 강한 모습을 10여 년간 봐왔는데 그건 전부 부회장이라는 타이틀이 주는 무게였다. 진영준의 본모습은 고작 이 정도다.

"순양자동차 합병으로 순양자동차가 보유했던 계열사 주식이 다른 계열사로 흘러 들어가겠죠. 바로 그 계열사는 그룹에서 중요한 회사가 됩니다. 맞죠?"

"그렇지."

"그 회사를 큰아버지가 아닌 다른 분이 차지한다면요? 그룹이 쪼개질지도 모릅니다."

"그게 비밀 계약서의 내용이냐?"

조금만 생각해 보면 알 수 있는 사실인데 뭐 대단한 것이라고 비밀이겠는가?

"제가 본 계약서는 제목이 전부예요. 〈그룹 지배구조 재구성 방안〉이겁니다."

"지배구조 재구성?"

"네."

순양그룹의 지배구조는 계열사 간 순환출자와 기관, 금융권까지 끼어들어 그 누구도 한눈에 파악하기 어렵다. 수많은 전문가가 하루도 빠짐없이 주식 시장을 들여다보며 매일 보완할 만큼 복잡하다. 우리 집안이 보유한 주식이 워낙 소량이라 이런 복잡한 구조가 아니면 지배력을 순식간에 잃을 수 있기 때문이다.

"자, 전 형님께 최대한 도움을 드렸어요. 이제 지키는 건 큰아버지와 형님께서 할 일입니다."

처음과 달리 흐뭇한 모습으로 나를 보는 진영준에게 미소를 보였다.

"이제 밥 시키죠. 배고픈데."

"어, 그래."

종업원을 부르는 진영준을 보며 앞으로 어떤 일이 생길지 궁금했다. 순양자동차 때문에 저마다 숨겨 왔던 발톱이 조금은 드러날 것이다. 누구의 발톱이 가장 날카로운지 지켜볼 일이다.

▲ ▲ ▲

사흘에 걸친 심사가 끝나고 아진그룹 인수 대상자로 미라클 인베스트먼트가 선정되자 순양그룹 사람들은 환호성을 질렀다. 경로가 복잡할 뿐 아진그룹을 단돈 만 원 한 장 쓰지 않고 인수한 셈이다.

『…단, 인수 제안서에 분명히 밝혔듯이 순양자동차와 아진자동차의 합병이 우선입니다. 두 회사의 합병 절차를 완료하는 시점에 인수 대상자 선정의 효력이 발생하는 바임을 밝힙니다.』

오세현은 뉴스 발표를 보고도 웃지 않았다. 마치 순양그룹이 아진그룹을 인수한 것 같은 기분이 들어서 일 것이다.

"삼촌. 괜찮아요. 우리가 들러리 선 것 아닙니다. 순양자동차가 들러리죠."

"글쎄다. 이런 M&A 바닥에서는 힘센 놈에게 끌려가게 되어 있어. 이제 주도권은 순양으로 넘어간 거야."

알토란같은 달러가 순양그룹으로 들어간다는 생각을 떨쳐 버릴 수 없는 모양이다.

"참, 인수대금 지불은 언제죠?"

"합병 이후 즉시. 1조 2000억이니 10억 달러는 옮겨야 해."

"빨라도 내년이겠네요?"

"그건 네 할아버지에게 물어봐야겠지? 합병 절차 서두르면 연말일 수도 있어."

오세현은 컴퓨터 모니터를 뚫어지게 보며 현재 자산 내역을 체크했다.

"전부 해서 32억 달러니까, 지금 환율이 1100원이니⋯ 3조 5천억 조금 넘는군."

"묶여 있는 돈은 어느 정도 돼요?"

"6억 달러. 네 말대로 올해는 신규 투자 없이 현금으로 보관만 했어. 6억 달러도 내년이면 다 회수할 거야."

이 정도면 선방했다. 기억을 쥐어짜서 투자한 돈이 100배 이상이 되어 돌아왔다. 나같이 머슴살이하던 놈이 아니라 미국 월스트리트에서 날고 기던 펀드매니저가 환생했다면 어땠을까 하는 쓸데없는 상상도 조금 했다. 그런 자라면 세계 최고의 갑부 자리를 단숨에 차지하지 않을까?

"일단 10억 달러는 옮겨 놓을게. 언제든 지급할 수 있도록 말이야."

나는 황급히 손을 내저었다.

"아뇨. 놔두세요. 어차피 연말 넘겨야 하니까요."

오세현은 모니터에서 눈을 떼며 나를 바라보기 시작했다.

"너 혹시⋯."

"네? 뭐가요?"

"너도 감 잡았어? 지금 환율 상승이 좀 이상한 거?"

"다들 불안해하면서도 애써 외면하는 거 아닐까요? 한 달 새 250원이 뛰었는데요? 달러가 썰물처럼 빠져나가는 느낌 안 드세요?"

"연말쯤이면 안정을 찾지 않겠어?"

오세현이 눈치 못 챌 사람이 아닌데 괜한 질문을 한다. 다들 저런 생각이다. 대기업의 줄도산과 대선이라는 큰바람 때문에 태풍이 다가오는 걸 감추려 한다.

"환율이 뛰는 것과 달러가 빠져나가는 건 다르죠. 달러가 빠져나가면 원화 수십조를 쥐고 있어도 무용지물이란 뜻 아닐까요? 무인도에서는 현찰 백억보다는 빵 한 상자가 더 가치 있습니다."

"돈이 있어도 구하지 못할 빵… 달러라는 말이지?"

머리를 끄덕이자 오세현은 침통한 표정으로 다시 모니터로 시선을 돌렸다. 환율 변동 그래프가 심상치 않다.

오세현은 메일을 몇 군데 보냈다. 해외의 단기 투자자들의 동향을 체크하면 환율 상승이 일시적 현상인지 아닌지 예측할 자료가 될 것이다.

"도준아. 환율이 계속 오르면? 달러로 인수대금을 지불할 생각이냐?"

"협상해야죠."

"무슨 협상?"

"아진그룹 인수대금을 달러로 지불하는 조건으로 팍 깎으려고요."

오세현은 이마를 탁 치며 웃음을 터뜨렸다.

"으하하. 그렇지! 금덩이 쥐고 있으면 뭐 해? 빠져 죽게 생겼는데. 금덩이 던지고 구명조끼 받아야지."

기축통화인 달러를 인체에 비유하면 피와 같다. 피가 돌지 않으면 사람은 죽기 마련이다. 수혈할 피주머니를 들고 있는 자는 쓰러진 자의 주머니에 든 황금 덩어리를 마음껏 빼내 올 수 있다. 돈 만지는 오세현이 이런 사실을 모를 리 없다.

"국내 외화 보유고가 바닥을 길 때쯤이면 도준이 넌 구세주가 될 것 같은데?"

"제가 아니죠. 미라클 인베스트먼트의 대표인 삼촌이죠."

놀랄 줄 알았는데 오히려 잔잔히 웃는다.

"왜? 아직 어린애라서 나서기 싫다는 거냐? 아니면 숨은 뜻이 있어 네 존재를 드러내기 꺼리는 거야?"

이미 많은 것을 짐작한다는 말이 오히려 날 당황하게 만든다.

"제가 조 단위의 돈을 들고 있으면 세상에서 뭐라고 하겠어요? 불법 증여, 편법 상속 등등. 세상 시끄러워질 겁니다."

"그리고 널 보는 수많은 경계의 눈을 피할 수도 없을 거고."

"그런 면도 있긴 하죠."

정확한 말이 오가지 않아도 서로의 뜻은 이미 교환했다.

나는 차분한 눈빛으로 오세현의 대답을 기다렸고 오세현은 빙긋 웃으며 머리를 끄덕였다.

"지금은 네 적토마가 되어 주마. 원하는 대로 고삐를 틀고, 채찍을 휘두르려무나. 하지만 시간은 많지 않아. 내 나이 쉰이다. 길면 5년이야. 그 뒤는 네가 직접 달리든, 날 대신할 말을 구하든 해야 할 거다."

"뭡니까? 쉰다섯에 은퇴하신다는 뜻이세요? 한창나이 아닙니까? 너무 빠른데요?"

"쉰다섯이면 딱 적당해. 은퇴하기에는 좀 이른 감이 있지만… 그렇다고 일하기에는 돈이 너무 많아. 돈 쓸 시간 부족하면 억울하지 않겠어? 하하."

5년! 절대 길지 않은 시간이다. 그 짧은 시간 안에 얼마나 많은 것을 차지할 수 있을까? 늙은 말은 목장에서 쉬게 하고 새 말을 구해야 하나?

"친조카보다 더 조카 같은 너라서 5년인 거다. 마음 같아서는 지금이라도 은퇴하고 한적한 섬으로 떠나고 싶다고."

아예 대못을 박는다. 적토마 역할의 연장은 없다.

▲ ▲ ▲

"사실이냐?"

"네. 도준이가 직접 봤답니다."

진영기 부회장은 아들이 알려 준 정보를 듣자 피가 거꾸로 솟는 느낌이었다. 아버지는 자기 어깨까지 두드리며 서재의 의자를 약속하지 않았던가? 그런데 그룹 지배구조를 바꾸려 하다니? 장남인 자신에게까지 숨기며 진행하면서 달콤한 말을 귓가에 속삭인 아버지.

진영기 부회장은 배신감에 치가 떨렸다. 하지만 아들이 보고 있어 가까스로 냉정을 되찾고 대수롭지 않은 듯 말했다.

"뭐, 자동차가 계열에서 분리되면 한 번은 치러야 할 홍역이야. 전체 틀이 흔들리기는 하겠지만 걱정할 정도는 아니다."

"그렇지만 아버지. 자동차가 쥐고 있던 지분이 움직이면⋯."

"어허! 괜찮다니까. 내가 알아서 하마. 넌 한도제철, 아니 순양제철 정상화에 매진하면 돼. 이번 기회를 놓치지 말고 할아버지께 네 능력을 보여드려야 한다."

"알겠습니다."

아들이 머리를 숙이고 나가자 진영기는 급히 전화를 꺼내 들었다.

"기획실 전원, 회의실로 모이라고 해."

진 회장이 이상한 결론을 내리기 전 신속하게 움직여야 했다.

▲ ▲ ▲

"아이고 이거, 바쁘신 분을 번거롭게 한 건 아닌지 모르겠습니다."

"별말씀을요. 이제부터 바빠질 것 같긴 합니다만 사장님과 밥 한 끼 먹을 짬은 내야죠. 허허."

진동기 사장은 조대호 사장이 별실의 문을 열고 들어오자 환하게 웃으며 맞이했다.

"그런데 전 아직 헷갈리기만 합니다. 아진과 순양이 합치면 누가 더 이익인지… 물론 아버지께서 어련히 잘하셨겠지만 말입니다."

"그러게요. 저도 너무 급작스레 진행되는 거라 얼떨떨합니다."

진동기는 조대호 사장의 표정 하나 말 한마디 놓치지 않으려 모든 신경을 곤두세웠다.

"계열 분리되면 조 사장님은 이제 순양과 인연이 없어지는데 많이 섭섭하시겠습니다."

조대호 사장은 웃으며 말하는 진동기를 보며 입꼬리가 약간 올라갔다.

"진심이십니까? 아니면 절 떠보려고 하시는 말씀이십니까? 전자라면 실망이 큽니다만."

역시, 예상이 틀리지 않았다. 순양이 아진을 삼킨 것이다.

"무슨 말씀이세요? 떠보다니요? 그냥 혹시나 해서 드린 말입니다."

"진 사장님."

"네."

"회장님을 30년 넘게 모셨습니다. 그 긴 시간 동안 제가 회장님께 반기를 든 적이 딱 한 번 있는데 그게 뭔지 아십니까?"

웃음기가 싹 빠진 조대호 사장의 표정에 진동기는 마른침을 꿀꺽 삼켰다.

"정유 사업을 처음 시작했을 때였습니다. 중동은 하루가 멀다고 전쟁이 터져 원유 수급이 비상이었죠. 회장님과 전 텍사스로 날아갔습니다. 급한 대로 텍사스 원유를 계약하기 위해서였죠."

갑자기 옛날 고생담을 꺼내는 건 진심을 드러내는 조짐이다. 이 이야기가 끝날 때쯤 조대호 사장은 진동기에 대해 냉정한 평가를 할 것이다.

"끝도 없는 고속도로를 달리다 스테이크 하우스에 들어갔는데 날은

덥고 몸은 지칠 대로 지쳐 입맛이 없었죠. 회장님은 스테이크 하나만 시켜 나눠 먹자고 하셨습니다. 그곳은 가장 작은 스테이크가 무려 600그램이나 됐거든요."

"미국 남부 스테이크는 양으로 먹는 거죠. 하하."

"전 반대했습니다. 각자 한 접시씩 먹자고 말입니다."

"설마 그게 유일한 반기였다는…?"

"네."

"이런, 설마 지금 농담하시는…. 아!"

조대호 사장이 과거의 추억을 농담처럼 말했지만, 진동기는 조 사장이 말하고자 하는 뜻은 충분히 알아들었다. 나누는 걸 반대한다. 고기한 덩이도 나눠 먹는 걸 싫어하는데 그룹을 쪼개는 건 찬성하지 않는다는 뜻이다.

"조 사장님께서는 나누는 걸 싫어하시지만 전 버리는 걸 싫어합니다. 너무 많아서 먹지도 못하면 결국 버리지 않습니까?"

진동기는 웃음을 잃지 않았다. 설득까지는 아니더라도, 받아들이지는 않을지라도, 이해는 시켜야 한다.

"먹을 만큼만 주문한 아버지가 현명한 것 같은데요?"

"진 사장님."

"네."

"결과를 물어보지 않으시네요."

"무슨…?"

"결국 회장님과 저, 각자 한 접시씩 시켜 꾸역꾸역 다 먹었습니다. 많아 보였지만 다 먹게 되더군요. 시도해 보기 전에는 모르는 일입니다. 600그램… 생각보다 많지 않습디다."

진동기는 저도 모르게 입술을 깨물었다. 고리타분한 창업 공신들…

그래 봤자 월급 받는 게 고작인 놈들이 순양그룹을 마치 집안의 가보인 양 애지중지한다. 마차의 주인이 바뀔 때는 마부도 바꾸고 말도 바꾼다는 걸 잘 알면서도 마차가 상할까 봐 끝없이 걱정하는, 천성이 마부인 사람들. 그런데 마차를 차지하려면 마부가 절실히 필요하다.

"조 사장님, 먹성이 좋으시군요."

"이제는 그만큼 못 먹습니다. 나이 먹으니 양도 많이 줄더군요."

"그렇군요. 전 아직 먹성이 줄지 않은 걸 보면 나이를 덜 먹은 것 같습니다. 스테이크 600그램 정도는 남기지 않고 다 먹겠더군요. 레어로."

나누지 않고 전부를 차지하겠다는 진동기의 뜻을 충분히 알아들은 조대호 사장은 짧은 한숨을 내쉬고 천천히 입을 열었다.

"동기야."

스스럼없이 이름을 부르자 진동기는 등골이 서늘했다.

"네, 형님."

진동기가 회사 일을 시작하기 전 진 회장의 수족들이 집안을 들락거렸다. 누구는 삼촌이라고 불렀고 누구는 아저씨라고도 불렀다. 하지만 조대호 사장은 꼭 형이라고 부르라며 용돈을 듬뿍 쥐어 주던 사람이었다.

"진영기 부회장은 네 친형이다. 그리고 장남이야. 네가 가질 수 없어."

"형님, 영기 형님은 무능합니다. 모르십니까?"

"유능한 네가 곁에서 도와주면 되지 않겠나?"

"제 곁에서 영기 형님이 도와주는 것은 왜 안 됩니까?"

"무능한 사람이 유능한 사람을 도와줄 수는 없는 일이지. 쓸모없거든."

"형님!"

"그림이 안 나오지. 형이 동생의 수발을 든다? 불가능해. 쫓겨나겠지."

"계열사 몇 개 정리해서 영기 형에게 줄 겁니다. 그리고 음으로 양으로 챙겨드리겠습니다."

조대호 사장이나 진동기 부회장이나 이런 이야기까지 할 생각은 아니었다. 단지 순양자동차의 행방만 점쳐 보려고 만든 자리였지만 엎질러진 물이다. 서로 속내를 드러냈으니 끝을 봐야 한다.

"대진그룹, 청마그룹 그리고 자성그룹, 지금은 흔적도 없다. 그게 다 형제들 싸움으로 찢어지고 갈라져서 그런 거 아니냐. 장남이 독식하면 살아남지만, 동생들이 뺏으려고 날뛰기 시작하면 피만 흘리고 사라진다."

"집안 말아먹은 장남도 많습니다."

간절함이 묻어나는 음성이었지만 조대호 사장은 쓴웃음만 지었다.

"나야 순양그룹의 소작농에 불과하지만, 순양을 비옥하게 만든 데는 내 공이 적지 않았다고 자부한다. 그런 땅이 갈가리 찢어지는 모습은 보고 싶지 않아."

"제가 더 기름진 땅으로 만들 수 있습니다. 거친 땅을 개간해서 더 넓고 광대한 평야로 만들 자신도 있습니다. 이것이 바로 형님께서 보고 싶은 모습 아닙니까?"

자신감 넘치는 진동기의 모습을 조대호 사장은 잠시 물끄러미 바라보기만 했다. 조대호 사장이 다시 입을 열 때 그의 어투는 처음으로 돌아왔다.

"진 사장님, 아버님이신 회장님을 얼마나 아십니까?"

"네?"

"회장님은 후계자를 미리 정해 두고 키우실 분이 아닙니다."

처음 듣는 소리에 진동기는 망치로 머리를 맞은 느낌이었다.

'후계자가 없다?'

"아마도 돌아가시기 전날까지 끝없이 점수를 매기며 비교하실 분입니다. 어쩌면 마지막 유언에 순양그룹을 가질 후계자를 발표하실 겁니다."

"설마요? 승계를 미리 준비하지 않으면 천문학적인 세금을 내야 합니다. 그걸 잊으실 분이 아닙니다."

세상에 둘도 없는 자린고비가 바로 아버지라는 걸 진동기는 잘 안다.

"세금보다 순양의 미래를 더 걱정하시니까요."

조대호 사장의 말을 듣고 있자니 진동기는 화가 치밀었다.

"그럼 조 사장님께서 지금까지 하신 말씀은 뭡니까? 마치 영기 형님이 모든 걸 다 물려받는 것처럼…."

"그건 제 생각이고 마음입니다. 회장님의 의중이 아니라 제 생각을 물으신 것 아닙니까?"

진동기는 대답할 말이 없었다. 그리고 화를 가라앉혀야 했다. 아버지의 마지막 유언, 최종 결정에는 조대호 같은 공신들의 의견이 크게 한몫을 하기 때문이다. 진동기는 억지웃음을 지으며 잔을 들었다.

"아직 경기는 시작도 하지 않았다는 말씀, 새겨듣겠습니다."

조대호 사장도 웃으며 잔을 들었다.

조대호는 평생 소작농을 했고 순양이라는 마차의 마부석에만 앉았다. 마차 내부는 구경도 못 했지만, 고삐를 쥔 사람이다. 뜬구름 잡는 소리만 했지만, 눈치 빠른 진동기는 알아들었을 것이다. 고삐 쥔 마부의 힘을 무시하지 말라는 경고, 마차의 주인이 바뀐다고 해서 마부를 갈아치울 생각은 꿈도 꾸지 말라는 경고다. 마차의 주인을 결정할 때 마부들의 단합된 힘이 얼마나 무서운지 진 회장의 자식들도 알아야 한다.

진동기 부회장은 조대호 사장 다음으로 자신의 편으로 만들어야 할 사람을 만나기 위해 처음 가보는 회사로 향했다.

〈2권에서 계속〉

재벌집 막내아들 1

초판 1쇄 발행 2022년 11월 18일
초판 6쇄 발행 2022년 12월 27일
지은이 산경
펴낸이 이진영, 배민수
기획·편집 밀리&셸리
표지·본문 디자인 정현옥
마케팅 테리
펴낸곳 테라코타 **출판등록** 2022년 6월 7일 제2022-000184호
주소 서울특별시 강남구 남부순환로 2921, 164호
메일 terracotta_book@naver.com
인스타그램 @terracotta_book

ⓒ 산경, 2022
ISBN 979-11-979159-8-7 04810
     979-11-979159-9-4 04810 (세트)

테라코타는 MJ 스튜디오의 출판 브랜드입니다.